스캔다르와
유니콘 도둑

SKANDAR AND THE UNICORN THIEF

스캔다르와
유니콘 도둑

새 영웅이 날아오르다

A. F 스테드먼 지음 | 이세진 옮김

솔빛길

스캔다르와 유니콘 도둑

1판 1쇄 발행 2022년 5월 2일

원작 SKANDAR AND THE UNICORN THIEF
지은이 A. F. 스테드먼 **옮긴이** 이세진 **발행인** 도영 **편집** 하서린, 김수진
한국 디자인 씨오디 **발행처** 솔빛길 **등록** 2012-000052
주소 서울시 마포구 동교로 142, 5층(서교동)
전화 02) 909-5517 **팩스** 02) 6013-9348, 0505) 300-9348
이메일 anemone70@hanmail.net **ISBN** 978-89-98120-82-5 04840

자신을 돌보지 않고

사랑과 끝없는 다정함으로

이 유니콘들에게 날개를 달아 준

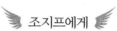 조지프에게

차례

프롤로그

카메라맨은 유니콘들을 보기 전에 소리부터 들었다.

고음으로 날카롭게 울부짖는 소리, 죽일 듯이 으르렁거리는 소리, 피가 맺히도록 이를 빠드득 가는 소리를.

카메라맨은 유니콘들을 보기 전에 냄새부터 맡았다.

시큼한 숨 냄새, 부패한 고기 냄새, 영원히 사라지지 않는 죽음의 악취를.

카메라맨은 유니콘들을 보기 전에 그들을 느낄 수 있었다.

그의 뼛속 깊은 곳에서 그들의 섬뜩한 발굽 소리가 쿵쿵 울렸고, 두려움이 차올랐다. 신경 한 가닥 한 가닥, 세포 하나하나가 당장 도망치라고 경고할 때까지.

하지만 그에게는 해야 할 일이 있었다. 카메라맨은 유니콘들이 언덕 너머에서 떠오르는 것을 지켜보았다.

총 여덟 마리였다. 악마 같은 유니콘들은 풀밭을 질주하더니 뼈대뿐인 날개를 펼치고 날아올랐다.

음산한 태풍의 눈처럼 시커먼 연기가 그들을 감쌌다. 천둥이 우르릉대며 그들을 뒤쫓았고, 번갯불이 그들의 무시무시한 발굽과 함께 땅을 내리쳤다.

그 괴물들이 괴성을 지르며 달려올 때 환영 같은 여덟 개의 뿔이 공기를 갈랐다.

마을 주민들은 비명을 지르기 시작했다. 도망치려고 하는 사람도 있었다. 하지만 그러기에는 이미 너무나 턱없이 늦은 후였다.

첫 번째 유니콘이 땅에 내려왔을 때 카메라맨은 마을 광장에 서 있었다.

유니콘은 콧숨으로 불꽃을 튀기며 발굽으로 땅을 긁었다. 거칠게 몰아쉬는 숨 속에는 파괴와 혼란만이 가득했다.

카메라맨은 손을 덜덜 떨면서도 계속 영상을 찍었다. 그것이 그가 해야 할 일이었다.

유니콘이 거대한 머리를 아래로 기울였다. 그러자 면도날처럼 예리한 뿔이 카메라 렌즈를 정통으로 겨누었다.

핏발 선 유니콘의 눈이 카메라맨의 눈과 마주쳤다. 카메라맨은 그 눈에서 오직 파괴만을 읽을 수 있었다.

마을에는 더는 가망이 없었다. 그건 카메라맨 역시 마찬가지였다.

그는 야생 유니콘의 표적이 되면 살아남을 수 없다는 것을 잘 알고 있었다.

그가 바라는 것은 오직 이 카메라 영상이 메인랜드에 도달하는 것뿐이었다.

야생 유니콘을 본 이상, 이미 죽은 목숨이었기에.

카메라맨은 자신이 부디 제 역할을 잘 해냈기를 바라며 카메라를 내렸다.

유니콘은 동화 속에 있지 않았다. 그들은 악몽 속의 존재였다.

1장

도둑

　스캔다르 스미스는 침대 맞은편에 붙어 있는 유니콘 포스터를 쳐다보았다. 밖이 아직 어둡지 않아, 포스터 속 유니콘의 날개가 공중으로 활짝 펼쳐진 것을 볼 수 있었다. 유니콘은 사나운 붉은 눈, 거대한 턱, 날카로운 회색 뿔만 제외하고는 거의 온몸이 반짝이는 은빛 갑옷으로 싸여 있었다. 뉴에이지프로스트(New-Age Frost, 새로운 시대의 서리)는 3년 전 라이더 아스펜 맥그래스가 카오스컵 출전 자격을 얻은 이후로 줄곧 스캔다르가 가장 좋아하는 유니콘이었다. 그리고 스캔다르는 오늘 그 유니콘과 아스펜 맥그래스가 우승을 거둘 수도 있다고 생각했다.

　스캔다르는 석 달 전 열세 번째 생일 선물로 이 포스터를 받았다. 그는 서점 진열창 밖에 서서 자기가 뉴에이지프로스트의 라이더가 된 모습을 상상하며, 당장이라도 유니콘을 타고 달릴 태세로 그 포스터 액자를 바라보고 있었다. 그 포스터를 갖고 싶다고 아빠에게 말을 꺼내면서, 스캔다르는 마음이 편하지 않았다. 스캔다르가 기억하는 한, 그들의 형편이 풍족했던 적은 한 번도 없었기 때문이다. 그래서 스캔다르는 보통 뭔가를 사 달라고 조르는 아이가 아니었다. 하지만 그 포스터만큼은 갖고 싶어 견딜 수 없었고, 그 소망이 마침내 이루어졌다.

주방에서 시끄러운 소리가 났다. 여느 날 같았으면 스캔다르는 집에 누가 왔나 싶어 당장 침대를 박차고 나갔을 것이다. 보통 때에는 스캔다르 아니면 맞은편 침대에서 자는 누나 케나가 아침 식사를 준비했기 때문이다. 아빠가 게으른 사람인 것은 아니었다. 그건 아니었다. 단지 아빠는 아침에 일어나는 걸 힘들어하는 날이 많았고, 특히 일하러 갈 데가 없을 때는 더욱더 그러했다. 그리고 요즘은 일하러 나가는 날이 도통 없었다.

하지만 오늘은 평범한 날이 아니다. 오늘은 경기가 있다. 그리고 아빠에게 카오스컵이 있는 날은 생일보다 좋은 날, 심지어 크리스마스보다 좋은 날이다.

"너 그 바보 같은 포스터만 계속 쳐다보고 있을 거야?" 케나가 툴툴거렸다.

"아빠가 아침 식사를 준비하잖아." 스캔다르는 누나가 기분이 좋아지기를 바라면서 그렇게 말했다.

"나는 배고프지 않아." 누나는 벽을 보고 돌아누웠다. 갈색 머리카락이 이불 밑으로 삐죽 튀어나왔다. "어쨌거나, 아스펜과 뉴에이지프로스트가 오늘 우승할 리는 없어."

"누나는 관심 없는 줄 알았는데."

"관심 없어. 하지만……" 케나는 도로 돌아누워 아침 햇살 사이로 스캔다르를 빤히 바라보았다. "통계를 봐야지, 스카. 프로스트의 1분당 날갯짓은 본선에 진출한 스물다섯 마리 중 평균밖에 안 돼. 게다가 그들 연합의 원소가 물이라는 문제도 있고."

"무슨 문제?" 케나가 아스펜과 프로스트가 이기지 못할 거라고 말하는데도 스캔다르는 노래를 부르고 싶은 기분이었다. 케나가 유니콘에 대해 입도 벙긋하지 않은 지 너무 오래되어, 그는 그 대화가 어떠했는지를 거의 잊고 있었다. 어렸을 때 둘은 만약 유니콘 라이더가 된다면 그들의 연합이 무엇일까로 허구한 날 이야기꽃을 피웠다. 케나는 늘 불 윌더(Wield, 능숙하게 다루는 사람)가 될 거라고 했지만 스캔다르는 어느 하나로 마음을 정하지 못했다.

"해처리(Hatchery, 부화장) 수업을 잊었어? 아스펜과 뉴에이지프로스트는 물 연합이잖아? 인기 있는 축에 드는 건 에마 템플턴과 톰 나자리, 두 명의 공기 윌더야. 너나 나나 물보다 공기가 유리하다는 걸 알잖아!"

스캔다르의 누나는 팔꿈치를 괴고 있었다. 갸름하고 창백한 얼굴이 흥분으로 빛났고 담갈색 머리카락과 눈동자가 거칠게 보였다. 케나는 스캔다르보다 한 살이 많았지만 둘은 외모가 워낙 흡사해서 쌍둥이로 오해받기 일쑤였다.

"두고 봐." 스캔다르가 씩 웃었다. "아스펜은 이전에 출전한 카오스컵에서 경험을 쌓았어. 그냥 물만 쓰진 않을 거야. 아스펜은 그보다 더 똑똑하니까. 작년 대회에서도 원소들을 조합해서 썼다고. 내가 뉴에이지프로스트를 탄다면 번개와 소용돌이 공격을 할 텐데……."

그 순간 케나의 낯빛이 변했다. 눈빛이 흐려졌고 입가에서 미소가 사라졌다. 그녀는 팔꿈치를 내리고 다시 벽을 보고 돌아누워 산호색 이불로 어깨를 감쌌다.

"켄, 미안해. 내 말은……."

베이컨 냄새와 토스트 탄내가 방문 아래로 파고들어 왔다. 스캔다르의 배가 꼬르륵 소리를 내고는 조용해졌다.

"케나?"

"혼자 있고 싶어, 스카."

"아빠랑 나랑 카오스컵 안 볼 거야?"

케나는 대답이 없었다. 스캔다르는 낙담 반 미안함 반으로 목이 멘 채 어슴푸레한 아침 햇살 속에서 옷을 입었다. '내가 유니콘을 탄다면' 같은 말은 하지 말았어야 했다. 케나가 해처리 시험을 보기 전, 케나의 꿈이 모조리 무너져 버리기 전, 남매는 늘 그런 얘기를 나누곤 했다.

스캔다르는 달걀이 지글지글 익는 소리와 카오스컵 초반 중계 방송으로 소란스러운 주방으로 들어갔다. 아빠는 프라이팬을 들여다보며 콧노래를 흥얼대고 있었다. 스캔다르를 보자 아빠는 함박웃음을 지었다. 스캔다르는 아빠의 웃는 얼굴을 마지막으로 본 게 언제였는지 기억나지 않았다.

아빠가 고개를 약간 숙였다. "케나는 아직이냐?"

"아직 안 일어났어요." 스캔다르는 아빠의 기분을 망치고 싶지 않아서 거짓말을 했다.

"걔는 올해가 힘들 거야. 그때 이후로 첫 대회이니……."

아빠가 말을 마치지 않아도 스캔다르도 알고 있었다. 이번 카오스컵은 케나가 작년에 해처리 시험에서 떨어져 유니콘 라이더가 될 기회를 영영 잃어버린 후로 처음 열리는 대회였다.

문제는, 아빠가 해처리 시험 통과가 바늘 구멍 들어가기라는 것을 아는 사람처럼 행동하지 않는다는 점이었다. 아빠는 유니콘이라면 사족을 못 썼고 자식 하나쯤은 유니콘 라이더가 되기를 간절히 바랐다. 아빠는 그러면 모든 것이 —— 그들의 돈 문제, 미래, 행복, 심지어 아빠가 침대에서 꿈쩍도 못 하는 날들까지도 —— 해결된다고 했다. 요컨대, 유니콘은 마법이었다.

그렇기에 케나는 여태껏 아빠로부터 해처리 시험을 통과해야 한다, 아일랜드에 있는 해처리 문을 열어야 한다는 말을 귀에 못이 박히도록 듣고 자랐다. 케나는 그 안의 유니콘 알과 운명으로 맺어져 있으며, 엄마의 자랑이 되어야 한다는 말을 들으며 자랐다. 케나가 크라이스트처치 중학교 해처리 수업에서 늘 일등이었지만 그런 건 소용없었다. 선생님들은 누군가가 아일랜드까지 가게 된다면 그건 케나 스미스일 거라고 입을 모아 말했다. 그랬는데, 케나는 시험에서 떨어졌다.

그 후로 지금까지 몇 달째 아빠는 스캔다르에게 똑같은 말을 하고 있었다. 스캔다르는 라이더가 될 가능성이 있고, 그럴 만하며, 필연적으로 그렇게 될 거라고 말이다. 스캔다르는 시험에 통과하는 게 얼마나 희박한 일인지 알면서도 —— 케나가 작년에 실망하는 모습을 보고도 —— 정말로 그렇게 되기를 그 무엇보다 간절히 바랐다.

"그래도 올해는 네 차례야, 그렇지?" 아빠는 기름기가 묻은 손으로 스캔다르의 머리카락을 헝클어뜨렸다. "자, 튀긴 빵을 만드는 가장 좋은 방법은……." 아빠가 가르쳐 주는 동안 스캔다르는 마치 처음 듣는 얘기처럼 타이밍을 맞춰 고개를 끄덕거렸다. 다른 아이들 같으면 짜증을 냈겠지만 스캔다르는 딱 알맞게 바삭바삭한 식감의 빵이 나왔다고 아빠가 하이파이브를 할 때 기분이 좋았다.

케나는 아침을 먹으러 나오지 않았지만 아빠는 마음이 쓰이지도 않는지 스캔다르와 함께 소시지, 베이컨, 달걀, 콩, 튀긴 빵을 우적우적 먹기만 했다. 스캔다르는 이 많은 음식을 살 돈이 어디서 났는지 더는 궁금해하지 않기로 했다. 오늘은 대회가 열리는 날이다. 오늘만큼은 아빠도 다른 걸 다 잊고 싶은 게 분명했고, 그건 스캔다르도 마찬가지였다. 그래서 스캔다르는 새로 뜯은 마요네즈를 만족스러운 찌이익 소리가 나도록 접시 위에 듬뿍 짜면서 미소 지었다.

"아직도 아스펜 맥그래스와 뉴에이지프로스트가 제일 좋은 거냐?" 아빠가 입안 가득 음식을 넣은 채 물었다. "아빠가 말하는 걸 깜박했는데 혹시 친구랑 같이 대회를 보고 싶으면, 나는 괜찮다. 그러는 애들 많잖아? 너도 친구와 보고 싶으면 그렇게 해."

스캔다르는 자기 접시를 내려다보았다. 부를 친구가 없다는 걸 어떻게 설명하지? 게다가, 설상가상으로, 그게 아빠 때문이라는 걸?

아빠의 상태가 좋지 않을 때 ─ 행복하지 않을 때 ─ 스캔다르가 아빠를 돌봐야 한다는 것은 친구를 사귈 '평범한' 기회를 놓치고 살 수밖에 없다는 뜻이었다. 스캔다르는 방과 후에도 공원에서 느긋하게 놀 겨를이 없었다. 오락실에 가거나 마게이트 해변에서 피시앤칩스를 사먹을 용돈도 없었다. 스캔다르는 처음에는 깨닫지 못했지만, 영어 수업 시간이나 만든 지 오래된 커스터드 크림을 맛보는 아침 쉬는 시간이 아니라, 그런 시간이야말로 진짜로 친구를 사귈 수 있는 시간이었다. 아빠를 돌본다는 것은 스캔다르가 때때로 말끔하게 입지 못하고 이를 닦지 못하는 날도 있다는 것을 의미했다. 사람들은 그런 것을 잘 알아차렸다. 그들은 언제나 그랬고, 그들이 알아차린 것을 잊지 않았다.

케나에게는 이런 상황이 그렇게까지 나쁘지 않은 부분도 있었다. 스캔다르는 이런 환경에서 자라서 누나가 자기보다 자신감이 넘치는 거라고 생각했다. 스캔다르는 뭔가 영리한 꾀를 내거나 재미있는 말을 생각해 내려 할 때마다 머리가 너무 복잡했다. 몇 분 뒤에는 생각이 났지만, 같은 반 아이와 얼굴을 마주하고 있을 때면 머릿속에서 기이한 소리가 울리고 아무 생각이 안 났다. 케나에게는 그런 문제가 없었다. 스캔다르는 누나가 그들의 아빠가 이상한 사람이라고 수군대는 여자아이들을 상대하는 것을 본 적이 있다. "내 아빠는 내가 알아서 해." 누나는 아주 차분하게 말했다. "그러니까 신경 꺼, 후회하기 싫으면."

"걔들은 걔네 가족이랑 보겠죠, 아빠." 스캔다르는 그렇게 중얼거렸고, 자기 얼굴이 붉어지는 것을 느꼈다. 스캔다르가 오롯이 진실을 말하지 않을 때는 늘 얼굴에 표가 났다. 하지만 아빠는 눈치채지 못했다. 아빠는 접시를 차곡차곡 정리하기 시작했고, 그건 무척이나 드문 광경이라 스캔다르는 보고도 믿기지 않아 눈을 두 번이나 끔뻑거렸다.

"오웬은? 걔는 너랑 친하잖아, 응?"

오웬은 최악이었다. 아빠는 전에 스캔다르의 핸드폰에 오웬의 메시지가 수백 개나 와 있는 걸 보고서는 둘이 친구라고 어림짐작했던 것이다. 스캔다르는 오웬이 친구로서 그 메시지들을 보낸 것이 아니라는 말을 하지 않았다.

"아, 맞아요. 걔도 카오스컵 좋아하죠." 스캔다르가 아빠를 도우려고 일어났다. "하지만 걔는 자기 할아버지, 할머니하고 볼 거예요. 그분들은 아주 멀리 살아요." 아주 지어낸 말은 아니었다. 오웬이 자기 친구에게 그렇게 불평하는 말을 들었기 때문이다. 그리고 나서 오웬은 곧바로 스캔다르의 수학 교과서에서 세 장을 찢어서 구겨 버리고는 스캔다르의 얼굴에다가 획 던졌다.

"케나!" 아빠가 갑자기 소리를 질렀다. "이제 곧 시작한다!" 아무 대꾸가 없자 아빠는 케나와 스캔다르가 쓰는 침실로 들어갔고 스캔다르는 소파에 앉아 중계 방송 소리가 쩌렁쩌렁 울리는 TV를 마주했다.

리포터가 경기장의 스타트바 앞에서 왕년에 카오스컵에서 뛰었던 라이더를 인터뷰하고 있었다. 스캔다르는 TV 볼륨을 높였다.

"오늘 치열한 원소 배틀을 보게 될까요?" 리포터의 얼굴이 흥분으로 달아올랐다.

"물론입니다." 라이더는 자신 있게 고개를 끄덕이며 대답했다. "경쟁자들의 능력이 정말 다양하게 섞여 있거든요, 팀. 사람들은 페데리코 존스와 선세츠블러드(Sunset's Blood, 노을빛의 피)의 강력한 불을 주목합니다만, 에마 템플턴과 마운틴스피어(Mountain's Fear, 산의 공포)는 또 어떤가요? 그들은 공기 연합이지만 기술이 다양하죠. 사람들은 최고의 카오스컵 라이더는 자기 연합의 원소뿐만 아니라 4원소 전부를 다루는 데 능해야 한다는 것을 잊고 있다니까요."

4원소. 그것이 해처리 시험의 핵심이었다. 스캔다르는 유명한 유니콘과 라이더들이 각자 어떻게 불, 물, 흙, 공기와 연합해 있는지 외우느라 오랜 시간을 보냈다. 그들이 스카이배틀에서 어떤 공격과 방어를 선호하는지에 대해서도 외웠다. 뱃속에서부터 긴장감이 몰려왔다. 스캔다르는 해처리 시험이 바로 내일모레라는 것을 믿을 수 없었다.

아빠가 약간 찡그린 얼굴로 방에서 도로 나왔다. "케나는 조금 있다 나올 거다." 아빠는 그렇게 말하면서 낡고 오래된 소파에 스캔다르와 나란히 앉았다.

"너희는 어려서 이해하기 힘들 거야." 아빠는 한숨을 쉬면서 화면을 바라보았다. "13년 전에, 우리 세대가 처음으로 카오스컵을 보았을 때는 아일랜드의 존재를 아는 것만으로 충분했지. 나는 그때 이미 라이더가 되기엔 너무 나이가 많았어. 하지만 경주, 유니콘, 원소, ……. 그것들은 우리에겐 마법이었어. 나에게, 그리고 너희 엄마에게 말이다."

스캔다르는 유니콘들이 경기장에 입장하는 동안 화면에서 감히 고개를 돌리지 못하고 가만히 있었다. 아빠는 오로지 카오스컵이 열리는 날에만 스캔다르와 케나의 엄마 얘기를 했다. 스캔다르는 일곱 번째 생일을 맞던 날, 엄마에 대해서 묻기를 포기했다. 그 물음이 아빠의 속을 뒤집어 놓고 성나게 한다는 것을, 아빠를 며칠씩이나 방에 처박히게 한다는 것을 알았으니까.

"첫 번째 카오스컵이 있던 날처럼 너희 엄마가 감격에 젖었던 적은 없었지." 아빠가 말했다. "너희 엄마는 네가 지금 앉아 있는 바로 그 자리에 앉아, 널 안은 채로 웃고 소리 질렀지. 네가 태어난 지 몇 달밖에 안 됐을 때야."

스캔다르는 마르고 닳도록 들은 얘기였지만 조금도 개의치 않았다. 스캔다르와 케나는 언제나 엄마 얘기를 듣고 싶어 애가 탔다. 친할머니도 엄마 얘기를 해 주곤 했지만, 둘은 엄마를 가장 사랑했던 사람인 아빠 입에서 그런 얘기가 나오는 순간을 가장 좋아했다. 아빠는 같은 이야기를 반복하면서도, 때때로 새로운 이야기를 덧붙일 때가 있었다. 가령, 로즈메리 스미스는 언제나 아빠를 '로버트'라고 부르지 않고 '버티'라고 불렀다든가, 혹은 욕조에서 노래 부르기를 좋아했다든가, 제일 좋아하는 꽃은 팬지였다든가, 처음이자 마지막으로 보았던 카오스컵에서 가장 좋아했던 원소는 물이었다든가.

"나는 항상 기억한단다." 아빠는 스캔다르를 똑바로 바라보면서 말을 이었다. "첫 번째 카오스컵이 끝났을 때, 너희 엄마는 너의 앙증맞은 손을 잡고 네 손바닥에 어떤 패턴을 그리면서 마치 기도하듯 나지막이 속삭였지. '너에게 유니콘 한 마리를 약속할게, 내 아기.'"

스캔다르는 어렵사리 침을 삼켰다. 아빠가 이런 이야기를 한 것은 처음이었다. 스캔다르가 해처리 시험을 치르는 해까지 아껴 둔 걸까. 어쩌면 이 이야기는 사실이 아닐지도 모른다. 스캔다르는 로즈메리 스미스가 정말로 그에게 유니콘을 약속했는지 영영 알 수 없을 것이다. 엄마는 아무런 경고도 없이, 메인랜드에서 최초의 유니콘 경주 시청이 있었던 날로부터 사흘 후에 세상을 떠났기 때문에.

아빠에게 절대 말하지 않겠지만, 심지어 케나에게도 말할 수 없겠지만, 스캔다르가 그토록 카오스컵을 좋아하는 이유 중에는 엄마를 가깝게 느낄 수 있다는 점도 있었다. 스캔다르는 자신처럼 흥분으로 가슴이 벅차서 유니콘들을 보고 있는 엄마를 상상했다. 그러면 엄마가 꼭 함께 있는 것 같은 기분이 들었다.

케나가 쿵쿵 발소리를 내면서 시리얼 그릇을 들고 주방으로 들어갔다.

"진짜야, 스카? 아침부터 마요네즈?" 케나가 쌓여 있는 접시들 가운데 맨 위에 있던 스캔다르의 접시를 가리켰다. "내가 늘 말했지. 이건 좋아할 만한 음식이 아니야, 동생아."

스캔다르는 어깨를 으쓱했고, 그제야 케나는 소파에서 동생 옆자리에 앉으면서 소리 내어 웃었다.

"이제 너희 둘이 자리를 다 차지하는구나. 내년에 아빠는 바닥에 앉아야겠다!" 아빠도 소리 내어 웃었다.

스캔다르는 가슴이 미어졌다. 만약 시험을 통과한다면 그는 내년에 여기 없을 것이다. 그의 눈으로 직접 아일랜드에서 카오스컵을 볼 것이고, 자기만의 유니콘도 갖고 있을 것이다.

"케나, 솔직히 말해 봐! 어느 팀이 제일 좋아?" 아빠가 스캔다르를 안고 기댄 채 물었다.

케나는 썩 기분이 좋지 않은 표정으로 시리얼을 우적거렸다.

"아까 누나가 아스펜과 뉴에이지프로스트는 못 이길 거라고 했어요."
스캔다르가 누나의 반응을 보려고 짐짓 새된 목소리로 말했다.

그 방법은 통했다. "언젠가는 아스펜이 우승할지도 모르지. 하지만
올해는 물을 다루는 월더에게 유리한 대회가 아니야." 케나는 그렇게
말하면서 머리카락 한 가닥을 귀 뒤로 넘겼다. 스캔다르는 누나의 익
숙한 몸짓을 보자 왠지 마음이 놓였다. 설령 스캔다르가 내년에 이 소
파에 누나만 아빠와 남겨 둔다 해도 누나는 괜찮을 것 같았다.

스캔다르는 고개를 저었다. "말했잖아, 아스펜은 물 원소만 쓰지 않
을 거라고. 그녀는 훨씬 영리한 라이더야. 공기, 불, 그리고 흙 공격도
할 거야, 틀림없이."

"암만 그래도 라이더는 자기 연합 원소를 다룰 때 제 실력이 나오는
거야, 스카. 그러니까 '연합'이지, 괜히 그런 말을 붙이겠어? 흥! 아스펜
이 불 공격을 했다고 해서 그게 '진짜' 불 월더의 공격과 비교가 되겠냐
고, 안 그래?"

"좋아, 그건 그렇다 쳐. 그럼 누나는 누가 이길 거라고 생각하는데?"
아빠가 TV 볼륨을 높이는 동안 스캔다르는 자세를 고쳐 앉았다. 복장
을 갖춘 참가자들이 스타트바 뒤에서 자세를 잡으며 신경전을 펼치는
동안 해설의 열기는 최고조에 다다랐다.

"에마 템플턴과 마운틴스피어." 케나는 아주 차분하게 말했다. "작년
성적 10위, 불 월더, 게다가 체력 좋고 용감하고 똑똑하기까지. 나도
딱 그녀 같은 라이더가 되고 싶었어."

케나가 스스로 영영 라이더가 될 수 없다는 사실을 인정하다니, 스
캔다르가 이런 말을 듣기는 처음이었다. 스캔다르는 무슨 말이라도 하
고 싶었지만 어떻게 입을 떼야 할지 망설이다가 타이밍을 놓쳤다. 그래

서 해설자가 경기 시작 직전 몇 초를 때우려고 떠들어 대는 소리에 귀를 기울였다.

"지금 막 저희와 함께하게 된 시청자분들을 위해 말씀드리자면, 저희는 아일랜드의 수도 포포인트에서 카오스컵 현장을 생중계하고 있습니다. 잠시 후면 유니콘들이 이 유명한 경기장 밖으로 날아올라 공중 경주를 펼칠 예정입니다. 엄청난 체력과 스카이배틀 능력을 필요로 하는, 장장 16킬로미터의 혹독한 경주를 말이죠! 각 라이더들은 주행 코스에 떠 있는 표지물에서 반드시 벗어나 있어야 하며, 그러지 않으면 실격 처리가 될 수 있습니다. 스물네 명의 경쟁자가 서로를 원소 마법으로 공격해 매 고비마다 속도를 내지 못하게 만드는 상황에서는 이를 지키는 게 쉽지 않죠. 아! 이제 카운트다운이 시작됩니다. 5, 4, 3, 2, ……. 출발했습니다!"

스캔다르는 유니콘 스물다섯 마리를 주시했다. 평범한 말보다 덩치가 두 배나 큰 유니콘들이 스타트바가 뿔 위로 올라가자마자 폭발적인 속도로 튀어 나갔다. 라이더들이 안장에서 자세를 낮추고 속도를 높이면서 초반 우세를 차지하려고 유니콘들을 재촉하는 동안 기갑 장비에 싸인 라이더들의 다리가 양옆 라이더들과 부딪쳤다. 그다음은 스캔다르가 제일 좋아하는 순간이었다. 유니콘들이 깃털 무성한 커다란 날개를 펼치기 시작해, 경기장 모래 바닥을 박차고 훌쩍 날아오르는 순간. 마이크에는 라이더들이 투구 안에서 질러 대는 소리가 고스란히 담겼다. 그리고 또 다른 소리도 들렸다. 매년 경기 때마다 들었음에도 여전히 스캔다르의 등줄기를 쭈뼛하게 하는 그 소리. 유니콘의 가슴 깊은 곳에서부터 솟아나 후두를 우렁차게 울리며 터지는 소리. 사자의 포효보다 무섭고, 그가 메인랜드에서 들었던 그 어떤 소리보다 원초적인 태고의 소리. 당장 도망치고 싶게 만드는 그런 소리.

유니콘들은 공중에서 좋은 자리를 차지하려고 서로를 치고받았다. 금속 기갑 장비가 철컹 부딪치며 긁는 소리를 냈다. 경쟁 상대를 들이받는 뿔 끝에서 햇빛이 반짝였다. 빠드득 가는 이빨 주위로 거품이 일어나고 콧구멍은 벌겋게 타올랐다. 이제 유니콘들은 공중에 떠 있었고 하늘이 불덩이, 먼지 폭풍, 번개 섬광, 물로 된 벽까지, 원소 마법으로 환히 빛났다. 솜털 같은 하얀 구름을 배경으로 스카이배틀이 격렬하게 펼쳐졌다. 라이더들이 필사적으로 코스를 따라가며 분투하는 동안 그들의 오른손 손바닥은 원소의 힘으로 빛을 발했다.

그 광경은 아름답지 않았다. 유니콘들은 서로 발길질을 하고, 상대의 옆구리살을 이빨로 물어뜯고, 근거리까지 바짝 붙어 공격을 퍼부었다. 3분 만에 유니콘 한 마리와 라이더가 카메라에 잡혔다. 라이더의 머리카락이 불타고 한쪽 팔은 쓸모없이 축 늘어져 있었다. 유니콘과 라이더는 나선을 그리며 추락했고 쿵 하고 바닥과 충돌했다. 유니콘의 날개와 라이더의 금빛 머리에서 연기가 피어올랐다.

해설자가 신음하듯 말했다. "힐러리 윈터스와 샤프에지드릴리(Sharp-Edged Lily, 날카로운 날 백합)가 올해 카오스컵에서 탈락했습니다. 힐러리 윈터스의 팔이 부러진 것 같네요. 화상도 심한 것 같고, 릴리도 날개에 부상을 입었습니다."

카메라가 다시 선두 집단을 비추었다. 페데리코 존스와 선세츠블러드가 아스펜 맥그래스와 뉴에이지프로스트를 상대로 스카이배틀을 펼치고 있었다. 아스펜은 페데리코의 속도를 늦추기 위해 얼음 활을 소환하여 갑옷에 싸인 페데리코의 등을 향해 불 화살을 연달아 날렸다. 페데리코는 불타는 방패로 그 화살을 녹여 버렸다. 하지만 아스펜의 조준은 정확했고 뉴에이지프로스트는 그들을 바짝 따라붙고 있었다. 그래도 맥없이 무너질 페데리코가 아니었다. 아스펜이 프로스트를 타고 더 가까이 날아갔을 때 그녀의 머리 위에서 불꽃들이 파바박 터졌다.

"페데리코의 와일드파이어 공격입니다." 해설자는 놀랍다는 듯이 말했다. "저 높이에 저 속도라니, 믿어지지 않는군요. 그런데, 오! 저것 좀 보세요!"

얼음 결정들이 뉴에이지프로스트와 아스펜을 에워싸며 그물을 짜고 있었다. 그들은 이내 와일드파이어가 닿을 수 없는 두툼한 얼음 보호막 안에 들어와 있었다. 스캔다르는 페데리코가 유니콘과 함께 불 공격에 힘을 쓰면서도 뒤로 처지자 실망감에 고함 지르는 것을, 그 사이 아스펜이 자신의 아이스 셸을 뚫고 추월하는 것을 보았다.

"톰 나자리와 데빌스온티어스(Devil's Own Tears, 악마의 눈물)가 선두입니다. 그 뒤를 에마 템플턴과 마운틴스피어가 추격합니다. 3위는 얼로디 버치와 리버리드프린스(River-Reed Prince, 강 갈대 왕자)입니다. 그리고 다음은 믿을 수 없는 공기와 물 콤보, 뉴에이지프로스트와 아스펜 맥그래스가 4위입니다. 하지만 아스펜이 또다시 추월을 시도하는 것 같습니다." 해설자가 잠시 말을 멈추었다. 그의 목소리가 높아졌다. "속도를 올리고 있어요."

아스펜의 붉은 머리칼이 휘날리면서 뉴에이지프로스트가 믿을 수 없을 만큼 빠르게 흐릿한 날개로 리버리드프린스를 지나쳤다. 유니콘이 살짝 방향을 튼 덕분에 아스펜은 라이트닝 볼트를 간발의 차이로 피했다. 프로스트는 근사한 회색 날개를 펄럭이면서 케나가 가장 좋아하는 마운틴스피어를 지나쳤고, 이어서 톰 나자리의 검은 유니콘 데빌

스온티어스까지 추월해 버렸다. 이제 아스펜이 선두였다.

"예!" 스캔다르가 펄쩍 뛰어올랐다. 스캔다르답지 않은 행동이었지만, 이건 도무지 믿을 수 없는 전개였다. 정말로 믿기지 않았다.

"이런 건 처음 봅니다. 압도적으로 치고 나오네요!" 해설자가 외쳤다.

케나는 유니콘들이 결승선에 다가가는 동안 눈을 떼지 못하고 숨을 몰아쉬었다. "믿을 수가 없어!"

"100미터는 족히 앞서서 들어오겠어요." 또 다른 해설자가 고함을 질렀다.

스캔다르는 뉴에이지프로스트의 발굽이 경기장 모래를 딛는 모습을 바라보면서 입을 다물지 못했다. 아스펜이 유니콘을 앞으로 몰고 나갔다. 결승선 아치를 통과하는 아스펜의 눈에는 매서운 결의가 어려 있었다.

스캔다르는 흥분을 주체하지 못하고 방방 뛰며 소리 질렀다. "이겼어! 그들이 이겼어! 봤지, 케나, 내가 뭐랬어! 내가 맞혔어, 맞혔다고!"

케나가 눈을 빛내며 웃었다. 그 덕분에 승리가 더욱 짜릿했다. "그래, 스카, 진짜 굉장했어. 인정해. 그 얼음 결정에, 그 움직임이라니! 난 여태껏……."

"잠깐만." 아빠는 TV 화면 앞에 서 있었다. "뭔가 잘못됐어."

스캔다르는 아빠 옆으로 다가갔다. 케나도 다른 쪽 옆에 가서 섰다. 스캔다르는 군중이 소리 지르는 걸 들을 수 있었다. 하지만 그건 더는 흥분의 함성이 아니었다. 그건 공포에 질린 소리였다. 유니콘들은 더는 결승선 아치로 들어오지 않았다. 해설자들은 말이 없었고, 촬영 감독들마저 자리를 이탈한 듯 화면은 고정된 채로 경기장만을 계속 비추고 있었다.

유니콘 한 마리가 경기장 중앙에 착륙했다. 그 유니콘은 선세츠블러드나 뉴에이지프로스트, 마운틴스피어 같은 다른 유니콘들과 전혀 닮지 않았다. 우승 퍼레이드는 중단되었다. 그 유니콘의 날개는 마치 박쥐의 날개처럼 깃털이 거의 없고 피골이 상접해 뼈대만 두드러져 보였다. 유니콘의 두 눈은 유령이 나올 법한 붉은 구멍이었다. 턱에는 피가 고여 있었고, 이빨은 당장이라도 대회에 참가한 유니콘들을 공격할 듯 그들을 향해 드러나 있었다.

스캔다르는 그 유니콘의 뿔이 투명하다는 것을 알아차리고는 비로소 깨달았다.

"야생 유니콘이에요." 스캔다르가 숨을 내쉬었다. "아일랜드에서 메인랜드에 보낸 그 옛날 영상에 나왔던 것과 같은 야생 유니콘이네요. 오래전 유니콘이 실제로 존재한다는 것을 메인랜드에 증명해 줬던 그 영상 있잖아요. 유니콘들이 마을을 공격했을 때……."

"뭔가 잘못됐어." 아빠가 아까와 같은 말을 했다.

"야생 유니콘일 리 없어." 케나가 속삭였다. "라이더가 있잖아."

스캔다르는 그 유니콘에 사람이 올라타 있다는 것을 미처 알아차리지 못했다. 그러나 케나의 말대로 그것은 사람인 것 같았다. 그 라이더가 걸친 검은 수의의 해지고 찢어진 밑단이 바람에 펄럭이고 있었다. 굵고 하얀 줄무늬가 라이더의 목덜미에서 정수리까지 얼굴을 가렸고, 그 위로 짧고 검은 머리로 이어졌다.

유니콘이 발굽으로 허공을 가르며 몸을 일으키는 동안 짙은 검은 연기가 뿜어져 나왔다. 유령 라이더가 의기양양하게 함성을 지르고 유니콘이 날카롭게 울부짖자 연기가 경기장에 자욱해졌다. 스캔다르는 그 유니콘이 카오스컵 출전자들에게 다가가는 모습을 보았다. 발굽 주위에서 불똥이 춤을 추었고 라이더의 손바닥에서 뿜어져 나오는 하얀 빛이 화면을 밝혔다. 시커먼 연기로 화면이 완전히 컴컴해지기 직전, 그 라이더가 돌아서면서 — 의도적으로 천천히 — 뼈밖에 없는 기다란 손가락을 들더니 카메라를 똑바로 겨누었다.

그다음부터는 오직 소리만 들렸다. 원소 마법이 폭발하고, 유니콘들은 귀가 찢어질 듯 울부짖었다. 그보다 더 큰 비명 소리가 군중으로부터 쏟아져 나왔다. 우레와 같은 발소리로 미루어보건대 아일랜더(Islander, 아일랜드 사람)들이 관중석에서 도망치고 있는 것이 틀림없었다. 아일랜더들이 황급히 카메라를 지나치고 겁에 질린 목소리들이 뒤범벅이되는 가운데, 스캔다르는 어떤 단어가 반복되는 것을 알아차렸다.

위버(Weaver, 베 등을 짜는 사람).

스캔다르는 위버에 대해서 들어 본 적 없지만 군중이 그 말을 수군대고 부르짖고 외치자 덜컥 겁이 나기 시작했다.

스캔다르가 아빠를 향해 고개를 돌렸다. 아빠는 아직도 믿을 수 없다는 듯 TV 화면 속에서 피어오르는 검은 연기를 멍하니 바라보고 있었다. 케나가 스캔다르보다 먼저 질문을 던졌다. "아빠." 케나는 차분하게 물었다. "위버가 누구예요?"

"쉿." 아빠가 손사래를 쳤다. "무슨 일이 일어난 게야."

연기가 걷히면서 시야가 선명해졌다. 모래에 무릎을 꿇고 주저앉은 여자가 흐느낌과 고함을 토하고 있었다. 그녀는 여전히 '맥그래스'라는 이름이 파란색으로 표시된 갑옷을 입은 채 다른 라이더들에게 둘러싸여 있었다.

"제발, 제발 그를 다시 데려와!" 아스펜의 울부짖음이 경기장을 가로질렀다.

페데리코 존스가 아스펜을 부축해 일으키는 동안에도 ——치열했던 승부는 이제 다들 잊어버린 상태였다—— 아스펜은 연신 울부짖고 있었다. "위버가 내 유니콘을 데려갔어! 내 유니콘이 사라졌어! 우리가 이겼는데 위버가……." 아스펜은 그 이상은 숨이 막혀 말하지 못하고 흙투성이 얼굴로 눈물만 줄줄 흘렸다.

날카로운 목소리가 채찍처럼 공기를 갈랐다. "카메라 꺼! 당장! 메인랜드에서 이걸 보면 안 돼. 빨리 카메라 전부 꺼!"

유니콘들이 깩깩대고 히힝 우는 소리가 주위를 가득 메웠다. 라이더들이 얼른 안장에 올라타 각자의 유니콘을 진정시키려 애썼지만 그러는 동안에도 유니콘들은 사납게 앞발을 들고 입에서 거품을 질질 흘렸다. 스캔다르는 지금껏 그렇게 흉측스러운 유니콘을 본 적이 없었다.

스물다섯 명의 라이더 중에서 모래에 두 발로 서 있는 사람은 오직 한 명, 우승자 아스펜 맥그래스뿐이었다. 그녀의 유니콘 뉴에이지프로스트는 아무 데도 보이지 않았다.

"위버가 누구예요?" 케나가 집요한 목소리로 다시 물었다.

하지만 아무도 대답하지 않았다.

2장

잠긴 문

"미스 번트리스, 위버가 누구인지 말해 주실 수 있나요?"

"왜 위버가 뉴에이지프로스트를 데려간 거예요?"

"위버는 어떻게 야생 유니콘을 탔을까요?"

"위버가 메인랜드에 올 수 있을까요?"

"조용!" 미스 번트리스가 손으로 이마를 짚으면서 소리를 질렀다.

교실이 조용해졌다. 스캔다르는 미스 번트리스가 소리 지르는 것을 처음 보았다.

"여러분이 나한테는 오늘 네 번째 해처리 수업을 하는 반이에요." 미스 번트리스는 화이트보드에 팔꿈치를 대고 기댄 채로 말했다. "다른 학생들에게 했던 말을 여러분에게도 할 거예요. 나는 위버가 누구인지 몰라요. 위버가 어떻게 야생 유니콘을 타는 건지 그것도 몰라요. 그리고 놀랍지도 않겠지만, 뉴에이지프로스트가 어디 있는지도 몰라요."

모두 온종일 카오스컵 얘기밖에 하지 않았다. 그건 드문 일은 아니었다. 카오스컵은 한 해의 가장 큰 이벤트였기 때문이다. 그렇지만 올해는 달랐다. 사람들은 걱정에 휩싸였다. 특히 해처리 시험을 하루 앞둔 전국의 스캔다르 또래의 아이들은 말할 것도 없었다.

"미스 번트리스." 마리아가 손을 들었다. "저희 부모님이 시험을 치르지 말라고 하세요. 아일랜드가 안전하지 않을 거래요."

몇몇이 고개를 끄덕거렸다.

미스 번트리스는 몸을 쭉 펴고 옅은 갈색 앞머리 아래로 학생들을 빤히 바라보았다. "의무적으로 응시하게끔 법으로 정해져 있다는 점은 둘째로 치더라도, 만약 마리아가 해처리의 유니콘과 맺어질 운명인데 그 부름에 답하지 않으면 어떻게 되는지 누가 말해 볼까요?"

누구라도 답할 수 있는 질문이었지만 새미가 맨 먼저 손을 들었다. "마리아가 부화를 돕지 않으면 그 유니콘은 자기 운명의 라이더와 연을 맺지 못해요. 아마 야생에서 부화하겠지요."

"맞아요. 그리고 여러분이 카오스컵에서 보았던 무시무시한 괴물로 성장하겠지요." 미스 번트리스가 말했다.

"부모님 뜻에 저도 동의한다는 말은 아니에요!" 마리아가 항변했다. "저는 여전히……."

미스 번트리스는 마리아를 무시하고 계속 말했다. "15년 전, 아일랜드는 라이더 부족 문제로 우리에게 도움을 요청했어요. 다들 이번 사건에 동요하는 건 이해하고, 나 역시 그래요. 하지만 내 학생 중 누구라도 책임을 회피하는 건 못 봅니다. 그리고 위버가 탈주한 지금은, 운명의 유니콘이 있는 사람이 반드시 부화를 맡는 것이 더욱 중요해졌어요. 기회는 오직 한 번뿐이에요. 그리고 올해는 여러분의 해죠."

"음, 제 생각엔 이게 다 한바탕 장난 같아요." 오웬이 교실 뒤편에서 느릿한 말투로 입을 열었다. "제 의견을 묻는다면 그건 야생 유니콘도 아니었다고 봐요. 그냥 야생인 척했던 거죠. 인터넷에서 봤는데……."

"그래, 고맙구나, 오웬." 미스 번트리스가 그의 말을 끊었다. "그것도 하나의 가능성이지. 자, 이제 복습 질문으로 넘어가도 되겠죠?"

스캔다르는 인상을 찌푸리면서 해처리 교과서를 내려다보았다. 그럴리 없었다. 그게 누군가의 장난질이었다면 왜 아일랜더들이 그렇게까지 기겁을 했을까? 어떻게 검은 옷을 휘감은 라이더가 아일랜드에서 가장 강력한 카오스컵 출전 유니콘들을 제압하고 뉴에이지프로스트를 데려 갔단 말인가? 그리고 위버는 누구, 혹은 무엇인가?

스캔다르는 교실 뒷자리에서 소곤거릴 수 있는 친구가 있으면 좋겠다고 생각했다. 그러면 친구는 어떻게 생각하는지 물어볼 수 있을 텐데……. 그 대신, 스캔다르는 연습장 여백에다가 그 수수께끼의 야생 유니콘을 그려 보았다. 유니콘을 제외하면, 그림을 그리는 건 스캔다르가 좋아하는 유일한 것이었다. 그림은 아일랜드에 가 있는 자기 자신을 상상하는 수단이었다. 그의 스케치북은 싸움을 벌이는 유니콘이나 부화하는 알 그림으로 가득 차 있었다. 가끔은 바다 풍경을 그리거나 누나를 웃긴 만화체로 그리거나 — 아주 드물게는 — 오래된 사진 속 엄마 모습을 그리기도 했지만 말이다.

처음은 아니었지만, 스캔다르는 엄마가 이 모든 일을 어떻게 생각할지 궁금했다.

하루가 끝나 갈 무렵, 스캔다르는 교문 앞에서 늘 그렇듯 혼자서 해처리 복습 노트를 훑어보면서 누나가 나오기를 기다렸다. 그러다가 스캔다르는 그가 어디서든 알아차릴 수 있는 소리를 들었다. 오웬의 웃음소리였다. 오웬은 어른인 체하려고, 성인 남자처럼 목소리를 쫙 깔고 웃었다. 스캔다르는 그래 봤자 오웬이 변비 걸린 소의 기침 비슷한 소리를 낼 뿐이라고 생각했지만 말이다.

"이제 막 받은 거란 말이에요!" 높은 톤의 목소리가 외쳤다. "동생이랑 나눠 가지려고 했는데, 뺏지 마요, 제발……."

"챙겨, 로이." 오웬이 냅다 소리를 질렀다.

로이는 평소 오웬과 어울려 다니는 녀석들 중 하나였다.

오웬과 로이가 일곱 살 어린이 반 학생 하나를 운동장의 낮은 담벼락에다가 몰아세우고 있었다. 스캔다르는 그 아이의 주근깨 있는 창백한 얼굴과 연한 붉은색 머리카락을 보고 아스펜 맥그래스를 떠올렸다.

"야!" 스캔다르가 그쪽으로 뛰어갔다. 나중에 후회할 건 이미 알고 있었다. 어쩌면 얼굴에 주먹을 한 방 먹을 수도 있었다. 그렇더라도 그 아이 혼자 오웬을 상대하도록 내버려 둘 수는 없었다. 더욱이, 오웬은 과거에도 스캔다르에게 여러 차례 주먹을 휘둘렀다. 스캔다르는 그런 일에 익숙했다.

가까이 가서 보니 로이가 그 아이의 카오스 카드를 한 움큼 빼앗은 참이었다.

"'나 님'에게 뭐라고 했지?" 오웬이 스캔다르에게 다가왔다.

스캔다르는 재빨리 붉은 머리 소년에게 숨으라는 신호를 보냈다. 소년의 머리가 벽 너머로 사라졌다.

"어, 그게, 네가 혹시 내 노트를 빌리고 싶지 않을까 해서……." 스캔다르가 말했다. 아까의 용기는 벌써 온데간데없었다. 오웬에게 '야!'라고 했으면 빨리 튀었어야지 뭐 한 거야? 도대체 무슨 생각이었지?

오웬은 코웃음을 치면서 스캔다르의 손에서 해처리 복습 노트를 잡아채서는 로이에게 건넸다. 그러고는 덤으로, 자유로워진 손으로 주먹을 쥐고 스캔다르의 어깨를 세게 후려쳤다.

"해처리 뭐시기라." 로이가 노트를 대충 들춰 보면서 중얼거렸다.

"좋아, 그럼 난 이만 가 볼게." 스캔다르가 옆으로 비켜서는데 오웬이 그의 하얀 셔츠 멱살을 잡아챘다. 오웬이 지저분한 검은 머리를 더 지저분하게 헝클어뜨릴 때 쓰는 헤어젤 냄새가 풍겼다.

"네가 진짜로 해처리 시험을 통과할 거라 생각하는 건 아니지?" 오웬은 괜히 놀라는 표정을 지었다. "오! 그렇게 생각하는구나! 아이고, 귀여워라!"

로이가 멍청하게 고개를 끄덕거렸다. "그렇다니까. 이건 복습 노트네."

"내가 한두 번 말했냐?" 오웬이 스캔다르에게 얼굴을 바짝 들이밀고 내려다보면서 말했다. "너 같은 사람은 라이더가 되지 못해. 넌 너무 약해 빠졌고, 너무 체구가 작고, 너무 한심하잖아. 네가 유니콘처럼 위험한 걸 어떻게 탄다고 그래. 넌 푸들이 어울리겠다. 그래, 스캔다르, 푸들이나 한 마리 구해서 타고 다녀. 그러면 우리는 시원하게 웃을 일이 생기고 얼마나 좋아!"

오웬이 작별의 펀치를 먹이려고 주먹을 휘두르는 순간, 누군가가 뒤에서 그 주먹을 잡아채고는 홱 잡아당겼다. 중력도 스캔다르 못지않게 오웬이 밉상이었던 걸까. 오웬이 그대로 쿵! 아스팔트가 깔린 바닥에 쓰러졌다.

케나가 오웬을 내려다보며 서 있었다. "눈앞에서 당장 꺼져. 그러지 않으면 엉덩방아 찧고 질질 짜는 정도로는 안 끝나." 케나의 갈색 눈이 위험하게 번득였다. 스캔다르는 누나가 자랑스러웠다. 누나는 역시 최고였다.

오웬이 허둥지둥 일어나 돌아서서 냅다 달아났다. 로이가 스캔다르의 복습 노트를 여전히 든 채로 그 뒤를 바짝 따라갔다. 케나가 그걸 알아차렸다. "야, 그거 스캔다르 노트잖아! 이리 와!" 케나는 그렇게 외치고는 교문으로 오웬과 로이를 쫓아갔다.

스캔다르는 심장이 두근대는 것을 느끼면서 벽 뒤쪽을 바라보았다. "이제 나와도 돼."

붉은 머리 소년이 나와서 겁에 질린 눈을 하고는 스캔다르 옆에 앉았다.

"이름이 뭐야?" 스캔다르가 다정하게 물었다.

"조지 노리스." 소년이 코를 훌쩍거리더니 눈물을 훔치면서 대꾸했다. "내 카드 가져가지 말지." 소년은 속상한 마음에 벽을 두 번 발로 찼다.

"그래, 조지 노리스, 오늘 너는 운이 좋았어. 왜냐하면……" 스캔다르가 자기 가방을 끌어당겨서 그 안에서 유니콘과 라이더 트레이딩 카드 한 벌을 꺼냈다. "내가 너에게 카드 다섯 장을 고를 기회를 줄 거니까. 더 놀라운 건, 돈 걱정은 안 해도 된다는 거야……. 그냥 주는 거니까."

조지의 얼굴이 환하게 빛났다.

스캔다르가 조지 앞에 카드들을 펼쳐 보였다. "자, 골라 봐." 유니콘 날개의 빛나는 가장자리가 햇빛에 반짝거렸다.

조지는 카드를 고르는 데 한참 걸렸다. 스캔다르는 자기가 애지중지하는 컬렉션에서 몇 장이 소년의 주머니로 들어가는 것을 보면서 움찔하지 않으려고 안간힘을 썼다.

"어, 다음에 또 오웬이 못살게 굴거든," 스캔다르가 자리에서 일어났다. "네가 우리 누나랑 잘 안다고 해. 우리 누나 이름은 케나 스미스야."

"아까 그 형을 뒤로 잡아당긴 누나?" 조지의 눈이 휘둥그레졌다. "그 누나 되게 무섭던데."

"무섭지!" 케나가 어느새 스캔다르 뒤로 다가와서는 고함을 질렀다.

"어휴, 왜 이래?" 스캔다르가 놀란 가슴을 부여잡으며 소리쳤다.

조지가 기분 좋게 손을 흔들며 인사를 했다. "스캔다르 형, 안녕!"

케나가 스캔다르에게 복습 노트를 내밀었다. "오웬이 또 널 괴롭혔어? 골치 아파지면 나에게 꼭 말해. 그 자식이 너한테 자기 숙제를 시키는 거야? 왜 그 녀석이 네 노트를 갖고 있었는데?"

아빠와 달리 케나는 오웬이 스캔다르를 오랫동안 괴롭혀 왔다는 것을 알고 있었다. 하지만 스캔다르는 요즘 들어 그 문제로 누나를 성가시게 하지 않으려고 애썼다. 누나가 속상해할 텐데 그 일 말고도 누나는 속상할 일투성이였기 때문이다.

"난 누구의 숙제도 대신해 주지 않아. 걱정하지 마."

"그냥 말해 두는 건데, 음, 집에 할 일이 많아. 알다시피 아빠가 카오스컵 이후로 완전히 다운됐잖아. 위버가 한 해의 가장 행복한 날을 훔쳐 갔다는 말만 계속하고 말이야. 아빠야 카오스컵이 끝나면 늘 기분이 안 좋았지만 이번엔 완전……."

"바닥이지." 스캔다르가 케나의 말을 받았다. "응, 나도 알아, 켄." 아빠는 카오스컵 영상을 보고 또 보고 있었다. 몇 번이나 다시 돌려 보고 화면을 정지시켜 놓고 보기도 하면서 집착했다. 그러고는 밥도 안 먹고, 스캔다르와 케나에게 말 한마디 없이 침대에 들곤 했다.

"네가 내일," 케나는 말을 잇기 전에 숨을 한 번 들이마셨다. "해처리 시험이 있다는 건 알아. 하지만 그것 때문에 모든 것이 중단되진 않아. 너도 알지, 그 이유는?"

"알아." 스캔다르가 한숨을 쉬었다. 그가 아일랜드에 가게 될 확률이 얼마나 낮은지 말하는 케나를 상대할 수 없었다. 오웬과 로이를 상대하고 나서가 아니라 그냥, 그럴 수가 없었다. 상황이 바뀔 수 있다는 희망, 여기를 떠나 살아 볼 수 있다는 희망만이 그 모든 것을 견디게 해 주었으니까. 유니콘은 전부였다. 케나는 그 전부를 잃었다. 그러나 스캔다르는 꿈을 놓아 버리고 싶지 않았다. 아직은. 아직까지는.

"괜찮아, 스카?" 케나가 동생을 빤히 바라보고 있었다. 스캔다르가 보도 한복판에 우뚝 서서 꼼짝도 하지 않고 있었던 것이다. 유니콘 티셔츠를 입은 꼬마 하나가 스캔다르에게 가로막혀 하는 수 없이 아장아장 걸음으로 빙 둘러 지나갔다.

스캔다르는 다시 걸음을 옮기기 시작했지만 케나는 하던 말을 그만두지 않았다. "사람들이 지금 아일랜드가 안전하지 않다고들 해서 그래?"

"그런 건 해처리 문을 열고자 하는 나를 막지 못해." 스캔다르는 완강하게 말했다.

케나가 동생을 쿡 찌르며 말했다. "아이고, 용맹한 전사 납시었네. 그때 침대에서 장님거미 나왔다고 난리 치던 사람 어디 갔나."

"내가 유니콘을 부화시킨다면 소름 끼치게 기어 다니는 것들을 몽땅 잡아먹게 할 거야. 진짜 너무 싫어." 스캔다르도 농담으로 받아쳤다.

하지만 케나의 얼굴에서, 그들이 유니콘의 영역으로 너무 깊숙이 들어가 버릴 때면 그렇듯, 쓸쓸함이 묻어났다.

스캔다르는 아직도 케나가 시험을 통과하지 못했다는 것이 믿기지 않았다. 남매는 모든 것을 함께 해낼 계획이었다. 케나가 먼저 아일랜드로 가고, 일 년 후에는 스캔다르가 합류하고, 아빠는 메인랜드에서 아일랜드로 자녀를 보낸 모든 가정이 그렇듯 보상금을 받고. 그랬다면 남매는 아빠의 자랑이 되었을 텐데. 그들이 아빠를 '더 나은 사람으로' 만들 수 있었을 텐데.

"괜찮으면 오늘 저녁은 내가 할까?" 스캔다르는 왠지 죄책감이 들어 그렇게 말했고, 케나는 그들이 사는 건물의 출입문 비밀번호를 누르고 있었다. 그들은 계단으로 올라갔다. 엘리베이터가 몇 달째 고장인데도 아무도 고치러 오지 않았다. 케나가 적어도 열두 번은 불편을 호소했는데도 그 모양이었다.

10층에서는 언제나 그렇듯 퀴퀴한 연기와 시큼한 식초 냄새가 났다. 207호 앞의 기다란 형광등이 지직거리고 있었다. 케나가 열쇠를 넣었지만 현관문은 열리지 않았다. "아빠가 또 빗장을 걸어 놨어!"

케나는 아빠의 핸드폰으로 전화를 걸고, 또 걸었다. 하지만 아빠는 전화를 받지 않았다.

케나는 문을 두드렸고, 이어서 더 세게 두드렸다. 스캔다르는 웅덩이처럼 칙칙한 회색 카펫에 한쪽 뺨을 비비다시피 하면서 얼굴을 현관문 아래 빈틈에 대고 아빠를 소리쳐 불렀다. 안에선 아무 기척이 없었다.

"소용없어." 케나가 문에 등을 기댄 채 스르르 미끄러져 내려가 바닥에 주저앉았다. "아빠가 일어나서 우리가 집에 없다는 걸 깨달을 때까지 기다리는 수밖에 없어. 잘되겠지. 이런 일이 처음도 아니고."

스캔다르는 누나와 나란히 문에 몸을 기댔다.

"복습이나 할까?" 케나가 말을 꺼냈다. "내가 문제 낼게."

스캔다르가 눈살을 찌푸렸다. "진짜 그러고 싶어?"

케나가 머리카락 한 가닥을 귀 뒤로 넘겼다. 그러고는 머리카락이 확실히 고정됐는지 확인하느라 똑같은 동작을 반복하더니 스캔다르를 향해 고개를 돌렸다. 케나가 한숨을 쉬었다. "봐, 아일랜드에서 부름을 받지 못한 다음부터 내가 쓰레기처럼 살았다는 거 나도 알아."

"그렇지 않았……." 스캔다르는 말을 하려고 했다.

"아니, 그랬어. 나는 악취 진동하는 쓰레기통이었고, 똥 덩어리였어. 하수관에 처박힌 최악의 똥보다도 못했지."

스캔다르는 웃음이 터졌다.

케나도 이제 활짝 웃고 있었다. "그리고 이건 공평하지가 않아. 진짜 불공평하다고. 너와 내가 상황이 반대였으면 넌 분명히 내 과제를 도와주고 나하고 계속 유니콘 얘기를 나눴을 테니까. 엄마는 마음이 넉넉한 사람이었다고 아빠가 말한 적 있어. 그게 사실이라면 나보다 네가 더 엄마를 닮았나 봐. 스카, 넌 나보다 나아."

"그렇지 않아!"

"난 똥이잖아. 와, '그렇지 않아 / 난 똥이잖아.' 운이 딱딱 맞네! 자, 이제 내가 도와줘, 말아?" 케나는 스캔다르의 가방을 낚아채더니 그 안을 뒤져서 표지에 4원소의 상징이 박혀 있는 해처리 교과서를 꺼냈다. 그러고는 책을 아무 페이지나 펼쳤다. "쉬운 것부터 잽싸게 착착 짚어 볼까. 아일랜드가 메인랜드에 유니콘이 실제로 존재한다고 밝히게 된 이유는?"

"켄……, 뭐야, 할 거면 진지하게 해!"

"나 무척 진지해, 스카. 네가 모든 걸 안다고 생각하지만 실수는 쉬운 문제에서 나올걸? 내 말이 틀리나 봐." 그들의 머리 위 형광등이 아까보다 더 크게 지직거렸다. 스캔다르는 이렇게 기분 좋은 상태의 누나에게 익숙지 않았다. 더구나 아일랜드 얘기를 나누면서 이러기는 쉽지 않았다. 그래서 누나에게 장단을 맞춰 주었다.

"알았어, 알았어. 음, 유니콘을 부화시킬 운명의 열세 살 아일랜더의 수가 충분하지 않았으니까. 그건 다시 말해, 해처리 문을 열 사람이 부족하다는 뜻이야. 또, 유니콘들이 연을 맺지 못한 채 야생에서 부화해 아일랜드에 들끓을 위험이 있다는 뜻이기도 하고. 그래서 메인랜드 아이들도 해처리 문에 도전하게 만들 필요가 있었던 거야."

"메인랜드에 그 얘기를 할 때 아일랜드가 맞닥뜨린 주요 장애물은?" 케나가 교과서를 좀 더 훑어보면서 물었다.

"총리와 보좌관들은 장난으로밖에 받아들이지 않았지. 메인랜드는 유니콘이 신화에나 나오는 존재라고 생각했으니까. 사람을 해치지도 않고, 복실복실……."

"또?" 케나가 재촉했다.

"똥도 무지개색으로 싼다고 믿었지." 스캔다르와 케나는 서로 얼굴을 바라보며 활짝 웃었다.

여느 메인랜드 아이들과 마찬가지로 그들도 유니콘이 신화 속의 존재라고 믿었던 시절의 이야기를 듣고 자랐다. 미스 번트리스는 만약 그 시절에 아이들에게 유니콘이 진짜로 있다고 밖에서 말하고 다녔으면 웃음거리가 됐을 거라고 했다. 미스 번트리스는 첫 번째 해처리 수업에서 유니콘을 형상화한 옛날 물건들을 돌려 가면서 보게 했다. 웃는 얼굴에 속눈썹이 예쁘게 말린 폭신한 분홍색 유니콘 인형, 은빛 뿔이 달린 번쩍번쩍한 머리띠, 그리고 '언제나 너 자신이 되렴. 유니콘이 될 수 없는 게 아니라면 언제나 유니콘이 되렴.'이라고 적힌 생일 카드도 있었다.

그러다 15년 전, 모든 것이 변했다. 피에 주린 야생 유니콘들을 찍은 영상이 메인랜더(Mainlander, 메인랜드 사람)들의 TV 화면에 나오자마자 유니콘과 관련된 상품들이 상점에서 싹 사라졌다. 아빠는 그 무시무시한 야수들이 메인랜드까지 떼를 지어 날아와 거치적거리는 모든 것을 이빨이나 발굽, 뿔로 죽여 버릴지도 모른다는 생각에 다들 겁을 먹었다고 했다. 공포에 사로잡힌 사람들은 유니콘과 관련된 것은 집에서 전부 들고 나와 ─ 그림책, 인형, 열쇠고리, 파티 장식 할 것 없이 ─ 공원에 높이 쌓아 놓고 불태웠다.

당연히, 부모들은 괴물들이 자유로이 활개를 치는 곳으로 자식을 보내고 싶어 하지 않았다. 스캔다르도 런던에서 시위가 일어나고 국회에서 격론이 벌어졌다는 옛날 신문 기사를 본 적이 있었다. 그러나 모든 불평에 대한 답변은 늘 이러했다. 우리가 돕지 않으면 야생 유니콘이 계속 늘어나 결국 우리를 다 죽일 것이다. 사람들은 메인랜드가 아일랜드와 전쟁을 해서 유니콘을 전멸시켜야 한다고 했지만, 총리는 연을 맺은 유니콘이든 야생 유니콘이든 총을 쏴도 죽지 않는다고 답했다.

총리는 메인랜드가 원조에 동의하면 양쪽 다 이익일 수 있다고 열심히 강조했다. "연으로 잘 맺어진 유니콘은 다릅니다." 그는 의심하는 이들을 안심시키려 노력했다. "얼마나 큰 영광일지 생각해 보십시오. 여러분의 자녀가 영웅이 되기를 바라지 않으십니까?"

아빠는 어느 정도 시간이 지나자 사람들이 그 모든 일에 동요하지 않게 됐다고 했다. 떨어져 살며 서로를 그리워하는 메인랜더 가족이 생겼지만 아이들은 죽지 않았고 아무도 야생 유니콘에게 해를 입지 않았다. 메인랜더 라이더의 부모는 일 년에 한 번 아일랜드를 방문해서 자녀와 하루를 보냈다. 집에 돌아가고 싶어 하는 라이더는 아무도 없었다. 어른 아이 할 것 없이 모두가 카오스컵 진출 라이더들을 우러러보았다. 라이더들이 왕족보다 더 이름을 날렸다. 라이더가 되는 것은 아이들 대부분이 생일 케이크의 촛불을 끄면서 비는 소원이었다. 유니콘은 서서히, 그러나 확실하게 일상의 일부가 되었고, '야생' 유니콘을 언급하는 사람은 거의 없었다.

지금까지는. 위버가 등장하기 전까지는.

"시험에 위버에 대한 것도 나올까?" 스캔다르가 앞뒤로 왔다 갔다 서성거리고 있던 케나에게 물었다. "누나는 위버가 야생 유니콘이랑 정말로 연을 맺었다고 생각해? 그건 불가능하겠지? 내 말은, 야생 유니콘의 정의 자체가 운명의 라이더와 연을 맺을 기회를 놓치고 저 혼자 알에서 깨어난 유니콘인데……."

케나가 발걸음을 멈추었다. 스캔다르는 누나의 회색 양말을 빤히 바라보았다. "걱정하지 마. 넌 괜찮을 거야."

"누나는 정말로 내가 라이더가 될 수 있다고 생각해?" 스캔다르가 속삭임보다 조금 더 클까 말까 한 소리로 물었다. 아일랜드에 도착해서 해처리 문을 여느냐 마느냐는 말할 것도 없고, 시험을 통과하느냐 마느냐도 케나가 어떻게 할 수 있는 문제는 아니었지만 스캔다르에게는 여전히 누나가 자신을 믿어 주는 것이 중요했다.

"물론이지!" 케나가 동생을 향해 훤하게 웃었다. 하지만 스캔다르는 당장 눈물이 떨어질 것처럼 눈시울이 뜨거워지는 것을 느꼈다. 그는 누나의 말을 믿지 않았다.

스캔다르는 자기 무릎을 내려다보았다. "난 알아. 난 특별하지 않아. TV에 나오는 라이더들과도 전혀 비슷하지 않고. 그들은 화려하고 재미있어 보여. 하지만 난, 음, 내 머리카락은 특정한 색깔조차도 없는걸!"

"웃기고 있네. 갈색이잖아, 내 머리하고 같은."

"그런가?" 스캔다르가 절망적으로 한숨을 쉬었다. "아니면, 그냥 다소 진흙색이라고 해야 하나? 그리고 난 눈동자 색도 탁해. 이게 파란색인지 초록색인지 갈색인지조차 모르겠어. 난 장님거미, 말벌, 가끔은 어둠도 무서워 벌벌 떨지. 내 손조차 볼 수 없을 정도의 어둠만 무서워하는 거지만, 어쨌든 무서운걸. 어떤 유니콘이 이런 나와 연을 맺고 싶어 할까?"

"스캔다르." 케나가 스캔다르 옆에 와서 무릎을 꿇었다. 그들이 어릴 적, 스캔다르가 속상해할 때면 늘 그랬던 것처럼. 둘은 연년생이었지만 케나는 항상 더 어른스러워 보였다. 작년에 시험에 낙방하기 전까지는 말이다. 그때 스캔다르는 강해져야만 했다. 케나가 자꾸만 움츠러들고 몇 달 내내 울면서 잠들었기 때문이다. 어두운 밤 간간이 케나가 냈던 소리들이 지금도 들리는 것 같았다. 스캔다르에게는 피에 목마른 천 마리 유니콘의 울음보다 그 소리가 더 무서웠다.

"스캔다르." 케나가 다시 그를 불렀다. "누구나 라이더가 될 수 있어! 그게 바로 유니콘 부화의 놀라운 점인걸. 네가 어디 출신인지, 부모가 얼마나 형편없는 사람들인지, 혹은 친구가 얼마나 많은지, 네가 뭘 겁내는지는 조금도 중요하지 않아. 아일랜드가 부른다면 답에 다다를 수 있어. 너는 새로운 기회를 부화시키는 거야. 새로운 인생을."

"누나 꼭 미스 번트리스처럼 말한다." 스캔다르가 중얼거리면서 누나를 향해 미소 지었다.

그러나 복도 끝 창문 너머로 뉘엿뉘엿 지는 해를 바라보는 동안, 스캔다르는 내일 이맘때면 해처리 시험이 끝나고 그의 미래가 정해져 있으리라는 생각을 떨칠 수가 없었다.

3장

해처리 시험

스캔다르는 뭔가를 뒤지는 소리에 잠에서 깼다. 그는 한쪽 눈을 뜨고 케나를 보았다. 케나는 책상다리를 하고 침대에 앉아 있었다. 무릎 위에는 낡은 신발 상자를 올려놓은 채로. 그건 평범한 상자가 아니었다. 엄마가 쓰던 물건들을 모아 놓은 상자였다. 갈색 헤어핀, 유니콘 미니어처, 카오스컵을 관람하려고 옷을 차려입은 아빠와 엄마의 사진, 케나에게 보내는 생일 카드, 잠금 고리가 떨어져 나간 자개 팔찌, 테두리에 하얀 줄무늬가 들어간 검은 스카프, 원예용품점 열쇠고리, 동네 책방의 책갈피. 케나는 스캔다르보다 이 상자를 껴안고 들여다보는 걸 좋아했다. 특히 무슨 걱정거리가 있을 때면 더 그랬다. 케나는 그 물건들을 보고 있으면 엄마를, 엄마의 미소를, 엄마의 냄새를, 엄마의 웃음 소리를 기억할 수 있을 것 같은 기분이 든다고 했다.

하지만 스캔다르는 엄마에 대한 기억이 전혀 없었다. 그게 슬펐지만 스캔다르는 그런 내색을 하지 않으려 했다. 거의 언제나, 아빠의 슬픔이 너무 커서 그들의 집, 마을, 나아가 온 세상의 공간을 차지하는 것처럼 보였기 때문이다. 그리고 때로는 케나까지 화가 나 있었으므로 스캔다르에게는 엄마를 그리워할 틈이 없었다. 가끔은 그의 감정도 엄마의 물건들과 함께 상자 안에 넣어 두고 잊으려고 노력하는 편이 더 쉬웠다. 그렇지만 또 어떤 때는, 케나가 잠든 동안에, 스캔다르 역시 케나가 지금 그러고 있는 것처럼 엄마의 물건을 꺼내어 보곤 했다. 그렇게 스캔다르는 자신이 슬퍼할 틈을, 엄마를 그리워할 틈을 마련했다. 그리고 엄마가 여기 있어서 그의 인생에서 가장 중요한 하루를 시작하기 전에 그를 꼭 안아 주기를 바랐다.

"켄?" 그는 누나가 놀라서 펄쩍 뛸까 봐 가만히 속삭였다.

케나는 얼굴이 빨개져서는 황급히 상자 뚜껑을 도로 덮고 침대 밑에 신발 상자를 숨겼다. "응?"

"오늘이야. 그렇지?"

케나는 눈이 조금 슬퍼 보였지만 소리 내어 웃었다. "그래, 스카." 케나가 손가락을 말아서 입에 대고 나팔 소리를 흉내 냈다. "스캔다르 스미스가 해처리 시험을 보는 날!"

"케나! 스캔다르의 서프라이즈 아침 밥상을 차릴 건데 좀 도와 다오!" 아빠의 목소리가 아파트 벽을 통해 쩌렁쩌렁하게 들렸다.

케나가 씩 웃었다. "아빠가 기억하고 있다니 믿을 수 없어!"

"아빠가 벌써 일어났다니 믿을 수 없어." 어젯밤에 아빠는 결국 문을 열고 남매를 집으로 들였지만 둘의 얼굴을 거의 눈여겨보지도 않았다.

케나가 전속력으로 옷을 입었다. "깜짝 놀란 것처럼 행동해, 알았지?" 아빠가 예상외로 좋은 하루를 보낼 것 같은 분위기에 케나의 눈에서 불꽃이 살아났다.

스캔다르는 미소를 지었다. 해처리 시험이 정말 그의 뜻대로 풀릴 것 같은 기분이 들었다. "그럴 거라는 거 알잖아."

한 시간 후, 스캔다르가 자기가 먹어 본 것 중 가장 맛있다고 말하면서 달걀 완숙과 다 탄 솔저*로 아침을 마친 후, 아빠는 10층에서 건물 아래까지 계단을 걸어 내려왔다. 스캔다르는 아빠가 언제 또 그렇게 건물 아래까지 내려왔었는지 기억도 나지 않았다. 케나가 해처리 시험을 보러 가던 날 아침에도 그런 일은 없었다. 하지만 아빠는 오늘 아침 내내 이상하게 행동했다. 명랑한 기분으로, 한없이 들떠서……. 하지만 좀 부산스럽기도 했다. 아빠는 달걀 세 개를 바닥에 떨어뜨렸고 한 파인트짜리 우유병에서 절반은 주방 테이블에 쏟았다. 건물 아래로 내려오면서도 마지막 계단에 발이 걸려서 얼굴부터 바닥에 찧을 뻔했다.

"아빠, 괜찮아요?" 케나가 아빠 팔에 손을 얹었다.

"오늘 아침에 내가 좀 그렇지?" 아빠는 이마의 땀을 훔치면서 빙그레 웃어 보이려 했다. 그는 스캔다르를 끌어당겨 꼭 안아 주었다. "너는 할 수 있어, 스캔다르." 아빠는 아들의 귀 위 머리카락에 대고 중얼거렸다. "만약 네가 시험 치르는 걸 방해하는 사람이 있거든……."

스캔다르가 고개를 획 들었다. "누가, 왜, 제 시험을 방해하겠어요?"

"그냥, 혹시라도 그런 경우가 있다면 말이야. 너는 꼭 시험을 봐야 해, 스캔다르. 너희 엄마를 위해서야. 무슨 일이 있어도, 너희 엄마는 그걸 원했어. 엄마의 꿈은 네가 라이더가 되는 거였단다." 스캔다르는 자기 어깨에 올라와 있는 아빠의 손이 떨리는 것을 느낄 수 있었다.

---

* 가늘게 자른 토스트.

"알아요." 스캔다르는 아빠의 얼굴을 바라보면서 단서를 찾으려 했다. "저는 당연히 시험을 볼 거예요, 아빠. 갑자기 왜 이러시는 거예요? 왜 이렇게 초조해하세요? 아빠 때문에 더 긴장되잖아요!"

"행운을 빈다, 아들아." 아빠는 남매에게 손을 흔들어 배웅하며 평소의 아빠답지 않은 목소리로 말했다. "나는 라이더 연락 담당자가 밤중에 우리 집 문을 두드릴 거라는 걸 알아."

스캔다르는 겁을 먹은 채 어깨 너머로 아빠를 돌아보았다. 아빠가 마지막으로 엄지를 치켜세워 보였다. 스캔다르는 아빠의 말에 집중하려고 했다. 오늘 밤, 한밤중에 라이더 후보자들이 소집될 것이다. 그리하여 후보자들은 하지(夏至)의 동이 틀 때 해처리 문에 다다를 것이다.

남매는 6월 말의 햇살을 받으며 교문까지 함께 걸어갔다. 케나가 행운을 빈다는 말을 했지만 스캔다르는 갑자기 눈앞이 캄캄해졌다. 그는 며칠 전부터 하고 싶었던 질문을 아직 케나에게 하지 못했다.

"케나." 스캔다르가 누나의 팔을 잡았다. "날 미워하지 않을 거지? 응? 내가 라이더가 되더라도 날 미워하진 않을 거지?"

스캔다르가 케나의 얼굴을 보기도 전에, 케나가 먼저 그를 잡아당겨 한쪽 팔로 끌어안았다. 가방이 크게 흔들리는 바람에 케나도 휘청거릴 뻔했다. "난 널 미워할 수 없어, 스카. 너는 내 동생이야." 케나가 동생의 머리카락을 헝클어뜨렸다. "나한테는 나의 기회가 있었어. 잘되진 않았지만. 스캔다르, 난 네가 다 잘되길 바라. 게다가," 케나가 손을 거두었다. "네가 유명해지면 나도 유명해지고 네 유니콘도 보러 갈 수 있을 테니, 너 좋고 나 좋은 일이잖아?"

스캔다르는 누나를 향해 미소 짓고는 해처리 시험이 치러질 체육관 밖에 줄을 섰다. 다들 복습 카드를 손에 쥐고 과거의 카오스컵 우승자

나 불 공격에 대한 내용을 외우느라 혼잣말로 중얼대고 있었다. 또 다른 응시자들은 미스 번트리스가 거대한 금속 문을 열기를 기다리면서 초조하게 수다를 떨었다.

"진짜 라이더를 보게 되다니 믿을 수 없어." 마이크가 흥분해서는 스캔다르보다 두세 번째 뒤에 서 있던 친구 파라에게 소리쳤다. "현실에서 말이야."

"크라이스트처치 중학교에 잘나가는 라이더가 오진 않을걸." 파라가 한숨을 쉬었다. "학교가 많아도 너무 많아. 우리의 운이 그 정도밖에 안 되는데, 뭐, 이미 은퇴하고 볼 장 다 본 라이더나 훈련 과정도 제대로 통과 못 한 라이더가 왔겠지."

은퇴한 라이더든 아니든, 아일랜드에서 온 손님은 매년 크라이스트처치 중학교에 파문을 일으켰다. 유니콘을 타는 사람, 원소 마법을 구사할 수 있는 사람이 — 바로 조금 전 — 이 복도를 따라 걸어간 것이다. 한쪽 벽에는 일곱 살 어린이 반의 끔찍한 반 고흐 「해바라기」 모작들이 걸려 있고 맞은편 벽에는 트럼펫 수업을 위한 목록이 붙어 있는 이 복도로 말이다.

"행운을 빌어, 스캔다르 형!" 붉은 머리 꼬마 조지가 자기 교실로 종종걸음으로 들어가면서 외쳤다. 스캔다르는 긴장으로 속이 뒤틀리는 것을 애써 참으면서 꼬마를 향해 어설프게 미소 지었다.

그들이 조금씩 앞으로 나아가는 동안 한껏 들뜬 속삭임이 줄을 타고 번져 나갔다. 미스 번트리스가 학생들을 한 번에 한 명씩 체육관에 들여보내면서 명단에서 이름을 지우고 있었다. 그런데 스캔다르의 차례가 되자 그녀는 깜짝 놀란 얼굴이 되었고 심지어 살짝 겁에 질린 듯 보이기도 했다.

"여기서 뭘 하는 거야, 스캔다르?" 미스 번트리스가 씩씩거리는 소리를 내자 안경이 콧방울까지 미끄러져 내려왔다.

스캔다르는 선생님의 얼굴을 쳐다보기만 했다.

"넌 오늘 여기 오면 안 되는데."

"시험 보는 날이잖아요." 스캔다르는 반쯤 웃으며 대꾸했다. 그가 알기로, 미스 번트리스는 그를 예뻐했다. 그에게는 늘 점수도 잘 주었고 지난번 보고서에도 스캔다르가 아일랜드에 가게 될 확률이 아주 높다고 썼다. 그러니 이건 선생님의 장난일 터였다.

"돌아가, 스캔다르." 미스 번트리스가 재촉했다. "넌 여기 있으면 안 돼."

"여기 있어야 하는데요." 스캔다르도 물러서지 않았다. "조약에도 그렇게 나와 있어요." 스캔다르는 이것도 시험장에 들어가기 위한 테스트인가 싶어 조약문을 암송했다. "메인랜드는 모든 열세 살 아동을 라이더 1인의 감독하에 응시시키고 합격생들을 하지까지 아일랜드에 인계하는 데 동의한다."

그러나 미스 번트리스는 고개를 저었다.

스캔다르는 아빠가 했던 말이 퍼뜩 떠올랐다. '만약 네가 시험 치르는 걸 방해하는 사람이 있거든……' 가슴팍에서 기묘한 느낌이 들었다. 숨을 쉴 때마다 속에서 뭔가가 호흡의 끝자락을 잡아채는 것 같았다.

스캔다르는 체육관을 바라보면서 휘청거렸다. 시험 감독을 하러 온 라이더가 저 안에 있을 터였다. 미스 번트리스가 그를 들여보내지 않는다면 법을 어기는 셈이다. 스캔다르는 말해 볼 수 있었다.

하지만 미스 번트리스가 선수를 쳤다. 그녀는 당당히 서서 문 양쪽에 자기 손바닥을 갖다 댔다. 스캔다르는 뒤에 선 응시자들이 슬슬 짜증을 내는 소리를 들을 수 있었다.

"네가 시험을 보게 할 수 없어, 스캔다르." 미스 번트리스는 눈을 마주치지 않았지만, 스캔다르는 선생님이 미안해하는 것 같다고 생각했다.

"왜요?" 스캔다르는 그 말밖에 할 수 없었다. 머릿속이 텅 비어 버렸다. 공허하고 혼란스러웠다.

"라이더 연락 사무소에서 그렇게 하래. 높은 곳에서 지시가 온 거야. 나도 이유는 몰라. 이유를 말해 주지 않았어. 어쨌든 나는 너를 들여보낼 수 없단다. 그랬다가는 선생님도 쫓겨날 거야. 거기서 네 아버님께 연락을 했어. 나도 아버님께 연락을 드렸고. 아버님이 널 집에 데리고 있을 줄 알았는데."

아이들의 짜증 섞인 소리가 점점 더 높아졌다. "9시 반이 거의 다 됐어요, 미스 번트리스!"

"다 같이 시작해야 하지 않나요?"

"도대체 무슨 일이에요?"

"왜 저 패배자가 줄을 막고 서 있는 거지?"

"제발," 스캔다르와 미스 번트리스가 동시에 말했다.

그러고 나서 미스 번트리스는 자기가 교사임을 기억한 것 같았다. "비켜라, 스캔다르. 그러지 않으면 사람을 보내 교장 선생님을 모셔 올 거야. 집에 가서 아버님과 얘기하고 내일 다시 왔으면 좋겠구나."

미스 번트리스는 스캔다르가 자기를 무시하고 체육관 안을 들여다보려 안간힘을 쓰는 것을 틀림없이 보았을 것이다. 반듯하게 줄을 맞춰 놓은 책상들 위에서 시험지가 햇살을 받아 반짝반짝 빛났다. "저 라이더도 너에게 다른 말을 해 주진 않을 거야. 그러니 꿈도 꾸지 마." 미스 번트리스는 마이크에게 앞으로 나오라고 했다.

마이크가 스캔다르를 옆으로 밀쳤다. 이어서 줄이 멈춰 있던 상태가 끝났다는 것을 알아차린 더 많은 아이들이 문을 향해 밀려왔다.

마지막 남은 열세 살 아이들까지 서명을 하고 입장을 마치자 미스 번트리스는 체육관으로 다가가 문을 닫으려고 돌아섰다.

"제발 집에 가렴, 스캔다르. 그 편이 너한테도 나을 거야." 그녀는 그 말을 남기고 들어가 쾅 소리가 나게 문을 닫았다. 스캔다르는 필사적으로 복도의 벽시계를 올려다보았다. 심장이 두방망이질했다. 정확히 9시 30분이었다. 전국의 열세 살 아이들이 난생처음으로, 제 인생을 가장 획기적으로 바꿔 놓을 시험지를 펼치고 있을 터였다. 그러나 스캔다르는 그들 가운데 없었다. 그는 너절한 학교 복도에 우두커니 서 있었고, 그가 유니콘 라이더가 될 기회는 영원히 사라졌다.

뜨거운 눈물이 당장이라도 후드득 떨어질 듯 차올랐지만 스캔다르는 그 자리에서 꼼짝도 하고 싶지 않았다. 미스 번트리스가 자신이 끔찍한 실수를 했다는 걸 깨닫는다면? 라이더가 결시생을 찾으러 나왔는데 스캔다르가 이미 집에 가고 없다면? 그런 위험을 감수할 수는 없었다. 그리고, 밑져야 본전인데 마지막으로 라이더에게 기회를 달라고 애걸하고, 시험을 치르겠다고 해 봐야 하지 않을까. 스캔다르는 평소 뭔가를 요구하는 아이가 아니었다. 그는 정중하게, 아마도 숨죽인 목소리로 요청할 것이다. 하지만 만약 스캔다르가 뭔가에 대해 소란을 피울 일이 있다면, 그건 바로 이 일이어야 했다. 그는 이제 잃을 것이 없었다. 이건 그의 꿈이자, 미래의 전부였다.

35분마다 복도는 과목을 바꿔 들어가는 학생들로 가득찼다. 학생들은 수학에서 생물로, 영어에서 스페인어로, 미술에서 역사로 자리를 옮겼다. 그러다 마침내 체육관 문이 활짝 열렸고 펜을 쥔 학생들이 흥분해 재잘거리면서 줄지어 쏟아져 나왔다. 여전히 서서 기다리는 스캔다르에게는 그중 누구도 관심을 주지 않았다. 그는 기다렸다. 미스 번트리스가 홀로 나타날 때까지.

"라이더는 어디 있죠?" 스캔다르의 입에서 평소 선생님을 대할 때보다 훨씬 무례한 말투가 튀어나왔다. 그는 공황에 빠져 기도가 막히고 호흡이 점점 빨라지는 것을 느낄 수 있었다.

"아직도 여기서 뭘 하고 있니?" 미스 번트리스는 이제 해처리 시험도 끝났겠다, 스트레스로부터 해방된 듯했다. 그녀가 스캔다르에게 서글픈 미소를 지어 보였다. "라이더와 얘기하려고 계속 기다렸던 거야?"

그는 얼른 고개를 끄덕이고 미스 번트리스의 주위를 살폈다.

"유감스럽게도 뒷문으로 나간 것 같구나. 주차장으로 갔어. 아일랜드에 속히 돌아가야 해서." 스캔다르가 자기 말을 믿지 않는다고 확실히 느꼈는지 미스 번트리스는 이 말을 덧붙였다. "원한다면 체육관에 들어가 확인해도 좋아. 그다음엔 내가 부탁한 대로 집으로 돌아가 주렴."

스캔다르는 텅 빈 체육관으로 총알같이 뛰어 들어갔다. 책상은 줄 맞춰 세워져 있었고 농구 골대 위에 커다란 벽시계가 불안정하게 걸려 있었다. 안에는 쥐새끼 한 마리도 없었다. 스캔다르는 나무 책상 앞에 풀썩 주저앉아 울음을 터뜨렸다.

스캔다르는 자신이 얼마나 오래 두 손에 얼굴을 묻고 있었는지 알지 못했다. 한참 있다가 누군가가 뒤에서 그의 어깨를 감싸 안았다. 갈색 머리카락 한 가닥이 스캔다르의 눈물 젖은 뺨에 달라붙었다.

"가자, 스카." 케나가 상냥하게 말했다. "집에 가야지."

시간이 얼마나 흘렀을까, 스캔다르는 어둠 속에서 깨어났다. 자신과 누나가 함께 쓰는 방이었다. 잠깐이지만 스캔다르는 왜 자기 눈이 빡빡하고 쓰라린지, 왜 자기가 옷을 그대로 입고 있는지 영문을 몰랐다. 그러다 자신이 해처리 시험을 치르지 못했다는 사실을 기억해 냈다. 그가 행여나 어떤 유니콘과 운명으로 맺어져 있다고 해도 이제 결코 그 유니콘을 부화시킬 수 없다는 사실을 말이다. 그 유니콘은 홀로 알을 깨고 나올 것이고 ─ 연을 맺지 못한 채, 야생으로 ─ 완전히 괴물이 되어 버리리라. 그게 무엇보다 끔찍했다.

스캔다르는 등을 켰고, 이내 그러지 말걸 그랬다고 생각했다. 뉴에이지프로스트 포스터가 불빛을 받아 빛났기 때문이다. 찬란한 갑옷, 잔물결 같은 근육, 위협적인 눈빛. 스캔다르는 카오스컵에서 과연 무슨 일이 있었는지 영영 알아낼 수 없을 것이다. 아일랜드가 메인랜드에 다 말하기로 작정하지 않는 한, 위버에 대해서도, 뉴에이지프로스트가 과연 무사한지 그렇지 않은지에 대해서도.

케나와 아빠가 목소리를 한껏 낮추어 얘기를 주고받고 있었다. 둘이 그렇게 소곤소곤 말하는 소리를 들으니 기분이 이상했다. 스캔다르는 자기에 대해서, 오늘 있었던 일에 대해서 얘기를 하겠거니 짐작했다.

케나가 스캔다르를 체육관에서 끌고 나왔을 때도 썩 좋지는 않았지만 집에 와서는 더 끔찍했다. 케나와 스캔다르는 아빠가 왜 스캔다르가 시험을 못 치른다는 사실을 미리 알고도 말하지 않았는지, 스캔다르가 멋모르고 학교에 갔다가 겪게 될 일을 왜 미리 경고하지 않았는지 따지듯 물었다.

아빠는 자기 발만 내려다보면서 어떻게 말해야 할지 몰랐다고 했다. 실은 아침에 말을 하려고 했다고, 라이더 연락 사무소도 진짜 이유는 알려 주지 않았다고, 선택의 여지가 없다는 듯이 말했다고, 자기가 진실을 말할 용기를 내지 못한 게 정말 미안하다고 했다. 그러고 나서 아빠는 울음을 터뜨렸고, 케나의 울음보도 터졌고, 스캔다르는 울음을 그친 적도 없었기 때문에 셋 다 그냥 복도에 선 채로 흐느꼈다.

스캔다르는 시계를 보았다. 열한 시였다. 케나가 복도로 걸어오는 소리가 난 것 같아서 스캔다르는 얼른 다시 불을 껐다. 아무 얘기도 하고 싶지 않았다. 이제 그는 아무것도 원하는 게 없었다. 엄마 말고는, 아무것도. 엄마를 기억하지도 못하면서 스캔다르는 지금 그 어느 때보다 절박하게 엄마가 필요했다. 엄마가 살아 있다면 그의 미래가 유니콘과 상관없어진 지금 그가 무엇을 해야 하는지 말해 주었을지도 모른다. 하지만 엄마는 오지 않았다. 결코 오지 않았다. 스캔다르에겐 유니콘 라이더가 되겠다는 꿈밖에 없었고 그 꿈은 이제 송두리째 사라졌다. 달리 할 일이 없기에, 스캔다르는 그냥 눈을 감고 있었다.

스캔다르는 다섯 번의 날카로운 노크 소리에 눈을 떴다. 그는 침대에 일어나 앉았고 케나도 맞은편 침대에서 몸을 일으키고 있었다.

"문을 두드리는 소리 맞아?" 스캔다르가 속삭였다. 문을 두드리는 사람은 거의 없었다. 보통은 건물 아래층의 입구에서 버저를 누르고 올라왔다.

"누가 문이 잠겨서 못 들어가나?" 케나도 속삭임으로 대꾸했다.

그때 조금 전처럼 다섯 번의 날카로운 노크 소리가 들렸다.

"내가 나갈게." 케나가 그렇게 말하면서 잠옷 위에 후드 티를 걸쳐 입었다.

"지금이 몇 시야?" 스캔다르가 신음하듯 뱉었다.

"거의 열두 시야." 케나가 중얼거리고는 복도로 향했다.

자정이 다 됐다고? 해처리 시험 날의 자정? 전국 도처에서 집집마다 목을 빼고 결과를 기다리고 있을 그 밤이라고? 자녀가 아일랜드의 부름을 받아 그 유명한 해처리 문에 도전할 만큼 시험을 잘 치렀는지 알고 싶어서 모두들 간절히 기다리는 밤?

"케나! 잠깐만!" 케나가 긴장을 하거나 약간 겁이 날 때면 늘 그러듯 콧노래를 흥얼거리면서 빗장을 푸는 소리가 들렸다. 스캔다르는 아직도 갈아입지 않은 교복 차림으로 침대를 박차고 나가 누나 옆으로 달려갔다.

누나는 혼자가 아니었다.

복도의 형광등 불빛 아래, 어떤 여자가 문간에 서 있었다. 스캔다르가 맨 처음 알아차린 것은 그녀의 뺨을 가로지르는 하얀 화상 흉터였다. 피부가 거의 남아 있지 않아서 광대뼈와 피하 근육이 다 보였다. 스캔다르의 눈에 두 번째로 들어온 것은, 거기 서 있는 여자의 실루엣이 키가 아주 크고 위압적이라는 것이었다. 여자는 한순간에 눈으로 사방을 훑었다. 회색 머리카락을 정수리로 엉성하게 당겨 묶어서, 그렇지 않아도 큰 키가 더 커 보였다. 스캔다르는 그 여자가 무시무시한 해적처럼 생겼다는 생각을 먼저 했다. 그녀의 손에 단검이 들려 있지 않다는 게 되레 놀라웠다.

"무슨 일이세요?" 케나가 용기를 내어 물었다. 목소리가 살짝 떨렸다.

하지만 여자는 케나를 보고 있지 않았다. 그녀의 눈은 스캔다르에게 고정되어 있었다.

그녀가 입을 연 순간, 흡사 아주 오랫동안 누구하고도 말을 하지 않은 것처럼, 근엄하고도 부자연스러운 음성이 튀어나왔다. "스캔다르 스미스?"

스캔다르가 고개를 끄덕였다. "무슨 일이세요? 곤란한 일이라도 있나요? 한밤중인데요." 그는 긴장해서 자기도 모르게 말이 빨라졌다.

여자가 고개를 저었다. "그냥 한밤중이 아니지. '자정'이란다." 그러고 나서 여자는 전혀 예상치 못한 행동을 했다. 한쪽 눈을 찡긋한 것이다.

그 후에 여자는 이 말을 전했다. 스캔다르가 더는 바라서는 안 되었던 그 말을. "아일랜드가 너를 부른다, 스캔다르 스미스."

스캔다르는 숨을 쉴 엄두도 나지 않았다. 꿈을 꾸고 있는 걸까?

케나가 침묵을 깨고 입을 열었다. "그럴 리가요. 스캔다르는 해처리 시험을 치르지 않았으니 통과할 수 없어요. 아일랜드가 스캔다르를 부를 리 없어요. 뭔가 착오가 있을 거예요." 케나가 팔짱을 꼈다. 겁내는 기색은 이제 눈을 씻고 봐도 없었다. 스캔다르는 누나가 입을 다물기를 바랐다. 착오로 일어난 일이라 해도 상관없었다. 아일랜드에 가게만 해준다면 그게 뭐가 중요할까? 일생에서 한 번만큼은 정직이고 공정이고 다 집어치우라지. 그는 해처리 문으로 가는 기회를 원했고 거기까지 가는 방법이라면 뭐가 되든 좋았다.

여자가 다시 입을 열었고, 누가 들을까 염려하는 듯 목소리를 한껏 낮추어 말했다. "라이더 연락 사무소는 스캔다르가 오늘 아침에 시험에 임하지 않았다는 사실을 알고 있단다. 혼란을 준 점, 사과하마. 그게, 우리는 지난 몇 달간 스캔다르를 주시하면서 그의 과제 표본도 받아 보고 있었어. 유망한 후보자들에 대해서는 가끔 그렇게도 하거든. 스캔다르의 경우는 굳이 시험을 치를 필요가 없었지."

스캔다르는 바로 옆에서 누나의 불신이 진동하는 것을 거의 피부로 느낄 수 있었다. "하지만 저는…… 제가 스캔다르보다 성적이 좋았는데요. '뿐만 아니라' 저는 작년에 시험에도 응했어요. 그런데도 떨어졌다고요. 지금 이 상황은 말이 되질 않아요."

"유감이구나." 여자가 하는 말이 스캔다르에게는 진심처럼 들렸다. "하지만 스캔다르는 특별해. 이 친구는 선발된 거야."

"믿을 수 없어요." 케나는 아주 차분하게 말했다. 누나를 잘 아는 스캔다르는 지금 케나가 울음이 터지려는 걸 참고 있다는 것을 알았다.

"무슨 이유로 선발이 됐는데요?" 그들의 등뒤에서 잠에 찌들어 쉰 목소리가 물었다.

낯선 손님이 아빠에게 손을 내밀었다. "만나 뵙게 되어 반갑습니다. 로버트 씨, 맞죠?"

아빠는 눈을 비비면서 퉁명스럽게 말했다. "무슨 일입니까?"

"저하고 전화 통화하셨지요?" 여자가 손을 도로 거두면서 힌트를 주었다. 그 순간, 스캔다르는 뭔가를 알아차렸고 단박에 심장이 철렁했다. 그녀의 오른손 손바닥에 라이더의 문신이 있었다! 예전에 그림으로도 보았고 TV에서 라이더들이 군중에게 손을 흔들 때도 얼핏 보았던 그 문신이었다. 손바닥 중앙의 검은 원, 그리고 그 원에 연결된 다섯 개의 선이 손가락 하나하나의 말단까지 구부러지며 뻗어 나가고 있었다. 하지만 라이더들이 연락 사무소 일을 직접 할 리는 없었다.

"그럼 당신이 나에게 스캔다르는 시험을 치를 수 없다고 했던 그 사람입니까? 그래요, 목소리가 기억나네요." 스캔다르가 듣기에 아빠는 화가 난 것 같았다.

낯선 손님은 아빠의 찌푸린 표정이나 오므린 입 모양을 눈치채지 못한 듯했다. 혹은, 눈치챘지만 신경 쓰지 않는지도 몰랐다. "잠시 들어가서 말씀드리지요. 스캔다르와 저는 곧 떠나야 합니다."

"오, 들어오고 싶으시다?" 스캔다르의 아빠가 팔짱을 꼈다. "암, 그러고 싶으시겠지. 스캔다르는 당신 같은 사람하고는 아무 데도 안 갈 겁니다."

"아빠, 제발요." 스캔다르가 웅얼거렸다. "제가 아일랜드의 부름을 받았다고 했단 말이에요."

"들어가서 다 설명하겠습니다." 여자가 뒤를 돌아보고 흘끔거리자 머리카락이 그녀의 뺨에서 흩날렸다. "여기서는 말씀드릴 수 없어요. 이건 극비입니다."

그러자 아빠도 이 낯선 손님을 적어도 문턱 안으로는 들여야 한다고 생각한 모양이었다. "완전히 엉망진창이로군요." 아빠는 중얼거리면서 손님을 주방으로 데리고 들어갔다. "처음엔 전화를 걸어서 대뜸 스캔다르가 시험을 칠 수 없다고 하더니 지금은 또 스캔다르가 아일랜드에 갈 수 있다고요? 당신네 사무소는 무슨 일을 그렇게 하죠?" 아빠는 자기만 우유를 한 잔 따라 마시고 여자에게는 뭘 대접할 생각도 하지 않았다. 불을 켜야 한다는 생각을 한 것도 케나뿐이었다.

"명확히 하지 못한 점, 죄송합니다." 여자는 자리에 앉지도 않고 식탁 의자 등받이를 손으로 잡고 선 채로 빠르게 말했다. 마디가 유독 불거진 하얀 손가락이 갈색 나무에서 더 도드라져 보였다. "스캔다르는 이미 자신을 증명했기 때문에 시험을 치를 필요가 없었습니다. 말씀드렸듯이 특별한 경우라서요."

그녀는 서둘러 떠나려는 것처럼 —— 가장 가까운 출구를 확인하듯이 —— 빠르게 눈으로 주방을 훑었다.

"실수일 줄 알았습니다." 아빠는 어느새 싱글벙글 웃고 있었다. "내가 늘 그랬지요, 얘는 라이더감이라고." 아빠가 스캔다르를 바라보았다. "안 그러냐, 아들아?"

스캔다르는 누나의 시선을 끌려고 했지만 케나는 화가 나서 손톱만 잘근잘근 씹을 뿐 누구에게도 눈길을 주지 않았다.

"짐은 쌌니?" 여자가 대뜸 스캔다르를 향해 매섭게 물었다.

"어, 아뇨." 스캔다르가 겨우 목소리를 쥐어짜 대답했다. "기회가 있을 거라고는 전혀 생각하지 못해서……."

"지체할 시간 없다." 여자는 딱 잘라 말했다. 스캔다르는 그녀의 음성에서 일말의 공포를 엿본 것 같았다. "이것저것 챙기는 게 좋아. 핸드폰 안 되고, 컴퓨터 안 되고, 알지? 규칙은 알고 있을 테니."

"네." 스캔다르는 끄덕거리면서 대답하고는 터질 것 같은 심장을 부여안고 방으로 뛰어 들어갔다. 메인랜더는 어떠한 기기도 아일랜드에 가지고 들어갈 수 없었다. 집과의 연락은 메인랜드에 하나, 아일랜드에 하나 있는 라이더 연락 사무소를 통해 편지로만 이루어진다. 스캔다르는 그 규칙에 완전히 동의했다. 그의 핸드폰은 학교에서의 외로움을 집까지 가져오는 수단에 불과했고, 그게 아일랜드까지 오는 건 스캔다르도 정말로 원치 않았으니까. 그는 기분 좋게 핸드폰을 서랍에 처넣었다.

스캔다르는 바로 등 뒤에서 리놀륨 바닥을 울리는 케나의 발소리를 들었다. 아빠는 주방에서 신이 나서 떠들고 있었다.

"그럼, 이제 유핑턴으로 떠나는 겁니까? 언덕을 깎아 새긴, 그 분필 같은 백악* 유니콘은 볼 때마다 소름이 돋아요. 유령 같다고 할까, 아시죠? 그래도 헬리콥터를 어디다 착륙시키긴 해야 할 텐데. 차는 요 모퉁이에 세우셨습니까?"

---

* 백악(白堊): 백색이나 담황색의 부드러운 석회질 암석. 중생대 백악기(약 1억 4,500만 년 전부터 6,500만 년 전까지의 시대)에 이루어진 지층에 있다.

"거의 그래요." 여자의 대답 소리가 들렸다.

"저기요, 왠지 낯이 익은데요. 이 지역 분이신가요? 어디서 본 적이 있는 것 같⋯⋯."

케나가 문을 닫아 주방에서 들리는 소리를 차단했다. 그러고는 스캔다르가 서랍에서 손에 잡히는 대로 옷가지를 꺼내 등교용 가방에 쑤셔 넣는 모습을 지켜보았다.

"스카, 난 네가 저 여자랑 같이 가면 안 될 것 같아." 스캔다르가 스케치북이며 아일랜드에 관한 책 뭉치를 집어 드는 동안 케나가 나지막이 말했다. "말이 되는 게 하나도 없잖아! 모든 열세 살 아동은 아일랜드의 부름을 받으려면 시험을 치러야 해. 조약에도 그렇게 나와 있잖아! 저 여자는 라이더 연락 담당자도 아닌 것 같아. 뺨에 있는 화상 흉터랑, 다 긁힌 손가락 관절 봤어? 그냥 싸움꾼처럼 보인다고!"

스캔다르는 가방의 지퍼를 끝까지 채웠다. "걱정은 그만둬, 알았지? 이건 진짜야! 내가 부름을 받았다고. 해처리 문에 도전할 기회가 생긴 거야."

"갔다가 돌아오는 사람이 한 트럭이야. 너는 아마 그 문을 열 수 없을 거야. 더구나 시험조차 치르지 않았으니, 이딴 짓 다 의미 없다고."

상처가 되는 말이 스캔다르의 가슴에 콕 박혔다. 스캔다르도 확 성질이 났다. "그냥 날 위해 기뻐해 줄 수 없어, 켄? 그게 그렇게 안 돼? 내가 항상 원했던⋯⋯."

"나도 항상 원했어!" 케나는 사실상 고함을 지르고 있었다. "공평하지 않아! 난 여기서 꼼짝 못 하는데⋯⋯."

"누나가 말한 대로 난 아마 문을 열지도 못하겠지. 내가 돌아올 테니 누나는 그때 가서 내가 진즉에 말하지 않았느냐, 그렇게 얘기해." 이제 스캔다르가 눈물을 쏟기 일보 직전이었다. 그는 거칠게 옷을 잡아당기고는 마침내 교복을 청바지와 검은 후드 티로 갈아입었다.

"스카, 내 말은 그런 뜻이 아니라……."

"누나는 그렇게 말했어." 스캔다르는 한숨을 쉬면서 가방을 어깨에 멨다. "하지만 괜찮아. 이해해."

케나가 스캔다르에게 달려왔다. 그러고는 두 팔로 동생을 ──가방까지 전부── 끌어안고 흐느꼈다. "네가 아일랜드에 가는 건 나도 기뻐, 스카. 진짜야. 난 그냥 함께 갈 수 있기를 바랐던 거야. 그리고 네가 떠나는 게 싫어. 네가 없는 이곳에 남겨지기 싫어."

스캔다르는 이 말에 뭐라 대꾸해야 할지 몰랐다. 스캔다르도 누나가 같이 갈 수 있기를 바랐다. 누나가 없으면 자기 자신이 진정으로 누구인지 알 수 없으니까. 스캔다르는 간신히 눈물을 삼키며 말했다. "혹시라도 내가 문을 연다면, 거기 도착하자마자 편지할게. 나, 스케치북도 가져가. 전부 다 그림으로 그려 줄게. 약속해. 진짜 보는 것만은 못하겠지만 그래도……."

케나가 갑자기 물러나더니 엄마 물건이 든 신발 상자를 뒤졌다.

"켄, 나 가야 해!" 스캔다르는 목이 메었다. "시간이 없어."

"이걸 가져가." 케나가 검은 스카프를 건넸다.

"이러지 않아도 돼." 스캔다르는 케나가 슬픈 일이 있을 때 침대에서 몰래 그 스카프를 두른다는 것을 알고 있었다. 케나는 심지어 혹시라도 스카프를 분실할까 봐 이름표까지 바느질로 달아 놓았다. '케나 E. 스미스의 것'이라고.

스캔다르가 손을 내밀지 않자 케나는 손수 그의 목에 스카프를 둘러 주었다.

"엄마도 네가 이걸 하고 아일랜드에 가기를 바랄 거야." 케나는 여전히 눈물을 줄줄 흘리면서도 미소를 지어 보였다. "네가 이걸 두르고 유니콘을 탄다는 걸 엄마가 안다면 얼마나 기뻐할지 상상해 봐. 엄마가 널 무척 자랑스러워하실 거야." 케나의 마지막 말은 흐느낌에 가까웠기에 스캔다르는 누나를 그저 꼭 안아 주고 머리카락에 대고 "고마워." 라고 했다.

잠시 후 스캔다르는 아빠와도 이별의 포옹을 했다. "잘 지내세요." 스캔다르는 아빠의 귀에 대고 속삭였다. "누나를 위해서라도 잘 지내셔야 해요. 알았죠?" 그의 뺨에 얼굴을 댄 아빠가 고개를 끄덕이는 것을 느낄 수 있었다.

낯선 여자 손님은 케나가 동생과 손님 둘 다 보내기 싫으면서도 동생 목에 두른 검은 스카프의 매무새를 고쳐 주는 모습을 빤히 바라보았다. 스캔다르가 손을 흔들고 돌아설 때도 케나는 여전히 울고 있었다. 스캔다르는 지독히도 미안하고 속상한 나머지 ─ 그러면서도 행복하고 신이 났지만 ─ 잠시 그 자리에 멈춰 서서 이게 정말 옳은 일인지 생각해 보고 싶었다. 그러나 낯선 손님이 이미 그의 시야에서 벗어나 끝도 안 보이는 계단을 내려가고 있었고 스캔다르는 그녀를 놓치고 싶지 않았다. 그래서 207호를 뒤로하고 부리나케 여자를 따라갔다.

"당신의 정체를 밝히지 않았어요, 맞죠?" 건물 밖으로 나온 후에 스캔다르가 말했다.

"내가?" 여자가 스캔다르를 돌아보았다. 깜박거리는 가로등 불빛을 받아 그녀의 뺨에 있는 흉터가 빛났다.

"네." 스캔다르는 그녀를 따라 고층 건물 모퉁이를 돌면서도 끈질기게 얘기를 이어 나갔다. "당신은 라이더잖아요."

"내가?" 여자가 깔깔거렸다. 그들은 공용 정원 입구에 다다라 있었다. 스캔다르는 처음으로 그녀가 활짝 웃는 얼굴을 보았다. 밖으로 나온 후부터 그녀는 한결 여유가 있어 보였다.

스캔다르는 여자를 따라 정원으로 들어가면서 어리둥절했다. "화이트유니콘으로 차를 타고 가는 거 아니에요? 유핑턴으로요. 새로운 라이더 후보자들은 거기서 헬리콥터로 아일랜드까지 가지 않나요?"

여자가 스캔다르를 보고 씩 웃었고, 스캔다르는 그녀의 치아가 여러 개 없다는 것을 알아차렸다. 그녀의 비틀린 미소에는 스캔다르를 더욱 긴장시키는 뭔가가 있었다. "질문이 많구나, 스캔다르 스미스?"

"전 그냥……."

그녀는 깔깔 웃으면서 스캔다르의 어깨를 토닥였다.

"걱정할 것 없다. 저쪽에 세워 뒀으니까."

"공용 정원에 차를 세웠어요? 그러면 안……."

"정확히 말하자면 차는 아니지." 그녀가 말을 멈추고 바로 앞을 손가락으로 가리켰다.

거기, 당장 부서질 듯 낡아 빠진 그네와 낙서투성이 공원 벤치 사이에 서 있는 것은 한 마리 유니콘이었다.

4장

미러클리프

스캔다르는 다른 길로 달아날 뻔했다. 거의, 그럴 뻔했다. 유니콘은 절대로, 그 어떤 경우에도, 메인랜드에 오지 못하게 되어 있었다. 절대로 말이다. 조약에도 나와 있는, 가장 중요한 규칙이었다. 하지만 여기, 마게이트에 있는 선셋하이츠 고층 건물의 공용 정원에 한 마리가와 있지 않은가. 여자는 ── 라이더는 ── 당당하게 유니콘에게 걸어갔다. 가까이서 본 유니콘은 생각보다 더 컸고 전혀 우호적으로 보이지 않았다. 유니콘은 코를 킁킁거리면서 거대한 한쪽 발굽으로 땅을 구르고 하얀 머리를 좌우로 흔들어 댔는데 그 머리 꼭대기에 달린 면도날처럼 날카로운 뿔은 TV에서 본 것보다 수백 배는 더 치명적인 살상 도구로 보였다. 그리고 신선한 피를 잔뜩 묻힌 유니콘의 입이 그 잔혹한 그림을 완성하고 있었다.

"현지 야생 동물을 잡아먹지 말라고 했을 텐데?" 여자는 어떤 동물의 잔해를 옆으로 밀어내며 구시렁댔다. 스캔다르는 그것이 211호의 진저 고양이는 아니기를 진심으로 바랐다.

유니콘을 난생처음 실물로 보는 스캔다르의 심정은 두려움 반 경이로움 반이었다. "이게 다 무슨 일인지 말해 주시겠어요? 당신이랑, 그…… 저게……" 그는 자기 자신을 억누르지 못하고 유니콘을 가리켰다. "여기 있으면 안 되잖아요."

스캔다르가 입을 열자 유니콘은 시뻘건 테를 두른 듯한 눈을 가늘게 떴고 배 속 깊은 데서부터 끓어오르는 소리로 낮게 으르렁댔다. 여자는 그 거대한 동물의 목을 쓰다듬었다.

"제 말은요." 스캔다르의 목소리가 속삭임처럼 작아졌다. "아직 당신 이름도 모른다고요."

여자가 한숨을 쉬었다. "난 애거서야. 그리고 얘는 아틱스완송(Arctic Swansong, 북극 백조의 노래). 난 스완이라고 부르지. 그리고, 맞아, 나는 라이더 연락 사무소에서 일하는 메인랜더가 아니란다."

애거서가 자기 유니콘에게서 떨어져 스캔다르에게 다가왔다.

스캔다르는 한 발짝 뒤로 물러섰다.

애거서가 두 손을 활짝 펼쳤다. "넌 나를 믿지 않는구나. 그래도 괜찮아."

스캔다르가 기침인지 웃음인지 모를 소리를 가까스로 내뱉었다. "당연히 못 믿죠! 학교에 전화해서 시험도 못 보게 했으면서 이제 와 내가 해처리에 갈 거라고요? 왜 그냥 나를 시험장에 들여보내지 않았죠? 그러는 게 훨씬 간단하지 않나요? 이렇게……" 스캔다르는 아틱스완송을 가리켰다. "오는 것보다야?"

"넌 시험에 떨어졌을 거야, 스캔다르."

스캔다르는 숨이 완전히 멎는 기분이 들었다. "그걸 어떻게 알 수 있는데요?"

애거서가 또다시 한숨을 쉬었다. "혼란스럽다는 거 알아. 하지만 약속하마." 그녀의 검은 눈이 번득거렸다. "너에게 해를 끼치지 않아. 단지 널 오늘 밤 해처리로 데려갈 수만 있으면 돼. 동틀 녘에 네가 그 문에 도전할 수 있도록. 다른 후보자들과 마찬가지로 말이야."

"하지만 왜 굳이 그러는데요?" 스캔다르는 물러서지 않았다. "내가 시험에 떨어졌을 거라면 해처리 문도 못 여는 거잖아요? 그런데 규칙을 다 무시하고 유니콘을 여기까지 몰고 왔다고요? 무엇을 위해서?"

"시험이 꼭 네가 생각하는 대로 돌아가진 않아." 애거서가 중얼거렸다. "네가 지금까지 배운 건 잊어버려. 규칙은 너에게 해당 없어. 넌…… 특별하니까."

특별하다고? 스캔다르는 믿지 않았다. 정말 눈곱만큼도 믿지 않았다. 이날 입때껏 살면서 한 번도 특별했던 적이 없는데 왜 지금부터 특별해진단 말인가?

하지만 지금 눈앞에는 유니콘이 서 있고 해처리에 갈 기회가 있다. 이 애거서라는 여자가 스캔다르를 아일랜드로 데려가고 스캔다르가 끝내 해처리 문을 열게만 된다면 이딴 게 뭐가 중요할까? 일단 라이더 훈련이 시작되면, 그가 다른 메인랜더 유망주들과 함께 화이트유니콘을 거쳐서 오지 않았고, 아일랜드까지 '정상' 경로로 날아오지 않았다는 걸 아무도 신경 쓰지 않을 것이다. 어쩌면 그런 게 '그들의' 기회이고 이것은 스캔다르의 기회인지도 모른다. 그리고 스캔다르는 그 기회를 잡을 작정이었다. 스캔다르는 평생 다른 사람들처럼 되려고 애써 왔지만, 지금까지 일이 그렇게 풀리지 않았으니까.

그래서 스캔다르는 다른 종류의 질문, 용감한 사람이라면 물어볼 만한 질문을 던졌다. "우리는 아틱스완송을 타고 가나요?"

"스완은 둘이 타도 끄떡없지." 애거서가 하늘을 올려다보았다. 스캔다르의 심경 변화를 알아차렸어도 그녀는 그런 말은 하지 않았다. "말 나온 김에, 슬슬 가야겠구나. 내 옆에서 걸어. 그러면 스완이 신경 쓰지 않을 거야."

애거서가 스캔다르를 하얀 유니콘 쪽으로 몰았다. 유니콘은 호기심 어린 눈을 하고는 목구멍에서 불길하게 으르렁대는 소리를 냈다. 유니콘 바로 옆에 서자 스캔다르는 용기가 사라졌다. 그는 침을 두 번, 세 번 삼켰다. 이런 일이 있을 수는 없었다. 진짜일 리 없었다.

"내가 먼저 탄 다음에 너를 끌어 올려서 내 뒤에 태울 거야, 알았지? 다리를 집어넣은 상태로 유지하는 것만 신경 써. 스완이 때때로 무릎뼈를 물어뜯는 걸 좋아해서 말이야." 애거서는 철제 난간 위에서 균형을 잡더니 스완의 등으로 몸을 날렸다. 목뒤에서부터 울려 나오는 애거서의 웃음소리는 유니콘의 으르렁거림과 그리 다르지 않았다.

애거서를 따라 난간에 올라서자 차가운 밤공기가 무색하게 스캔다르의 목구멍이 바짝 말랐고 이마에서 진땀이 흘렀다. 유니콘을 타는 상상은 사실상 하루도 빠짐없이 했지만 이런 건 생각하지도 못했다. 오밤중에, 동네 고층 건물 뒤에서, 성(姓)도 생략하고 이름만 알려 준 여자하고 유니콘을 타게 될 줄이야. 그리고 스완이 스캔다르의 무릎을 물어뜯을지도 모른다는 말은 농담일까, 경고일까? 하지만 그 모든 것에도 불구하고 애거서가 그의 손을 잡아당겨 아틱스완송의 등으로 안착시키는 순간 스캔다르는 속에서부터 엄청난 흥분이 일어나는 걸 느꼈다.

스캔다르의 청바지와 맞닿은 유니콘의 옆구리는 따뜻했고 녀석이 숨을 쉴 때마다 스캔다르의 다리 안쪽이 진동했다. 그래도 꽤 잘되어가고 있었는데 아틱스완송이 움직이기 시작하는 바람에 스캔다르는 옆으로 거의 떨어질 뻔했다. 다행히 간발의 차로 애거서의 가죽 재킷을 움켜잡은 덕분에 그는 다시 균형을 잡았다.

"이 정원은 공간이 넉넉지 않아서," 애거서가 어깨 너머를 향해 말했다. "급발진하듯 치고 올라가는 수밖에 없어. 내 허리를 단단히 잡아야 해. 네가 공중에서 떨어지더라도 내가 해 줄 수 있는 건 별로 없거든. 이 모든 수고가 쓸모없는 짓이 되지 않길 바라마!" 애거서의 호탕한 웃음소리가 건물 벽에 부딪혀 메아리쳤다.

유니콘이 공용 정원의 가장 먼 구석까지 후진했다. 그러고 나서 스완의 발굽이 여름의 건조한 땅을 점점 더 빠르게 울리는 가운데 그들은 앞을 향해 전속력으로 질주했다. 스캔다르는 자기 몸이 유니콘의 등줄기 위에서 얼마나 심하게 튀어 올랐다가 떨어지기를 반복하는지 고통스럽게 의식했다. 아틱스완송이 화가 나서 자기를 홱 떨궈 버린대도 할 말이 없을 지경이었다. 하지만 다른 걱정에 비하면 그건 아무것도 아니었다. 이제 다음 순서가 무엇인지 스캔다르는 알고 있기 때문이다. 모를 수가 없다. 그가 카오스컵에서 제일 짜릿해하는 순간이니까.

스캔다르는 유니콘의 하얀 깃털 날개가 펼쳐져 점점 더 빠르게 허공을 가르며 날갯짓을 하는 동안 그 광경을 하나도 놓치지 않으려고 눈에 힘을 주었다. 하지만 아직 이륙을 하지 못했는데 정원 반대편 울타리가 눈앞으로 바짝 다가오고 있었다. 과연 울타리를 들이받지 않고 무사히 날아오를 수 있을지 가늠이 되지 않는 순간…….

속이 뒤집히는 것처럼 한 번 출렁하는가 싶더니 어느새 그들은 울타리를 훌쩍 넘어 허공에 떠 있었다. 벤치와 그네, 그리고 스캔다르의 집이 벌써 저 아래였다. 아틱스완송의 뿔이 달을 겨누었고, 유니콘의 등에 올라탄 스캔다르는 몸을 앞으로 숙인 채 죽기 살기로 애거서를 붙잡고 매달렸다. 아틱스완송이 스캔다르의 눈에는 보이지 않은 기류를 거슬러 앞으로 헤치고 나갈 때에는 유니콘의 날개에서 마치 물속을 가르며 지나가는 것 같은 소리기 났다. 스치는 바람이 스캔다르의 귓전에서 울부짖는 소리를 내고 머리카락을 통과했다.

아틱스완송이 밤하늘 높이 솟아오르기를 멈추자 날갯짓도 한결 차분해져서 수수께끼 같은 여자 뒤에 앉아서도 편안한 기분이 들 정도가 되었다. 스캔다르는 이 여자가 도무지 파악이 되지 않았다. 잘 웃고 윙크까지 하면서 양해를 구하는 걸 보면 친절한 사람 같으면서도 어딘가 비밀스럽고 위험한 데가 있었다. 그리고 스캔다르는 애거서가 스캔다르를 곤경으로 끌고 들어가기에 좋은 기회를 갖고 있다는 것도 알았다. 그러나 저 아래 마게이트 해변의 불빛들이 깜박거리다가 멀리 스러지는 광경이 눈에 들어오자 걱정이고 뭐고 사라졌다. 스캔다르는 신이 나서, 무서워서 소리를 지르고 싶었다. 다음번 날갯짓에도 그가 무사히 살아 있을지 알 게 뭔가.

스캔다르는 금세 시간이 어떻게 가는지 모르게 되었다. 어둠과 바람, 그리고 그의 다리 옆에서 물결치듯 꿈틀대는 유니콘의 근육 말고는 아무것도 느낄 수 없었다.

"저 아래를 봐!" 애거서가 구름에서 빠져나올 때 큰 소리로 외쳤다.

'한참 먼' 아래였지만 스캔다르는 뭘 보라는 건지 똑똑히 알고 있었다. 유핑턴의 화이트유니콘이 언덕 위에서 달빛을 받아 환하게 빛나고 있었다. 스캔다르는 수백 년 동안 메인랜더들이 그걸 화이트호스(White horse, 백마)라고 불렀다는 사실을 지금도 믿기 힘들었다. 아일랜드가 스스로 밝힌 후에야 그 백악 동물의 진정한 기원이 드러났다.

애거서가 사람들의 눈에 띄지 않기 위해서 스완을 몰아 구름을 드나드는 와중에도 스캔다르는 백악질 땅이 정신없이 바쁘게 돌아가고 있는 것을 볼 수 있었다. 자동차 헤드라이트들이 가장 가까운 도로를 밝혔고, 산비탈에서는 랜턴이 깜박거렸으며, 사람들의 그림자가 화이트유니콘에 드리워져 있었다. 일부는 라이더 연락 사무소 사람들일 테고 경찰, 유니콘 극성팬, 그리고 새로운 라이더 유망주 인터뷰를 따려고 필사적인 기자들도 더러 있을 터였다. 하지만 나머지는 가슴을 졸이며 하지의 해돋이와 해처리 문 앞에서의 자기 차례를 기다릴 열세 살 아이들일 것이다. 스캔다르는 이 순간을 여러 번 상상했다. 해처리로 날아가기를 기다리면서 분필 같은 백악으로 신발 바닥이 하얘지는 순간을.

"헬리콥터는 아직 안 왔구나." 애거서가 돌아보지도 않고 소리쳤다. "좋았어. 우리는 미러클리프(Mirror Cliff, 거울 절벽)에서 치고 들어간다."

스캔다르는 미러클리프가 뭔지 몰랐다. 하지만 유령 같은 유니콘의 형상이 등 뒤로 사라지자마자 울컥 슬픔을 느꼈다. 진짜 유니콘을 탄 건 나쁘지 않았다. ──내일 아침 기상과 등교는 확실히 면했다!── 하지만 207호의 케나를 생각하니 걷잡을 수 없이 죄책감이 밀려왔다. 스캔다르는 누나에게 편지를 써 모든 것을 말할 것이다. 그가 라이더가 된다면, 그가 문을 열 수 있다면⋯⋯.

그들은 계속 날아갔다. 바다 위로 부는 바람이 너무 거세서 이제 말을 나눌 수도 없었다. 스캔다르는 너무 추워서 손에 감각이 없었지만, 엄마의 스카프가 목을 단단히 감싸고 있어서 좋았다. 따뜻해서 좋은 것과는 별개로, 어떤 식으로든 엄마가 함께 있으면서 자기를 지켜 주는 기분이 들었다.

스완은 경고도 없이 파도를 향해 하강했다. 스캔다르는 눈을 가늘게 뜨고 땅을 찾았지만 어둠과 파도의 물보라, 그리고 짠내 말고는 아무것도 없는 듯했다. 스캔다르는 앞으로 무슨 일이 일어날지 감도 잡지 못한 채 애거서의 허리를 두 팔로 더 꽉 끌어안았다. 이대로 바다에 처박히는 걸까? 애거서가 단지 스캔다르를 익사시키기 위해 이 모든 수고를 감당했을 리가? 마게이트는 바로 바다 옆이고, 거기도 물 천지였는데! 스캔다르는 당장에라도 파도에 부딪칠 것만 같아서 눈을 꼭 감았다.

하지만 충돌은 일어나지 않았다. 유니콘의 우렁찬 발굽 소리로 미루어 짐작건대, 그들은 이미 자갈밭 비슷한 땅에 내려온 모양이었다. 유일한 빛은 몇 미터 떨어진 작은 목재 잔교 끝의 랜턴뿐이었다. 스캔다르는 스완의 활짝 펼쳐진 날개 아래로 자갈 깔린 해변을 내려다보았다. 그러는 동안 유니콘의 갈비뼈가 헐떡이는 숨을 따라 오르락내리락하면서 스캔다르의 신발에 부딪쳤다.

애거서가 유니콘의 등에서 뛰어내렸다. "너도 내려, 스캔다르. 스완을 쉬게 해 줘." 그녀는 그렇게 지시하면서 스캔다르를 홱 끌어 내렸다. 스캔다르는 해변에 쿵 하고 떨어졌다.

애거서는 검은 바다를 향해 걸어갔다. 규칙적으로 밀려오는 파도에 부딪혀 자갈이 요란하게 달그닥거렸다. 그녀는 잔교 끝에 고정되어 있던 랜턴을 잡아챘다. 애거서와 불빛이 다시 다가올 때 스캔다르는 앞에서 깜박거리는 형상들을 볼 수 있었다. 또 다른 애거서와 스캔다르, 그리고 또 다른 스완이 서 있는 게 아닌가.

애거서는 스캔다르의 머리가 움찔하는 것을 보고 속삭이듯 낮게 킬킬거렸다. "여기는 미러클리프야. 피셔먼스비치(Fisherman's Beach, 어부의 해변)로 많이 알려져 있지. 미러클리프에 대해 잘 모르면 배를 대기가 몹시 어려운 곳이야. 바다가 너의 모습을 그대로 반사해 버리거든. 아, 게다가 조류(潮流)는 배가 땅으로 다가오지 못하도록 힘껏 밀어내지. 아일랜드의 선원들은 몇 년 숙달되어야만 여기에 배를 대는 요령을 터득한단다. 메인랜더들은 이제 우리의 비밀을 전부 안다고 생각하는데 솔직히 말하자면 그들은 우리가 슬쩍 흘려 주는 비밀에 대해서만 아는 거야. 너도 곧 알게 될 거란다."

파도가 부서지는 소리 말고도 다른 소리가 들렸다. 스캔다르는 랜턴 불빛을 통해 걱정에 잠겨 긴장된 애거서의 얼굴을 보았다.

"헬리콥터 소리야. 시간이 없구나. 자, 잘 들어. 내가 말하는 대로 하면 너는 괜찮을 거야. 따라오렴." 애거서의 목소리에서 돌연 느껴지는 두려움에 스캔다르는 속이 뒤집힐 것 같았다. 목소리만 들어서는 애거서가 모든 일이 무사히 잘 풀릴 거라고 믿는 것 같지가 않았다.

그들이 지나갈 때 아틱스완송이 스캔다르를 보고 으르렁댔다. 자기 자신의 반영(反影)에게 다가가는 기분이 너무 묘해서 스캔다르는 애거서의 등에서 눈을 떼지 못한 채 그녀를 따라 절벽 한 자락의 아래쪽으로 걸어갔다.

애거서는 쭈그려 앉았고 스캔다르도 똑같이 쭈그려 앉아 파도 소리에 묻히는 그녀의 목소리를 들으려고 귀를 기울였다.

"저 소리 들려?" 애거서가 물었다. 스캔다르가 들으려고 할 때는 아무 소리도 들리지 않았다. 그러다가 다음 순간, 스캔다르는 어떤 소리를 들었다. 저 위에서 나지막한 흥얼거림이 들려오고 있었다.

"해처리가 저 위에 있어." 애거서가 중얼거렸다. "잠시 후면 헬리콥터들이 절벽 꼭대기에 착륙하고 메인랜더들을 내려 줄 거야."

스캔다르가 고개를 끄덕였다.

"너는 이 절벽을 올라가 그들과 합류해야 해. 네가 그 모두와 섞여야 한다는 말이야. 알아들었지?" 애거서가 거칠게 말했다. "누가 너에게 뭘 물어보든 너는 블리첸으로 여기에 왔다고 해."

"블리첸이요?"

"라이더 연락 사무소에서는 산타클로스의 순록 이름을 따서 헬리콥터를 그렇게 불러. 일종의 농담이라고 생각해. 뭐, 어쨌든 블리첸의 조종사가 내 친구야. 그 친구가 네 이름을 명단에 올려 줄 거야."

"알았어요." 스캔다르가 목이 졸린 듯한 소리로 말했다. 그의 용기가 무너지기 시작하고 있었다. "스완이 저를 저 위까지 태워 주나요?"

"아니! 난 얼른 여기서 빠져나가야 해. 메인랜드 방문은 승인된 일이 아니었어." 헬리콥터 소리가 가까워질수록 애거서는 점점 더 초조해지는 것 같았다. 하지만 스캔다르는 애거서가 떠나기 전에 대답을 들어야만 했다.

"그런데 왜 날 여기 데려온 거예요? 아직도 영문을 모르겠다고요!"

애거서는 스치듯 짧은 순간 눈을 감았다. "너희 엄마가 너를 돌봐 달라고 부탁했거든."

스캔다르의 심장이 덜컥 내려앉았다. "어떻게요? 엄마는, 우리 엄마는 돌아가셨어요. 내가 태어난 지 얼마 안 됐을 때 돌아가셨다고요." 스캔다르는 자기가 그 사실에 익숙해져야 한다는 것을 알고 있었다. 그런데도 그 사실을 큰 소리로 말하기가 끔찍이도 싫었다.

"너희 엄마가 아주 오래전에 내게 말했던 거야." 애거서는 서글프게 미소 지었다. "옛날에, 사정이 달랐을 때."

"그런데 우리 엄마랑 어떻게 아는 사이예요?" 스캔다르가 필사적으로 물었다. "당신은 아일랜더잖아요…… 그렇죠? 그게 사실이라면 왜 작년에 우리 누나는 찾아오지 않았는데요?"

헬리콥터가 공중에서 맴돌더니 드디어 절벽 위에 내려앉았다. 애거서는 스캔다르의 질문을 못 들은 것처럼 자기 말을 계속했다. "바위에 붙박아 놓은 금속 사다리가 있어." 그녀는 랜턴을 절벽에 가까이 가져가 사다리의 가로대 하나를 툭 치더니 그 위에 있는 다음 것도 툭 쳤다. "이게 저 위로 올라가는 길이야."

스캔다르가 침을 꿀꺽 삼켰다. 그렇다, 해처리 문이다.

"봐, 스캔다르." 애거서의 말이 이제 아주 빨라졌다. 그녀는 잠시도 가만히 있지 못하고 하늘을 눈으로 살폈다. "카오스컵에서 위버를 보았니? 너도 봤어?"

"네." 스캔다르가 중얼거렸다. "대회야 다들 보잖아요."

"아일랜드는 늘 그렇듯 이번에도 사태를 축소하려 애쓰고 있지. 하지만 위버는 뭔가 달라. 뭔가가 바뀌었어. 그렇게 대놓고 밖으로 나온다고? 잡힐 위험을 무릅쓰고? 위버의 계획이 뭔지는 나도 모르지만 이것만은 확신할 수 있어. 위버가 세상에서 가장 강력한 유니콘, 다시 말해 카오스컵에서 우승한 유니콘을 차지한 이상, 아무도 안전하지 못해."

애거서가 미간을 좁히며 눈살을 찌푸리자 얼굴 전체가 어두워졌다. "위버가 메인랜드를 괴롭히지는 않을 거라고 누가 말하거든 웃기지 말라고 해. 너도 위버가 카메라를 가리키는 것 봤잖아. 우발적으로 일어난 일이 아니야. 명백한 위협이었어."

"당신은 어떻게 그런 걸 다 알아요? 왜 하필 저한테 얘기하는 거예요?" 스캔다르가 애원하듯 말했다. "저는 이번 카오스컵 이전에는 위버에 대해 들어 본 적도 없다고요."

"너라면 라이더가 된 후에도 메인랜드에 마음 쓰는 걸 잊지 않겠구나 싶었다. 나는 줄곧 지켜보면서 네가 어떤 사람인지, 장차 어떤 남자가 될지 생각했단다. 너는 달라, 스캔다르. 너는 마음씨가 참 훌륭해. 마음은 네가 나보다도 나아."

"하지만 난 용감하지 않아요! 마음이 너그러운 영웅을 찾는 거라면 케나를 데려왔어야지요. 누나는……."

애거서가 고개를 홱 들어 하늘을 쳐다보았다. 어두운 밤하늘에 헬리콥터 불빛이 반짝이고 있었다. "난 가야겠어. 저들에게 잡힐 순 없어. 미안하다. 언젠가는 다시 만날 수 있기를 바라고 있을게."

"저도요." 스캔다르는 진심으로 그렇게 말했다. 스캔다르가 어떤 소년인지에 대해서 애거서가 잘못 생각했다 해도 상관없었다. 그녀가 아니었으면 그는 지금도 207호에서 잠이나 자고 있었을 테니까.

"아, 잊을 뻔했네." 애거서가 주머니를 뒤져서 유리병 하나를 꺼냈다. "필요 없을 수도 있지만, 없어서 아쉬운 것보다야 챙겨 가는 게 안전하지. 숨겨 둬." 스캔다르는 그 말을 들으면서 병 안에 무엇이 들었는지 보려고 했다. 얼핏 보기에는 검은색의 뻑뻑한 반죽 같은 것이 들어 있었다. 스캔다르는 병을 주머니에 챙겼다.

그들의 머리 위에서 헬리콥터가 빙글빙글 돌았다. 둘은 자세를 더 낮추고 절벽에 몸을 딱 붙였다. 스캔다르는 애거서의 얼굴에 두려움이 퍼뜩 스치고 가는 것을 보았다. "가세요. 전 괜찮을 거예요."

"당연하지." 애거서가 한쪽 눈을 찡긋하고는 뒤돌아서서 해변을 내달렸다. 랜턴의 불빛도 그녀와 함께 저만치 멀어졌다. 애거서는 아틱스완송의 등에 홱 올라타 스캔다르를 향해 손을 흔들어 보이고는 랜턴을 바다를 향해 힘껏 던졌다. 해변이 어둠에 잠겼다.

또 다른 헬리콥터가 머리 위에서 굉음을 내면서 미러클리프 꼭대기에 안착했다. 스캔다르는 서둘렀다. 그는 숨을 크게 들이마시고 절벽을 오르기 시작했다.

겨우 몇 단이나 올라갔나 싶을 때 밑에서 난리가 났다. 잔뜩 성난 고함이 연신 이어졌다. "당장 내려서 손 들어!"

해변이 갑자기 환해졌다. 애거서와 아틱스완송이 유니콘을 탄 라이더들에게 빙 둘러싸였다. 라이더들은 모두 은빛 가면을 쓰고 있어서 얼굴이 보이지 않았다. 스캔다르는 애거서와 스완이 어떻게든 포위를 뚫고 달아나려고 하는 광경을 보면서 가늠 수 없는 공포로 얼어붙었다.

가면을 쓴 라이더 세 명이 유니콘에서 내리더니 애거서를 스완의 등에서 끌어내려 바닥에 내동댕이쳤다. 스완이 자기 라이더를 보고 날카롭게 울부짖은 순간, 저 아래 해변이 마법의 빛으로 환해졌다. 불, 물, 공기, 흙 공격이 일제히 애거서와 스완을 향했다. 라이더와 유니콘은 자갈투성이 해변에 쿵 소리를 내면서 쓰러졌고 그 자세로 미동조차 하지 않았다.

스캔다르는 두려움에 비명이 터지려는 것을 억눌렀다. 애거서와 스완을 돕고 싶었지만 자기가 은빛 가면을 쓴 라이더들 중 단 한 명도 상대할 수 없다는 것쯤은 알고 있었다. 스캔다르는 자기가 얼마나 눈에 띄기 쉬운지 깨닫고 더욱더 속도를 내어 사다리를 올라가, 마침내 마지막 가로대에 이르렀다. 그는 애거서와 아틱스완송이 그저 좀 다친 정도이기를 바랐다. 그들이 절대로……. 그다음 말은 생각조차 하기 싫었다. 스캔다르는 몸을 던져 절벽 위 푹신한 초록 풀밭에 배를 깔고 누운 펭귄처럼 엎어졌다.

스캔다르는 벌떡 일어나 최대한 빨리 몸을 털었다. 방금 메인랜드에서 불법으로 유니콘을 타고 날아와 체포 현장을 목격하고 절벽 끝까지 사다리로 올라온 사람 티를 내서는 안 될 상황이었다. 스캔다르는 운이 좋았다. 사방에 사람들이 바글바글했고 동트기 전 어슴푸레한 빛 덕분에 해처리 문에 도전하는 줄도 금세 눈에 들어왔다. 구불구불하니 휘어진 줄이 절벽 위 풀밭 중앙까지 이어져 있었다. 스캔다르는 식은 죽 먹기라고 생각하면서 얼른 줄 끝으로 걸음을 옮겼다.

"거기 서!"

스캔다르의 심장이 철렁했다. 노란색 짧은 재킷만 빼고 온통 검은 옷으로 차려입은 젊은 여자가 그에게 다가오고 있었다. 검은 바지, 발목까지 올라오는 검은 장화, 검은 티셔츠, 그리고 각 원소의 계절을 상징하는 색상의 재킷 — 그게 라이더들의 기본 제복인 듯했다. 스캔다르는 침을 삼키고 평생을 통틀어 가장 희한한 밤을 보내는 사람처럼 보이지 않으려고 애썼다.

"어떤 헬리콥터를 타고 왔지? 네 이름은 확인한 적 없는 것 같은데?"

"아," 스캔다르는 이미 나고 있는 진땀을 더는 흘리지 않으려고 애썼다. 순록 암호. 스캔다르는 「루돌프 사슴 코(Rudolpf the Red-Nosed Reindeer)」의 첫 부분을 기억하려고 애썼다. 6월에 크리스마스 캐럴을 떠올리려니 기분이 이상했다. '코멧 앤드 큐피드 앤드 도너 앤드(Comet and Cupid and Donner and)……'* "블리첸. 블리첸을 타고 왔어요." 스캔다르는 애거서에게 속으로 감사하면서 자신의 티가 나게 벌게진 얼굴을 상대가 알아차리지 않기를 바랐다.

---

* 이 크리스마스 캐럴의 영문 가사에는 산타클로스의 순록들 이름이 쭉 등장한다.

"네 이름은?" 상대는 조급해하면서도 뭔가 지루한 듯한 목소리로 물었다.

"스캔다르 스미스." 목소리가 '스미스'의 첫 글자인 '스'에서 거칫거리는 바람에 스캔다르는 다시 한 번 이름을 대야 했다.

젊은 여자가 턱을 내리고 주머니에서 종이를 꺼내 펼치더니 기적적으로 그의 이름에 확인 표시를 했다. 스캔다르는 자기가 정말 이 상황을 모면한다는 게 잘 믿기지 않아 그녀의 연필심 끝만 바라보았다.

"뭐 하느라 그러고 서 있어? 얼른 뒤로 가. 끼어들거나 돌아다니지 말고. 해가 뜰 때가 거의 다 됐으니까." 여자가 딱딱거렸다. 그녀가 돌아서면서 머리카락이 뒤로 넘어간 순간, 노란색 옷깃 위에서 반짝거리는 황금색 불꽃 모양의 원소 핀이 스캔다르의 눈에 들어왔다.

스캔다르는 서둘러 줄에 합류하고는 처음으로 저 멀리까지 쳐다보았다. 절벽 꼭대기는 평지로 길게 이어져 있지 않았다. 가장 앞쪽을 차지한 사람들은 초록빛 언덕 그늘 밑에 서 있었다. 스캔다르는 얼마 전에 열세 살된 아일랜더들이 오늘 의식에서 좋은 자리를 차지하려고 며칠 전부터 야영을 한다는 기사를 읽었다. 그래야만 해처리 문에 남들보다 먼저 도전해서 그 안의 유니콘들에게 먼저 다가갈 수 있으니 말이다.

해처리는 거대한 봉분처럼 홀로 우뚝 솟아 있었다. 이른 새벽빛에도 풀로 뒤덮인 꼭대기와 사면이 아주 잘 보였다. 스캔다르가 서 있는 지점에서도 봉분의 측면에 커다랗게 박힌 원 모양의 화강암과 그 양옆의 불빛을 볼 수 있었다. 해처리의 문. 그 문은 까마득한 옛날부터 있었던 것처럼 보였다. 그리고 굳게 닫혀 있었다.

또 다른 검은 옷의 라이더가 앞으로 가라고 재촉하는 바람에 스캔다르는 바로 앞사람 목덜미에 대고 숨을 쉬다시피 했다. 숨소리가 너무 크게 났다. 스캔다르는 절벽 끝에 내려앉은 금속 새 같은 헬리콥터들을 보자 확 긴장이 되었다. 그 헬리콥터들은 해처리 문을 여는 데 실패한 메인랜더들을 귀가시키기 위해 대기 중이었다.

"으윽!" 뭔가가 스캐다르의 등에 부딪혔다. 스캔다르는 뒤를 돌아보았고 어떤 소녀와 눈이 마주쳤다. 갈색 직모로 된 단발머리에 가무잡잡한 올리브색 피부를 한 소녀였다. 소녀는 스캔다르의 시선을 맞받았다. 앞머리가 소녀의 얼굴에 그늘을 드리웠고 눈에서는 부싯돌처럼 불꽃이 튀었다. 소녀는 미안하다는 말도 하지 않았다.

"난 바비 브루나야." 소녀가 고개를 한쪽으로 살짝 기울이면서 말했다. "진짜 이름은 로버타이지만 행여 날 그렇게 불렀다가는 절벽에서 확 밀어 버릴 줄 알아." 바비는 아주 진지하게 말했다.

"알았어, 그게, 음…… 난 스캔다르 스미스야."

"화이트유니콘에서 못 본 것 같은데." 바비가 수상하다는 듯이 스캔다르를 향해 눈을 가늘게 떴다.

스캔다르는 아무렇지도 않은 척 말하려고 애썼다. "사람들 틈에 묻어가고 싶었어." 그건 엄밀히 따지자면 거짓말이 아니었다.

"블리첸으로 왔다고 하는 것 같더라?"

"응?" 그는 자신이 점점 방어적이 되는 것을 느꼈다. 블리첸에 타고 있었다고 증명할 수단도 없으면서 말이다. 무슨 수로 증명을 하겠는가. 어림도 없는 일이었다. "너, 날 염탐하는 거야?"

바비가 어깨를 으쓱했다. "경쟁자를 평가하는 게 피해를 주는 일은 아니잖아?" 스캔다르는 바비의 움켜쥔 주먹과 엄지손톱의 보라색 매니큐어를 보았다. "아무튼, 그게 중요한 얘기는 아니지. 넌 그 헬리콥터에 타고 있지 않았어."

"거기 타고 있었어." 스카프로 감싼 목이 땀으로 축축해져 있었다. 스캔다르는 초조하게 가방을 고쳐 멨다.

"아니, 넌 없었어." 바비가 냉랭하게 말했다. "내가 블리첸으로 왔기 때문에 알아. 너는 어디서도 본 적 없어. 그리고 스캔다르 같은 이름을 내가 잊어버릴 리는 없지."

"말했잖아, 나는……."

바비가 갑자기 손을 들어 올려서 하마터면 그 손바닥이 스캔다르의 코에 닿을 뻔했다. "다시는 '사람들 틈에 묻어왔다' 같은 소리로 너 자신을 난처하게 만들지 마. 내 기억은 사진처럼 정확하고, 헬리콥터에는 달랑 넷밖에 없었어. 게다가 너 지금 얼굴이 불타는 고구마야."

스캔다르를 덮친 극도의 공포가 바비의 눈에도 확실히 보였는지, 바비는 도로 손을 주머니에 찔러 넣었다. "네가 무슨 헬리콥터를 타고 여기 왔든지 나랑은 상관없어. 단지, 왜 거짓말을 하는지가 궁금해." 바비는 어깨를 으쓱했다.

"나는……." 스캔다르는 말을 하려고 했지만 바로 그 순간 시야의 한쪽 가장자리가 환해졌다. 태양이 미러클리프 위로 솟았고 하늘은 분홍빛으로 물들었다.

"이제 시작이군." 바비가 중얼거렸다. 그러고는 대열에서 환호성이 일어나자 몸을 돌렸다. 해처리의 거대한 원형 문이 올해의 첫 번째 신입 라이더를 맞이하기 위해 뒤로 젖혀지고 있었다.

5장

산 자들의 터널

스캔다르와 바비는 조금씩 해처리 문에 다가갔다. 더는 바비와 애기가 오가지 않았기에 스캔다르는 안도했다. 아일랜드에 와서 처음 제대로 대화를 나눈 상대가 이미 그의 거짓말을 알아차렸다니, 믿기지 않았다. 괜찮다, 그러니까 바비는 단지 스캔다르가 자기와 같은 헬리콥터를 타고 왔다고 말한 것만 거짓이라고 생각하니까. 하지만 시간문제 아닐까, 바비가 이상함을 느끼고 알리기까지는?

스캔다르는 학교에서 오웬과 그 패거리가 특히 못되게 굴 때마다 그랬듯이 억지로라도 숨을 크게 쉬려고 애썼다. 한 사람쯤 알기로서니 누가 신경 쓴다고? 바비가 뭐 때문에 그에게 신경을 쓰겠는가? 그리고 바비는 해처리 문을 열 수 없을지도 모른다. 아니면, 스캔다르가 문을 못 열 수도 있고. 그러면 신경 쓰고 말고 할 것도 없다.

스캔다르는 여전히 너무 뒤에 있었기 때문에 해처리 앞에서 무슨 일이 일어나는지는 볼 수 없었다. 그래도 누군가 문을 열었음을 알리는 환호성은 제법 심심찮게 들려왔다. 간간이 침묵이 길어질 때마다 스캔다르는 저 문이 자기를 외면할지 모른다는 생각에 위장이 다 꼬이는 것 같았다.

"스트레스 그만 받아." 스캔다르가 앞으로 이동하는 것도 잊고 우뚝 서 있자 바비가 그의 귀에 대고 말했다. "저 앞쪽 애들은 대부분 아일랜더야. 여기 출신은 기본적으로 다 한 번씩 도전해 보는 거 알지? 많이들 도전하니까 안 되는 애들도 많아. 너희 학교에서는 아무것도 안 가르쳐 줬어?"

스캔다르는 아무 말도 하지 않았다. 그가 끝내 치르지 못한 해처리 시험에 관한 질문이 나오게 하고 싶지 않았다.

줄이 앞으로 움직이는 동안 해처리 문을 열지 못한 메인랜더들이 헬리콥터 쪽으로 이동하기 시작했다. 몇몇은 울고 있었고, 몇몇은 성이 난 얼굴을 하고 있었다. 어떤 아이들은 실망감에 고개를 들지도 못한 채 줄 옆으로 터덜터덜 걸어갔다.

스캔다르는 다른 데를 보려고, 해처리 꼭대기만 바라보려고 노력했다. 이제 그는 가까이 와 있었다. 봉분의 정상에서 각자 자기 유니콘에 올라타 있는 라이더들이 보였다. 그들은 은빛 가면을 쓰고 있었다, 애거서를 공격했던 그 라이더들처럼!

"저 위에서 뭘 하는 걸까?" 이 말이 스캔다르의 입에서 불쑥 튀어나왔다.

바비가 혀를 끌끌 찼다. "너 구제 불능 바보야?"

"들으라고 한 말 아니야. 너한테 한 말도 아니고." 스캔다르가 쏘아붙였다. 신경이 점점 더 날카로워지고 있었다. 이제 그의 앞에 남은 사람은 손에 꼽을 정도로 적었다. 저 가면 쓴 라이더들이 스캔다르가 시험을 통과하지 않고 여기 온 걸 알면 스캔다르도 잡아갈까? 혹시 그래서 저기 와 있는 걸까?

"그러니까 넌 혼잣말을 하고 있었다?"

"아니, 난 그냥…… 궁금해 한 거야."

바비가 콧방귀를 뀌었고 스캔다르는 얘가 또 헬리콥터 얘기를 꺼내려나 싶어 그녀에게로 돌아섰다. 하지만 바비는 그런 얘기는 하지 않았다. 대신, 유니콘들을 손가락으로 가리켰다. "무장 경비대잖아. 내가 엿들었어." 바비가 목소리를 확 낮추어 속삭였다. "우리를 보호하려고 와 있는 게 분명해."

스캔다르가 침을 꿀꺽 삼켰다. "무엇으로부터?"

"어, 나야 모르지. 아마 다들 얘기하던 위버나 뭐 그런 것들 아닐까?" 바비가 눈을 굴렸다.

이제 스캔다르는 해처리에 거의 다 와 있었고 문 바로 앞에 서 있는 꼬장꼬장하게 생긴 남자를 볼 수 있었다. 그 남자는 클립보드를 들고 서 한 명씩 이름을 불렀다.

"애런 브랜트 출두." 남자가 큰 소리로 외쳤다. 스캔다르 바로 앞에 서 있던 다리가 유난히 긴 소년이 눈을 가린 숱 많은 검은 머리를 흩날리면서 걸어 나갔다. 스캔다르는 돌연 질투심이 생겼다. 누가 봐도 애런이 스캔다르보다는 라이더답게 보였던 것이다. 스캔다르는 키가 훤칠한 그 소년이 카오스 카드 속에서 쏘아보듯 시선을 던지는 모습이 저절로 상상됐다. 애런은 화강암 문으로 어슬렁어슬렁 걸어가 손바닥을 대고 문을 밀었다. 아무 일도 일어나지 않았다. 문이 꿈쩍도 하지 않자 애런은 둥그런 가장자리를 잡아당기려고 끙끙댔다. 여전히 아무 일도 일어나지 않았다. 애런은 자포자기해서 문을 발로 걷어차기 시작했다.

고역스러운 몇 분이 지나자 클립보드를 든 남자가 억센 팔을 애런의 어깨에 두르고는 애런을 강제로 이동시켰다. 스캔다르는 애런이 저 뒤 절벽 쪽으로 사라지는 모습을 지켜보았다.

"앞으로." 스캔다르는 이 소리를 듣고도 움직이지 않았다. 애런처럼 멋있는 소년도 집에 가는 신세가 되는 걸 보니 너무 끔찍해서 머리가 빙빙 돌았다. 애거서를 따라 여기 오는 게 아니었다. 자기 얼굴에 거짓말쟁이라고 다 적혀 있을 것 같은 기분이 들었다. 다리가 후들거리기 시작했다.

"앞으로." 목소리가 다시 한 번 울렸다.

바비가 스캔다르의 발목을 걷어찼다. "가라고!"

스캔다르는 비틀거리면서 그 남자를 향해 걸어갔다. 그는 멀리서 볼 때보다 나이가 더 들어 보였다. 머리카락은 검은색과 회색이 섞여 있었고 너무 말라서 누리끼리한 얼굴에서 광대뼈밖에 안 보였다. "이름?"

"스캔다르 스미스예요." 스캔다르의 목소리가 갈라졌다.

"다시 한 번 말해 보겠니? 얼른. 온종일 이러고 시간을 잡아먹을 순 없어." 남자의 음성이 딱딱하고 매섭게 들렸다.

"스캔다르 스미스입니다."

남자의 철사 같은 눈썹이 맞붙을 것처럼 찌푸려졌다. 그가 클립보드에서 이름을 찾는 동안 스캔다르는 숨을 죽였다. 애거서가 생각지 못했던 변수가 발생하면 어떻게 되나? 어쩌면 그들은 알고 있을지도, 스캔다르가 과연 시험을 치렀는지 확인해 보고 이미……

"스캔다르 스미스 출두!" 남자가 우렁차게 외쳤다.

스캔다르는 납처럼 무거운 다리를 이끌고 해처리 문으로 다가갔다. 그냥 그대로 헬리콥터까지 뛰어가고 싶은 정신 나간 충동이 일었다.

스캔다르가 결코 알지 못할 길. 그는 이 문에 도전해 보지 않았기 때문에 늘 자신과 운명으로 맺어진 유니콘이 있을 거라고 상상할 수 있었던 것이다. 하지만 스캔다르는 라이더들의 불 같은 시선이 저 위에서부터 자신에게 꽂히는 것을 느낄 수 있었고 지금 손을 내밀어 해처리의 차가운 화강암 문에 손바닥을 올려놓는 것 외에는 선택의 여지가 없었다.

심장이 멈춘 것 같은 한순간, 아무 일도 일어나지 않았다. 스캔다르의 귓전에 미러클리프에 거세게 부딪히는 파도와는 아무런 상관이 없는 아우성이 들렸다. 스캔다르는 문을 응시했다. 너무나 낙심한 나머지 무릎이 움찔거리고 어깨가 축 처졌다. 그는 한 발짝 물러나면서 손바닥을 거두려 했다. 그런데 바로 그때, 돌이 끌리는 소리가 나고 오래된 경첩이 크게 삐걱거렸다.

서서히, 그러나 분명히 해처리 문이 열리고 있었다.

짜릿한 흥분이 스캔다르의 발가락에서부터 손끝까지 폭발적으로 일어났다. 스캔다르는 위험을 무릅쓰지 않았다. 문이 충분히 열리자마자 그는 얼른 그 둥그런 입구를 통과해 어둠 속으로 들어갔다. 뒤도 돌아보지 않고서.

스캔다르의 등 뒤에서 거대한 문이 도로 닫혔다. 스캔다르는 해처리에 들어와 있었다! 해냈다! 그는 이제 라이더였다. 어떻게 해처리에 왔는지는 중요하지 않았다. 중요한 것은 여기 어딘가에 유니콘이 있다는 것이었다. 그가 애타게 기다려 왔던 것처럼 13년간 그가 오기만을 기다렸을 유니콘. 스캔다르는 감히 믿을 수조차 없었다. 혹시라도 빼앗길까 봐 '라이더'라는 단어를 다시 한 번 생각할 수조차 없었다. 스캔다르는 차가운 돌바닥에 드러누워 두 손으로 머리를 감싸고 눈물을 흘렸다. 안도와 피로와 행복의 눈물을.

그러고 나서 스캔다르는 바비가 만약 문을 연다면 곧바로 자기 머리를 밟을 거라는 생각을 했다. 비록 바비를 안 지 얼마 안 됐지만, 그녀가 망설이지도 않고 자기를 짓밟을 거라는 건 확신할 수 있었다.

스캔다르는 허둥지둥 일어났다. 그의 눈이 어둠에 익숙해지고 있었다. 그는 횃불이 죽 늘어선 기다란 터널의 끝에 서 있었다. 어쩔 수 없이 또 긴장이 되었다. 해처리 내부에 대해서는 교과서에도 전혀 나와 있지 않았다. 스캔다르는 모든 게 일사천리일 줄만 알았다. 문을 열고, 유니콘 알을 찾고, 운명의 유니콘을 부화시키면, 성공! 그러면 그와 유니콘은 평생 변치 않을 연을 맺고 훈련을 시작할 줄 알았다. 스캔다르는 이런 으스스한 터널을 마주하게 되리라곤 예상하지 못했다. 혼자 덩그러니 있게 될 줄은 몰랐다. 그는 누나가 곁에 있으면 좋겠다고 생각했다. 케나는 좁은 데를 싫어하긴 해도 터널이 쩌렁쩌렁 울리도록 바보 같은 농담을 떠들면서 스캔다르를 웃겨 주었을 것이다.

그러나 이제 돌이킬 수 없었다. 스캔다르는 엄마의 스카프 끝자락을 만지작거리면서 터널을 따라 걷기 시작했다. 들리는 것은 자신의 숨소리, 터벅터벅 운동화가 끌리는 소리뿐이었다. 스캔다르는 조금 걸어가다가 터널 벽이 돌에 새겨진 표식들로 울퉁불퉁하다는 것을 알아차렸다. 그는 벽에 얼굴을 기울이고 좀 더 자세히 살펴보았다. 단어들이 벽에 새겨져 있었다. 아니, 정확히는 단어가 아니라……

"이름들이다." 스캔다르의 속삭임이 어처구니없이 큰 소리로 나왔다. 벽, 바닥, 천장 할 것 없이 눈에 보이는 공간은 전부 이름들이 비집고 새겨져 있었다. 그는 그 이름들이 왜 거기 새겨져 있는지, 그 이름들의 주인은 누구인지 궁금했다. 스캔다르는 몇 발짝 걸음을 옮기다가 자기도 아는 이름 하나를 발견하고 깜짝 놀랐다. 에마 템플턴. 이번 카오스 컵에서 케나가 가장 좋아한 라이더였다. 그건 라이더들의 이름이었다! 스캔다르는 자기가 아는 이름을 더 찾고 싶었지만 그럴 수 없었다. 이름들이 많아도 너무 많았던 것이다. 셀 수 없이 많은 이름이 그의 눈앞을 가득 메우고 있었다. 프레더릭 오누조, 테사 맥팔레인, 탐 랭턴.

스캔다르는 앞쪽에서 돌 긁는 소리가 나자 유체 이탈이라도 할 것처럼 놀랐다. 칠판을 못으로 쭉 긁고 가는 듯한 소리, 치아가 마비되고 등골이 오싹해질 법한 소리. 피에 굶주린 유니콘들이 내는 소리라면 괜찮았다. 귀신이라면? 괜찮지 않았다. 스캔다르는 눈을 가늘게 뜨고 소리가 나는 방향을 살폈지만 그쪽에는 아무도 없었다. 반대 방향으로 내빼고 싶은 기분으로 스캔다르는 몇 발짝 더 앞으로 가 보았다.

소리가 나는 자리까지 갔는데도 아무도, 아무것도 보이지 않았다. 사방에 더 많은 이름이 새겨져 있을 뿐이었다. 로지 히싱턴, 에리카 에버하트, 알리제 맥도널드, 그리고…….

스캔다르는 돌 가는 소리의 정체를 돌연 깨달았다. 스캔다르가 마지막 'H'가 저절로 새겨지는 광경을 보고 있는 동안 미세한 돌 조각들이 바닥으로 후드득 떨어졌다. 스캔다르 스미스(SKANDAR SMITH). 스캔다르의 이름이 이 터널에 빼곡하게 새겨진 이름들에 합류한 것이다. 스캔다르는 신이 나서 가슴이 터질 것 같았다. 꿈이 아니었다. 그는 라이더였다. 그가 부화시켜야 할 유니콘이 있었다!

스캔다르는 이제 좀 더 목적의식을 갖고 걸어갔다. 마침내 늘어선 횃불들의 끝에서 문이 보였다. 그 문은 이 터널에 들어오기 위해 열어야 했던 바깥의 문과 완전히 똑같았지만 고맙게도 크고 동그란 손잡이가 달려 있었다. 스캔다르는 긴장하면서 묵직한 돌문을 끌어당겼고 사람들의 목소리 ─ 웃고, 떠들고, 지시를 내리는 목소리 ─ 를 들으면서 터널을 빠져나가 그의 새로운 인생으로 향했다.

스캔다르가 맨 처음 느낀 것은 열기였다. 암굴 터널의 서늘한 기운은 이제 흔적조차 없었고 벽에 고정된 수백 개의 횃불뿐만 아니라 돌바닥에 깊게 파인 구덩이에서도 커다란 불이 거칠게 활활 타오르고 있었다. 스캔다르는 환한 빛에 눈이 적응되자 그곳이 방이라기보다는 커다란 불의 왼쪽과 오른쪽으로 쭉 뻗은 아주 넓은 복도에 가깝다는 것을 알아차렸다. 그 복도에 새로 선발된 라이더들이 모여 있었다. 스캔다르의 머리 위에는 단검처럼 끝이 날카로운 종유석 수백 개가 천장에 매달려 있었다. 반짝이는 하얀 유니콘 그림들이 마치 동굴 벽화처럼 스캔다르를 향해 빛나고 있었다. 깜박이고 일렁이는 횃불 때문이겠지만, 그 유니콘들은 거의 살아 있는 것처럼 보였다.

스캔다르는 다른 라이더들과 약간 떨어진 채, 긴장하며 서 있었다. 문득 학교에서 그랬던 것처럼 다들 이미 친구를 사귀었는데 자기만 덩그러니 남은 기분이 들었다. 바비는 아직 그의 뒤를 따라 나타나지 않았다. 스캔다르는 그녀가 해처리 문을 열었는지 못 열었는지조차 알지 못했다. 지금까지 대화를 나눠 본 유일한 사람이 바비인데 다시는 볼 일이 없기를 바라자니 마음이 좋지 않았다. 그래도 그의 비밀을 안전하게 지키려면 그래야 했다. 스캔다르는 걱정할 필요 없다고 스스로 마음을 다잡고 다른 라이더들에게 다가갔다. 새로운 출발이었다.

스캔다르는 한창 대화 중인 몇 명의 아일랜더들 주위에서 서성거렸다. 출신을 짐작하기는 어렵지 않았다. 메인랜더들은 불구덩이와 아주 멀찍이 떨어져 있었고 딱 보기에도 피곤하고 불안해 보였다. 그들은 대부분 스캔다르처럼 청바지를 입었고 서둘러 싸 온 가방을 움켜쥐고 있었다. 반면 아일랜더들은 불에서 가까운 자리를 차지한 채 편하게 웃고 서로의 등을 때리며 장난을 치기까지 했다. 그들은 모두 품이 넉넉한 검은 옷을 입고 있었다.

"내 생각을 말하자면, 산 자들의 터널은 정말이지 감흥이 없더라. 완전히 기본만 꾸며 놓은 것 같아. 나는 우리 이름이 새겨질 자리를 우리가 고를 수 있게 해 줘야 한다고 봐." 그렇게 말하고 있는 소녀는 머리카락이 짙은 밤색이었고 연한 장밋빛 뺨에는 주근깨가 박혀 있었다. 고약한 냄새로부터 스스로를 보호하려는 것처럼 살짝 쳐들린 그녀의 코가 인상적이었다.

소녀를 둘러싼 아일랜더들은 그녀가 하는 말에 푹 빠진 듯 보였다. 그들은 연신 고개를 끄덕거리고 "정말 맞는 말이야, 앰버." 같은 말로 맞장구를 쳤다.

"지금 뭘 보고 있는 거야?"

스캔다르는 앰버가 그에게 말을 걸었다는 것을 깨닫기까지 시간이 좀 걸렸다.

"나는⋯⋯." 스캔다르는 갑자기 크라이스트처치 중학교로 돌아간 기분이 들었고 늘 그렇듯 긴장해 목구멍에서 말이 나오지 않았다. 그는 걱정으로 머릿속이 하애지는 것을 느끼면서 엄마의 스카프 자락만 만지작거렸다.

앰버가 스캔다르를 바라보면서 깔보는 듯한 미소를 지었다. "그리고 그 너덜너덜한 스카프는 왜 두르고 있는 건데? 메인랜드의 괴상한 전통 같은 거야? 내가 너라면 그 스카프부터 치우겠다. 네가 우리 아일랜더들하고 잘 맞는지가 어마어마하게 중요할 거거든. 꿀팁인데, 우린 보통 실내에서는 스카프를 안 한단 말이지." 앰버가 아까보다 더 활짝 웃었지만 스캔다르에게는 마치 상어가 먹잇감을 집어삼키기 위해 이빨을 드러내는 것처럼 보였다. 앰버를 둘러싸고 있던 아일랜더들이 히죽거렸다.

"스캔다르의 스카프는," 스캔다르의 뒤에서 누군가 말했다. "벗고 싶으면 벗을 수 있지. 하지만 네 인성은 벗으려야 벗을 수 없으니 참 안타깝네."

다들 벙쪄서는 입도 벙긋하지 못했다. 그러는 동안 앰버의 낯빛은 토마토처럼 벌겋게 변했다.

바비는 다른 데로 가 버렸다. 스캔다르는 바비를 따라가는 것 말고는 달리 어찌할 바를 몰랐다.

"왜 그랬어?" 스캔다르는 그들의 말이 들리지 않을 곳까지 가서는 신음하듯 내뱉었다. "너 이제 쟤들에게 찍힐 거야! 아마도 나까지! 저 앰버라는 여자애, 진짜 인기 있는 애 같던데."

바비는 어깨를 으쓱하더니 보라색으로 칠한 손톱 중 하나를 불빛에 비춰 보면서 말했다. "난 인기 있는 사람들 싫어, 거품이 심해서."

스캔다르도 그 점에는 확실히 동감이었다. 오웬은 늘 '인기 폭발'이었지만 친절하다거나 착하다거나 뭔가 사귀고 싶은 구석이 있는 아이는 절대 아니었다.

"어쨌든 고마워, 날……." 스캔다르는 입을 뗐지만, 말을 마저 할 겨를이 없었다. 해처리 문을 지키던 남자가 —— 클립보드를 겨드랑이에 끼고 —— 불 맞은편에 서서 다들 조용히 하라고 손뼉을 쳤기 때문이다. 둥글둥글한 몸집의 남자와 회색 곱슬머리를 한 여자가 그의 양옆을 지키고 있었다. 그들의 주름진 얼굴이 꽤 진지했다.

"모르는 사람들도 있을 테니 말해 두자면," 클립보드를 든 남자의 목소리가 동굴 벽에 부딪혀 메아리쳤다. "나는 해처리의 의장이자 실버 서클의 수장, 도리언 매닝이다."

"실버 서클이 뭐야?" 바비가 옆에 서 있던 아일랜더에게 물었지만 상대는 쉿, 하면서 주의를 주었다.

"해처리 의장으로서의 내 임무는 해처리 시험이 제대로 치러지는지, 후보자들이 해처리 문 앞에 출두하는지 지켜보고 부화 과정 자체를 감독하는 것이지. 우리 팀의 존경받는 일원들과 함께 말이야." 의장은 자신의 좌우에 선 사람들에게 손짓을 해 보였다.

"나는 또한 연중 다른 시기에는 항상 해처리의 보안을 감독한다. 그리고, 당연한 얘기지만, 부화되지 않은 알이 해 질 녘에 야생 유니콘으로 부화하기 전에 황무지로 실어 나르는 고귀하고도 위험천만한 수고도 감당하고 있지." 의장이 코로 킁 소리를 요란하게 내면서 뼈와 가죽 뿐인 가슴을 쫙 펴는 모습이 너무나 자기만족에 빠진 듯 보여서, 스캔다르는 그 순간 그가 비호감으로 느껴졌다.

"소개는 이만하면 됐고, 축하 인사가 응당 다음 순서로 와야겠지. 이제 여러분은 공식적으로 아일랜드의 라이더, 이 땅과 바다 건너 땅의 수호자가 되었다. 이 방 어딘가에는 여러분 한 사람 한 사람에게 주어진 알이 있다. 그 알은 여러분이 세상에 태어났을 때 함께 태어났지. 유니콘은 여러분이 도착하기를 13년 동안 기다렸다." 몇몇이 환호성을 질렀지만 의장의 엄격한 눈초리에 얼른 입을 다물었다. 의장의 단단하게 긴장된 뺨은 횃불에 비쳐 거의 움푹 파인 것처럼 보였다.

"라이더가 없으면 — 여러분이 없으면," 의장이 극적인 몸짓으로 그들 모두를 가리켰다. "유니콘은 연을 맺지 못한 야생의 상태가 되어 우리 모두를 위태롭게 만들 거다. 유니콘 경주는 우리와 우리 조상들이 수천 년에 걸쳐 유니콘의 가공할 에너지를…… 뭔가 좋은 방향으로 발산시키기 위해 힘써 온 방식이야. 하지만," 그가 횃불에 눈을 빛내면서 손가락 하나를 들었다. "경고 하나 하지. 메인랜더들만이 아니라 너희 모두에게 하는 경고다. 유니콘은 연을 맺는다 해도 기본적으로 피에 굶주린 존재라, 폭력과 파괴를 선호하는 건 어쩔 수 없어. 유니콘은 예로부터 고귀한 짐승이니, 운명으로 맺어진 라이더일지라도 자기 유니콘에게 존경받기 위해 노력하기 바란다. 이제," 의장이 거만하게 손뼉을 쳤다. "일을 시작해 볼까."

의장과 두 동료는 인파를 헤치고 나아가면서 신입 라이더들의 어깨를 — 무작위로 — 툭툭 치면서 그들을 따라오라고 했다. 바비는 둥글둥글하고 초조해 보이는 남자에게 불려갔다. 스캔다르의 어깨를 친 사람은 다름 아닌 도리언 매닝이었다. 스캔다르는 또 다른 소년의 뒤에서 의장을 따라갔다. 검은 생머리의 그 소년은 자신의 황갈색 피부보다 더 밝은 색조의 갈색 안경을 쓰고 있었다. 소년은 몇 걸음 옮길 때마다 불안하게 뒤를 돌아보았고 안경이 콧등에서 미끄러질 때마다 추켜올리기 바빴다.

의장이 죽 늘어선 청동 스탠드 앞에서 걸음을 멈추었다. 그건 마치 거대한 시험관 홀더 같았다. 두툼한 집게발이 꽉 움켜잡은 알들이 스캔다르의 가슴 높이에 줄지어 있었다. 알은 대단히 컸다. 학교에서 동물원으로 소풍을 갔을 때 타조알을 본 적이 있는데 이 알들은 적어도 그 타조알의 네 배 크기는 될 성싶었다. 스캔다르는 자기 볼을 꼬집어 보고 싶었다. 자신이 실제로 해처리 안에 들어와 운명의 유니콘을 만나려 하고 있었다.

"미적대지 마. 우물쭈물하지 말고 내 주위로 모여." 의장은 마치 목소리를 조금만 더 크게 내면 알이 저절로 깨기라도 할 것처럼 조용하게 말했다. "올해 부화하기로 되어 있는 알을 12개씩 묶어 놓았다. 이게 그 첫 묶음이지. 해처리 안에서 발견되는 알은 우리 팀이 전문적으로 보살펴 왔다. 13년 동안 알은 매년 한 층씩 더 높이 올라와 표면에 가까워지지. 새끼 유니콘은 이 알 속에서 천천히, 그렇지만 확실하게 성장한다. 그러다 마침내, 잠시 후면, 너희는 각자 자기 알 앞에 서 있을 게다." 의장은 거기까지 말하고 숨을 돌렸다.

스캔다르는 놀라서 눈이 휘둥그레졌다. 그가 서 있는 곳 아래에도 여러 층이 있다면 도대체 이 해처리는 얼마나 깊은 걸까?

도리언 매닝의 설명이 계속되었다. "오른손 손바닥을 알 위에 얹어야 해. 10초 안에 아무 일도 일어나지 않으면 물러나서 오른쪽에 있는 다른 알로 이동하도록."

스캔다르는 스케치북을 꺼내서 그 지시를 적어 두고 싶었다. 스캔다르는 세세한 것까지 기억하는 재주가 별로 없었고 의장이 무슨 뜻으로 '아무 일도 일어나지 않으면'이라고 한 건지 정말로 물어보고 싶었다. 원래는 무슨 일이 일어나야 하는 걸까? 그걸 놓치고 못 보기라도 하면 어떻게 되는 거지? 하지만 시간이 없어 보였다. 의장은 이미 다른 말을 하고 있었다.

"명심하거라, 유니콘의 뿔이 손바닥을 찌르는 느낌이 들면……"

스캔다르는 숨이 턱 막혔다. 스캔다르 혼자만 그랬던 건 아니다. 이런 건 책에서 들도 보도 못했다. 여태껏 부화는 단지…… 뭐랄까…… 스캔다르가 도착하기만 하면 유니콘이 저 혼자 알을 깨고 나오는 건 줄 알았다.

"……곧바로 알이 부화하기 시작할 게다. 최대한 빨리 알을 움켜잡고 저 뒤에 있는 부화실에 들어가 문을 닫아야 한다."

신입 라이더들이 뒤를 돌아보았다. 알이 놓여 있는 곳의 반대편 벽에 문이 반쯤 열린 동굴들이 있었다. 문은 쇠창살로 되어 있었다.

스캔다르가 침을 삼켰다. 그와 같은 무리에 속한 다른 메인랜더들도 걱정하는 기색이 역력했다. 검은 머리를 길게 늘어뜨린 메인랜더 소녀 하나는 들리지도 않는 소리로 투덜대고 있었다.

"부화가 진행 중이거나 유니콘에게 굴레와 고삐를 장착하기 전이라면 절대로 문을 열어선 안 된다." 의장이 나지막이 말하는 동안 활활 타는 횃불의 불빛에 그의 초록색 눈이 마구 번득였다. "알이 그렇게 크지 않아 보일 수도 있지만, 내 말 잊으면 안 돼. 유니콘은 알을 깨고 나오자마자 자라기 시작한다. 오늘 여기서 단 한 마리라도 새끼 유니콘이 탈출하는 일은 절대 있어선 안 된다. 나의 감독하에서 그런 일은 용납할 수 없어! 그런 유니콘들이 일으키는 난리는…… 생각도 하고 싶지 않군."

스캔다르는 두려움에 휩싸였고, 의장의 무시무시한 경고는 전혀 도움이 되지 않았다. 스캔다르는 묻고 싶은 것이 너무 많았다. 일단, 굴레는 뭐 하는 물건이고 어디서 구하는 건가? 그러나 심호흡 몇 번 할 시간밖에 없었는데 의장은 벌써 또 지시를 내리고 있었다. "준비됐지? 내가 말하면 손바닥을 갖다 댄다."

그래서 스캔다르는 자리를 잡고 자기 앞에 있는 거대한 알을 응시했다.

6장

스카운드럴스럭

의장의 지시가 스캔다르의 머릿속에서 빙글빙글 돌았다. 10초. 알을 움켜잡아라. 찌르면. 피도 나는 걸까? 많이 아플까? 스캔다르는 토할 것만 같았다.

"손바닥 펴고…… 내려!" 의장이 소리를 질렀다.

신입 라이더들이 일제히 자기 앞의 하얀 알 위에 손을 얹었다. 알 껍데기는 스캔다르가 예상한 것보다 따뜻했고 굉장히 부드러웠다. 스캔다르는 손바닥을 찌르는 유니콘의 뿔을 보지 않기 위해 눈을 감고 싶은 충동과 싸워야 했다. 흥분과 두려움이 나란히 휘몰아치면서 스캔다르를 휩쓸고 갔다. 목에서 맥박이 미친 듯이 뛰는 것을 느낄 수 있었다. 스캔다르는 기다리고 또 기다렸다. 알은 꿈쩍도 하지 않았다.

"뒤로 물러서." 의장이 말했다. "첫 번째 시도에선 한 명도 없나? 유별난 일은 아니야, 전혀 아니지. 어쨌든, 여러분과 운명으로 이어진 알을 찾아야 한다. 올해 이곳에 들어온 여러분은 마흔세 명밖에 안 되는

데 부화를 기다리는 알은 쉰 개도 넘어." 의장이 잠시 한숨을 쉬었다. "어쩌면 맨 마지막 알까지 시도해 봐야 여러분의 유니콘을 찾을지도 모르지. 인내심을 갖고 도전해 봐. 인내심이 필요하다." 스캔다르는 그렇게 말하는 의장도 그렇게 인내심이 있어 보이진 않는다고 생각했다.

"손바닥 펴고…… 아래로!" 도리언 매닝이 알을 찾는 것은 운명이라고 확실히 말한 덕분인지, 스캔다르는 좀 더 침착해졌다. 2차 시도에서는 3초 만에 누군가가 비명을 질렀다. 스캔다르를 포함한 몇몇 라이더가 그쪽으로 고개를 돌렸다. 스캔다르는 잭이라는 소년을 알아보았다. 아까 그 소년이 해처리 문을 여는 모습을 보았기 때문이다.

"무슨 일이 일어나든 알에서 손을 떼면 안 돼." 매닝 의장이 주의를 주었다. "자기 알을 못 찾는 사람은 또 한 바퀴를 돌게 될 거고, 우리는 내년 부화 때까지 여기 있을 거다! 분명히 말하는데 나는 그럴 시간 없다!"

스캔다르는 고개를 돌리지 않은 채 잭의 동정을 살피려고 했다. 스캔다르의 시야 가장자리에서 잭이 갈색 이마에서 땀을 뚝뚝 떨어뜨리면서 알을 집게발로부터 들어 올려 두 팔로 안는 모습이 보였다. 벌써 유니콘이 껍데기를 빠지직 깨고 나오는 소리가 스캔다르의 귀에도 들렸다. 잭은 알의 무게를 못 이겨 비틀거리는가 싶더니 스캔다르의 시야에서 사라졌고 부화실의 창살 문이 닫히는 소리가 철컹하고 울렸다.

"하나 처리했군." 의장이 중얼거렸다.

라이더들은 자리를 바꾸었고, 한 번 더 바꾸었다. 첫 묶음에서 두 명이 더 자기 알을 찾았다. 나머지는 다 함께 두 번째 묶음으로 이동했다. 스캔다르는 검고 긴 머리의 메인랜더 소녀가 — 이름이 사리카라고 했던 것 같다 — 손바닥을 뿔에 찔리는 순간 바로 옆에 서 있었다.

그녀는 비명도 지르지 않았다. 하지만 스캔다르는 그녀가 손바닥에서 피를 줄줄 흘리면서 알을 부화실로 옮기는 것을 보았다.

세 번째 묶음까지 가자 라이더는 넷밖에 남지 않았다. 스캔다르와 검은 머리에 갈색 안경을 쓴 소년도 그중에 있었다. 스캔다르는 낙담한 나머지 더는 두렵지도 않았다. 그는 손바닥을 단단한 알 표면에 올려놓을 때마다 날카롭게 찌르는 통증이 일어나기를 애타게 바랐다.

"유니콘을 찾기에 딱히 효율적인 방법은 아닌 것 같아." 검은 머리 소년이 몇 개의 알을 내려다보며 중얼거렸다.

스캔다르는 열두 개의 알이 놓여 있는 줄에서 두 번째 알로 이동했다. 세 번째와 네 번째는 벌써 빠지고 청동 집게발만 남아 있었다. "손바닥 펴고…… 아래로!" 스캔다르의 등 뒤에서 의장이 외쳤다.

심장이 세 번쯤 뛰었을까, 스캔다르의 손 아래서 크게 쩍 소리가 났고 먹먹한 통증이 오른손 손바닥을 타고 올라왔다. 스캔다르는 마치 자동 조종 모드에 들어간 것처럼 ── 손바닥에서 피를 뚝뚝 흘리면서 ── 알을 청동 집게발에서 빼냈다. 알은 예상보다 더 무거웠다. 스캔다르는 알의 무게를 가슴으로 받아 내면서 뒤쪽 부화실로 비틀비틀 걸어갔다. 이미 얼어붙은 호수가 갈라지듯 알 표면에 쩍쩍 금이 간 것을 볼 수 있었다. 스캔다르가 부화실 창살 문을 당기면서 닫는 순간 껍데기 한 조각이 바닥에 떨어졌다.

벽에 걸린 횃불 하나만이 부화실을 비추고 있었다. 깜박이는 불빛 아래 금방이라도 부서질 것 같은 철제 의자가 하나 있었고, 그 뒤에는 로프가 걸려 있었다. 스캔다르는 불현듯 자기 능력 밖의 일이라는 생각이 들었다. 그가 유니콘을 책임지고 부화시킬 수 있을 리가! 그런데 그가 잘못하면 어떻게 되는 걸까?

알이 스캔다르의 품에서 요동쳤고 그의 손바닥에서 흐르는 피로 하얀 알 껍데기는 온통 피범벅이 되어 있었다. 알을 내려놓기는 해야 하는데 그래도 차가운 돌바닥에 함부로 굴려서는 안 될 것 같았다. 문제는 부드러운 것이라고는 눈을 씻고 봐도 찾을 수 없다는 건데……. 스캔다르는 고개를 숙이고 자기를 내려다보았다. 그는 후드 티 차림이었다.

스캔다르는 조심스레 무릎을 꿇었다. 고맙게도 뾰족한 뿔은 아직 보이지 않았다. 그는 다리를 꼬고 앉아서 알을 무릎 위에 조심스럽게 내려놓았다. 그러고는 가방을 내려놓고 후드 티를 벗었다. 스캔다르는 한 손으로는 알을 계속 잡은 채 바닥에 후드 티를 깔고 둘둘 뭉쳐서 둥지 비슷한 모양을 만들었다. 가장자리를 한 겹 더 둘러 주려고 엄마의 스카프를 목에서 풀어 둥지를 한 바퀴 감았다. 엄마가 얼마나 자랑스러워하실까 생각하니 웃음이 절로 났다. '너에게 유니콘 한 마리를 약속할게, 내 아기.' 스캔다르가 아기였을 때 엄마가 그렇게 속삭였다고 아빠에게 들었다. 그리고 지금 여기서, 스캔다르는 바로 그 한 마리 유니콘을 부화시키려 하고 있었다!

알을 내려놓자 안도감이 들었다. 아까는 아드레날린 덕분에 실제보다 가볍게 느껴졌던 것 같은데 알을 내려놓은 지금은 팔이 뻐근했다.

스캔다르는 눈에 불을 켜고 알을 주시했다. 온몸이 흥분으로 찌릿찌릿했다. 믿을 수가 없었다. 마침내 스캔다르가 여기에 왔다. 조금 있으면 마주하게 될 운명적인……. 하지만 알은 더는 움직이지 않고 있었다. 당황할 필요 없어, 라고 생각하면서도 스캔다르는 당황하고 있었다. 스캔다르는 생각을 딴 데로 돌릴 겸, 의자 뒤에 걸려 있는 장비를 살펴보았다. 그게 의장이 언급한 굴레와 고삐일 텐데, 둘은 금속 걸쇠로 연결되어 하나가 되어 있었다.

스캔다르는 알을 한 번 더 걱정스럽게 흘끔거렸다. 알은 아주 미세하게 진동하고 있었다. 때때로 알 껍데기의 조각은 후드 티 위에 떨어지거나 딱딱한 바닥으로 튀어 스캔다르를 펄쩍 뛰어오르게 했다. 근처의 다른 부화실에서 괴상한 소리가 들리긴 했지만 무슨 소리인지는 알 수 없었고, 아무도 단계적으로 지시를 내리면서 도움을 주지 않았다. 스캔다르는 로프 걸쇠를 만지다가 차가운 금속이 손바닥의 상처에 닿는 순간 너무 아파서 소리를 질렀다.

스캔다르는 부화실에 들어와서 처음으로 자기 손바닥을 보았다. 피는 더는 흐르지 않았지만 둥그렇게 찔린 상처가 끔찍한 검붉은 색으로 변해 있었다. 스캔다르는 놀라서 벽에 꽂혀 있는 횃불에 손바닥을 가까이 가져가 더 자세히 보았다. 다섯 개의 선이 손바닥 한복판의 상처에서부터 저절로 자라나 손가락이 시작되는 지점으로 슬금슬금 뻗어 나가고 있었다.

스캔다르는 늘 라이더의 손바닥에는 특별한 문신이 있다고 생각했다. 사실은 어디서 그런 내용을 분명히 읽었다. 그랬기 때문에 스캔다르는 마게이트에서 애거서가 라이더라는 것을 알아볼 수 있었다. 그런데 그게 문신이 아니라 상처였던 것이다. 게다가 그 상처는 아팠다, 무척이나.

알은 여전히 요지부동이었다. 스캔다르는 유니콘이 알을 깨고 나오려면 자신이 뭔가를 도와야 하는 게 아닐까 라고 생각했다. 그는 병아리의 부화에 대해서 떠올려 봤다. 암탉은 병아리가 알에서 빨리 나오게 하려고 뭔가를 하던가? 알을 몸으로 품고 앉아 있는 것 말고는 생각나는 게 없었는데 유니콘의 날카로운 뿔을 감안하면 그건 그다지 합리적인 방법은 아닐 성싶었다. 어쨌거나, 유니콘은 닭이 아니라──당연히──유니콘이었다.

스캔다르는 한숨을 쉬며 알 옆에 무릎을 꿇었다. "나오기가 싫어서 그래?" 스캔다르가 차분하게 물었다. "난 네가 나왔으면 좋겠어. 여기, 밖은 좀 무섭고 컴컴하고 나 혼자뿐이란 말이야, 그러니……" 그는 알에게 주저리주저리 말을 거는 자신이 우스꽝스럽게 느껴져서 거기까지만 했다. 아침 밥상에게 말을 거는 것도 아니고 이게 뭐람.

그때 외마디 비명 같은 소리가 들렸다. 스캔다르는 허겁지겁 주위를 둘러보았다. 그 소리가 또 들렸고, 스캔다르는 그 소리가 알 속에서 난다는 것을 알았다. 그는 좀 더 바짝 다가앉았다. 믿을 수 없지만 알에게 말 걸기가 효과를 내는 것 같았다.

스캔다르는 숨을 크게 들이마셨다. "있지, 난 널 만나고 싶어. 정말로 말이야. 너랑 나는 파트너가 될 거야. 어쩌면 네가 나를 좀 돌봐 줘야 할지도 몰라, 그게, 나는 메인랜드에서 왔지만 너는 여기 출신이잖아." 알이 또 한 번 소리를 냈고 제법 큰 껍데기 조각이 떨어지면서 스캔다르의 왼쪽 귀 옆으로 날아갔다.

"하지만 우리한테는 더 큰 문제가 있다고 생각해." 스캔다르는 자기가 횡설수설하고 있다는 것을 알았지만, 알 껍데기는 그의 눈앞에서 조금씩 부서지고 있었다. "나는 해처리 시험을 치르지도 않았어. 아무한테도 말하면 안 돼, 알았지? 그런데 누가 나를 도와줘서 여기까지 올 수 있었던 거야. 그 사실이 발각될까 봐 걱정돼. 바비라는 여자애가 벌써 수상하게 생각해. 그리고, 위버가 미쳐 날뛰는 것도 문제야. 하지만 그 얘기는 네가 좀 더 클 때까지 기다렸다가 해야겠어. 어쨌거나, 그래서 난 너를 필요로 하고 너 역시 나를 필요로 하게 될 거라 생각해."

이제 알에서 나는 소리는 끊이지도 않았다. 말의 울음소리 같기도 하고, 독수리의 울음소리 같기도 하고, 사람이 내지르는 비명 같기도 한 소리였다. 유니콘의 뿔이 두 번째로 알을 깨끗하게 뚫고 나왔다. 오닉스*처럼 검고 윤이 나는 그 뿔은 ── 스캔다르도 익히 아는 것처럼 ── 아주 날카로웠다. 뿔이 좌우로 왔다 갔다 하면서 껍데기를 더 많이 부서뜨렸다. 그다음에는 크게 한 번 쩍 소리가 나고 알의 윗부분이 다 떨어졌다. 스캔다르는 큰 조각들을 집어서 ── 손으로 만져 보니 끈적끈적했다 ── 저쪽으로 집어 던졌다. 그가 무릎으로 땅을 짚은 채 몸을 일으켜 그의 얼굴이 알보다 높아지려던 바로 그 순간, 남아 있던 껍데기까지 두 쪽으로 갈라지면서 떨어졌다.

새끼 유니콘은 네 다리를 벌리고 바닥에 배를 대고 엎드려 있었다. 갈비뼈가 빠르게 오르락내리락했다. 온몸을 감싼 검고 가는 털은 땀과 점액에 젖어 번들거렸다. 흑단 같은 갈기가 목덜미에 덥수룩했고 알에서 빠져나오려고 몸부림을 친 탓인지 털이 많이 엉켜 있었다. 유니콘은 아직 눈을 뜨지 못한 상태였지만, 스캔다르가 신기해서 그 생물을 빤히 바라보는 동안 이상한 현상이 일어나기 시작했다. 작고 연약해 보이는 검은 깃털 날개가 전기가 들어오듯 탁탁 소리를 내는가 싶더니 부화실 바닥이 진동하고 하얀 섬광이 번쩍 일어났다. 새끼 유니콘 주위에서 기이한 안개가 부옇게 일어나더니 유니콘을 시야에서 가려 버렸다. 그러고는…….

"으악!" 스캔다르가 펄쩍 뛰며 뒤로 물러났다. 자기 유니콘을 처음으로 보는 순수한 기쁨이 순식간에 경계 신호로 변했다. 유니콘의 발굽

---

* 화산 활동이 활발한 지대에서 생기는 광물의 일종으로 '줄무늬마노'라고도 한다.

에 불이 붙어 있었다. 발굽 네 개가 막 불꽃을 발사한 참이었다. 스캔다르는 자기가 불을 끌 수 있을지도 모른다는 헛된 희망을 품고 유니콘 밑에 깔려 있던 후드 티를 거둬들이려고 다가갔다. 원래 다들 이런 건가? 아니면, 자기 혼자만 저절로 불을 뿜는 유니콘을 만난 건가? 그가 후드 티 한쪽 자락을 잡고 끌어당기기 시작하자 새끼 유니콘이 눈을 떴다.

스캔다르가 유니콘의 새까만 두 눈을 바라보는 동안 두 가지 일이 동시에 일어났다. 가슴속에서 행복이 풍선처럼 부풀어 오르는 한편, 오른손에서는 타는 듯한 통증이 느껴졌다. 스캔다르는 유니콘에게서 시선을 거두고 오른손을 얼굴 가까이 가져와 어슴푸레한 빛에 비춰 보았다. 상처가 아물고 있었다. 하지만 상처가 아물면서 다섯 개의 선은 더욱 길어져 각 손가락의 말단까지 이르렀다. 그와 동시에 유니콘의 검은 머리 한가운데서 아래쪽으로 희고 넓은 줄무늬가 뻗어 나왔다. 줄무늬가 완성되고 스캔다르의 손의 상처가 다 아물 때까지 그들은 눈을 마주보고 있었다.

"고마워!" 스캔다르가 머뭇거리며 말했다. 그러자 마치 누가 스위치를 끄기라도 한 것처럼 전기, 진동, 섬광, 안개, 불이 한꺼번에 사라졌다. 소년과 유니콘이 서로를 바라보았다. 스캔다르는 라이더와 유니콘 사이의 보이지 않는 연(緣)에 대해서 읽어 보긴 했지만 실제로 그 연을 느낄 수 있을 줄은 몰랐다. 심장의 현(弦)이 자기 밖의 어딘가에 연결되기라도 한 것처럼, 가슴속에서 팽팽하게 끌어당기는 힘이 느껴졌다. 스캔다르는 그 현을 쭉 따라가면 끝에서 이 어린 유니콘의 심장을 만나게 될 거라고 확신했다.

유니콘은 마법의 순간을 깨고 가볍게 히힝 소리를 냈다. 하지만 스캔다르는 왠지 두렵지 않았다. 연을 맺은 탓일까, 스캔다르는 평생 이렇게 안전한 느낌은 처음이었다. 마치 세상에서 가장 아늑한 방에 문을 열고 들어가 다른 사람은 아무도 못 들어오게 하고 혼자 마음대로 난롯불을 독차지한 것 같았다. 스캔다르는 소리치고 싶었다. 부화실을 빙빙 돌며 춤추고 싶었다. 노래라도 부르고 싶었다. 유니콘처럼 으르렁거리기라도 하고 싶었다. 그때 유니콘이 제 발로 일어섰다.

스캔다르가 놀라서 뒤로 물러났다. "너 준비된 거 맞니?" 하지만 유니콘은, '스캔다르의' 유니콘은 이미 일어서서 그를 향해 비틀비틀 다가오고 있었다. 스캔다르는 그새 유니콘의 몸집이 더 커졌다고 확신할 수 있었다. 유니콘의 키가 그의 허리께에 왔다. 그는 유니콘이 알 껍데기에 갇혀 있지 않으면 훨씬 빨리 자라는가 보다 짐작했다. 어쨌거나 유니콘들은 13년을 기다려 오지 않았나. 유니콘은 스캔다르 바로 앞에 와서 멈추고는 그의 엉덩이를 뿔로 겨눈 채 히힝 하고 울었다. "나는 모르겠어, 네가 뭘……." 입을 뗀 스캔다르의 시선이 가방에 닿았다.

스캔다르는 유니콘에게서 눈을 떼지 않고 가방 앞주머니 지퍼를 열었다. 그는 여기 오는 길에 배가 고플까 봐 케나의 침대 옆 탁자에 있는 비밀 보관함에서 젤리베이비즈 한 봉지를 챙겨 왔다. 봉지를 만지작거리자 갓 아문 상처가 여전히 아팠다. 유니콘이 좀 더 다가와서 또 깩깩 하고 울었다.

"알았어, 여기 있어." 스캔다르는 그렇게 속삭이고는 빨간색 젤리를 하나 꺼내어 상처 없는 왼쪽 손바닥에 올려놓았다. 유니콘이 코를 벌름대며 냄새를 맡더니 젤리를 냉큼 낚아챘다. 유니콘이 젤리를 먹으면서 내는 소리는 좀 불안했다. '무엇'이 아니라 '누군가'를 잡아먹는 소리 같다고나 할까. 유니콘은 젤리를 씹으면서 만족스러운 듯 으르렁댔다.

그래서 스캔다르는 바닥에 젤리를 몇 개 더 떨어뜨려 주고는 의자에 앉아 자신의 유니콘을 연구했다.

유니콘의 털은, 뿔 아래서 시작되어 두 눈 사이를 지나 콧등까지 이어지는 넓은 하얀 띠를 제외하면 완전히 검은색이었다. 일주일 내내 도서관에서 살다시피 하면서 유니콘의 털 색깔에 대한 책만 탐독한 적이 있기에, 스캔다르는 자신이 하얀 무늬가 있는 유니콘은 한 번도 본 적이 없다는 사실을 알고 있었다. 그렇지만 그 무늬는 왠지 친숙해 보이기도 했다.

조금밖에 주어지지 않은 젤리를 다 먹어치운 유니콘이 다시 스캔다르에게 다가왔다. 걸음걸이가 한 발 한 발 다르다 싶을 만큼 나아지고 있었다. 의장이 했던 말이 그의 머릿속을 스치고 갔다. '유니콘은 연을 맺는다 해도 기본적으로 피에 굶주린 존재라, 폭력과 파괴를 선호하는 건 어쩔 수 없어.' 메인랜드에서의 스캔다르였다면 그다음 단계를 머리가 터지도록 고민하고, 누나에게 어떻게 해야 할지 물어보고, 심지어 책에서 찾아보려고 했을 것이다. 하지만 스캔다르는 이제 라이더였다. 그는 자기 자신이, 아마도 난생처음으로, 자랑스럽기 그지없었다. 그리고 유니콘 라이더 하면 용기 아닌가?

그래서 스캔다르는 한 손을 내밀어 자기 유니콘의 목을 토닥토닥했다. 살갗이 유니콘과 맞닿은 순간, 무척 기묘한 일이 일어났다. 스캔다르가 자기 유니콘이 수컷이고 이름이 스카운드럴스럭(Scoundrel's Luck, 악당의 행운)이라는 사실을 어느새 알고 있었던 것이다. 스캔다르는 단박에 그 이름이 좋아졌다. 새끼 유니콘에게 어울릴 뿐만 아니라 카오스컵에 출전하는 유니콘 이름답게 들렸다. 언젠가 카오스컵 우승을 차지할 유니콘 이름 같았다.

스캔다르는 계속 유니콘을 토닥여 주었다. 유니콘은 이제 말과 흡사한 소리를 내면서 가볍게 울었다. "만나서 반가워, 스카운드럴스럭." 스캔다르가 싱긋 웃었다. "줄여서 스카운드럴(악당)이라고 하면 어떨까?" 유니콘이 가슴속에서부터 우렁찬 소리를 끌어냈다. 스캔다르는 조심스럽게 젤리를 하나 더 먹이면서 굴레를 유니콘의 뿔 위로 들어올리고 고삐를 제자리에 채웠다.

고막을 찢을 것 같은 사람의 비명이 바로 근처에서 터져 나왔다. 그 소리에 놀랐는지 스카운드럴스럭도 스캔다르의 귀에 대고 꺅 소리를 질렀다. 상황은 더욱 악화되었고 유니콘은 부화실 안에서 마구 돌아다니기 시작했다.

다시 한 번 비명이 터졌다. 스캔다르는 마음을 단단히 먹고 스카운드럴의 고삐를 살살 당기면서 부화실 문으로 걸어가도록 이끌었다. 그가 창살을 밀자 문이 소년과 유니콘 앞에서 활짝 열렸다.

세 번째로 비명이 들렸다. 스캔다르는 그 소리를 따라서 두 칸 옆에 있는 부화실로 가 보았다. "여보세요?" 스캔다르의 목소리가 조금 떨렸다. "다쳤어요? 도움이 필요해요?"

다른 세 아이와 세 마리 유니콘이 이미 부화실 안에 있었다. 안경을 쓴 검은 머리 소년은 핏빛 유니콘을 꽉 붙잡고 있었다. 스캔다르는 바비도 알아보았다. 바비는 연회색 유니콘을 데리고 있었다. 세 번째 라이더는 구름 같은 검은 아프로 머리 모양*을 한 소녀였는데 은빛 유니콘에 의해 한쪽 구석으로 몰려 꼼짝을 못 하고 있었다. 소녀는 두 손으로 머리를 감싸고 비명을 지르다가 울다가를 반복했다.

---

* 아프로(Afro) 머리 모양 : 흑인의 곱슬머리를 빗어 크고 둥글게 만든 머리 모양.

"도와줄까?" 스캔다르가 좀 더 큰 소리로 물었다. 아무도 그 은빛 유니콘에서 눈을 떼지 못하고 있었기 때문이다.

안경 쓴 소년이 드디어 뒤를 돌아보았다. 소년은 스카운드럴스럭을 보고 입을 다물지 못했다. "지금 도움이 필요한 것 같은데." 스캔다르가 말했고, 구석에 몰린 소녀가 고개를 들더니 스캔다르의 유니콘을 손가락으로 가리키면서 아까보다 더 크게 비명을 질렀다.

7장
죽음의 원소

스캔다르는 부화실로 한 발짝 더 들어갔다. 구석에 처박힌 소녀는 연신 비명을 질러 댔고 —— 네 마리 유니콘은 그 소리에 또 꺅꺅댔다. 검은 머리 소년은 그 자리에서 —— 스카운드럴스럭만 넋 놓고 바라보며 —— 얼음이 되어 있었고, 바비는 붉은 눈알을 뒤집기라도 할 것처럼 뒤룩뒤룩 굴려 대는 연회색 유니콘을 진정시키느라 정신이 없었다.

스캔다르는 몹시 혼란스러웠다. 그는 자신이 이 방에 들어오자 일어난 반응에 익숙하지 않았다. 보통은 그가 뭘 하든 다른 사람들은 그를 신경 쓰지 않았다.

"잠시 입 좀 다물어 줄래? 고막이 찢어지기 일보 직전이거든!" 바비가 비명을 질러 대는 소녀에게 쏘아붙였다.

바비의 시선이 겁에 질린 소녀의 시선 끝을 따라갔다. 그러고는 한숨을 쉬었다. "쟤는 그냥 스캔다르야. 물론 쟤 이름이 설사병 걸린 코끼리보다 더 아쉽긴 한데, 어쨌든 무섭지는 않다고."

"아, 고마워, 소개를 근사하게 해 줘서." 스캔다르가 더듬거리며 대꾸했다.

바비가 어깨를 으쓱했다. "천만의 말······."

"둘 다 조용히 해!" 붉은 유니콘을 데리고 있던 소년이 씩씩거리면서 말했다. "플로는 저 애를 가리키는 게 아니야. 저 애의 유니콘을 가리키는 거지."

바비가 눈살을 찌푸렸다. "플로가 누군데?"

"쟤." 소년이 구석에 몰려 있던 소녀를 가리켰다. "그리고 난 미첼이야. 하지만 우리가 예의 차려 인사 나눌 시간은 없어! 저기 서 있는 건 불법 유니콘이란 말이야. 그 말은 저 애가." 미첼이 스캔다르를 손가락으로 빠르게 가리켰다. "불법 라이더라는 뜻이지."

스캔다르는 너무 충격을 받아서 뒤에 자기 말고 다른 라이더와 유니콘이 서 있지는 않은지 돌아보았다.

미첼은 그들이 가만히 서 있기만 하자 더 화가 났는지 팔을 마구 흔들었다. 태어난 지 몇 분 안 된 그의 유니콘이 팔을 휘두르는 라이더에게서 벗어나려고 고삐를 잡아당겼다. "저건 평범한 무늬나 반점이 아니야. 다섯 번째 원소와 결합한 유니콘의 표식이지." 미첼의 목소리가 속삭임에 가깝게 잦아들었다.

바비가 미첼을 향해 눈을 가늘게 떴다. "우리는 메인랜더이지만, 미치. 원소가 다섯 개가 아니라 네 개라는 건 알고 있어. 그건 모두가 아는 거야."

미첼은 바비를 무시했다. 그의 눈이 도망갈지 말지를 결정하려는 듯 스캔다르와 스카운드럴 사이를 필사적으로 왔다 갔다 했다.

"공식적으로는 네 개의 원소가 있지. 네 말이 맞아." 플로가 어색한 침묵을 깨고 부드러운 음성으로 말했다. 플로는 여전히 스카운드럴스럭을 두려워하는 것처럼 보였지만 적어도 더는 비명을 지르지는 않았다.

바비가 미첼을 향해 턱을 내밀었다. "거봐."

미첼이 눈을 감고 뭔지 모를 말을 중얼거렸다.

"하지만 예전에는 다섯 개가 있었어. 다섯 번째 원소는 있어." 플로가 좀 더 힘 있게 말을 이었다. "우리는, 그러니까 라이더들도 그렇고 아일랜드에 사는 사람이라면 그 누구도, 그 얘기를 입 밖에 내면 안 돼. 메인랜드는 이 사실을 전혀 모르지. 조약 이전에 금지되었으니까……."

"그 원소는 뭐라고 불러?" 바비의 눈이 비밀을 알고 싶은 갈망으로 빛났다.

플로가 누가 엿듣기라도 할까 봐 걱정스러운 듯 주위를 두리번거렸다. "스피릿." 그 대답은 속삭임에 가까웠다.

"플레이밍 파이어볼*(flaming fireball, 불타는 불덩어리)!" 미첼이 플로에게 씩씩거렸다. "너 미쳤어? 그 얘기를 입 밖으로 내? 그것도 여기, 아일랜드 전체에서 가장 성스러운 장소에서? 뭔가 조치를 취해야 해. 센티널에게 '저 애'에 대해 ─ '저것'에 대해 ─ 말해야 한다고!" 미첼이 스캔다르를 가리키던 손가락을 스카운드럴에게로 돌렸다.

스캔다르는 센티널이 누구인지 혹은 무엇인지 알게 될 때까지 기다릴 마음이 없었다. 손가락질을 당하는 데는 거의 이골이 났다. 스캔다르는 목청을 가다듬고 말했다. "도움이 필요한 사람이 없으면 나는 내 부화실로 돌아가겠어."

─────

* 이 책의 등장인물들은 감탄이나 놀라움의 표현으로 "Jesus!", "Oh, my god!"을 외치듯, '플레이밍 파이어볼', '포킹 선더스톰', '스코칭 샌드스톰' 등의 마법 이름을 외친다.

"그 꼴로 걔를 데리고는 아무 데도 못 가." 플로가 얼른 나지막하게 말했다. "그들이 너희 둘 다 죽일 거야." 플로가 스캔다르의 운동화 뒤축을 물어뜯으려고 하는 스카운드럴스럭을 향해 손짓을 했다.

"무슨 소리를 하는 거야?" 스캔다르가 고개를 가로저었다. "얘는 겨우 7분 전에 태어났어! 아무런 잘못도 저지르지 않았다고. 나라면 또 몰라도……." 그는 바비의 시선을 피하려고 했다. "얘는 죄가 없어. 스카운드럴스럭은 그냥 아기야. 얘를 보라고." 스카운드럴은 타오르는 횃불에 비치는 그림자를 물어뜯을 것처럼 이빨을 딱딱거리기 시작했다. 그러고는 턱이 벽에 부딪칠 정도로 바짝 다가갔다.

"저, 녀석, 스피릿, 윌더의, 문양이, 머리, 위에, 있다고!" 미첼은 더는 못 참겠는지 냅다 소리를 질렀다.

"뭐라고?" 바비가 말했고 동시에 스캔다르도 물었다. "스피릿 윌더의 문양이 뭔데?"

"저 하얀 표식." 미첼이 씩씩대면서 말했다. 그는 모두를 설득하는 데 몰두한 나머지 스카운드럴의 머리에 바짝 다가갔고 유니콘은 그의 손가락을 깨물려고 했다. "이게 너희 둘이 스피릿 원소와 연합해 있다는 표시야. 실버블레이드(Silver Blade, 은빛 날개깃)에게는 이게 없잖아." 미첼이 은빛 유니콘을 삿대질하듯 가리켰다. "레드나이츠딜라이트(Red Night's Delight, 붉은 밤의 기쁨)에게도 이런 건 없어!" 그는 자신의 핏빛 유니콘을 가리켰다. "저 회색 유니콘도 마찬가지고."

"얘 이름은 팔콘스래스(Falcon's Wrath, 매의 분노)야." 바비가 짜증스럽게 말했다. "회색 유니콘인 건 맞지만."

플로가 팔짱을 끼고는 미첼을 향해 돌아섰다. "반드시 그렇지는 않을지도 몰라. 그냥 무늬일 수도 있지." 그러고는 플로는 스캔다르 쪽을 손짓으로 가리켰다. "다른 원소를 사용할지도 모르잖아. 스피릿 원소 말고."

"그냥 무늬라니! 그냥 무늬에 지나지 않을 희박한 가능성에 기대서 아일랜드 전체를 위험에 빠뜨릴 생각이야?" 미쳴이 내뱉었다.

플로는 순간적으로 자신없는 표정을 지었지만 팔짱을 풀지 않았다.

미쳴은 분해서 날뛰었다. "지난주에 카오스컵 못 봤어? 위버가 야생 유니콘을 타고 경기장을 급습해서 '세상에서 가장 강한 유니콘'을 훔쳐 가는 광경을 본 사람이 나 하나뿐이야?"

"스카운드럴의 머리에 있는 무늬가 위버와 무슨 관련이 있다는 거야?" 스캔다르가 천천히 물었다. "이게 뉴에이지프로스트의 실종과 무슨 상관이 있어?"

"포킹 선더스톰(Forking thunderstorm, 갈라지는 뇌우(雷雨))!" 미쳴이 말했다. "메인랜드에서는 아무것도 안 가르치는 거야? 카오스컵에 나타난 위버 못 봤어?"

스캔다르는 케나와 아빠가 그와 함께 TV 앞에 서 있던 장면, 그리고 머리카락에서 턱까지 하얀 칠을 한 위버의 얼굴을 떠올렸다.

"하얀 띠." 스캔다르가 중얼거렸다.

"그게 위버의 표시지. 위버는 스피릿 월더야." 플로가 말했다.

"하지만 스피릿 원소가 뭐가 나쁘다는 거야?" 바비가 씩씩거렸다.

"위버는 그걸 살상에 쓰니까!" 미쳴의 얼굴이 불만으로 일그러졌다. "그것만으로 충분히 나쁘지 않아? 유니콘이든, 라이더든, 자기한테 방해가 되는 건 다 죽인다고!"

"그게 어떻게 가능해." 바비는 코웃음을 쳤다. "라이더는 누가 됐든 유니콘을 죽일 수 없어. 그 위버라는 사람인지, 뭔지도 어쩔 수 없지."

스캔다르도 고개를 끄덕였다. "맞아! 해처리 수업에서 배웠어. 그래서 메인랜드에서까지 라이더를 데려와야 하는 거잖아. 야생 유니콘을 죽일 수 없으니까. 그리고 연을 맺은 유니콘 역시……."

"연을 맺은 유니콘을 죽이는 방법이 사실은 두 가지 있지." 미첼이 스캔다르의 말을 거칠게 끊고 나섰다. "라이더를 죽이면 그 사람과 연결된 유니콘도 죽어. 혹은," 미첼이 침을 삼켰다. "스피릿 윌더를 쓰면 죽일 수 있지."

정적이 감돌았다.

"스피릿 원소는 죽음의 원소야!" 미첼은 절규하다시피 외쳤다.

바비도 이제 슬며시 걱정이 되는 눈치였다. "그러니까 그 위버라는 미친놈이 죽음의 원소 겸 다섯 번째 원소를 쓸 수 있을 뿐 아니라 세상에서 가장 강한 유니콘까지 갖고 있다?"

"다들 정말로 섭내고 있어." 플로가 갈색 눈에 눈물까지 그렁그렁해서는 말했다.

"오케이, 아주 좋아." 미첼이 빈정거렸다. "이제 다섯 번째 원소가 얼마나 나쁜지와 옛날부터 위버가 아일랜드와 메인랜드에 가장 위협적인 존재였다는 것을 다들 알았으니까, 여기 스피릿 윌더가 있다고 센티널에게 보고하자고. 그래도 되겠지?" 그는 플로에게 간곡한 말투로 물었다.

"아니." 플로는 고집스럽게 대꾸했다. 실버블레이드도 주인에게 동의하듯 히힝 하고 울었다. 스캔다르는 플로가 유니콘의 울음소리에 펄쩍 뛰고 싶은 충동을 애써 참는 것을 보았다.

"그래야만 해! 저 유니콘은 위험해. 스캔다르라는 이 괴상한 녀석도 마찬가지고! 쟤는 분명히 시험에도 통과하지 못했을 거야! 어떻게 여길

왔지? 그 점에 대해서는 생각해 봤어?"

스캔다르는 자신에게 쏠리는 바비의 눈길을 느낄 수 있었다. 바비는 언제라도 헬리콥터 얘기를 꺼내어 사태를 더 악화시킬 수 있었다. 제발, 스캔다르는 머릿속으로 애원했다. 제발 아무 말도 하지 말아 줘.

"그건 중요하지 않아. 어쨌든 애는 여기 와 있잖아. 그리고 나는 애들을 죽음으로 몰아넣는 사람이 될 순 없어. 그런 일 하고는 내가 못 살아." 플로가 말했다.

"하지만 넌 실버를 부화시켰잖아. 넌 이런 일에 연루되면 안 돼. 네가 스피릿 월더를 돕고도 실버 서클에 들어갈 수 있을 것 같아?" 미첼이 다급하게 말했다.

두려운 기색이 플로의 얼굴에 스쳤지만, 그녀는 이내 자기를 가다듬었다. "스캔다르와 스카운드럴스럭은 나에게 아무 잘못도 하지 않았어. 난 절대로 가면을 쓴 경비대에게 도움을 청하지 않을 거야. 하지만 네가 맞는 말을 했어. 나에겐 실버 유니콘이 있지. 정말 날 거스르고 싶어, 미첼? 열세 살 나이에 나와 실버블레이드를 적으로 삼으려는 거야?"

"아니, 난⋯⋯." 미첼이 꽁무니를 빼면서도, 확실히 참을 수는 없었는지 계속해서 말했다. "우리가 센티널에게 보고하지 않아도 쟤가 해처리를 나서는 순간 모두가 저 하얀 무늬를 보게 될 거잖아. 저걸 숨길 방법은 없어."

"실은 말이지, 있을 것 같아." 스캔다르는 애거서가 챙겨 준 유리병을 문득 떠올리고는 그렇게 말했다. 그는 주머니에서 병을 꺼내 뚜껑을 열었다.

미첼은 스캔다르가 병 속에 손가락을 넣어 검은 액체를 묻힌 후 그들에게 손가락 끝을 내미는 모습을 바라보았다. "이게 도움이 될까?

일단 지금은 하얀 무늬를 가리면 어때? 모든 사태가 해결되고 내가 불 월더든, 공기 월더든, 하여간 다른 월더로 밝혀질 때까지만." 스캔다르 는 평소 같은 목소리를 내려고 노력했다. 애거서가 스캔다르에게 이 물 건이 필요할 거라는 걸 짐작했다는 건 무슨 뜻일까? 아니, 일단 애거서 의 정체는 무엇이었을까?

"그건 어디서 났어?" 플로가 당황한 목소리로 물었다.

스캔다르는 뭐라고 대답해야 할지 몰랐다. 그림 그리기를 좋아해서 챙겨 왔다는 식의 답변이 먹힐지 자신이 없었다.

"우리 헬리콥터에서 찾은 거 아니야?" 바비가 끼어들면서 스캔다르 에게 슬쩍 눈짓을 했다.

미첼은 바비를 믿을 수 없는 표정으로 바라보았다. 하지만 뭐라고 다 시 묻기도 전에 그는 레드나이츠딜라이트에게 떠밀려 넘어졌다. 레드나 이츠딜라이트는 팔콘스래스에게 갈기를 한 뭉텅이 물어뜯겨서 화가 잔 뜩 나 있었다. 라이더들의 입씨름에 싫증이 난 유니콘들은 말썽을 부 리기 시작했다. 레드, 팔콘, 그리고 스카운드럴은 부화실 안을 돌아다 니면서 깩깩 울어 댔고 실버블레이드만 오만하게 구석 자리를 지키고 서서 다른 유니콘이 너무 가까이 다가오면 으르렁거렸다.

스캔다르와 바비가 겨우 스카운드럴스럭을 잡았을 때 이 유니콘이 자기의 하얀 무늬를 건드리면 아주 질색한다는 사실이 밝혀졌다. 미첼 은 돕지도 않고 팔짱을 끼고 서서 스피릿 월더를 도왔다가는 전부 감 옥에 갈 거라는 둥, 라이더 인생은 끝났다는 둥, 스캔다르와 그의 유니 콘 둘 중 하나가 혹은 둘이 함께 자신들을 모두 죽여 버릴지도 모르니 인생 자체가 끝날지도 모르겠다는 둥 떠들어댔다.

"미첼, 그냥 입 좀 다물지?" 바비가 나머지 잉크를 스카운드럴의 무늬에 문지르면서 소리 질렀다. 바비는 스캔다르의 손에 얼룩이 있으면 수상해 보일 거라면서 자기 손을 시커멓게 물들여 가며 그 일을 자처했다. 스캔다르는 바비와 얘기를 해 보려 했지만 바비는 그에게 한마디 꺼낼 여지조차 주지 않았다.

플로는 자신의 결정을 곧바로 후회하는 눈치였고 초조하게 부화실 안을 두리번거리기만 했다. 그녀는 다시 신경이 곤두서 있었다. 플로의 실버 유니콘은 계속 낮게 으르렁대거나 제 주인의 손에 대고 소리를 질렀다. 플로는 실버블레이드를 보기만 해도 눈이 촉촉해졌다.

"너 괜찮은 거야?" 스캔다르가 조심스럽게 물어보았다. 어쨌든 플로는 스캔다르가 여기 들어오기 전에 비명을 지르고 있지 않았던가.

플로가 대답을 하려고 입을 연 순간, 무너질 듯 거대한 울림이 그들의 대화를 가로막았다. 창살 문 바로 맞은편 벽이 거세게 흔들리고 있었다.

이번엔 또 뭐야? 스캔다르는 힘이 빠졌다. 이건 그가 꿈꾸어 왔던 위풍당당한 아일랜드 입성과 달라도 너무 달랐다.

네 마리 유니콘은 겁에 질려 이리저리 돌아다녔고, 신입 라이더들은 폐쇄된 공간에서 날카로운 뿔을 위험하게 흔들면서 꺅꺅대고 히힝대는 유니콘들을 놓치지 않으려고 안간힘을 썼다. 햇살이 어두운 부화실에 스며들고 난 후에야 스캔다르는 알아차렸다. 벽이 위로 올라가고 있었다. 출구였다.

벽이 완전히 사라지자 새로 알을 깨고 나온 마흔세 마리 유니콘의 울음소리가 그들의 귀를 때렸다. 1,000대의 열차가 한꺼번에 브레이크를 밟을 때 나는 소리처럼, 귀청이 떨어질 것 같은 소리였다.

소음에 묻힐세라, 미첼이 힘껏 외쳤다. "그냥 가! 움직여! 어쨌든 우리는 남의 부화실에 들어와 있었잖아! 지금 나가면 아무도 모를 거야!"

미첼은 레드나이츠딜라이트와 함께 눈부신 햇살 속으로 사라졌다.

스캔다르가 어디로 가는 거냐고 물어볼 겨를도 없이, 바비가 황급히 유리병을 도로 그의 손에 쥐어 주었다.

"그냥 평소처럼 행동하면 아무 일 없을 거야." 플로가 친절하게 말하고는 실버 유니콘을 아침 햇살 속으로 이끌고 나아갔다. "티도 안 나."

"갈 거야, 말 거야?" 바비가 플로의 뒤를 따라 팔콘스래스를 끌고 가면서 스캔다르에게 물었다.

"고마워, 어쨌든." 스캔다르는 어색하게 우물거렸다. "헬리콥터 건 말이야."

"아, 됐어." 바비가 눈을 굴리면서 스캔다르의 팔을 주먹으로 툭 쳤다. 그건 왠지 케나가 할 법한 행동 같았고, 덕분에 스캔다르는 모든 게 잘못되었다는 생각을 조금이나마 딜 수 있었다.

어린 유니콘들이 스카운드럴 앞으로 구불구불 줄지어 지나갔다. 은 빛 가면을 쓴 경비대원들이 더 많았지만 — 스캔다르는 그들이 센티널이라는 것을 알았다 — 유니콘들이 제 길에서 벗어나지 않게 관리하는 데는 애를 먹고 있었다. 일단 밖에 나오자 유니콘들은 자신들이 갓 주어진 마법으로 충만한 원소의 생물임을 알았다. 먼지가 회오리를 일으키고, 불꽃과 폭발이 가세했다. 뿔에서 물이 뿜어져 나오고, 발굽이 풀밭에 시커멓게 탄 자국을 남기고, 길목의 나무들이 전기가 올라 지직대고, 저 앞쪽에서는 땅이 갈라지고 분화구가 파였다. 유니콘들이 뒷발로 일어서거나 미친 듯이 날뛰면서 허공에 뿔을 휘두르자, 라이더들은 그들이 원소의 집중포화 속에 갇혔음을 깨닫고 필사적으로 고삐를 움켜쥔 채 고통에 겨운 비명을 질렀다.

스카운드럴스럭도 예외는 아니었다. 부화실에서 젤리를 먹던 아기는 벌써 사라진 지 오래였다. 스캔다르가 줄을 따라 가려고 했더니 스카운드럴은 스캔다르의 손가락을 깨물려고 하면서 그의 다리를 걷어찼다. 꼬리에서 불꽃이 확 일더니 불똥이 떨어지면서 스캔다르의 손등에 화상을 입혔다. 스카운드럴이 눈알을 굴릴 때마다 눈알이 검은색과 붉은색 사이를 왔다 갔다 했고, 다른 유니콘들과 마찬가지로 입에서는 거품이 흘러나왔다. 스캔다르는 그저 흥분의 표시이기를, 유니콘이 자기를 잡아먹고 싶어 하는 것은 아니기를 바랐다. 스카운드럴은 그의 생각을 읽기라도 한 듯 위험하게 이빨을 들이밀며 스캔다르의 엉덩이에 앞니로 찰과상을 입혔다. 대단하기도 하지. 어쩌면 스카운드럴은 정말로 그를 잡아먹고 싶어 하는지도 몰랐다.

스캔다르는 뒤를 돌아보았다. 플로와 미첼이 뒤에서 자기 유니콘과 나란히 걸어오고 있었다. 그들은 줄의 뒤쪽에 있었다. 바비는 팔콘을 옆에 끼고 앞쪽에서 어떤 아일랜더에게 질문을 퍼부으면서 걸어가고 있었다. 스캔다르는 어쩔 수 없는 소외감을 느꼈다. 지금 그런 건 문제 축에도 들지 않을 상황임에도 말이다. 그는 아일랜드에서는 뭔가 다르기를 바랐다. 자기 유니콘이 있다는 공통점 덕분에 다른 라이더들과 친구가 될 수 있을 줄 알았다.

그런데 웬걸, 스캔다르와 스카운드럴은 들어 본 적도 없는 불법 원소와 연합해 있단다. 스캔다르는 실망감을 억누르고 낮게 나는 새 한 마리를 덥석 물어 버린 스카운드럴에게 집중했다. 적어도 그에게는 유니콘이 있었다. 그리고 심장을 두 배로 크게 느끼게 하는 유대감이 있었다.

앞쪽에서 걸어가던 유니콘들이 모퉁이를 돌아 자취를 감추자마자 뭔가 썩는 냄새가 스캔다르의 콧구멍으로 파고들었다. 마게이트 해변에 떠밀려 온 죽은 물고기 냄새와 맥주를 진탕 마시고 난 후의 아빠 입 냄새가 뒤섞인 듯한 악취였다.

두 사람의 비명이 허공을 갈랐다. "도와줘!" "도와주세요!"

스캔다르는 그 목소리의 주인공이 미첼과 플로인 것을 알아차리고 곧바로 스카운드럴을 돌려세웠다.

스캔다르와 그들 사이에 거대한 야생 유니콘이 서 있었다.

스캔다르는 차가운 물벼락을 맞은 것 같은 충격에 휩싸였다. 시간이 쿵 하고 멈춰 버렸다. 뇌에 합선이 일어난 것 같았다. **뛰어, 꼼짝 마, 소리 질러, 뛰어, 꼼짝 마, 소리 질러.** 야생 유니콘은 괴물이었다. 야생 유니콘은 길을 가로막고 서서 거대한 머리통을 좌우로 흔들었다. 쩍 벌린 아가리에서 날카롭고 들쭉날쭉한 이빨이 번득이고 썩은 내가 진동했다. 스캔다르의 유니콘과 달리 그 유니콘은 뿔이 허깨비처럼 투명했다. 삐쩍 말라 얼룩진 회색 가죽 아래로는 골격이 다 보였다. 옆구리에 크게 벌어진 상처에는 피떡이 지고 파리 떼가 끓고 있었다.

플로와 미첼의 유니콘들은 겁에 질려 꽤액꽤액 소리를 지르면서도 — 라이더들과 마찬가지로 — 도망칠 엄두조차 못 내는 듯 보였다. 스캔다르는 센티널을 찾아 두리번댔지만 모두 모퉁이를 돌아 앞서갔는지 아무도 보이지 않았다.

야생 유니콘이 귀가 찢어질 만큼 날카로운 고음을 토하더니 미첼의 팔 바로 왼쪽에 있던 은자작나무에다가 뿔로 전기를 쏘았다. 나무는 몸통과 가지가 분리되고 잎사귀들이 쫙 말려 들어가더니 떨어져 땅에 닿기도 전에 죽어 버렸다. 플로는 공포에 사로잡혀 비명을 지르며 두 손으로 자기 귀를 막았다. 스캔다르는 야생 유니콘이 다음번에도 표적을 놓칠 것 같지 않았다. 그리고 그가 야생 유니콘의 마법에 대해서 배운 내용이 맞다면, 미첼과 플로가 입을 부상은 결코 낫지 않을 것이다. 그나마도 그들이 살아남는다면 말이지만.

야생 유니콘이 우렁찬 울음을 토하지 그 소리가 스캔다르의 갈비뼈까지 흔들고 지나갔다. 야생 유니콘은 모든 원소와 연합해 있기에 다음엔 어떤 공격을 할지 예상도 할 수 없었다. 썩어 가는 회색 괴물이 치명적인 뿔을 낮추더니 플로와 미첼을 똑바로 겨누었다. 그러자 스캔다르에게서 뭔가가 얼어 있던 상태에서 깨어났다.

"이봐! 야!" 스캔다르가 고함을 치면서 한 손으로는 스카운드럴의 고삐를 꽉 붙든 채 다른 쪽 손을 흔들었다. "여기야!"

어떻게 그런 행동이 나왔는지는 스캔다르 자신도 몰랐다. 스캔다르는 용감한 사람이었던 적이 없었다. 오웬이 점심이나 숙제, 또는 카오스 카드를 내놓으라고 할 때마다 한 번 싸워 보지도 않고 알아서 기었다. 케나는 항상 용감했다. 하지만 케나는 여기에 없었다.

"쟤 뭐 하는 거야?" 미첼이 우는 소리를 했고 야생 유니콘은 으르렁대면서 스캔다르를 향해 돌아섰다.

야생 유니콘과 스캔다르의 눈이 마주쳤다. 스캔다르는 괴물의 눈에서 보이는 것에 놀랐다. 분노, 그랬다, 분노가 보였다. 그러나 깊은 슬픔도 함께 보였다. 야생 유니콘은 으르렁거림을 멈추고 반쯤 벌린 입에서 더러운 초록색 액체를 질질 흘렸다. 야생 유니콘이 뭔가를 찾는 것처럼 스캔다르의 얼굴을 살피는 동안 스카운드럴이 작은 소리로 으르렁댔다. 스캔다르는 이렇게 비참해 보이는 동물은 처음 본다고 생각했다. 야생 유니콘이 앞발을 들고 일어서더니 너덜너덜한 회색 날개를 펄럭대고는 자기 앞쪽, 스캔다르 앞쪽의 허공을 걸어찼다. 스카운드럴도 으르렁댔지만 아기 유니콘이 내는 소리는 야생 유니콘의 으르렁거림에 묻혀 버렸다. 스캔다르는 몸을 숙여 피할 생각도 하지 못했다. 그저 발로 차면 맞을 각오를 했을 뿐이다.

그러나 야생 유니콘은 발로 차지 않았다. 야생 유니콘의 발굽이 암석으로 된 바닥을 쿵 하고 굴렀다. 스캔다르가 눈을 떴을 때는 야생 유니콘이 돌아서서 질주하는 모습밖에 보이지 않았다.

스캔다르의 다리가 허벅지에서부터 발목까지 후들거리기 시작했다. 스캔다르는 땅바닥에 주저앉아 무릎을 이마까지 끌어당기고 눈을 감았다. 그의 머리 위에서 크고 걱정스러운 목소리가 메아리쳤다. "괜찮아, 금세 일어날 거야." 스카운드럴은 그 말에 만족하지 못했다. 유니콘은 자기 라이더의 머리에 코를 들이대고 쿵쿵대더니 스캔다르의 머리카락 한 뭉치를 씹었다.

스캔다르는 움츠러들었지만 유니콘은 아랑곳하지 않았다. "아야, 진짜 아프단 말이야."

미첼은 스캔다르의 머리 위 어딘가에서 미친 듯이 혼잣말을 주절대고 있었다. "야생 유니콘을 보다니! 길에서. 바로 저기서! 쟤가 한 행동을 믿을 수가 없어! 스피릿 윌더가 그럴 수 있다니, 도무지 말이 안 돼."

"너 완전히 바보구나, 스캔다르!" 바비의 목소리가 멀리서 들렸다. 화가 단단히 난 것은 느낄 수 있었다. "내가 널 단 5분도 혼자 둘 수 없는 거야? 네가 정말 야생 유니콘에게 '야!' 하고 외친 거냐고?"

"저기, 로버타……." 미첼이 여전히 떨리는 목소리로 말했다.

"로버타라고 부르지 마!" 바비가 쏘아붙였다.

"그래, 바비," 미첼이 이름을 강조하며 다시 말했다. "널 만난 이후로 네가 맞는 말을 하는 건 처음 봤네."

"몇 시간이 그냥 후딱 지나갔지?" 바비가 빈정거렸다.

"제발 조용히들 해!" 플로가 부드럽지만 강단 있는 목소리로 말했다. 어색한 침묵이 감돌았다. 그 사이에 스캔다르는 눈에 띄게 떨지 않으려고 애썼지만 그럴 수 없었다. "스캔다르가 괜찮지 않은 게 안 보여?"

스캔다르는 세 사람이 자기를 향해 몸을 바짝 숙이는 것을 느꼈다. 그는 눈을 떴다.

"나, 난, 괘, 괜찮아." 스캔다르는 이 말만 겨우 했다.

플로가 근심 가득한 얼굴을 하고 쪼그려 앉았다. 스캔다르는 목덜미에 와 닿는 실버블레이드의 따뜻한 입김을 느꼈다. 그렇다고 꼭 마음이 더 안정되지만은 않았지만 말이다.

미첼이 플로를 얼른 밀어내고는 씩씩거리며 말했다. "일어나! 누가 보기 전에 얼른 일어나!"

"난 아무것도 하지 않았어……. 나, 뭐 했어?" 스캔다르가 당황해서 물었다.

"글쎄, 넌 분명히 뭔가를 했어! 왜 야생 유니콘이 너를 공격하지 않았지?" 미첼은 자신의 검은 머리를 마구 쥐어뜯고 있었다. 그가 플로를 돌아보았다. "쟤를 신고해야 한다고 내가 그랬지! 쟤는 스피릿 윌더야. 스피릿 윌더들은 야생 유니콘과 연결되어 있어. 위버를 봐……."

"진짜야?" 바비가 물었지만 플로가 그녀의 말을 가로챘다.

"미첼 핸더슨, 얘를 비난하는 대신 고맙다는 말이라도 해야 하지 않아?"

미첼은 경악하는 눈치였다.

플로는 양손으로 엉덩이를 짚고 있었다. 실버블레이드가 플로의 팔꿈치 주위에서 코를 히힝거렸다. "우리는 이 애에게 친절한 말 한마디

건네지 않았어. 그런데 얘는 우릴 구해 준 거야. 모르겠어?"

"하지만……."

"난 널 몰라." 플로가 목소리를 낮추었다. "하지만 나한테는 스피릿 월더에 대한 멍청한 편견보다 그게 더 의미가 있어. 그중 한 명이 악당이 됐다고 해도 말이야."

미첼은 입술을 깨물고 스캔다르를 외면했다.

"그래, 미치," 바비는 확실히 상황을 즐기고 있었다. "우리가 기다리고 있잖아."

미첼은 바비를 쏘아보고는 숨을 크게 들이마셨다. "고맙다, 고마운 것 같아." 그가 스캔다르를 향해 중얼거렸다. "네 목숨을 걸 만큼 바보같이 굴면서 괴물을 우리에게서 떼어 줬으니 말이야."

플로가 한숨을 쉬었다. "뭐, 그만하면 된 것 같네. 그리고 스캔다르, 내 생각에도 네가 정말로 일어나야만 해. 이렇게 우리만 뒤에 처져 있다가는 골치 아픈 일이 생길지 몰라."

플로와 바비가 양옆에서 스캔다르를 잡고 일으켜 세웠다. 스캔다르가 청바지에 묻은 흙을 털기도 전에 미첼은 냉큼 자신의 붉은 유니콘을 끌고 가 버렸다.

"대단하다, 대단해." 바비가 잽싸게 내빼는 미첼의 뒷모습을 보면서 고개를 절레절레 흔들었다.

"으윽, 아직도 야생 유니콘의 냄새가 진동하는 것 같아." 스캔다르가 코를 찡그렸다. "그 유니콘은 왜 그 꼴이지? 살 썩는 냄새 하며……." 그의 운동화 밑창에 뭔가가 끈적하니 들러붙었다. "이 더러운 건 뭐야?"

플로는 슬픈 눈으로 나무가 서 있던 자리에 떨어진 잎들을 바라보았다. "영원은 너무 길어서 그 무엇도 진짜로 사는 것처럼 살지 못해. 야생 유니콘들이 그런 모습인 이유도 마찬가지야. 그 유니콘들이 썩어 문 드러지는 이유 말이야. 우리의 유니콘은 우리와 연을 맺을 때 압축된 불멸의 삶을 얻지만, 야생 유니콘은? 그들의 삶은 지나치게 늘어져 있어. 그래서 야생 유니콘은 영원히 살지만 영원히 죽어간다고도 할 수 있어. 빠져나갈 구멍은 없지. 야생 유니콘은 스피릿 월더조차 죽이지 못해." 플로는 불법의 단어를 입 밖으로 내뱉고는 6월의 햇살이 무색하게 몸서리를 쳤다. "야생 유니콘은 피와 살상밖에 생각하지 않아. 그게 그들의 전부야. 어떤 야생 유니콘은 더는 날지도 못해."

스캔다르는 한없이 깊은 슬픔을 느꼈다. 영원히 죽어가는 중이라는 말이 너무 끔찍했다. 야생 유니콘이 그토록 비참해 보였던 것도 놀랍지 않았다. 그러다 뭔가를 생각해 낸 스캔다르는 기분이 더 우울해졌다.

"미첼이 스피릿 월더는 야생 유니콘과 연결되어 있다고 했잖아……." 스캔다르는 플로의 얼굴에 떠오른 고통스러운 표정을 보고 입을 다물었다.

"나도 다섯 번째 원소에 대해서 많은 것을 알지는 못해. 우리는 알려고 하면 안 되는 걸로……."

"음, 그래도 우리보다는 훨씬 더 많이 알겠지." 바비가 끼어들었다. "그러니까 다 불어." 그녀는 고삐를 잡지 않은 다른 쪽 손을 허리에 얹었다.

규칙을 어길 수도, 스캔다르에게 정당하지 않게 굴 수도 없어서 플로는 갈등하는 기색이 역력했다. 결국, 그녀는 눈살을 찌푸리면서 재빨리 숨죽여 말했다. "너희도 카오스컵 봤지. 위버는 단순히 야생 유니콘을 '타는' 게 아니야. 위버는 야생 유니콘의 마법을 사용했어. 마치 그 유니콘과 연을 맺기라도 한 것처럼 말이야. 다들 하는 말이, 위버는 다섯 번째 원소를 써서 그렇게 하는 거래. 어떻게 그러는 거냐고는 묻지 마. 나도 모르니까." 플로가 초조하게 덧붙였다. "위버는 우리가 태어나기 전부터 스피릿 원소를 나쁜 일에 써 왔다고 해. 그래서 아일랜드는 그런 위험을 용납하지 않기로 했지. 하지만 이번에는 우리 부모님도 정말로 겁내시는 것 같았어. 어른들이 다 그렇더라고. 위버가 뭔가 엄청난 일을 꾸민다고 생각하나 봐."

"그러니까 네 말은 기본적으로 스캔다르가 스피릿 윌더로 밝혀지면 모두들 스캔다르도 위버의 계획에 연루되어 있다, 썩어가는 야생 유니콘들과 쿵짝이 잘 맞을 거다, 이렇게 생각할 거라는 거지?" 바비가 직설적으로 물었다.

"바로 그거야." 플로가 침을 삼켰다. "어쨌거나 이 이야기는 그만하자. 난 무서운 건 질색이야. 그리고 위버라면 더는 소름이 끼칠 수도 없을 만큼 무섭다고. 솔직히 나는 연을 맺은 유니콘도 좀……." 플로가 파리를 낚아채고 있던 실버블레이드를 초조하게 흘끔거렸다.

바비가 눈을 굴렸다. "가자, 다른 사람들을 따라잡아야지."

스캔다르와 스카운드럴은 다시 줄에 합류해서는 다른 사람들 뒤에서 걸어갔다. 바위로 된 길을 걸어가는 내내 스캔다르의 머릿속에는 한 가지 생각뿐이었다. '제발 스피릿 윌더가 아니었으면. 제발 내가 스피릿 윌더는 아니게 해 주세요.'

8장

이어리

"저기 봐!"

"봤어?"

"하늘을 난다!"

줄지어 걸어가던 라이더들에게서 흥분 어린 탄성이 터졌다. 날개 달린 그림자가 스캔다르의 머리 위로 지나가는 바람에 스캔다르 역시 하늘을 올려다보았다. 유니콘들이 하늘을 가득 메우고 있었다. 유니콘들은 급강하, 수직 강하를 자유자재로 구사하며 저 아래 어린 유니콘들을 향해 울어 대고 포효했다. 전부 단단히 연을 맺은 유니콘들이었다. 조금 전에 보았던 야생 유니콘의 뿔과 달리 그들의 뿔은 또렷한 색을 띠고 있었다. 어른 유니콘들이 어린 유니콘을 하나씩 맡아 돌진할 것처럼 비행 고도를 점점 낮추자 스캔다르는 몸을 움츠리고 싶은 마음이 굴뚝 같았다. 스카운드럴, 팔콘, 그리고 다른 새끼 유니콘들은 급속도로 성장하긴 했지만 — 큰 개만 하던 몸집이 불과 몇 시간 만에 망아지 크기가 되어 있었다 —— 다 자란 유니콘의 몸집에는 아직 절반도 못 미쳤다. 무시무시한 짐승들이 머리 위에서 날아다니니 —— 스피릿 원소가 그의 머리 안에 있을지 모른다는 걱정과 합쳐져 —— 좀처럼 진정이 되지 않았다.

그때 팔콘이 뿔로 스카운드럴에게 전기를 쏘는 바람에 스캔다르는 정말로 펄쩍 뛰었다. 검은색 새끼 유니콘은 어쩔 수 없이 옆으로 뛰어내렸고, 팔콘은 유유히 길 위의 물웅덩이를 돌아서 지나갔다. 회색 유니콘은 발굽을 적시고 싶지 않았던 것이다! 바비가 어이없다는 듯 고개를 절레절레 흔들자 갈색 머리카락이 그녀의 어깨를 스쳤다. "세상에나. 결국 제 한 몸 더러워지는 건 죽어도 못 참는 킬러 유니콘이 내 차지였네."

스캔다르는 스카운드럴이 하늘을 향해 뿔을 겨누고 어른 유니콘들을 쳐다보는 모습을 주시했다. 하늘을 나는 유니콘들을 좇는 눈동자가 검은색과 붉은색을 오가면서 번득거렸다. 스카운드럴의 작은 날개가 유니콘들의 비행에 합류하고 싶은 듯 퍼덕거렸다.

"아마 너한테는 아직 좀 위험할걸." 스캔다르가 웃으면서 말했다. 스카운드럴은 그 의견에 대해서 자신이 어떻게 생각하는지를 행동으로 보여 주었다. 유니콘은 머리를 들고 뿔로 스캔다르의 눈에 정통으로 물을 찍 쏘았다.

"앗, 너 이러기야?" 스캔다르는 비명을 질렀고 바비는 배를 잡고 웃어 댔다.

스카운드럴은 날개를 퍼덕이고 눈꺼풀 아래 장난기 가득한 눈으로 자신의 라이더를 바라보았다. 스캔다르는 자신의 유니콘이 유머 감각이 제법 괜찮다는 생각이 들기 시작했다.

대열이 다시 이동하기 시작했지만 스캔다르는 연신 위를 쳐다보지 않을 수 없었다. 점점 더 많은 유니콘이 그의 머리 위 비행단에 합류하고 있었다. 어떤 유니콘들은 미풍을 타고 부드럽게 날았지만, 또 다른 유니콘들은 서로 거칠게 놀았고, 일부는 아예 공중전을 벌이면서 원소를 폭죽처럼 터뜨려 댔다.

스캔다르는 머리 위 상황을 살피기에 바빠서 그들이 줄곧 바위산의 오르막길을 걷고 있는 것도 모르다가 숨이 턱까지 차서야 겨우 깨달았다. 울퉁불퉁한 길이 거대한 언덕을 구불구불 휘감으며 나 있었는데 스캔다르가 보니 더러 울타리를 쳐 놓은 구역이 있었다. 어떤 구역은 풀을 태운 흔적이 남아 있었고, 또 어떤 구역은 땅 자체가 깊이 갈라져 있었다. 또 한 구역은 침수되어 있었는데 풀이 유독 푸르러 보였다. 스캔다르는 발굽 자국을 보기 전까지는 풀이 무성한 그 고원들이 무엇인지 짐작도 하지 못했다.

"훈련 구역일까?" 스캔다르가 숨을 헐떡이며 스카운드럴에게 말했다. 앞장선 유니콘들이 가파른 비탈에서 일제히 멈춰 선 상황이었다. 스캔다르가 지금까지 본 것 중에서 가장 거대한 나무가 길을 막고 있었다.

나무의 옹이투성이 껍질은 하늘까지 뻗어 있었다. 스캔다르는 고개를 한껏 뒤로 젖히고서야 넓게 벌어진 나뭇가지들이 거대한 덮개를 이루고 있는 것을 보았다. 나뭇잎도 스캔다르가 생각한 것 같은 초록색만이 아니었다. 짙은 빨간색, 옥수수밭의 노란색, 에메랄드의 초록색, 바다의 파란색을 띤 잎사귀들이 있는가 하면, 원소 색상들의 조화를 부숴 버리듯 하얗게 빛나는 잎사귀들도 군데군데 있었다.

거대한 나무의 양쪽으로는 높은 담벼락이 있었다. 스캔다르는 이상하게 생긴 식물과 꽃 들이 뒤엉킨 무더기 아래에서 벽돌 비슷한 것만을 조금 보았을 뿐이지만 말이다. 나무의 오른쪽 벽을 장식한 식물을 보자 스캔다르는 예전에 사진으로 보았던 그레이트배리어리프*가 생각났다. 주황색, 분홍색 화초는 바다에서 자라는 산호초와 희한하리만치 똑같은 모양을 하고 있었다. 그런가 하면 왼쪽 벽은 이끼와 칙칙한 넝쿨, 달팽이, 큼지막한 민달팽이로 두껍게 뒤덮여 있었다. 스캔다르는 심지어 이따금 가시덤불 틈새에서 자라는 채소도 본 것 같았다. 여긴 도대체 뭘까?

유니콘에 탄 은빛 가면을 쓴 센티널 두 명이 그 나무를 지키고 있었다. 신입 라이더들이 나무 몸통 가까이로 밀려들자 — 어린 유니콘들이 뿔로 서로의 배를 찌를 것처럼 경쟁했다 — 센티널 중 한 명이 유니콘에서 내렸다. 그녀가 나무 몸통에 손바닥을 댔다. 스캔다르가 아침에 해처리 문을 열 때 했던 것과 똑같은 몸짓이었다. 스캔다르는 숨을 죽였다. 불타오르는 선이 나무 몸통에 원을 그리는가 싶더니 그 부분이 문짝처럼 뒤로 넘어가면서 라이더와 유니콘이 한 팀씩 충분히 지나갈 수 있는 공간이 생겼다.

스캔다르는 메인랜더, 아일랜더 가릴 것 없이 흥분해서 웅성대는 소리를 들었다. 아일랜더들도 확실히 여기는 처음 와 보는 모양이었다. 스캔다르는 이제야 그들이 모두 한 배를 탄 것 같아 내심 반가웠다.

"이어리(Eyrie, 둥지)에 온 것을 환영해." 플로가 입구의 또 다른 측면에서 자신에게로 가까워지는 스캔다르의 머리와 스카운드럴의 뿔을 보고는 환하게 웃었다.

---

* 그레이트배리어리프(Great Barrier Reef): 오스트레일리아 동북 해안에 있는, 세계에서 가장 큰 산호초 군락.

스캔다르는 위를 올려다보고는 그 자리에서 굳어 버렸다. 이 상황에는 무슨 수로도 마음의 준비를 할 수 없었다. 산 자들의 터널은 대단했다. 해처리의 방도 '정말' 굉장했다. 하지만 이건? 스캔다르도 물론 라이더 훈련 학교가 있다는 건 알고 있었다. 평범한 학교보다는 훨씬 좋을 거라는 것도, 마구간이나 유니콘 조각상이 있고 어쩌면 진짜 맛있는 식사에 마요네즈가 무제한으로 제공될지도 모른다는 것도. 하지만 스캔다르는 이런 건 예상하지 못했다.

이어리는 요새화된 숲이었다. 나무들이 철갑을 두르고 있었다. 스캔다르와 스카운드럴이 나무 몸통의 어두운 굴을 지나가면서 땅에서 바라본 모습은 그랬다. 나무와 금속이, 자연이 만든 것과 인간이 만든 것이 서로 충돌했다. 금속제 사다리가 낮은 가지에 늘어져 있었고 우람한 나무 몸통이 철제 요새와 비슷하게 생긴 나무 집들을 지탱하고 있었다. 스캔다르와 케나가 어릴 적에 간절히 갖고 싶어 했던 나무 집과는 딴판이었다.

나무 집들이 저 높이 덮개까지 여러 층으로 뻗어 올라간 모양은 마치 엉망으로 쌓아 올린 탑 같았다. 어떤 집은 여덟 층이 쌓여 있었고, 또 어떤 집은 나무들이 만들어 낸 선 뒤로 뻗어 있어서 집들이 어디서 시작하고 어디서 끝나는지 알 수 없었다. 나무 집들은 초록빛 바닷속에서 폭발한 회색 뭉치 같았지만, 벽면에는 밝은 색상으로 낙서가 된 곳이 많았다. 물의 파란색, 불의 빨간색, 공기의 노란색, 흙의 초록색이 보였다. 스캔다르는 스피릿 원소가 무슨 색과 이어져 있는지는 생각하지 않으려 했다.

나무 집의 한 층과 옆집의 한 층을 연결하는 금속 구름다리 위로 사람들이 몰려들었다. 금속 다리가 나뭇가지들 사이로 흔들리면서 이른 오후 햇살에 반짝거렸다. 스캔다르의 시선이 닿는 모든 곳에서 — 케이블 다리 위, 플랫폼 위, 나무 집의 창문에서 — 앳된 얼굴들이 신입 라이더들과 그들의 유니콘들을 내려다보며 재잘대고, 소리 내어 웃고, 손가락질을 했다.

스캔다르는 숲의 흙내를 들이마셨다. 상쾌한 공기의 맛이 거의 느껴질 정도였다. 나무 집에서는 아일랜드가 몇 마일 저편까지 내려다보일 터였다. 이어리의 언덕 집은 스캔다르가 볼 수 있는 가장 높은 곳이었고 나무들은 마치 경비대원들처럼 산마루를 지키고 있었다. 하늘에서 — 초록색 잎사귀 사이로 보이는 곳에서 — 유니콘들이 날아오르며 날개를 편 그림자를 드리웠다. 스캔다르는 자기가 스케치북에 1,000장의 그림을 그린다 해도 그 마법을 담아낼 수 없음을 알았다.

그래서 그 모든 것에도 불구하고 — 위버와 스피릿 원소와 스카운드럴의 하얀 무늬에도 불구하고 — 스캔다르는 미소를 지었다. "네가 있는 곳은 이제 마게이트가 아니야." 그는 중얼거리면서 현실을 받아들이려고 노력했다.

"또 혼잣말을 하고 있어?" 바비가 회색 유니콘을 데리고 스캔다르의 옆으로 다가왔다. 플로도 실버 유니콘을 데리고 옆으로 왔다. "실버 유니콘이다!", "새로운 실버다!", "실버가 왔다!"라는 환호성이 그들 위로 늘어져 있는 다리에서 쏟아졌다. 스캔다르도 실버블레이드가 근사하다는 데 동의하지 않을 수 없었다. 메인랜드에 있을 때는 그렇게 액체 금속 같은 색상에 조각칼처럼 예리한 뿔을 지닌 유니콘이 존재하리라고는 상상도 하지 못했다.

"그래서, 음, 이제 뭘 할까? 점심을 먹나?" 스캔다르는 내심 바라는 마음으로 물었다. 배에서 꼬르륵 소리가 났다. 스카운드럴이 미심쩍어

하는 표정으로 으르렁댔다.

플로가 소리 내어 웃었다. 하지만 지나친 관심을 부담스러워하는 기색이 역력했다. "나도 잘 모르겠어……, 해 질 무렵에는 단층선을 걸어야 하니까 그 전에 먹을 걸 주지 않을까?"

"우리와 연합하는 원소를 오늘 알게 되는 건가?" 바비는 조금 걱정이 되는지 목소리가 떨렸다.

플로는 고개를 끄덕이고 앞쪽의 나무 몸통들 사이를 가리켰다. "디바이드(Divide)가 저기에 있어. 단층선들이 만나는 곳. 보여?"

스캔다르가 눈을 가늘게 뜨고 그늘진 나무들 사이를 바라볼 때, 임원들이 금빛의 커다란 링을 잔디가 깔린 빈터로 굴리면서 들어갔다. 그들이 링을 단단한 땅에 떨어뜨리자 쿵 하고 소리가 났다. 그들은 링을 오른쪽으로 움직였다가 약간 왼쪽으로 움직였다가 하면서 만족할 때까지 위치를 조정했다.

"이어리는 유니콘들이 원소의 완전한 잠재력에 다가갈 수 있도록 디바이드를 중심으로 지어졌어." 플로의 말이 이어졌다. "여기서 모든 걸 배울 수 있으니 좋은 것 같아. 원소 이론, 스카이배틀 훈련, 경주 에티켓, 심지어 언젠가 카오스컵에서 우승해 사령관이 되면 어떻게 되는지까지도……." 플로는 금속 케이블 다리 위에서 사람들이 불꽃 그림이 들어간 붉은 깃발을 흔들면서 그녀를 불러 대자 말끝을 흐렸다.

스캔다르는 '워크(Walk)'에 대해서 읽어 봤고 그것이 신입 라이더와 유니콘이 디바이드, 즉 네 개의 단층선이 만나는 자리에 서는 것이라는 것도 알고 있었다. 단층선은 아일랜드의 기본 구조가 갈라진 흔적이었다. 아일랜드를 가로지르며 불, 물, 흙, 그리고 공기가 관장하는 네 개 구역을 나누는 단층선이야말로 아일랜드의 마법의 원천이라는 말이 전해져 내려왔다. 플로가 말한 의식에서 그들이 어떤 원소를 사용하게 될지가 판가름 날 터였다. 미스 번트리스가 수업 시간에 말했던 대로 그들에게 '최고의 원소'가 무엇인지가 드러나는 것이다. 스캔다르는 스카운드럴의 하얀 무늬가 잘 가려졌는지 다시 한 번 확인했다. 그것으로 더는 아무도 그가 스피릿 윌더라고 생각하는 일이 없기를 바랐다.

신입 라이더와 유니콘 들이 초조하게 나무들 사이로 몸을 숨기려 할 때 검은 머리를 짧게 자른 올리브색 피부의 젊은 여자가 그들을 미소로 반기며 다가왔다. 금빛 나선 모양의 공기의 핀뿐만 아니라, 그녀가 걸친 노란 재킷도 서로 이어붙인 다섯 가지 원단, 정교한 금속 깃털 장식, 오른쪽 소매에 자수로 새겨진 다섯 쌍의 날개에 이르기까지 모든 게 맞춤 제작된 것으로 보였다. 스캔다르는 그녀의 팔에 걸린 철망 바구니에 샌드위치가 가득 든 것을 보고 기뻐했다.

"안녕! 안녕! 나는 니나 카자마야." 니나는 모두의 시선을 모으기 위해 크게 손을 흔들었다. "나는 이어리 졸업반이고 메인랜드 출신이야. 너희 중에서도 몇 명은 메인랜드에서 왔겠지." 그녀는 딱히 상대를 정하지 않고 윙크를 날렸다. "너희와 너희 유니콘이 해 지는 시각까지 휴식을 취할 수 있도록 마구간으로 안내해 줄게. 따라와, 해칠링(Hatchling, 갓 부화한 새)!"

"해칠링?" 바비가 발끈했다.

"이어리에서는 1학년생 라이더를 그렇게 불러." 니나는 한 사람에 하나씩 샌드위치를 나눠 주면서 활짝 웃었다. "2학년생은 네슬링(Nestling), 3학년생은 플레질링(Fledgling), 4학년생은 루키(Rookie), 나 같은 5학년생 졸업반은 프레데터(Predator), 줄여서 그냥 프레드(Pred)

라고도 부르지."

"오, 안녕, 플로런스!" 니나가 플로를 아는 체하면서 실버블레이드를 어색하게 한 팔로 감싸 안았다. 실버블레이드가 발굽을 옮기는 곳마다 용암이 부글부글 끓는 웅덩이가 생겼다. 실버 유니콘은 자기 영역을 침범당해서 몹시 분한 듯했다.

"플로런스의 아빠는 마구 제조인이셔." 니나가 근처에 있던 해칠링들에게 설명했다. "세코니 마구는 업계 최고지. 그분이 나와 내 유니콘 라이트닝스미스테이크(Lightning's Mistake, 번개의 실수)에게 골라 주신 안장에서 행운의 번개 표시를 매일 세어 본다니까."

플로는 당황스러워하면서도 뿌듯해하는 것 같았다.

니나는 해칠링들에게 따라오라고 손짓을 하고는 걸음을 옮기기 시작했다.

스캔다르가 옆으로 지나가는데 미첼이 투덜거렸다. "오, 레드, 뭐 하는 거야?"

유니콘이 걷기를 거부하고는 마치 두 손으로 자기 눈을 가리고 숨었다고 생각하는 아기처럼 머리를 자그마한 날개 밑으로 밀어 넣으려 했다.

스캔다르는 니나가 대단하다고 인정하지 않을 수 없었다. 그는 니나처럼 열정적인 사람을 본 적이 없었다. 그들이 나무 몸통들 사이를 요리조리 빠져나가는 동안에도 니나는 걸음을 멈추지 않았다.

니나는 힐러(healer, 치유자) 나무 집에 대해서 설명했다. 힐러 나무 집에는 라이더의 부상을 치료하는 곳과 유니콘의 부상을 치료하는 곳이 따로 있었다. 바비는 니나가 지나치게 기운이 넘쳐서 더 믿음이 안 간다고 투덜거렸다. 하지만 스캔다르는 신기해서 주위를 두리번거리며 마요네즈가 흡족하게 듬뿍 든 두 번째 샌드위치를 재빨리 먹어 치웠다. 그는 니나가 가리키는 우편물 나무들을 보면서 신이 났다. 몸통이 굵직한 다섯 그루의 나무에 각기 해칠링, 네슬링, 플레질링, 루키, 프레데터라는 표가 붙어 있고 구멍들이 나 있었다. 스캔다르는 빨리 케나에게 편지를 쓰고 싶었다.

"그럼, 메인랜드에 있는 가족들에게 편지를 써도 돼요?" 누군가가 물었다.

니나가 고개를 끄덕였다. "그렇지만 해처리와 이어리에 대해 너무 많은 것을 밝혀서는 안 돼." 그녀가 경고했다. "그리고 위버에 대해서는 언급도 하면 안 돼. 라이더 연락 사무소에서는 그런 걸 아주 못마땅하게 여기니까."

스캔다르는 어느새 얼굴이 유독 하얀 금빛 고수머리 소년 옆에서 걷고 있었다. 소년의 유니콘은 말을 아주 잘 듣고 있었지만 소년의 얼굴에는 근심이 가득해 보였다. "너도 메인랜드에서 왔어?" 소년이 물었다.

스캔다르가 고개를 끄덕였다. "내 이름은 스캔다르야."

"난 앨버트." 소년은 절반쯤 미소를 지었다. "난 여기가 영 미덥지 않아. 처음엔 손바닥을 찌르고, 그다음에는 이어리 전체 앞에서 석양의 워크를 하고, 게다가 노매드(Nomad) 문제까지."

"노매드라니?"

앨버트가 목소리를 확 낮추었다. 스카운드럴이 그의 속삭임에 씩씩 숨소리를 냈다. "여기 교관들은 우리를 쫓아낼 수 있어. 언제 어느 때라도! 우리가 카오스컵에 나갈 만한 라이더가 되지 못할 거라고 생각하면 말이지. 교관이 우리를 노매드로 신고하면 우리는 이어리를 영원히 떠나야만 해. 갑자기!"

"확실해?" 스캔다르는 또 다른 걱정거리가 생겼다는 사실을 믿을 수 없었다. 그러니까 설령 스피릿 윌더라는 이유로 죽임을 당하지 않더라도 이어리에서 추방당할지 모른다는 건가?

"그런 걱정은 할 필요도 없어." 니나가 지나가다가 그 말을 듣고는 끼어들었다. "지금까지 해칠링이 노매드로 신고당한 적은 없어. 교관들은 너희에게 자신을 증명할 기회를 주고 싶어 해. 너희는 아직 단층선 걷기도 안 했잖아!"

"하지만," 스캔다르는 질문하지 않을 수 없었다. "연을 맺은 유니콘이 있는데 이어리에서 더는 훈련을 받을 수 없다면 뭘 어떻게 하라는 건가요?"

니나는 다시 한 번 스캔다르를 안심시키려 들었다. "노매드는 유니콘을 필요로 하는 다른 일을 배우게 돼. 그리고 카오스컵 출전 라이더들처럼 노매드도 일 년에 한 번은 메인랜더 라이더 선발을 위해 메인랜드로 소환되지. 노매드만 해도 수천 명이야. 그들은 모두 자기 유니콘으로 성취감을 느낄 수 있는 일을 하고 있어. 노매드도 그렇게 나쁜 건 아니란다!" 하지만 스캔다르에게는 니나의 말이 진심에서 우러나오는 것처럼 들리지 않았다.

니나가 갑자기 이어리 벽의 아치형 입구 옆에서 걸음을 멈추었다. 라이더들은 일제히 유니콘의 속도를 늦추기 위해 고삐를 잡아야 했다.

"여기가 마구간의 서문(西門)이야. 섬의 사분면들 중에서 불의 구역과 공기의 구역의 중간이지. 보면 알겠지만 문의 오른쪽 벽에는 불에 의지해 자라는 식물들, 빨간색과 갈색을 띠거나 선인장처럼 더운 데서 자라는 식물들이 자라. 왼쪽에는 키 큰 풀이나 민들레처럼 공기와 관련된 식물들, 미나리아재비나 해바라기 같은 노란색 식물들이 자라지. 길을 잃었을 때 너희가 어떤 원소의 구역에 있는지 알 수 있어서 요긴 하다고 할까. 벽에는 네 개의 문이 있어. 그리고 이 서문이 해칠링 마구간에서 제일 가까운 문이야. 자, 안으로 들어가자."

라이더들이 니나의 뒤를 따라 아치형 입구를 통해 이어리 벽 안으로 들어갈 때 스캔다르는 놀랐다. 유니콘들의 울음소리가 돌벽에 부딪혀 울리고 있었다. 스캔다르의 팔에서 털이 쭈뼛 곤두섰다. 마치 그의 몸이 그에게 프레데터의 소굴로 걸어 들어가는 중이라고 알려 주는 것 같았다. 깨액, 웅성웅성, 으르렁, 까아악, 히힝히힝 ── 스캔다르가 카오스컵에서 들었던 모든 소리, 그리고 또 다른 소리까지 울려 퍼졌다. 스캔다르는 약간 불안한 느낌이 들었다.

"해칠링 마구간은 바로 이 아래야." 니나가 앞장서면서 말했다. 벽 안쪽의 랜턴들이 철제 미사 위로 부드러운 불빛을 던지고 있었다. 온갖 색깔의 유니콘 뿔들이 문밖으로 튀어나와 있었고 그 뿔의 주인들은 신입 유니콘들이 지나갈 때마다 위협적으로 씩씩 소리를 냈다.

니나가 자기 유니콘 마구간에 빗장을 채우면서 수다를 떨고 있던 두 라이더에게 손을 흔들어 보였다. "유니콘은 낮에 자유롭게 돌아다닐 수 있어. 물론, 훈련이 없다면 말이지. 그들은 벽을 넘어 날아다니는 것과 훈련 학교 아래의 바위 둑에서 풀을 뜯거나 작은 동물을 잡아먹는 걸 좋아해. 유니콘들에게도 그들만의 우정, 불화, 걱정이 있음을 명심하는 게 좋을 거야. 하지만 그들은 밤에는 안전해. 상황이 진짜 안좋을 때는 네 개의 문만 지키면 돼."

"무엇으로부터 안전하다는 건가요?" 스캔다르는 대답을 짐작하면서도 긴장한 채 질문을 던졌다.

"야생 유니콘 떼, 아니면 어린 야생 유니콘이 단독으로 공격을 해 오기도 하지. 물론, 위버도 빼놓을 수 없고." 니나가 몸서리를 쳤다. "위버가 이어리로 들어와서 훈련 중인 유니콘을 납치한 적은 없어. 센티널이 입구마다 지키고 있을 뿐만 아니라 네 개의 벽을 따라 순찰도 하거든. 하지만 앞일을 누가 알겠어? 위버가 카오스컵 우승 유니콘을 훔치는 일도 전례가 없었잖아."

니나가 샌드위치를 나눠 준 후로 처음 침묵에 빠졌다. "뭐, 어쨌든 우린 여기 있어."

그들은 문이 활짝 열려 있는 한 줄로 된 마구간들에 다다랐다. 마구간의 안에는 짚단이 푹신하게 깔려 있었다. 각 마구간에는 철제 수조와 징그러운 고깃덩이로 가득 찬 사료통이 있었다. 스카운드럴스럭이 목구멍에서 무시무시한 소리를 내면서 어떻게든 가장 가까운 마구간으로 들어가려고 제 로프를 필사적으로 끌어당겼다. 유니콘의 발길질에 스캔다르는 전기가 일어난 것처럼 손가락에 통증을 느끼고는 비명을 질렀다. "아야!"

니나가 소리 내어 웃었다. "아이고, 귀여워! 유니콘들이 어릴 때는 그렇지, 잊고 있었네. 라이트닝스미스테이크는 이제 나무를 통째로 전기로 지지는 걸 좋아해."

스캔다르는 헉헉대면서 스카운드럴을 핏덩어리 고기에서 떼어 놓으려고 진땀을 흘렸다. 그가 보니 앨버트, 플로, 미첼도 똑같은 곤경을 겪고 있었다. 니나가 외쳤다. "오, 이런! 미안. 그냥 들어가. 아무 마구간에나 들여보내. 새끼 유니콘이든 다 큰 유니콘이든 일단 피 냄새를 맡으면 말릴 수가 없어." 스캔다르는 스카운드럴이 그를 마구간 벽으로 끌어다가 패대기치기 직전에 로프를 손에서 놓았다.

"유니콘이 뭘 먹는 동안은 가만히 내버려 두는 게 가장 좋아." 니나가 해칠링들에게 재빨리 설명했다. "들어가서 문을 닫아. 구석에 해먹이 달려 있으니까 원한다면 해 질 때까지 거기 누워서 쉬어도 돼. 무척 긴 하루였잖아, 내 말 맞지?" 니나는 응원하듯 손을 흔들어 보이고는 쭉 늘어선 마구간들을 따라 그 자리를 떴다.

"그리고 그 하루는 아직 끝나지 않았지." 다른 해칠링들이 유니콘들을 마구간으로 들여보낼 때 미첼이 불쑥 스캔다르의 어깨 뒤에서 나타났다. "우린 문제가 있어."

"스캔다르를 고발하려고 왔어?" 바비가 눈썹을 치켜올리면서 말했다.

"아니, 그런 거 아니야." 미첼이 바비에게 대꾸했다. 플로가 마구간에 실버블레이드를 들여보내고는 불안한 기색으로 옹기종기 모여 있는 그들에게 합류하자 미첼이 플로에게 말을 걸었다. "스캔다르가 저 원 안으로 들어가면 어떤 일이 일어날지 생각해 봤어?"

"그들이 그냥 가장 잘 맞는 원소를 알려 주고 나서 보내지 않을까?" 바비가 끼어들었다.

"유니콘의 무늬를 숨긴 건 괜찮을까?" 스캔다르가 말했다. "왜 나에게는 불법 원소를 배정해 주려는 걸까?"

"어휴, 메인랜더들아! 그들이 원소를 골라 주는 게 아니야." 미첼이 소리 지르고 싶은 걸 참는 듯 턱을 악물었다. "플로, 너는? 워크에 대해서 생각해 봤어?"

"난 음……, 모르겠어." 플로가 걱정스러운 목소리로 말했다. "그게, 스캔다르 같은 사람들은 다르려나?"

"당연히 다르지." 미첼이 신음하듯 내뱉었다. "우리 아빠가 얼마 전에 새로운 사령관의 7인 위원회에 선출되셨어. 그래서 아빠는 내부 사정을 잘 알아. 어쩌다 보니 아빠가 나에게 이런저런 얘기를 하다가 실 감나게 설명해 주셨어. 왜 다섯 번째 원소의 윌더는 디바이드를 밟고 선 순간 발각될 수밖에 없는지 말이야." 미첼이 극적으로 잠시 쉬었다 말했다. "네 개의 단층선이 한꺼번에 발화한다고 했어, '펑!' 하고!"

나머지 세 아이의 눈이 스캔다르에게 쏠렸다. 스캔다르는 마구간 문 너머로 스카운드럴의 검은 목을 쓰다듬기에 여념이 없었다. 자신이 무 슨 말을 할 때가 아닌 것 같았다. 땅이 갈라진 흔적들이 어떻게 '발화' 를 한다는 건지는 알 수 없었다. 하지만 그런 일이 있다니, '펑!' 소리는 그리 좋게 들리지 않았다.

"스캔다르가 스피릿 윌더가 아닐지도 모르지, 너는 그렇게……." 플로 가 소심하게 말해 보았다.

"스캔다르는 스피릿 윌더가 맞아." 미첼이 플로의 말을 끊고 나섰다. "하얀 무늬만으로도 증거는 충분하지만 아까 그 야생 유니콘이 쐐기 를 박았지. 스캔다르가 디바이드에 올라서자마자 저 선들은 봉화처럼 불이 확 올라올 테고, 그러면……."

"넌 나하고 일절 엮이고 싶지 않을 거라 생각했는데." 스캔다르가 퉁 명스럽게 말했다.

"스캔다르, 미첼은 도와주려고 하는 거야." 플로가 창백한 얼굴로 속 상한 표정을 지었다.

"뭐, 뭐라고? 나는 스캔다르를 '돕는' 게 아니야. 그냥 지적하는 거야, 어, 그게……." 미첼이 허둥댔다.

스캔다르는 한숨을 쉬었다. "너희가 골치 아픈 일에 휘말릴까 봐 걱 정하는 거 알아. 정말 안 도와줘도 돼. 알았지? 진지하게 하는 말이야. 내가 왜 너희의 골칫거리가 되어야 해?" 스캔다르는 받을 수 있는 도움은 다 받아야 한다는 것을 알고 있었다. 플로가 해처리에서 했던 말이 아직도 생생하게 들리는 것 같았다. '그들이 너희 둘 다 죽일 거야.' 하지만 자기 때문에 그들이 곤경에 빠지는 건 싫었다. 애거서와 스완이 해변에 나가떨어진 채 미동조차 하지 않던 장면이 그의 뇌리를 스치고 지나갔다.

미첼은 마음을 다잡고 스캔다르에게 위협적으로 걸어왔다. 비록 마구간 문 너머로 핏빛 유니콘이 트림을 하며 도넛 모양의 연기를 뿜어내는 바람에 위협적인 느낌은 전혀 나지 않았지만 말이다.

"그만둬. 너 그러지 말라고!" 미첼이 인상을 썼다. "괜찮은 척하지 마. 넌 내 목숨을 구해 줬고, 나는 스피릿 윌더에게 빚을 지고 싶지 않단 말이야. 난 너하고 저 흉물이 ― 미첼은 검은 유니콘을 가리켰다 ― 워크를 통과하게끔 도울 거야. 그걸로 비긴 셈 치자. 그다음부터 우리 사이에 빚은 없어. 끝이라고. 깔끔하게 끝내는 기야."

"나도 그게 좋아." 스캔다르가 차분하게 말했다. "하지만 네가 말하는 그 발화인지 뭔지를 어떻게 숨길 수 있는지 모르겠어. 만약 내가 정말로 스피릿 윌더라면 말이야."

미첼이 검은 눈썹을 치켜올렸다. "우리는 숨기지 않을 거야. 주의를 분산시킬 거야."

바비가 홱 고개를 들었다. "우리라니?"

9장

단층선

미첼의 계획이 썩 좋지는 않았다. 하지만 불행히도 그들에게 다른 계획은 없었다. 다른 라이더들이 해먹에 누워 졸거나 장차 어떤 원소와 연합하게 될지를 두고 수다를 떠는 동안, 미첼은 정신 나간 계획을 속닥거렸고 스캔다르는 토할 것 같은 속을 다스리느라 안간힘을 썼다.

해가 저물기 직전에 라이더들은 유니콘을 이어리의 빈터로 끌고 나왔다. 중앙을 차지한 디바이드의 금빛 원이 빛나면서 네 개의 단층선이 만나는 자리를 표시해 주었다. 임원들이 굴레가 잘 채워져 있는지, 고삐가 고정되어 있는지 확인하느라 분주히 돌아다녔다. 스캔다르는 구역질을 참으면서 다리 옆에서 '얼스 윌더스 락(EARTH WIELDERS ROCK, 흙 윌더는 끝내줘.)'이라고 적힌 초록색 깃발을 펼치는 한 무리의 구경꾼들을 지켜보았다.

스캔다르가 할 수 있는 일은 불과 몇 시간 전에 처음 만난 세 명의 라이더 동기가 그와 스카운드럴이 체포와 죽음을 면할 수 있도록 충분히 주의를 딴 데로 돌려 주기를 바라는 것뿐이었다. 마음 한구석으로는 여전히 사실이 아니기를, 스피릿 원소 같은 건 없기를 바랐다. 그러나 그들 네 사람이 각기 다른 방향으로 흩어질 때 플로가 짓던 근심 어린 표정, 미첼의 얼굴에 떠오른 암울한 결심의 기색이 스캔다르의 심장을 내려앉게 했다. 애거서가 했던 말도 물론 생각났다. '네가 지금까지 배운 건 잊어버려. 규칙은 너에게 해당 없어.' 애거서는 그가 스피릿 윌더라는 것을 알았을까? 그녀는 무슨 뜻으로 '특별하다'고 했을까? 왜 그를 여기에 데려왔을까?

미첼과 바비는 이제 보이지 않았고 그들의 유니콘도 다른 새끼 유니콘 무리에 섞여 보이지 않았다. 하지만 타다 남은 불 같은 석양에 눈이 부시도록 빛나는 실버블레이드와 그 옆의 플로는 시야에서 놓치려야 놓칠 수가 없었다. 벨이 울리기 시작했다. 그 소리에 고개를 든 스캔다르는 나무 집 위 나뭇가지들에 벨이 달려 있음을 알았다.

잠시 후, 아스펜 맥그래스가 금빛 들판을 흐르는 강물처럼 푸른 실로 수놓은 금빛 망토를 휘날리며 빈터로 걸어 나왔다. 그녀는 카오스 컵 우승자이자 신임 사령관이었고 아일랜드의 공식 수장이었다.

빈터 주위와 나무 위에서 웅성거림이 일어났다. 스캔다르는 사령관이 보통 이어리에 유니콘을 타고 오는지, 원래는 그녀가 위버가 훔쳐간 세계 최강의 유니콘 뉴에이지프로스트의 등 위에 다리를 벌리고 앉아 위풍당당하게 입장을 하는지 궁금했다. 스캔다르는 스카프를 두르고 있는데도 목덜미의 털이 다 곤두섰다. 만약 그도 위버 같은 스피릿 윌더라면, 아스펜 맥그래스가 그 사실을 알게 된다면 그를 어떻게 할까? 스카운드럴스럭은?

임원들이 나무 위에서 스캔다르의 옆쪽으로 금속 연단을 내렸고 아스펜은 균형을 잡으려고 손을 내밀 것도 없이 능수능란하게 그 높은 연단으로 훌쩍 올라갔다.

창백하고 주근깨 많은 얼굴에 뚜렷이 새겨진 긴장감에도 불구하고, 아스펜 맥그래스가 입을 열었을 때 그 음성은 낭랑했다. 스캔다르는 그녀가 며칠 전 카오스컵 결승선을 통과했던 그 라이더와는 완전히 다른 사람 같다고 생각했다. 지금은 그 승리의 모습을 상상할 수조차 없었다.

"새로운 카오스 사령관으로서 신입 라이더들과 해처리에서 지금 막 나온 유니콘들을 기쁜 마음으로 환영합니다. 특히 아일랜드에 와 본 적이 없어 이곳에서의 삶을 상상밖에 할 수 없었음에도 용감하게 이곳의 부름을 받아들인 메인랜더 라이더들에게 고마운 인사를 전합니다." 미적지근한 박수가 한 차례 쏟아졌다.

아스펜은 두 팔을 활짝 펴고 말을 계속했다. "이 신입 라이더들에게는 수많은 장애물이 있고 앞으로 배워야 할 것도 많습니다. 지금은," 그녀는 적당한 단어를 찾기 위해 잠시 말을 멈추었다. "아일랜드에게는 도전의 시간입니다. 악을 뿌리 뽑을 책임이 우리 모두에게 있습니다. 악은 불과 한 주 전에 또다시 모습을 드러냈고," 그녀가 침을 삼켰다. "우리에게서 뉴에이지프로스트를 훔쳐갔습니다."

구름다리와 나무 집에서 맞장구치는 함성이 쏟아졌다. 스캔다르의 심장이 평소보다 열 배는 빠르게 뛰는 것 같았다.

아스펜의 목소리에 생생한 날것의 감정이 깃들어 있었다. "위버가 야생 유니콘과 연을 맺고 유니콘 스물네 마리의 무고한 생명을 앗아간 이후로 15년이 흐르는 동안, 우리 중에는 현실에 안주해 버린 이들이 너무 많았습니다. 위버는 그 유니콘들을 다 죽이고 나서 황무지에 숨은 채로 마치 동화 속 악당처럼 신화와 현실의 가장자리를 맴돌고 있었지요. 어린애들이야 검은 수의를 휘감은 라이더가 야생 유니콘을 타고 가는 것을 봤다고 수군거렸을지도 모릅니다. 기이한 실종 사건, 해명되지 않은 사망 사건에 대해서도 말이 오갔을 수도 있습니다. 그러나 우리 중에서 정말로 믿었던 사람이 누구 하나 있었습니까? 설령 믿었다 해도, 정말로 위버를 야생 유니콘 이상으로 두려워했던 사람이 있기나 했습니까?" 아스펜이 주먹으로 연단을 지탱하는 금속 케이블을 내리치자 그 충격음이 빈터에 울려 퍼졌다.

"하지만 더는 모르는 체할 수 없습니다. 위험 앞에서 눈을 감을 수 없습니다. 위버가 은신처를 박차고 나왔으니 그럴 수 없고 말고요. 나는 사령관으로서 이 특별한 장소에서 여러분에게 맹세합니다. 원소 연합은 서로 달라도 라이더라면 누구나 이곳을 집이라고 부르지요. 나는 반드시 위버를 잡고 뉴에이지프로스트를 집으로 데려올 것을 맹세합니다. 위버의 꿍꿍이가 무엇이건 간에 나는 마지막 숨이 다하는 순간까지 싸울 겁니다. 내 가슴속에서 타오르는 이 유대만큼이나 치열하게 싸울 겁니다. 죽음의 원소로 위버는 너무 오랫동안이나 아일랜드를 괴롭혀 왔습니다. 나를 도와 아일랜드를 수호하겠습니까? 내가 위버를 잡아들이고 죽음의 원소를 영원히 끝장낼 수 있도록 돕겠습니까?"

나무마다 우렁찬 환호와 박수가 터져 나왔고 유니콘들의 울음소리가 이어리의 벽에 부딪혀 쩌렁쩌렁하게 울렸다. 스캔다르는 차마 동참할 수 없었다. 라이더들이 동조하면서 발을 구르자 달그닥달그닥 소리가 울려 퍼졌고 이어리는 흡사 맹수들로 가득 찬 우리 같았다. 스캔다르와 스카운드럴스럭은 그들의 먹잇감 신세였다.

"그런데 내가 왜 하필 워크를 할 때에 여러분에게 이런 이야기를 하는 걸까요?" 아스펜이 붉은 머리카락을 산들바람에 흩날리면서 이야기를 계속했다. "그 이유는 신입 라이더들이 똑똑히 기억해 주기를 바라기 때문입니다. 때가 되면 여러분은 훈련을 통해 허무맹랑한 꿈에서조차 상상하지 못했던 힘을 갖게 될 겁니다. 여러분은 이 세계가 아는 가장 무서운 짐승, 원소들을 자기 뜻대로 다스릴 수 있는 동물을 고삐로 몰고 다니는 특권을 누립니다. 여러분은 이 힘을 서로 나눠 갖고 있습니다. 내가 여러분에게 바라는 것은 단 하나, 그 힘을 선하게 사용하는 것입니다."

스캔다르는 자신이 그 어떤 라이더보다 그 말을 무겁게 느끼고 있다고 확신했다. 그가 정말로 위버와 같은 스피릿 윌더라면 그와 스카운드럴의 힘을 선하게 쓰기란 불가능한 것일까? 그 힘이 스캔다르도 괴물로 만들고 말 것인가?

벨이 다시 울리고 있었다. 군중 사이에서 네 명이 나와서 디바이드의 금빛 원으로부터 땅이 4등분되는 지점에 있는 갈라진 틈 끝에 가서 섰다. 그들은 빨간색, 파란색, 노란색, 초록색의 각기 다른 색 망토를 두르고 있었다.

은빛 가면의 센티널 두 명이 첫 번째 라이더와 견과류 같은 갈색의 유니콘을 금빛 원 가장자리로 데려갔다. 아스펜이 그들의 이름을 불렀다. "앰버 페어팩스와 월윈드시프(Whirlwind Thief, 회오리바람 도둑)." 해처리에서 스캔다르의 스카프를 비웃었던 바로 그 소녀였다. 라이더들의 무리 가장 앞에 서서 군중 속의 누군가에게 손을 흔드는 앰버의 모습은 자신만만해 보였다. 벨이 날카롭게 울리자 앰버가 월윈드시프를 몰고서 디바이드 위로 걸어갔다.

곧바로 경이로운 일이 일어났다. 번개가 번쩍하더니 디바이드의 한쪽 옆으로 뻗은 단층선을 내리쳤다. 전기의 넝쿨손이 뱀처럼 몸부림치면서 저 혼자 주변을 휘감고 일어나더니 땅 밖에서 폭발했고, 키 큰 풀이 이쪽으로 누웠다 저쪽으로 누웠다 했다. 번개 돌풍이 잔해를 쓸어 올리는 동안 굉음은 점점 더 커졌고, 단층선에서 작은 회오리바람이 일어났다 가라앉았다. 앰버는 이제 아까만큼 여유만만해 보이지 않았지만 그래도 월윈드시프의 등에 올라타고는 안전한 금빛 원 밖으로 유니콘을 몰아갔다. 도대체 뭘 하는 걸까?

앰버는 회오리바람에 대비해 자세를 낮추고 자기 몸을 감쌌다. 하지만 스캔다르는 그녀가 바람이 자기에게 전혀 미치지 않는 것을 확인하고는 소리 내어 웃는 것을 보았다. 앰버와 월윈드시프는 단층선 반대편 끝에 서 있던 노란색 망토의 사람과 조우했고, 그는 앰버에게 축하한다며 금빛 핀을 건넸다. 두 나무 사이의 구름다리 위에서 구경하던 라이더들이 환호성을 질렀다. 그들은 노란색 깃발을 흔들며 축하를 보냈다. 깃발에서 공기 원소의 나선 모양 상징이 보였다.

스캔다르는 속이 뒤틀리는 것 같았다. 이건가? 이게 그 워크인가? 실제로 자기 유니콘을 타고 단층선을 따라가야 한다는 매우 걱정되는 세부 사항은 차치하고서라도, 그가 스카운드럴과 함께 저 금빛 원으로 걸어 들어가면 도대체 무슨 일이 일어날까? 앰버의 공기 단층선이 그랬던 것처럼 네 개의 단층선이 한꺼번에 발화한다면 그렇게 압도적인 현상을 못 보게 할 만큼 주의를 홀딱 빼놓을 수 있는 일이 대체 뭐가 있을까? 미첼의 계획은 절대 통하지 않을 터였다.

단층선을 따라 걷는 라이더가 늘어날수록 스캔다르의 마음은 불편해졌다. 이제 스캔다르는 발각될까 봐 두렵기만 한 게 아니라 다른 라이더들에게 샘이 났다. 그는 평범한 라이더이고 싶었다. 공기 또는 물,

흙, 불의 라이더이고 싶었다. 하지만 있는 줄도 몰랐던 스피릿 원소를 걱정하고 있는 처지라니. 아일랜드의 사령관이 뿌리 뽑고 파괴하겠노라 맹세한 그 원소를 말이다.

얼마 지나지 않아 아스펜 맥그래스가 "미첼 핸더슨과 레드나이츠딜라이트."를 불렀다. 소년과 유니콘이 디바이드에 발을 들이자마자 불의 단층선이 발화했다. 거센 두 줄기 불길이 땅속의 균열로부터 높이 치솟아 단층선을 따라 기다란 화염의 터널을 이루었다. 미첼과 그의 붉은 유니콘은 불길에 가려 거의 보이지 않다가 갑자기 연기에 휩싸인 채 콜록콜록 기침을 하면서 나타났다. 미첼은 어설프게 자기 유니콘의 등에서 미끄러져 내려왔고 붉은 망토의 임원은 그에게 불의 핀을 건넸다. 불의 윌더들이 의기양양하게 함성을 지르고 붉은 깃발을 힘차게 흔들었다. 스캔다르는 불 원소 연합이 미첼에게 찰떡처럼 어울린다고 생각했다. 미첼이 스캔다르에게 화를 내던 모습은 바싹 마른 숲에 붙은 불이 순식간에 걷잡을 수 없이 치솟는 것과 비슷했으니까.

코비 클라크가 그의 유니콘 아이스프린스(Ice Prince, 얼음 왕자)와 함께 물 윌더에 합류하고 나자 플로의 차례가 돌아왔다.

군중들 틈에서 쉿, 하고 조용히 시키는 소리들이 들렸다. 아스펜 맥그래스의 목소리까지 살짝 경외심을 품은 듯 들렸다. "플로런스 셰코니와 실버블레이드."

"쟤는 해처리 문에 도전도 안 하려고 그랬대." 스캔다르와 가까이 서 있던 여자아이가 자기 옆에 있던 모래색 머리카락의 소년에게 말했다. 여자아이는 밝은 황색 피부의 얼굴 양옆으로 검고 긴 머리를 커튼처럼 드리우고 있어서 표정이 보이지 않았다. 하지만 스캔다르는 그 아이의 가슴에 벌써 불의 핀이 꽂혀 있는 것을 보았다.

"쟤 아빠가 마구 제조로 유명한 사람이잖아. 내가 듣기로는 쟤도 아빠 일을 배우고 싶어 했대." 누르스름한 얼굴의 남자애가 말했다.

"그런데 쟤가 실버 유니콘을 얻다니. 믿을 수가 없어. 몇 년 만에 처음이지, 아마?" 여자애가 대꾸했다.

"저거 봐, 메이이." 소년이 혀를 끌끌 차면서 빈터 저편을 가리켰다. "쟤는 자기 유니콘을 다루지도 못하는걸?"

스캔다르는 그들의 대화에 신경을 끄고 디바이드 쪽을 바라보았다. 플로는 실버블레이드와 씨름 중이었다. 플로가 유니콘을 금빛 원 안으로 밀었더니 발굽에 확 불이 붙었다.

스캔다르의 발 아래 땅이 흔들리더니 모든 것이 흐릿해졌다. 작은 나무 몇 그루가 뽑히고 쓰러지면서 흙이 튀었다. 누군가가 비명을 질렀다. 지금까지 단층선 바깥으로 돌풍이나 번개 같은 현상을 일으킨 라이더와 유니콘은 한 번도 없었다. 플로는 은빛 갈기를 죽을 둥 살 둥 붙잡고 실버블레이드의 등에 올라탔다. 그녀는 흙과 바위가 사방으로 튀어 나가는 흙의 단층선을 따라 유니콘을 타고 갔다. 그러고는 초록색 망토의 남자에게 도착하자마자 기다렸다는 듯이 유니콘의 등을 박차고 내렸다. 임원은 그녀에게 초록색 흙의 핀을 건네주면서 그녀의 뺨에 흐른 눈물을 닦아 주었다.

스캔다르 주위의 여기저기에서 웅성거리는 소리가 들렸다.

"흙 연합에 실버가 있었던 적이 있나?"

"특이하네!"

"마법의 힘 봤어? 잘된 일이야. 더구나 위버가 세력을 얻기 시작한 때이니 말이지."

단층선을 걷기 위해 차례를 기다리는 라이더의 수가 급속도로 줄어

들고 있었다. 그리고 마침내 — 피할 수 없는 — 스캔다르의 차례가 되었다. 아스펜이 그의 이름을 불렀을 때 빈터 전체가 숨을 죽인 것처럼 사방이 고요하게 느껴졌다. 바스락대던 나뭇잎들조차 멈춘 듯했다. 센티널이 디바이드로 안내하기 위해 다가오는 동안 스캔다르는 스카운드럴의 하얀 무늬가 여전히 잘 가려져 있는지 얼른 확인했다. 이렇게 두려웠던 적은 없었다. 그가 어떻게 될지, 스카운드럴이 어떻게 될지, 바비, 플로, 심지어 미첼이 어떻게 될지도 걱정스러웠다. 그 아이들이 스피릿 윌더의 이어리 입성을 도왔다는 사실이 들통나면 얼마나 지독한 곤경에 빠지게 될까? 스캔다르는 그의 진정한 원소 연합을 드러내 줄 단층선으로 다가가는 한 걸음 한 걸음이 더욱더 무겁게 느껴졌다.

스캔다르는 금빛 원 바깥을 서성이면서 다른 아이들과 미리 맞춰 놓은 신호를 기다렸다. 심장이 어찌나 빨리 뛰는지, 연단 위에 서 있는 아스펜에게까지 그의 심장 박동 소리가 들릴 것 같았다. 해가 저물었지만 어슴푸레한 어둠 속에서도 스캔다르는 모든 나무 집, 창문, 다리에서 자신에게로 내리꽂히는 수많은 시선을 느낄 수 있었다. 신호는 한참이 지나도록 없었다. 어쩌면 미첼이 포기해 버렸을지도? 어쩌면 위버에 대한 아스펜의 연설을 듣고 미첼이 이런 짓을 할 필요가 없다고 결심했을지도? 플로와 바비도 미첼과 같은 편에 붙었을지도?

"자, 스카운드럴," 스캔다르가 중얼거렸다. "그냥 끝내 버리자."

그때 고막을 찢을 것 같은 비명이 공기를 갈랐다. 플로가 겁에 질려 날카롭게 지르는 소리였다. "위버! 위버가 실버블레이드를 납치해요! 도와주세요, 제발!" 아스펜 맥그래스가 연단에서 휙 뛰어내려 플로와 미첼, 레드나이츠딜라이트를 향하여 달려갔다. 바비는 어디에도 보이지 않았다. 미첼이 고함을 치고 있었다. "도와주세요! 실버 유니콘이 사라져요! 지금 당장 위버를 막아 주세요!" '위버를 막아 주세요', 이것이 스캔다르가 기다려 왔던 신호였다.

그들의 예상대로 순식간에 난리가 났다. 단층선 주위에서 해칠링의 유니콘들이 어두운 빈터로 원소를 쏘아 댔고 위버에게서 필사적으로 도망치려고 라이더들이 사방으로 자기 유니콘을 끌어당기는 동안 섬광과 연기와 잔해가 회오리쳤다. 다리에서, 이어리의 나무 속 플랫폼에서 비명과 고함이 폭발했다. 몸을 피하려고 달아나거나 공황에 빠져 허둥대지 않는 사람도 죄다 플로와 미첼 쪽만 바라보고 있었다.

아수라장 속에서 스캔다르는 스카운드럴의 로프를 살짝 잡아당기고 한 발을 들어 금빛 링 안으로 들여놓았다.

미첼이 예고했던 대로 네 개의 단층선이 한꺼번에 폭발했다. 활활 타는 불꽃, 부서지는 파도, 휘몰아치는 허리케인, 지진이 난 듯 흔들리는 땅. 스캔다르에게는 자신의 검은 유니콘의 등에 올라타기 전, 발아래의 땅이 하얗게 빛나는 것을 얼핏 볼 틈밖에 없었다. 스카운드럴은 아틱스완송보다 훨씬 몸집이 작았지만 그 등에 타는 것도 쉽지는 않았다. 스캔다르는 유니콘의 등에 배를 깔고 엎드려 위태위태하게 균형을 잡다가 드디어 다리를 옆으로 넘겼다.

스카운드럴은 공기를 뿔로 가르면서 고개를 이쪽저쪽으로 돌렸다. 스캔다르는 무릎으로 버티려고 안간힘을 써야만 했다. 스카운드럴은 자기 날개를 어떻게 써야 하는지 잘 모르는 듯했다. 깃털이 달린 두 갈래 근육이 자꾸만 라이더의 발에 와서 부딪혔다. 하지만 그들이 원 안에 계속 있을 수는 없었다. 그들의 발아래 하얀빛이 점점 더 환해지고 있었다.

스캔다르는 유니콘의 검은 갈기 아래로 깊숙이 손을 넣고 있는 힘껏 붙잡았다. 다른 라이더들의 몸짓을 보고 배운 대로, 유니콘의 옆구리를 발로 압박해서 물의 단층선으로 몰아갔다. 스캔다르는 물 원소가 가장 자신에게 그럴듯하게 보일 거라고 생각했다. 바닷가 출신이기도 했고 감전당하거나, 불에 그슬리거나, 갈라진 땅속으로 추락하는 것보다는 물에 좀 젖는 편이 낫지 싶었다. 그리고 아빠 말대로라면 엄마가 가장 좋아했던 원소도 물이었다.

스캔다르가 디바이드에서 벗어나자마자 나머지 세 단층선의 마법은 중지되었고 스캔다르는 여느 물 윌더와 조금도 다르지 않게 보였다. 문제는 스카운드럴이었다. 스카운드럴은 바보가 아니었다. 스카운드럴은 그들이 물 연합이 아니라는 것을 알고 있었다. 그래서인지 물의 단층선에서 몸을 돌려 벗어나려고 했다. 그들은 부서지는 파도, 몰아치는 물보라에 머리부터 발끝까지 흠뻑 젖었다.

"야, 제발, 네가 나를 믿어야 해." 스캔다르는 상처 난 손바닥으로 유니콘의 축축한 목을 짚은 채 애원했다. 스카운드럴은 알아들은 것 같았다. 더는 돌아서려 하지도 않고 파도가 그들을 물의 단층선에서 밀어내려는 듯 거세게 때리는데도 꿋꿋이 선을 따라 걸었으니 말이다.

단층선을 반쯤 따라갔을 때 스캔다르는 파란 망토를 입은 여자를 보았다. 그녀는 실버블레이드와 위버를 찾으러 가지 않았던 것이다. 플로와 미첼에게 가 있는 아스펜을 주시하느라 완전히 뒤로 돌아서 있긴 했지만, 그녀는 다음 물 윌더에게 핀을 수여하기 위해 단층선 끝에서 자기 자리를 지키고 있었다. 스캔다르는 덜컥 겁이 났다. 스캔다르와 스카운드럴은 쫄딱 젖어 있었다. 그들이 진짜 물 연합이라면 파도의 공격에 끄떡없었어야 했다.

스카운드럴이 파란 망토에 다가가는 동안 스캔다르는 물에 빠진 생쥐 꼴이 된 이유를 뭐라고 둘러댈 것인지 필사적으로 머리를 굴렸지만 공포와 피로 때문에 아무 생각도 나지 않았다. 스카운드럴의 하얀 무늬에서 칠이 씻겨 나가지 않았는지 확인조차 하지 못했다. 지금까지 헛고생을 한 건 아니겠지? 미첼의 계획은 실제로 통했다. 그런데 지금 물을 뒤집어썼다는 이유 하나로 모든 수고가 허사로 돌아가려나?

그때, 이게 무슨 기적인가 싶었다. 스캔다르는 다리에서 따뜻한 열기를 느꼈다. 스카운드럴의 몸뚱이가 점점 뜨거워졌다. 유니콘의 등에서 김이 모락모락 올라왔다.

"영리한 녀석!" 스캔다르가 속삭였다. 스카운드럴이 물기를 말려 주고 있었던 것이다! 스캔다르는 유니콘의 뜨거운 등에 축축한 후드 티소매를 갖다 대고, 물에 젖은 손가락도 유니콘의 털 속으로 집어넣은 채 얼굴에 증기를 쐬었다.

"내려!" 파란 망토의 여자가 스카운드럴이 자기 앞까지 오자 명령했다. 그녀는 짧은 은회색 머리를 못처럼 삐죽삐죽 세우고 있었는데 목소리도 못처럼 날카로웠다. "얼른! 놀라게 하고 싶진 않지만 위버가 이어리에 잠입했을 가능성이 있다!"

스캔다르는 깜짝 놀라는 것처럼 보이려고 애썼다.

"몸이 펄펄 끓는데?" 그녀는 놀랍도록 새파란 눈을 찡그리면서 말했다. 그녀의 눈동자가 소용돌이처럼 위험스럽게 빙글빙글 돌았다. "네 유니콘도 몹시 뜨겁구나."

"어, 네, 그게……, 선을 따라 너무 빨리 달렸더니 열이 나는가 봐요." 스캔다르가 우물거리며 대답했다.

"음, 그래, 너와 스카운드럴스럭이 물 연합이라니 흥미진진하구나. 라이더가 물 윌더가 되기에는 아주 좋은 해야."

그녀는 아수라장이 되어 있는 빈터를 돌아보고는 재빨리 말했다. "나는 이곳 이어리의 물 윌더들을 교육할 뿐 아니라 모든 해칠링의 물 원소 훈련을 감독하는 교관이다. 이제 너도 물 윌더로 확인되었으니 내게 보고하도록. 알아들었나? 나는 오설리번 교관이다."

"네, 교관님." 스캔다르의 눈이 그녀의 꿰뚫어 보는 듯한 시선과 마주쳤다. 미첼의 작전이 통하다니, 믿기지가 않았다! 스캔다르는 자꾸 웃음이 나서 아무렇지 않은 얼굴을 하느라 애를 먹었다.

"네 핀이다." 교관이 불쑥 그렇게 말하고는 스캔다르의 손바닥에 금빛 핀을 떨어뜨렸다. "자부심을 가지고 착용하도록. 난 가서 도와줘야겠다……, 세상에!"

실버 유니콘이 불길을 꼬리처럼 드리우면서 자기 라이더에게로 질주하고 있었다. 그 유니콘의 발굽이 때리고 간 곳마다 빈터의 땅이 갈라져 있었다. 안도의 환호성이 일어났고 몇몇은 실버블레이드의 날갯짓에 박수로 장단을 맞추었다. 유니콘은 플로 앞에 와서 급정거를 했다.

"잘못된 경보였군." 오설리번은 플로가 유니콘의 은빛 목을 껴안는 모습을 보면서 안심했다는 듯이 말했다. 스캔다르는 플로가 실은 전혀 눈물이 나지 않아서 얼굴을 감추려고 저런 몸짓을 하겠거니 생각했다.

아스펜 맥그래스도 이제 연단에 도로 올라와 있었다. "최근의 사태를 고려하면 이해할 만한 반응이었어요. 아무리 조심해도 지나치지 않지요. 자, 이제 다시 시작해 볼까요? 몇 명 안 남았군요. 로버타 브루나와 팔콘스래스!"

"야, 우리가 해냈어!" 스캔다르는 스카운드럴의 새까만 귀에 대고 속삭였다. 그가 물방울 모양의 핀을 내밀자 스카운드럴은 쿵쿵대고 냄새를 맡더니 이빨로 낚아채려고 했다. 스캔다르는 마음이 놓여서 미소가 절로 났다.

팔콘스래스는 침착하게 공기의 단층선에 발굽을 올려놓았다. 여러 갈래로 내리치는 번개와 강풍이 맹공격을 퍼붓는 와중에도 그 유니콘은 거의 눈도 깜박거리지 않았다. 하지만 스캔다르는 바비의 워크를 구경할 정신도 없었다. 해처리에서 입은 손바닥의 상처가 금빛 핀에 닿자 너무 쓰라려서 거기에 온 신경이 쏠렸다. 그는 선을 세어 보았다. 다섯 개의 선이 다섯 손가락으로 하나씩 뻗어 있었다. 손바닥을 얼굴 높이로 들어 보았다. 다섯 개의 선. 스피릿 원소를 숨길 수 없는 자리.

"으흠," 스캔다르는 자신의 왼쪽 귀 바로 옆에서 나는 목소리에 놀라서 움찔했다. "위버가 실버블레이드를 훔치지는 않은 걸로 결국 밝혀졌네. 이런 일을 누가 상상이나 했겠어?"

스캔다르는 바비를 보고 환하게 웃었다. 하지만 옷소매에 가려지지 않은 바비의 팔을 보고는 얼굴에서 웃음기가 싹 가셨다.

"실버블레이드가 이런 거야?" 스캔다르가 경악하면서 물었다.

"나한테 화상을 입혔어, 장난 아니지? 괴물이라니까." 스캔다르가 듣기에 바비는 전혀 화가 난 것 같지 않았다. "어떻게 잡고 있었는지도 모르겠어. 네가 스카운드럴을 단층선으로 절대 못 끌고 갈 거라는 생각도 들었지. 나는 매일 팔콘을 상대하는 게 더 좋아. 내 유니콘은 비록 지루한 회색이지만, 저 미쳐 날뛰는 실버보다야 훨씬 낫거든."

하지만 스캔다르는 마음이 영 좋지 않았다. "정말 미안해, 바비. 너를 이 일에 휘말리게 해서 미안해. 네가 해처리 줄을 설 때 내 뒤에 서고 싶어서 선 것도 아닌데 말이야."

"젠장, 진정 좀 하지. 약간 데었을 뿐이야. 곧 나을 거야."

스캔다르가 울적하게 땅을 내려다보자 바비가 그의 등을 ── 지독히

세게 —— 때렸다. "너랑 친구를 하면 확실히 여기서 심심할 틈은 없겠다. 내 말은, 계속 가 보자고."

"우리가 친구야?" 스캔다르가 깜짝 놀라서는 바비에게 물었다.

"이봐, 이제 그만 기운 내고 핀이나 꽂지 그래? 우거지상을 하고 있는 꼴, 더는 못 봐 주겠으니까." 바비는 말은 그렇게 하면서도 그를 향해 웃어 보였다.

스캔다르는 손을 펴고 금빛 핀을 자신의 검은 후드 티에 달았다. 이제 그는 적어도 소속이 있는 것처럼 보였다. 비록 그러한 모양새는 진실과 아주 거리가 멀었지만 말이다.

그리고 한 명 생긴 친구는 메인랜드에서 사귀어 보지 못한 친구보다 백배 천배 좋았다.

워크는 끝났고 밤이 정말로 깊었다. 빈터에는 해칠링들만 남았다. 상급반 라이더들은 다들 나무 집으로 들어갔고 사령관은 벨 울리는 소리와 함께 이어리를 떠났다.

각기 다른 원소의 망토를 걸친 네 명의 교관이 아까 아스펜이 사용했던 연단으로 올라갔다. 그들의 그림자가 랜턴 불빛에 춤을 추었다. 오설리번 교관이 다들 조용히 하라고 손뼉을 쳤다. 스캔다르는 그녀의 목에 기다란 상처가 벌겋게 곪아 있는 것을 보았다.

"마땅히 누려야 할 휴식을 각자 해먹에서 취하기 전에 마지막으로 하나만 더 부탁하겠다." 오설리번이 쩌렁쩌렁하게 외쳤다. 어린 유니콘들은 로프를 가지고 놀고 있었고 서로 날카로운 이빨을 드러내거나 날개를 공격적으로 퍼덕대고 있었다.

오설리번 교관은 그러거나 말거나 신경 쓰지 않았다. "여러분은 아마 서로 다른 핀을 달고 있을 것이다. 그러나 이곳에서 여러분은 네 가지 원소를 모두 훈련한다. 연합 원소는 언제나 여러분의 가장 강력한 무기, 여러분의 중심이 될 것이다. 그렇지만 최고의 기량을 자랑하는 라이더는 네 가지 원소 기술을 모두 발전시킨 사람들이지. 우리는 라이더들이 그러한 지식을 공유하려면 콰르텟(4인조)을 이루어 함께 사는 것이 가장 좋은 방법이라는 것을 알아냈다. 각기 다른 원소와 연합한 라이더 네 명이 나무 집 한 채를 같이 쓰는 거다."

해칠링들이 수군거리며 저마다 친구를 찾아 이동하기 시작했다. 오설리번 교관이 조용히 하라고 한 손을 들었다. "여러분 중 상당수는, 특히 메인랜더들은, 이제 막 만난 사이겠지. 하지만 이건 다른 원소 윌더들과 지속적으로 우정을 쌓을 기회다. 현명하게 선택하도록. 콰르텟을 짤 시간은 지금부터 5분 주겠다."

스캔다르는 학교로 돌아간 기분이 들었다. 얼어붙은 축구장 가장자리에 우두커니 서서 팀에 끼워 주기만을 기다리는 기분. 그는 운동을 못하지 않았지만 늘 인기가 없었고 그러한 단점을 상쇄할 만큼 키가 크거나 근육질도 아니었다. 바비는 그를 친구라고 했다. 하지만 한 집에서 살아도 좋을 만큼 친한 친구일까? 스캔다르는 케나가 여기 있으면 얼마나 좋을까 생각했다. 케나는 스캔다르와 함께할 수만 있다면 규칙이고 뭐고 다 무시할 것이다.

"스캔다르! 여보세요? 여기 사람 없어요? 솔직히 지금 벽에 대고 떠드는 기분이네." 바비의 목소리가 들렸다.

"아." 스캔다르는 고개를 돌렸고 어느새 자기 옆에 와 있던 바비와 팔콘, 플로와 실버를 보았다.

"네가 우리와 함께 콰르텟을 하고 싶은 생각이 있는지 궁금해서." 플로가 수줍게 말했다.

스캔다르는 그녀들이 자기를 놀리는 것 같아서 기분이 이상했다. 장난을 치는 걸까.

히지만 플로는 재차 말했다. "그냥 내가 흙, 바비가 공기, 그리고 네가……."

"물인 척하고 있지." 스캔다르는 어안이 벙벙해서는 그 말을 받았다. "너희는 다른 사람을 찾아보는 게 낫지 않아?" 스캔다르도 그녀들과 함께 콰르텟을 함께 하고 싶어 애가 탔지만 그녀들이 단지 그를 동정해서 그런 말을 하는 것은 싫었다.

플로가 말했다. "그렇지 않아."

바비가 소리 내어 웃었다. "어머, 플로는 같이 하자는 사람이 널렸어, 걱정 붙들어 매셔! 오히려 걔들을 다 뿌리치느라 고생했지. 플로런스 셰코니, 우리 콰르텟에 부디 들어오지 않을래? 우리한테는 엄청 중요한 일이야. 콰르텟에 실버가 있으면 얘기가 완전히 달라져."

"그만해. 하지 마." 플로가 조용히 말했다. "모두가 날 쳐다보는 게 싫어."

스캔다르는 믿을 수가 없었다. 그녀들이 진짜 물 윌더들을 두고 불법 스피릿 윌더인 그를 선택했다는 말인가. 그는 웃음이 나려는 것을 겨우 참았다. 메인랜드에서라면 절대로 있을 수 없는 일이었다.

바비는 바로 본론으로 들어갔다. "이제 불 윌더만 한 명 찾으면 돼. 그래도 혹시 우리 세 명만 하면 안 되는지 알아보면 어때? 여기도 홀수로 구성된 라이더들이 있던데. 그러면 집도 더 넓게 쓸 수 있고 좋잖아!" 바비는 신이 나서 이렇게 덧붙였다. "내가 코를 엄청 골거든. 그러니까 플로 너에게도 그러는 편이 좋을 거야. 내가 코를 너무 세게 골면 너는 스캔다르에게 가서 자. 우리 엄마 아빠가 나보고 배가 볼록한 돼지처럼 코를 곤다고 그랬어."

스캔다르가 웃었다. 그는 바비가 다른 사람이 자기를 어떻게 생각하든 신경 쓰지 않아서 좋았다. 스캔다르라면 돼지 소리는 말할 것도 없고 코를 곤다는 사실조차 인정하지 않았을 텐데 말이다.

"어딘가에 불 윌더가 남아 있겠지." 플로가 중얼거리면서 가까이 있던 다른 무리를 흘끔거렸다. "교관의 지시가 있었으니 우리도 최소한 불 윌더를 찾으려는 시도는 해 봐야 해."

바비가 눈알을 굴리면서 샐쭉거렸다. "너는 시키면 시키는 대로 하는 사람이니?"

플로의 짙은 갈색 이마에 주름이 잡혔다. "응, 너는 안 그런가 봐?"

"글쎄, 당연히 내가 들어가야 하지 않나?" 미첼 핸더슨이 레드나이츠딜라이트와 함께 나무 그늘에서 불쑥 튀어나왔다.

"오, 잘됐네, 네가 세상의 종말을 불러올 거라고 화내는 분까지 행차하셨어." 바비가 스캔다르에게 속삭이는 시늉을 하면서 들으라는 듯이 큰 소리로 말했다.

"넌 날 싫어하잖아?" 스캔다르는 입을 다물지 못했다.

"특별히, 음, 너 같은 사람과 한집을 쓸 생각을 하니 신이 난다고 말할 수는 없지. 하지만 이치를 따지자면 다른 선택지가 없어. 나 말고 다른 불 윌더가 너희와 콰르텟이 되면 어떻게 비밀을 숨길 건데? 그러면 우린 전부 너를 도와 이어리에 침투시킨 죄로 감옥에 끌려가고 말 거야."

"미첼 말이 틀리지 않아." 바비가 말했다. "짜증 나게 말이지."

미첼은 몹시 괴로운 표정으로 한숨을 쉬었다. "방법은 이것뿐이야."

레드가 그 말을 강조하듯 방귀를 길고 요란하게 뿜어내더니 불이 나오는 뒷발굽으로 발길질을 해서 방귀에 불을 붙였다.

라이더 넷이 구린내 나는 연기 속에서 콜록대고 캑캑거리고 있을 때 붉은 망토를 두른 교관이 다가왔다.

"여름날 저녁에는 가스에 불 좀 붙여 줘야지." 교관이 쿡쿡대면서 웃었다. "아, 훌륭한데! 그러니까 플로런스가 흙, 로버타가 공기," 바비가 인상을 썼다. "미첼은 우리 불 월더이고, 스캔다르가 물 월더인가 봐? 완벽한 콰르텟이네!"

연기가 걷히고 난 후에야 스캔다르는 교관의 귀를 보았다. 불꽃들이 귓바퀴 바깥쪽을 둘러싸고 춤을 추고 있었다.

"정말 인상적인 변이로군요, 앤더슨 교관님." 바비가 경외심 어린 목소리로 말했다.

스캔다르도 해처리 수업에서 라이더들의 변이에 대해서 배웠다. 일부 라이더는 훈련 중에 신체적 외양의 변화를 겪고 뭐랄까, 좀 더 마법적인 존재가 된다. 스캔다르는 그러한 변이가 마치 유니콘이 '이 사람이 내 라이더다'라고 말하는 것처럼 자신의 원소로 선사하는 선물 같다고 생각했다. 연은 보이지 않지만 변이는 눈에 띄니까. 스캔다르와 케나는 시간 가는 줄 모르고 그들이 라이더가 되면 외모가 어떻게 바뀔지 상상에 빠지곤 했다.

앤더슨 교관이 너털웃음을 터뜨리자 불꽃들이 그의 대머리의 검은 피부에 장난치듯 와서 부딪치며 깜박거렸다. "자랑하고 싶진 않지만 나한테 변이가 일어났을 때 《해처리 헤럴드》 1면에 실렸지. 뉴스거리가 지지리도 없는 주였거든." 교관이 눈을 찡긋했다. 그러고는 거창한 몸짓으로 망토 안에서 지도를 꺼냈다. "보자, 너희 콰르텟의 나무 집은……. 아, 그래. 서문 옆에서 사다리를 일곱 개 오르고, 다리를 네 개 건너, 오른쪽으로 두 번째 대를 차지한 집이야, 찾기 쉽지!"

스캔다르는 앤더슨 교관에게 다시 한 번 알려 달라고 하려 했지만 그는 이미 붉은 망토 자락을 휘날리면서 다른 네 명의 무리에게로 향하고 있었다.

새내기 콰르텟은 유니콘들을 이끌고 마구간의 서문을 다시 통과했다. 유니콘들은 아까보다 한결 얌전했다. 대부분 꾸벅꾸벅 졸거나 코를 골고 있었다. 하지만 스캔다르와 스카운드럴이 지나갈 때만 이상하게 꺡 소리를 내거나 으르렁거렸다. 스캔다르는 마구간 문짝에 임시 팻말이 붙어 있는 것을 알아차렸다. 스카운드럴스럭, 이라고 쓰여 있고 그 밑에는 휘갈겨 그린 물의 상징이 있었다. 그 팻말을 보자 스캔다르는 마음이 더 불편해졌다. 스피릿 원소의 상징은 어떻게 생겼을지가 궁금했다.

미첼이 레드나이츠딜라이트를 바로 옆 마구간에 집어넣었다.

"우리 서로 이웃인 것 같네." 스캔다르는 제 딴에는 노력한답시고 미첼을 향하여 큰 소리로 말했다. 같은 콰르텟이 될 거라면 미첼에게 영원히 눈엣가시가 되어서는 안 되지 않을까?

그러나 미첼은 스캔다르를 철저히 무시했다. 미첼은 레드의 마구간에 빗장을 채우고 아무 말 없이 걸어갔다.

"대단한 하루였지." 플로가 다가와 스카운드럴의 마구간 문에 기대면서 속삭였다. "너하고 제대로 인사할 기회도 없었던 것 같아." 그녀가 손을 내밀었다. "안녕, 나는 플로야. 만나서 반가워. 그리고 내 유니콘에는 특이한 점이 전혀 없어."

스캔다르가 문짝 위로 손을 내밀어 악수를 했다. "안녕, 플로. 나는 스캔다르야. 그리고 내 유니콘에도 특이한 점은 전혀 없어. 불법적인 것도 전혀 없고."

플로가 활짝 웃었다. "가족들도 스캔다르라고 불러? 별명 같은 건 있니? 스캔다르는 뭔가…… 서사시에 나올 것 같은 이름?"

"우리 누나 케나는 나를 스카라고 불러." 스캔다르가 대답했다. 이름을 입 밖으로 냈을 뿐인데 누나가 너무 보고 싶었다. 편지 보내는 법을 알게 되는 대로 누나에게 소식을 전하리라.

"나도 스카라고 불러도 될까?" 플로가 망설이면서 물었다.

스캔다르가 미소를 지었다. "당연하지."

"미첼의 태도는 내가 대신 사과할게."

스캔다르는 한숨을 쉬었다. "걔는 진짜 나를 미워하는 것 같아."

"난 미첼이 널 미워하지 않는다고 확신해!" 플로가 그를 격려했다. "전형적인 불 윌더의 성격일 뿐이야. 속담에도 불 윌더는 판단이 성급하고 불같이 화를 낸다고 하는걸. 미첼은 너와 관련된 그것을 미워하는 거야, 그게 다야."

스캔다르가 웃음을 터뜨렸다. "그래, 그렇게 말해 주니 내 마음이 좀 덜 무겁네."

플로는 동요하는 듯했다. "오, 빈말이 아니야, 정말로 도와주려고 했던 거야! 있지, 걔네 아빠가 아스펜이 이끄는 7인 위원회에 있어. 그는 사령관이 가장 신뢰하는 물 윌더 중 한 사람이지. 너도 아스펜이 하는 말 들었지? 올해 아스펜은 위버를 찾아내서 뉴에이지프로스트를 되찾고 다섯 번째 원소를 파괴하는 쪽으로만 행동할 거야. 미첼의 아빠는 그걸 굳게 믿겠지. 스피릿 윌더를 정말로 미워할 거라고. 그렇지 않다면 7인 위원회에 들어가지 못했을 테고. 그런 아빠 밑에서 자란 미첼이 고작 몇 시간 만에, 단지 널 만났다는 이유로, 자기가 배운 걸 싹 잊기는 어렵지."

"그래도 너는 스피릿 월더가 싫지는 않지?" 스캔다르는 내심 기대하면서 물었다.

"우리 엄마 아빠는, 음, 모든 사람에게 기회가 있어야 한다고 생각하셔. 나 역시 그래. 우리 아빠가 흙 월더에는 공정성으로 유명한 인물들이 특히 많다고 하셨어. 실버블레이드와 내가 흙 연합이라는 걸 알았다는 게 오늘 하루 중에서 유일하게 이해가 되는 일이었어. 난 그냥 블레이드가 조금, 음…… 덜 무서웠으면 좋겠어."

"고마워, 플로." 스캔다르가 속삭였다. "실버블레이드에 대해서는 걱정하지 마. 넌 아직 네 유니콘을 잘 모르잖아. 실버는 얌전해질 거야."

"나도 그렇게 되길 바라. 나무 집을 보러 갈까?"

스캔다르는 망설였다. 왠지 자신은 아직 준비가 되지 않은 것 같았다. 그는 평생을 메인랜드의 도시 한복판 아파트에서 살았고, 집 안에 계단이 있었던 적이 없었다. 고층 건물들이 아니라 진짜 나무들 사이로 밤하늘의 별이 보이는 주택은 이번이 처음이었다. 유니콘들은 신경 쓰지 말자. 그 자체로 너무 숨이 막히니까. 거기에 스피릿 원소와 위버와 미첼, 그리고 스캔다르가 애거서에 대해서 품은 의문들, 이 모든 것에 새로운 집까지 더해지니 이 밤이 버겁기 그지없었다.

"나는 스카운드럴하고 조금 더 있다 가려고." 스캔다르는 그렇게 말했지만 플로가 한 번 더 권해 주기를 바랐다.

하지만 플로는 더는 권하지 않았다. 그녀는 고개를 끄덕이고 미소를 지었다. 스캔다르는 플로가 아마도 그의 마음을 헤아렸을 거라는 생각이 들었다.

플로가 가고 난 후 스캔다르는 스카운드럴의 목덜미를 쓸어내렸다. "내가 여기 있는 게 싫진 않지? 잠시 있어도 괜찮지?"

스캔다르는 마구간 뒤편으로 걸어가다가 차가운 검은 돌에 걸려 넘어졌다. 스카운드럴이 자기 라이더를 따라와서는 잠시 내려다보더니 자기도 짚단에 벌러덩 누워서 뿔 달린 머리를 그의 무릎에 올려놓았다. 잠에 취한 말벌 한 마리가 스카운드럴의 코 옆으로 지나갔다. 스캔다르는 당장 일어나 도망칠 작정을 했다. 하지만 스카운드럴이 순식간에 말벌을 입으로 잡아채서는 꿀꺽 삼켜 버렸다. 그건 왠지 좋은 징조 같았다. 스카운드럴이 날개를 퍼덕대면서 만족스러운 듯 깨액 소리를 질렀다. 스캔다르도 세상에서 제일 좋은 포옹을 나누기 위해 누나의 품으로 전력 질주를 한 것처럼 행복감이 넘쳐흘렀다. 유니콘과의 유대가 그의 기분을 북돋우고 감정들을 유니콘에 걸맞은 크기로 키워 준 것 같았다. 세상이 더 커졌다고나 할까. 스캔다르가 할 수 있는 일, 느낄 수 있는 감정 ——그 순간에는 뭐든지 가능할 것 같았다.

자신의 유니콘의 눈을 바라보는 동안 미첼과 스피릿 원소에 대한 스캔다르의 걱정은 눈 녹듯 사라졌다. 둘은 굳이 말하지 않고도 서로의 마음을 알았다. 두 개의 심장을 연결하는 그 유대감이 모든 말을 대신했다. 스캔다르는 스카운드럴을 지키기 위해서라면 하지 못할 일이 없음을 알았다. 이 검은 털가죽 아래, 아직은 가늘고 연약한 두 날개 사이에, 그들 둘을 죽일 수 있는 원소의 힘이 있는지도 모른다. 하지만 스캔다르는 그 누구도 스카운드럴을 해치게 놔 두지 않을 것이었다. 언제까지나.

10장

은빛 골칫덩이

스캔다르와 그의 콰르텟은 첫 밤을 보내고 며칠을 지내는 동안 이어리에 차츰 익숙해졌다. 스캔다르는 이제 그가 집이라고 부르는 나무 집을 볼 때마다 심장이 노래하는 기분이었다. 그 집은 이어리의 외벽에서 안쪽으로 나무 몇 그루만큼 들어온 자리에 있었다. 2층짜리 집이라서 그 주위 나무 집 중에서 가장 작은 축에 들었다. 플로, 바비와 함께 공중 산책로를 돌아다니면서 잠깐 올라가 보았던 크고 높은 강철 집들과는 전혀 비슷하지 않았다. 하지만 그들의 집은 알아보기가 쉬웠다. 뾰족한 지붕과 무성한 잎사귀 사이로 보이는 작고 동그란 위층 창문이 눈에 잘 띄었다. 저녁에 스캔다르는 현관 앞 금속 플랫폼에 앉아 전에는 몰랐던 밤의 소리 ── 귀뚜라미 우는 소리, 부엉이 우는 소리, 벽 안 깊숙한 곳에서부터 들리는 유니콘들의 울음소리, 어쩌다 터지는 라이더들의 흥분 어린 수다 ── 에 귀를 기울이면서 스케치북에 스카운드럴의 모습을 그리는 것을 좋아했다.

하지만 해칠링들은 금세 이어리가 느긋하게 해먹에 드러누워 여유 부릴 수 있는──바비가 코를 골며 낮잠을 잘 수 있는──곳이 아님을 알았다. 첫 번째 훈련은 빠르게 다가왔고 스캔다르는 너무 긴장해서 손을 덜덜 떨면서 마구간에서 스카운드럴을 끌고 나갈 채비를 했다.

부화한 지 얼마 안 된 다른 유니콘들과 마찬가지로 스카운드럴은 이어리의 마당을 쑥대밭으로 만들었다. 스캔다르는 나무 집의 창에서 어린 유니콘들을 내려다보면서 왜 이곳이 요새처럼 지어졌는지를 비로소 이해하게 됐다. 어린 유니콘들이 수풀을 잿더미로 만들거나, 철갑을 두른 나무에 번개를 때려 전기가 흐르게 하거나, 별생각 없이 걸어가는 라이더들의 발에 초소형 태풍을 쏘아 벌러덩 자빠지게 하는 일이 일상이었다. 그리고 스카운드럴은 오늘 그 어느 때보다 골치 아프게 굴었다. 스캔다르의 손에 불똥을 쏘질 않나, 날개 사이로 얼음장 같은 바람을 뿜지를 않나. 그 바람에 스캔다르는 살갗이 데었다가 또 금세 얼었다가 하는 수난을 겪었다.

"계속 이러고 있을 거야?" 고개를 돌리는 유니콘에게 스캔다르는 애원했다. "함께 불 마법을 부리고 싶지 않아?"

바로 옆 마구간에서 피식하고 웃는 소리가 났다. 미첼이 그를 지켜보고 있었다.

"뭐야?" 스캔다르가 돌로 된 벽 너머까지 들리게 소리를 쳤다.

미첼은 레드나이츠딜라이트를 마구간 밖으로 끌고 나가면서 어깨를 으쓱했다. "아, 아무것도 아니야. 그냥, 네가 그 굴레를 잡고 씨름하는 이유가 너는 여기에 있어서는 안 될 사람이기 때문이 아닐까 싶어서."

"목소리 낮춰!" 스캔다르가 그렇게 말하자 스카운드럴이 겁을 먹었는지 한쪽 날개로 스캔다르를 때렸다. 스캔다르는 미첼이 불친절하게 나올 일이 없게 하려 애썼지만 거의 말도 하지 않는 사람과 한 공간을 함께 쓰기란 매우 힘들었다. 그리고 첫 번째 훈련을 실제로 앞둔 지금은 자신이 스피릿 윌더라는 사실에 여느 때보다 신경이 곤두서 있었다.

"갈 거야?" 플로가 다른 쪽 옆 마구간에서 나오면서 스캔다르에게 물었다. 실버블레이드는 미첼이 그의 유니콘을 끌고 걸어갈 때 레드의 꼬리를 향해 도도하게 불똥을 쏘았다.

"먼저 가. 난 바비를 기다렸다가 갈게." 스캔다르가 문 너머를 향해 외쳤다.

시간이 흘렀지만 팔콘의 마구간에서는 아무런 기척이 없었다.

"바비? 준비됐어?" 스캔다르의 음성이 차가운 검은 돌에 부딪혀 메아리쳤다.

대답이 없었다. 스캔다르는 팔콘이 또 발굽을 윤기 나게 손질해야 한다고 고집을 부리나 생각했다. 그 유니콘은 외모에 여간 까다롭지 않았다.

스카운드럴이 레드나이츠딜라이트를 따라가고 싶은 듯 그쪽을 보고 깨액 소리를 냈다. 라이더들과는 달리 검은 유니콘과 붉은 유니콘은 벌써 꽤 살가운 사이가 되어 있었다. 스카운드럴과 레드는 함께 이어리를 휘젓고 다니면서 별의별 장난을 다 쳤다. 지나가는 라이더들 앞에 전략적으로 똥을 떨어뜨린다든가(전설과 달리 유니콘의 똥은 무지개색이 아니었다), 불 원소와 공기 원소를 불꽃놀이와 맹렬한 모닥불의 중간쯤으로 조합해서 나무 여러 그루를 폭파한다든가. 그러한 작당에서 머리를 쓰는 쪽은 스카운드럴이었고 레드는 열광하며 행동하는 쪽이긴 했지만, 그 두 유니콘은 유머 감각이 비슷해서 서로 잘 통하는 듯했다.

스캔다르는 팔콘의 마구간 문 너머를 살펴보러 갔다. 다른 해칠링 마구간들과 마찬가지로, 유니콘의 이름과 원소 상징이 표시된 임시 팻말은 없어지고 정식으로 놋쇠 명패가 붙어 있었다.

처음에는 바비가 보이지 않았고 오직 염소 사체에서 사지를 하나씩 찢어 내는 팔콘의 모습만 스캔다르의 눈에 들어왔다. 그러다 스캔다르는 뒤쪽에서 짚단에 앉아 무릎을 가슴에 모은 채 숨을 조금이라도 더 들이마시려고 애쓰는 소녀를 발견했다.

스캔다르가 얼른 마구간으로 뛰어 들어갔다. "무슨 일이야? 너 괜찮아? 어디 다쳤어?"

"너…… 여기서…… 뭐…… 하는 거야, 스캔다르?" 바비는 숨을 거칠게 몰아쉬면서도 할 수 있는 한 심통 난 목소리로 물었다.

"음……." 스캔다르는 바비의 뺨에 흐르는 눈물 말고 아무 데나 딴 데를 보려고 애썼다. "널 기다리고 있었어. 난……." 스캔다르가 말끝을 흐렸다. 바비를 이대로 두고 갈 수는 없었지만, 그녀가 우는 모습을 그에게 보이는 걸 죽기보다 더 싫어할 거라는 것도 알았다. 스캔다르 자신도 믿기지 않고 뭘 본 건가 싶었다.

"아, 넌…… 친절한 애야." 바비가 숨을 헐떡거리면서 내뱉었다.

바비가 숨을 못 쉬고 씨근덕거리는 모습을 보고 스캔다르는 뭔가 기억났다. 아빠도 이랬던 적이 있었다. 슈퍼마켓 한복판에서, 아빠가 또 직장에서 해고 통보를 받은 지 얼마 안 됐을 때였다.

스캔다르는 벌떡 일어나 비품 수납장으로 달려갔고 서랍을 뒤져 꼬리털 빗 아래 처박혀 있는 종이봉투를 찾아냈다.

"이거," 그는 얼른 바비에게 돌아와 종이봉투를 내밀었다. "이걸 입에 대고 숨을 쉬어 봐."

바비의 호흡이 ─느리지만 확실하게─ 정상으로 돌아오는 동안 스캔다르는 어색하게 줄곧 그 앞에 서 있었다.

"어윽." 바비는 간신히 이 말만 내뱉으면서 종이봉투를 짚단 위에 내려놓았다.

"진짜 괜찮아? 공황 발작이야?"

바비는 지푸라기를 한 가닥 집어 부스러뜨리기 시작했다. "어제오늘 일이 아닌데 뭐. 새 학년에 올라가는 날, 시험날, 생일 파티, 크리스마스, 그리고 어떨 때는 아무 이유도 없이 이렇게 되곤 해. 뭣 때문에 그런 건지는 나도 정말 몰라."

"괜찮아, 설명할 필요 없⋯⋯." 스캔다르가 우물거렸다.

바비가 자기 발로 일어섰다. "아일랜드에 와서는 오늘이 처음이야."

"오늘은 중요한 날이니까. 진짜로 훈련에 들어가는 첫날이자, 기타 등등." 스캔다르는 변변찮게 말해 보았다. "난 아침밥도 안 넘어가더라."

바비가 어깨를 으쓱했다. "마요네즈로 떡칠을 해도? 그거 정말 큰일이네."

"야!"

"자, 우리도 가야지." 바비가 팔콘을 피투성이 염소 사체와 떼어 놓았다.

스캔다르는 바비를 곁눈질했다. "너 괜찮아질 거라는 거 알지, 바비?"

"아니, 스캔다르." 바비가 그의 가슴팍을 손가락으로 쿡 찔렀다. "내가 최고가 될 거라는 건 알아."

스캔다르는 팔콘의 마구간 문을 열어 주었다. 등 뒤에서 바비가 속삭였다. "스캔다르, 아무한테도 말하지 않기다? 누가 아는 거 싫어."

"그래." 스캔다르가 나지막하게 대꾸했다.

그러고 나서, 스캔다르는 "고마워."라는 말을 들은 것 같았다. 뒤에 있는 사람이 바비가 아니었다면 확실하다고 맹세할 수도 있었을 것이다.

두 유니콘은 터벅터벅 걷기 시작했고 이어리의 나무 몸통 입구를 통과해 센티널들을 지나 훈련장까지 가파른 비탈을 내려가는 내내 불안해했다. 팔콘이 풀밭에서 뭔가를 낚아채고는 깨액 하고 울었다. 스카운드럴은 고삐에 끌려오지 않으려고 버티면서 주위를 두리번거렸다. 스카운드럴의 몸에서 땀이 비 오듯 쏟아졌고 눈동자는 검은색에서 붉은색으로 변했다가 다시 검은색이 되었다. 스캔다르는 목을 쓰다듬어 주려고 손을 내밀었다가…….

"아야!" 호되게 전기 충격을 입은 스캔다르가 욱신거리는 팔을 문질렀다.

바비가 까르르 웃었다. 아까보다 확실히 좋아진 듯 보여서 스캔다르는 기뻤다.

"팔콘이 사랑스럽게 보이네. 또 밤잠도 반납하고 빗질을 하라고 성화를 부렸나?" 스캔다르는 바비를 약 올리려고 반격했다.

"치명적이고도 아름다운 것에는 아무 문제가 없어." 바비가 그렇게 말하면서 팔콘의 뿔이 스캔다르를 향하게 돌려세웠다. 유니콘의 코, 입, 턱이 갓 흐른 피로 범벅이 되어 있었다. "가엾은 토끼, 가망이 없었어."

"앰버 페어팩스도 우리와 같은 그룹일까?" 스캔다르는 화제를 바꾸었다. 마흔세 명의 신입 해칠링은 두 그룹으로 나뉘어 한 해 내내 같은 그룹의 라이더 및 유니콘 들과 훈련을 받게 되어 있었다. 스캔다르는 앰버뿐만 아니라 미첼도 다른 그룹이었으면 좋겠다고 생각했다. 하지만 불행히도 콰르텟은 다 한 그룹이었다. 늘 그랬다.

"내가 알기로는 그래. 오늘 아침에 걔를 봤는데 불 마법 훈련을 받는

다, 굉장하지 않냐, 동네방네 떠들어 대고 뽐내더라." 바비가 말했다.

"대단하시기도 해라." 스캔다르가 빈정대는 말투로 중얼거렸다.

그들은 이어리의 언덕을 굽이도는 길을 따라 내려가다가 마침내 다섯 층위에서 가장 낮은 곳에 이르렀다. 이제 스캔다르는 그게 얼마나 먼 거리인지를 알았고, 유니콘을 타고 날아갔다 날아올 수 있을 만큼 스카운드럴의 날개가 충분히 발달하기를 기다리기가 힘들었다. 해칠링들의 고원은 풀이 무성한 언덕 비탈로 둘러싸여 있었고 네 개의 원소 훈련장이 나침반의 네 방위처럼 가장자리를 차지하고 있었다. 불 훈련장이 한쪽에, 이어리의 언덕 경사면에 자리 잡고 있었다. 스캔다르는 그 훈련장에서 불에 살짝 그슬린 정자 같은 것을 보았다.

앤더슨 교관은 벌써 와서 그의 유니콘 데저트파이어버드(Desert Firebird, 사막 불새) 위에 올라타 있었다. 거대한 몸집의 어두운 적갈색 유니콘에 비교하면 어린 유니콘들은 장난감 같았다. 파이어버드는 앨버트 — 스캔다르에게 노매드에 대해서 알려 줬던 그 소년 — 의 이글스던(Eagle's Dawn, 독수리의 새벽)이 너무 가까이서 잽싸게 지나가자 사납게 으르렁거렸다.

"줄을 서. 그리고 불 윌더들이 고루 흩어질 수 있게 콰르텟을 유지해. 불 원소를 소환하는 게 그들에게는 제일 쉬운 일일 테니까." 교관의 귀 끝에서 불꽃들이 춤을 추었다. "이딴 걸 줄이라고 섰어? 이게 줄이면 나는 물 윌더다. 똑바로 하지 못하나, 해칠링! 원소 블라스트(blast, 폭발)는 무시해! 무시할 수 있다면 말이지만." 그 말을 시험하듯 실버블레이드가 스캔다르의 왼편에서 포효하자 얼음 파편들이 입에서 뿜어져 나와 불로 구워진 훈련장 흙으로 떨어졌다. 플로가 몸서리를 쳤다.

"아일랜드 전체에서 내가 가장 좋아하는 곳에 온 것을 환영한다." 앤더슨 교관이 그들을 보고 씩 웃었다. "영광스럽게도 너희 생애 최초의 훈련을 내가 이끌게 됐구나. 한 해 동안 교관들은 유니콘을 타는 법과 나는 법은 물론, 네 가지 원소를 소환하고 그것들을 이용해 싸우거나 자신을 방어하는 법을 가르칠 것이다. 그로써 훈련 경기를 준비한다."

해칠링들은 겁을 먹었는지 돌연 웅성웅성 떠들기 시작했다.

앤더슨 교관이 껄껄댔다. "그래, 그래, 여기 아일랜드 출신들은 이미 알고 있겠지." 바비가 짜증 난다는 표정을 지었다. "훈련 경기는 카오스 컵의 축소판 시합으로, 해칠링 학년을 마무리하는 시점에 참가하게 된다. 여러분의 가족도 관중석에 초대될 것이다. 그래, 너희 메인랜더들의 가족도 참석하는 거야. 최하위 5인에 들지 않아야 이곳에서 계속 훈련을 받을 수 있다."

"그렇게 못하면 어떻게 되는데요?" 개브리얼이라는 이름의 메인랜더 소년이 걱정스러운 말투로 물었다.

"최하위 다섯 명의 라이더는 자동으로 노매드 판정을 받아 이어리에서 퇴출된다." 앤더슨 교관이 평소보다 진지한 표정으로 말하자 귓바퀴의 불꽃들도 평소보다 낮은 곳에서 타올랐다.

"우리 중에서 다섯 명?" 마리암이 헐떡거리며 되물었다. 그녀의 올리브색 얼굴은 충격에 빠져 있었다.

스캔다르도 충격을 받았다. 교관들의 결정으로 노매드가 되는 건 그렇다 치더라도 자동 퇴출이라니?

"스플러터링 스파크(spluttering spark, 튀는 불꽃)! 그렇게 울적한 얼굴 할 필요 없다. 훈련 경기는 거의 일 년 뒤의 일이야!" 앤더슨 교관이 안심하라는 듯이 미소 지었다. "먼저 해야 할 일부터 하자. 내가 신호를 하면 유니콘에 올라타도록."

귀가 찢어질 듯 날카롭게 호루라기가 울렸다. 아무도 움직이지 않았다.

앤더슨 교관이 배를 잡고 껄껄댔다. "이게 신호다. 너희가 모를까 봐 한 번 불어 봤다!"

스캔다르는 스카운드럴의 등을 바라보았다. 아직은 다 큰 유니콘의 등만큼 높은 위치가 아니었다. 하지만 스카운드럴은 워크 이후로 많이 자라 등의 높이가 제법 되었다.

스카운드럴의 다른 쪽 옆에서는 미첼이 레드나이츠딜라이트의 등에 타지 않고 기다리고 있었다. "앤더슨 교관님이 방법을 설명해 주지 않겠어? 그냥 무조건 타고 보는 건 아니지."

"그건 교관님 스타일이 아닌 것 같아." 바비가 중얼거리고는 팔콘의 등으로 뛰어올라 깔끔하게 걸터앉았다. 그녀는 아주 즐거워 보였다.

"넌 어쩌면 그렇게 쉽게 하냐? 단계별로 설명 좀 해 봐!" 미첼이 말했다.

스캔다르는 스카운드럴이 당장 원소 블라스트에 뛰어들 태세이고 자기가 미적거릴 시간이 없다는 것을 알았다. 그래서 그는 두려움을 억누르기로 마음먹었다. 유니콘을 훈련시키지 않고는 엄밀히 말해 라이더라고 할 수 없었다. 스캔다르는 제자리에서 펄쩍 뛰어올라 유니콘의 등에 배부터 엎드렸고, 한 손으로 고삐를 잡은 후 한쪽 다리를 넘겨서 등 위에 똑바로 앉았다.

유니콘에 올라타자 단박에 긴장이 되었다. 스카운드럴도 긴장을 감지했던 모양이다. 유니콘이 부들거리기 시작했고 근육에도 바짝 힘이 들어갔다. 스카운드럴이 얼마나 몸에 힘을 주고 뿔을 사방으로 휘둘러

대는지 스캔다르는 언제 터질지 모르는 폭탄에 올라탄 기분이었다. 스카운드럴이 불안한지 날개를 폈다가 오므렸다가 할 때마다 단단한 근육과 깃털이 스캔다르의 무릎에 쓸려 아팠다.

플로가 실버블레이드에게 가만히 있으라고 애원하는 동안——실버는 자기 라이더를 배려하는 참을성이 조금도 없는 듯했다——미첼이 허둥지둥 레드에 올라탔지만 레드는 그게 아주 못마땅했던 모양이다. 레드가 계속 뒷발질을 해대서 미첼은 나가떨어지지 않기 위해 유니콘의 목을 잡고 죽어라 버텨야 했다.

지금은 아예 사라져 버린 줄의 반대편 끝에서 올드스타라이트(Old Starlight, 오래된 별빛)가 대열을 이탈해 훈련장 저 끝의 정자로 질주하는 모습이 보였다. 그 유니콘의 라이더인 마리암은 죽기 살기로 유니콘의 목을 붙잡고 매달려 있었고 달리는 유니콘의 뿔에서는 물줄기가 치솟고 있었다. 개브리얼의 유니콘 퀸즈프라이스(Queen's Price, 여왕의 대가)는 흙 원소 블라스트가 자기 발밑의 땅을 내리쳐 쩍 갈라놓자 목청이 찢어지도록 으르렁댔다. 잭의 유니콘 예스터데이스고스트(Yesterday's Ghost, 어제의 유령)는 로즈브라이어스달링(Rose-Briar's Darling, 들장미의 사랑)의 옆구리를 계속 차려고 했고 그 꼴을 본 유니콘 주인 메이이는 화가 나서 고래고래 소리를 질렀다. 유니콘들의 울음과 포효에 메이이의 고함까지 가세하자 아수라장이 따로 없었다. 가엾은 앨버트는 이미 이글스던의 등에서 떨어져 바닥에 있었다.

"앤더슨 교관님이 이 중대한 순간에 뭔가 지시를 내려 줄 거라고 했잖아." 미첼이 재주라도 넘을 것처럼 난리를 치는 유니콘의 등에서 계속 흔들리면서 투덜댔다.

"아이고, 우리 꼬맹이 미치, 겁이 났어요?" 앰버가 큰 소리로 외쳤다.

"최고로 잘나신 너희 아빠가 달려와 구해 주길 바라니? 그냥 네가 스스로 노매드 선언을 하지 그래? 그러면 혼자 놀기 시간이 훨씬 더 많이 생길 텐데?"

"닥쳐!" 미첼이 쏘아붙였다. 그러나 레드가 길고 요란하게 방귀를 뀌고 발굽을 뒤로 두 번 굴러 불을 붙이는 바람에 미첼의 반격은 살짝 힘을 잃었다. 그게 실효성은 없지만 쇼맨십으로는 잘 먹히는 레드의 특기 같았다. 미첼은 썩은 내가 진동하는 연기에 둘러싸여 콜록콜록 기침을 했고 앰버는 윌윈드시프의 등에 앉은 채 킥킥댔다.

스캔다르는 미첼의 뺨을 타고 흘러내리는 눈물 한 방울을 보았다. 스캔다르는 스카운드럴을 몰고 가서 앰버와 그녀의 갈색 유니콘이 미첼을 볼 수 없게끔 가로막고 섰다. 앰버의 입가에서 웃음기가 싹 가셨다.

그때 스캔다르는 느꼈다. 손바닥이 가려웠다. 해처리에서 생긴 상처를 내려다보았다. 상처가 하얗게 빛나고 있었다. 디바이드에서 보았던 하얀빛, 카오스컵이 어둠에 휩싸이기 직전에 위버가 써먹었던 하얀빛이 딱 이랬다. 이것이 스피릿 원소의 빛깔일까?

그걸 깨달은 순간, 스캔다르는 숨을 못 쉬는 사람처럼 가슴이 턱 막혔다. 그는 당황했고 빛을 멈추는 방법을 몰랐기 때문에 일단 오른손을 노란 재킷 주머니에 집어넣었다. 스캔다르는 더 끔찍한 상황을 두려워하면서 천천히 고개를 들었다. 윌윈드시프가 여전히 그의 앞에 버티고 서 있을 줄 알았던 것이다. 하지만 앰버는 벌써 그 자리를 뜨고 없었다. 스캔다르는 몸부림치며 마법을 주체하지 못하고 쏘아 대는 갖은 색깔의 유니콘들을 두리번거리면서, 스캔다르의 비밀을 알았다고 의기양양하게 미소 짓는 앰버의 얼굴을 찾으려 했다.

그때, 누가 무음 버튼을 누르기라도 한 것처럼 어린 유니콘들이 일제히 조용해졌다. 앤더슨 교관이 손바닥을 하늘로 펴고 머리 위로 번쩍 들었다. 데저트파이어버드의 발굽이 뜨거운 석탄처럼 이글거리고 풀밭에서 연기가 넝쿨손처럼 피어올랐다. 앤더슨 교관의 손바닥도 그에 맞추어 벌겋게 빛났다. 붉은빛은 점점 더 환해졌고 교관이 한 번 더 손바닥을 하늘을 향해 쳐들자 거기서 불기둥이 치솟았다. 교관과 유니콘 둘 다 그 자리에서 거의 움직이지도 않았지만 스캔다르는 앤더슨의 대머리에서 땀이 비 오듯 쏟아지는 것을 보았다. 불기둥이 그들의 머리 위 하늘의 어느 한 지점을 강타했고 거기서 불길이 사방으로 확 퍼지면서 훈련장 가장자리로 폭포처럼 쏟아졌다.

라이더들은 이제 불길의 돔에 갇힌 형국이었다. 그들은 이제 언덕 너머 아일랜드를 볼 수 없었다. 요새화된 이어리의 나무들이 화염 너머로 흐릿하게 보였다. 온 세상이 불구덩이 같았다. 앤더슨 교관은 서서히 팔을 내리고는 파이어버드를 해칠링들이 서 있는 줄로 몰고 갔다. 불기둥은 사라졌지만 돔은 그대로였다. 스캔다르는 강력한 마법의 냄새——타오르는 모닥불, 갓 그은 성냥, 살짝 탄 토스트가 한데 떠오르는 냄새——에 휩싸였다. 케나라면 이걸 좋아했을 텐데. 남매가 어떤 원소와 연합하게 될까를 상상하며 수다를 떨 때면 케나는 언제나 불을 택했다.

앤더슨 교관이 스캔다르의 생각을 멈췄다. "이제 됐다. 우리는 여러분의 첫 번째 불 훈련을 시작할 준비가 끝났다." 앤더슨은 맨손으로 파이어 돔을 세웠다기보다는 문제지 정도를 나눠 준 사람처럼 쌩쌩하고 기운차게 말했다.

"너희의 유니콘들은 데저트파이어버드가 만든 파이어 소스에 연결되어 있다." 파이어버드가 자기 이름이 나오자 이빨을 드러냈다. "유니콘들은 여기서 불 외의 마법은 소환하지 못할 거다."

스캔다르는 안도의 환호를 지를 뻔했다. 주머니에서 손을 빼내어 조심스럽게 손가락을 펴 보니, 하얀빛은 고맙게도 더는 뿜어 나오지 않고 있었다.

"너희가 유니콘의 힘을 좀 더 쉽게 공유하고 결과적으로 더 효과적으로 쓰게 하려는 거다. 바보라도 유니콘에 올라타고서 느낌이 오는 원소를 발사시킬 수는 있다. 너희의 유니콘들이 알에서 부화한 이후로 알아서 그렇게 해 왔던 것처럼 말이야. 하지만 그런 건 그냥 원소 블라스트일 뿐, 고정된 형태가 없다. 블라스트는 유니콘이 뿜어내는 김, 혹은 까불어 대는 장난 정도로 생각하도록. 블라스트는 라이더와 연을 맺기 전부터 어떤 유니콘이든 할 수 있는 거야."

앤더슨 교관은 거대한 갈색 날개를 옆구리에 우아하게 접은 파이어버드를 타고 줄을 따라갔다. "너희가 라이더로서 할 일은 공격과 방어 마법을 배우고 그 지식을 유대를 통해 공유하는 것이다. 너희의 유니콘을 지적인 힘의 원천으로 생각하도록. 유니콘과의 유대를 따라 너희 손바닥에 원소를 소환함으로써, 너희는 원소를 온전히 통제할 힘을 갖게 된다. 너희가 발전함에 따라, 유니콘들도 거울 보는 법을 배우게 되겠지. 너희가 소환하는 마법을 자기 것으로 보완하는 법 말이다. 그러니까 알겠지, 너희는 유니콘의 마법을 공유하기만 하는 게 아니라 마법의 형태를 잡아 주는 역할도 하는 거다." 앤더슨의 음성에는 경이로움이 가득했다.

파이어버드가 금갈색 뿔을 해칠링들에게로 겨눈 채 걸음을 멈추었다. 스캔다르는 사리카의 검은 유니콘 이퀘이터스코넌드럼(Equator's Conundrum, 적도의 수수께끼)이 겁을 먹고 뒷걸음질하는 것을 보았다.

앤더슨 교관은 계속했다. "불 마법은 원소 유형 가운데 교묘한 구석이 가장 적지. 이어리의 불 교관으로서 애정을 담아 말하는 거다. 불 마법은 불안정하고 대단히 위험하다. 그렇기 때문에 첫 번째 훈련은 어느 정도의 통제를 배우는 것이 될 것이다. 말이 나온 김에 이야기하자면," 교관이 목청을 가다듬었다. "혹시 부상으로 피를 흘리는 일이 발생하면 그 사람은 즉시 훈련장을 떠나야 한다. 나는 농담을 즐기는 사람이지만 이건 아주 진지하게 하는 말이야. 여기 있는 라이더 중에 인간의 피 냄새를 맡은 유니콘을 막을 수 있는 사람은 없다. 여러분의 유니콘은 여러분을 공격하지 않겠지만 다른 유니콘들은 주저하지 않고 달려들 테니 조심하도록."

"오, 안 돼. 오, 안 돼, 오, 안 된다고." 플로가 스캔다르의 왼쪽에서 연신 중얼거렸다. 실버블레이드의 몸뚱이에서 하얀 김이 모락모락 일어나 플로의 얼굴은 거의 보이지도 않았다.

"이제 모두 오른손 손바닥을 든다. 해처리에서 상처를 입은 손바닥 말이야. 그 손바닥을 한쪽 허벅지에 올려놓고……. 그래, 그렇게. 말이 아니라 이미지를 떠올리려고 해 보자. 손바닥이 붉게 빛난다고 상상하는 거야. 불꽃이 네 손으로 들어오고 있다. 눈을 감는 게 좀 도움이 될 수도 있어."

스캔다르는 유니콘처럼 위험한 마법의 짐승을 눈을 감고 타는 건 너무 위험하지 않나 생각했다.

승리의 환호성이 스캔다르의 오른쪽에서 터졌다. 바비가 앤더슨 교관에게 손바닥을 내밀어 보여 주고 있었다.

"화끈하게 성공했군!" 교관이 농담을 했다. "잘했다. 공기 윌더가 불을 맨 처음 소환하는 일은 드문데 말이야."

앰버는 그 말에 짜증이 난 듯했다. "쟤는 어떻게 벌써 저게 돼? 아일랜드 출신도 아니면서!"

"메인랜드에는 이런 말이 있지. '망토가 맞으면 휘두르고 다녀라.'" 바비가 대꾸했다.

"으윽, 쟤는 도대체 무슨 소리를 하는 거야?" 앰버가 돌아섰다.

"바비, 언제부터 메인랜드에 그런 말이 있었어?" 스캔다르가 바비의 손바닥에서 춤추는 불꽃을 부러운 듯이 바라보면서 물었다. 그는 자기 손에서 불꽃이 나오면 좋겠다라는 생각을 그 이상 간절히 했다가는 의식을 잃고 쓰러질 것 같았다.

바비가 눈을 찡긋했다. "저 아일랜더 애들은 자기들이 모르는 게 없는 줄 안다니까. 우리 메인랜더들만 아는 것도 있다고 생각해서 쟤들에게 나쁠 건 없지."

"이건 말이 안 돼," 미첼이 씩씩거렸지만 특정 대상에게 하는 말은 아니었다. "책에서 읽기로는……."

"못 들었냐? 유니콘과는 '말로' 소통하는 게 아니라잖아." 바비가 외쳤다.

"나도 들었는데……." 미첼이 입을 열었지만 바비는 이미 자기 팔을 타고 올라오기 시작한 불꽃에 정신이 팔려 있었다.

스캔다르는 바비가 말한 대로 해 보려고 노력했다. 손바닥을 스카운드럴의 부드러운 목 아래쪽에 올려놓고 거기서 불이 나타나는 모습을 머릿속으로 그렸다. 손바닥이 근질거렸다. 한쪽 눈을 떠 보았다. 해처리에서 입은 상처가 붉은색으로 환히 빛나는 것을 본 순간 흥분이 일어났다. 스캔다르는 숨을 깊이 들이마시고 좀 더 생생하게 그 장면을 그려 보았다.

"스캔다르, 너도 돼! 너도 지금 되고 있어!" 플로가 소리를 질렀다. 스캔다르가 눈을 반짝 떠 보니, 아니나 다를까, 손바닥에서 자그마한 불꽃들이 춤을 추고 있었다. 불 마법은 그에게 화상을 입히지 않았지만, 해처리에서 입은 상처에서 빛이 깜박거릴 때마다 마치 심장이 거기서 뛰는 것 같은 박동이 느껴졌다. 스카운드럴이 자기가 제대로 해냈다고 신이 났는지, 깨액 하고 아주 요란하게 소리를 지르고 양쪽 날개를 퍼덕거렸다. 스캔다르는 다시 한 번 행복감으로 가슴이 풍선처럼 부풀어 오르는 것을 느꼈고, 자신의 감정이 이제 정말 자신만의 것이 아닌 건지 궁금했다.

"그렇지!" 스캔다르는 몸을 숙여 스카운드럴의 매끈한 검은 목을 토닥거렸다. "그래, 그거야, 요 녀석아. 우리가 해냈어!"

해칠링들은 일단 첫 번째 불꽃을 소환한 후로는 빠르게 진전을 보였다. 가장 어려운 것은 유니콘을 계속 통제하는 것이었다. 유니콘이 뒷발로 일어서거나, 뭔가에 부딪치거나, 훈련장을 제멋대로 질주하는 바람에 추락한 라이더는 스캔다르가 본 것만 해도 최소 네 명이었다. 로런스라는 소년은 그의 유니콘 포이즌치프(Poison Chief, 독 우두머리)의 귀 위로 날아가다시피 하면서 떨어졌고 스캔다르 자신도 스카운드럴이 낮게 나는 새를 잡아채서 이른 점심거리로 삼으려고 앞발을 휙 드는 바람에 하마터면 떨어질 뻔했다.

그 정신없는 난장판에서도 앤더슨 교관은 더없이 평온하게 유니콘을 몰고 왔다 갔다 하면서 해칠링들에게 팁을 주었다. 훈련을 마칠 즈음에는 다음 시간에 익힐 파이어볼 공격을 준비하는 차원에서 불꽃을 땅바닥으로 던지는 연습을 했다.

스캔다르는 연습에 온전히 몰두하고 있었고 플로의 비명을 듣고서야 무슨 일이 일어났음을 깨달았다.

몇 미터 떨어진 곳에서 실버블레이드가 앞발을 한껏 높이 들고 날개를 맹렬하게 펄럭이면서 공중에 떠 있었다. 플로는 실버의 등에서 은빛 갈기를 붙잡은 채로 매달려 있었지만, 높이 치솟은 불기둥이 그들을 에워싸고 있었다. 실버블레이드의 눈동자가 붉은색으로 빛났고 콧구멍에서 뿜어져 나오는 시커먼 연기가 뿔을 휘감고 올라가고 있었다.

앤더슨 교관이 플로에게 뭐라고 소리를 질렀지만, 화염 때문에 스캔다르에게는 플로가 잘 보이지 않았다. 다른 라이더들도 불 마법을 중단하고 모두 기겁해서 실버블레이드를 쳐다보고 있었다. 실버와 플로를 에워싸고 걷잡을 수 없이 타오르는 지옥 불이 얼마나 뜨거운지 스캔다르는 뺨이 따끔거리기 시작했고 매캐한 연기와 열기 때문에 눈물이 났다. 스캔다르는 유니콘의 등에 그의 친구가 아직 잘 매달려 있는지 확인하려고 눈을 연신 끔벅거렸다.

실버블레이드가 입에서 불꽃을 토하면서 데저트파이어버드를 향해 포효하는 동안에도 플로의 두 팔은 유니콘의 목을 단단히 휘감고 있었다. 파이어버드는 자기 자리를 지키고 선 채로 실버를 향해 으르렁댔다. 피를 말리는 몇 초가 지나자 불기둥은 사라졌다. 그러자 실버블레이드도 앞발을 쿵 하고 땅으로 내렸다.

앤더슨 교관은 플로가 실버의 등에서 내리는 것을 도와주면서 걱정스러운 표정을 지었다.

"라이더들은 다시 연습에 전념하도록!" 앤더슨 교관이 처음으로 근엄하게 호통을 쳤다. 스캔다르는 교관이 플로의 떨리는 어깨를 한쪽 팔로 감싸 안는 것을, 그러고는 그녀와 블레이드를 이어리로 돌려보내는 것을 보았다.

스캔다르는 나머지 시간 내내 집중을 할 수 없었다. 앤더슨 교관이 해산해도 좋다고 했을 때 해칠링들은 모두 몰골이 말이 아니었다. 대부분 유니콘의 등에서 떨어진 경험이 있었고 얼굴은 하나같이 재와 흙먼지투성이였으며 더러는 머리카락이나 눈썹까지 태워 먹었다. 그들은 이어리로 복귀했고 스캔다르는 플로가 괜찮은지 가서 살펴봐야겠다고 생각했다. 그런데 무슨 이유에서인지 실버블레이드의 마구간 밖에 사람들이 엄청나게 몰려 있었다.

스캔다르는 메이블의 목소리를 알아차렸다. 그 애는 아일랜더였다. "너 진짜 행운아다! 사리카, 여기 와서 이것 좀 봐."

플로는 마구간 문짝에 등을 기대고 서 있었다.

"이럴 수가! 금속과 흙 원소라면 말이 되긴 하지. 그래도 어떻게 이런 일이 일어난 거야?" 잭이 스캔다르의 시야를 가로막고 플로에게 묻고 있었다.

스캔다르는 마구간에 좀 더 가까이 갔고 그때 플로가 나지막하게 대꾸하는 말을 들을 수 있었다. "나도 몰라. 그냥…… 이렇게 됐어."

스캔다르는 인파를 뚫고 플로에게 갔다. 다른 사람들이 전부 넋 놓고 플로만 바라보는 상황으로부터 그녀를 구해 낼 작정으로. 하지만 플로가 드디어 시야에 들어온 순간, 스캔다르는 그 자리에 굳어 버렸다.

구름처럼 풍성하고 까맣던 플로의 머리채에 은빛 머리카락이 가득차 있었다.

<hr/>

그날 밤 스캔다르는 나무 집에 혼자 돌아갔다. 그는 앤더슨 교관이 잭에게 하는 말을 지나가다가 언뜻 들은 후로 걱정이 생겼다. 두어 달후에 흙의 축제를 치르고 나면 돔은 없어질 거라나. 돔의 역할은 자전

거를 처음 배울 때 다는 보조 바퀴와 다소 비슷했다. 돔의 지속적인 영향력이 사라지면 스캔다르가 낭패를 당할 것은 거의 확실해 보였다.

그건 둘째로 치더라도, 플로의 변이가 얼마나 눈에 띄게 드러나는지 알게 된 지금, 스캔다르는 스피릿 원소가 일으킬 변이가 두려웠다. 스캔다르는 훈련을 마치고 스카운드럴을 마구간에 안전하게 들여놓자마자 스피릿 원소를 감추는 데 도움이 될 만한 것을 찾을까 해서 몰래 원소 도서관 네 군데를 다 찾아가 보았다.

나무 집 도서관들은 아주 예뻤다. 도서관은 반쯤 펼쳐진 책 모양으로 지어져 있었고 윗부분을 가로지르는 책등이 지붕의 용마루를 이루고 있었다. 층이 여럿인 웅장한 도서관은 각기 그곳의 특정한 원소로 장식되어 있었다. 가령, 물의 도서관에는 파도 모양으로 제작된 의자와 선반이 있었고 벽 안팎으로는 물의 힘을 사용하는 물 윌더들의 모습이 그려져 있었다.

도서관에서 스캔다르는 4대 원소의 경전을 발견했다. 불의 책, 물의 책, 공기의 책, 흙의 책. 그러나 금지된 원소에 대해서는 도서관에서도 단어 하나 허용치 않는 듯했다. 스캔다르는 애거서가 스피릿 윌더를 아일랜드에 데려온 속셈이 위버의 계획과 관련이 있는 게 아닐까 염려하지 않을 수 없었다.

스캔다르는 나무 집의 문 옆에 노란색 재킷을 걸었다. 다른 세 재킷 — 초록색, 빨간색, 파란색 — 은 흙, 불, 물의 축제를 대비하여 위층에 얌전하게 개켜 두었다. 그런 축제는 어느 한 원소의 철이 끝나고 다른 원소의 철이 시작되는 절기가 되었음을 의미했다. 해칠링들의 재킷은 선배 라이더들의 재킷에 비하면 밋밋했다. 선배들은 자기 취향대로 재킷을 고쳐 입었다. 찢어진 곳에 패턴이 있는 조각 천을 붙인다든가, 소매에 색색의 금속 스터드를 박는다든가, 불에 그슬린 자리에 원소 문양을 수놓는다든가. 스캔다르의 재킷에 들어간 장식이라고는 오른쪽 소매에 들어가 있는 한 쌍의 날개 무늬가 전부였고 그건 이어리 1년 차라는 표시였다.

쾌르텟의 나무 집은 평소와 달리 난로에서 장작이 타닥타닥 타는 소리밖에 들리지 않았다. 그 난로 굴뚝의 연통은 이어리로 뻗어 있었다. 스캔다르는 플로와 이야기를 좀 하고 싶었다. 변이에 대해서 말하는 건 고사하고, 아직 플로에게 괜찮냐고 물어보지도 못했으니까. 하지만 플로에 대한 염려, 앰버가 그의 손바닥이 하얗게 빛나는 것을 보았을지 모른다는 두려움, 자신의 변이에 대한 걱정에도 불구하고, 스캔다르는 주위를 둘러보면서 가슴속에서 피어나는 행복감을 느꼈다.

스캔다르는 네 개 원소 색상으로 된 푹신한 빈백들이 좋았다. 유니콘 관련 필독서로 꽉 채워진 책장이 좋았고, 냉장고 구실을 하는 묵직한 돌 상자조차도 마음에 들었다. 하지만 그가 가장 좋아하는 것은 나무 집 중앙을 뚫고 서 있는 나무 몸통이었다. 나무껍질에서 튀어나온 금속의 넝쿨이 마치 사다리처럼 그 몸통을 휘어 감고 나선을 그리며 위로 올라가 있었다. 그 꼭대기에서 작고 동그란 창으로 내다보면 이어리뿐만 아니라 아일랜드의 아주 먼 곳까지 한눈에 들어왔다. 스캔다르는 나무 집에서는 안전함을 느꼈다. 그곳이 집 같았다.

문득 스캔다르는 메인랜드의 집 생각이 났다. 그는 케나에게 편지를 쓰려고 책장에서 스케치북과 연필을 꺼냈다. 라이더 연락 사무소에서 편지를 검사할지 모르니 스피릿 원소에 대해서는 일절 말할 수 없었다. 하지만 나무 집을 그림으로 보여 주고, 불 훈련과 플로의 변이에 대해서 이야기하고, 케나가 아빠와 단둘이서 그럭저럭 잘 지내는지 ── 배

속에서부터 죄책감이 솟아올랐지만 ── 물어볼 수는 있었다. 스캔다르는 머리에 떠오르는 대로 편지를 써 내려갔다.

켄에게,

누나가 너무 보고 싶어! 아빠도 보고 싶지만 누나가 더 보고 싶어(혹시 편지를 아빠에게 읽어 주는 중이라면 여긴 그냥 넘어가기야). 어떻게들 지내? 학교는 어때? 아빠는 어떻게 지내셔? 미안, 질문이 너무 많지. 누나하고 얘기를 할 수 없다니, 너무 이상해. 우리는 하루라도 서로 대화를 나누지 않고 보낸 적이 없는데, 그렇지? 이 편지를 (내가 여기 그린 나무 집에서!) 쓰고 있다니 믿을 수가 없어. 하지만 나는 이제 공식적으로 유니콘 라이더가 됐어. 내 유니콘 이름은 스카운드럴스럭이야. 그냥 스카운드럴이라고만 부르지. 이름이 마음에 들어? 스카운드럴은 젤리베이비즈를 정말 좋아해(아, 맞다, 내가 여기 오기 전에 누나가 쟁여 놓은 한 봉지를 들고 왔어, 미안!). 무리한 부탁인지 모르지만 혹시 그 젤리를 좀 보내 줄 수 있을까? 아일랜드에도 젤리베이비즈가 있는지 그것도 잘 모르겠어. 어쨌든 마요네즈는 있더라. 여기 오기 전에 걱정했었는데 말이야······.

플로가 나무 몸통의 금속 넝쿨을 타고 내려오는 바람에, 스캔다르는 퍼뜩 놀랐다.

"네가 여기 있는 줄 몰랐어!" 스캔다르는 명랑하게 말했지만 플로의 얼굴을 보자 그의 미소가 흔들렸다. "무슨 일 있어?"

플로가 난롯불 가까이 놓여 있던 초록색 빈백에 풀썩 주저앉았다. 스캔다르는 불빛을 받아 반짝거리는 그녀의 은빛 머리카락을 주목하지 않을 수 없었다.

"오늘 난 블레이드를 통제하지 못했어, 스카." 플로가 조용히 말했다. "그런 생각을 했어, 내 유니콘이 나를 죽이겠구나." 플로의 목소리가 마지막 말에서 거칠거렸다.

"하지만 연을 맺었잖아. 실버블레이드는 너를 해치지 않아!" 스캔다르는 플로를 안심시키려고 애썼다.

"넌 이해하지 못해." 플로가 간신히 말을 뱉었다. "실버블레이드가 부화했을 때 내가 그토록 심란해했던 이유가 바로 이거야. 실은, 난 라이더가 되고 싶은 마음이 정말로 없었어. 마구를 만드는 일을 하고 싶었거든. 아빠 옆에서 일을 배울 수도 있었는데. 실제로 난 이미 아빠 일을 돕고 있었어. 이제는," 플로가 심호흡을 하고는 얼른 말을 이었다. "나의 쌍둥이 오빠 에버니저가 마구 제조인이 될 테지. 해처리 문이 오빠한테는 열리지 않았으니까. 내가 오빠 입장이라면 정말 행복할 텐데. 나도 알아, 메인랜더들은 이해하기 힘들 거야. 하지만 난 해처리 문에 도전하고 싶지 않았어. 정말 그러고 싶지 않았다고. 내 말이 이기적으로 들리겠지." 플로가 숨을 크게 들이쉬었다.

"하지만 네가 실버블레이드를 부화시켰잖아?"

"그래!" 플로가 숨을 뱉었다. "그래서 상황이 더 거지 같아진 거야."

"어째서?"

"실버를 사랑하지 않는다는 말이 아니야. 나도 사랑해. 그러지 않을 수가 없어. 우린 연을 맺었으니까, 이 세계에 함께 들어왔으니까. 걔는 나를 13년 동안 기다려 왔어……. 하지만 걔는 실버 유니콘이야."

"난 그게 무슨……."

"아일랜드에서 실버 유니콘은 특별해, 스카. 실버 유니콘은 정말로 강력하거든. 이곳의 마법과 깊이 이어져 있는 존재란 말이야. 하지만 카오스컵에서 실버 유니콘이 우승한 적은 한 번도 없었어. 오늘 있었던 일이 그 이유라고 보면 돼. 실버 유니콘의 마법은 너무 강력해서 종종 자기 자신에게 역으로 작용하지. 그런데 다들 나보고 잘됐다고 기뻐하니까 그게 제일 힘들어! 다들 너무 자랑스러워해. 아일랜드에서 실버 유니콘이 부화하지 않은 지 오래됐거든. 내가 몇 년 만에 처음 나온 실버 서클 신입일 거야. 실버 서클은 블레이드 같은 실버 유니콘을 모는 라이더들의 엘리트 집단이지. 일단 내년에 내가 그 모임에 들어가게 되면 엄청난 기대가 쏟아질 거야." 플로는 숨이 막히는 듯 마지막 말을 겨우 뱉었다.

"센티널도 실버 서클 밑에 있는 거지?" 스캔다르는 피셔먼스비치에 쓰러졌던 애거서와 아틱스완송을 생각하면서 물었다.

"맞아!" 플로가 절망적으로 팔을 들어 올렸다. "그들이 아일랜드를 지키지. 실버 서클은 그 힘을 장악하고 있을 뿐 아니라 즐겨 써먹어. 카오스의 사령관과 위원회는 매년 바뀌지만 실버 서클은 바뀌지 않거든. 도리언 매닝은 오래전부터 실버 서클을 이끌어 왔는데 그 사람 아들까지 실버 유니콘을 갖고 있어. 그리고 이제 나도 그 집단의 일원이 되어야만 해. 내가 선택하고 말고도 없이."

스캔다르는 플로가 자기 이야기를 이렇게 많이 하는 것을 처음 들었다. 그녀의 말은 오랫동안 속으로만 품어 온 응어리 같았다. "네가 바라던 대로 되지 않아서 안타까워." 스캔다르는 상냥하게 말했다. 꿈이 산산이 흩어지는 게 어떤 기분인지는 그도 모르지 않았다. 플로의 눈에는 케나에게서 보았던 패배의 슬픔이 어려 있었다. 스캔다르가 이제막 이해하고 있듯이, 플로는 유니콘과의 연으로 모든 것이 달라졌음을 알고 있었다. 연은 두 개의 영혼, 두 개의 심장을 영원히 잇는다. 이제 플로가 실버블레이드를 버리고 마구 제조인이 되겠다는 꿈을 좇는 것은 불가능했다.

플로가 한숨을 쉬었다. "나도 용기를 내려고 노력하는 중이긴 한데, 가장 최근까지 등장한 실버 열 마리 중 세 마리가 자기 라이더를 죽이는 사고를 냈어. 그래서 자기도 죽고 말았고. 연을 맺은 유니콘은 라이더가 죽으면 따라서 죽으니까."

스캔다르는 숨이 턱 막혔다. "뭐? 자기 라이더를 왜 죽여?"

"죽이려고 했던 건 아니지. 하지만 힘이 워낙 엄청나니까 원소 블라스트가 제어가 안 되어 라이더에게 돌아오면……." 플로가 고개를 절레절레 흔들었다.

그때 나무 몸통 위에서 그림자가 나타났다. 미첼이 듣고 있었던 것이다.

스캔다르는 미첼이 거기 있다는 것을 모르는 척했다. "그럼, 왜 다들 실버 유니콘에 그렇게까지 집착하는 거야? 워크에서도 모두가 실버블레이드에게 열광하고 난리도 아니던데."

"실버 유니콘은 유니콘 집단에 아직도 마법의 힘이 강하게 살아 있다는 상징이라고 할까. 그래서 위버가 나타난 지금 같은 때에 블레이드 같은 유니콘은 모두에게 희망이 되는 거야."

"그게 무슨 뜻이지?"

"실버들은 워낙 강해서 스피릿 윌더도 죽일 수 없어." 넝쿨을 따라 반쯤 내려와 있던 미첼이 말했다.

"나는 아직 스캔다르에게 말하고 싶지 않았어!" 플로가 미첼을 향해 인상을 쓰면서 팔짱을 꼈다. 그러고는 스캔다르에게는 애원하는 눈빛을 보냈다. "너는 스피릿 윌더이고 나는 실버니까 친구가 될 수 없다고 생각하지 않았으면 좋겠어. 그런 이유로는 아무것도 바뀌지 않기를 바라."

"플로, 난 어떤 유니콘도 죽일 생각 없어. 솔직히 말하자면, 내가 실수로라도 실버블레이드를 죽일 수 없다는 게 오늘 하루 동안 알게 된 것 중 최고로 좋은 일이야."

"농담하는 거 아니야, 스카. 스피릿 원소가 불법화되기 전에는 아일랜드에서 실버 서클과 스피릿 윌더가 어깨를 나란히 하는 양대 세력이었어. 그런 대결 구도는 아주 오래전부터……."

스캔다르가 어깨를 으쓱했다. "그래서 뭐? 우린 친구잖아. 그걸로 됐고, 더 들을 말 없어." 스캔다르는 오히려 기쁘기까지 했다. 플로가 이제 막 싹트는 우정이 위태로울까 봐 이 사실을 비밀에 부치려 했다니.

"너 같은 부류는 늘 그렇게 말하지. 그러다 어느 날 밤중에 우리한테 죽음의 원소를 날리러 오겠지." 미첼의 목소리는 불길하기 짝이 없었다.

"나는 그런 부류가 아니야, 미첼." 스캔다르가 서글프게 대꾸했다. "난 그냥 너랑 똑같은 사람이야. 네가 그걸 알았으면 좋겠어."

나무 집의 문이 덜커덩 열리더니 바비가 걸어 들어왔다. 바비는 인사고 뭐고 없이 돌 상자로 직행하고는 식재료를 꺼냈다. 그들은 바비가 빵에 버터와 라즈베리잼을 차례로 펴 바르고 그 위에 —— 메인랜드에서 챙겨 온 것이 분명한 —— 마마이트*까지 바르는 것을 홀린 듯이 지켜보았다. 바비는 치즈 한 장으로 그 괴상한 조합을 마무리하고 빵을 반으

---

* 영국인이 주로 빵에 발라 먹는, 이스트 추출물 스프레드.

로 접어 한 입 베어 물었다. 다들 정도는 다르지만 어떻게 그런 걸 먹느냐는 표정으로 보고 있다는 것을 깨달은 바비는 입속의 빵을 꿀꺽 삼키고 설명하듯 말했다. "긴급 샌드위치야."

"뭐가 긴급한데?" 플로가 조리대에 널린 식재료들을 바라보면서 점잖게 물었다.

"긴급하게 배가 고파. 확실히."

그때 밖에서 하늘이 폭발하는 소리가 들렸다.

11장

아일랜드의 비밀

폭발은 이어리 안에서 일어난 것이라고 여기기에는 소리가 크지 않았지만 먼 곳에서 일어난 것 같지도 않았다. 문에서 가장 가까이 서 있던 바비가 문을 벌컥 열어젖히고 밖으로 나갔다. 스캔다르가 그 뒤를 따랐고 플로와 미첼도 뒤이어 나갔다. 칠흑같이 어두운 밤이 내려앉아 있었다. 아일랜드의 수도 포포인트의 불빛들이 이어리 언덕 기슭에서 깜박거렸다. 콰르텟은 그들의 집과 옆집을 연결하는 다리에 서서 아일랜드를 멀리 내려다보았다. 노란 연기가 어둠 속에서 자욱하게 피어올랐다.

미첼이 심각하게 고개를 저었다. "공기 월더군."

펑!

이번에는 스캔다르도 현장을 목격했다. 폭죽 같은 것이 어둠 속에서 터졌고 그 궤적을 따라 붉은 연기가 뿜어져 나갔다. 하늘이 붉은빛, 노란빛으로 뒤섞였다.

"저게 뭐야?" 사리카가 물을 때, 연기 불빛이 그녀의 갈색 눈꺼풀을 가로지르며 춤을 추었다. 사리카의 콰르텟도 전부 난간을 따라 스캔다르의 콰르텟이 서 있는 다리로 나왔다.

미첼이 낯빛이 어두웠다. 플로와 메이블도 마찬가지였다. 미첼이 마치 교과서를 달달 외우듯이 말했다. "센티널은 해처리, 포포인트, 미러클리프, 그 외 아일랜드의 기타 전략적 요충지의 경비를 맡는다. 모든 센티널은 순찰 중에 항상 안장의 구조 신호 조명탄과 재킷을 줄로 연결하고 있어야 한다. 라이더가 유니콘의 등에서 이탈할 경우, 그의 원소 색상 조명탄이 터지게 된다."

"쳇, 그럼 센티널 두 명이 유니콘의 등에서 떨어졌다는 거잖아? 고작 그런 일로 이렇게 난리 법석을 떤다고?" 바비가 비웃었다.

"센티널은 유니콘에서 떨어지지 않아, 바비." 플로가 힘겹게 침을 삼켰다. "사망하는 경우가 아니라면 말이야. 조명탄은 다른 센티널들에게 목숨을 잃을 정도의 공격이 있다고, 방어선이 뚫렸으니 막아야 한다고 알리기 위해서 고안된 장치야."

"그런데 누가 그런 거지?" 개브리얼이 창백한 잿빛 얼굴을 하고 물었다. "누가 두 센티널을 공격한 거야?"

"누군가가 생각이 나네." 미첼이 뭔가를 찾듯 주머니를 뒤지면서 중얼거렸다.

이제 더 많은 라이더들이 나무 집 밖으로 나와 있었다. 랜턴 불빛에 걱정에 잠긴 얼굴들이 비쳤다. 철갑을 두른 나무들에서 웅성웅성 의문에 찬 목소리들이 들려왔다.

"조용!" 오설리번 교관이 밤바람에 푸른 망토를 휘날리면서 근처 다른 다리 위를 쓸고 지나갔다. "부디 조용히들 해 주기를." 그녀는 코로

아일랜드의 비밀 · 193

거칠게 숨을 몰아쉬고 있었다. "방금 포포인트에서 이상 없다는 신호를 이어리로 보냈다."

"아니, 어떻게……." 사리카가 무슨 말을 하려고 했다.

"오늘 밤 사망한 두 명의 센티널은 새로운 인력으로 대체되었다."

"오설리번 교관님, 그 사람들이 뭘 지키고 있었는데요?" 잭이 떨리는 음성으로 물었다.

"누가 공격한 거죠? 우리 가족들이 위험한가요?" 메이블도 물었다.

"위버였지요?" 바비가 물었지만, 그건 사실 몰라서 묻는 말이 아니었다.

오설리번 교관이 한숨을 쉬었다. "그렇지 않을까 싶긴 하다. 하지만 너희가 걱정할 필요는 없어. 그보다는 내일 나와 함께 할 훈련 걱정이나 하도록. 이제 모두 잠자리로! 당장!" 말은 그렇게 했지만 그녀도 얼굴에 새겨진 긴장을 감출 수는 없었다.

오설리번 교관이 다른 훈련생들을 진정시키러 가자 미첼은 플랫폼 앞 난간을 밀었다. 그의 손바닥에 뭔가가 있었다. 그는 아래를 한참 내려다보더니 고개를 들어 저 멀리 피어오르는 색색의 연기를 쳐다보았다.

"음, 미첼, 뭐 하는 거야?" 스캔다르가 머뭇머뭇 물었다.

미첼이 조용히 하라고 손가락 하나를 들어 보였다.

"나침반이야?" 바비는 미첼의 손에 쥔 물건을 보려고 기웃거렸다.

미첼은 그 물건을 탁 소리 나게 닫고 콰르텟에게로 돌아섰다. "맞아, 로버타. 나침반이야. 그리고 내 짐작이 들어맞았어."

"뭔데?" 스캔다르가 물었다.

"저 조명탄들은 미러클리프 바로 위에서 터졌어. 센티널들이 무엇을 지키려고 미러클리프에서 경비를 서는지 알아?"

플로는 숨을 헐떡거렸고 바비와 스캔다르는 고개를 저었다.

"메인랜드." 미첼의 대답이 음울하게 들렸다.

스캔다르는 온몸이 굳어 버렸다. 달빛에 환영 같은 뿔을 빛내는 야생 유니콘을 타고 하늘을 나는 위버의 이미지가 떠올랐다. 케나. 아빠.

"오설리번 교관님은 왜 우리에게 그런 얘기를 하지 않는 거지?" 플로가 의아하다는 듯이 외쳤다.

"무서운 분위기를 만들고 싶지 않아서겠지." 미첼이 어깨를 으쓱했다. "어른들은 전부 위버의 꿍꿍이가 뭔지 걱정하는데 만약 거기에 메인랜드가 연루되어 있다면……."

"네가 틀렸을지도 모르잖아." 바비는 반박했지만 목소리에서 걱정이 묻어났다. "나침반이 신식 같지는 않던데."

미첼이 어깨를 으쓱했다. "나침반이 신식이어야 할 필요가 있냐, 방향만 잘 가리키면 됐지. 난 그냥 나침반이 어디를 가리키는지 말해 준 것뿐이야."

스캔다르가 고개를 돌려 미첼과 얼굴을 마주했다. "네 말이 맞다면, 행여 위버가 방어선을 지키는 센티널을 전부 죽이면 어떻게 되는 거야?"

그 순간 미첼은 위로가 되는 말을 하려는 것처럼 보였다. 그러나 이내 그의 입이 단호한 모양새로 변했다.

"나한테 왜 묻냐, 스피릿 윌더."

스캔다르가 팔짱을 꼈다. "저기, 날 미워하지 않아도 돼. 나랑 친구가 되는 걸 너희 아빠가 싫어할 거라는 이유로 그럴 필요까지는 없잖아. 너는 다르게 생각해도 돼. 너는 내가 위버와 같은 인간이 아니라고 믿어도 돼."

"아니, 난 그럴 수 없어." 미첼이 딱 잘라 말하고는 뒤돌아서서 나무 집으로 들어갔다.

———————

그로부터 몇 주 지난 토요일 밤, 스캔다르는 트로프(Trough, 여물통)에 들어갔다. 라이더들은 모든 끼니를 트로프에서 해결했다. 트로프는 가지를 옆으로 길게 뻗은 수십 그루 나무 사이에 동굴 같은 모양으로 지어 놓은 나무 집이었다. 식탁과 의자를 갖춘 거대한 원형의 플랫폼들이 큰 가지 위에 설치되어 있었는데 그러한 나뭇가지들이 지붕 꼭대기까지 층층이 뻗어 있었다. 라이더들은 1층 긴 탁자에 차려져 있는 음식을 식판에 덜고는 밥 먹을 자리를 찾으러 올라갔다. 스캔다르는 식판이 엎어지지 않도록 균형을 잡고 사다리를 오르는 데 익숙해지고 나자 나뭇가지와 잎사귀에 둘러싸인 나무 위 식탁이 아늑하게 느껴졌다. 식판의 음식을 훔쳐 먹기 좋아하는 다람쥐를 조심해야 한다는 점만 빼면, 나머지는 더할 나위 없었다.

플로가 위쪽 플랫폼에서 스캔다르를 내려다보면서 손을 흔들고는 바비 옆에 비어 있는 의자를 가리켰다. 행복감이 물밀듯이 밀려왔다. 메인랜드에서는 아무도 스캔다르를 위해 자리를 맡아 둔 적이 없었다.

스캔다르가 합류했을 때 플로와 바비는 변이에 대해서 한바탕 수다를 떠는 중이었다. 최근에 센티널이 공격당한 일을 제외하면, 해칠링들이 얘기를 나눌 수 있는 화제는 플로의 머리색이 변한 이후로는 오로지 변이뿐이었다. 스캔다르는 무엇이 자신을 더 걱정스럽게 만드는지 알 수 없었다. 다른 해칠링들이 센티널들이 무엇을 지키다가 목숨을 잃었을지 이런저런 가설을 세우는 동안 스캔다르의 생각은 애거서가 해변에서 했던 말에 온통 쏠려 있었다. '너도 위버가 카메라를 가리키는 것 봤잖아. 우발적으로 일어난 일이 아니야. 명백한 위협이었어.' 무엇에 대한 위협을 말하는 걸까? 위버는 뉴에이지프로스트를 무엇에 써먹을 심산일까? 미첼의 말대로일까? 위버의 계획에는 메인랜드를 공격하는 것도 들어 있을까?

걱정거리가 어디 그뿐일까, 변이에 대해서도 스캔다르는 자신에게 무슨 일이 일어날지 들뜨는 마음이 조금도 없었다. 스피릿 돌연변이는 디바이드에서 그랬던 것처럼 추방당할 위험을 불러올 수도 있었다. 사실, 지금은 돔이 있기 때문에 스피릿 원소를 써도 그리 위험할 게 없었다. 스캔다르와 스카운드럴은 다른 훈련생들처럼 작은 파이어볼이나 물줄기를 과녁에 명중시키거나, 작은 돌풍을 일으키거나, 땅을 살짝 진동시키는 연습을 하고 있었다. 돔이 머지않아 해제된다고, 스캔다르의 손바닥이 다시 하얗게 빛난다고 생각하면 밤에도 잠이 오질 않았다. 비밀이 드러나는 것도 문제지만, 스캔다르가 정말 그 힘으로 유니콘을 우발적으로 죽일 수 있을까? 어쨌든, 스피릿 원소는 일명 죽음의 원소 아닌가.

"개브리얼 머리 봤어?" 바비가 눈을 굴렸다.

플로가 그 이야기에는 더 열성적이었다. "아까 흙 마법 훈련 시간에 변이를 일으켰잖아, 내가 다 봤어!"

개브리얼은 그들과 가까운 플랫폼에 잭과 로밀리와 앉아 있었다. 흑갈색 머리카락이 돌로 변해서 그리스 조각상의 꼬불꼬불한 머리처럼 보였다. 그 색깔이 개브리얼의 유니콘 퀸즈프라이스의 연회색과 딱 맞아떨어졌다.

"머리가 저렇게 되니까 진짜 '록킹(rocking, 멋진)'하네. 맞지?" 바비는 자기 농담에 자기가 웃었다.

"사리카와 메이블도 이번 주에 변이했잖아. 걔들도 잊으면 안 돼." 플로가 말했다.

스캔다르는 잊지 않았다. 사리카의 변이가 굉장히 근사했다는 건 스캔다르도 인정해야 했다. 사리카는 항상 불타오르는 손톱을 갖게 됐다. 메이블의 변이도 대단했다. 이제 그녀의 팔의 주근깨는 얼음 결정체처럼 반짝거렸다. 스캔다르도 살짝 샘이 나는 건 어쩔 수 없었다.

"그래도 내 변이가 더 죽여 주지." 바비가 뻐기면서 노란 재킷의 소매를 걷었다. 바비는 해칠링 중에서 두 번째로 변이를 경험하고서 뛸 듯이 기뻐했다. 자그마한 청회색 깃털이 팔목에서 어깨 끝까지 돋아나 있었다. 바비는 사랑스럽다는 듯 깃털을 손으로 쓱 쓸어내리고는 다시 사과파이를 먹기 시작했다.

"오늘 밤 있을 메인랜더 수업 기대돼?" 플로가 물었다.

"물론이지." 스캔다르가 대답할 때 바비는 웃기지 말라는 듯 콧방귀를 뀌었다.

"우리는 보충 수업 필요 없어." 바비는 독이라도 뱉듯이 그 말을 뱉었다. "아일랜더 애들을 다 봐도 나보다 훈련에서 뛰어난 애는 없더라. 아, 너 들으라고 한 말 아니야, 플로."

"음, 나는 기뻐." 스캔다르는 목소리를 낮추고 이렇게 말했다. "내가 교관에게 센티넬들이 당한 공격에 대해서 뭐 아는 게 있는지 물어볼 기회니까."

"아, 스카! 그건 좋은 생각이 아닌 것 같아." 플로가 속삭였다. "교관이 너를 —네가 아는 그거라고— 의심하면 어쩌려고?"

"티 내지 않을 거야. 난 그냥 미첼의 말이 맞는지 알고 싶어. 위버가 메인랜드를 공격하려고 하는 건지를."

"하지만……."

"우리 가족이 거기 있어. 바비의 가족도." 스캔다르가 결연하게 말했다. "우린 적어도 위버의 계획이 뭔지 알 자격이 있다고."

"내가 위버를 지켜볼 거야. 걱정하지 마." 바비가 숟가락으로 스캔다르를 쿡 찔렀다.

근처의 다른 플랫폼에서 앰버가 갑자기 큰 소리로 떠들기 시작했다. "메인랜더들은 당연히 모르겠지만 오늘 걔네 수업에 조비 워셤이 들어온다지. 충격들 좀 받겠네. 라이더는 고사하고 사람이라고 하기도 뭐하거든."

앰버와 같은 쾨르텟인 메이이, 앨러스테어, 코비는 눈을 동그랗게 뜨고 그녀의 말을 듣고 있었다. 플로와 스캔다르는 그 애들이 항상 누군가에게 못되게 굴고 있다는 이유로 그들을 '위협 쾨르텟'이라고 불렀다. 앰버가 하늘하늘한 밤색 머리카락을 한쪽으로 한데 넘겨 늘어뜨렸다. 스캔다르는 앰버가 몰고 다니는 다른 여자애들도 똑같이 하는 것을 본 적이 있었다. 그는 머리를 한쪽으로 넘기는 게 뭐가 멋있다는 건지 당최 알 수가 없었다.

"나도 들어 봤어!" 메이이가 속닥거리듯 대꾸했다. "우리 엄마가 그 사람 근처에는 얼씬도 하지 말라고 했어. 그런 사람은 언제 완전히 맛이 갈지 모르는 법이야." 그녀가 덜덜 떠는 소리를 입으로 냈다.

코비는 귀 위로 땋은 머리카락을 손가락으로 만지작거렸다. "몇 년 전에 우리 오빠가 이어리에 있었는데 깊은 밤에 워셤을 본 적이 있대. 미친 유령처럼 혼잣말을 중얼대면서 이어리 꼭대기의 다리를 건너가는 모습을 봤다는 거야. 뭔가를 찾아다니는 것 같았대."

그때 앨버트가 자기 자리에서 내려가다가 식판을 떨어뜨렸다. 코비와 앨러스테어가 동시에 펄쩍 뛰었다.

"어머, 그래, 내가 워섬에 대해서는 무시무시한 걸 알고 있지. 진짜 소름 돋게 해 줄 수 있어." 앰버가 으스댔다.

다른 아이들이 자세히 말해 보라고 졸랐지만 앰버는 자기 입에 대고 지퍼를 닫는 시늉을 했다. "나는 그런 사람이 이어리 내부에 있다는 말을 하는 거야. 워섬이 여기서 훈련생들을 가르치는 걸 우리 엄마는 늘 반대해 왔다고 했어. 내 말은, 유니콘도 죽고 없는 사람한테 왜 신입 라이더 교육을 맡기냐는 거지. 누가 봐도 모범 사례는 아니잖아."

플로가 자리에서 벌떡 일어났다. 그녀의 검은 눈이 분노로 이글거렸다. 스캔다르와 바비는 당황해서 서로 얼굴만 보다가 이내 플로를 따라 사다리를 타고 내려가 트로프 밖으로 나갔다.

"앰버가 가끔 얼마나 못되게 구는지 믿을 수가 없어." 플로가 바깥의 금속 플랫폼으로 나오자마자 투덜거렸다.

"쟤가 누구 얘기를 한 거야?" 스캔다르가 얼굴을 찡그렸다. 그는 그 아이들의 대화를 전혀 알아듣지 못했다.

"워섬 교관님 얘기야. 그분이 너희가 들어갈 메인랜더 수업 담당이지." 플로가 슬픈 표정으로 설명을 했다. "워섬 교관님에 대해서 좋지 않은 말을 쑥덕거리는 사람들이 있어. 그 이유는……" 그녀가 목소리를 낮추었다. "음, 그분은 이제 유니콘이 없거든. 그분의 유니콘은 죽었어."

바비가 어깨를 으쓱했다. "왜들 그리 멍청한지. 특히 앰버는 아직 변이도 안 한 주제에 왜 저런담. 아, 스캔다르, 너 들으라고 한 말 아니야. 그러니까 그 교관은 유니콘이 없다 이거지. 그게 왜 험담할 이유가 돼?"

플로가 한숨을 쉬었다. "유니콘이 죽으면 연은 끊어지지. 그래도 라이더는 계속 살아가는 거야."

"하지만 내가 죽으면 팔콘도 죽잖아, 맞지?" 바비가 확인하듯이 물었다.

"맞아. 유니콘은 라이더의 수명을 따라가. 하지만 라이더는 유니콘의 수명을 따라가지 않아. 그래서 유니콘이 죽더라도 라이더는 남아서 살아야 해. 이전과 같은 모습으로 살지는 못하지만. 그 엄청난 힘과 마법과 사랑을 누리고 살다가 졸지에 다 잃는다고 상상해 봐. 자기 유니콘을 잃어버림으로써 말이야. 사람이 완전히 변해도 무리가 아니지. 그런 라이더들은…… 온전할 수가 없어."

스캔다르는 해처리 시험장에 들어가지도 못하고 집으로 돌아와야 했던 그날, 어쩌면 플로가 말하는 것과 같은 상태를 희미하게 경험했을지도 모른다고 생각했다. 유니콘과 연을 맺을 수 없게 되었을 뿐인데도 어떤 기분이 들었는지 그는 기억하고 있었다. 라이더가 되겠다는 꿈을 잃었을 뿐인데도. 이제 스캔다르는 심장이 뛰는 순간마다 자신이 스카운드럴스럭과 이어져 있음을 실감했다. 때로는 유니콘의 감정까지 다 느껴지는 것 같았다. 그의 마음이 나침반처럼 어김없이 유니콘에게로 향했고, 이제 그 나침반 없이는 길을 잃고 헤매고 말 터였다. 스캔다르는 문득 결코 찾을 수 없는 것을 찾아 한밤중에 이어리의 구름다리를 배회하는 자신의 비참한 모습을 머릿속에 떠올렸다.

스캔다르는 워섬 교관의 나무 집 문을 밀었다. 녹슨 경첩에서 삐걱 소리가 나자 심장이 평소보다 빠르게 두방망이질했다.

사리카, 개브리얼, 잭, 앨버트, 마리암은 이미 와서 빈백, 대형 베개,

푹신한 깔개 따위에 앉아 있었다. 다들 약간 겁먹은 눈치였다. 사리카는 손목의 강철 팔찌를 불안하게 만지작거렸고, 앨버트는 입술을 물어뜯고 있었으며, 개브리얼은 기절하는 게 아닌가 싶을 정도로 얼굴이 창백했다. 스캔다르는 그 아이들도 워섬 교관에 대해서 앰버에게 들은 얘기가 있나 생각했다.

워섬 교관은 방문객들이 안중에 없는 듯 보라색 빈백에 앉아 작은 창으로 밖을 내다보고 있었다.

"유령치고는 좀 어린데?" 바비가 푹신한 주황색 깔개에 스캔다르와 함께 앉으면서 말했다. 자그마한 거실에 남은 자리가 거기밖에 없었다.

스캔다르는 바비가 직설적인지는 몰라도 일리 있는 말을 했다고 인정했다. 금발을 포니테일로 높이 묶은 워섬 교관은 서른 살 이상으로 보이지 않았다.

워섬 교관이 갑자기 훈련생들이 와 있는 것을 알아차렸는지 목청을 가다듬었다. 메인랜더 몇 명이 침을 삼켰다.

하지만 워섬 교관이 입을 열었을 때, 초점이 없고 슬퍼 보이는 푸른 눈과 달리 친절한 목소리가 흘러나왔다. "공식적으로," 그가 미소를 지었다. "워섬 교관이라고 하는 사람이지만 그냥 조비라고 불러 줬으면 좋겠다. 알아차렸겠지만 여기 와 있는 여러분은 모두 메인랜드 출신의 해칠링들이지." 그가 자기 앞에 앉아 있는 이들을 가리켰다. "나는 메인랜드 출신이 아니지만 메인랜드에 대해서 상세하게 연구를 했고, 메인랜더들이 처음으로 우리 아일랜드를 빛내 준 이래로 전문가가 되었다. 그러느라 내가 얼마나 나이를 먹었는지는 부디 알려고 하지 마라." 웃는 사람은 아무도 없었다.

"이 수업의 요점은," 워섬이 어색한 침묵을 무시하고 말을 이었다.

"너희가 메인랜드에서 태어난 이상, 훈련 과정에서 ─그리고 사회생활에서도─ 처음 접하는 데다가 이해가 잘 안 되는 일들이 있을 거라는 거야." 그가 두 손을 벌렸다. "수천 년 전에 최초의 유니콘 라이더들이 ─ 오늘날 아일랜더들의 조상들이─ 지구의 여러 지역에서 왔다는 사실을 안다면 좀 안심이 되지 않을까. 요컨대, 아일랜드는 그들에게도 전혀 생소한 땅이었다는 거지. 하지만 너희 해칠링들이 여기서 자리를 잡을 때까지 내가 통역 역할을 해 주지. 자, 어때?"

모두 입도 벙긋하지 않았다. 메인랜더들은 대부분 여전히 겁에 질린 표정이었다. 앨버트는 교관과 눈을 마주치지 못하는 것을 들키고 싶지 않은 듯 계속 조비의 얼굴이 아닌 다른 데로 시선을 돌렸다.

조비가 땅이 꺼져라 한숨을 내쉬었다. 스캔다르는 그렇게 슬픔에 찌든 소리는 처음 듣는 것 같았다. "여러분이 날 이렇게 겁내는 걸 보니 누군가가 나에 대한 얘기를 했나 보군."

아무도 대꾸하지 않았다.

"맞다." 조비는 얼굴을 찡그리고는 이미 수없이 했던 이야기를 반복하듯 단조로운 말투로 읊조렸다. "너희들처럼 나 또한 열세 살 되던 해에 해처리 문을 여는 데 성공했지. 너희들과 마찬가지로 나도 알을 부화시켰고, 내 유니콘의 뿔에 상처를 입었다." 그가 오른손 손바닥을 들어 해처리 상처를 보여 주었다. "그리고 너희들처럼, 모든 라이더가 그렇듯, 나도 내 유니콘과 연으로 맺어져 있었다. 내 유니콘의 이름은 윈터스팬텀(Winter's Phantom, 겨울의 유령)이었지." 조비의 목소리가 갈라졌고 그가 다음 말을 잇기까지는 시간이 약간 필요했다. 스캔다르는 감히 숨을 쉴 엄두도 나지 않았다.

"이어리 1년 차에, 그러니까 너희들처럼 해칠링이었을 때, 팬텀이 죽…… 죽임을…… 죽임을 당했고, 그 후로 나는 쭉 혼자였다." 조비는 갑자기 통증을 느끼기라도 하듯 하얀 티셔츠 위로 가슴을 부여잡았다. 스캔다르가 라이더와 유니콘의 연이 심장을 직접적으로 감싸고 있다는 사실을 몰랐다면 조비가 연극을 한다고 생각했을 것이다. 그러나 조비가 움켜잡고 쥐어뜯는 부위는 심장이 자리한 곳, 그와 윈터스팬텀의 연이 있었을 바로 그 자리였다.

앨버트와 사리카의 얼굴에 눈물이 흘러내렸다. 바비조차도 약간 심란해진 듯했다.

조비가 빈백에 앉은 채 자세를 고치면서 자신을 다잡으려 애썼다. "나는 유령도 아니고 허깨비도 아니다. 나는 미치지 않았고 머리가 어떻게 되지도 않았어. 내가 너희와 그리 다르지 않다는 게 나에 관한 가장 무서운 일이지. 나의 변이는 희미해졌는지 모르지만 나는 여기서 여전히 라이더다." 그가 다시 한 번 가슴에 손을 얹었다. "나와 너희가 다른 점은 하나뿐이야. 너희의 유대는 온전하지만 나는 두 번 다시 그렇게 될 수 없다는 점."

스캔다르는 스카운드럴과 영영 이별한다는 생각만으로도 그와 유니콘을 잇는 연이 타는 듯 화끈거리는 것을 느낄 수 있었다. 그는 ── 난생처음이었다 ── 가슴속의 그 느낌에 집중하기만 해도 자기 유니콘의 존재가 거의 감지된다는 것을 알았다. 유니콘의 성격, 그 녀석의 넉살, 영리함, 장난기, 원소가 가진 힘의 예리함, 젤리베이비즈를 향한 식탐까지도 느낄 수 있었다. 그게 다 자기 안에 있었다. 스캔다르는 거의 의도도 없이 이 말을 중얼거렸다. "정말 마음 아픈 일이네요, 워셤 교관님."

조비가 넋 나간 푸른 눈을 스캔다르에게 돌리고는 미소 지었다. "고맙다, 스캔다르." 다른 메인랜더들도 그 비슷한 말을 우물거렸고 그 덕분에 분위기가 조금 살아났다.

조비가 일어섰다. "자, 너희는 나를 연구하려고 여기 온 게 아니야. 너희 자신과 너희 유니콘, 그리고 아일랜드에 대해서 배우러 왔지. 물어보고 싶은 것 있나? 명심해, 나한테는 뭐든지 물어봐도 괜찮다. 아무거나 물어봐도 돼." 일곱 명이 손을 번쩍 들자 조비는 확실히 마음이 놓인 듯 웃음을 터뜨렸다.

"우리가 노매드 판정을 받을 가능성이 얼마나 되나요?" 잭이 걱정스러운 말투로 질문했다. "우리가 메인랜드 출신이라서 이미 불리하다는데, 정말 그래요?"

조비는 다른 질문을 먼저 받았으면 좋았을걸 하는 눈치였지만 대답을 했다. "해칠링이 훈련 경기를 치르기도 전에 노매드로 판정 나는 일은 거의 없단다."

"하지만 경기 후에 다섯 명을 퇴출한다면서요!" 앨버트가 창백한 얼굴에 핏대를 올리며 불평했다.

조비가 그의 가슴에서 연을 느낄 수 있었을 바로 그 자리에 손을 얹으며 그들을 향해 서글프게 미소 지었다. "제일 중요한 건 연이다. 그걸 잊으면 안 돼. 라이더가 된다는 것은 그저 이어리에서 훈련받거나 카오스컵 출전의 영예를 누리거나 하는 게 아니야."

바비가 못 믿겠다는 듯 끙 소리를 냈다.

조비가 말을 이어 나갔다. "연이 없으면 아일랜드는 도저히 살 만한 곳이 아니지. 원소 블라스트가 농작물, 야생 동물, 사람을 다 죽이고 말 테니까. 하지만 유니콘들에게 우리 라이더가 있기 때문에 실제로 파괴를 일으키는 건 야생 유니콘들뿐이지. 카오스컵이 왜 카오스컵인지 알아? 연의 힘을 보여 주기 위해서, 라이더가 얼마나 카오스(혼돈)를 다

스릴 수 있는지 보여 주기 위해서 마련한 대회라서야."

조비는 차례차례 질문을 받았다. 원소 구역 방문에 대한 질문이라든가, 디왈리*, 하누카**, 크리스마스, 이드***에는 훈련을 쉬는지, 포포인트에서 메인랜드의 과자나 군것질거리를 구할 수 있는지 등등의 질문이 나왔다. 그러나 때때로 조비는 자기 생각의 가닥을 놓치거나, 창밖을 멍하니 바라보거나, 자기가 말을 하던 중이라는 것조차 잊곤 했다. 수업이 슬슬 끝나갈 무렵 스캔다르는 해처리 문이 그에게 열렸던 순간부터 그를 괴롭혀 왔던 질문을 던졌고, 그러면서도 아무것도 드러나지 않기만을 바랐다.

"워셤 교관님, 아니, 음, 조비," 스캔다르가 더듬거렸다. 그는 뭔가 숨기려고 할 때마다 어김없이 뺨이 타는 듯 벌게져서 애를 먹었다. "해처리 시험에 출제된 문제가 아일랜드가 해처리 문 후보자를 결정하는 데 어떻게 도움이 되나요? 그리고 메인랜드로 돌려보내는 후보자들도 꽤 있던데……."

"글쎄……" 조비는 다시 불편해진 눈치였다. "실은 말이지, 스캔다르, 진짜 시험은 필기 시험이 아니야. 연을 지닌 자가 모든 시험장에 들어가고 모든 지원자와 악수를 나누는 이유는, 새로운 라이더가 될 수 있는 잠재력을 지닌 사람을 알아볼 수 있기 때문이지. 어떻게 아느냐고는 묻지 마. 어쨌든 라이더들은 안다. 그들도 가끔 실수를 하긴 하지만 라이더라면 여기 와 있는 메인랜더들과도 연이 닿아 있음을 느꼈을 거야."

---

* 힌두교 축제로 매년 10월에서 11월에 닷새간 열린다.
** 유대교 축제로 매년 11월에서 12월에 여드레간 열린다.
*** 이슬람교의 축제로 여러 종류가 있다.

"그러니까 해처리 시험의 결과가 실제로는 운명과 마법으로 정해진다고요?" 바비는 '마법'을 무슨 욕설이라도 뱉듯 입 밖으로 냈다.

앨버트가 고개를 저었다. "적어도 우리한테는 말해 줬어도 될 텐데."

"아일랜드는 비밀을 좋아하지." 조비는 멋쩍어했다.

사리카가 손을 들었다. "다섯 번째 원소에 대해서 말해 주실 수 있나요? 사령관이 연설에서 언급했었잖아요. 물어보면 안 된다는 건 알지만 그래도……." 그녀는 기대를 건다는 듯이 말끝을 흐렸다.

"잘 알고 있구나. 너희는 그 얘기를 해선 안 돼."

깔개에 앉아 있던 사리카가 어색하게 자세를 바꾸었다.

"하지만 아일랜드 출신 해칠링들은 틀림없이 다 알 거다. 부모 세대가 기억하고 있을 테니……." 조비는 잠시 눈을 감았고, 다시 입을 열었을 때는 더욱더 넋이 나간 사람처럼 보였다.

"다섯 번째 원소는 스피릿으로 알려져 있다. 10여 년 전에 위버가 그원소로 야생 유니콘과 연을 맺었지. 사령관이 연설에서 언급한 24건의무고한 죽음이 위버가 처음으로 저지른 만행이었다. '폴른(Fallen, 죽은) 24'라고들 일컫지. 카오스컵 예선전 여러 경기에서 유니콘들이 죽임을당했는데 그게 도합 스물네 마리였던 거야. 스물네 개의 연이 곧바로끊어졌고 스물네 명의 라이더가 유니콘 없는 생을 살아갈 운명에 놓였지. 상상조차 하지 못할 잔인한 짓이야. 그 후로 스피릿 월더는 불법으로 낙인찍혔다."

조비의 목소리는 나지막했다. "폴른 24 이후, 스피릿 월더로 알려진라이더들은 전부 감옥에 갇혔어. 7인 위원회도 누가 위버인지 모를뿐더러, 더 많은 스피릿 월더가 그들의 힘을 악한 일에 쓰지 않을까 두려웠던 거지. 스피릿 원소는 연을 맺은 유니콘을 죽일 수 있는 유일한 원소니까. 나의 윈터스팬텀을 죽인 것처럼."

침묵이 길게 이어졌다. "하지만 스피릿 윌더가 해처리 문에 도전하는 걸 어떻게 막아요? 지금 이어리에 스피릿 윌더가 없다는 걸 어떻게 알 수 있어요?" 앨버트가 당황해서 물었다.

스캔다르는 무표정한 얼굴을 유지하려고 안간힘을 썼지만 재킷 안쪽에서 땀이 흐르는 것을 느꼈다. 두 뺨이 불 마법보다 더 뜨겁게 타오르는 것 같았다.

"음, 메인랜더들의 경우에는 해처리 시험에서 걸러진다. 라이더들은 문을 열 운명을 감지하는 동시에 원소가 가진 힘의 조짐을 희미하게나마 느낄 수 있거든. 그들의 감이 꼭 워크에서 판명나는 결과와 일치하는 건 아니지만 라이더가 메인랜드에서 어떤 아이의 손을 잡았는데 다섯 번째 원소의 느낌이 온다면 그 아이는 자동 탈락이다. 아일랜드에도 그와 비슷한 확인 절차가 있지."

스캔다르는 애거서의 행동이 갑자기 전부 이해가 됐다. 그녀는 스캔다르가 해처리 시험에 들어온 라이더의 손을 잡는 순간 바로 탈락한다는 것을 알았던 것이다! 애거서는 스캔다르가 스피릿 윌더로서 실격 처리될까 봐 아예 시험장에 못 들어가게 했으리라. 그러고는 스캔다르에게 해처리 문에 도전할 기회를 준 것이다. 어쩌면 케나가 시험에서 낙방한 이유도 마찬가지일지 모른다! 케나에겐, 그리고 수없이 많은 잠재적 스피릿 윌더들에게는 애거서처럼 도와주는 이가 없었을 테니까. 하지만 애거서는 왜 스캔다르를 도와줬을까? 그렇게 위험한 일을 단지 스캔다르의 엄마에게 했던 약속 때문에 감행했다고?

"음, 다행이네요." 널찍한 빈백에 거의 파묻혀 있던 마리암이 말했다. "전 기뻐요. 스피릿 윌더들에게 유니콘이 허락되어서는 안 된다고 봐요. 위버가 센티널들에게 무슨 짓을 했는지만 봐도 알잖아요!"

조비는 아무 말도 하지 않았다. 그의 공허한 눈길이 다시 창가를 배회했다. 스캔다르는 카펫의 무늬를 뚫어져라 보면서 옷깃의 워터 핀을 만지작거렸다. 위버, 폴른 24, 스피릿 원소. 모든 것이 근본적으로 연결되어 있었다. 그는 토할 것 같았다.

15분 후, 다른 메인랜더 해칠링들이 조비의 나무 집을 떠나는 동안 스캔다르와 바비는 남아서 꾸물댔다.

워섬 교관도 그들의 기색을 느끼고는 푸른 눈을 그들에게서 떼지 않은 채 큼지막한 라임색 베개를 들어서 불룩하게 매만졌다. "더 묻고 싶은 게 있나?" 그의 목소리는 친절했다.

"아, 네, 뭐랄까." 스캔다르가 불쑥 말했다. "저기, 몇 주 전에 센티널들이 죽었잖아요."

조비가 한숨을 쉬면서 베개를 내려놓았다. "비극이지."

"음, 제 생각에 연기가 미러클리프에서 올라온 것 같거든요? 그런데 누가 저에게 미러클리프는 센티널들이 메인랜드를 지키기 위해 보초를 서는 곳이라고 하더라고요. 그래서 제 짐작으로는 혹시……."

"위버가 메인랜드에 침입하려고 하는 거냐고?" 조비가 스캔다르 대신 질문을 마무리했다.

"네."

조비는 나무 집의 한복판에 있는 나무 몸통에 기댔다. "공식적으로는 센티널들이 어디서 죽었는지 모른다. 하지만 비공식적으로는," 조비가 갈라진 나무껍질을 뜯었다. "네 말이 맞다. 내가 너에게 거짓말을 해 봐야 무슨 의미가 있겠니."

스캔다르의 가슴속에서 스멀스멀 공포가 일어났다. "그렇다면 메인랜드가 위험하다는 거잖아요? 누군가는 뭔가를 해야 한다는 뜻 아니에요?"

"네가 걱정할 필요는 없다. 신임 사령관이 위버를 반드시 잡아들이기로 작정했으니. 뉴에이지프로스트도 당연히 찾아낼 작정이고. 스피릿 월더들을 죄다 감금하지 않았다면 일이 좀 더 수월할 텐데. 참 아이러니한 일이지만, 난 위버를 저지하려면 스피릿 월더가 있어야 한다고 본다. 뭐, 여기서 대세인 견해는 아니지만 상황이 이 모양이니 하는 말이다."

스캔다르는 거의 숨이 멎을 뻔했다. "무슨 말이에요? 위버의 계획이 뭐라고 생각하시는데요? 스피릿 월더가 어떻게 도움이 될 수 있다는 거죠?"

바비가 스캔다르의 다리 뒤쪽을 세게 걷어찼다.

조비도 너무 멀리 나갔다고 생각했는지 흐린 눈을 했다. "내가 어떻게 알겠니?" 그의 말투가 갑자기 날카로워졌다. "어쨌든, 그런 생각을 해 봐야 소용없다. 진정한 스피릿 월더는 남아 있지 않으니까. 우리의 사령관이 말했듯이 스피릿 원소는 죽음의 원소야. 사실, 우리가 이런 얘기를 하는 것도 안 돼."

"맞아요," 바비가 볼멘소리를 했다. "우린 이런 얘기 하면 안 돼요." 바비는 스캔다르를 문으로 질질 끌고 가다시피 했다.

"너희 자신이나 잘 챙기렴." 조비가 호기심에 찬 눈을 하고 중얼거리고는 돌아서서 두 사람이 나간 문을 닫았다.

———

나무 집으로 돌아온 스캔다르는 가만히 있지 못하고 이리저리 서성거렸다.

"그래서 애거서는 내가 시험을 치르지 않고 아일랜드에 올 수 있도록 도와준 거야. 자신이 직접 날 데리고 날아오는 방법으로."

"시험 공부가 다 쓸모없는 일이었다니 아직도 믿기지 않아." 바비가 투덜거렸다.

"그리고 우린 이제 위버의 계획과 메인랜드가 관련이 있다는 그 여자의 말이 맞다는 걸 알았어."

플로는 스캔다르가 그의 집 근처 고층 건물 단지에서 성체 유니콘을 목격한 이후로 줄곧 품었던 의문에 골몰해 있었다. 플로가 그 의문을 입 밖으로 냈다.

"그런데 애거서의 정체가 뭘까? 그 여자가 왜 너의 아일랜드 입성을 도와줬는지 난 아직도 이해가 안 돼. 그냥 친절을 베푼 걸까?"

"혹은, 어쩌면," 바비가 음침하게 말했다. "위버를 위해서 일하는 여자일지도?"

플로가 부르르 떨었다. "애거서가 좋은 일을 한 거라고 생각하지 못하는 이유가 뭐야?"

"하지만 그게 말이 되지 않아? 위버가 스캔다르를 원했고 ─ 스피릿 원소나 다른 그 무엇을 써먹으려고 ─그래서 그 애거서라는 사람을 보내서 데려왔다면?"

"내가 얘기했잖아." 스캔다르는 화가 머리끝까지 나서 말했다. "애거서는 나에게 위버에 대해서 경고했다고! 그리고 위버가 날 원한 거라면 애거서가 위버의 굴이나 뭐 그런 데로 곧장 데려가지 않았겠어?"

플로가 킥킥거렸다. "위버는 굴에서 살지 않아. 황무지에서 산다고, 야생 유니콘들과 함께."

"빌런 끝판왕 스타일이네." 바비는 무슨 감명이라도 받은 듯 대꾸했다.

"하지만 조비에게서 들은 말 가운데 제일 중요한 건," 스캔다르가 또다시 나무 집 안에서 원을 그리며 서성거렸다. "스피릿 윌더가 위버를 저지하는 데 도움이 될 수도 있다는 거야. 그 말대로라면, 어쩌면 애거서는 내가 도움이 될 거라고 보고 여기 데려오지 않았을까?"

"하지만 스피릿 원소는 불법이야, 스카." 플로가 서글프게 말했다. "네가 도우려고 나섰다가는 스카운드럴과 함께 감옥에 끌려가든가, 어쩌면 더 끔찍한 일을 당할지도 몰라. 애거서가 너를 체포당하게 하려고 여기까지 데려왔을 리는 없지."

그들의 머리 위에서 덜커덩 소리가 났다. 그들은 일제히 위를 쳐다보았다.

"미첼이 있다는 걸 까맣게 잊고 있었네." 바비가 숨죽여 말했다.

"들었을까? 애거서에 대해서?" 스캔다르가 속삭였다.

"우리가 너무 크게 떠들었어." 플로가 자기 손을 입으로 가져갔다.

스캔다르는 당황해서 허둥지둥 금속 넝쿨을 한 번에 몇 칸씩 뛰어넘으며 올라갔다. 그러고는 그들의 침실 문을 왝 열었다.

미첼은 화들짝 놀라는 것 같았다. 그는 바닥에 앉아서 자기 다리의 아래 뭔가를 감추려 하고 있었다.

스캔다르는 카드의 가장자리에서 얼핏 색깔이 번득인 것을 보았다. "너, 내 물건 뒤졌어?" 애거서고 뭐고 이제 그런 생각은 다 날아갔다. "그거 내 카오스 카드잖아." 스캔다르는 한 발짝 더 다가갔다.

"네 해먹 아래에 있었어. 메인랜드에만 있는 거라서, 우린, 여긴 이런 게 없단 말이야. 좀 보고 싶었을 뿐이야. 난 통계 자료에 관심이 많거든." 미첼이 적잖이 당황한 듯 더듬거리며 말했다.

스캔다르는 한숨을 쉬고 자기도 미첼의 옆에 주저앉았다. "난 유니콘이 이렇게 실감나게 그려진 게 좋아. 그래 봤자 그림일 뿐이지만. 나도 이렇게 그릴 수 있으면 좋겠어. 세세한 부분까지 다 살려서."

미첼이 다른 카드를 집어 들었다. 선세츠블러드 —— 페데리코 존스와 연을 맺은 유니콘 —— 가 그려져 있는 카드였다. "내 말이! 디테일이 살아 있어서 좋아. 역대 카오스컵 우승 유니콘들과 비교해 봤을 때 1분당 날갯짓 횟수가 특히 흥미로워." 미첼이 갑자기 더는 말하지 않으려는 듯 입을 다물고 목청을 가다듬었다. "하지만 넌 분명히 아일랜드에 불법으로 날아왔다는 얘기를 하지 말아 달라고 나에게 말하러 왔겠지. 신경 쓰지 마. 그런 얘길 하면 나도 너와 연관이 될 텐데 그거야말로 내가 가장 원치 않는 일이니까."

스캔다르는 너무 안심하는 기색을 보이지 않으려고 조심했다.

미첼이 갑자기 자리를 박차고 일어났다. "있잖아, 난 메인랜드 출신 라이더들을 만난다는 생각에 정말 신이 났었어. 빨리 콰르텟을 결성하고 싶어서 안달이 났었다고. 다른 세 명의 라이더와의 우정은 기본적으로 보장되는 거다, 생각했지! 난 그저 새 출발을 원했어. 그런데 네가 나타나서 전부 망쳐 버렸어."

스캔다르도 일어나서 미첼과 똑바로 마주 보았다. "내 기분은 어떨지 생각해 봐! 내 소원은 무엇보다 유니콘 라이더가 되는 거였어. 그런데 나는 있는지도 몰랐던 원소와 연합해 있대! 돔이 해제되고 나면 어떻게 해야 할지 나도 모른다고! 그리고 지금, 위버의 계획이 뭔지는 모르지만 스카운드럴과 내가 그 계획을 저지하는 데 도움이 될 수 있을 것도 같대. 하지만 그러면 우리가 죽는대. 아, 그리고 내 룸메이트는 날 미워하기까지 해. 그야말로 전부 망쳤다고 할 수 있잖아?"

미첼은 몹시도 슬픈 얼굴을 하고 해먹으로 올라갔다. "우리는 이렇게 얘기해서도 안 돼. 만약 네가 발각되고 우리 아빠가 내가 비밀리에 스피릿 윌더를 도왔다는 사실을 알게 되면……. 우리 아빠는 위원회에서 사법부 대표야, 제길! 우리 아빠가 너 같은 라이더를 잡아들이는 책임자란 말이야! 아빠는 너무나 실망하실 거야. 나랑 두 번 다시 말도 안 하려고 하실 거야. 난 우리 가문을 생각해야 해. 넌 위험인물이야."

스캔다르가 고개를 저었다. "내가 무슨 생각하는지 알아? 진짜 미첼 핸더슨은 내가 100퍼센트 내 친구로 삼고 싶은 사람일 거야. 하지만 그가 아빠를 위해 되고 싶어 하는 미첼 핸더슨의 모습은? 그건 잘 모르겠다."

스캔다르는 다른 아이들에게로 돌아갔다. 슬프고 실망스럽고 두려운 마음으로.

하지만 넝쿨을 밟고 나무 몸통을 내려갈 때 스캔다르는 문득 두근두근 행복감을 느꼈고 조금이나마 비참한 기분이 가셨다. 스카운드럴? 스캔다르는 궁금했다. 유니콘과의 연은 마법 이상의 것을 소환할 수 있는 것 같았다.

12장

변이

모두가 노란색 재킷을 벗고 흙의 축제를 맞이하러 초록색 재킷으로 갈아입은 8월 초에도 해칠링들은 흙의 축제에 참석할 수 없었기 때문에 바비는 있는 대로 짜증이 났다. 교관들의 말로는, 훈련에서 중요한 시점과 맞물려서 어쩔 수 없다고 했다. 비록 바비는 훈련이 '아주 편하다'고 주장했지만 말이다. 그래서 바비는 드디어 철갑을 두른 나무들에서 낙엽이 떨어지기 시작하고 해칠링들이 몇 주 후 불의 축제에 참석해도 좋다는 공지가 내려오자 아주 기뻐했다.

스캔다르도 얼른 축제에 참석하고 싶어 조바심이 났지만 플로는 그들만큼 들뜨지 않았다.

"축제는 정말 시끄럽고 부산스러워. 게다가 어딜 가나 사람이 바글바글하지." 플로가 아침 식사를 마치고 함께 우편물 나무로 가던 길에 말했다. "난 인파를 헤치고 돌아다니는 것보단 그냥 여기 있는 게 좋은데."

바비가 고개를 절레절레 흔들었다. "여기 남아 있을 방법은 없어. 불꽃놀이도 하고 포장마차도 연다고 들었단 말이지. 내가 가겠다는데 누가 날 말려."

플로가 웃음을 터뜨렸다. "바비, 넌 노력하면 진짜 더할 나위 없는 정석 공기 윌더가 되겠다."

"무슨 뜻이야?" 바비가 수상쩍다는 듯이 물었다.

"우리 엄마가 그러는데 공기 윌더는 외향적이래. 변화를 좋아하고, 춤추는 것도 좋아하고, 떠들썩해야 신이 나지. 그래서 기본적으로 파티를 즐겨. 반면에 흙 윌더는……."

"재미있는 책과 초콜릿 비스킷만 있으면 되는 집순이?"

"정확해." 플로가 활짝 웃으면서 초록색과 금색의 캡슐을 비틀어 열었다. 스캔다르도 이제 그 물건에 익숙했다. 각 라이더의 나무 구멍에 금속 캡슐이 들어가 있었다. 스캔다르의 캡슐은 반은 금색, 반은 파란색 ── 물 원소의 색상 ── 이었다. 캡슐을 돌려서 열어 보아야만 편지가 왔는지 확인할 수 있었다. 편지를 보내고 싶을 때는 캡슐의 파란 쪽이 밖으로 향하게 해서 안에 내용물이 있음을 알려야 했다. 단순하지만 색감이 돋보였다. 캡슐들이 나무를 유쾌하게 장식한 보석 같았다.

스캔다르는 천천히 시간을 들여 자기 캡슐을 열고는 케나가 보낸 소포를 자기 주머니에 넣었다. 원소나 성향을 두고 대화가 오갈 때면 그는 늘 마음 한구석이 불편했다. 그는 다른 원소의 윌더들이 어떤 부류인지에 대해 들어 본 적이 있었다. 불 윌더는 상상력이 풍부하고, 아이디어가 불같이 일어나며, 금방 화를 낸다. 물 윌더는 너그럽고, 적응을 잘하며, 문제 해결력이 뛰어나다. 스피릿 윌더의 성격이 어떠한지는 아무도 모르는 듯했고 ── 아니면, 아무도 거론하고 싶지 않거나 ── 스캔다르 자신의 성격을 다른 물 윌더들과 비교해 보면 가짜 같고 뭔가 아닌 것 같았다. 그리고 도서관은 도움이 되지 않았다. 바비와 플로가 그와 함께 찾아봤지만 허사였다. 그들은 4대 원소 경전과 그 외 수많은 자료를 뒤지면서 스피릿 원소에 대한 언급을 찾으려 했다. 훈련용 돔이 해제됐을 때 스캔다르를 도울 방법을 뭐라도 알아내기 위해서 말이다. 하지만 아무것도 찾지 못했다.

플로가 손에 쥔 편지를 읽다가 헉 소리를 냈다.

"뭐야?" 스캔다르는 센티널들이 당한 공격이 생각나서 얼른 물었다. 그의 꿈에는 여전히 메인랜드에 침입해 케나와 아빠에게 접근하는 위버가 등장하곤 했다. 이어리에서의 첫 주 이후로 미러클리프 쪽은 줄곧 잠잠했지만 말이다.

"우리 엄마 아빠와 친하게 지내는 힐러가 있거든. 그분이 포포인트에서 실종됐대."

"'실종'이라니 무슨 뜻이야?" 스캔다르가 목소리를 낮추어 물었다.

플로는 여전히 편지를 내려다보고 있었다. "아빠 말로는 이틀 전 밤에 야생 유니콘이 나타났을 때 납치당한 것 같대. 위버의 소행이라는 소문이 도나 봐."

"하지만 왜 위버라고 봐? 사람들이 실종되는 데에는 여러 이유가 있잖아." 바비가 말했다.

플로의 음성은 너무 조용해서 스캔다르에게도 들릴락 말락 했다. "힐러의 나무 집에 그 하얀 표시가 있었대. 하얀색으로 칠해진 줄무늬. 알지, 위버의 얼굴에 있는 표시와 같아."

그리고 스카운드럴의 머리에도 있지. 스캔다르는 침울한 생각에 잠겼다.

플로는 편지를 넘겼다. "아빠가 진짜 걱정이 많은 것 같아. 원래도 라이더와 유니콘이 황무지 근처에서 사라지면 사람들은 위버가 그랬을 거라고 떠들어 대곤 했지만 사실 야생 유니콘에게 공격당했을 확률이 컸어. 위버가 나무 집까지 가서 누구를 납치한 적은 한 번도 없으니까. 이렇게 표시를 남긴 적도 없고."

스캔다르는 207호의 창에 하얀 표시가 떠오르는 광경을 상상하지 않을 수 없었다. 살이 썩고 눈동자에는 광기가 서린 야생 유니콘. 바닷바람에 펄럭대는 위버의 수의 자락. 침대에서 곤히 자는 케나에게 뻗치는 손.

플로가 편지를 가리켰다. "우리 아빠는 아일랜드가 지금 당장은 어떤 축제도 열 때가 아니라고 생각하셔. 우리도 어쩌면 불의 축제에 가지 말아야 할 수도 있어."

바비가 눈을 굴렸지만 스캔다르는 평소처럼 납득할 만하다고는 생각지 않았다.

잠시 후, 그들은 흙 훈련장에서 유니콘들을 줄 세우고 있었다. 앰버가 자기 유니콘을 타고 스카운드럴, 팔콘, 블레이드의 앞을 지나가고 — 머리카락을 사납게 휘날리면서 — 나머지 위협 콰르텟이 그 뒤를 따라갔다. 앰버가 그들 앞에 월윈드시프를 세웠다.

"안녕, 스캔다르." 앰버가 스캔다르를 향해 손가락을 꼼지락거렸다. "끝내주는 희소식 들었어?"

바비가 앰버를 향해 눈을 가늘게 떴다. "네 머리 위에 뭔가 징그러운 게 생겼나 보다, 앰버? 아, 아니구나, 변이가 일어난 것뿐이구나. 미안." 바비가 조롱하듯 고개 숙이는 시늉을 했다. 앰버의 이마에서 하얀 별이 타다닥 소리를 냈다. 그녀의 유니콘의 하얀 반점과 똑같은 별 모양이었다.

스캔다르도 앰버가 싫은 마음은 바비와 마찬가지였지만 바비가 앰버의 성질을 자극하기보다는 그냥 무시했으면 했다. 앰버가 첫 번째 훈련 때 스캔다르의 손이 하얗게 빛나는 것을 보았을지 모른다는 걱정이 아직 남아 있었다.

"너희 메인랜더들은 여기서 일어나는 일을 어쩌면 그렇게 모르니, 귀엽기도 하지! 너희가 유니콘의 앞뒤라도 구분할 줄 아는 게 놀랍다." 앰버가 가식적으로 킥킥대는 소리를 냈다.

스캔다르는 바비가 가죽 고삐를 팽팽하게 잡아당기는 것을 보았다.

플로가 블레이드를 앞세워 그들 사이로 나갔다. "나도 네가 말하는 희소식이 뭔지 잘 모르겠는데, 앰버." 플로는 부드럽게 말했다. "난 아일랜드에서 나고 자랐는데 말이지. 무슨 뜻으로 하는 말인지 설명해 볼래?" 블레이드의 콧구멍에서 연기가 불길하게 뿜어져 나왔다.

앰버는 갑자기 거북해하는 것처럼 보였다. 플로는 평소와 다름없이 평화로운 분위기를 지키려 했을 뿐이지만 그녀는 실버의 주인이었기에 모두에게 통하는 권위를 지니고 있었다.

"돔이 오늘 해제된대." 앰버가 씩 웃자 치아가 햇살에 상어 이빨처럼 빛났다.

순간 차가운 두려움이 스캔다르의 등골을 타고 올라왔다. 그는 뭔가 예고가 있을 거라고 기대하고 있었기 때문이다. 아직은 시간이 좀 더 있다고 생각했던 것이다!

플로가 숨을 헐떡였다. "지금? 오늘 흙 훈련에서?" 실버블레이드가 모든 원소를 소환할 수도 있다는 것은 플로에게도 희소식이 아니었다. 플로는 훈련 시간에 블레이드를 통제하느라 애를 먹을 때가 많았다.

블레이드의 마법은 압도적으로 강했다. 하지만 당혹스럽기로는 스캔다르에게 비할 수 없었다. 스캔다르는 스카운드럴의 날개 끝자락에 대고 토할 것 같은 기분이었다.

"왜 이건 늘 칭칭 감고 있는 거야?" 앰버가 눈 깜짝할 찰나에 시프를 앞으로 몰고 와서 스캔다르의 검은 스카프를 잡아당기는 바람에 그는 숨이 막힐 뻔했다. 스카운드럴이 항의하듯 꺠액 울면서 밤색 유니콘의 어깨를 왕창 물어뜯으려고 했다.

"그러지 마! 엄마 유품이야. 스캔다르가 유일하게 가지고 있는 엄마 물건이라고." 플로가 소리 질렀다.

스캔다르는 플로를 믿을 수 없다는 듯 바라보았다. 그는 오웬에게 오랫동안 시달려 봤기 때문에 개인적인 정보를 드러내는 것은 실수라는 걸, 괴롭힘의 구실을 제공할 뿐이라는 걸 알고 있었다. 아니나 다를까, 앰버는 카오스컵에서 승리한 사람처럼 의기양양했다.

"그러면 우린 공통점이 있네, 스으으캔다르?" 앰버는 그의 이름 첫머리를 일부러 길게 끌어서 이상하게 발음했다. "우리 아빠는 야생 유니콘 100여 마리와 싸우다가 장렬히 전사하셨어. 하지만 나는 아빠 옛날 물건을 품고 돌아다니거나 하지 않아. 너무 청승맞잖니." 앰버가 스카프를 확 놓는 바람에 스캔다르는 스카운드럴의 등에서 옆으로 떨어질 뻔했다.

"아니면 그 아래 감추는 게 있든가. 아마도…… 변이 말이야. 맞아?"

"스캔다르는 변이를 일으키지 않았어." 플로가 말했고 블레이드도 으르렁 소리를 냈다. "그리고 너희 아빠가 영웅으로서 전사하셨다면 때때로 네가 다른 사람을 대하는 태도를 자랑스러워하지 않으실 거란 생각이 드네. 친절과는 담 쌓은 태도잖아."

앰버가 분해서 얼굴을 일그러뜨리고는 시프를 몰아 줄의 반대편 끝으로 갔다. 위협 콰르텟의 나머지 일원들이 그 뒤를 따라갔다.

"언제 봐도 즐겁다니까." 바비가 앰버의 뒤에 대고 모자를 벗는 시늉을 했다.

"내가 너무 심했다고 생각해? 아빠가 야생 유니콘들에게 죽임을 당했으니 앰버도 굉장히 마음이 안 좋을 텐데. 하지만 쟤는 늘 자기 아빠가 상대했던 야생 유니콘의 수를 그때그때 자기 마음대로 부풀린다니까, 그래서 도무지……."

"앰버가 알아." 스캔다르는 앰버가 그들의 대화를 들을 수 없는 먼 곳으로 가자마자 말했다.

"뭘 아는데?" 바비와 플로가 각자 팔콘과 블레이드를 몰아 스카운드럴에게 바짝 다가오면서 동시에 물었다.

스캔다르는 근처에 있던 라이더들이 듣지 못하게 목소리를 더 낮추었다. "앰버는 내가…… 너희가 아는 그것……이란 걸 알아. 돔이 해제된다고 말하는 것 못 들었어? 내가 스카프로 변이를 감추고 있을 거라는 말은? 쟤가 아는 게 아니면 왜 그런 말을 했겠어?"

플로가 얼굴을 찡그렸다. "음, 하지만 쟤가 안다면 틀림없이 벌써 일러바쳤을 텐데?"

"어쩌면 일러바치기 전에 널 괴롭히면서 즐기는지도 모르지."

"바비!" 플로가 소리 질렀다. "그렇게 말하지 마!"

"난 진실을 말하는 거야." 바비가 어깨를 으쓱했다. "이렇게 정직하게 생겨 먹은 걸 어쩌라고."

웹 교관이 문라이트더스트(Moonlight Dust, 달빛 먼지)를 타고 호루라기를 불었다. 스캔다르는 아직도 교관의 벗어지기 시작한 머리통에서 힘없는 머리카락들 사이로 돋아난 이끼 모양의 변이가 낯설었다. "오늘 우리는 간단한 모래 방패를 시도해 볼 거다. 스카이배틀에서 여러분에게 날아오는 공격을 막기 위해 여러분은 이 차단 기술을 쓸 수도 있을 거다. 어때, 유용하겠지? 연습은 간단한 세 단계 과정을 거친다. 먼저 흙을 연으로 소환하고 여러분의 오른쪽 손바닥이 바깥쪽을 향하게 돌린다." 교관은 손을 내밀어 라이더들에게 초록빛으로 빛나는 손바닥을 보여 주었다. "팔꿈치를 들고 손가락은 왼쪽을 향하도록. 그 상태에서 여러분 앞의 공기를 위아래로 문지르는 느낌으로." 웹 교관의 주름이 깊이 파인 얼굴이 단단한 모래벽 너머로 사라졌다. 그 마법에서는 갓 파헤친 흙, 솔방울, 햇볕에 뜨겁게 달궈진 바위의 냄새가 났다.

"하지만 흙의 돔은 아직 없네요, 웹 교관님?" 유니콘 몇 마리 저편에서 이글스던에 올라타 있던 앨버트가 말했다.

웹 교관이 껄껄 웃었다. 그가 유니콘에서 내리자 모래 방패는 무너졌다. "이제부터 돔은 없다, 해칠링들아. 너희는 이제 둥지에서 날아오르는 새처럼 스스로 독립해야 한다. 교관들은 너희가 이제 준비가 됐다는 데 전원 동의했다."

"괜찮을 거야." 플로가 스캔다르에게 속삭였다. 스캔다르는 간신히 고개를 끄덕였다.

스캔다르는 연신 손바닥을 내려다보면서 창백한 원래 색깔 그대로인지 확인했다. 줄을 서 있던 다른 라이더들의 손바닥은 밝은 초록색으로 빛나기 시작했다. 스캔다르는 그저 숨만 크게 들이마실 수밖에 없었다. 그는 방패의 고운 모래와 흙 마법의 냄새를 떠올렸다. 다른 라이더들의 손바닥처럼 그의 손바닥도 초록색으로 빛나자 안도의 한숨이 크게 터졌다. 그는 팔을 위로 들면서 방어 동작을 시도했다.

하지만 그때 스카운드럴이 예고도 없이 아찔한 속도로 훈련장을 질주하기 시작했다. 스캔다르는 고삐를 잡아당기면서 손가락을 갈기 깊숙이 밀어 넣고는 필사적으로 매달렸다. 그러자 그는 자기 손가락을 통해 스피릿 원소의 하얀빛이 은은하게 올라오는 것을 볼 수 있었다.

"안 돼, 스카운드럴! 안 돼! 우린 이러면 안 돼!"

스캔다르는 그가 할 수 있는 대로 최선을 다해 손바닥을 다시 초록빛으로 돌리려고 애썼지만 갑자기 어디서 솟아났는지 모를 맹렬한 분노에 눈앞이 흐려졌다. 그때 스캔다르는 스카운드럴이 자신에게 화가 났다는 사실을 확실히 알았다. 유니콘은 스캔다르가 스피릿 원소를 차단하려고 해서 성질이 났던 것이다. 훈련장을 거의 한 바퀴나 돌았을 때 검은 유니콘이 뒷발로 일어서면서 입으로 불을 뿜었다. 앞발을 번쩍 들고 허공을 차자, 앞발굽에서 물줄기가 높이 치솟았다. 줄에 서 있던 라이더들이 전부 쫄딱 젖어 버렸다.

스카운드럴의 옆구리에도 땀과 물이 흥건하다 보니 스캔다르는 다리 안쪽이 너무 미끄러워서 간신히 잡고 버틸 수 있었다. 웹 교관이 스캔다르에게 멈추라고 명령했다. 명령이 통하지 않자 교관은 호루라기를 불었고, 스카운드럴은 그 소리에 더 사납게 날뛰었다. 유니콘은 교관을 그대로 지나치면서 그를 넘어뜨렸다. 문라이트가 성이 나서 깨애액 소리를 질렀다.

"제발, 스카운드럴! 멈춰!" 스캔다르는 이제 고삐도 놓고는 두 팔로 유니콘의 목을 껴안고 매달린 채 소리를 질렀다. 스카운드럴은 짜증을 못 이겨 으르렁대고 자기 라이더의 손을 물려고 했다. 하얀빛이 유니콘의 검은 날개의 깃털을 비추고 있었다. 스캔다르는 그 빛을 보고 절망과 공포의 비명을 지르며 애걸복걸했지만 스카운드럴을 막을 수는 없었다. 얼음장 같은 강풍이 유니콘의 날개 주위에서 휘파람 소리를 내고 스캔다르의 뺨을 찔렀다. 불현듯, 스캔다르의 가슴이 공기를 너무 많이 삼킨 것처럼 터질 것 같았다. 스피릿 원소의 냄새가 콧구멍으로 밀려 들어왔다. 달콤한 계피 향과 가죽 냄새가.

그러자 스캔다르는 의도한 것도 아닌데 흙 원소에 대한 생각이 싹 없어졌다. 눈부신 몇 초간 스캔다르와 스카운드럴이 느낀 기쁨은 스피릿 원소가 주는 유대감과 합쳐져, 죽음이니 위버니 하는 생각이 빛을 잃게 만들었다. 스캔다르와 스카운드럴은 뭐든지 할 수 있었다. 그게 바로 그들의 원소였다. 그 원소를 소환하는 숨 쉬는 것보다 쉬웠다. 라이더들이 서 있는 줄에서 빨간색, 노란색, 초록색, 파란색이 폭발했다. 이제 유령처럼 투명한 하얀빛이 스캔다르의 손바닥에서 공처럼 부풀어 오르고 있었다. 스캔다르는 그걸 던져서 공격, 방어, 시합에 쓸 수 있다는 것을 어쩐지 알 것 같았다. 하지만 그때 스카운드럴이 휙 돌아서는 바람에 왼쪽 날개가 스캔다르의 다리에 확 부딪혔고 스캔다르는 정신을 차렸다.

"스카운드럴, 내가 이러면 안 돼!" 스캔다르는 바람에 맞서 울부짖으며 눈물을 줄줄 흘렸다. "우리가 이래선 안 돼! 미안하지만 어쩔 수 없어. 우리가 다른 유니콘을 죽일지도 몰라! 나도 잘 모르지만……."

스카운드럴이 어깨를 쑥 내리고 스캔다르를 옆으로 떨어뜨렸다. 스캔다르는 땅바닥에 세게 부딪쳤다. 스카운드럴이 그의 머리 위로 앞발을 번쩍 들고 허공을 차자, 발굽에서 불똥과 연기가 피어올랐다. 스캔다르는 단단히 화가 난 유니콘에게 밟힐까 봐 두려워 두 팔을 들어 자기 머리를 감쌌다.

그때 어디선가 흙더미가 쑥 솟아올라 스캔다르를 스카운드럴로부터 막아 주었다. 웹 교관이 나타났다. 그는 문라이트더스트의 등에 올라탄 모습으로 그들에게 급히 달려오느라 헉헉대고 있었다. 머리가 희끗희끗한 교관이 유니콘에서 내려 스캔다르의 손을 잡고 일으켜 주었다. 스캔다르는 웹 교관이 그렇게 화가 난 모습은 처음 보았다.

"스코칭 샌드스톰(Scorching sandstorm, 맹렬한 모래 폭풍)! 저 유니콘은 통제 불능이구먼!" 교관이 평소답지 않게 냉혹한 목소리로 고함을 질렀다. "저 녀석은 너와 네 동료 라이더들에게 위험해." 그가 삿대질하듯 스카운드럴을 손가락으로 가리켰다. 스카운드럴은 으르렁대고 있었고 눈은 붉게 번득였다가 다시 검은색으로 돌아오기를 반복하고 있었다. "스카운드럴을 마구간에 데려가 제발 진정시켜. 난 저놈이 너를 죽이고 저도 죽겠구나 생각했다."

웹 교관이 그렇게 말하고 나서 스캔다르를 빤히 바라보았다. "다친 거 아니냐, 애야? 팔이 왜 그래?"

나이 든 교관이 초록색 망토 안쪽에서 안경을 찾는 동안 스캔다르는 스피릿 원소를 사용하는 모습을 들키지 않았음을 깨닫고 더없이 안도했다. 스캔다르는 자기 팔을 내려다보았다. 초록색 재킷 소매가 팔꿈치 위로 걷혀 있었다. 손바닥을 위로 돌리고 왼팔 안쪽을 살펴보았더니, 팔꿈치부터 손목까지 누군가가 큰 붓으로 휙 그은 것 같은 하얀 띠가 있었다. 하지만 그 하얀 띠 부분이 투명하게 비쳐 보이는 것이 더 기이했다. 팔의 살갗 안 힘줄과 뼈가 다 보였다. 그가 주먹을 쥐었더니 근육에 힘이 들어가는 것까지 전부 보였다. 스카운드럴이 그의 뒤에서 행복하다는 듯 히힝 울었다.

"화상인가? 어디 좀 보자." 스캔다르가 교관에게 왼팔을 내밀려는 순간, 쿵! 누군가가 스캔다르를 옆으로 세게 밀었다.

"워셤 교관님! 지금 뭐 하는……." 스캔다르는 어안이 벙벙해서 말을 다 맺지도 못했다.

웹 교관이 입을 떡 벌렸다가 다물었다.

"죄송합니다. 스캔다르가 다친 걸 봤습니다. 제가 힐러에게 데리고 가겠습니다."

나이 든 교관은 놀라다 못해 질린 것 같은 표정이었다. "그, 그런데 뭐 하느라 여기 내려와 있었습니까? 굉장히 이례적이네요. 정말 이상해요. 그래요, 워섬 교관. 교관의 나무 집으로 돌아갔으면 합니다."

조비의 얼굴에 그늘이 스쳐갔다. 그러더니 조비는 메인랜더 수업 때보다 훨씬 딱딱한 얼굴이 되었다. "돌아가는 길에 스캔다르를 힐러의 나무 집에 데려다주지요." 그는 딱딱하게 말했다. "자, 가자, 스캔다르. 스카운드럴은 문라이트더스트와 함께 마구간으로 돌아갈 거다."

"스카운드럴을 두고 갈 순 없어요." 스캔다르가 그렇게 말하면서 스카운드럴의 고삐를 잡으려고 손을 뻗는데 조비가 그의 등을 밀어 다른 해칠링들에게서 멀어지게 했다.

"걸음을 멈추지 마." 조비가 뒤에서 속삭였다. "소매를 내리고 내 나무 집까지 계속 걸어가. 알았어?" 스카운드럴은 라이더가 자기를 남겨 두고 이어리의 언덕을 오르기 시작하자 기겁해서 소리를 질렀다.

"알…… 알았어요." 두려움이 스캔다르의 아드레날린을 무색하게 했다. 앰버와 그 패거리가 얼마 전 떠들어대던 말마따나, 결국 조비는 자기 유니콘을 잃은 슬픔으로 머리가 돌아 버린 것일까?

이어리에 돌아와서 조비는 나무 집 문을 쾅 소리 나게 닫고 스캔다르의 앞으로 와서 섰다. "다섯 원소에게 맹세코, 도대체 무슨 장난질을 하는 거냐?"

"저, 저요? 제가 뭘요?" 스캔다르가 말을 더듬었다.

조비가 서성대는 동안 하나로 모아 묶은 그의 금발 포니테일이 좌우로 흔들렸다. "난 네가 스피릿 윌더라는 걸 알아!" 조비가 외쳤다. "단층선들이 한꺼번에 발화하는 걸 내 눈으로 봤다. 넌 위버가 나타났네 어쩌네 하는 거짓 소동에 속지 않았지. 네 친구들이 꾸민 짓이라고 생각하고 있다."

스캔다르는 아무 말도 하지 않았다. 공황에 빠진 머리가 어질어질했다. 나무 집이 좌우로 흔들리고 진동하는 것 같았다. 자신이 무슨 짓을 한 걸까?

"그러고서 오늘은 훈련 중에 스피릿 원소를 쓰기로 한 거냐? 도대체 무슨 생각으로? 스카운드럴이 웹을 넘어뜨려서 못 보게 했기에 망정이지!"

"그러려던 건 아니었어요!" 스캔다르는 자기를 억누를 수 없었다. 어차피 그러기엔 너무 늦었다. 그는 이미 망했다. 조비가 모두에게 말할 테고 그와 스카운드럴은 끝내……. 스캔다르는 그다음은 생각할 엄두도 나지 않았다.

"그러려던 건 아니었어요." 스캔다르가 좀 더 차분하게 다시 말했다. "하지만 스카운드럴이 '그걸' 너무 강하게 끌어당겼어요. 난 내가 '그걸' 쓰고 있다는 것도 몰랐어요. 그러다……."

"으으으." 조비가 자신의 포니테일을 잡아당기면서 괴로운 듯 고개를 젖혔다. "우리는 그걸 얘기조차 할 수 없게 되어 있어, 스캔다르!"

"교관님이 날 여기로 데려왔잖아요! 난 괜찮았다고요. 다치지 않았어요." 스캔다르가 항의했다.

"내가 널 얼른 끌고 오지 않았으면 웹 교관이 네 팔을 봤겠지." 조비가 갑자기 스캔다르의 앞으로 와서 스캔다르가 입은 초록색 재킷의 소매를 걷어 올렸다.

"이게, 스피릿 윌더의 변이다." 조비가 씩씩거렸다.

스캔다르는 살갗 아래 힘줄과 뼈가 다 비치는 자기 팔을 내려다보았다. 하얀 띠는 스카운드럴의 하얀 무늬를 ─그리고 위버의 얼굴을 가로지르는 표시를 ─ 떠올리게 했다.

"이걸 항상 숨겨야 할 거다." 조비가 스캔다르의 팔을 놓아 주면서 중얼거렸다. "그게 얼마나 힘든 일이 될지 알기는 해?"

"요점만 말하시죠?" 스캔다르가 맥없이 말했다.

"요점만 말하라? 요점만 말하라는 게 무슨 뜻이지?" 조비가 내뱉었다.

"어차피 날 고발할 거잖아요?" 스캔다르가 담담하게 물었다. "저와 스카운드럴스럭은 스피릿 연합이에요. 불법이죠. 그리고 이제 당신이 그걸 알았으니……." 그가 어깨를 으쓱했다.

조비는 스캔다르를 한 대 때릴 것처럼 노려보았다. "널 고발해?" 그러고는 조비는 눈살을 찌푸렸다. "스캔다르, 나는……" 조비는 분노가 다 빠져나간 듯한 모습으로 빈백에 털썩 주저앉았다. "나는 너를 고발하지 않을 거야."

스캔다르의 심장이 빨리 뛰기 시작했다. "왜요?"

조비가 한숨을 쉬었다. "왜냐하면 나도 너와 마찬가지이니까. 나도 스피릿 윌더란다. 혹은, 적어도 한때는 스피릿 윌더였지." 그러고서 조비는 설명도 없이 불쑥 왼쪽 발의 장화를 벗고 겨자색 양말까지 벗었다.

"보렴." 조비가 발을 들어 보였다. "예전에는 너의 변이와 더 비슷했단다. 알겠지, 유니콘이 죽으면 변이도 희미해져. 그래도 비슷하다는 걸 알아볼 수 있을 거다."

스캔다르는 언뜻 보았을 때는 조비의 발이 유독 창백하다고만 생각했다. 하지만 자세히 보니 살갗 아래 힘줄, 인대, 뼈를 어렴풋이 찾아볼 수 있었다. 변이가 새로운 피부 조직에 덮여 전혀 보이지 않는 곳도 군데군데 있어서 서로 다른 색조들을 이어 붙인 것만 같았다.

스캔다르는 조비를 빤히 바라보았다. "하지만 스피릿 윌더가 교관님 유니콘을 죽였다고 했잖아요."

"그랬지!" 조비의 외침에서 괴로움이 묻어났고, 그의 시선은 미친 듯이 방 안을 헤맸다. "위버가 처음으로 나타나 카오스컵 예선전이 진행되는 동안 스물네 마리의 유니콘을 죽이던 그때, 나는 스피릿 윌더 해칠링이었다. 실버 서클이 우리를 잡아들이기 시작하고 머지않아, 우리 스피릿 유니콘들은 전부 죽고 말았지."

"하지만 어떻게 그들이 교관님은 죽이지 않고 윈터스팬텀만 죽였어요? 그건 스피릿 윌더만 할 수 있는 일 아니에요?"

조비가 침을 삼켰다. "실버 서클은 모든 스피릿 윌더에게 사면의 '기회'를 줬지만 그 미끼를 문 사람은 한 명뿐이었지. 그 여자에게 실버 서클은 선택을 하라고 했어. 다른 스피릿 윌더들과 함께 죽든가, 그게 아니면 실버 서클이 우리의 유니콘을 죽이고 우리 힘을 빼앗는 데 협조하라고. 실버 서클은 그 여자를 '집행인'이라고 불렀단다." 조비가 눈물을 훔쳤다. "네가 알아야 할 게 있어. 스피릿 원소가 불법으로 낙인찍히기 전에는 스피릿 윌더와 실버 서클이 아일랜드에서 가장 강력한 양대 라이더 집단이었어. 두 집단은 서로 못 잡아먹어 안달이 났지. 집행인을 포섭함으로써 실버 서클은 완벽하게 복수를 한 거야."

조비가 거친 숨을 깊이 들이마셨다. "그 여자가 나와 다른 스피릿 윌더들의 목숨만은 구해 줬다고 생각하지만," 그가 고개를 저었다. "윈터스팬텀을 내게서 앗아간 그 여자를 결코 용서할 수 없어. 내가 어떤 꼴이 됐는지 봐. 윈터스팬텀이 없으면 난 아무것도 아니야, 아니, 그 이상으로 비참해! 너는 절대로 너에게, 스카운드럴스럭에게 그런 일이 일어나게 해선 안 돼." 조비의 눈빛에서 광적인 결의가 번득였다. "넌 스피릿 원소를 쓰면 안 돼, 스캔다르. 절대로 안 돼."

"내가 쓰고 싶어서 쓴 게 아니에요. 죽음의 원소라면서요! 나도 내가 유니콘을 죽이게 될까 봐 겁나요. 오늘도 내가 쓰려고 한 게 아니라 너무 강력해서 막을 수가 없었어요. 나는 위버처럼 되고 싶지 않아요."

"내 말 잘 들으렴." 조비가 애원하듯 스캔다르 앞에 무릎을 꿇고 말했다. "너나 나 같은 스피릿 윌더들은 연을 맺은 유니콘을 죽일 수 있지. 하지만 그런 일은 일어나지 않을 거야. 스피릿 윌더가 유니콘을 죽이려면 정말로 죽이겠다는 마음을 품어야만 하거든. 알아들었니? 네가 실수로 친구의 유니콘을 죽일지 모른다고 괴로워할 필요 없어. 알았지?"

스캔다르는 어찌나 안도했는지 무릎이 휘청거렸다. 그는 고개를 끄덕거렸다. 그는 위험인물이 아니었다. 그렇게 되겠다고 작정하지 않는 한 말이다.

"다른 네 개의 원소와 마찬가지로 스피릿 원소도 모든 유니콘, 모든 라이더에게 있단다. 하지만 아무도 스피릿 원소를 가르치지 않지. 이제 아무도 쓰지 않고. 그래서 스피릿이 연을 통해 흐르는데도 라이더들은 이해하지 못할 테지. 나는 스피릿 원소가 악하기 때문에 쓰지 말라고 하는 게 아니야. 실버 서클이 네 정체를 알면 너를 죽일 게 분명하니까 쓰지 말라는 거야. 아스펜 맥그래스는 이번 센티널들의 죽음에 책임을 물을 자를 눈에 불을 켜고 찾고 있어. 그들은 너와 네 유니콘, 둘 중 어느 쪽도 살려 주지 않을 거다."

"하지만 전 오늘 스카운드럴을 통제할 수 없었어요. 스피릿 원소가 연으로 흘리 들어오는 걸 막을 수 없더라고요."

"막는 법을 배워야지. 다른 원소를 최대한 강렬하게, 온 힘을 다해 상상해 봐."

"그렇게 하고 있었다고요! 하지만 안 되는데 어떡해요!"

"집중하는 법을 익혀야지. 네 정신과 의지가 아주 강해야 해. 스카운드럴과 싸워야 할지도 몰라. 네가 굴복하면 안 돼." 조비가 일어나더니 스캔다르가 한 번도 본 적 없는 활기찬 모습으로 방 안을 왔다 갔다 하기 시작했다. "스카운드럴 머리의 무늬는 어떻게 감춘 거야?"

"처음에는 검은색 잉크를 칠했고요, 지금은 검은색 발굽 광택제를 쓰고 있어요."

"누가 또 알지?" 조비가 물었다.

"바비 브루나, 플로 셰코니……."

조비가 얼어붙었다. "실버를 타는 애?"

"플로는 아무 말도 하지 않을 거예요. 저랑 친구예요."

"실버와 스피릿 월더잖아. 위험해."

스캔다르는 그 말을 무시했다. "아, 그리고 미첼 핸더슨이 알아요."

"아이라 핸더슨의 아들 말이냐? 위원회 소속이잖아!" 조비가 믿을 수 없다는 듯 외쳤다. "너 장난하는 거 아니지?"

"아, 그리고 어쩌면 앰버 페어팩스도 알지 몰라요. 저는 걔가 가장 걱정이에요." 스캔다르는 얼른 그 말을 덧붙이고는 조비가 화를 내겠구나 생각했다.

그런데 예상과 달리 조비는 묵살하듯 손을 내저었다. "걔는 아무 말 안 할 거다."

"걔를 만나 봤어요? 말하고도 남을 애인데!" 스캔다르가 빈정거렸다.

조비는 스캔다르를 마주 보았다. "걔는 스피릿 윌더와 연관되고 싶지 않을 거다. 위원회에서 꼬치꼬치 물어보는 것도 원치 않을 테고. 그리고 자기 얼굴이 네 얼굴과 함께 《해처리 헤럴드》에 도배되는 것도 절대 원하지 않을 거야."

"원치 않기는요! 아일랜드의 신문에 실리다니, 그거야말로 앰버가 좋아 죽을 일일걸요!" 스캔다르가 씩씩댔다.

"앰버의 아빠, 그러니까 사이먼 페어팩스는 감옥에 있어."

"자기 아빠는 야생 유니콘들에게 공격당해 돌아가셨다고 하던데요!" 스캔다르는 화가 머리끝까지 났다. 그의 엄마는 정말로 돌아가셨는데 어떻게 앰버는 자기 아빠에 대해서 그런 거짓말을 할 수 있단 말인가?

조비가 웃음기 없는 웃음소리를 뱉었다. "글쎄다, 앰버와 그 애 엄마가 차라리 그 편이 낫다고 생각해서 그렇게 말했겠지. 그게 아니다, 스캔다르. 사이먼 페어팩스는 스피릿 윌더야. 우리와 같다고."

스캔다르의 머릿속에서 오만 가지 질문이 폭발해, 굶주린 유니콘 떼에게서 도망치는 새들처럼 정신없이 서로 충돌했다. 그는 입에서 튀어나오는 대로 첫 번째 질문을 던졌다. "왜 교관님은 사이먼 페어팩스처럼 감옥에 갇히지 않았어요? 다른 스피릿 윌더들은 다 잡혀갔잖아요."

"그들이 나에게 모종의 자비를 베풀기로 결정했거든." 조비의 웃음은 공허했다. "나는 이어리에서 가장 어린 스피릿 윌더였단다. 유니콘도 잃었겠다, 내가 무슨 해를 끼칠 일은 없겠다고 생각한 게지. 그들은 나에게 메인랜드에 대한 책들을 읽게 했고 그쪽으로 내가 꽤 박식해지자 메인랜더 라이더들의 교육을 맡겼어. 하지만 난 자유롭지 않아. 그들이 윈터스팬텀을 앗아간 그날 이후로 나에게 자유란 없어. 어쨌거나, 오늘 이후로는 상황이 달라지기를 기대하마. 내가 웹의 이목을 끌려고 묘기까지 한 마당에, 이제 너의 훈련을 감시하러 슬쩍 집을 빠져나갈 필요는 없길 바라."

밖에서 구름다리가 철컹하는 소리가 나는 바람에 둘 다 위를 쳐다보았다. "잘 들어, 스캔다르. 다시는 스피릿 원소를 쓰면 안 돼. 다시는 나에게 스피릿 원소에 대해서 말을 해서도 안 되고. 그리고 제발 누구에게도 너의 변이를 들키지 마."

"하지만 묻고 싶은 게 너무 많아요! 스피릿 원소가 아무도 해치지 않는다면 도움이 될 수도 있을까요? 교관님도 전에 스피릿 윌더들이 위버를 저지할 수 있을 거라고 했잖아요, 그건 무슨 뜻이었어요? 위버의 계획이 뭔지 아세요? 제가 도울 수 있을까요? 어떤 사람이 저를 아일랜드로 데려왔는데요, 조비, 그 이유 때문은 아니었을까요?"

조비는 누가 들이닥칠까 봐 겁먹은 듯 이미 문 쪽으로 스캔다르의 등을 떠밀고 있었다. "사람들이 실종되고 센티널들이 죽은 와중에, 네가 스피릿 연합이라는 걸 누가 알아봐라. 네가 도움이 되려고 하든지 말든지 그딴 건 중요하지 않아."

"하지만 저는 좀 더 알아야 해요. 메인랜드는 어떻게 되는 거예요? 우리 가족은요?"

"네가 도움이 될 수 있다고 해서 꼭 그래야 한다는 뜻은 아니지. 다섯 번째 원소를 죽음의 원소라고 일컫는 데에는 이유가 있단다, 스캔다르. 그 원소가 너까지 죽게 해선 안 돼."

조비가 스캔다르의 면전에 대고 문을 닫았다.

13장

초콜릿 커스터드

충격, 공포, 실망으로 정신을 차릴 수 없었던 스캔다르는 플랫폼과 플랫폼 사이 넓은 간격을 위험하게 뛰어넘고 넝쿨을 한꺼번에 몇 단씩 건너뛰면서 나무 집으로 쿵쿵거리며 돌아왔다. 조비가 ─그가 만난 유일한 스피릿 윌더가 ─ 스캔다르에게 도움을 주거나 위버에 대해서 말해 주는 것을 거부하다니, 믿을 수가 없었다. 스캔다르는 안전한 방으로 돌아와 케나의 소포를 뜯었다. 아침에 우편물 나무에서 가져온 그 소포가 마음을 좀 달래 주었으면 싶었다. 편지를 읽는데 젤리베이비즈 한 봉지가 스캔다르의 검은 장화 아래 깔개에 툭 떨어졌다.

스카!

네가 벌써 원소 마법을 구사한다니 믿기지 않아. 너는 물 연합이니까 물 마법 수업을 제일 좋아하겠다, 그렇지? 정말 자랑스럽다, 내 동생, 난 네가 진짜 유니콘을 타다니 정말 용감하다고 생각해. 좋아, 그래서 질문 목록을 뽑아 놨어. 준비 단단히 해. 난 전부 다 알고 싶다고! 학교 애들도 마찬가지야. 난 이제 네 덕분에 아주 유명인이 됐어. 다들 스카운드럴과 너의 훈련에 대해서, 네가 얼마나 잘하고 있는지 궁금해해. 조회 시간에 나보고 너에 대해 이야기해 달래. 아, 걱정하지 마. 오웬의 똥 씹은 표정에 대해서는 내가 다음번 편지에서 아주 상세하게 묘사해 줄 테니까!

추신. 젤리베이즈가 꽈부라지지 않고 잘 갔으면 좋겠다.

스캔다르는 종이를 말아서 볼 안에 도로 넣었다. 그는 케나가 무엇을 묻더라도 대답할 수 없었다. 어쨌든 진실을 말해 줄 수는 없었다. 스캔다르는 자신이 전혀 용감하다고 생각하지 않았고 조비의 경고가 아직도 귓전에 생생했다. 그가 눈물을 흘리지 않는 유일한 이유는 가슴속에서 따끔거리며 살아 숨 쉬는 연에 마음이 쏠려 있었기 때문이다. 그게 스카운드럴이 그에게 말하는 방식이었다. 세상 전부가 우리를 적으로 돌린대도 우리에겐 서로가 있다고.

마침내 허기에 지쳐 점심을 먹으러 트로프로 향하려던 스캔다르는 바로 밖에서 미첼을 딱 마주쳤다.

"너 노매드야? 웹 교관이 널 쫓아냈어? 워섬 교관이 너한테 뭐라고 했는데?" 미첼은 스캔다르를 나쁘게 보는 사람치고는 희한하리만치 걱정을 해 주는 것 같았다.

"아냐, 이번에는 그런 거 없었어. 아슬아슬한 순간이 있긴 했지만."

미첼이 얼굴을 찡그렸다. "아, 잘됐네. 그, 그게, 있잖아, 네가 벌써 노매드가 되면 우리 콰르텟의 모양새가 영 안 좋아지거든."

"맞아." 스캔다르는 몹시 혼란스러웠다.

"너 이거 떨어뜨렸어." 미첼이 스캔다르 엄마의 스카프를 건네주었다. "훈련장 바닥에 있더라."

스캔다르는 즉시 손으로 자기 목을 더듬었다. 스카프를 떨어뜨린 줄도 모르고 있었다니 믿을 수 없었다. "고마워, 미첼. 그건 정말……."

"그럼, 난 간다." 미첼이 서둘러 집 안으로 들어갔다.

잠시 후, 스캔다르는 배에서 꼬르륵 소리를 내며 식판을 집어 들다가 다시 한 번 미첼을 발견했다. 미첼은 디저트를 고르는 중이었고 앰버가 나머지 위협 콰르텟을 대동하고 그에게 다가가고 있었다.

스캔다르는 앰버가 거짓으로 달콤하게 꾸며 내는 높은 목소리를 들었다. "아직도 친구가 없니, 꼬맹이 미치?"

"저리 가, 앰버." 미첼은 쳐다보지도 않고 중얼거렸다.

"왜 그래? 우리랑 놀고 싶지 않니?" 검은 머리의 메이이가 간드러지게 말했다.

"이봐, 난 그냥 밥이나 먹고 싶어. 난 아무도 귀찮게 하지 않는다고. 야, 코비! 그거 돌려줘!" 코비가 미첼의 디저트 그릇을 낚아채서 미첼의 손이 닿지 않게 높이 쳐들었다. "내 거잖아!"

"아니! 아니! 아니거든!" 앰버가 사납게 말하면서 미첼의 가슴팍을 세 번 연속 밀쳤다.

앰버의 진실을 안 날 이후로 처음 스캔다르의 마음속에서 뭔가가 터졌다. 갑자기 앰버가 스캔다르에게 그가 이상하다고 말했던 모든 여자아이가 되는 동시에, 스캔다르의 아빠는 패배자이고 그도 결국 아빠처럼 될 거라고 말했던 모든 남자아이가 되었다. 하지만 스캔다르는 과거의 스캔다르가 아니었다. 친구도 없는 학교에서 꼼짝 못 한 채 누나가 지켜 주기만 바라던 소년은 이제 없었다. 그는 이제 라이더였다. 그에겐 플로와 바비와 스카운드럴스럭이 있었고, 이제는 괴롭힘을 결코 참지 않을 생각이었다. 죽지도 않은 부모를 죽었다고 떠들고 다니는 상대라면 더욱더 그러고 싶지 않았다.

스캔다르는 미첼을 향해 성큼성큼 걸어갔다. 위협 콰르텟은 웃고 떠들기 바빠서 스캔다르가 오는 것을 보지 못했다. 스캔다르는 그들의 뒤에 서서 초콜릿 커스터드가 든 미첼의 디저트 그릇을 코비의 손에서 빼앗았다.

"야!" 코비가 소리쳤다. 나머지 아이들이 웃음을 그쳤다.

"너 간덩이가 부었구나!" 엠버가 으르렁대면서 스캔다르에게 한 발짝 다가왔다.

스캔다르는 당황하기 시작했다. 미첼을 향한 괴롭힘을 중단시켜야겠다는 생각 이상은 하지 않았으니까. 그래서 위협 콰르텟이 다가오자 그는 자기가 가지고 있던 유일한 무기를 썼다. 디저트 그릇 안의 내용물을 그들에게 확 던졌던 것이다.

초콜릿 커스터드가 엠버의 미간에 정통으로 맞았고 큰 덩어리가 코비의 머리에 떨어졌다. 메이이는 바닥에 몸을 숙인 채 머리카락에 커스터드가 묻었다고 비명을 질렀다. 엘러스테어만 멀쩡했다. 그가 주먹을 불끈 쥐고 스캔다르를 향해 달려오기 시작했다. 그렇지만 스캔다르도 생각이 있었다.

"손가락 하나라도 미첼이나 나에게 갖다 대 봐." 스캔다르는 최대한 위협적으로 씩씩대면서 말했다. "그러면 스카운드럴이 널 밟아 버릴 거야. 우리가 이어리에서 쫓겨나게 되더라도 말이야."

위협 콰르텟이 스캔다르를 노려보았다.

"오늘 훈련장에서 봤잖아." 스캔다르가 어깨를 으쓱했다. "어디 덤벼

봐. 어떻게 되는지 한번 보자고." 스캔다르는 자기가 떨지도 않고 태연하게 말하고 있다는 데 놀랐다.

위협 콰르텟은 어떻게 대응해야 할지 몰라 초조하게 서로 눈치를 보았다. 스캔다르는 그들을 그 상태로 놔두고 자리를 뜨기로 마음먹었다. 하지만 마지막으로 한마디는 해야 했다. 그는 들창코에 묻은 커스터드를 털어 내고 있는 앰버에게 가까이 다가갔다.

앰버가 씩씩대면서 속삭였다. "섣불리 굴면 내가 다 불어 버릴⋯⋯."

"그렇게 해 봐." 스캔다르도 목소리를 쫙 깔고 위협적으로 말했다. "내가 감옥에 가거든 너희 아빠에게 안부는 확실히 전해 줄게."

앰버가 금붕어처럼 입을 떡 벌렸다가 다물었다. 그러고는 목이 졸린 사람처럼 이 말만 겨우 뱉었다. "우리 아빠는 거기 없어." 앰버의 거짓말은 스캔다르가 자신을 지키기 위해 상대의 비밀을 이용하면서 느꼈던 일말의 가책마저 덜어 주었다.

스캔다르는 걸음을 옮기고는 아무 일 없었다는 듯 식판을 들었다. 귀가 달아오르고 심장이 미친 듯이 뛰었지만 천연덕스럽게 음식을 담고 미첼의 디저트 그릇에 커스터드를 다시 담았다. 스캔다르가 돌아섰을 때 위협 콰르텟은 이미 떠나고 없었다.

"디저트 더 먹을래?" 스캔다르는 미첼에게 물어보면서 얼굴에 떠오르는 웃음을 감출 수 없었다.

"포킹 선더스톰! 네가 한 일이 믿기지 않아. 그건, 그건 내가 평생 본 일을 통틀어 최고였어!" 그러고서 미첼이 웃음을 터뜨렸고 스캔다르는 ── 미첼이 웃음은 고사하고 미소 짓는 것조차 본 적이 없었으므로 ── 함께 웃었다.

"앰버가 얼굴에 초콜릿 떡칠을 하다니, 이런 일이 일어나길 얼마나 오랫동안 꿈꿨는지 몰라." 미첼이 킬킬대면서 말했다.

그때 스캔다르의 뒤에서 헛기침 소리가 났다. 배를 잡고 웃는 두 소년 뒤에서 바비와 플로가 고개를 절레절레 흔들고 있었다.

"스카운드럴로 밟아 버리겠다고?" 바비가 눈썹을 치켜올렸다. "내가 진짜 그렇게 들은 거 맞아?"

미첼이 너무 웃느라 눈물까지 글썽이면서 바비를 보고 미소 지었다. "맞아! 뭐라고 했더라, 스캔다르? 우리가 이어리에서 쫓겨나게 되더라도 말이야?"

바비가 흡족한 듯 고개를 끄덕거렸다. "개 센데?"

플로는 기분이 좋은 것 같지 않았다. "스캔다르……" 그들이 처음 만난 날 밤 이후로 플로는 그를 줄곧 스카라고 불렀기에, 그 부름에 스캔다르도 정신이 번쩍 들어서 웃음을 거두었다. "너 그런 말 하고 다니면 안 돼. 누군가는 진담이라고 생각할지 몰라. 네가 노매드 판정을 받을 수도 있어. 네가 정말로 위험한 사람으로 인식되는 건 말할 것도 없고!"

"오늘 훈련장에서 못 봤어?" 스캔다르는 플로의 걱정스러운 얼굴을 똑바로 보면서 차분하게 말했다. "우리는 위험한 거 맞아."

플로가 손을 초조하게 비틀기 시작했다. "알아, 스카, 하지만 살해 위협은 최소화해야 하지 않을까?"

스캔다르가 플로에게 미소 지었다. "최선을 다해 볼게. 하지만 장담하는데, 굉장히 힘든 일이 될 거야."

이번에는 넷이서 함께 배를 잡고 웃음을 터뜨렸다.

⁓

몇 주 후, 스캔다르는 아침 일찍 눈을 떴다. 그는 나무 몸통을 따라 아래층으로 내려가 난로에 장작을 몇 개 더 넣고서 케나에게 편지를 썼다. 케나에게 자신의 기분을 털어놓으면 늘 마음이 조금은 풀렸다. 누나가 바로 옆에 앉아 생각에 잠겨 머리카락을 귀 뒤로 넘기고 있는 것 같았다.

켄에게,

누나에게 거짓말을 하고 싶지 않아. 여기 상황이 좋지 않아. 스카운드럴은 지금 제 상태가 아니고, 우리의 연으로도 뭔가 달라지는 것 같지 않아. 물어뜯고, 날뛰고, 시끄럽게 울어 대고 난리도 아니야. 솔직히 말해, 내가 스카운드럴을 통제할 수 없을 때가 대부분이지. 다른 라이더들이 스카운드럴을 겁내. 몇몇은 우리가 이어리에서 추방되어야 한다는 말까지 해. 하지만 난 내 잘못일까 봐 겁이 나.

스캔다르는 자기 잘못이라고 생각만 하지는 않았다. 실제로 자기 잘못임을 알고 있었다. 하지만 손바닥으로 쏟아지는 하얀빛을 막느라 고생 중이라고 털어놓는 건 너무 위험했다. 혹은 그 빛을 막으면서 느끼는 죄책감이나 그의 가슴속에서 진동하는 스카운드럴의 분노에 대해서도 털어놓을 수 없었다. 유대가 연결보다 줄다리기에 가깝게 느껴진다면 서로의 감정을 느낄 수 있다는 게 무슨 소용이 있을까? 상황이 너무 안 좋아진 나머지 스캔다르는 몇 번이나 메인랜더 수업 후에 워섬 교관을 따로 만나 조언을 구하려 했다. 하지만 그때마다 조비는 스캔다르를 사실상 문밖으로 밀어내다시피 했다.

내가 말했잖아? 스카운드럴이 레드와 함께 빈터에서 까불고 놀기를 얼마나 좋아하는지, 혹은 팔콘에게 물을 튀기거나 내 머리카락을 씹으면서 얼마나 좋아하는지 말이야. 음, 이제 스카운드럴은 그런 짓도 안 해. 젤리베이비즈에도 시들해졌어. 심지어 빨간색 젤리조차도. 켄, 하고 싶은 말이 너무 많아. 그 어느 때보다 누나가 그리워.

스카가.

스캔다르는 앞발을 들고 있는 스카운드럴의 스케치를 편지에 동봉하고는 우편물 나무로 내려갔다. 그러고서 돌아오는 길에 뭔지 모르게 연이 당겨지는 느낌을 받았다. 스캔다르의 기운을 북돋우려는 스카운드럴의 노력에 생각지도 못했던 행복감이 요동쳤다. 그래서 스캔다르는 발길을 돌려 마구간으로 갔다.

스캔다르는 마구간에 도착해서는 너무 놀라 펄쩍 뛰다시피 했다. 평소와 다름없는 유니콘들의 으르렁거림과 고성 속에서 망치가 금속을 때리고, 쇠가 절절 끓는가 하면, 활기찬 대화가 벽을 타고 울리고 있었다.

어떤 소년이 팔짱을 끼고 눈썹을 치켜올린 채 스카운드럴의 마구간 옆에 서 있었다. 스캔다르보다 아주 약간 더 나이가 많은 것 같은 소년은 머리카락이 금갈색이었고, 한쪽 눈은 갈색, 다른 쪽 눈은 초록색이었다. 그는 그다지 기분이 좋아 보이지 않았다.

"이 괴물이 네 거야?" 소년이 부루퉁하니 물었다.

스캔다르는 뭐라고 말해야 할지 몰랐다. 연기가 스카운드럴의 콧구멍에서 피어오르고 있었고 아랫 입술 주위는 아침 식사의 여파로 피칠 갑이 되어 있었다.

"이 녀석이 두 번이나 나에게 충격을 줬어. 내 다리에 파이어볼을 쏘질 않나, 물줄기를 쏘아서 마구간에서 쫓아내질 않나, 이게 정상이냐?"

"스카운드럴이 요즘 좀 활기가 넘쳐." 스캔다르는 소심하게, 그 이상 완곡할 수 없는 표현으로 대답했다.

"아무튼, 내가 널 선택한 걸 후회할 일은 없게 해." 소년이 투덜댔다.

"날 선택했다고?"

"내가 이 녀석의 갑옷 제조공이야."

"아아." 스캔다르는 메인랜드에서 이 순간을 꿈꾸어 왔다. 메인랜드에서 자라는 동안 무장을 한 유니콘 그림을 수없이 보면서, 자신의 유니콘은 어떤 모습일지 상상의 나래를 펼치곤 했다. 모든 어린 유니콘들은 스카이배틀에서 다치지 않기 위해 갑옷 일체를 착용하게 되어 있었다. 라이더들도 그들 자신을 보호하고 그들의 유니콘을 보호하기 위해 — 라이더가 죽으면 연을 맺은 유니콘도 죽기 때문에 — 갑옷을 갖춰 입었다.

"미안, 몰랐어." 스캔다르는 금속들이 맞부딪치는 굉음 때문에 고래고래 소리를 질러야 했다. "난 그냥 네가 되게……."

"어려 보여서?" 소년이 손을 엉덩이 위에 짚었다. "어이, 내가 갑옷 제조공 견습생이라면 어떻게 되는데? 그게 무슨 문제라도 돼?" 그가 인상을 쓰면서 마구간 문에 기댔다. 그는 어두운 녹색 폴로 셔츠에 갈색 바지를 입고 갈색 발목 장화를 신고 있었다. 그리고 다른 갑옷 제조공들과 마찬가지로 아주 지저분한 가죽 앞치마와 연장이 잔뜩 든 허리띠를 두르고 있었다. 그는 기껏해야 한 살 많을까 말까 해 보였지만 스캔다르는 왠지 자신이 그에게 비하면 아기처럼 느껴졌다.

"아니, 아니, 문제없지. 스카운드럴이 공격하려고 했다니 그게 미안

할 뿐이야." 스캔다르가 중얼거렸다.

"음, 이제 네가 와 있어서 좀 나을지도 모르겠다." 갑옷 제조공은 무뚝뚝하게 말했다. "난 제이미 미들디치라고 해." 그가 가죽 앞치마보다 더 꼬질꼬질한 손을 불쑥 내밀었다.

"스캔다르 스미스야." 스캔다르는 그렇게 대답하면서 뭔가 묘하게 형식적인 기분이 들었다.

"알아." 제이미가 앞치마 주머니에서 줄자를 꺼내면서 말했다. 그러고는 뭔가 기대하듯 스캔다르를 빤히 보았다.

"아, 맞다, 그래야지. 그럼, 내가 먼저 들어갈까?" 스캔다르가 빗을 들었다. 그는 제이미가 양쪽 색이 다른 눈으로 빤히 자신을 바라보자 어색한 기분이 들었다.

"그래야지." 제이미는 그렇게만 말했지만 이제 입가에 어렴풋한 미소를 띠고 있었다.

스카운드럴이 코로 물을 뿜는 바람에 스캔다르는 마구간에 들어가자마자 몸을 피해야 했다. 유니콘의 검은 털가죽에서 찌직찌직 전기가 이는 소리가 났고 계속 성장 중인 날개가 공격적으로 펄럭일 때면 깃털에서 더러 불꽃이 튀었다.

"오늘도 좀 그렇고 그런 날이 되는 거야?" 스캔다르가 한숨을 지으면서 스카운드럴을 향해 눈을 치켜떴다. 스캔다르는 유니콘의 뜨거운 목에 손을 얹고 어떻게든 달래 보려 했다.

"지금 들어가?" 제이미의 목소리가 문밖에서 들렸다.

"그러든가." 스캔다르는 그렇게 외치고는 얼른 스카운드럴에게 속닥거렸다. "이 사람은 제이미야. 너랑 나의 갑옷을 만들어 주러 온 거야. 다른 유니콘하고 싸울 때 우릴 보호해 줄 갑옷 말이야. 제발 제이미를 죽이려 들지 마, 제발.”

제이미가 다가오자 스카운드럴의 콧구멍이 붉게 타올랐다. 스캔다르는 원소 블라스트가 날아올까 봐 자기 몸을 감쌌다. 하지만 그런 일은 일어나지 않았다. 제이미가 유니콘에게 속삭이듯 노래를 불러 주고 있었다. 마음이 편안해지는 선율의 노래였다. 유니콘이 목을 숙여 제이미의 장화부터 냄새를 맡고는 앞치마로 코를 들이밀었다. 제이미는 한 손을 내밀어 유니콘의 머리를 쓰다듬었다.

“그만!” 스캔다르는 갑옷 제조공이 스카운드럴의 하얀 무늬를 알아차릴까 봐 다급하게 외쳤다.

스카운드럴과 제이미는 둘 다 깜짝 놀라서 스캔다르를 바라보았다. 스캔다르는 얼른 핑계를 생각했다. “스카운드럴은 머리 만지는 거 싫어해. 미안, 내가 미리 말했어야 했는데.”

“괜찮아.” 제이미는 손을 내려 유니콘의 목을 쓰다듬었다.

스캔다르는 놀라서 눈을 떼지 못했다. 바로 얼마 전에도 플로가 스카운드럴의 코를 쓰다듬으려고 했다가 손가락을 물어뜯길 뻔하지 않았던가. “스카운드럴은 나 말고 다른 사람이 가까이 다가오는 걸 못 견디는데, 어떻게……..”

“우리 갑옷 제조공들은 타고나는 게 있거든.” 제이미가 유니콘을 보고 웃었다. “날 튀겨 먹으려고만 하지 않으면 난 얘가 좋아.”

“나도 그래.” 스캔다르가 대꾸했고 두 소년은 함께 킬킬대고 웃었다.

제이미가 줄자를 펴고 스카운드럴이 장난으로 줄자 끝을 물어뜯으려고 하는 동안, 스캔다르는 마음속에서 궁금한 게 생겼다.

“최근에 위버에 대해서 들은 얘기 있어?” 스캔다르가 이어리 내에 거주하지 않는 아일랜더를 만나기는 이번이 처음이었기에, 제이미에게서 뭔가 정보를 얻을 수 있을까 싶었던 것이다. "여기서 센티널들의 조명탄이 터지는 건 봤는데 어떻게 된 일인지는 제대로 듣지 못해서."

제이미는 스카운드럴의 다리에 줄자를 대고 치수를 재느라 스캔다르에게 등을 돌리고 있었다. "그들은 너희가 이 금속 이어리 안에서 안전하고 걱정 없이 있도록 지켜 주려고 그러는 걸 거야. 너희가 정신 사나워지는 걸 원치 않는 거지."

"힐러가 납치당했다는 소문도 들었어." 스캔다르는 일전에 플로가 아빠에게서 받은 편지를 기억하고 불쑥 말했다. "뉴에이지프로스트를 봤다는 사람이 있긴 해?"

제이미가 스캔다르에게 문에서 가장 먼 벽 쪽으로 오라고 손짓했다. "뉴에이지프로스트의 행방은 몰라. 하지만 지금 꽤 많은 사람이 자취를 감추고 있어." 제이미가 조용히 말했다.

스캔다르는 다음 말이 나오기를 기다렸다.

"카오스컵 이후로 야생 유니콘들이 우르르 몰려오는 일이 그 어느 때보다 많아졌어. 위버가 배후에서 그 야수들을 조종해서 황무지에서 끌고 나온다는 건 모두가 알아. 하지만 야생 유니콘들이 한 번씩 휩쓸고 갈 때마다 우리 중에서 행방을 알 수 없는 사람이 점점 많아지고 있어."

"우리 중에서라니?" 스캔다르가 물었다.

제이미가 몸서리를 쳤다. "라이더는 실종된 적이 없어. 네가 언급한 그 힐러처럼, 일반 아일랜더들만 실종되는 거야. 라이더가 아닌 아일랜더들. 나 같은 사람."

"행방불명인 사람이 얼마나 되는데?" 스캔다르는 겁에 질렸다.

제이미가 땅이 꺼져라 한숨을 쉬었다. "가게 주인, 음유시인, 마구 제조 견습생, 선술집 주인, 그리고 갑옷 제조공도 최소한 두 명은 실종 상태야. 상상이 돼? 우린 라이더가 아니기 때문에 위버로부터 안전하다고 생각해 왔거든."

"그렇지만 위버가 왜 사람들을 납치하는지 모르겠어."

"우리라고 알겠냐." 제이미가 어깨를 으쓱했다. "실험에 대해서 수군거리는 말이 있긴 했지만."

"무슨 실험?"

"나도 몰라. 그냥 아무 말이나 떠드는 걸지도 모르고."

"실종자들을 찾으려고 하는 사람은 있고?" 스캔다르가 분개하면서 물었다.

제이미가 공허하게 웃었다. "아스펜 맥그래스는 위버의 계획이 뭔지 알아내려고 필사적이지. 하지만 보아하니 그 여자는 실종된 아일랜더들보다 뉴에이지프로스트를 찾는 일에 더 혈안이 됐더라고. 물론 위원회에서 여기저기 푯말을 세우고 조금이라도 의심스러운 정황이 있으면 보고하라고 하긴 해. 하지만 지금까지 뾰족한 성과는 없었어."

스캔다르는 자신의 변이가 완전히 가려지도록 초록색 재킷의 소매를 끌어내렸다.

"내 생각을 말하자면 우리의 사령관은 뉴에이지프로스트를 빼앗긴 충격으로 눈이 멀었다고나 할까. 위버가 엄청난 계획을 꾸미고 있는 건 분명하다고 봐. 뉴에이지프로스트 납치나 폴른 24보다 더 엄청난 일을 터뜨릴 거라고. 위버가 센티널을 죽인 건 이번이 처음이야. 너도 조심해야 돼."

제이미가 스카운드럴의 목을 토닥토닥하자 유니콘이 좋다고 히힝 울었다. "스카운드럴의 갑옷이 소름 끼치는 위버의 손에 들어가기를 원치 않는다고."

스캔다르는 제이미가 치수를 재고 금속판 따위를 유니콘의 다리에 대어 보는 모습을 한동안 지켜보았다. "갑옷은 언제 완성돼?" 스캔다르는 만약 상황이 계속 이런 식으로 흘러간다면 갑옷이 스카운드럴로부터 스캔다르 자신을 보호하는 데 요긴하겠다는 생각을 하고 있었다.

"불의 축제 후에." 제이미가 대답하면서 몸을 일으켰다.

스캔다르는 제이미가 아까 했던 말을 떠올리면서 물었다. "음, 우리를 선택했다고 했잖아, 그게 무슨 뜻이야?"

제이미가 씩 웃었다. "교관들이 모든 유니콘에 대한 정보를 파일로 작성해 보냈어. 우린 그걸 보고 유니콘을 찜했지."

"그런데 스카운드럴스럭을 골랐단 말이야?" 스캔다르는 믿을 수가 없었다. "최근 행동에 대한 기록은 썩 좋지 않았을 텐데. 얘 잘못은 아니야." 그는 이 말을 덧붙였다. "얘는 그냥 좀…… 다를 뿐이야."

"그래, 스캔다르, 나는 다르다는 게 어떤 건지 알아." 제이미가 한숨을 쉬었다. "우리 가족은 전부 음유시인이야. 노래로 먹고사는 집안이지. 하지만 난 늘 갑옷 제조공이 되고 싶었어. 다르게 살려면 배짱이 있어야 해. 그리고 배짱은 카오스컵 우승자에게 필요한 것이기도 하지. 그게 내가 너와 스카운드럴을 선택한 이유라고 할까."

"우리 파일에 그런 게 다 나와 있었어?"

제이미가 웃음을 터뜨렸다. "굉장히 재미있는 읽을거리였어. 유니콘에서 한두 번 떨어진 게 아니더라, 맞지?"

스캔다르가 끙 하고 앓는 소리를 냈다.

"하지만 어김없이 다시 올라타지. 그게 널 선택한 이유야." 제이미가 좀 더 상냥하게 말했다.

제이미가 줄자를 스캔다르에게 휘둘렀다. "네 차례야!"

＊＊＊

그날 밤, 이어리의 지붕을 때리는 빗소리가 손으로 강철 북을 내리치는 소리처럼 울렸다. 밤공기를 채우는 그 불협화음에 나무 집마다 자기들만의 독특한 리듬을 더하고 있었다. 그렇지만 비가 온다고 스캔다르가 풀이 죽지는 않았다. 내일은 불의 축제, 그가 난생처음 스카운드럴을 타고 포포인트까지 나가는 날이었다. 게다가 친구들도 함께일 테니 이보다 더 좋을 수는 없었다. 물론 돔이 해제된 지금, 스캔다르는 훈련 시간 내내 스피릿 윌더라는 게 발각될지 모른다는 두려움에 떨어야 했다. 그렇지만 한편으로는 그는 철통 같은 나무 집 안에서 보호받는 기분도 들었다. 초콜릿 커스터드 사건 전에는 그를 대하는 미첼의 태도 때문에 스피릿 원소에 대한 자신의 걱정이 더 커지고 있었다는 것도 몰랐다. 이제 나무 집의 분위기는 딴판이 되었다. 더욱 집 같은 곳이 되었다.

"또 봐도 될까?" 바비가 스케치에 열중하고 있던 스캔다르에게 물었다.

스캔다르가 소매를 걷어 골격이 다 비치는 변이를 보여 주었다. 그가 주먹을 쥐자 바비는 살갗 아래 움직이는 근육과 힘줄, 하얗게 빛나는 뼈를 주시했다.

구석에서 미첼은 변이를 보면 눈이 멀기라도 하는 듯 자기 눈을 가렸다.

바비가 못마땅한 듯 눈을 굴렸다 "아, 뭐야"

"미안해! 대략 5분 정도는 괜찮았는데 스피릿 윌더의 실제 변이에 익숙해지려면 아무래도 시간이 좀 걸릴 것 같아. 미안해." 미첼이 다시 책을 들여다보았다.

"뭘 읽고 있는 거야?" 스캔다르는 화기애애한 분위기를 유지하려고 애썼다.

"엄마가 아주 흥미로운 책을 보내 줬어. 유니콘 안장에 대한 책이야." 미첼이 책을 들어 스캔다르에게 표지를 보여 주었다. "우리 엄마는 위원회 도서관 사서거든." 미첼이 자랑스럽게 말했다. 아빠에 대해서 말할 때와 달리 겁먹는 기색이 없었다.

"그럼 너희 엄마는 『스피릿의 책』에 대해 아실까?" 스캔다르는 그 물음을 던지지 않을 수 없었다.

미첼은 몸을 움츠리면서 고개를 저었다. "엄마는 물의 도서관에서 일하는걸."

하지만 바비는 미첼이 언급한 다른 단어에 관심이 꽂혀 있었다. "우리는 언제 안장을 얻게 될까?"

"네슬링으로 올라갈 때까지는 안 돼." 플로가 대답했다. "아빠가 내년 예식에 나를 아주 당혹스럽게 할 만한 디자인을 가져오시겠대." 그녀는 아빠와의 대화를 떠올리는지 미소를 머금고 있었다.

"음, 좀 일찍 안 되려나." 바비가 툴툴거리면서 빈백에 앉은 채 엉덩이를 꼼지락거렸다. "애플 크럼블보다 내 엉덩이에 멍이 더 많이 들었다고."

"그건 또 무슨 뜻이야?" 플로가 차분하게 물었다. "메인랜드에서만 쓰는 표현인가? 미첼, 너는 우리 콰르텟에 메인랜더가 두 명이나 있어서 참 재미있다고 생각하지 않아? 솔직히, 아일랜드 사람들끼리는 모르는 일이 없잖아. 놀랄 일이 있다는 것만 해도 참 좋은 변화야." 플로가 말했다.

"그게, 바비 말은 귀담아듣지 마! 메인랜드에서도 저런 말은 안 해." 스캔다르는 웃음을 참으면서 말했다.

"넌 내가 재미 보는 꼴을 못 보지?" 바비가 투덜거렸다.

"뭘 그리고 있니, 스카?" 플로가 일어나면서 물었다.

스캔다르는 자기 어깨 뒤에서 플로가 얼굴을 내밀자 뺨이 붉어졌다.

그는 콰르텟이 유니콘과 함께 있는 모습을 그렸다. 그림 속에서 레드와 스카운드럴은 함께 나무 한 그루를 폭파하고 미첼과 스캔다르는 그 근처에 숨어 있었다. 바비는 팔콘의 갈기를 손질해 주는 모습이었다. 팔콘은 항상 최고로 맵시 있게 보이기를 원하는 유니콘이니까. 그리고 플로는 블레이드의 목에 한 손을 얹고 미소 짓고 있었다.

플로가 갑자기 울음을 터뜨렸다. 스캔다르는 황급히 스케치북을 내려놓았다. "내가 뭘 잘못 그렸어? 우리 누나에게 보여 주려고 그린 거야. 편지와 함께 보내려고……."

"아냐, 스카, 그림은…… 그림은 참 멋있어." 플로가 딸꾹질을 했다. "블레이드와 내가 서로 이렇게 바라본다면 얼마나 좋을까. 하지만 우리는 너희처럼 마음이 이어져 있지 않아. 너희가 함께 있는 모습을 보면 서로를 위해 태어난 것처럼 그렇게 마음이 잘 맞을 수 없어. 미첼, 네가 마구간에서 잠들면 레드는 널 따뜻하게 해 주려고 석탄처럼 타오르며 열을 내지. 레드가 그러는 걸 내가 봤어!" 플로가 바비에게 고개를 돌렸다. "팔콘은 공주병일지는 몰라도 네가 얼마나 승부욕이 강한지 아니까 항상 널 위해 최선을 다하지. 그리고 스카, 넌……" 플로가 숨을 몰아쉬었다. "스카운드럴의 감정을 벌써 느낄 수 있다고 네 입으로 말했잖아! 보통은 플레질링이나 되어야 가능한 일인데!"

플로가 말을 이었다. "너희는 서로 잘 맞아. 너희는 모두 유니콘과의 연에서 애정을 느끼지. 하지만 블레이드는 날 좋아하지도 않아. 절대로. 블레이드는 내가 왜 자기를 두려워하는지 이해하지 못해."

바비가 여느 때와는 자못 다른 태도로 그 자리에서 일어나 플로를 껴안았다. "차차 좋아질 거야. 내가 도와줄게, 알았지?"

플로가 눈물을 훔쳤다. "하지만 난……."

"포기하지 마!" 바비가 플로에게 눈을 부릅떴다. "만약 그랬다가는 날 모시고 일일이 보고하면서 살아야 할걸? 그리고 믿어도 돼, 플로런스, 내가 실버 유니콘보다 더 무서울 수도 있어."

"난 믿어 의심치 않아." 미첼이 스캔다르에게 소곤거렸다.

스캔다르는 숨죽여 웃었다. 하지만 바비가 플로를 두 팔로 꼭 안아 주는 모습을 보니, 바비는 스스로 떠벌리는 것만큼 무서운 소녀가 아니라는 생각이 들었다.

펑! 그때 밖에서 폭발음이 일어났다.

스캔다르가 맨 먼저 달려가 문을 휙 열었고 바비가 그 뒤에 바짝 붙었다. 그들은 나무 집의 플랫폼 난간으로 나와 먼 곳을 바라보았다. 아니나 다를까, 초록색 연기가 또다시 미러클리프 방향에서 올라오고 있었다.

"또 센티널의 조명탄이 터진 거야?" 미첼과 함께 달려 나온 플로가 손을 자기 입으로 가져갔다.

"흙 윌더의 조명탄이네." 미첼이 차분하고 서글픈 목소리로 대꾸했다.

펑! 또 한 번 폭발음이 이어리에 울려 퍼졌다. 이번에는 노란색 연기였다.

펑! 이제 빨간색 연기가 초록색, 노란색 연기와 뒤섞여 미러클리프에서 모닥불이 활활 피어오르는 것처럼 보였다. 스캔다르는 목숨을 잃은 센티널들의 가족과 친구들을 생각해야 한다는 것을 알면서도 공포에 질린 케나의 얼굴을 먼저 떠올렸다.

다른 라이더들도 나무 집에서 나와 구름다리에 서서 센티널들의 조명탄이 터진 방향을 가리키고 있었다. 메인랜더들의 목소리가 —— 해칠 링이나 프레드나 가릴 것 없이 —— 가장 컸다.

"미러클리프 쪽이 맞아!"

"위버가 메인랜드로 쳐들어가려는 거야!"

"셋인가?"

"한 명씩 차례로 죽은 거야?"

"위버의 침입이 확실해?"

"우리가 뭔가 해야 해!"

"포포인트에서 신호는 왔나?"

혼돈의 몇 분이 지나고 횃불들이 빈터로 내려가는 모습이 보였다. 불빛이 나무에 두른 철갑에 반사되었다. 이어리의 교관들이 유니콘을 타고 숲을 가로지르면서 고함을 지르고 있었다. "메인랜드는 안전하다. 방어선은 무너지지 않았다. 메인랜드는 안전하다."

"하지만 그 안전이 얼마나 오래갈 수 있을까?" 콰르텟이 나무 집으로 돌아와 빈백에 주저앉을 때, 스캔다르가 말했다. "위버가 메인랜드를 공격하려고 점점 더 나아가는 동안 여기서 기다리고만 있을 순 없어!"

바비가 고개를 끄덕였다. 그녀의 눈이 스캔다르의 눈처럼 이글거렸다. 그들의 가족이 메인랜드에 무방비 상태로 있었다. 그들에게는 그 점이 달랐다.

"너희들, 무슨 소리를 하는 거야?" 플로가 두려움이 가득한 기색으로 물었다.

하지만 스캔다르의 시선은 다른 것에 쏠려 있었다. 미첼이 보고 있던 책에서 삐져나온 신문지 한 장. 스캔다르는 냉큼 그 신문지를 낚아챘다.

"어디까지 읽었는지 표시해 둔 건데 막 빼면 어떡해!" 미첼이 불평했다.

스캔다르는 《해처리 헤럴드》 1면을 바라보면서 자기 눈을 의심했다.

"뭐야? 무슨 일 있어?" 플로가 물었다.

"애거서가 살아 있어." 스캔다르는 이 말을 간신히 뱉고 '집행인의 탈주, 재수감으로 종료되다'라는 헤드라인 아래 흑백사진을 가리켰다.

"그 여자야?" 미첼이 다급하게 물었다. "널 데리고 아일랜드로 날아왔다는 여자가…… 집행인이었어? 스피릿 윌더들의 배신자? 유니콘들을 죽인 자? 조비의 유니콘도 죽었다는 그 사람?"

"확실해?" 플로가 사진을 들여다보면서 물었다. "확실한 거야, 스카?"

"틀림없어. 뺨의 저 표시, 분명히 기억나. 난 화상 자국인 줄 알았지. 어쨌든 애거서가 맞아. 그녀의 스피릿 변이일 테지."

한동안 침묵이 흘렀다.

"집행인이 왜 너를 여기로 데려왔을까?" 바비가 미간을 찌푸리고 물었다.

하지만 어떤 생각이 스캔다르의 마음속에서 싹트고 있었다. 애거서도 스캔다르와 같은 스피릿 윌더였다. 애거서가 그를 이곳으로 데려왔다. 그가 필요로 하는 답을 애거서는 알고 있을 터였다.

"미첼, 너희 아빠가 투옥 중인 스피릿 윌더들을 감독한다고 했지?"

미첼은 경계하는 태세였다. "응."

"날 감옥에 들여보낼 수 있을까?"

미첼의 눈이 안경알 너머에서 휘둥그레졌다. "미안한데, 너 감옥에 가고 싶다는 거야?"

"조비는 스피릿 원소에 대해서 아무 말도 안 하려고 해. 너무 두려운가 봐. 하지만 애거서라면……. 어떻게 아는지는 모르지만 애거서는 위버가 메인랜드를 공격할 걸 알고 있었어. 그런 여자가 내가 여기 오게끔 도운 거야. 난 그 이유를 알아야 해. 그리고 설령 애거서가 날 돕지 않더라도 감옥에 갇혀 있는 스피릿 윌더들이 나에게 스피릿 원소를 다루는 법을 알려 줄지도 몰라. 어쩌면 그들은 위버가 무슨 일을 꾸미는지 더 많이 알고 있지 않을까?"

플로의 대답이 곧바로 튀어나왔다. "그건 너무 위험해. 그 여자는 집행인이야, 스카!"

"하지만 전에 날 도와줬어! 그리고 지금은 감옥에 갇혀 있잖아. 그 여자가 뭘 어떻게 할 수 있겠어?"

미첼은 토할 것 같은 얼굴을 하고 있었다. "하지만 우리 아빠는? 만약 아빠가……"

"둘 다 가질 수는 없어, 미치. 스캔다르를 도우려면 돕고, 말려면 말아. 선택을 하라고." 바비가 퉁명스럽게 말했다.

"글쎄, 그게 그렇게 간단하지가 않다고." 미첼이 분통을 터뜨렸다. "너는 지금 나보고 감옥에 잠입하라는 거잖아. 도서관 쪽은 다 살펴봤어? 내가 도와주면 뭔가 찾을 수 있을지도……."

스캔다르는 이미 고개를 젓고 있었다. "도서관엔 스피릿 원소에 대한 게 전혀 없어. 봐, 이건 단순히 애거서나 위버의 계획 문제가 아니야. 내가 스피릿 원소를 제어하고 감추는 법을 배우지 못하면 이어리에 남아 훈련을 계속할 수도 없을 거야. 스카운드럴은 사실상 거의 매일 나를 패대기치고 있어. 이러다간 내가 노매드로 선언될 게 뻔하고 행여 훈련 경기까지 간다 해도 꼴찌 언저리를 차지할 테지. 미첼, 제발. 나도 다른 방법이 있으면 이렇게 부탁하지도 않아."

"음, 제안을 해 보자면……." 미첼이 생각에 잠겼다.

"그럼 하겠다는 거야?" 스캔다르가 물었다.

"너희 전부 미쳤구나!" 플로가 소리를 질렀다.

스캔다르가 플로를 바라보았다. "너희가 전부 갈 필요는 없어, 난 미첼하고만……."

"누구 마음대로!" 바비가 외쳤고 미첼도 이렇게 말했다. "그건 절대 안 돼. 우리 넷 다 필요하니까."

"나도 가." 플로가 조용히 말했다. "단, 나는 좋은 생각이 아니라고 분명히 말했다는 걸 누가 기록이라도 해 줬음 좋겠네."

"치밀하게 계획을 세워야 할 거야." 미첼은 벌써 일어서 있었다. "우리의 첫 번째 콰르텟 회의에 전원 참석해 주길 바라."

"회의씩이나, 보통은 그냥 수다라고 하잖아." 바비가 말했다.

미첼이 바비를 향해 눈을 가늘게 떴다. "이건 심각한 사안이야."

"자아아알 알았습니다. 언제 할 건데?"

"지금." 미첼이 힘주어 말했다. "이 일을 무탈하게 해치우려면 센티널들이 ——그리고 우리 아빠가 —— 정신없이 바쁠 때 교도소에 잠입해야 해."

"무슨 일로 정신없이 바쁜데?" 스캔다르가 물었다.

"불의 축제."

"하지만 그건 당장 내일 밤이잖아!" 플로가 외쳤다.

"맞아." 미첼이 말했다. "바로 내일."

14장

불의 축제

밤사이 비가 눈으로 변해서, 불의 축젯날 아침 라이더들이 나무 종 소리에 깨었을 때는 이어리 전체가 반짝거리는 하얀 눈밭이 되어 있었 다. 스캔다르는 나무 집의 둥근 창으로 깨끗한 눈을 소복이 뒤집어쓴 지붕, 다리, 나무 꼭대기를 내려다보았다. 11월 초의 햇살에 이어리는 환하게 빛났고 철갑을 두른 나무들도 하얀 눈가루에 일부 파묻혀 있어 서, 스캔다르는 생판 딴 세상에서 눈을 뜬 기분이었다. 훈련 학교라기 보다는 겨울의 동화 나라에 와 있는 기분이었다.

플로는 흥분해서 방방 뛰었다. 아일랜드에서는 눈을 보기 힘든 데다 가 불 시즌 전에 눈이 내리는 일은 극히 드물었다. 그래서 미첼과 바비 가 졸린 눈을 비비며 나무 몸통을 따라 내려왔을 때 플로는 벌써 외 투, 스카프, 장갑으로 무장을 하고 밖에 나가려는 참이었다.

"빨리! 서둘러! 물 마법 수업 전에 훈련장에 갈 수 있겠어. 눈이 다 녹기 전에 나가자. 블레이드에게 보여 주고 싶어. 이런 풍경이라면 블레이드도 긴장이 좀 풀어질지 몰라."

바비가 신음하듯 말했다. "넌 어떻게 매사에 그리 열성적이냐? 피곤하게도 산다."

"매사에 그렇진 않거든." 플로가 곧바로 바비에게 달려들었다. "눈이 잖아! 재미없게 굴지 마, 바비."

"눈싸움에서 박살 나 보면 나한테 재미없다고 한 말을 후회하게 될 걸." 바비가 으르렁댔다. "우리 엄마 고향이 스페인의 시에라네바다 산맥인데 거긴 매년 눈이 와. 외할아버지 외할머니는 아직도 거기 사셔. 그래서 내가 눈싸움 기술이 좀 있지."

플로는 아주 기뻐하는 것 같았다.

미첼은 난롯불 옆에서 포포인트 지도를 들여다보고 있었다.

"야, 너도 가지?" 스캔다르가 물었다.

"글쎄, 잘 모르겠어. 감옥 침입 계획이 아직 마무리가 안 됐거든. 준비를 제대로 해야만……"

"하지만 눈이 왔는데!" 플로가 애원하면서 미첼의 손을 잡고 일으켜 세우려 했다. 그러고는 깔깔 웃으면서 미첼과 함께 빙빙 돌려고 했다. 그러는 바람에 미첼의 안경이 코끝까지 미끄러져 내렸다. "난 귀하신 실버잖아. 넌 내가 하라는 대로 해야만 해." 플로는 농담으로 그렇게 말했다.

미첼은 당황하면서도 기분이 좋았는지 갈색 피부가 발그레하니 달아올랐다. "내가 듣기로도 눈싸움이 그렇게 재미있다더라." 그는 곰곰이 생각하면서 말했다. "나랑 바비가 같은 편 먹고, 스캔다르와 플로가 같은 편 먹고, 그렇게 한판 뜰까?"

"어떻게 네가 바비랑 한편이야?" 플로가 투덜거렸다.

"야!" 스캔다르가 외쳤다.

"공정하게 해야지." 플로가 문을 열고 눈 덮인 플랫폼으로 서둘러 나가면서 말했다. "실버와 스피릿이 한편이잖아. 퍽이나 대등한 싸움이 되겠다?"

하지만 결국 유니콘들은 눈싸움에 별로 도움이 되지 않았다. 그들은 빈터를 완전히 뒤덮은 차갑고 이상한 물질에 플로만큼 흥분해 날뛰었다. 팔콘스래스는 갈기를 드리우기까지 시간이 좀 걸렸고 발굽이 젖지 않게 하려고 조심스레 눈을 녹여 가며 한 발씩 내딛는 것 같더니 스카운드럴이 달려들어 같이 놀려고 하자 전부 다 잊어버렸다. 레드는 지나치게 흥분해서 결국 다리를 못 가누고 눈더미에 뿔을 처박고 말았다. 스카운드럴이 레드를 일으킨답시고 꼬리를 당겼고 그 꼴을 보고 플로와 바비는 배를 잡고 데굴데굴 굴렀다. 실버블레이드마저 눈밭에 드러누워 구르며 날개를 좌우로 흔들어 댔다.

"와, 저것 봐, 치명적인 눈의 천사잖아." 스캔다르가 농담을 했다. 그는 너무 웃어서 뺨이 다 아플 지경이었다.

"눈의 유니콘이겠지, 아냐?" 미첼이 스캔다르가 한 말을 정정하자 스캔다르는 냅다 미첼의 얼굴에 눈덩이를 던졌다.

블레이드가 눈밭에서 긴장을 풀고 노는 모습을 다 같이 보고 있을 때 플로가 탄식했다. "블레이드가 늘 오늘 같으면 얼마나 좋을까."

그들은 한 시간 남짓한 동안 자신들의 유니콘과 찧고 까불고 노는 평범한 네 명의 해칠링이었다. 스캔다르는 감옥에 잠입할 걱정을 잊었고, 애거서가 그를 아일랜드로 데려온 의도가 좋은지 나쁜지 생각하지도 않았다. 뉴에이지프로스트, 위버, 죽임을 당한 센티널, 실종된 사람들에 대해서도. 심지어 스캔다르는 코앞으로 다가온 물 훈련 수업도 까

많게 잊었다. 스카운드럴과의 기 싸움에서 지면 그들의 진짜 원소가 드러날지 모른다는 두려움조차도 말이다. 그는 눈더미 속에 몸을 던지며 스카운드럴에게서 숨으려고 했다. 스카운드럴은 스캔다르를 찾을 때마다 검은 장화를 잡아당겨 벗기려 했고 스캔다르는 괴성을 지르며 웃어 댔다.

즐거운 놀이는 유니콘들이 갑자기 내린 눈에 굴과 이어리에서 기어 나온 온갖 동물을 잡아먹으려 들면서 — 실컷 놀았으니 배가 고플 법도 했다 — 갑자기 끝이 났다. 유니콘들은 죽은 동물을 눈밭에 질질 끌고 가서는 배를 채웠다. 그 결과 기분 나쁜 냄새와 유혈이 흘러넘치고, 새하얀 눈더미는 선홍빛으로 물들어 버렸다. 라이더들은 핏빛 눈덩이를 만들고 싶은 마음은 없었다. 거기에 다른 해칠링의 유니콘들까지 훈련장에 나와 피의 잔치에 합류하자 상황은 더 요란해졌다.

결국은 오설리번 교관이 이어리 언덕에 쌩쌩 몰아치는 칼바람이 무색하게 큰 소리로 설명을 시작하면서 질서를 바로잡았다. "오늘 여러분은 물의 마법으로 파도를 소환할 것이다. 파도는 엄청난 양의 물을 발생시키기 때문에 공격이나 방어에 유용하다. 예를 들어……" 오설리번 교관은 늘 예를 들어 설명했다. "난 어떤 라이더가 공기 원소로 대단히 큰 해일을 전기화시키는 것을 본 적이 있다. 그 위력이 어느 정도였느냐 하면, 카오스컵에 출전한 유니콘들의 절반이 나가떨어질 정도였지." 스캔다르는 가끔 오설리번 교관이 예로 드는 라이더가 그녀 본인은 아닐지 궁금했다.

교관이 시범을 보일 때는 아주 쉬워 보였다. 그녀는 셀레스티얼시버드(Celestial Seabird, 천상의 바닷새)에 탄 채로 파랗게 빛나는 손바닥이 바깥쪽으로 향하게 하고 재빨리 손가락을 아래로 내렸다가 부드러운 곡선을 그리며 다시 위로 올렸다. 훈련장 위 허공에서 완벽한 파도가 높이 치솟았다가 맞은편 끝으로 떨어져 거품을 일으키며 부서졌다.

"너희들 차례다." 교관이 외쳤다.

바비와 미첼, 그리고 다른 해칠링 상당수는 거의 곧바로 작은 파도를 일으키는 데 성공했다. 플로가 실버블레이드에게 파도가 뭔지 차분하게 설명하려 애쓰는 동안 실버 유니콘의 콧구멍과 귓구멍에서 수십 리터는 되는 물이 쏟아졌다.

"스캔다르?" 오설리번 교관이 시버드를 몰아 그에게 다가갔다. "너와 스카운드럴이 어떻게 하는지 좀 보자꾸나. 내가 가르친 물 윌더들 중에는 훈련 경기에서 파도를 활용해서 우수한 성적을 확보한 사례가 많았지. 너희는 어떻게 하고 있니?"

스캔다르는 심호흡을 한 후 온 힘을 다해 스피릿 원소에 대한 생각을 몰아내고 물 원소에만 집중했다. 그는 물 원소의 박하향, 짠내, 콧구멍 속 축축해진 털의 촉감을 상상했다. 그의 손바닥이 파랗게 빛났다. 아마 스카운드럴도 이해했을 것이다. 어쩌면 그들은 괜찮을 수도 있었다. 스캔다르는 부들거리면서 오설리번 교관이 시범을 보인 대로 손바닥을 들었다. 그 순간, 스카운드럴이 깨액 하고 울면서 그 어느 때보다도 빠르고 높게 뒷발로 일어섰다. 유니콘의 분노가 스캔다르의 심장으로 고스란히 흘러 들어왔다. 그들의 연합 원소를 라이더가 절대 쓰지 못하게 하는 데 따른 분노였다. 스카운드럴이 날개를 휙 움직이자 스캔다르는 그 충격으로 허벅지가 흔들려 축축한 훈련장 잔디 위로 철퍼덕 나가떨어지고 말았다. 스카운드럴은 스캔다르가 스피릿 원소를 차단하는 걸 멈추자 한결 차분해져서는 오히려 바닥에 떨어진 라이더를 놀란 눈으로 왜 그러고 있느냐는 듯 바라보았다.

오설리번 교관이 시버드의 등에서 바로 뛰어내렸다. "그대로 있어. 다치지 않았니?"

"숨이 찼을 뿐이에요." 스캔다르가 자기 가슴을 부여잡고 헐떡거렸다. "괜찮은 것 같아요."

오설리번 교관이 안도의 한숨을 쉬었다. "갈비뼈가 부러졌을 수도 있어. 목이 부러지는 것보다는 백 배 낫지만." 그녀가 스캔다르의 상태를 살폈다. "내가 직접 힐러의 나무 집에 데려다주마."

"그러실 필요 없⋯⋯."

"내가 뭘 할지 말지는 나 스스로 결정하겠다, 스캔다르, 어쨌든 고맙구나." 오설리번 교관은 스카운드럴의 고삐를 쥐면서 딱 잘라 말했다. "네가 셀레스티얼시버드를 타렴."

"싫어요. 제발요." 스캔다르가 애걸했다. 그러나 교관은 그 대답을 받아들이지 않았다.

스캔다르가 아일랜드에 온 이래로 그보다 굴욕적인 일은 없었다. 오설리번 교관이 스카운드럴을 타고 언덕을 오르고 스캔다르는 가슴을 움켜잡고 시버드 위에서 균형을 잡으며 따라가는 동안 나머지 학생들은 뒤에 남아 수군거렸다.

이어리 입구의 큰 나무가 오설리번 교관 앞에서 열리면서 물을 뿜었다. "너에게 보여 주고 싶은 게 있단다." 교관의 목소리는 평소와 달리 다정했다. 오설리번 교관은 철갑을 두른 이어리의 나무들 사이를 한참 걷다가 멈춰 선 후, 저만치에 홀로 서 있는 나무 한 그루를 가리켰다.

스캔다르는 혼란스러운 마음에 눈만 끔뻑거렸다. 그 나무는 늦은 오후의 햇살 아래 반짝거리고 있었다. "저게 뭐예요?" 스캔다르는 시버드의 등에서 내려 가까이 가 보았다. 나무껍질에 금빛 금속 조각들이 박혀 있었다.

"라이더가 노매드로 선언되면 이어리는 그의 원소 핀을 네 조각으로 박살 내지."

스캔다르는 충격에 사로잡혀 몸을 움츠렸다. 과연 그 말대로 금빛 불꽃의 귀퉁이, 깨진 나선, 하나뿐인 바위, 반으로 쪼개진 물방울 모양을 알아볼 수 있었다. 그 부서진 핀 조각들이 전부 나무에 박혀 있었던 것이다.

"그중 세 조각은 노매드가 속했던 콰르텟의 일원들에게 하나씩 주어지지. 마지막 한 조각을 여기로 가져와서 이 나무에 망치로 박아 넣는 거야. 노매드도 한때 여기서 우리와 함께 훈련받았다는 사실을 상기시키기 위해서."

"왜 이걸 저에게 보여 주시는 거예요?" 스캔다르는 당황했다. "교관님, 저는 노매드 판정을 받을 수 없어요! 항상 유니콘 라이더가 되는 것만 꿈꾸며 살아왔다고요. 더 노력할게요, 약속해요. 경주에 나가고 싶어요. 아빠를 위해서, 누나를 위해서……, 엄마를 위해서 경주에 나가고 싶어요. 우리 엄마는 카오스컵을 좋아했어요. 언젠가는 나도 시합에 나갈 수 있을 테니, 언젠가는 엄마를 자랑스럽게 해 드릴 수 있을 거라고 생각했어요. 더 열심히 할게요, 진짜예요. 제발 한 번 더 기회를 주세요!"

오설리번 교관이 두 손을 들었다. 햇살이 해처리에서 입은 상처에 비쳤다. "난 너에게 아무 선언도 하지 않아. 아직은 아니야. 난 네가 정말로 잠재력이 있다고 생각해서 여기 데려온 거야." 교관이 나무를 가리켰다. "나는 노매드가 되는 것이 너와 스카운드럴에게 맞는 길이라고는 생각하지 않아. 너희의 마법은 전투에도 통할 만해. 돔이 있었을 때

나도 너희를 지켜봤단다. 하지만 다른 해칠링들을 위험에 빠뜨릴 순 없지. 솔직히 말해, 최근 너희의 훈련은 재앙 수준으로 참담했어. 그러니까 이걸 경고로 받아들이기 바란다. 네가 스카운드럴스럭을 끝내 제어하지 못하면 난 너에게 이어리를 떠나라고 할 수밖에 없어. 그리고 나는 내가 키우는 물 윌더 중 한 명에게 그러고 싶지 않아."

"잘할게요. 스카운드럴은 그냥 저에게 화가 났을 뿐이에요." 스캔다르가 중얼거렸다. 오설리번 교관이 갑자기 나무를 등지고 휙 돌아섰다. "스카운드럴이 화가 났다는 건 네 생각이니, 아니면 그의 화가 느껴진다는 거니? 그 둘은 엄연히 달라."

"저, 저는, 스카운드럴의 감정을 실제로 느낄 수 있어요." 스캔다르가 더듬거리며 설명했다. "오늘은 분노가 확실하게 느껴졌어요. 그리고 음, 제가 좀 슬플 때는, 스카운드럴이 마치 제가 괜찮은지 확인하려는 것처럼 제 가슴을 살살 눌러 보는 느낌이 들어요. 스카운드럴은 제게 자꾸 행복한 감정을 보내죠. 그 녀석의 마음이 제 마음에 미소를 되찾아 주려고 노력하는 것처럼 말이에요. 그게…… 정상이에요?"

"지금 내가 바로 그 얘기를 하는 거야, 스캔다르!" 오설리번 교관이 눈을 아주 휘둥그레 떴다. "굉장히 놀랍구나. 네가 연에서 감정을 느낄 수 있다면 진도가 정말 빠른 거야. 그것이야말로 너희의 연결이 실제로 얼마나 강한지를 보여 주거든." 교관이 스카운드럴의 검은 콧잔등을 쓰다듬었다. "너희 둘 모두를 위해 좀 더 열심히 해 보렴. 명심해, 유니콘이 겁을 낼 때는 네가 그를 위해 용기를 내면 돼. 유대감이 서로를 지탱해 준단다. 우리는 너를 물 윌더로 잘 양성할 거야." 오설리번 교관이 스캔다르의 어깨를 토닥여 주었지만 그녀의 마지막 말은 스캔다르를 더욱 불편하게 만들기만 했다.

갑자기 애거서에게 대답을 듣는 일이 그 어느 때보다 중요하게 다가 왔다. 스캔다르가 아무리 열심히 노력한다 한들 물 윌더는 절대 될 수 없으니까.

———◆———

그날 오후 늦게 이어리의 라이더들은 모두 빨간색 재킷을 차려입고 불의 축제를 향해 출발했다. 사방에 널린 게 유니콘이었고 공기 중에 는 땀과 마법의 냄새가 풍겼다. 스캔다르는 훈련을 시작한 이후로 원소 들의 냄새에 익숙해졌다. 그 냄새는 이어리에 오던 날 야생 유니콘과 마주쳤을 때 맡았던 산송장의 부패하고 썩은 냄새와는 아주 딴판이었 다. 연으로 맺어진 마법은 전혀 달랐다. 라이더마다 각 원소에서 맡을 수 있는 특별한 냄새가 있었다. 그래서 스캔다르가 물 마법에서 감지하 는 냄새는 콰르텟의 다른 친구들이 감지하는 냄새와 달랐다. 하지만 모든 마법의 냄새가 뒤섞여 떠도는 지금은 뭔가 톡 쏘는 향, 오렌지와 연기의 향이 나는 것 같았다.

나무 입구가 일단 열리자 연장자 라이더들은 그다지 꾸물대지 않고 유니콘을 탄 채 날아올랐고 유니콘들의 울음소리, 날갯짓 소리가 교향 악처럼 울려 퍼졌다. 스캔다르는 몇 주 후 그도 스카운드럴을 타고 나 는 법을 배우면 어떤 기분일까 생각하면서 짜릿한 흥분을 느꼈다. 그러 다 스카운드럴이 비행 중에 그를 추락시킬 확률이 아주 높다는 점을 퍼뜩 떠올리긴 했지만 말이다.

그 정신없는 와중에 레드가 팔콘을 향해 트림을 했다. 냄새나는 재 가 방울처럼 뿜어져 나와 회색 유니콘의 목에 튀었다.

"레드가 저 짓 좀 못하게 하라고 몇 번을 말해야 돼?" 바비가 자기 팔에 돋은 깃털에 묻은 재를 털어 내면서 소리 질렀다. "팔콘이 제 몸에 얼마나 민감한지 알잖아!"

"완전히 자연스러운 현상이야." 미첼이 차분하게 대꾸했다.

"아냐, 그건……." 바비가 갑자기 평소답지 않게 말끝을 흐렸다. 스캔다르는 바비의 올리브색 피부가 창백해 보인다고 생각했다. 땀을 흘렸는지 머리카락도 이마에 착 달라붙어 있었다. 스캔다르는 바비가 또 공황 발작을 일으키려나 생각했지만 다른 아이들 앞에서 괜찮냐고 물어보면 바비가 더 싫어할 것 같아서 가만히 있었다.

그들이 유니콘을 타고 이어리를 떠나오는 내내 플로는 걱정스러운 눈빛을 스카운드럴에게 던졌다.

"얘는 괜찮을 거야." 스캔다르는 몇 번이고 안심시켰다. "오늘 기분이 아주 좋거든. 그렇지, 스카운드럴?" 스캔다르가 스카운드럴의 검은 목을 쓰다듬었다. "아얏!" 유니콘이 그에게 살짝 전기 충격을 가했다.

"재미있네." 스캔다르는 소리 죽여 중얼거렸고 — 만약 유니콘이 웃을 수 있다면 —그들의 연이 틀림없이 스카운드럴의 웃음으로 들썩거릴 거라고 생각했다.

그들은 계속 나아갔다. 이어리에서 그렇게 멀리 벗어나기는 처음이었다. 머리 위 하늘에서 유니콘들은 동쪽에서 서쪽으로 날아갔다. 마치 석양에 경주를 하듯 그들의 날개는 늦은 오후의 햇살을 받고 있었다. 땅에서 올려다보아서는 그것들이 연을 맺은 유니콘인지 야생 유니콘인지 구분되지 않았다. 스카운드럴이 깩깩 괴성을 지르고 자신의 흥분을 라이더에게 보낼 때마다 스캔다르는 심장 언저리에서 찌릿해지는 연을 느꼈다. 그는 스카프를 목에 더 단단히 감았다. 스카운드럴을 탄 자기 모습을 엄마가 보면 얼마나 좋을까 싶었다. 엄마가 어디에 있든 그곳에서 엄마도 유니콘을 볼 수 있기를 바랐다.

스캔다르는 이제 그들이 포포인트로 들어섰다고 확신했지만 그곳은 메인랜드에서 보았던 어떤 도시와도 비슷하지 않았다. 도로 양쪽 옆에 선 가로수들은 마치 색채들의 축제 같았다. 나무 집은 소박한 단층이든 하늘을 찌를 듯 솟아오른 고층 건물이든 간에 주홍색과 카나리아 같은 노란색이 충돌했고 강렬한 하늘색과 잎사귀의 초록색이 뚜렷한 대조를 이루었다. 심지어 나무 몸통과 가지에도 색색의 천이 감겨 있었다. 스캔다르는 여기는 원소 구분이 없어서 참 좋다고 생각했다. 서로 다른 넷이 어울려 지내는 그의 콰르텟이 연상되기도 했다.

더 들어가 보니 가로수가 늘어선 거리에는 스캔다르가 마게이트에서 보았던 것보다 훨씬 더 흥미로운 상점이 많았다. 빙글빙글 도는 금빛 간판을 내건 가게가 즐비했고 진열창에는 유니콘, 라이더, 경주에 필요한 온갖 물품이 진열되어 있었다. 상점 전면은 땅에 있어서 행인들이 지나가다 들어올 수 있게 되어 있었지만 스캔다르는 불에 의한 기초 부상을 전문 치료하는 힐러의 상점을 들여다보고는 가게 주인이 그 위에 있는 나무 집에서 산다는 것을 알았다. 가로수를 따라 걸어가면서 보니 '님로 안장', '베티의 브러시 창고', '연고와 오일 상점', '브릴리언트 부츠 회사'도 마찬가지였다. 원소 블라스트를 가까이서 보았던 스캔다르로서는 아일랜더들이 왜 집을 땅에 바로 짓지 않는지 충분히 이해가 갔다. 연을 맺은 유니콘들의 블라스트도 충분히 고약했지만 야생 유니콘이 떼로 몰려오면 얼마나 끔찍할지 — 해처리 수업에서 보았던 비디오를 떠올리면 — 상상만 해도 몸이 떨렸다.

"쟤를 믿어?" 바비가 불쑥 던진 질문이 스캔다르의 상념을 깨뜨렸다.

"누구 말이야? 미첼?"

"그래, 미첼. 뻔하잖아." 바비가 씩씩거리자 팔콘이 함께 괴성을 질렀다. "쟤가 우리를 함정으로 끌고 가는 거라면 어떡해? 그런 생각은 해봤어?"

"아니, 난……." 스캔다르가 말을 하려 했다.

"네가 커스터드 한 그릇을 던졌다고 쟤가 갑자기 '콰르텟 회의를 하자'라고 나오잖아. 좀 수상쩍지 않아? 몇 주 전만 해도 너랑 말 섞는 걸 죽기보다 싫어했던 애가 이제 널 감옥에 잠입시켜 준다고?"

스캔다르는 어깨를 으쓱했다. "넌 다들 뭔가 꾸미고 있다고 생각하지."

"다들 뭔가 꾸미고 있어, 스캔다르."

"아니, 그렇지 않아!"

"너 자신을 봐." 바비가 고삐를 여전히 쥔 채 스캔다르를 가리키는 몸짓을 했다. "솔직히 넌 찌질하고 힘없는 해칠링으로 보이지만 실상은 스피릿 유니콘을 타는 불법 스피릿 윌더인 데다가 널 아일랜드에 데려온 사람은 감옥에서 탈주한 집행인이잖아. 아, 그리고 네가 여기 온 날부터 감췄던 네 유니콘의 하얀 무늬는 역사상 가장 악랄한 라이더인 위버의 얼굴에 있는 하얀 칠과 완벽하게 일치하지."

"목소리 낮춰!" 스캔다르가 바비에게 주의를 주는 동안, 스카운드럴은 새로운 환경이 낯선지 고개를 두리번거리면서 코로 불똥을 뿜었다. 스캔다르는 스카운드럴의 하얀 무늬가 발굽 광택제로 잘 가려져 있는지 다시 확인했다. 바비가 정곡을 찔렀다는 것은 인정해야 했다. 불과 몇 달 전, 바비는 외향형의 끝판왕 같은 공기 윌더의 모습으로 살아가지만 실은 자기 안의 괴로움과 싸우고 있음을 몸소 보여 주지 않았던가. 어쩌면 사람들은 각자가 느끼는 것보다 더 원소를 닮았는지도 모른다. 불 원소 하나만으로는 불똥이 튀거나 불길이 타오르게 할 수 없었다. 그 과정에는 아주 많은 요소가 관여했다. 그리고 부드러운 산들

바람과 허리케인은 달라도 그렇게 다를 수가 없지 않은가. 어쩌면 어느 한 원소에 속한다는 사실이 그 사람을 단 하나의 부류로 정해 버리는 건 아닐 것이다. 사람과 마찬가지로 원소도 오만 가지 눈에 보이는 조각들과 보이지 않는 조각들로 이루어져 있었다.

스캔다르는 자기가 우연히 목격한 게 아니라 바비가 어느 날 자기 입으로 공황 발작에 대해 털어놓은 것이었으면 더 좋았겠다고 생각했지만, 어쨌든 지금은 바비를 좀 더 쉽게 이해할 수 있었다. 그늘에 가려지지 않은, 얼굴 전체를 본 것 같다고나 할까. 그렇다고 해서 바비가 공기 윌더답지 않다는 느낌은 전혀 들지 않았다.

바비가 어깨를 으쓱했다. "그냥 하는 말이야. 네가 얼마나 많은 것을 숨기고 있는지 봐. 난 아무도 안 믿어. 특히 시건방진 미첼 핸더슨은."

"그래, 좋아. 하지만 우리가 선택을 할 수나 있어? 애거서에게 스피릿 원소를 제어하는 법을 물어볼 수 있다면 나 자신도 구하고 스카운드럴도 구할 수 있을지 몰라. 그리고 너도 메인랜드에 있는 가족이 걱정되잖아? 애거서가 위버에 대해서 아스펜 맥그래스는 알지 못하는 뭔가를 안다면? 애거서가 도움이 될 수 있다면? 내가 그럴 수 있다면? 이 계획밖에 없어, 바비!"

"글쎄, 나는 그게 싫다고." 바비가 툴툴거리자 팔콘의 회색 날개에 타다닥 전기가 일어났다. "네가 미첼에 대해서 잘못 생각한 거라면 우린 지금 상상할 수 있는 가장 간단한 함정에 빠진 거야. 우리 발로 진짜 감옥에 걸어 들어가고 있잖아."

해칠링들이 대로를 벗어나자 오래된 상점, 나무로 지은 가판대, 나무집 여관들로 이루어진 포포인트의 어두운 골목이 모습을 드러냈다. 유니콘들과 붉은 옷을 차려입은 아일랜더들이 비집고 지나가기에는 골목이 너무 좁았다. 그들이 원소 광장에 도착하니 해는 뉘엿뉘엿 넘어가고 횃불이 광장 중앙에 우뚝 선 네 개의 석상을 밝히고 있었다.

유니콘들이 광장을 가득 메우고 있으니 그 소리 때문에 귀청이 떨어질 것 같았고, 마법의 냄새가 지독하게 진동했다. 석상들은 라이더가 유니콘을 타고 가까이 가면 저절로 모양이 변했다. 불 원소는 불꽃, 물은 파도, 흙은 들쭉날쭉한 모양의 바위, 공기는 번개 모양이었다. 스캔다르가 한때는 스피릿의 석상도 있었을까 궁금해하기도 전에 다섯 마리 유니콘이 꼬리, 갈기, 발굽에서 불을 뿜으면서 그들의 머리 위 하늘을 쏜살같이 가로질렀다. 유니콘들이 공중에서 지그재그를 그리고 회전을 하다가 광장으로 다이빙하듯 급강하하자 군중은 기쁨으로 환호성을 질렀다.

"불 화살이야!" 플로가 신이 나서 스캔다르와 바비에게 외쳤다. 곡예 비행 라이더들은 그 말을 듣기라도 한 듯 컴컴한 밤하늘에 불똥, 파이어볼, 불꽃을 쏘아 아름다운 모양을 그렸다. 스캔다르가 불 마법에서 늘 맡는 냄새——모닥불, 성냥불, 너무 탄 토스트 냄새——가 공기 중에 떠돌았다. 스캔다르는 케나도 이걸 볼 수 있으면 얼마나 좋을까 생각했다. 케나는 언제나 불꽃놀이를 좋아했는데 이 광경은 불꽃놀이는 상대도 안 될 만큼 근사했던 것이다.

울타리를 쳐 놓은 길쭉한 모양의 땅에 횃불이 줄지어 있었다. 그 줄의 양 끝에는 완전 무장을 한 유니콘이 서 있었다. 유니콘에 올라탄 라이더들이 운집한 인파를 향해 손을 흔들자 달빛이 철갑에 이리저리 비쳤다.

누군가가 중앙에서 깃발을 홱 들어 올리자 양쪽에 서 있던 유니콘들이 서로를 향해 질주하기 시작했다. 스캔다르는 한쪽 라이더의 손바닥은 초록색, 또 다른 라이더의 손바닥은 빨간색으로 빛나고, 곧이어 그들의 손에서 빛나는 무기가 나타나는 것을 보았다.

불 윌더는 불로 이루어진 활과 화살을 소환했다. 두 유니콘이 거의 서로를 지나치려는 찰나, 그는 활을 쏘려고 불타는 활시위를 당겼다. 하지만 바로 그때 흙 윌더는 모래 검을 소환했고 그녀가 검을 공중에 휘둘러 바람을 일으키자 불의 화살은 꺼져 버렸다. 두 마리 유니콘이 전속력으로 서로의 옆으로 지나갈 때 엄청난 양의 모래가 불 윌더의 가슴을 강타했다. 군중은 환호했다.

유니콘들은 —— 이제 서로 반대편 끝에 다다라 —— 잰걸음으로 속도를 늦추었고 심판은 2라고 적힌 깃발을 들고 흙 윌더를 향해 흔들었다.

미첼은 스캔다르가 그 광경을 구경하는 모습을 보고 큰 소리로 물었다. "메인랜드에는 마상 시합이 없어?"

"이런 건 없어!" 스캔다르가 신이 나서 대답했다.

"우리도 내년이면 무기를 소환하는 법을 배울 거야. 네슬링 마상 시합 토너먼트가 있으니까."

"저 사람, 니나 카자마야?" 플로가 눈을 가늘게 뜨고 다음 조를 눈여겨보았다. 과연, 이어리에 온 첫날 그들에게 안내를 해 주었던 프레드 선배가 투구를 쓰고 있었다.

플로가 한숨을 쉬었다. "대단하지 않니? 우리 아빠도 저 선배는 카오스컵 본선에 진출할 것 같다고 하더라."

스캔다르는 경기를 좀 더 잘 보려고 스카운드럴을 앞으로 몰고 갔지만 유니콘 없이 서 있던 아일랜더 남자와 여자에게 가로막혀 버렸다.

"진지한 마음이면 이걸 가져가. 나한테 알려 줘, 듣고 있어? 아무에게도 말하지 마." 적갈색 머리의 남자가 금발 여자의 손에 종이 한 장을 쥐여 주었다. 여자가 종이를 받을 때 순간적으로 어떤 상징이 보였다. 넓게 벌어진 아치와 그 아래 검은 원이 위에서부터 아래까지 들쭉날쭉한 하얀 선으로 잘려 있었다. 스캔다르는 그들이 무슨 말을 하는지 들으려고 스카운드럴의 접힌 날개 위로 몸을 숙였다.

"너 괜찮아?" 플로가 묻자 그 두 사람은 실버 유니콘이 지나갈 수 있도록 옆으로 비켜섰다.

"저게 뭐지⋯⋯." 스캔다르가 눈을 찡그렸다. 그가 방금 뭘 본 걸까? 스캔다르는 추위가 파고들지 않게 엄마의 스카프를 더 단단히 여몄다.

"가자, 시간 됐어." 미첼이 재촉했다.

"일단 뭐 좀 먹으면 안 돼? 플로가 노점에서 별의별 군것질거리를 다 판다고 했는데⋯⋯."

미첼은 단칼에 잘랐다. "시간 없어. 계획 기억해? 우린 이미 일정보다 늦었어."

바비가 미첼을 한 대 때리고 싶은 듯한 표정을 지었다.

그들은 원소 광장을 떠나 불꽃과 운명을 아름답게 노래하고 있던 음유시인을 지나쳐 불을 주제로 하는 먹거리를 파는 노점들로 향했다. 어떤 노점은 '뱀스볼케이노칠리 ─ 입에서 불 납니다'라고 광고를 하고 있었고, 또 다른 노점은 '잉걸불 토피 사탕'을 연기 나는 불에서 덩어리를 건져낼 수 있는 삽과 함께 팔고 있었다. 맛있는 냄새가 사방에 풍겨, 스캔다르도 '플레이밍 초콜릿' 노점을 발견했을 때는 잠시 들렀다 가고 싶은 마음이 간절했다.

먹거리 노점을 따라가다 보면 빨간색 재킷, 유명한 불 유니콘 그림, 빨간색 스카프, 그리고 ─ 이유는 알 수 없지만 ─ 살아 있는 반려용 도롱뇽도 살 수 있었다. 콰르텟은 머리끝에서 발끝까지 빨간색으로 입고 회중전등이나 횃불을 든 채 그들을 향해 방긋방긋 웃는 아일랜더들을 지나치기 위해 유니콘을 재촉해야 했다. 스카운드럴은 자꾸 스캔다르의 장화 끝을 물어뜯으려고 했고 —— 그 녀석은 신발 물어뜯기에 집착하는 버릇이 생겼다 —— 그때마다 뿔이 라이더의 정강이를 위태롭게 겨누었다. 하지만 그 외에는 대체로 얌전하게 행동하고 있었다. 사람들은 이따금씩 발걸음을 멈추고는 실버블레이드를 넋 놓고 구경했다.

모퉁이를 돌아설 때마다 인파는 줄어들었다. 원소 광장을 중심으로 하는 왁자지껄한 번화가에서 벗어나자 어둡고 한산한 거리가 나왔다. 축제가 한창인지라 다들 밖에 나가서 즐기는 모양이었다. 그러나 미첼은 포포인트의 외곽에 다다를 때까지 레드나이츠딜라이트의 속도를 늦추지 않았다.

"다 왔어." 미첼이 필요 없는 말을 했다. 그들의 머리 위로 거대하고 반들반들한 바위가 허공에 떠 있었다. 우뚝한 네 그루 나무에서 드리운 쇠사슬들이 뻗어져 나와 바위의 중앙을 칭칭 감아 달빛 아래 떠받치고 있었다. 바위의 표면은 회색이고 매끄러워 보였다. 그건 도저히…… 뚫을 수 없을 것처럼 보였다.

네 명의 센티널이 감옥 바로 아래 서 있었다. 그들의 유니콘들은 석상처럼 미동조차 없는 모습이 이어리 입구를 지키는 유니콘들과 비슷했다. 미첼의 생각이 맞아떨어졌을까. 다른 사람들은 오늘 밤 불의 축제 때문에 바쁜 듯했다.

"1단계 간다, 로버타." 미첼이 중얼거렸다.

바비는 그를 한 번 쏘아보고는 팔콘의 등에서 내려서 고삐를 스캔다르에게 넘겨주었다. 팔콘과 다른 세 마리 유니콘은 작은 풀숲에 몸을 숨겼다.

"정중하게 구는 거 잊지 마." 플로가 바비의 뒤에 대고 속삭였다.

스캔다르에게 바비의 또랑또랑한 음성이 들렸다. "안녕하시옵니까, 작렬하는 은빛의 존재들이시여."

"쟤 지금 뭐 하냐?" 미첼이 신음했다. "말 같지도 않은 말을 하고 있어!"

바비는 거드름을 피우며 목청을 가다듬었다. "사법부 대표께서 지금 당장 원소 광장으로 지원을 요청하셨습니다."

센티널들은 가만히 있었다. 검은 유니콘을 탄 센티널이 맨 먼저 입을 열었다. "감옥을 무방비 상태로 두는 것은 명령에 위배된다."

바비가 허리를 곧추세웠다. "지원군이 오고 있습니다. 걱정 마십시오. 그들이 도착할 때까지 제가 이 자리에 남아 있겠습니다."

밤색 유니콘에 올라타 있던 또 다른 센티널이 웃으면서 콧방귀를 뀌었다. "너 라이더는 맞아? 네 유니콘은 어디 있지?"

"지금 아이라 헨더슨의 권위를 문제 삼는 겁니까?" 이것도 계획의 일부였지만 미첼은 자기 아빠 이름이 들리자 움찔했다.

센티널이 웃음을 거두었다. "네가 아이라 헨더슨은 아니잖아."

플로와 스캔다르가 걱정스러운 눈빛을 교환했다. 드디어 결정적 순간이었다.

그들이 상황을 바꿔 놓을 수 있기를 기대하는 단어를 바비가 입 밖으로 뱉었다.

"립타이드!"

효과는 즉각적이었다. 몇 초 만에 유니콘 네 마리가 그 자리를 박차고 떠났다. 센티널들이 떠난 후 스캔다르, 미첼, 플로는 각자의 유니콘을 탄 채 팔콘을 끌고 풀숲에서 나왔다.

"작전이 정말 잘 통했어." 플로가 놀라워하면서 속삭였다.

"너무 잘 통해서 걱정스럽지." 바비가 중얼거리면서 스캔다르를 의미심장하게 바라보았다.

"난 너희가 왜 그렇게 걱정했는지 잘 모르겠어. '립타이드'가 우리 아빠의 비상 암호라는 걸 알고 있었으니까." 미첼이 어깨를 으쓱했다. "내가 말했잖아. 책을 손에 들고 있으면 아무도 엿듣는다고 의심하지 않는다고."

"그리고 친구가 나서서 말하게 하면 아무도 네가 감옥 잠입을 시도한다고 의심하지 않겠지." 바비가 스캔다르를 향해 눈썹을 치켜올렸다. "어쨌거나, 저들이 긴급 상황 따위는 없다고 알아차리기 전에 2단계를 시도해야 하지 않을까?"

플로가 감옥을 올려다보았다. "하지만 어떻게 저 위로 올라가?"

"좋은 지적이야." 바비도 감옥을 쳐다보았다. "난 도전을 좋아하는 사람이지만, 저기까지는 아무리 못해도 50미터는 되겠어!"

"문은 어디 있지?" 스캔다르가 흠 하나 없는 매끄러운 감옥 표면을 눈으로 훑었다. 그는 네 개의 사슬이 각기 다른 원소의 색깔을 띠고 있음을 퍼뜩 깨달았다. 자신이 법에 어긋난 스피릿 윌더라는 사실이 그 어느 때보다 실감 났다.

"아빠는 자신이 갑작스럽게 돌아가실 경우를 대비해 나한테 감옥에 들어가는 법을 가르쳐 줬어. 아빠의 소지품, 서류, 뭐 그런 걸 챙겨야 한다고 말이야." 미첼이 가슴을 폈다.

"갑작스럽게 돌아가신다고?" 바비는 스캔다르에게 입 모양으로만 말했다.

"거의 평범한 아빠 같았지. 진정한 유대감이 오가는 순간이었어." 미쳴이 한숨을 쉬었다.

"그런데 우리가 어떻게 해야 하는데? 넌 왜 그렇게 느긋해?" 플로가 재촉했다.

"계획이 있거든. 그래서 안달복달하지 않는 거야."

"하지만 저 센티널들이 너희 아빠를 진짜로 찾아갈 수도 있잖아?"

"알았어, 알았어." 미쳴이 짓궂게 대꾸했다. "그냥 날 믿어, 응? 보초들이 없는 이상, 안에 들어가기는 그렇게 어렵지 않아. 네 개의 사슬이 보이지. 감옥은 원소 마법으로 열리게 되어 있어. 각자 자기 원소에 부합하는 사슬을 맡아 마법을 쓸 때 가장 잘 통해. 우리가 동시에 행동하면 효과가 있을 거야."

"쾨르텟 회의에서는 이런 말 하지 않았잖아." 바비가 씩씩댔다.

"사전 정보가 필요하지 않았으니까."

"음, 미쳴," 스캔다르가 입을 열었다. "작은 문제가 있어. 난 스피릿 윌더잖아, 잊었어? 물 윌더가 아니라고."

"네가 실제로 물 윌더여야 하는 게 아니야. 그냥 물 마법을 소환하라고." 미쳴이 살짝 짜증난 듯 말했다.

잠시 후, 쾨르텟은 공중 감옥 아래서 저마다 위치를 잡았다. 플로, 바비, 미쳴의 손바닥은 벌써 초록색, 노란색, 빨간색으로 빛나고 있었다. 하지만 스캔다르는 최후의 순간까지 기다렸다가 물 마법을 소환하기로 마음먹었다. 스피릿 원소를 억제하느라 스카운드럴과 기 싸움을 벌이는 시간을 최소화하고 싶었기 때문이다.

미쳴이 카운트다운에 들어갔다. "10, 9……."

"좋아, 스카운드럴," 스캔다르는 몸을 숙여 유니콘의 귀에 대고 속삭였다. "네가 언젠가 스피릿 원소를 쓰고 싶다면 일단 물 원소부터 통과시켜 줘야 해."

"6, 5,……."

"잠깐이면 돼. 제발 부탁이야, 젤리베이비즈 한 봉지 다 줄게. 널 위해 새를 잡아 줄게. 훈련 후에 레드하고 실컷 놀게 해 줄게." 스캔다르는 스카운드럴이 그의 말은 알아듣지 못해도 연을 통해서 이 절박한 마음만은 느낄 수 있기를 바랐다.

"2, 1,……."

스캔다르가 물 원소를 소환하자 그의 손바닥이 파란빛을 발했다. 스카운드럴이 꺅꺅 울어 댔다.

"지금이야!" 미첼이 외쳤고 하늘에서 불꽃, 전기, 바위…… 그리고 분수처럼 뿜어나오는 물줄기가 폭발했다.

"좋았어, 스카운드럴!" 물줄기가 그의 머리 위 사슬을 때리자 스캔다르가 환호했다.

네 갈래 사슬이 각각의 원소 색상으로 환하게 빛나기 시작했고 마법이 바위 감옥을 향해 나선을 그리며 금속 사슬을 휘감고 올라가더니…….

쉬익!

그들의 머리 위 매끈한 바위 밑에서 문이 열리고 금속 사다리가 번개처럼 내려왔다. 사다리의 날카로운 끝이 미첼의 발 옆 땅으로 쿵 하고 떨어졌다.

미첼은 그들에게 자축할 시간을 주지 않았다. "유니콘을 다시 풀숲에 숨기자. 센티널이 우리 예상보다 빨리 돌아올 경우를 대비해야지."

감옥에 들어가는 길이 확실하게 보이자 스캔다르는 다시 신경이 날카로워졌다. 미첼은 센티널들이 감옥 외부에서만 보초를 선다고 했지만 만약 그가 잘못 알았다면? 사다리를 한 단 한 단 오를 때마다 심장이 두근거렸다. 스카운드럴을 밑에 두고 올라가기가 싫었다. 그리고 바비가 했던 말도 마음속에 맴돌고 있었다. '재를 믿어? 재를 믿어?' 스캔다르가 자기 자신을──그리고 친구들을──함정으로 데려가고 있는 거라면? 이제 미첼도 친구라고 생각한 스캔다르가 너무 순진했나? 미첼이 그들을 감옥으로 데리고 들어가기만 하고 나갈 계획은 세우지 않았다면? 그가 아빠를 도와 스피릿 월더를 또 한 명 잡아들이려는 거라면?

일단 감옥에 들어오자 스캔다르는 더 불편한 기분이 들었다. 분위기가 으스스했다. 그들의 발소리가 둥근 암벽에 메아리쳤고 브래킷에 고정된 채 타오르는 작은 횃불들에 그들의 그림자가 마치 미행을 당하는 것처럼 스러졌다 다시 나타나거나 깜박거렸다. 미첼은 재빨리 그들을 어느 복도로 이끌었다. 무시무시하게 생긴 유니콘들의 초상화가 그들을 내려다보고 있었다. 어떤 그림은 피비린내 나는 스카이배틀을 보여 주었고 또 다른 그림은 승리한 유니콘들과 싸움에 져 땅바닥에 쓰러진 유니콘들을 함께 보여 주었다. 콰르텟이 바위의 바깥쪽 벽을 따라 통로를 돌아 독방들로 다가갈수록 그림 속 장면들은 더욱 섬뜩해졌다. 스캔다르는 그림 속에서 패배한 라이더들이 스피릿 월더들인지 궁금했다.

"내가 얘거서와 둘이서만 얘기해야 할 것 같아." 내벽이 사라지고 창살들이 보이기 시작하자 스캔다르가 속삭였다.

"우리 계획은 그게 아니잖아." 미첼이 따졌다. "내가 물어볼 걸 담은 체크리스트도 만들었는데, 그리고……."

스캔다르가 한숨을 쉬었다. "알아. 하지만 우리 모두 스피릿 월더들과 대화를 시도한다면 결국 아무 말도 못 들을 것 같아서 그래. 그들이 우릴 믿을 이유가 없잖아? 하지만 애거서는 나를 알아."

"확실해, 스카?" 플로가 스캔다르의 어깨에 손을 얹으면서 물었다.

스캔다르는 고개를 끄덕였다. 벌써 저 앞에서 죄수들이 웅성거리는 소리를 들을 수 있었다.

"우리는 너를 기다릴게." 미첼이 계획을 수정한다는 듯 말했다. "우리는 센티널들이 돌아오는지 망을 볼게. 명심해, 시간이 별로 없어."

스캔다르가 걸어 들어갈수록 주위는 어두워지고 멀게 들리던 소리가 가까워졌다.

"애거서?" 그가 이름을 불러 보았다.

대답은 없었다.

"애거서? 나랑 말할 수 있어요?"

대답이 없기는 마찬가지였다.

스캔다르는 심장이 철렁했다. 애거서는 여기에 없는 것이다. 스캔다르는 다른 스피릿 윌더들에게 물어봐야 했다. 어쩌면 그들이라면 어디에 가면 애거서를 찾을 수 있는지 알고 있을지도? 그들이 도움을 줄지도? 스캔다르는 무슨 얘기를 하면 그들의 입을 열 수 있을지 머리를 쥐어짰다. 그러다 문득 깨달았다. 어떻게 앰버의 아빠를 까맣게 잊고 있었을까?

"사이먼 페어팩스, 여기 계세요?"

창살 너머 웅성거림이 돌연 멈추었다.

"그는 여기 없습니다." 높고 새된 목소리가 대답했다. "당신이 잘 알고 있듯이, 사령관이 알고 있듯이."

"그 사람이 여기 없다는 게 무슨 뜻이죠?" 스캔다르는 심장이 두근거렸다.

"당신은 누구입니까?" 걸걸한 음성이 물었다. "목소리가 무척 어리게 들리는데."

"저는……." 스캔다르는 망설였다. 애거서는 그가 누구인지 아니까 괜찮지만 생판 모르는 이 사람들에게 정체를 밝히는 건 너무 위험했다.

"보초는 아닙니다. 그렇지만 제가 누구인지는 밝힐 수 없습니다. 죄송합니다. 저도 말할 수 있으면 좋겠습니다."

흥미가 생겼는지 웅성거리는 소리가 들려왔다. 그림자들이 얼굴을 드러내는 걸 거부하며 창살 뒤로 움직였다. "음, 네가 누구든 간에 사이먼 페어팩스는 여기 없단다." 누군가가 쉰 목소리로 대꾸했다. 그들의 낮고 걸걸한 음성들이 창살 너머에서 울렸다. "너에게 진실을 말해 주마, 아이야. 그들이 너에게든 그 누구에게든 절대 말하지 않는 진실을. 사이먼 페어팩스는 잡히지 않았어. 집행인이 그의 유니콘을 죽인 건 맞아. 하지만 페어팩스는 이 감옥에 한 번도 발을 들인 적이 없어. 그리고 사령관은 여전히 우리에게 누가 위버인지를 추궁하고 있지."

스캔다르의 심장이 미친 듯이 뛰기 시작했다. 이게 정말일까? 위버가 앰버의 아빠일 수도? 스캔다르는 다른 질문을 던지려고 입을 열었다가 곧바로 다물었다. 센티널들에게 비상 암호로 벌어들인 시간이 그렇게 많을 리 없었다. 이것저것 물어보려면 시간이 더 많이 필요했다.

"집행인이 여기 있나요?" 스캔다르가 떨면서 물었다. "애거서가 이 감옥에 있어요? 그 여자가, 아니면 아틱스완송이 어디 있는지 아세요?"

"여기선 그 이름들을 입에 올리지 않는다!" 누군가가 고함을 쳤다.

"너는 누구냐?" 나이 든 걸걸한 음성이 다시 물었다.

스캔다르는 바위 감옥의 둘레를 따라 무작정 뛰어갔다. 한 바퀴를 돌아 친구들에게 돌아갈 수 있기를 바랐지만, 눈에 익은 광경은 보이지 않았다. 달빛도 감옥의 철창 안으로는 거의 비치지 않았다. 스캔다르는 어둠이 싫었다. 아주 싫었다. 스캔다르는 달리기를 멈추었다. 스피릿 윌더들의 목소리가 이제 더는 들리지 않았다. 길을 잃었나? 이건 실수였다. 엄청난 실수. 그는 스카운드럴을 위험에 빠뜨렸다. 도대체 무엇을 위해서? 그리고 앰버의 아빠는 뭐지? 앰버의 아빠가 유일하게 잡히지 않은 스피릿 윌더라면 정말로 그가 위……

"스캔다르." 힘없는 목소리가 그를 불렀다. "기다려." 창살 사이로 손하나가 살짝 뻗어 나왔다. 관절이 툭 튀어나온 창백한 손. 큰 싸움을 겪은 사람의 손 같았다.

"애거서?" 스캔다르는 급하게 멈춰 섰다. "애거서 맞아요?"

"네 목소리가 들리는 것 같더니만! 다섯 원소에 맹세코, 네가 여기서 뭘 하는 거니?"

"당신을 찾고 있었어요." 스캔다르는 창살에 대고 속삭였다. "당신을 부르긴 했지만, 여기 없을 줄 알았어요. 다른 사람들이 당신에 대해서는 아무 말도 안 하려고 하더라고요. 괜찮은 거예요?"

"나는 그들과 함께 있지 않으니까." 애거서가 속삭였다. 스캔다르는 어둠 속에서 그녀의 실루엣만 겨우 알아볼 수 있었다. "나는 따로 독방에 갇혀 있단다. 여기서 내가 인기가 좋진 않거든. 그런데 왜 나를 찾은 거니?"

애거서를 겨우 찾은 지금, 스캔다르는 무슨 말부터 꺼내야 할지 몰랐다.

"너는 스피릿 윌더지." 애거서가 말했다.

"어떻게 그걸……?"

"예감이 있었거든." 스캔다르는 애거서의 말에서 어렴풋한 미소를 느낄 수 있었다.

"스피릿 원소를 어떻게 감춰요? 어떻게 다스려요?" 스캔다르가 절박하게 물었다. "차단하려고 노력해 봤지만 잘 안 됐어요. 이러다간 제가 노매드로……."

"스피릿 원소가 다른 원소와 함께 연으로 들어오게 하렴." 애거서가 곧바로 대답했다. "차단이 통할 수는 있지만, 내가 짐작하건대 네 유니콘하고 문제가 있지?"

스캔다르가 침을 삼켰다. "스피릿 원소를 못 쓰게 하면 저를 미워해요."

"네 유니콘은 널 미워하지 않아. 그저 이해하지 못하는 거야. 스피릿 원소를 받아들이면 오히려 너의 원소 제어에도 도움이 되고 네 유니콘의 반응도 나아질 거야."

스캔다르는 안도한 나머지 무릎으로 털썩 주저앉고 싶었지만 시간이 얼마나 남았는지 알 수 없었다. 보초들이 돌아오려면 얼마나 걸릴까? 행여 미첼의 아빠가 조사를 하러 온다면?

"위버 말인데요." 스캔다르는 조비가 했던 말을 기억으로 더듬으며 급히 물었다. "스피릿 윌더가 어떤 식으로든 뉴에이지프로스트를 되찾는 데 도움이 될 수 있어요? 그래서 저를 아일랜드에 데려온 거예요? 위버와 맞서기 위해 제가 배워야 할 게 있나요?"

대답은 잠깐의 침묵 후에 돌아왔다. "나도 확실히는 몰라. 위버의 계획이 뭔지는 알 수 없지만 연과 관계가 있겠지, 스캔다르. 연은 항상 위버와 함께 있단다. 그리고 너는 그걸 볼 수 있고."

"연을 본다고요? 제가요? 저는 보지 못해요!" 하지만 그렇게 말하자마자 스캔다르는 자신이 변이를 일으켰을 때 보았던 기묘한 색색의 빛이 기억났다. 그게 다른 해칠링들의 연이었을까?

"곧 그렇게 될 거다. 스피릿 원소를 받아들이면 말이지. 그게 바로 스피릿 월더만이 위버를 저지할 수 있는 이유야. 스피릿 월더만 연을 볼 수 있단다."

"하지만 당신도……." 스캔다르의 심장이 어찌나 격렬하게 뛰는지 가슴팍의 살갗이 심장 박동에 따라 티셔츠를 스칠 지경이었다. 묻고 싶은 말은 너무 많았지만 시간이 없었다. 스캔다르는 이제 반쯤은 조비가 틀렸기를 바라는 심정이었다. 차라리 자신이 도울 길이 없었으면, 위버를 그가 책임질 일은 없었으면 했다.

"너여야만 해, 스캔다르. 나는 못해. 난 그렇게 강하지 않단다. 게다가 어쨌든, 내 유니콘도 그들에게 잡혀 있잖니. 정말 미안하구나. 반드시 너여야만 해." 애거서는 그 어느 때보다 괴로운 듯 말했다.

"하지만 제가 스피릿 원소를 어떻게 익히죠? 스피릿 원소를 어떻게 써요? 도서관들을 뒤져 봐도 아무것도 나오는 게 없어요. 제 정체를 들키면 당장 여기 처박히거나 더 끔찍한 일을 당하겠지요. 밖에선 아무도 저를 도와주지 않을 거예요!" 스캔다르는 절망한 나머지 목소리가 높아졌다.

"이걸 받아. 저들은 이것도 나와 함께 가둬 놓았지. 나 못지않게 위험한 물건이라고 생각하니까."

하얀 가죽 장정의 두툼한 책이 창살 사이로 나타났다. 주위는 어두웠지만 스캔다르는 거기에 새겨진 상징 — 서로 얽혀 있는 네 개의 금빛 원 — 은 알아볼 수 있었다. 표지에는 양각의 금빛 문자로 제목이 찍혀 있었다. 『스피릿의 책』.

"받아." 애거서가 쉰 소리로 말했고 스캔다르는 원소 경전의 다섯 번째 책이자 마지막 권을 향해 손을 내밀었다. 스캔다르의 팔에 묵직한 무게가 느껴졌다.

스캔다르는 그 책을 손에 잡히는 대로 넘기면서 몇몇 대목이나마 급히 읽지 않을 수 없었다.

'스피릿 윌더들에게는 다른 원소의 사용을 증폭시키는 능력이 있으니, 이는 그들이 불, 물, 흙, 공기와 연합한 윌더들과 싸움에서 능히 대적할 수 있음을 의미한다⋯⋯.'

'스피릿 원소는 딱히 강력한 공격 원소는 아니지만, 방어력은 다른 네 유형의 원소와 비교가 되지 않을 정도로⋯⋯.'

스피릿 원소는 하나의 어엿한 원소였다! 그건 굉장한 얘기였다! 스캔다르는 원소가 네 개가 아니라 다섯 개임을 인정하는 책을 들고 있었다! 그는 몇 페이지를 더 넘겨 보았다.

'스피릿 원소와 연합하는 이들은 야생 유니콘에 대한 친화력이 있다. 이는 다른 원소의 윌더들이 도저히 필적할 수 없는, 연과의 관계로 설명이 된다. 야생 유니콘은 스피릿 윌더에게서 스피릿 원소의 힘을 감지하고 그에 대한 관심과 존중을 보이는데 이는 다른 윌더들에게는 있을 수 없는 일이다⋯⋯.'

'스피릿 연합 유니콘은 변신하여 원소 자체의 모양을 취할 수 있는 능력이 있다⋯⋯.'

애거서가 다시 말했다. "스피릿 아지트를 찾으렴. 거기에는 스피릿 원소에 대한 책과 정보가 더 많이 있을 거야. 할 수 있는 한 많이 배워 둬."

"아지트라고요?" 스캔다르가 물었다. 그러나 애거서가 대답을 하려는 찰나 사이렌이 요란하게 울렸다.

"가! 얼른 가! 가야 해!" 애거서가 재촉했다. 하지만 그러면서도 손으로는 스캔다르의 팔목을 잡고 창살 쪽으로 끌어당기고 있었다.

그녀의 음성은 거칠고도 절박했다. "부디 위버를 죽이지는 마, 스캔다르. 위버의 계획을 막기 위해 뭐든지 해도 괜찮지만 그것만은 제발……."

"뭐라고요?" 스캔다르가 귀가 찢어질 듯한 사이렌 소리를 뒤로하고 물었다.

"내가 이렇게 빌게. 위버를 죽이진 마." 애거서는 비로소 스캔다르를 놓아 주었다. 그녀의 팔이 언제 거기 있었나 싶게 창살 너머로 완전히 사라졌다.

스캔다르는 미친 듯이 친구들에게로 뛰어갔다. 그들은 손으로 귀를 틀어막고 스캔다르를 찾아다니고 있었다. 스캔다르는 처음에는 센티널이 돌아와서 경보를 울렸는가 보다 생각했다. 하지만 그때 플로와 미첼이 소리를 질렀다. "야생 유니콘들이 몰려온다!"

15장

야생 유니콘 떼가 몰려오다

"플레이밍 파이어볼!" 미쳴이 스캔다르가 달려오는 것을 보고 외쳤다. "그게 『스피릿의 책』이야?"

"북클럽은 뒤로 미루면 안 될까? 지금은 죽지 않을 궁리가 먼저야!" 바비가 고함을 쳤다. 다 함께 비상구를 향해서 달려가는 동안 바비는 그칠 줄 모르고 울려대는 사이렌 소리에 인상을 썼다.

바깥에서는 깊고 우렁찬 울부짖음, 우레와 같은 말발굽 소리, 그리고 아스라하게 들리는 비명이 밤을 가득 채우고 있었다.

"우리 유니콘에게 가야 해!" 플로가 사다리의 마지막 몇 단을 건너뛰어 땅에 착지하면서 외쳤다.

"저게 뭐야?" 바비가 목이 졸린 듯한 소리를 냈다.

지독한 악취가 밀려왔다. 스캔다르는 아일랜드에 처음 온 날 이 냄새를 맡은 적이 있었다. 산송장의 썩어 가는 냄새. 야생 유니콘 떼는 점점 가까워지고 있었다.

스캔다르는 나무들 사이 스카운드럴을 숨겨 놓은 장소로 전속력으로 달려갔다. 검은 유니콘은 라이더가 돌아오자 반갑다고 히힝 소리를 내면서 고이 접은 날개에 찌릿찌릿 전기를 일으켰다.

우레와 같은 말발굽 소리가 이제 어찌나 큰지 스캔다르는 스카운드럴의 등에 올라타면서 야생 유니콘 떼가 감옥에 다 왔겠구나, 하고 예상했다. 그는 야생 유니콘들의 괴성과 울부짖음에 뒤섞인 사람의 비명을 듣지 않으려고 노력했다.

"어서 타! 어서 타!" 미첼은 그렇게 외쳤지만 미첼만 빼고 나머지는 이미 유니콘의 등에 올라 있었다. 미첼은 나무에 매어 놓은 레드의 고삐를 푸느라 애를 먹었다.

스카운드럴이 공기의 냄새를 맡았고 스캔다르는 연을 통하여 자기 유니콘의 급작스러운 공포를 고스란히 느꼈다. "걱정하지 마." 그는 유니콘의 검은 목을 쓰다듬었다. "무사히 빠져나가게 해 줄게."

미첼이 레드나이츠딜라이트를 몰아 인적 없는 구불구불한 거리를 질주했다. 스캔다르는 야생 유니콘들이 어느 방향에서 오는지 자기보다는 미첼이 더 잘 알기를 바랐다. 그러다 대장간들밖에 없는 —— 금속판이 널려 있고 망치가 옆에 떨어져 있는 —— 막다른 골목에 다다르자 스캔다르는 공황에 빠지기 시작했다. 그는 자기 심장에서 편안하게 당겨지는 연의 느낌, 팔에 낀 『스피릿의 책』, 스카운드럴의 규칙적인 숨소리에만 집중하려고 노력했다. 그러나 야생 유니콘 떼가 몰려오는 소리가 너무 압도적이어서 포포인트를 가로질러 모퉁이를 돌면 결국 마주치고 말 것 같았다.

그들은 작은 거리를 빠져나와 원소 광장에 다다랐다. 인파가 사라진 광장에서 네 개의 석상만이 섬뜩하리만치 크게 보였다. 야생 유니콘의 냄새가 어찌나 진동하는지 스캔다르는 토하지 않기 위해 입으로만 숨을 쉬어야 했다. 유니콘들의 울음소리가 귀를 가득 메웠다.

스캔다르는 스카운드럴을 재촉해 광장을 가로지르려 했지만 유니콘은 되레 물러서기 시작했다. 나머지 세 유니콘도 마찬가지였다. 털가죽 아래서 원소 블라스트가 끓어오르고 있었다. 레드의 등에서 연기가 피어오르기 시작했다. 스카운드럴의 두려움이 연을 통해 흘러 들어오자 스캔다르의 두려움도 함께 부풀어 올랐다.

"얘들이 왜 이러지?" 플로가 블레이드를 필사적으로 앞으로 재촉하면서 말했다.

"저기," 바비가 담담하게 말하면서 광장의 반대편 끝을 가리켰다.

야생 유니콘들이 도착한 것이다.

플로는 비명을 질렀고 블레이드는 뒷발로 번쩍 일어섰다. 스카운드럴은 제자리를 빙빙 돌면서 날개를 퍼덕거렸다. 스캔다르는 그들이 야생 유니콘 떼에게 짓밟혀 짜부라질 때까지 30초도 안 남았다고 생각했다.

"날아! 날아가야 해!" 바비가 고함쳤다.

"웃기는 소리 좀 하지 마!" 미첼이 맞받아쳤다. "우리 아직 비행 수업은 받지도 않았어. 몇 주는 더 있어야 한다고."

"안 돼! 얘들은 아직 못해!" 플로가 소리를 질렀다.

"땅에 남아 있으면 저것들에게 잡혀. 야생 유니콘은 연을 맺은 유니콘만큼 잘 날지 못해. 그러니까 우릴 따라오지 못할 거야. 더 잡기 쉬운 쪽으로 표적을 돌리겠지." 바비는 벌써 팔콘의 고삐를 쥐고 자세를 낮추고 있었다.

"그럴까?" 미첼이 씩씩거렸다. "그 가능성을 시험해 보고 싶냐?"

"가자!" 바비가 미첼을 무시하고 팔콘스래스에게 호령했다. 팔콘은 자기를 향해 달려오는 괴물들을 향하여 회색 뿔을 곤두세우고 곧바로 내달렸다.

"이건 완전히 미친 짓이야!" 미첼이 부르짖었다.

"저러다 부딪치겠어!" 플로가 한 손으로 자기 눈을 가리면서 소리 질렀다.

그러나 충돌은 일어나지 않았다. 팔콘이 회색 날개를 바깥쪽으로 펴고 빠르게 퍼덕대더니 땅에서 훌쩍 떠올랐다. 팔콘은 야생 유니콘들을 발밑으로 하고 하늘 높이 날아올랐다. 바비의 환호성이 광장에 메아리 쳤다.

미첼은 미친 짓 운운했던 것도 잊고 레드나이츠딜라이트를 야생 유니콘 떼를 향해 몰아갔다. 플로는 실버블레이드를 타고 그 뒤를 바짝 따라갔고 스캔다르와 스카운드럴이 맨 끝을 차지했다. 스캔다르는 미첼이 앞쪽으로 자세를 낮추고 레드가 깃털이 두툼한 날개를 펼치며 앞 발을 들어 이륙을 시도하는 모습을 보았다. 하지만 두 발 모두 쿵 하고 땅에 떨어졌다. 레드는 땅을 박차고 날아오를 수 없을 것만 같았다.

"힘내, 레드!" 스캔다르가 숨죽여 중얼거렸다. 미첼은 점점 더 가까 워지는 야생 유니콘 떼에 혼비백산해 소리를 질렀다. 하지만 그때 레드 가 날개를 한 번, 두 번 펄럭였고 세 번째에 드디어 네 개의 발굽을 땅 에서 떼고 하늘로 날아올랐다.

그다음은 블레이드였다. 블레이드는 이 순간을 기다려 온 것 같았 다. 실버 유니콘은 스카운드럴의 코앞에서 날갯짓을 하며 우아하게 날 아올랐다. 플로는 무서워서 자기 유니콘의 목을 끌어안았다. 스캔다르 는 플로가 눈을 감고 있을 거라 거의 확신했다. 하지만 실버도 그때만 큼은 자기 라이더에게 신경을 쓰면서 부드럽게 날아갔다. 이제 스캔다르는 다리로 스카운드럴을 재촉하면서 자기 유니콘도 그렇게 날아올라 위험으로부터 함께 도망칠 수 있기를 소원했다.

스카운드럴의 날개 관절이 스캔다르의 무릎 옆에서 움직이는가 싶더니 검은 날개가 활짝 펼쳐졌다. 스캔다르는 자기 유니콘이 그렇게 날개를 넓게 펼치는 것을 처음 보았다. 검은 깃털이 바람을 받자, 스캔다르는 두 다리로 유니콘의 뜨끈한 옆구리를 누르면서 더 속도를 내라고 재촉했다. 그는 겨드랑이에 『스피릿의 책』을 끼고 있었지만, 근육은 힘이 풀린 상태였다. 스카운드럴은 너무나 난폭하게 질주했다. 그 바람에 책이 스캔다르의 겨드랑이에서 미끄러졌다. 스캔다르는 얼른 책장을 움켜잡았지만, 책이 너무 무거웠다. 책의 달랑 한 페이지만 스캔다르의 손에 잡혀 있었다. 그러다 스카운드럴이 또 한 번 느닷없이 몸을 흔들자, 그 페이지의 귀퉁이가 찢어지면서 『스피릿의 책』은 바닥에 떨어지고 말았다.

"안 돼!" 스캔다르가 소리를 질렀다. 하지만 그 책을 되찾을 수 있을지 없을지 생각할 때가 아니었다. 스카운드럴은 날개를 위로 뻗고는 ― 고르지 못한 숨을 거칠게 몰아쉬면서 ― 야생 유니콘 떼를 향하여 전력 질주했고, 스캔다르가 그 괴물들의 뼈만 남은 낯짝과 눈과 입에서 흘러내리는 끈끈한 진액을 볼 수 있을 정도로 야생 유니콘 떼와의 거리가 줄어들었다. 스캔다르는 고삐를 놓고 스카운드럴의 목을 와락 끌어안으면서 바람의 저항을 덜 받게끔 자세를 낮추었다. 그리고 그들은 날아오를 수 없나 보다 생각한 바로 그 순간, 스캔다르의 위장이 출렁하는 느낌과 함께 스카운드럴의 발굽이 단단한 땅을 차고 하늘로 올라갔다.

스캔다르의 머리가 갑자기 가벼워졌다. 그의 눈은 유니콘의 검은 두

귀 사이로 펼쳐지는 하늘의 모습을 제대로 받아들이지 못했다. 밤공기가 몰아치면서 스캔다르를 이쪽저쪽으로 휘두르고 머리카락을 이마 위로 세웠다. 스캔다르는 살면서 가장 평범하지 않은 순간을 만끽했다. 그는 슈퍼히어로였다. 마법사였다. 아니, 그보다 디 좋은 유니콘 라이더였다. 스카운드럴은 달려드는 괴물들을 저 아래로 따돌리고 밤하늘 높이 날아올랐다. 바비가 예상한 대로 야생 유니콘들은 따라오지 않았다.

스캔다르는 순수한 공포가 그토록 빠르게 몸을 가눌 수 없는 기쁨으로 바뀌는 경험은 처음이었다. 비행은 경이로웠다. 비행은 전부나 다름없었다. 애서서와 함께 아틱스완송을 타고 올 때와는 완전히 달랐다. 자기 유니콘을 타고 나는 것, 늘 운명으로 이어져 있던 존재와 하늘을 공유하는 것은 정말 달랐다. 무섭거나 위험하지 않았고, 아니, 스캔다르가 기대했던 그 무엇과도 같지 않았다. 비행은 그저 이게 옳다는 것을 느끼게 했다. 혹여나 스캔다르가 떨어지더라도 스카운드럴스럭이 잡아 줄 거라는 걸 연이 알려 주었다.

쾌르텟의 유니콘들이 다이아몬드 대형을 이루었다. 바비가 선두를 차지하고 플로와 미첼이 양옆, 스캔다르가 후방을 맡았다. 스캔다르는 얼마나 입이 찢어져라 웃었는지 스카운드럴이 바람을 가르고 나는 동안 추위에 이가 시렸다. 드디어 누나에게 오로지 진실만을 말할 수 있는 일이 생겼다. 비밀이나 스피릿 원소에 대해 말할 것 없이, 그냥 비행에 대해서만 말할 것이다. 검은 스카프가 스캔다르의 뒤로 휘날렸다. 스캔다르는 케나가 그 스카프를 줬다는 사실이 기뻤다. 엄마의 자그마한 일부가 오늘 밤 자신과 함께 하늘을 날고 있다는 사실이 기뻤다.

유니콘들이 서로를 정답게 부르듯 히힝 소리를 냈고 그 소리가 바람을 타고 전해졌다. 스캔다르는 바비가 이어리로 가는 길을 아는지 궁금했다. 하지만 스카운드럴이 별 아래로 미끄러지듯 날아가자, 길을 알든지 모르든지 더는 특별히 신경이 쓰이지 않았다. 애거서의 말이 비행 중에 생각났다. '스피릿 원소를 받아들이렴.' 여기서 한번 해 봐도 괜찮지 않을까? 잠깐만 연에 스피릿 원소가 들어오게 하면 어떨까?

스캔다르의 손에서 스피릿 원소가 하얀빛을 발하자 스카운드럴이 신이 나서 환호성을 질렀고 깃털의 끝이 라이더에게 화답하듯 하얀색으로 빛났다.

그때 플로의 다급한 목소리가 바람을 가르고 그에게 닿았다. "저거 봐! 저 아래!"

"우리가 뭘 보고 있는 거지?" 미첼이 물었다.

스캔다르는 스카운드럴의 검은 깃털 사이에서 뭔가를 보았고 그 순간 피가 차갑게 얼어붙어 버렸다.

포포인트를 벗어나는 야생 유니콘 떼 뒤쪽으로, 뼈밖에 없는 그 무리와는 완연히 다른 모습의 유니콘 한 마리가 보였다. 야생 유니콘들의 근육은 닳고 닳았으나 그 유니콘의 근육은 탄탄했다. 야생 유니콘들의 가죽은 썩어 가고 있었으나 그 유니콘의 가죽은 흠집 하나 없었다. 야생 유니콘들의 뿔은 반투명했지만 그 유니콘의 뿔은 순수한 회색이었다.

뉴에이지프로스트. 그리고 그 등에는 얼굴에 칠해진 견고한 하얀 띠가 빛나는 위버가 올라앉아 검은 수의를 휘날리고 있었다.

"위버 뒤에 누가 앉아 있어!" 바비가 외쳤다. "뉴에이지프로스트의 등에 두 명이 타고 있다고!"

"왠지 낯이 익어. 분명히 본 적이 있는 것 같아. 하지만 거리가 너무 멀어서 잘 모르겠어. 플로, 넌 저 사람 알겠어?" 미첼이 외쳤다.

스캔다르는 여전히 손바닥으로 스피릿 마법의 하얀빛을 발하며 아래쪽을 눈여겨보다가 다른 것을 목격했다. 빛나는 하얀 띠가 뉴에이지프로스트의 심장과 위버의 심장을 연결하고 있었다. 연. 위버가 뉴에이지프로스트와 연을 맺는 데 성공한 걸까? 아스펜 맥그래스의 연이 아직 남아 있는 걸까? 아니면 연이 끊어진 걸까? 그런 일이 어떻게 가능한 거지?

스캔다르는 친구들에게 말을 하려고 고개를 들었지만 주위에서 번득거리는 빛깔들 때문에 정신이 하나도 없었다. 미첼과 레드 사이의 붉은 끈, 바비와 팔콘 사이의 노란 끈, 플로와 블레이드 사이의 초록 끈. 스캔다르는 자기 가슴을 내려다보았지만…… 거기엔 아무것도 없었다. 어쩌면 스피릿 윌더는 자기 자신의 연을 볼 수 없는 걸까? 그는 경이로움과 두려움이 자신을 꿰뚫고 지나가는 것을 느꼈다. 애거서의 말이 맞았다. 스피릿 원소를 사용하자 라이더들의 연을 눈으로 볼 수 있었다. 스캔다르는 뒤를 돌아보았고 야생 유니콘들을 몰고 황무지로 돌아가는 위버와 뉴에이지프로스트 사이의 연이 빛나는 것을 보았다. 하지만 이게 애거서가 한 말이 다 옳다는 의미일까? 그녀의 말이 머릿속에서 맴돌아 스캔다르는 몸이 떨렸다. '반드시 너여야만 해, 스캔다르.'

그들은 오래 지나지 않아 이어리의 입구 밖에 이르렀다. 착륙은 하늘을 나는 것만큼 재미있지 않았다. 스카운드럴은 엄청난 속도로 언덕으로 하강했고 — 진흙탕에 미끄러지듯 슬라이딩을 하면서 — 스캔다르는 유니콘의 머리 위로 내던져지지 않기 위해 온 힘을 다해 버텨야 했다.

콰르텟이 모두 무사히 땅으로 내려오자 바비는 보초를 서는 센티널들에게 추궁당하지 않기를 바라며 얼른 나무 몸통의 마디에 손바닥을 얹었고 바로 그때…….

"데저트 더스트 스톰(desert dust storm, 사막 먼지 폭풍)! 너희 넷 여기까지 날아온 거니?"

웹 교관의 실루엣이 이어리 벽에 나타났다. 그는 이끼로만 이루어진 드레싱 가운을 입고 있었다. 그의 머리에 돋은 이끼 덩어리와 찰떡같이 어울리는 옷이었다.

아무도 웹 교관에게 대답하지 않았다.

"응? 너희도 불의 축제에 야생 유니콘 떼가 몰려왔다는 걸 틀림없이 알 텐데?" 웹 교관이 씩씩거리며 말했다. "해칠링 콰르텟 하나가 전원 행방을 알 수 없게 되어 아마도 죽었겠거니 했다. 요즘 같아선 우리도 그렇게 생각할 수밖에. 센티널 다섯이 죽었다! 다섯이나 죽었다고! 그리고 아일랜더 두 명이 더 실종됐지. 연기 못 봤어?"

"메인랜드는 무사한가요?" 스캔다르가 물었다.

"그래, 얘야. 하지만 너희 넷은? 우리 모두 걱정이 되어 죽을 것 같았다. 실버가 위버 손에 들어간다면……. 세상에, 상상이 가니? 그건 생각할 수도 없는 일이야!"

이어리의 입구가 빙그르르 도는 물줄기와 함께 열렸고 네 사람이 더 나왔다. 그들의 그림자가 담벼락의 불 화초 위에서 춤을 추었다.

그중 세 사람은 스캔다르가 아는 얼굴이었다. 오설리번 교관은 화가 단단히 난 듯 양손의 주먹을 불끈 쥐고 있었다. 스캔다르는 그녀의 목에 영원히 남은 상처가 야생 유니콘 세 마리와 싸우다가 입은 것이라는 소문을 들었다. 스캔다르는 오설리번의 새파란 눈이 사납게 번득이는 기세를 봐서는 그녀가 야생 유니콘 세 마리가 아니라 열 마리가 더 왔어도 싸웠을 거라고 마요네즈 1리터를 걸고 내기를 할 수도 있었다. 앤더슨 교관은 화가 났다기보다는 실망했는지 귓가의 불꽃들이 의기소침해져 깜박이고 있었다. 그리고 매력적인 공기 훈련 담당 세일러 교관은 팔의 모든 혈관에서 심장 박동에 따라 전기가 찌릿찌릿 일긴 했지만 평온해 보였다.

스캔다르는 네 번째 사람을 알아보지 못했다. 밝은 갈색 피부에 검은 머리를 길게 땋은 남자가 교관들 사이에 말없이 서 있었다. 땋은 머리채 한 갈래는 등으로 폭포처럼 드리워져 있었는데 파란색이었고 살아 움직였다.

"우린 이제 끝장이야." 미첼이 그들이 다가오는 것을 보고 목 졸린 소리를 냈다. 스캔다르는 미첼이 그렇게 무서워하는 모습은 처음 보았다. 미첼은 손가락까지 덜덜 떨고 있었다.

"왜 그래? 저 사람은 누구야?"

"우리 아빠." 미첼이 헐떡거리며 대답했다. "아빠는 알 거야. 감옥 잠입에 대해서. 너에 대해서. 전부 다 아는 거야. 그게 아니면 아빠가 왜 여기 있겠어?"

스캔다르는 숨이 멎는 것 같았다. 그는 본능적으로 스카운드럴의 고삐를 바짝 잡았다. 아무도 그의 유니콘을 데려가지 못할 것이다. 그는 조비처럼 되지 않을 것이다. 그 전에 죽으면 죽었지…….

"미첼?" 앤더슨 교관이 먼저 입을 열었다. 그의 음성은 침착했고 염려하는 기색마저 느껴졌다. "유감스럽지만 아버님께서 안 좋은 소식을 전하러 오셨다."

"무슨…… 안 좋은 소식이요?" 미첼이 아빠를 쳐다보았다. "엄마는 괜찮으신 거죠?"

"네 사촌 앨피가," 아이라 핸더슨이 참을 수 없다는 듯 외쳤다. 아들이 실종됐을지도 모른다고 생각한 아빠라면 그런 반응을 보이지 않았을 것이다. "네 사촌이 위버에게 납치됐다. 빌어먹을 《해처리 헤럴드》가 내일 기사를 터뜨리기 전에 네가 먼저 알아야 할 것 같아서." 미쳴의 눈과 똑 닮은 짙은 갈색 눈이 어둠 속에서 번득였다. "누가 너에게 한마디 해 달라고 해도 아무 말 하지 마라. 핸더슨이라는 이름이 더는 망신스러워지는 일은 피해야 하니까." 위원의 얼굴에서 따뜻함은 조금도 느껴지지 않았다.

"네, 아빠." 미쳴이 중얼거렸다.

플로, 바비, 스캔다르가 눈길을 주고받았다. 미쳴의 사촌? 위버와 함께 뉴에이지프로스트에 탄 그 사람인가?

아이라 핸더슨이 오설리번 교관을 돌아보았다. "나는 가야겠습니다. 얘들을 기다리느라 지체했어요. 집행인을 오늘 밤 새로운 장소로 옮기는 중입니다." 그가 목소리를 낮추었지만 스캔다르에게 그가 하는 말이 들리지 않을 정도는 아니었다. "이 정보는 당신만 알고 있어야 합니다. 『스피릿의 책』을 도난당했습니다. 내 비상 암호를 써서 감옥을 지키던 센티널들을 따돌렸다고 합니다. 페르세포네, 당신한테는 솔직히 말하지요, 위원회 내부에 위버의 조력자가 있는 게 아닌가 싶습니다. 그런 정보에 접근할 수 있는 사람이 달리 어디 있겠습니까?"

스캔다르는 미쳴에게 고개가 돌아가려는 것을 꾹 참았다.

오설리번 교관은 믿을 수 없다는 표정으로 고개를 저었다. "그럴 리가!"

아이라가 목청을 가다듬었다. "이어리도 경계를 강화해야 합니다. 센

터널들을 더 보내지요. 오늘 밤 당장."

아이라 핸더슨은 마지막으로 그들을 한 번 눈으로 훑고는 아들에게 잘 있으라는 인사도 없이 밤의 어둠 속으로 사라졌다.

아이라 핸더슨이 떠난 후 스캔다르는 살면서 그렇게 지독한 질타를 당하기는 처음이다 싶을 만큼 혼이 났다. 하지만 다행히 교관들은 사이렌이 울렸을 때 콰르텟이 뒤처져 있었다는 변명을 의심할 만한 증거가 없었다. 그들은 살벌한 경고를 늘어놓으면서 콰르텟에게 곧바로 취침에 들 것을 지시했다.

당연히 콰르텟은 곧장 잠자리에 들지 않았다. 그들은 일단 빈백을 하나씩 차지하고 앉아 난롯불에 손을 녹였고 그 후 스캔다르는 자신이 알아낸 것을 얘기했다. 사이먼 페어팩스는 결코 잡힌 적이 없고, 뉴에이지프로스트와 위버 사이의 연이 자기 눈에 보이더라는 얘기까지 했다. 그러나 자신이 가장 겁나는 한 가지는 말하지 않았다. '반드시 너여야만 해, 스캔다르. 정말 미안하구나. 반드시 너여야만 해.'

스캔다르의 이야기가 끝나자 미첼이 불쑥 일어나 침실로 올라갔다.

"쟤 괜찮은 것 같아?" 플로가 물었다. 바위들이 한데 뭉친 모양의 금빛 흙의 핀이 반짝거렸다. "미첼의 사촌이 납치당했다니 믿을 수 없어. 앨피 오빠는 우리 아빠 경쟁업체인 마르티나 마구 제조소에서 견습생으로 일해. 우리 오빠도 앨피 오빠를 잘 알아!"

"쟤네 아빠는 안 좋은 소식을 뭐 그런 식으로 알려 주냐" 바비가 긴급 샌드위치를 입안 가득 우물거리면서 말했다. 잼과 마마이트가 치즈 사이로 스며들었다. 스캔다르는 바비가 빵을 어디서 구했는지 여전히 알지 못했다.

하지만 미첼은 한쪽 팔에 크고 네모진 물건을 안고 거의 곧바로 다시 내려왔다.

"그거 흑판이냐?" 바비가 어이없다는 듯이 물었다.

"맞아, 로버타." 미첼이 과장된 몸짓으로 분필 한 자루를 꺼내 보였다. "지난번 콰르텟 회의에는 이 물건을 꺼내 올 시간이 없었지. 하지만 이제 제대로 시작할 수 있잖아."

미첼이 목청을 고르고 다시 입을 열었다. "이천이백 시에 소집된 두 번째 콰르텟 회의에 참석한 것을 환영합니다."

"이천이백 시?" 스캔다르가 입 모양으로 플로에게 물었고 플로는 "열 시."라고 속삭이고는 킥킥거렸다.

"더 큰 샌드위치가 필요하겠네." 바비가 중얼거렸다.

미첼은 안경을 콧등으로 치켜올리고 분필로 흑판을 톡톡 쳤다. "우리가 알고 있는 게 뭐지? 일단 위버가 뉴에이지프로스트와 어떤 식으로든 연을 맺었다는 걸 알아. 위버가 메인랜드를 수호하는 센티널들을 죽이고 다닌다는 것도 알아. 위버가 라이더가 아닌 사람들을 납치한다는 것도 알지." 미첼은 침을 삼켰다. "내 사촌 형 앨피 같은 사람들을."

"우리는 실버 서클이 사이먼 페어팩스를 잡지 못했다는 것도 알지." 플로가 덧붙였다.

"내 의견을 말하자면, 앰버의 아빠가 위버라는 건 완전히 말이 돼. 앰버는 자기 아빠가 죽었다고 거짓말을 했지. 나 참. 누가 그러냐고?"

"그리고 앰버는 썩 좋은 애가 아니지." 플로는 자기가 말해 놓고는 이내 죄책감을 느끼는 표정을 지었다.

"나도 그렇게 생각해." 미첼이 고개를 끄덕이고 '위버'라는 단어와 사이먼 페어팩스라는 이름을 선으로 연결했다. "페어팩스는 분명히 가장

유력한 용의자야."

"누군가에게 이 얘기를 해야 할까? 아니면 앰버에게 물어봐?" 플로가 물었다.

스캔다르가 한숨을 쉬었다. "어떻게 해야 할지 모르겠어. 앰버가 내가 스피릿 윌더라는 사실을 누구에게도 말하지 않은 유일한 이유는 자기 아빠에 대한 사실을 알리고 싶지 않아서야. 우리가 사이면 페어 팩스가 위버라는 말을 하고 다니면 앰버는 더는 잃을 게 없어지겠지. 게다가 스피릿 윌더들이 아스펜은 페어팩스가 위버라고 믿지 않는댔어."

"그리고……" 바비가 코웃음을 쳤다. "우리가 어떻게 그런 얘길 하냐?" 바비는 목소리를 낮게 깔고 빈정댔다. "저기요, 어, 저희가 이유도 없이 감옥에서 미적거리다가 스피릿 윌더들에게 우연히 말을 걸게 됐는데요……."

플로가 인상을 찌푸렸다. "알았어, 알았어."

스캔다르가 끼어들었다. "우리가 또 알아내야 할 게 ──"

"웹 교관은 왜 이끼로 만든 옷을 입은 거지?" 바비가 씩 웃고는 긴급 샌드위치를 한 입 더 베어 물었다.

"어, 지방 방송 좀 끄고. 스피릿 아지트가 뭔지는 모르지만 그걸 찾아야 해. 『스피릿의 책』을 두고 온 상황이기 때문에 더욱더 그럴 필요가 있어." 스캔다르는 그 책의 찢어진 한 귀퉁이를 꺼냈다. 거기에는 한 문장도 아니고 '야생 유니콘과 수선'이라는 단어들만 남아 있어서 전혀 도움이 되지 않았다. "포포인트에 다시 가서 책을 찾을 수 있으려나?"

"너무 위험해." 미첼이 단박에 대꾸했다. "아지트는 적어도 이어리 안에 있을 거야."

"아지트를 찾긴 꽤 어려울 거야. 진짜로 숨겨져 있거든." 플로가 말했다.

"그래도 너희는 그게 뭔지 아는구나?" 스캔다르가 흥분했다.

플로가 고개를 주억거렸다. "내 말은, 어디 있는지는 모르지만 들어본 적은 있다는 거야. 이어리에는 네 개의 아지트가 있는데 — 실은 다섯 개이겠지만 — 각 원소의 윌더들에게 한정된 지하 공간이라고 들었어. 우리도 훈련 경기를 통과하면 내년에는 들어갈 수 있는 걸로 알아. 흙 윌더의 아지트는 마인(Mine, 광산), 공기 윌더의 것은 하이브(Hive, 벌집), 불 윌더의 것은 퍼니스(Furnace, 용광로), 물 윌더의 것은 웰(Well, 우물)이라고 해."

"그것, 참, 굉장하다!" 바비가 눈을 빛냈다.

"비밀 입구라는 말이 흥미롭기는 한데," 플로가 말을 이었다. "한 네슬링이 나한테 말해 주기를, 어떤 특정한 나무 그루터기를 찾으면 그 그루터기가 지하로 데려가 준대. 그 아지트와 연합한 원소의 윌더가 아니면 입구가 열리지 않는다나." 플로는 거기까지 말하고 눈살을 찡그렸다. "하지만 잃어버린 스피릿 아지트로 통하는 그 그루터기를 정확히 찾는 건? 절대 쉽지 않을걸."

미첼은 심란해 보였다. "하지만 우리가 애거서를 정말 믿어야 해? 내 말은, 그 여자는 집행인이야, 스캔다르. 모든 스피릿 유니콘을 죽인 장본인이라고! 스카운드럴도 스피릿 유니콘이야."

"다른 선택의 여지가 있는지 모르겠어." 스캔다르가 천천히 말했다. "나는 스피릿 원소에 대해서 배울 수 있는 한 배워야 해. 스피릿 아지트가 그 출발점으로는 아주 좋을 것 같아."

스캔다르는 그때 자신이 말하지 않은 것까지 털어놓아야 한다는 것을 알았다. 그들은 그의 친구였다. 아일랜드 전체를 통틀어 그를 도와줄 사람은 그들뿐이었다.

스캔다르가 숨을 크게 들이마셨다. "어쨌거나, 조비가 옳았어. 그가 스피릿 윌더만이 위버를 저지할 수 있을 거라고 했거든. 애거서도 나에게 똑같은 말을 했어. 위버와 뉴에이지프로스트의 연을 내 눈으로 보고 나니 둘 다 진실을 말했다는 걸 알 수 있었지. 스피릿 윌더만이 그 새로운 연을 볼 수 있을 거야. 그래서 내가 위버의 계획이 뭔지 알아내고 막아야만 해. 나여야만 해."

"하지만 왜 너여야 해? 훈련 시작한 지 얼마나 됐다고!" 플로가 물었다.

미첼의 말이 빨라졌다. "난 네가 위버를 상대할 역량이 된다고 생각하지 않아. 그리고 우리는 위버가 누구인지조차 확실히 알지 못한다는 사실을 잊지 말자! 애거서는 카오스컵 출전자급이라든가 좀 더 나이 든 사람을 염두에 두었을 거야. 아니면 자기 자신을 생각했을지도? 아무튼 넌 아냐, 해칠링이 무슨!"

"스카운드럴과 내가 유일하게 남아 있는 스피릿 연합 유니콘과 윌더니까. 감옥에 갇히지 않은 유일한 한 쌍. 달리 할 수 있는 사람이 없어." 스캔다르가 너무 버거운 진실을 속삭였다. "나하고 스카운드럴스럭뿐이야."

침묵이 내려앉았다. 나무 집 창밖에서 올빼미가 울었다.

"이야, 대단하다! 그러니까 또 전부 네 이야기냐? 우리한테도 차례가 좀 돌아오면 안 될까?" 바비가 소리를 질렀다.

온갖 우여곡절에도 불구하고 스캔다르는 웃음을 터뜨렸고 그러자 플로, 바비, 미첼도 함께 웃었다. 친구들이 그를 팔로 감싸 얼마나 따뜻하게 안아 주었는지 스캔다르는 어쩌면 그 포옹에 깃든 사랑으로 세상을 구할 수 있을지 모른다고 생각했다.

———————

그날 밤늦게까지 미첼은 등불을 끄지 않았다. 그는 불을 끄는 대신 스캔다르에게 대화를 시도했다. 그런 적은 처음이었다. 그는 적절한 수면량을 지키는 문제에 대해서 까다로운 편이었다.

"스캔다르, 내가 그냥 말하고 싶은 게, 내가 그…… 커스터드 사건 전에는 싹싹하게 굴지 않았잖아. 그게……."

"괜찮아." 스캔다르가 자기 해먹에서 중얼거렸다.

"아니야." 미첼이 거칠게 대꾸했다. "괜찮지 않아. 스피릿 윌더인 게 네 잘못은 아니잖아. 너는 늘 나에게 친절했는데 내가 널 대하는 태도는 마치……."

"사람들이 널 대하는 태도와 비슷했어?"

"사람들이 아니라," 미첼이 안경 너머 눈을 비볐다. "주로 우리 아빠가 나를 대하는 태도 같았다고 할까. 아마 눈치챘겠지만 우리 아빠는 배려심이 있는 사람은 아니거든. 하지만 난 어떤 식으로든 아빠에게 자랑스러운 아들이 되려고 노력해 왔어. 아빠가 날 봐 주셨으면 했어. 아빠와 엄마는 내가 어렸을 때부터 따로 사셨어. 내가 아빠 집에 가서 지내야 할 때마다 아빠는 늘 바빴고 말이야, 이해하지?

지금도 내가 하는 일은 무엇 하나 아빠의 관심을 끌 수 없나 봐. 무슨 말이냐 하면, 아빠는 내가 비상 암호를 흘렸을 거라고 의심조차 하지 않았어! 나는 아빠 안중에도 없는 거야. 내가 아빠하고 대화를 하려고 할 때마다 아빠는 내 말에 별로 귀 기울이지도 않으면서 실망하는 표정을 짓지. 그래서 나는 지금까지 줄곧 핸더슨이라는 이름에 걸

맞게 살려고 노력했어. 아빠의 인정을 받으려고 노력했어. 다른 건 하나도 중요하지 않았어. 친구를 사귀는 것조차도."

"미첼, 그건 너무 끔찍하다……."

"하지만 너희를 만나고 나서부터 인생에는 내가 아빠의 시간을 차지할 만큼 가치 있는 아들임을 증명하는 것보다 더 중요한 게 있다는 생각이 들기 시작했어. 있지, 자기 아빠에게조차 관심을 못 받는 애가 친구를 사귀기는 힘들어. 누가 나랑 친해지고 싶어 할 거란 생각조차 하지 못했어. 그러다 앰버 같은 애들한테 괴롭힘까지 당하면 친구를 사귄다는 건 있을 수 없는 일이 되지."

미첼이 한숨을 쉬고는 말을 이었다. "그리고 우리 아빠는 스피릿 윌더라면 진짜 치를 떠는 사람이야, 스캔다르. 아빠의 꿈은 그들을 잡아 가두는 거야. 내가 어렸을 때 아빠는 다섯 번째 원소는 아예 없다고 주장하기까지 했어. 그러니까 내가 너랑 엮이는 건 아빠를 실망시키는 궁극의 방법이겠지. 내가 결국 쓸모없는 아들이라고 쐐기를 박는 방법."

"미첼, 넌 쓸모없지 않아." 스캔다르가 부드럽게 말했다.

"하지만 이딴 건 변명이 안 돼. 아빠가 스피릿 윌더를 미워한다고 나까지 그러라는 법은 없어. 이제 그걸 알았어. 그리고 난 너를 알아, 넌 좋은 애야. 그래서 어쩌면 다른 것들에 대해서도 내가 잘못 알았을지도 모른다는 생각이 들기 시작했지."

스캔다르가 웃음을 터뜨렸다. "난 이어리로 오는 길에 네 목숨을 구해 줬고 넌 단층선에서 내 목숨을 구해 줬지. 그런데 고작 '넌 좋은 애야'라고 하기야?"

미첼의 얼굴이 불 원소의 색으로 달아올라서 스캔다르는 마음이 편치 않았다. "우린 친구야, 미첼. 알았지? 여기서 그렇게 되어 가는 중이지. 우린 친구 맞아. 난 널 챙기고, 넌 날 챙기고. 오늘 네가 우리를 감옥에 들여보낸 건 네 아빠나 다른 모든 것을 고려해 보면 정말 용감한 행동이었어."

"나는 누구랑 친구가 되어 본 경험이 별로 없어." 미첼이 중얼거렸다.

"나도 그래. 하지만 우린 지금까지 잘하고 있는 것 같아."

"그렇게 생각해?"

"응." 스캔다르가 일어나서 등불을 껐다. "나 좀 잘 봐 줘. 그리고 내가 아일랜드에 종말을 가져오네 어쩌네 하는 얘기는 두 번 다시 안 하기다, 오케이?"

미첼이 킬킬거렸다. "오케이, 거래 성립."

"스캔다르?" 미첼이 다시 말을 걸었다.

"응, 미첼?"

"우리가 위버의 계획을 밝혀내면 너는 그 계획을 막으려고 하겠지? 그게 아무리 위험한 일이어도?"

스캔다르는 메인랜드에서 자기 삶의 무엇 하나 바꿀 수 없었지만 여기서는 뭔가를 바꿀 수 있을지도 몰랐다. 조비가 했던 말이 생각났다. '네가 도움이 될 수 있다고 해서 꼭 그래야 한다는 뜻은 아니지.' 하지만 스캔다르는 그 말에 동의하지 않았다. 다른 사람들이 위험에 빠져 있는데 어떻게 이어리에만 숨어 있을 수 있지?

그래서 ─ 어둠 속에서 ─ 스캔다르는 대답했다. "응, 그럴 것 같아."

스캔다르는 스피릿 원소에 대해서 더 많은 것을 알아내고 싶은 또 다른 이유를 입 밖으로 내지 않았다. 미첼은 이해하지 못할 것 같아서였다. 미첼은 아일랜더이니까. 미첼은 해처리 문을 열고 붉은 유니콘을 부화시킨 불 윌더였다. 그는 자기가 어떤 사람인지 알고 있었다. 그러나 스캔다르는 아직 어디에도 잘 맞지 않는 기분이었다. 메인랜드에도, 아일랜드에도 그의 자리는 없었다. 스캔다르는 자기를 낳아 준 엄마를 한 번도 보지 못했다. 그리고 자신의 연합 원소에 대해서 아는 것이라고는 『스피릿의 책』에서 띄엄띄엄 읽은 몇 토막과 위버의 악행뿐이었다. 스피릿 원소에 대해서 더 알아내는 것은 자기 자신에 대해서 더 많은 것을 배울 기회, 소속감을 얻을 기회이기도 했다.

미첼이 하품을 했다. "누구하고 친구가 되는 게 늘 이렇게 피곤한 일이야?"

16장

스카이배틀

센티널들이 이어리에 더 많이 배치되었다는 소식은 들불보다 빠르게 해칠링에서 프레드까지 퍼져 나갔다. 하지만 위버가 어린 라이더들의 유일한 이야깃거리는 아니었다. 12월에서 1월로 넘어가자 훈련 경기가 — 최하위 다섯 명은 이어리에 남을 수 없다는 현실도 — 갑자기 그 어느 때보다 가깝게 다가왔다.

애거서가 불의 축제 때 해 준 말은 다행히 다 맞았다. 스캔다르가 스피릿 원소와 그가 사용하려고 하는 다른 원소를 함께 연으로 소환하면 스카운드럴을 그럭저럭 통제할 수 있었다. 일진이 좋을 때는 스캔다르도 여느 라이더처럼 공기, 물, 흙, 불 마법을 소환할 수 있었다. 훈련 경기에서 노매드로 선언될 위험을 면하기에는 아직 한참 모자랐지만 적어도 당장 쫓겨날 걱정은 덜었다.

신경쓸 일이 어디 그뿐일까, 얼마 안 가 해칠링들은 모두 유니콘 비행에 들어갔다. 비록 스캔다르, 바비, 미첼, 플로는 첫 번째 비행 수업

전에 이미 날아 봤다는 사실에 우쭐했지만 말이다. 일단 수업을 몇 차례 받고서 스캔다르는 자기 유니콘이 아주 빠르다는 것을 알고 자랑스러워했다. 스카운드럴은 동기들 중에서 가장 빠르게 나는 유니콘 중하나였다. 깔끔하게 이륙하고 착륙하는 법, 바람을 타는 법과 기류를 파악하는 법을 익히다 보면 스캔다르와 그의 친구들이 사실상 매일 밤갖는 콰르텟 회의도 잠시 잊을 수 있어서 즐거운 기분 전환이 되었다.

스피릿 아지트 찾기는 플로의 경고대로 만만치 않은 일로 밝혀졌다. 미첼은 도서관에 처박혀 이어리의 옛날 지도들을 살펴보았지만, 그가 유용해 보이는 책을 찾을 때마다 스피릿 아지트에 대한 정보가 있는 페이지는 늘 뜯겨 나가고 없었다. 어느 밤, 미첼은 탐색이 또다시 뜻대로 되지 않자 눈물을 쏟고 말았다. 스캔다르는 미첼이 그가 표현하는 것 이상으로 사촌 형 앨피를 걱정하는 것 같다고 생각했다.

그동안 바비와 플로는 무슨 단서라도 찾을까 하여 이어리의 구름다리마다 올라가 각 원소가 차지하는 사분면을 살펴보았다. 심지어 메인랜더, 아일랜더를 막론한 선배 라이더들에게 그들의 아지트가 어디 있는지 물어보기도 했다. 그러나 선배들은 모두 비밀스러운 미소만 지었다. "너도 내년엔 알게 될 거야." 어떤 플레질링이 그들에게 말했다. "먼저 훈련 경기를 통과해야지." 한 루키는 노래라도 부르듯 그런 말을 흥얼거리면서 으스댔다.

스캔다르는 땅을 직접 돌아다니면서 단서를 찾아보았지만, 나무로 가득 찬 이어리에서 그루터기 하나를 그런 식으로 찾는 건 바보짓 같았다. 그는 조비의 집으로 찾아가기도 했지만 조비는 반응조차 하지 않았고 메인랜더 수업 후에 스캔다르가 남지도 못하게 했다.

콰르텟은 스피릿 아지트를 찾지 않을 때는 둥그렇게 둘러앉아 그들이 아는 모든 정보를 정리했다. 애거서는 집행인이고, 사이먼 페어팩스는 잡히지 않은 채 살아 있고, 센티널들은 계속 죽어 나가고, 라이더가 아닌 사람들이 행방불명되고, 위버는 세계에서 가장 강한 유니콘과 어떻게 된 건지 모를 연을 맺었고, 메인랜드가 표적이고 —— 무엇보다 중요한 사실은 —— 스캔다르만이 위버의 계획을 저지할 수 있다는 것이었다. 문제는, 위버의 계획이 무엇인지 그들은 아직 온전히 알지 못한다는 것이었다.

물의 시즌에 들어서고 몇 주가 지난 늦은 2월의 아침, 스캔다르는 파란색 재킷을 걸치고 엄마의 스카프를 두른 후 우편물 나무로 향했다. 그는 반은 파란색, 반은 금색인 캡슐에서 케나의 편지를 발견했고 그 편지가 아빠와 누나에 대한 걱정을 조금 덜어 주기를 바랐다. 아빠와 누나가 안전하지만은 않다는 것을 알면서도 미러클리프에서의 센티널들의 죽음과 위버의 계획이 가족의 삶과 동떨어지기를 바랐다.

스카(그리고 스카운드럴)에게,

네가 여기 소식을 궁금해했지. 나는 온라인 채팅을 해 봤어. 나 같은 사람들을 돕는 집단이 있거든. 라이더가 될 기회를 놓쳤는데 음, 뭐랄까, 자신이 바라던 대로 되지 않았다는 사실에 적응하지 못하는 사람들이지. 네 잘못이 아니니까 속상해하지 않았으면 해. 하지만 난 때때로 색이 없는 흑백의 세상에서 사는 기분이 들어. 어디를 보나 유니콘만 보이는데 어쩌겠어. 유니콘이 꿈에 자꾸 나오는데 어쩌겠어. 문제는, 아빠가 요즘처럼 기분 좋은 날에는 오로지 너와 스카운드럴스럭 얘기만 하고 싶어 한다는 거야. 어떤 날은 나도 그런 얘기가 좋지만 어떤 날은, 글쎄, 그다지……

스캔다르는 슬픔과 죄책감 속으로 가라앉는 것처럼 가슴이 답답했다. 그는 스피릿 아지트 찾기에 몰두한 나머지 케나에게 편지도 잘 쓰지 않았다. 마구간에서 뭔가를 묻는 듯한 박동이 전해지는 것이 연을 통해 느껴졌다. 스카운드럴이 스캔다르에게 무슨 문제라도 있느냐고 묻는 것이었다. 스캔다르는 훈련을 앞두고 마구간들이 있는 벽으로 걸어가면서 어쩌면 누나에게도 운명의 유니콘이 있었을지 모르고, 그렇다면 누나가 지금 이어리에서 네슬링이 되어 있었을지도 모른다는 생각을 할 수밖에 없었다. 누나는 스피릿 윌더로 확인되었기에 해처리 시험에서 자동 탈락한 게 아닐까. 스피릿 유니콘들은 야생에서 부화해 영영 죽어가게 된다니 너무 잔인한 일이었다. 그리고 그건 다 위버 때문이었다.

스카운드럴의 마구간 밖에서 검은 형체가 어른거렸다.

스캔다르는 가슴이 두근거리는 것을 느끼며 살금살금 그쪽으로 다가갔지만 이내 그 형체는 스스로 정체를 드러냈다.

"제이미!" 스캔다르는 반가워서 외쳤다. "잘 지내?"

그때 비로소 스캔다르는 스카운드럴스럭을 보았다. 유니콘은 몰라보게 변해 있었다. 빛나는 검은 흉갑이 스카운드럴의 가슴을 편안하게 감싸고, 무릎에서 아랫다리까지도 금속 보호대로 싸여 있었다. 복부는 사슬을 엮어 만든 갑옷으로 보호되고, 귀는 금속 두개골 모자로 덮인 상태였다. 스카운드럴은 무장을 갖추고 카오스컵에 출전하는 유니콘처럼 보였다.

스카운드럴이 히힝 울면서 인사를 했다. 스캔다르가 듣기에 스카운드럴은 제 모습에 무척 흡족해하는 것 같았다.

제이미가 스캔다르를 곁눈질하면서 반응을 기다렸다. "어떤 원소에도 잘 견뎌 낼 만큼 내구성이 좋아. 원소를 완전히 차단하는 갑옷 어쩌고 하며 떠드는 갑옷 제조공들은 허풍을 떠는 거야."

"내 눈을 못 믿겠는걸!"

"어때서? 좋은 쪽으로 못 믿겠다는 거야?" 제이미의 음성이 떨리고 있었다. 스캔다르는 갑옷 제조공에게 이게 얼마나 긴장되는 일인지 깨닫지 못했던 것이다.

"완전히 좋은 쪽으로." 스캔다르가 제이미를 안심시켰다.

스캔다르는 습관적으로 스카운드럴의 하얀 무늬가 잘 가려져 있는지 확인했다. 갑자기 기가 팍 죽었다. 여기 마구간에서 스카운드럴스럭이 챔피언처럼 보이는 게 뭐가 중요할까. 연합 원소를 제대로 쓰는 것이 허락되지 않는 한, 스캔다르와 스카운드럴이 경기를 이길 리 없지 않나?

스캔다르 자신의 갑옷도 그에게 아주 잘 맞았다. 팔과 다리 부분은 사슬을 엮어 만들었기 때문에 움직임이 자유로웠고 흉갑은 너무 무겁지 않아서 파란색 재킷을 — 변이를 감출 수 있도록 — 밑에 받쳐 입기에 충분했다. 숨 쉬기에도 갑갑하지 않았다.

그들은 마구간에서 함께 나와서 큰 뿌리를 피해 가면서 이어리의 키 큰 나무들 사이를 요리조리 빠져나갔다. 스캔다르는 갑옷을 철컹거리면서 스카운드럴의 한쪽 옆에서 걸었고 제이미는 반대쪽 옆에서 차양이 있는 스캔다르의 투구를 들고 걸어갔다.

"물의 축제에서 거대한 얼음 유니콘 봤어?" 제이미가 평소보다 울적한 목소리로 물었다.

"나는 못 봤어. 훈련 때문에 많이 바빴거든." 스캔다르는 거짓말을 했다. 콰르텟은 물의 축젯날 미첼의 흑판 앞에서 하루를 다 보냈다.

"그래? 좋은 기회를 놓쳤네. 나는 내 친구 클레어하고 같이 갔는데 우린……." 갑자기 제이미가 말을 맺지 못했다.

"제이미? 뭐야? 왜 그래?"

"그 친구가, 음, 위버에게 끌려갔어." 제이미의 목소리가 너무나 슬펐다. "내가 아무 소리도 못 들었다는 게 믿기지 않아. 우리는 같은 나무 집에 살거든. 같은 대장간에서 일하는 견습생들끼리 한집에 사는 거야. 클레어가 바로 옆방을 쓰는데 난 아무 소리도 못 들었어. 어느 틈엔가 야생 유니콘 떼가 나타났다는 사이렌이 울려서 클레어의 방으로 달려 갔지. 걔는 방에 없었어. 밖으로 뛰어나갔더니 우리 나무 집 외관에 하얀 표시가 있더라고. 위버의 표식 있잖아."

"정말 안됐다." 스캔다르가 중얼거렸다.

제이미가 한숨을 쉬었다. "정말 기이한 건, 클레어가 꼭 무슨 일이 일어날지 아는 사람처럼 굴었다는 거야. 전날 밤 나한테 선물을 주기까지 했어. 자기가 대장간에서 쇠로 만든 유니콘 말이야. 마치 작별을, 혹은 뭔가를 말하고 싶은 것 같았어. 뭐, 우연의 일치이겠지만."

스캔다르는 미첼이 이 말을 들었으면 뭐라고 했을지 잘 알았다. '나는 우연을 믿지 않아.' 미첼의 사촌으로 모자라, 이제 제이미가 사는 나무 집에서도 누가 사라졌다? 위버가 점점 더 가까이 다가오고 있는 것 같았다.

"그런데 그 표시가 나무 집에서 안 지워져. 별의별 짓을 다 해봤는데 안 돼. 그 표시를 볼 때마다 드는 생각은 하나뿐이야. 내가 다음 차례라면? 요즘 아마 다들 그런 생각을 할 거야."

"네 친구 일은 정말 속상하다." 스캔다르가 제이미의 어깨에 손을 얹었다.

"나도 그래." 제이미는 그렇게 말하고 화제를 바꾸었다. "그 스카프는 풀 거야? 갑옷 아래로 두르기에는 좀 그래 보이는데."

"아, 난……." 스캔다르는 망설였다. 바보 같지만 엄마의 스카프를 행운을 가져다주는 부적처럼 생각하고 있었기 때문이다. 뒤늦게 얻은 스카프이니만큼, 스캔다르에겐 더욱더 필요했다.

"내 말은, 스카프를 정 하고 싶으면 요 밑으로 집어넣을 수 있을 것 같다고." 제이미가 스카프 끄트머리를 잡고 손가락 사이로 두께를 가늠했다. "너 이거 어디서 났어? 포포인트?"

"우리 엄마 거야." 스캔다르가 차분하게 대답했다.

"어라." 제이미가 눈썹을 찡그렸다. "희한하네. 너 메인랜더 아냐? 이건 아일랜드에서 만든 물건 같아."

"그렇진 않을 것 같은데." 스캔다르는 케나가 스카프에 바느질로 달아 놓은 이름을 만지작거렸다.

"어쨌든. 난 가 봐야겠다. 좋은 자리를 맡고 싶거든."

"무슨 자리?" 제이미가 다리를 올려 줄 때 스캔다르가 물었다. 이제 스카운드럴의 몸집이 너무 커서 누가 도와주지 않으면 올라타기도 힘들었다.

"당연히 스카이배틀 관람석이지! 넌 네가 왜 갑옷을 갖춰 입었다고 생각한 거야? 패션쇼에라도 서는 줄 알았어?"

———————

스카운드럴이 해칠링 고원에 착륙하자마자 스캔다르는 모두가 유니콘과 함께 무장을 하고 서 있는 광경을 보고 배 속이 저릿저릿하니 아드레날린이 솟구쳤다. 모두가 그가 지금껏 TV에서 보았던 유니콘들 같았다. 녹이 슨 것 같은 적갈색 갑옷의 레드는 정말로 근사했다. 팔콘은 금속 투구를 쓰고 일체형 갑옷을 입고 있었는데 날카로운 뿔만 구멍으로 튀어나와 있어서 무시무시해 보였다. 블레이드의 은빛 갑옷은 봄 햇살을 어찌나 눈부시게 반사하는지 스캔다르는 눈이 부셔서 쳐다볼 수조차 없었다.

유니콘들은 평소처럼 네 군데의 원소 훈련장 중 어느 한 곳에 모여 있지 않았다. 평소 두 그룹으로 나뉘어 훈련받는 해칠링 43쌍이 모두 고지대 풀밭에서 서성이고 있었고 그들의 원소 블라스트가 일으킨 마법의 잔해들로 이어리가 온통 부옇게 보였다. 그 한복판에 네 명의 교관이 자기 유니콘을 타고 모여 있었다.

스캔다르는 카오스컵 경기장 관중석의 축소판처럼 흙 훈련장 가장자리에 마련된 좌석을 보자 훅 긴장이 되었다. 아일랜더 해칠링 중 몇몇은 그쪽을 향해 손을 흔들거나 큰 소리로 외치기도 했다. 그는 플로나 미첼의 가족도 왔을까 생각했다가 문득 약간의 슬픔이 흥분에 섞여 드는 것을 느꼈다. 케나와 아빠도 여기서 스캔다르가 갑옷 입은 모습을 보고 저 봄 햇살 아래 앉아 있는 아일랜더 가족들처럼 자랑스럽게 미소 짓는다면 얼마나 좋을까. 스캔다르는 훈련 경기까지 기다려야만 가족을 볼 수 있을 것이다.

스캔다르는 스카운드럴을 타고 지나가다가 관중석에서 조비를 보았다. 그는 초점 없는 파란 눈으로 눈썹을 있는 대로 찌푸리고 고원 너머를 바라보고 있었다. 다른 아일랜더들은 조비와 멀찍이 간격을 두고 앉아 있었다. 유니콘 없는 라이더를 미심쩍게 보는 풍조가 이어리 밖까지 퍼져 있음이 분명했다.

스카운드럴이 불안하게 콧소리를 내고 날개를 퍼덕대면서 그 끝에서 불똥을 튀겼다. 갑옷을 입은 스카운드럴은 더 무섭고 위험한 인상을 풍겼다. 복부 아래 늘어진 사슬로 짠 갑옷이 스캔다르의 검은 장화에 부딪쳐 철컹거렸다. 스캔다르는 유니콘을 통제하기 위해 좁은 원을 그리며 돌게 했다. 오설리번 교관이 '출발'이라고 쓴 푯말을 공기 훈련장 근처에 망치로 박아 세우는 동안, 스캔다르는 그녀에게서 출발한 파란색 연이 고원 반대편에 서 있는 셀레스티얼시버드에게까지 이어지는 것을 보았다. 스캔다르는 눈을 깜박이고는 주먹을 쥐면서 스피릿 원소를 떨쳐 내려 애썼다. 그는 집중해야 했다. 그 원소와 싸워야만 했다.

공기 훈련을 담당하는 세일러 교관이 호루라기를 불어 라이더들을 줄 세웠다. 스캔다르는 평소 함께 훈련하지 않는 유니콘들을 구경하느라 정신이 홀딱 나가 있다가 교관이 조용히 하라고 다시 한 번 호루라기를 분 후에야 겨우 스카운드럴을 똑바로 줄 세울 수 있었다.

"우리는 오늘 스카이배틀을 시작한다." 세일러 교관이 노스브리즈나이트메어(North-Breeze Nightmare, 북쪽 미풍의 악몽)를 타고 줄을 따라 지나가면서 외쳤다. 그녀는 다른 교관들보다 한참 어렸고, 탐스러운 꿀빛 곱슬머리나 공기 나선을 수놓은 노란색 망토를 휘날리는 모습은 단연 매력적이었다. 그녀가 짜증이 나면 팔과 목의 혈관이 지직대면서 번개처럼 불똥을 튀기긴 했지만 그럴 때도 음성만은 늘 부드럽고 침착했다. 오늘 그녀는 가장 차분한 목소리를 구사하고 있었고 스캔다르는 왠지 그래서 더 신경이 곤두섰다.

"지난 몇 달간 우리는 여러분에게 원소를 이용한 공격과 방어를 가르쳤다. 그 모든 것은 스카이배틀에 임하기 위한 준비였다. 훈련 경기에서 배틀에 이기느냐 마느냐가 이어리에 남느냐 노매드가 되어 떠나느냐를 결정한다. 빠른 비행 속도만 믿을 순 없다. 자기 위치를 지키고 더 좋은 위치를 차지하기 위해서는 원소 마법을 쓸 수 있어야 한다."

"저기."

레드가 스카운드럴의 오른쪽 어깨 옆에서 나타났다. 미첼의 눈이 흥분해서 번득이는 것이 영 이상했다. 미첼은 서프라이즈 같은 건 질색하는 성미였고 누군가와 싸워야 한다는 것도 더없이 달갑지 않은 일일 텐데 말이다.

"우리 아빠가 구경하러 온 거 봤어?" 미첼이 불쑥 말했다. "감옥에서부터 여기까지 왔다니 믿을 수가 없어. 나의 첫 스카이배틀을 보려고 말이야. 이어리에서 아일랜더 가족들에게 편지를 보냈나 봐. 아빠가 왔어. 나를 위해서! 믿어져? 저기 봐!"

스캔다르는 미첼이 그렇게 신나서 방방 뛰는 모습을 처음 보았다. 앰버의 얼굴이 커스터드 떡칠이 되었을 때도 이렇진 않았다. 스캔다르는 친구가 뻗은 팔을 따라 시선을 옮겼고 폭포 같은 머리채의 아이라 핸더슨을 보았다. 그의 표정은 바비가 짜증나게 굴 때 미첼이 재미없어하면서 짓는 표정과 똑같았다.

"조금만 조용히 해 주지 않을래?" 플로가 블레이드의 등에서 벌벌 떨면서 말했다. "너희가 계속 수다를 떨면 골치 아픈 일이 생길 것 같아. 그리고 난 교관이 하는 말을 꼭 들어야 해."

미첼이 사과의 말을 중얼거렸고, 바비는 눈을 굴렸다.

"각자 두 명씩 짝을 이루어 대결하게 된다." 이번에는 오설리번 교관이 말했다. 그녀의 목소리는 세일러 교관의 목소리보다 냉혹하게 들렸다. "규칙은……." 그녀는 잠시 침묵했다. "음, 사실상 어떠한 규칙도 없다. 어떤 원소들을 조합하든 상관없지만 내가 조언하자면 가능한 한 자신의 연합 원소를 사용하도록. 결승점에 먼저 도착하는 사람이 이기는 거다."

앤더슨 교관이 껄껄 웃자 그의 귀 주위에서 불꽃들이 이글거렸다. "다들 겁먹은 얼굴을 하고 있구나. 그럴 것 없어. 아주 재미있을 거다!"

"재미?" 마리암이 근처에서 소곤거렸다. 그녀의 갈색 눈이 겁에 질려 있었다. "만약 플로와 실버블레이드를 상대로 만나면 어떡해?"

스캔다르는 속이 철렁 내려앉았다. 그들이 진짜 배틀을 하는 걸까? 스카운드럴이 공중에서 스캔다르를 떨어뜨리면 어떻게 되는 거지? 스카이배틀에서 너무 처참하게 패배하면 교관들이 그 자리에서 노매드 판정을 내리지는 않을까? 힐러들이 들것을 가지고 오는 것을 보고 스캔다르는 더욱 심란해졌다.

이어서 세일러 교관이 누가 누구와 짝이 될지 불러 주자 상황은 최악으로 치달았다. "스캔다르 스미스는 앰버 페어팩스와 대결한다."

스캔다르는 신음했다. "다른 해칠링이 마흔두 명이나 있는데 하필 앰버라니."

바비와 앨버트가 가장 먼저 대결을 펼쳤다. 스캔다르는 고삐를 쥔 앨버트의 손이 호루라기가 울리기 전부터 덜덜 떨리는 것을 보았다. 한순간 이글스턴의 하얀 꼬리가 한 폭의 그림처럼 허공을 가르다…… 쿵! 바비가 손바닥에서 토네이도를 소환해 상대를 향해 하늘로 발사했다. 그 힘이 이글스턴의 날개를 잡아 뜯어 거세게 코스 밖으로 내동댕이쳤다. 스캔다르는 앨버트가 필사적으로 물 실드를 치려고 노력하는 모습을 보았다.

"바비가 전기를 통하게 할 것 같아?" 공중에서 물이 예쁘게 반짝일 때 플로가 걱정스럽게 말했다. 하지만 토네이도는 앨버트의 마법을 그 자신에게로 돌려보내 이글스턴을 결승점에서 더 멀리 밀려나게 했다. 바비는 팔콘을 땅에 착륙시키고 결승선을 향하여 전속력으로 몰았다.

거의 즉각적으로 바람이 잦아들었고 앨버트는 몹시 당황해서는 홀로 고지대를 따라 유니콘을 빠르게 몰았다.

"잘했어!" 스캔다르와 플로가 팔콘을 몰아 콰르텟으로 돌아오는 바비를 향해 소리 질렀다.

바비는 어깨를 으쓱했다. "오, 그래, 잘했지. 난 항상 이길 거야. 훈련 경기에서도 이기면 축하해 주라."

다른 라이더들은 좀 더 대등하게 자기 짝과 대결을 펼쳤다. 사리카와 앨러스테어는 코스를 반쯤 돈 지점에서 서로 맞붙어 치열한 공중전을 치렀다.

"힘내, 사리카!" 스캔다르가 응원을 했다. "힘내!"

불길이 하늘에서 솟구치더니 갑자기 더스크시커(Dusk Seeker, 황혼 탐지기)가 빙그르르 돌면서 아래로 떨어졌다. 앨러스테어는 시커의 목을 잡고 매달렸다. 그들은 거칠게 착륙했고 앨러스테어는 땅바닥으로 나가떨어졌다. 사리카는 이퀘이터스코넌드럼을 결승선 바로 앞에 착륙시키고는 그대로 질주했다. 변이에 의해 그녀의 손톱에서 타오르는 불길이 바람에 춤을 추었다.

플로가 헐떡거리며 말했다. "더스크시커의 날개를 봐." 유니콘의 날개는 아직도 불타고 있었다.

"앨러스테어가 피를 흘리는 것 같아." 스캔다르가 말했다.

이퀘이터스코넌드럼은 침을 흘리면서 앨러스테어가 추락한 지점으로 돌아가려고 했다. 더스크시커는 다른 유니콘들이 피 냄새를 맡고 으르렁대자 자기 라이더를 지키려는 듯 버티고 섰다. 때맞춰 힐러들이 달려 나왔고 재빨리 핏기 없는 얼굴의 앨러스테어를 들것에 싣고 나갔다.

"앰버 페어팩스와 스캔다르 스미스!" 오설리번 교관이 외쳤다.

"불 원소를 써." 미첼이 조언을 건넸다. "통계적으로 그렇게 해야 네가 유리해."

"그냥 최선을 다해." 플로가 격려했다.

바비가 씩 웃었다. "쟤한테 지옥을 보여 줘."

출발선에서 월윈드시프가 으르렁대면서 발굽으로 땅을 굴렀다. 스카운드럴이 이를 드러내고 월윈드시프를 향해 딱딱거리는 바람에 스캔다르는 크게 휘청했다. 유니콘의 흉갑 가장자리들이 서로 부딪치면서 날개들이 충돌했다.

"넌 떨어질 거야, 스피릿 윌더." 앰버가 씩씩거렸다.

스캔다르가 이를 악물었다. "실제로는 내가 올라갈걸."

호루라기가 울리자 스카운드럴은 양쪽 날개로 스캔다르의 다리를 거세게 때리면서 시프보다 높고 빠르게 올라갔다. 스캔다르는 기류에 맞서서 자기 몸을 감싸고 있는 새 갑옷의 무게에 익숙해지려고 노력했다. 그는 몇 주간 시도했던 대로 스피릿과 불이 나란히 작용하고 하얀색과 붉은색이 섞이는 상상을 했다. 하지만 더는 시간이 없었다. 아래쪽에서 앰버의 손바닥이 어두운 숲과 같은 초록색으로 빛났고 날카로운 돌들이 수백 개의 작은 미사일처럼 스카운드럴을 향해 날아왔다. 스캔다르는 혼비백산했다. 앰버가 연합 원소인 공기를 쓸 줄 알았는데 예상외로 흙 원소 공격이 나왔기 때문이다.

스카운드럴이 투지에 타올라 으르렁댔고 스캔다르는 그 어느 때보다, 변이가 일어났을 때보다 더 강하게, 스피릿 원소가 자신을 끌어당기는 것을 느꼈다. 가슴속에서 풍선이 부풀어 오르듯, 원소의 힘이 연의 한복판에서 점점 불어나고 있었다. "스카운드럴!" 스캔다르가 경고했다.

"아직도 엄마 스카프를 두르고 있구나." 앰버가 돌멩이 미사일을 앞세우고 따라오면서 말했다. 스카운드럴이 그 돌멩이들을 이리저리 피하는 동안 스캔다르가 애써 억눌러 왔던 모든 분노가 수면으로 떠올랐다.

"넌 어떻게 네 자존심만 중요해? 어떻게 돌아가시지도 않은 아빠를 죽었다고 떠들고 다닐 수 있어?"

"스피릿 월더니까!" 앰버가 냉랭하게 쏘아붙였다. "차라리 죽었으면 좋았을 거야." 더 많은 돌멩이 미사일들이 그녀의 손바닥에서 날아왔다.

스캔다르는 스카운드럴이 날갯짓을 하는 동안 고함을 지르면서 어렴풋이 하얀빛을 감지했다. "네가 뭔데 그딴 소리를 해! 부모님이 세상을 떠났다는 게 어떤 건지 알아? 차라리 죽었으면 좋았을 거라는 말 따위 하지 마. 자기가 무슨 소리를 지껄이는지도 모르는 주제에!"

스캔다르는 앰버와 돌멩이 미사일에서 벗어나기 위해 스카운드럴을 아래쪽으로 몰았다. 그러나 앰버는 이마의 별 모양 변이를 번득이면서 따라붙었다. "엄마가 없어서 길을 잃었니, 애송이 스피릿 월더? 너희 엄마가……."

스캔다르는 통제력을 상실했다. 갑자기 연에서, 아니 세상에서 스피릿 원소만 다가왔다. 스피릿 원소는 그의 머릿속에, 살갗 아래, 모든 숨결에 있었다. 스피릿만의 원소 냄새가 있었다. 달콤한 계피 향이 그의 혀에서 춤을 추었다. 그와 스카운드럴을 연결하는 마법이 인정받은 기쁨으로 흥얼거리고 있었다. '넘어와. 넘어오면 돼. 이게 네 운명의 원소야.' 스캔다르는 여전히 손바닥에서 초록색 빛을 뿜는 앰버와 시프의 가슴팍 중앙을 연결하는 노란 띠를 그 어느 때보다 선명하게 보았다.

스캔다르는 어떤 본능에 못 이겨 손바닥을 폈다. 스카운드럴이 흥분해서 히힝 울었고 유니콘의 감정이 스캔다르 자신의 감정과 맞부딪치는 순간 스캔다르의 심장도 노래했다. 찰나의 순간, 그들이 무엇을 보든 말든 상관없어졌다. 스캔다르는 조비의 경고에 개의치 않았다. 그는 무엇을 해야 하는지 알았다. 그는 난생처음, 자신의 마법을 어떻게 써야 하는지 정확하게 알았다. 공처럼 둥글고 환한 무엇인가가 그의 손바닥에서 나와 앰버의 심장에서 나오는 노란 띠를 에워쌌다. 앰버의 눈에는 그것이 보이지 않았다. 그녀의 손바닥에서 초록빛이 꺼지고 돌멩이 같은 흙 미사일들이 아래로 후드득 떨어졌다.

『스피릿의 책』에서 보았던 구절이 스캔다르의 머릿속에 떠돌았다. '스피릿 원소는 딱히 강력한 공격 원소는 아니지만, 방어력은 다른 네 유형의 원소와 비교가 되지 않는다.' 그게 이런 뜻이었나? 상대 라이더의 마법을 연에서부터 막아 버릴 수 있는 능력?

앰버가 당황해서 비명을 질렀고 스캔다르는 자신이 무슨 짓을 했는지, 어떤 위험을 무릅썼는지 깨달았다. 그는 다른 원소를 써야 했다. 여느 라이더들과 다르지 않게 대결하는 모습을 보여야만 했다. 스캔다르는 겁에 질려 최대한 빨리 불 원소를 소환했다. 하지만 뭔가가 바뀌었다. 마법은 빠르게 소환됐지만 여전히 스피릿 원소가 느껴졌고 스피릿의 냄새가 났다. 스카운드럴이 포효하자 입에서 파이어볼이 연달아 터져 나왔다.

앰버는 정신을 차리고 물을 소환해 강력한 물줄기를 연속 발사했다. 그걸로는 스카운드럴의 불 폭풍을 막기에는 어림도 없다는 걸 깨달은 앰버의 눈에는 공포가 어려 있었다. 이제 스캔다르도 손바닥으로 불을 쏘고 있었다. 그러다 갑자기 앰버가 스카운드럴을 가리키면서 두려움에 울부짖었다.

스캔다르가 스카운드럴을 내려다보았다. 유니콘의 목이 갑옷 아래서 불로 변해 있었고 옆구리도 빠르게 불로 변해가는 중이었다. 갈기와 꼬리는 여느 때에도 원소의 불똥을 튀기긴 했지만 몸뚱이가 이렇게 변한 적은 없었다. 이건 정상적이지 않았다. 전에 없던 일이었다. 스캔다르는 『스피릿의 책』에서 읽었을 때는 무슨 뜻인지 몰랐던 글이 갑자기 이해가 됐다. '스피릿 연합 유니콘은 변신하여 원소 자체의 모양을 취할 수 있는 능력이 있다.' 하지만 스카운드럴이 불로 변하게 놔둘 수는 없다. 그랬다가는 이렇게 높이 있어도 모두의 눈에 띌 것이다. 모두가 이게 어떻게 된 일인지 알아채고……

"스카운드럴! 착하지!" 스캔다르가 말을 걸었다.

스카운드럴은 으르렁대며 시프에게 파이어볼을 한 번 더 쏘았다. 앰버는 물 실드를 쳤지만 한 발 늦었기 때문에 방향을 틀어 피해야 했다. 스캔다르는 그 기회에 고삐를 바짝 조이고 그들이 낼 수 있는 가장 빠른 속도로 결승선을 향해 날아갔다. 스카운드럴은 이내 땅으로 내려와 윌윈드시프를 몇 초 차이로 따돌리고 결승선을 통과했다.

"내려!" 오설리번 교관이 외쳤다. 스캔다르의 심장이 흉갑 아래서 미친 듯이 뛰었다. 교관이 봤을까? 아니면 다른 누구라도?

"잘했다, 스캔다르. 네가 배틀에서 이겼다."

스캔다르는 어찌나 마음이 놓이던지 힘이 빠져 버렸다. 오설리번이 그가 스피릿 원소를 쓰는 것을 목격했다면 축하의 말을 건네진 않았을 테니까.

"다음에는 잘해 보렴, 앰버. 그 물 실드는 연습이 좀 필요하겠는데?"

앰버가 고개를 수그렸다.

"자, 서로 악수하자." 교관이 지시했다.

앰버는 스캔다르의 손을 건드리는 둥 마는 둥하고는 치를 떨면서 저만치 가 버렸다. 스캔다르는 앰버가 공중에서 일어난 사태를 정확히 파악했으리라 믿어 의심치 않았다.

"물 윌더치고는 굉장히 강력한 불 공격이었다." 오설리번 교관이 자기 생각을 말했다. "불과 연합한 것처럼 보였을 정도야."

스캔다르는 초조하게 파란색 재킷 소매를 잡아당겼다. 그러나 오설리번 교관은 다른 말은 하지 않았다.

"네가 앰버를 이겼어! 너의 그 전설적인 커스터드 투척만큼 통쾌한 일이야!" 바비와 팔콘이 높이 마련된 관중석 근처에 서 있었다. 플로는 블레이드를 통제하기 위해 그 옆에서 빙빙 돌고 있었다. 바비가 말했다. "넌 긴급 샌드위치를 하나 받을 자격이 있어."

"어, 아냐, 그 정도는 아니지. 긴급 샌드위치는 사양할게." 스캔다르가 재빨리 말했다.

"마음대로 해. 그나저나 언제부터 불을 그렇게 잘 다루게 됐어? 몰래 개인 훈련이라도 했어? 나도 부르지!"

"목소리 좀 낮춰! 나중에 다 말해 줄게." 스캔다르가 타일렀다.

바비는 스캔다르를 향해 인상을 썼지만 더 밀어붙이지는 않았다. "미쳴과 싸우는 물 윌더는 다른 조에서 훈련받는 니암이라는 여자애야. 저 유니콘이 스노스위머(Snow Swimmer, 눈 수영 선수)고." 바비가 출발선에 서 있는 하얀 유니콘을 가리켰다. "미쳴이 이겨야 할 텐데. 안 그랬다가는 우리가 허구한 날 이 배틀 이야기를 들어야 할 거 아냐."

"아빠가 지켜보는데 어찌 됐든 이겨야지."

"아냐, 쟤네 아빠 갔어. 한 15분 전에 떠났어."

"벌써 갔다고?"

"그래, 너와 앰버가 붙기 전에."

호루라기가 울리자 레드나이츠딜라이트가 하늘로 날아올랐다. 하지만 스캔다르와 바비는 관중석 위에서 오가는 시끄러운 대화에 금세 주의가 쏠렸다.

"애처롭다, 애처로워, 앰버. 너를 내년에 공기 아지트에 들여보낸다면 그게 더 놀라운 일이겠어. 하이브는 어엿한 라이더들이 드나드는 곳이잖니."

스캔다르는 그 여자의 심술궂은 목소리에 머리카락이 쭈뼛 섰다. 오웬도 학교에서 그를 괴롭히면서 '애처롭다'는 표현을 쓰곤 했다.

"하지만, 엄마, 스캔다르는 규칙을 지키지 않았고……."

"변명밖에 할 줄 모르지." 여자가 윽박질렀다. "나는 맨 처음 했던 스카이배틀에서 10초 만에 들어왔어." 그러고는 목소리를 낮추어 이렇게 덧붙였다. "내 생각보다 네가 그 역겨운 스피릿 윌더의 기운을 아빠한테서 많이 물려받았나 보다."

바비조차 그 모진 말에 움찔했다.

"죄송해요, 엄마. 원소 전환을 더 연습할게요. 더 열심히 노력할게요, 약속해요."

여자가 콧방귀를 뀌었다. "그러는 게 좋을 거다. 아니면 내가 직접 널 노매드로 선포하라고 할지도 몰라."

스캔다르의 귀에 앰버가 흐느껴 우는 소리가 들렸다. "가자." 그가 바비에게 속삭였다. 그들은 배틀에 지친 유니콘들을 몰아 최대한 빨리 그 자리에서 벗어났다.

남들의 귀가 없는 곳에 가자마자 바비가 말했다. "앰버가 다른 사람을 괴롭히는 이유를 알겠네."

스캔다르는 받아들이기가 힘들었다. "응, 그리고 아빠가 야생 유니콘 떼와 싸우다 죽었다는 말도 앰버 머리에서 나온 게 아니겠지." 그가 하고많은 사람 중에 앰버를 안됐다고 생각하게 될 줄이야, 믿기지가 않았다.

바로 그때 붉은 유니콘이 그들을 향해 달려왔다. 레드나이츠딜라이트라는 것을 바로 알아볼 수 있었다. 스카운드럴이 친구를 보고 좋다고 히힝 울었을 뿐 아니라 그 유니콘이 기운차게 발굽을 옮길 때마다 방귀를 뿡뿡 뀌었기 때문이다. "아빠가 보셨어? 나 이겼어!" 미첼이 투구를 벗고 안경을 닦는데 이마에서 땀이 뚝뚝 떨어졌다. "엄청 큰 파이어볼로 니암을 꺾었어! 거의 산불 수준이었지. 아빠를 보러 가야겠어!"

스캔다르와 바비가 서로 죄책감이 어린 눈빛을 주고받았다. 미첼의 아빠가 아들의 배틀이 시작되기 전에 떠난 것일 뿐 아니라, 그들 두 사람도 미첼의 배틀을 제대로 지켜보지 않았기 때문이다.

"어, 그게……." 스캔다르가 입을 열었다.

하지만 바비가 치고 들어왔다. "미첼, 너희 아빠는 네 배틀을 못 봤어. 아빠가, 어, 7인 위원회에 급히 참석해야 한다더라. 감옥에서 무슨 긴급 상황이 벌어졌거나 그랬나 봐."

미첼의 얼굴이 일그러졌다. "아빠가, 아빠가 못 봤다고?" 스캔다르는 미첼의 목소리를 듣고 그가 울음을 삼키고 있다는 것을 알았다.

바비는 고개를 끄덕였고 스캔다르는 감옥의 긴급 상황 운운을 자신도 알고 있었던 양 천연덕스러운 얼굴을 하려 애썼다.

"그래도 너희 아빠가 레드의 갑옷이 정말 근사하다고 하는 것 같더라." 바비가 시키지도 않았는데 그런 말을 했다. "아니, 내 말은, 팔콘에 비하면 영 못하지만 그래도 카오스컵 유니콘처럼 보인다는 거지."

미첼의 낙심한 눈빛에 생기가 약간 돌아왔다. "아빠가 그랬어?"

바비가 고개를 끄덕였다. 미첼은 기분이 좀 나아져서는 레드를 씻기러 정자 옆으로 갔다.

"너 정말 잘했어." 스캔다르가 바비에게 중얼거렸다.

바비는 어깨를 으쓱하고는 팔콘의 회색 갈기를 두 손으로 땋으면서 말했다. "실망이야 원래 안 좋은 거지만 특히 부모님한테 실망하는 건 최악이지." 바비가 망설이면서 말을 이었다. "우리 부모님은 오랫동안 내가 정말로 공황 발작을 한다고 받아들이지 않았어. 관심 끌려고 하는 행동이라고 생각했지."

"지금도 그러셔?" 스캔다르가 망설이다가 물어보았다.

바비가 고개를 저었다. "아냐. 결국은 이해하게 됐지. 하지만 미첼과 걔네 아빠가 병 안의 쿠키처럼 편안한 사이가 되려면 갈 길이 아주 멀지 싶어."

스캔다르가 웃음을 터뜨렸다. "아, 그런 말 좀 쓰지 마! 병 안의 쿠키가 뭐? 아일랜더들도 그런 표현이 있다고는 안 믿을 거야!"

"실은 지난주에 메이블에게 가르쳐 줬어. 걔가 아일랜더는 메인랜더보다 변이가 빠르다느니 뭐 그런 소리를 계속하길래. 요즘 메이블이 자기 친구들에게 이 표현을 신나게 알려 주고 있더라." 바비는 즐거운 눈치였다.

잠시 후 바비, 스캔다르, 미첼은 각자 유니콘을 탄 채 마지막 경기를 관전했다. 플로와 블레이드가 메이이와 로즈브라이어스달링을 상대하게 됐다.

"메이이, 힘내!" 앰버가 지나가면서 큰 소리로 외쳤다. 그러고는 그들을 향해 기분 나쁠 정도로 상냥한 척 미소를 지었다. "너희들 친구가 실버이긴 해도 자기 그림자도 엄청 무서워한다는 걸 모두가 알지. 쟤는 실버블레이드에게 어울리지 않아. 알이 뒤바뀌어서 실버가 엉뚱한 사람한테서 부화했다고 해도 놀랍지 않을걸."

"그렇게는 안 되지!" 미첼은 앰버가 저만치 가고 나서야 반쯤 소리치다시피 말했다.

"원래 자기 모습으로 돌아왔네." 스캔다르가 바비에게 소곤댔지만 바비는 듣고 있지 않았다. 바비는 출발선이 그려진 풀밭에서 투구를 서툴게 만지작대는 플로를 지켜보고 있었다.

"토할 것 같은 얼굴을 하고 있어." 바비가 한마디했다.

눈부신 은빛 갑옷을 입고 있는데도 플로의 얼굴에 서린 공포는 감춰지지 않았다.

"행여 실버를 노매드 선언하지는 않겠지." 미첼이 생각에 잠긴 얼굴로 말했다.

"미첼!" 스캔다르가 충격을 받고는 홱 돌아섰다. "그런 소리 하지 마! 플로는 잘할 거야!"

하지만 그들이 걱정할 필요는 없었다. 오설리번 교관이 호루라기를 불자마자 실버블레이드는 총알처럼 날아올라 로즈브라이어스달링을 1초가량 앞섰다. 그걸로 충분했다. 플로는 손바닥을 초록색으로 빛내며 블레이드를 공중에서 급선회시켰고 브라이어는 뒷발굽이 땅에서 떨어지기도 전에 뻑뻑한 진흙 더미와 모래 광풍을 정통으로 맞았다. 상대가 땅에 발이 묶인 채 모래 때문에 정신을 못 차리는 것을 본 플로는 흙 배리어를 쳐서 메이이와 브라이어를 둘러싸고는 진흙 감옥 밖으로 아예 날아오르지 못하게 했다. 플로는 흡족해하며 실버 유니콘을 돌려세우고 날아갔고 이윽고 눈부신 은빛 형체가 결승선을 통과했다.

관중은 다른 경기 때보다 열렬하게 환호했다. 환호하지 않는 사람은 바비뿐이었다. 그녀의 짙은 눈썹에 잔뜩 주름이 잡혔다.

"플로와 블레이드가 새롭게 이어진 것이 마음에 들지 않아. 블레이드가 야생 유니콘 떼로부터 플로를 구한 후로 줄곧 저런 것 같은데. 저 상태로 간다면 내가 훈련 경기에서 못 이길 것 같단 말이지."

"스캔다르?" 워셤 교관이 세 친구 앞에 나타났다. 그는 화가 난 듯한 얼굴로 스캔다르를 바라보았다. "얘기 좀 할까?"

교관은 스캔다르와 스카운드럴을 블루 워터 별관으로 데려갔다. 조비는 며칠 잠을 못 잔 사람처럼 몰골이 초췌했고 괴로워하는 것처럼 보이기까지 했다.

"뭔 짓을 하려고 스카이배틀에서 스피릿 원소를 써! 오늘 관중 중에는 위원회 위원들도 있었어! 그들이 앰버의 흙 마법이 연 안에서부터 꺼지는 걸 봤으면 어떡하려고! 아주 높이 올라가서 싸웠기에 망정이지, 그래도 무모한 짓이었어!"

스캔다르는 설명을 하려고 했다. "그러려고 했던 건 아니에요. 스피릿 원소를 연에 불러들여야만 스카운드럴이 사납게 날뛰지 않는다는 걸 알게 됐어요. 그러다 통제력을 잃었을 뿐이에요. 하지만 결국은 잘 됐잖아요. 원소들이 함께 작용하는 걸 느꼈고……."

"결국 잘된 걸로는 충분하지 않아, 스캔다르! 넌 원소들을 정확하게 조합할 기술이 없어. 그러니까 스피릿 원소를 계속 차단해야 해!" 조비는 미친 사람 같았다. 그가 언성을 높이지 않으려고 애쓰는 와중에도 침이 사방으로 튀었다.

"그게 어렵다고요, 아세요? 이해하지 못 하시잖아요!" 스캔다르는 울화가 치밀었다. "교관님이야 스피릿 원소를 숨길 필요가 없었겠지요. 유니콘이 그걸 못 쓰게 막을 일도 없었을 거고요. 그게 말처럼 쉬운 일이 아니에요. 스카운드럴은 자기가 스피릿 연합인 걸 알죠. 내가 계속 스피릿 원소를 막으면 내 유니콘이 미쳐 날뛸거예요. 이렇게 하는 게 더 나아요."

"실버 서클, 카오스의 사령관, 위원회가 다 같이 너의 죽음을 바랄 거다. 스캔다르, 제발, 네가 이해해야 해." 조비는 스캔다르를 한 대 때릴지 울음을 터뜨릴지 결정을 내리지 못하는 사람처럼 보였다.

"이해하고 있어요." 스캔다르는 그렇게 말하면서 스카운드럴을 조비로부터 멀찍이 밀었다. "저를 돕는 위험을 무릅쓰기에는 교관님은 너무 두려운 게 많죠, 이해해요. 교관님에게 달렸어요. 아무리 오랜 시간이 걸리더라도 전 스피릿 아지트에 들어가서……."

"스피릿 아지트가 있다는 걸 네가 어떻게 알지?" 조비가 믿을 수 없다는 듯이 물었다. "거기 가는 건 완전히 미친 짓이야! 그건 이어리의 빈터 한가운데에 있단 말이다. 들키고 말 거야! 눈에 띄고 말아! 그 모든 걸 감수하겠다고? 무엇을 위해서?"

"저는 교관님처럼 살 수 없어요." 스캔다르가 서글프게 말했다. "저는 제가 아닌 척하면서 평생을 살 수 없어요. 위버의 계획이 뭔지는 모르지만 제가 그걸 막을 수 있는 기회가 있다는데, 이어리에 숨어서 손 놓고 있을 수도 없고요."

스캔다르는 스카운드럴을 몰고 떠나면서 불현듯 조비가 한 말을 떠올렸다. '그건 이어리의 빈터 한가운데에 있단 말이다.' 마침내, 기적적으로, 스피릿 아지트가 있는 정확한 위치를 알게 됐다.

스캔다르는 친구들에게 좋은 소식을 전할 생각에 마음이 급해서 조비를 돌아보지도 않고 떠났다. 그래서 스피릿 윌더 교관의 망연자실한 표정이 결연한 표정으로 변하는 것을 보지 못했다.

17장

스피릿 아지트

카오스컵 예선전 날이 되었다. 이어리의 다른 모든 이에게는 그해 연말에 어떤 라이더와 유니콘이 카오스컵에 출전하게 될지 지켜보는 날이었다. 특히 해칠링들은 이제 몇 주 후 있을 훈련 경기 걱정에서 잠시나마 벗어날 수 있는 이날을 손꼽아 기다렸다. 하지만 이날은 이어리가 텅텅 비기 때문에 스캔다르의 콰르텟에게는 스피릿 아지트를 찾아나서기에 딱 좋은 날이었다.

안타깝게도 미첼은 예선전을 놓치는 것을 예상보다 더 힘들어했다. 이어리의 종이 하루의 시작을 알릴 때, 미첼은 벌써 깨어나 해먹에 누운 채 나무 집 천장을 아쉬운 듯 바라보고 있었다. 그가 안타깝다는 듯이 한숨을 쉬었다. "있지, 난 카오스컵 본선보다 예선이 더 좋을 정도라고. 예선이 볼 게 진짜 많거든."

스캔다르는 미첼을 피해 자리에서 일어나 나무 꼭대기에서 바비를 만났다. 바비도 기분이 썩 좋지 않았다. "우리가 카오스컵 경기를 위한 예선전 경기를 놓치다니 믿을 수가 없네!" 바비가 투덜거렸다. "조비 말이 틀리면 어떡해? 스피릿 아지트가 거기 있지도 않다면?"

"네가 나랑 꼭 함께 갈 필요는 없어." 스캔다르는 미첼에게도 이미 했던 말을 바비에게 건넸다. "나 혼자 찾을 수 있어. 난 괜찮을 거야."

"웃기지 마." 바비가 말하고는 창밖으로 눈을 돌려 근처의 다리를 건너고 있던 사리카, 이남, 로런스를 보았다. 그들은 자기가 가장 좋아하는 라이더의 색으로 얼굴을 칠했다. 바비는 그들을 계속 눈으로 좇으며 말을 이었다. "넌 혼자 해낼 수 없어, 스캔다르. 자기 손으로 옷도 겨우 입는 주제에 무슨 말을 하는 거야. 오늘 아침에 머리는 빗었니? 머리가 사방으로 뻗친 게 미친 과학자 같아."

플로도 인생 최악의 날을 맞이한 표정으로 잠옷 차림으로 내려왔다. 그래서 스캔다르는 먼저 스카운드럴을 보러 내려갔다. 적어도 스카운드럴은 예선전 구경을 놓쳤다고 불평하지는 않을 테니까. 스카운드럴이 계속 스캔다르의 구두 뒤축을 물어뜯으려 했지만 스캔다르는 조용한 때를 틈타서 케나에게 보내는 편지에 한 줄을 더 보탰다. 제이미가 했던 말이 계속 마음에 걸렸다.

> 추신. 켄, 나한테 준 스카프에 대해서 아는 것 있어? 스카운드럴의 갑옷 제조공인 제이미가 그 스카프가 아일랜드 물건 같다고 했어. 엄마가 그걸 어디서 구했는지 혹시 아빠가 알까? 아빠 기분이 괜찮을 때, 한번 물어봐 줄 수 있어?

정오까지 이어리는 전에 없이 텅 비었다. 더는 기다릴 수 없었다. 콰르텟은 함께 그물처럼 연결된 구름다리들을 건너 땅으로 내려갔다. 빈터 가장자리에 우뚝 선 나무의 그늘에서 스캔다르는 목소리를 낮추고 말했다. "가운데에서 출발해 점점 바깥쪽으로 찾아봐야 할 것 같아."

플로는 머리 위로 새가 지나가자 깜짝 놀라며 펄쩍 뛰었다.

"계획이라면 이제 지긋지긋해. 그냥 가고 보면 안 돼?" 바비가 투덜 거렸다.

"하여간, 전형적인 공기 윌더야. 가볍기는." 미첼이 혀를 찼다.

"셋을 세면, 최대한 빠르게 디바이드로 달려가 그루터기를 찾아보는 거야. 하나, 둘, 셋!" 스캔다르가 말했다.

그들은 빈터의 정중앙으로 달려가 땅에서 네 개의 균열이 교차하는 자리를 찾기 시작했다. 스캔다르는 무릎을 꿇고 봄의 잔디 사이를 손 가락으로 훑었다. 주로 흙과 지렁이가 손가락에 걸렸다.

그러다 스캔다르의 손가락 마디가 뭔가 딱딱한 것을 건드렸다. 스캔 다르는 흥분해서 풀을 더듬었고 그것의 둥그런 형태를 확인했다. 매우 낮은 그루터기가 키 큰 풀과 마구 자란 넝쿨 식물에 둘러싸여 있었다.

"내가 뭔가 찾은 것 같아!" 스캔다르가 근처에서 무릎을 꿇고 바닥 을 더듬고 있던 친구들에게 외쳤다. 미첼과 바비가 냉큼 달려왔다. 플 로도 내키지 않는 걸음으로 합류했다.

"일단 그루터기는 맞네." 미첼이 풀을 더듬어 보면서 확인했다.

"재수 없는 소리는 하기 싫다만, 그냥 나무 그루터기면 어떡해?" 바 비가 엉덩이에 손을 짚고 말했다.

하지만 스캔다르의 손바닥이 그루터기 위에 새겨진 뭔가에 닿았다. 그는 풀을 옆으로 밀어 보았다. 나무에 새겨진 상징, 서로 얽힌 네 개 의 원을 알아본 순간 그의 심장이 거세게 날뛰었다.

"맞는 것 같아." 스캔다르가 믿지 못하겠다는 듯 속삭였다. 그러고는 친구들에게 그 표식을 보여 주기 위해 뒤로 물러났다. "『스피릿의 책』에도 있었던 상징이야."

"너 진짜 들어가고 싶은 거 맞아? 애거서를 정말로 믿어?" 미첼이 물었다.

"위험할 수도 있어." 플로도 거들었다.

스캔다르가 땅에 쪼그린 채 그들을 보고 눈살을 찌푸렸다. "애초에 여기 온 이유가 뭔데? 예선전도 빼먹고 수고한 보람이 없잖아."

"스피릿 원소가 사람들이 떠드는 것처럼 나쁘다는 걸 알게 되면 어쩔래. 또는 위버를 물리칠 실마리를 전혀 못 찾을지도 모르지. 네 기분만 더 나빠질지도 몰라." 바비가 말했다.

"너희는 몰라! 너희 중에선 그 누구도 알 수 없어!" 스캔다르가 폭발했다. "조비조차도 스피릿 윌더가 뭔가 불결하고 수치스러운 것인 것처럼 말하지. 내가 유니콘을 부화시켰는데도 이어리에 들어오면 안 되는 사람 취급한다고. 우리 가족은 내내 메인랜드에 있고 나는 우리 엄마를 본 적도 없어. 난 단지 잠시만이라도 어디에 소속될 수 있기를, 나의 원소를 사용하는 법을 배울 수 있기를 원해. 하지만 너희가 내키지 않으면 함께할 필요는 없어." 그는 숨을 가쁘게 몰아쉬면서 말을 맺었다.

미첼이 어색하게 스캔다르의 등을 토닥거렸다. "우리도 같이 가. 그리고, 그냥 알아 둬, 너는 언제까지나 우리 콰르텟 소속이라는 걸."

바비가 눈썹을 치켜올렸다. "미첼, 너답지 않게 감성적이다."

"사실이 그렇다고. 얘가 노매드로 선언당하면 그건 또 다른 얘기이지만."

바비가 미첼의 얼굴을 향해 손을 흔들었다. "쉿, 잘 나가다 왜 분위기를 깨냐."

플로가 눈을 감고 심호흡을 하더니 고개를 끄덕였다. 스캔다르는 일단 첫 시도 삼아 해처리에서 입은 상처를 그루터기의 상징에 댔다. 아무 일도 일어나지 않았다. 손끝으로 그루터기 가장자리를 쭉 더듬으면서 입구 같은 것이 있는지 살폈다. 아무것도 없었다. 스캔다르는 입구가 어떻게 작동할까 생각하면서 무심코 손가락으로 나무 위에 새겨진 원들을 따라 그리듯 홈을 더듬었다.

그러자 나무의 거대한 신음이 빈터를 가득 메우고 그루터기에서 녹슨 쇠 손잡이가 튀어나왔다. "잠깐!" 스캔다르가 친구들에게 외쳤다.

그 순간, 잔디 덮인 그루터기 위에 때마침 머리를 맞대고 모여 있던 콰르텟이 어둠 속으로 동시에 곤두박질했다. 네 친구는 롤러코스터를 타기라도 한 것처럼 목청이 터져라 비명을 질렀다. 심연으로 떨어지는 속도에 스캔다르의 위가 철렁했고 볼살이 흔들렸다.

그들이 1분 남짓 어둠 속으로 계속 떨어진 후에야 그루터기는 요동치는 걸 멈추었고 스캔다르는 흙먼지 바람에 콜록거리면서 나자빠졌다. 그루터기가 삐걱거리며 지표면으로 다시 돌아갈 때 스캔다르는 눈을 떴다. 사방이 온통 컴컴하기만 했다.

플로의 훌쩍거림을 배경으로 미첼의 신음소리가 들렸다. "나 토할 것 같아."

성냥 긋는 소리가 칠흑 같은 어둠 속에 울려 퍼졌다. 환한 불이 확하고 바비의 얼굴을 밝혔다. "너희는 탐험가는 못 되겠다." 바비가 잘난 척하면서 성냥불을 벽에 브래킷으로 박혀 있는 횃불용 나무로 가져갔다. 불이 붙자 어두운 동굴 안에 빛이 퍼졌다. "어떻게 이런 모험에 성냥도 안 가져오니! 아마추어처럼."

검은 대리석으로 지어진 둥근 방은 한때 무척 아름다웠을 것 같았다. 그러나 지금은 그렇지 못했다. 하얀색 페인트로 휘갈겨 쓴 지저분한 낙서가 — 단어, 도표, 그리고 직직 그어서 지운 흔적이 — 벽이며 바닥이며 트로피 장까지 모든 면을 뒤덮고 있었다. 더러는 글자가 들쭉날쭉하고 알아보기가 어려워서 걸음마를 겨우 떼는 아이가 분필로 그어 놓은 것 같기도 했다.

스캔다르는 공포와 혼란스러움으로 눈이 휘둥그레진 친구들을 돌아보았다. "이럴 거라고는 생각하지 못했는데." 그는 미안한 마음에 목소리가 잘 나오지 않았다. "봐 —" 그가 텅 빈 책장을 가리켰다. "여길 이렇게 만든 자가 책도 전부 훔쳐 간 것 같아."

"누가 그랬는지는 분명하네." 미첼이 반대편 벽을 가리키면서 침울하게 말했다. 스캔다르가 거기 쓰여 있는 말을 알아차리는 데는 1초도 안 걸렸다. 진작 알아보지 못했다는 게 믿기지 않을 정도였다.

위버, 위버, 위버. 그 말이 하얀색 도표와 알아볼 수 없는 단어들의 줄 사이에 끼어 있었다.

"난 이거 진짜 싫은데. 위버가 돌아오면 어떡해? 이 아지트로 들어오는 다른 길이라도 있다면?" 플로가 속삭였다.

"웃기지 마." 바비가 냅다 그렇게 대꾸했지만 그녀의 목소리에도 두려움이 어려 있었다.

스캔다르는 벽을 살펴보았다. "오래전에 쓴 것 같아." 그가 느리게 말했다. "응, 진짜 오래됐어. 봐, 칠이 벗겨지고 있잖아."

"넌 이게 경고라고 생각해?" 미첼이 떨면서 물었다.

그러나 스캔다르는 도식들을 들여다보느라 미첼의 말을 거의 듣고 있지 않았다. 첫 번째 그림에는 유니콘의 목을 만지려고 손을 뻗는 사람이 나타나 있었다. 그 위로 휘갈겨 쓴 글씨는 '찾다(find)'였다. 두 번째 그림에는 그들 옆에 또 다른 사람이 있었는데 그의 손바닥에서 나오는 빛이 주위를 빙 둘러 첫 번째 사람과 유니콘의 심장을 연결하는 선들을 그리고 있었다. 그 그림 위에는 '엮다(weave)'가 적혀 있었다. 세 번째 그림에서는 첫 번째 사람이 유니콘에 올라타 손바닥을 내밀고 있었고 그 위에 '연(bond)'이라고 쓰여 있었다.

"위버가 왜 사람들을 납치하는지 알 것 같아." 스캔다르의 목소리가 대리석 벽에 부딪혀 공허하게 울려 퍼졌다.

"어떻게? 뭘 봤는데?" 미첼이 대꾸했다.

세 친구는 즉시 달려와 그 세 개의 그림을 보았다.

"난 모르겠는데. 이건 그냥 선 몇 개로 대충 그린 사람이잖아." 미첼이 말했다.

스캔다르는 앰버와 월윈드시프와 겨룰 때 스피릿 원소를 어떻게 사용했는지에 대해 자세히 말한 적이 없었다. 앰버가 배틀에 동원한 흙 원소를 어떻게 스피릿 마법으로 소멸시켰는지, 어떻게 그의 힘으로 앰버의 빛나는 노란색 연을 휘어잡았는지 상세히 말하지 않았다. 친구들이 무슨 생각을 할지 걱정이 되었기 때문이다.

하지만 이제 스캔다르는 설명하기 시작했다. 자기가 그림을 보고 생각한 바를 친구들에게 말했다. 첫 번째 사람은 라이더가 아닌 일반인이다. 두 번째 사람은 위버, 즉 연을 눈으로 볼 수 있는 자다. 그림 속의 유니콘은 투명 뿔로 미루어 보건대 야생 유니콘이다. 위버는 그 이름이 뜻하는 대로 인간의 영혼과 유니콘의 영혼을 엮고 있다. 위버는 연을 모방하고 있다.

"제이미가 실험을 언급한 적 있어." 스캔다르의 목소리가 으스스했다. "위버가 라이더가 아닌 사람들로 실험을 하고 있다는 소문이 있댔어. 그게 이거야! 위버는 야생 유니콘을, 그다음에는 뉴에이지프로스트를 실험에 동원했을 거야. 그리고 다음 단계에서는 다른 사람들, 다른 유니콘들을 동원하겠지."

"연이 어떻게 작용하는지를 알아낸다라……." 미첼이 거의 혼잣말하듯 중얼거렸다. "야생 유니콘과 라이더가 아닌 사람을 연으로 맺는다? 앨피 형에게도 그런 일이 일어났을 거라 생각해? 제이미의 친구에게도? 그게 가능하긴 한가? 그런 건 책에서도……."

"하지만 왜 위버가 자신의 사악한 계획을 벽에다 써서 남겨?" 바비가 끼어들었다. "그건 좀 바보 같지 않아? 뭐, 위버가 앰버의 아빠라면 그럴 수도 있겠지만. 내 생각엔……."

플로는 위버가 듣고 있을까 봐 걱정이 되었는지 바비에게 쉿 했다.

"우리가 여기서 위버 이야기를 하다니!" 미첼이 좌절에 빠져 검은 머리를 쥐어뜯으며 말했다. "위버가 과연 인간이기는 한지 그것조차 아는 이가 없어. 논리적인 의사 결정 과정이 없었던 것도 당연하다면 당연하지!"

플로는 여전히 그림을 바라보면서 말했다. "난 네가 제대로 봤다고 생각해, 스카. 위버가 뉴에이지프로스트를 원했던 이유가 이것이겠지. 세계에서 가장 강한 유니콘이잖아. 마법을 제어하기도 야생 유니콘보다는 훨씬 더 쉽겠지. 어쩌면 위버는 이 실험들을 빠르게 진행하는 데 도움이 되겠다 생각했을지도? 뉴에이지프로스트가 이미…… 이 일에 도움이 됐을지도?" 플로가 벽의 그림을 가리켰다.

"하지만 이유가 뭔데? 왜 위버가 이런 일을 하고 싶어 해?" 미첼이 물었다.

"뻔하지 않아?" 이번만큼은 바비도 겁먹은 눈치였다. 그녀의 팔에서 회색 깃털이 죄다 곤두서 있었다. "사이먼은 군대를 만들고 있어."

"위버를 사이먼이라고 부르지 마! 아직 확인되지 않은 가설에 불과해!" 미첼이 쏘아붙였다.

"메인랜드!" 스캔다르의 심장이 거칠게 뛰고 있었다. "왜 진작 이걸 알아차리지 못했지? 위버는 단순히 메인랜드를 공격하려는 게 아니야. 생각을 해 봐, 위버가 메인랜드에서 군대를 세운다면 메인랜더들이 야생 유니콘과 연으로 맺어질 수 있겠지. 우리 누나 같은 사람들! 위버는 그 거대한 야생 유니콘 군단으로 메인랜드뿐만 아니라 아일랜드도 점령할 수 있을거야."

위버가 카오스컵 중계 카메라를 가리키던 장면이 스캔다르의 뇌리를 스쳤다. 애거서가 뭐라고 했더라? '우발적으로 일어난 일이 아니야. 위협이었어.'

"아냐, 아냐, 우리가 흥분해서 앞서 나가면 안 돼!" 미첼이 반박했다. "좋아, 그래서 위버가 절벽의 센티널들을 죽이고 있다는 거지. 상황이 안 좋아 보이는군."

"안 좋아 보이는 게 아니지! 진짜 안 좋아!" 스캔다르가 씩씩거렸다. "위버가 준비하고 있는……"

"하지만 위버가 지금까지 납치한 사람 수는 얼마 안 돼." 미첼이 힘주어 말했다. "실험이 설령……" 그가 침을 삼켰다. "내 사촌 같은 사람들을 대상으로 일어났대도 메인랜드에 쳐들어가기엔 어림없는 인원이지. 그들을 막을 센티널, 실버 서클, 카오스컵 라이더들이 있는데."

"그리고 이어리에는 우리가 있지." 바비가 무서운 기세로 말했다.

그러나 친구들의 용감한 얼굴들이 무색하게 스캔다르는 심장이 쿵 내려앉았다. 스피릿 아지트에만 오면 방법을 찾을 줄 알았다. 친구들에게 스피릿 윌더들도 한때는 그들과 똑같이 한 원소와 연합한 라이더들이었음을 증명하게 될 줄 알았다. 그가 스피릿 원소로 뭔가 좋은 일을 할 수 있음을 보여 줄 줄 알았다. 하지만 늘 그랬듯, 그들은 출발점으로 돌아왔다. 스피릿 원소를 악한 일에 사용하고 있는 위버에게로.

"조비에게 가 봐야 해." 플로가 결연하게 말했다. "위버가 군대를 꾸리는 걸 알면 우리를 돕지 않겠어? 조비도 무시할 순 없을 거야! 위버가 가짜 연을 만들 수 있는 스피릿 윌더라면 스캔다르가 그걸 뒤집을 방법도 있지 않을까? 어쩌면 조비가 이번만큼은 진짜 도움이 될지도?"

스캔다르가 지표면으로 돌아갈 방법을 알아내기까지는 시간이 좀 걸렸다. 그루터기가 있던 자리에 이제는 거대한 나무 몸통이 어둠 속으로 뻗어 있었다. 이번에는 플로가 나무껍질에서 스피릿 원소의 상징을 찾아냈다. 스캔다르가 홈을 따라 원들을 그리자마자 그 큰 나무가 아래로 쪼그라들더니 다시 그루터기 상태로 돌아갔다. 스캔다르와 친구들은 빈터의 지표면으로 다시 올라가는 동안 손잡이를 꽉 잡고 버텼다.

천만다행으로 이어리는 아직도 텅 비어 있었다. 바비는 —— 완벽한 탐험가 모드가 되어 —— 이런 절호의 기회가 없으니 당장 워섬 교관에게 가야 한다고 선언했다. 하지만 스캔다르는 걱정이 되었다. 조비는 스캔다르가 스피릿 아지트를 찾는다고 했을 때 전혀 반기는 기색이 아니었다. 스캔다르는 조비가 부디 이해하기를 바랐다. 이건 스캔다르와 스카운드럴만의 문제가 아니라 아일랜드와 메인랜드 양쪽 모두의 안전이 걸린 문제였다. 위버가 군대를 창설하느냐 마느냐의 문제였다.

잠시 후, 스캔다르는 조비의 집 문을 두드리고 있었다. "워섬 교관님? 안에 계세요? 스캔다르예요! 여쭤어볼 것이 있는데……"

문이 휙 밀렸다.

"조비? 안에 계세요?"

"스카, 들어가면 안 될 것……." 플로가 경고했지만 스캔다르는 벌써 빈백과 깔개가 널려 있는 거실에 들어서 있었다.

"자고 계시면 어떡하지?" 플로가 나무 몸통을 둘러싼 금속 발받침을 밟고 올라가면서 바비에게 속삭였다.

잠시 후, 바비가 아래를 향해 외쳤다. "여긴 안 계셔!"

스캔다르는 거실의 큰 공간에서 살짝 열려 있는 문을 발견했다. 문이라고는 하지만 틈새가 나 있지 않았다면 그냥 금속 벽의 일부라고 생각했을 것이다.

스캔다르가 그 문을 좀 더 열어젖히자 나무 집의 빛이 그 안까지 비쳤다. "조비? 괜찮으세요? 안에 계세요?"

바비, 미첼, 플로도 문턱으로 왔다. 조비는 보이지 않았다. 그 작은 공간에는 탁자 하나뿐이었고 그 위에 지도가 펼쳐져 있었다.

미첼이 지도에 다가갔다. "여기가 어디야?"

바비도 탁자에 다가가서는 소리 내어 웃었다. 스캔다르와 플로가 그 뒤에 섰다. "미치, 네가 모르는 걸 내가 아니까 참 좋다. 이럴 때면 네 이마에 주름이 생기잖아. 내가 알 때……."

스캔다르가 바비의 말을 중간에 자르고 미첼을 궁지에서 끌어냈다. "이건 메인랜드야."

"리핑 랜드슬라이드(leaping Iandslide,)!" 플로가 중얼거렸다. 그러고는 종이 두루마리 두 개를 집었다. "여기도 지도가 많이 있어. 이걸 다 조비가 그렸을까?"

"그랬을 것 같아." 스캔다르가 또 다른 지도를 펼치는데 종이 하나가 툭 떨어졌다. 전단지 같았다. 스캔다르는 그 종이를 주워서 뒤집어 보았다. 종이에 어떤 상징이 그려져 있었다. 어디서 본 적이 있었다. 스캔다르는 종이를 노려보면서 기억을 더듬었고 마침내 생각이 났다! 불의 축제에서 아일랜더 남자와 여자 사이를 지나칠 때 봤던 아치와 원 그림이었다. "이봐, 이것 좀 봐!"

그때 나무 집의 문이 열리는 소리가 났다. "빨리!" 플로가 비명을 질렀다. 스캔다르는 재킷 주머니에 전단지를 쑤셔 넣으면서 친구들과 함께 그 작은 방에서 얼른 빠져나왔다.

거실은 이제 비어 있지 않았다. 그러나 조비가 온 게 아니었다.

"하울링 허리케인(howling hurricane, 울부짖는 허리케인)!" 도리언 매닝이 탄식했다. 해처리 의장 겸 실버 서클의 수장이 네 명의 원소 교관을 대동하고 그곳에 와 있었다. 스캔다르의 콰르텟도 그들을 보고 놀랐지만, 그들 역시 깜짝 놀란 건 마찬가지였다.

미첼이 맨 먼저 충격에서 벗어나 입을 열었다. "저희는 워셤 교관님을 찾고 있었습니다만." 스캔다르는 미첼의 목소리가 그들이 친해지기 전처럼 약간 냉소적으로 들린다고 생각했다.

"어째서 너희는 다른 사람들처럼 예선전을 보러 가지 않았지?" 그렇게 질문한 사람은 세일러 교관이었다. 세일러 교관의 음성은 침착했지만 그녀가 바비의 얼굴을 살필 때 피부 아래 혈관에서 불똥이 타다닥 튀었다. "저희는……."

"굉장히 이례적인 일이군, 어쩌면 이들이 뭘 알고 있으려나? 어쩌면 연루되어 있으려나?" 매닝이 쩌렁쩌렁한 목소리로 말했다.

"아니면," 오설리번 교관이 말했다. 그녀는 소용돌이 같은 파란 눈동자를 굴리지 않으려 애쓰는 듯 보였다. "이들이 조비 워셤을 찾는 데 도움이 될 만한 뭔가를 봤을지도 모르지요. 그가 걱정됩니다. 그 친구, 요즘 제정신 같지 않았어요."

"조비가 실종됐어요?" 스캔다르가 물었다.

도리언 매닝이 딱 잘라 말했다. "그가 어디로 갔는지는 우리 모두 안다고 생각하는데? 페르세포네!"

"저는 우리가 안다고 생각하지 않는데요, 도리언." 오설리번 교관이 차갑게 대꾸했다.

"탈주의 흔적도 없고, 몸싸움의 흔적도 없고, 표식도 없소." 도리언 매닝이 주위를 손짓했다. "게다가 스피릿 윌더가 절대 떠나서는 안 될 장소에서 실종됐다? 그렇다면 어디로 내뺐을지 —— 아니, 누구에게 갔을지, 라고 해야 하나 —— 짐작할 수 있을 것 같은데요. 나는 늘 그자를 다른 스피릿 윌더들과 함께 가두어야 한다고 했지요. 그를 자유롭게 놔둔 결과 지금 무슨 일이 일어났나 보시오. 센티널들은 죽고, 사람들은 실종되고, 바야흐로 폴른 24보다 더 끔찍한 위기를 맞고 있잖소!"

"조비가 제 발로 위버에게 갔다고 생각하세요?" 스캔다르가 물었다.

미첼이 스캔다르의 발을 세게 밟았다.

"아하! 그러니까 이 친구들이 뭘 아는구먼!" 도리언 매닝이 의기양양하게 외쳤다.

플로는 도리언 매닝에게 걸어갔다. 나무 집 창에서 들어오는 빛을 받은 그녀의 머리카락은 은빛 후광 같았다. 플로가 사근사근하게 말했다. "매닝 의장님, 저 때문에 예선전을 보러 가지 못한 겁니다. 제가 늦잠을 잤는데 위버가 설쳐 대는 이 시국에 블레이드를 혼자 데리고 나가고 싶지 않았습니다. 콰르텟 친구들은 저와 함께 남아 준 겁니다. 워섬 교관님도 이어리에 남았다고 들었는데 스캔다르와 바비가 물어볼 것이, 음, 그러니까 아일랜드에 대해 알고 싶은 게 있다고 했어요." 플로는 숨도 쉬지 않고 말을 쏟아 냈다. 그러고는 숨을 크게 들이마셨다.

"제가 듣기에는 납득이 되는 해명 같습니다만. 어떻게 보십니까, 매닝 의장님?" 앤더슨 교관이 그들을 향해 미소 지었다. 불꽃들이 그의 귀 위에서 춤을 추었다.

오설리번 교관은 도리언 매닝이 다른 말을 하기도 전에 콰르텟을 내보냈다. "나가, 너희들 모두." 하지만 문간에서 물 훈련 교관은 중얼거렸다. "적어도 고개를 숙이는 척이라도 해야겠다는 생각 안 들어? 불의 축제 때도 말썽을 부리더니 또 이러기야?"

"네, 교관님." 콰르텟은 순진한 척 대답했다.

그들은 돌아서서 걸어 나갔다. 하지만 미첼은 그러는 와중에도 무서움을 견디지 못해 소리를 질렀다.

오설리번 교관이 곧바로 문턱을 넘어 나왔다. 그리고 도리언 매닝과 다른 교관들도 그녀의 뒤를 따라 나왔다. "이게 뭐지?"

그들은 조비의 나무 집 바깥에 모여 금속 외벽에 두껍게 칠해진 하얀 띠를 쳐다보았다.

"저거 봐요, 도리언." 오설리번 교관이 씩씩거리며 말했다. "조비는 납치당한 겁니다. 다른 사람들과 마찬가지로요."

콰르텟만의 안전한 나무 집으로 돌아오자, 스캔다르는 문을 닫기 무섭게 이미 말을 시작하고 있었다. "내 생각엔 매닝 의장 말이 맞아. 조비는 납치당한 게 아닐 거야."

"당연히 위버의 소행이지." 미첼은 빨간색 빈백에 털썩 주저앉으면서 말했다. "증거를 봤잖아. 나무 집 옆에 하얀 표식이 분명히 있었어."

"하지만 이걸 봐." 스캔다르가 조비의 집에서 발견한 전단지를 주머니에서 꺼냈다. 이상한 상징 아래 이런 글이 쓰여 있었다.

해처리 문에서
실망을 맛보았나요?

유니콘을 갖길 꿈꾸었으나
그건 여러분의 운명이 아니라고 하던가요?

유니콘은 죽고 여러분 홀로 남겨져 막막한가요?

연을 맺은 유니콘들만 힘을 독식하는 것이
불공평하다고 생각하나요?

여러분을 돕기 위해 우리가 왔습니다.
해처리 문을 부수기 위해 우리가 왔습니다.
누구나 연의 마법을 느끼게 해 주러 우리가 왔습니다.

모두가 유니콘을 가질 자격이 있으니까요.
모든 유니콘은 라이더를 가질 자격이 있으니까요.

우리와 함께합시다.

그때 스캔다르는 불의 축제에서 보았던 상징이 무엇을 의미하는지 퍼 뜩 깨달았다. 친구들에게 설명하는 스캔다르의 목소리에서 공포가 메아리쳤다. 상징의 아치는 해처리 봉분을, 그 아래의 원은 해처리 문을 의미했다. 그 문이 위에서부터 아래까지 깨져 있었다. 번개처럼 들쭉날쭉한 하얀 선으로 갈라져 있었다.

전단지 아랫부분이 찢어져 있어서 '우리'가 누구를 가리키는지, 함께 하기를 원하는 자들이 누구와 연락을 취해야 하는지는 알 수 없었다.

미첼이 스캔다르의 손바닥에서 전단지를 낚아채어 다시 읽었다.

"한번 생각해 봐," 스캔다르가 조심스럽게 말했다. "내가 조비에게 위버의 계획을 처음으로 물어봤을 때 그는 스피릿 윌더가 그 계획을 저지할 수 있다고 말해 줄 정도로 충분히 알고 있었어. 게다가 조비는 스피릿 아지트의 위치를 알고 있었으니 위버가 연을 엮는 그 그림들도 봤겠지? 그리고 이 전단지 좀 봐. 이 수작질 뒤에는 틀림없이 위버가 있어. 조비는 이어리에 갇혀 지내는 데 넌더리가 났을 거야. 그는 위버가 줄 수 있는 것을 원했을 거야. 그건 아마도……."

"다시 라이더가 되는 것." 플로가 슬픈 눈으로 스캔다르의 말을 받았다.

"그리고 제이미는 자기 친구 클레어가 위버가 올 것을 알고 있었던 것 같다고 했어. 실종되던 날 밤, 작별 인사를 한 거나 다름없었다고."

"그렇다면 아마도," 플로가 말을 이었다. "하얀 표식들은 희생자를 점찍은 게 아니겠구나. 아마도 그건 초대의 의미 아니었을까. 자기를 데려가 달라고 위버를 부르는 신호였을지도."

미첼이 전단지에서 고개를 들었을 때, 그의 뺨으로 눈물이 흘러내리고 있었다. "앨피 형이 해처리 문에 도전했을 때 난 아직 어렸지. 그래도 형이 얼마나 속상해했는지 기억이 나. 형은 정말로 유니콘 라이더가 되고 싶어 했는데 그게 다 끝장났으니까. 내가 여기서 훈련을 시작한 이후로 형은 편지도 보내 주지 않았어. 어쩌면 앨피 형도 이 전단지를 받고서 유니콘과 연을 맺을 기회를 꿈꾼 게 아닐까?"

"야생 유니콘이야! 도대체 누가 그런 걸 원한다고 그래?" 바비가 외쳤다.

"너는 연을 빼앗기는 게 어떤 건지, 유니콘 없이 살아야 한다는 게 어떤 건지 몰라. 우리 중에 그걸 아는 사람은 없어. 하지만 조비는 알고 있었지. 그는 간신히 버티고 있었어." 스캔다르가 진지하게 말했다.

"조비가 가지고 있었던 메인랜드 지도들." 미첼이 불쑥 말을 꺼냈다. "그건 아주 상세한 지도였어."

"정말 나쁜 상황인데." 바비가 눈을 크게 떴다. "조비는 메인랜드 전문가잖아. 그가 지난 10년간 몰두할 일이라고는 그것밖에 없기도 했고. 사이먼이 필요로 하는 모든 정보가 그에게 있지. 눈에 띄지 않게 야생 유니콘을 착륙시킬 조용한 장소, 도시별 인구, 요새로 삼을 만한 성 등의 정보가." 그녀의 목소리가 흔들렸다.

나무 집 창으로 바비의 주장을 입증하듯 초록 불빛이 비쳤다. 또 한 명의 센티널이 죽은 것이었다. 미첼은 바비에게 위버를 사이먼이라고 부르지 말라는 지적조차 하지 않았다.

그 후 이어진 불편한 침묵 속에서, 스캔다르는 해칠링들의 첫 번째 스카이배틀 이후 조비에게서 보았던 미친 사람의 눈빛을 떠올렸다. 그는 선택의 기로에서 괴로워하는 사람처럼 보였다. 그러다 결국 그는 연을 다시 맺을 기회를 흘려보내지 않기로 결정한 것이다. 오직 위버만이 다시 맺어 줄 수 있는 연을. 그 대가로 메인랜드를 바쳐야 할지라도 말이다.

"난 오늘 마구간에서 잘래. 스카운드럴을 저 아래 혼자 둘 수 없어."
스캔다르가 선언했다.

친구들도 그 말에 동의했다. 네 명의 어린 라이더는 각자 해먹에서
담요를 챙겨서 자기 유니콘과 밤을 보내기 위해 내려갔다.

하지만 스캔다르는 잠을 자지 않았다. 그는 스피릿 아지트의 벽에서
보았던 그림을 쉬지 않고 그려 댔다. 찾다, 엮다, 연. 시간이 쏜살같았
다. 조비가 위버에게 갔다. 그리고 조비는 스캔다르가 스피릿 윌더라는
것을 알고 있었다.

조비는 정말로 스캔다르를 돕는 게 두려웠을까? 아니면 스캔다르가
너무 많은 것을 배울까 봐 두려웠을까?

그도 그럴 것이, 스캔다르는 이제 위버가 사람들을 야생 유니콘과
이어 준다는 것을 알았지만 그걸 어떻게 막아야 할지는 전혀 몰랐다.

18장

승리의 나무

그 후 몇 주는 흐릿하게 지나갔다. 훈련 경기가 코앞으로 다가왔고 스캔다르는 거의 한계에 다다라 있었다. 밤에는 여전히 위버의 야생 유니콘 군단이 메인랜드로 날아가는 악몽으로 잠을 설쳤다. 훈련 시간에는 스피릿 원소를 남들의 눈에 띄지 않게 하면서도 스카운드럴에게 패대기쳐지지 않을 만큼은 적당히 받아들이느라고 매번 아슬아슬 외줄을 타는 심정이었다. 주위에서 라이더들이 연습 경기를 할 때, 라이더와 유니콘 사이의 연이 빨간색, 파란색, 초록색, 노란색으로 번득거렸지만 스캔다르는 아무것도 보이지 않는 체했다.

해칠링들이 훈련 시간 전후로 같은 원소끼리 모이기 시작한 것도 별 도움이 안 됐다. 불 월더들은 그들이 시도할 새로운 불 공격을 논의했다. 흙 월더들은 그들의 퍼포먼스를 더욱 발전시킬 방법을 논의했다. 공기 월더들은 라이트닝 실드의 효과를 검토했고 또 검토했다. 스캔다르는 물 월더들의 무리에 끼려고 노력했지만 소용이 없었다. 대신 그는 마구간에 홀로 틀어박혀 날카로운 질투심에 시달리며 위버의 도식들을 그려 놓은 스케치북을 획획 넘기곤 했다.

이렇게 정신이 산만해져 있으니 스캔다르가 스카이배틀에서 연거푸 지는 것도 놀랍지 않았다. 플로, 바비, 미첼의 상대가 되지 못함은 물론, 누구와 싸워도 이기지 못했다. 연습 경기에서 스캔다르는 거의 항상 최하위 5명에 들었다. 이런 식으로 가면 올해 말에 이어리에서 쫓겨날 것은 누가 말해 주지 않아도 확실했다. 이제 경기장에 운집한 관중이 ── 아빠와 케나를 포함해 ──그를 지켜본다고 생각하면 두렵다 못해 오싹했다.

하지만 스트레스를 받는 사람은 스캔다르만이 아니었다. 대다수의 해칠링들은 도서관에 몇 시간이고 틀어박힌 채로 공격, 방어, 그 외에도 최하위 5명 신세를 벗어날 수 있는 온갖 방법을 연구했다. 몇몇 진귀한 책들을 두고는 실제로 몸싸움도 벌어졌고, 스카이배틀에서 지거나 이기면 눈물을 보이는 해칠링도 있었다. 5월 초 공기의 축제가 있었지만 해칠링들은 어찌나 공부와 훈련에 열심인지 아무도 축제에 참석할 생각을 하지 않았다.

앰버는 그 어느 때보다 비열하게 굴었다. 특히 미첼의 마법을 헐뜯을 기회라면 놓치는 법이 없었다. 게다가 미첼도 자기 자신에게 지독히 엄격했다. 그는 스카이배틀에서 지거나 연습 경기에서 늦게 들어올 때마다 몇 시간씩 자신의 실수를 면밀하게 분석했다.

"때로는 잘하지 못해도 괜찮아." 미첼과 레드가 로밀리와 미드나이트스타(Midnight Star, 자정의 별)를 상대로 유독 격렬한 스카이배틀을 펼쳤으나 패배한 날, 플로가 그렇게 말했다.

"화염 방사기 공격을 더 빠르게 했어야 했는데. 내가 너무 허술했어."

미첼이 빈백을 걷어차면서 외쳤다. "게다가 난 아직도 변이를 안 했어! 여태껏 변이가 일어나지 않은 라이더는 나하고 앨버트뿐이야!"

플로는 미첼을 달래 보려고 했다. "그래도 괜찮아, 미첼."

"괜찮지 않아. 아이라 핸더슨의 아들에게는 괜찮지 않다고." 그가 플로에게 쏘아붙였다.

몇 주 후 앨버트가 노매드 선언을 당하자 이어리의 분위기는 더욱더 우울해졌다. 앨버트는 거의 모든 경기에서 유니콘의 등에서 떨어지지 않고 버티기만 해도 다행인 수준이었다. 정작 앨버트는 훈련 경기에 나가지 않아도 되어 안심이라고 모두에게 떠들고 다녔지만 그가 이어리를 떠나는 날——그의 파이어 핀이 네 조각으로 부서지는 날—— 이 되자 스캔다르는 내려가서 작별 인사를 할 엄두조차 나지 않았다. 머릿속에 그 이미지들을 남기고 싶지 않았다. 이글스던을 타고 이어리 입구의 원소 잎사귀 아래를 마지막으로 지나갈 앨버트의 모습, 콰르텟의 나머지 일원들에게 주어질 금빛 불꽃 모양의 핀 파편, 노매드 나무 몸통에 박힐 나머지 파편 하나. 하지만 그 이미지들을 막으려고 할수록 스캔다르의 귀에는 핀의 파편을 박는 망치 소리가 들리는 듯했다. 금속과 금속이 부딪치는 짧고 날카로운 소리가 밤새 울려 퍼지는 것 같았다.

이제 너무나도 빨리, 더는 남은 훈련도 없이 해칠링들의 이어리 잔류 여부를 결정할 경기가 다가와 있었다. 유니콘들은 하루 휴가를 받아 저마다 마구간에서 꾸벅꾸벅 졸았다. 라이더들의 일정표에도 단 하나의 이벤트만 남아 있었다.

정각 3시에 스캔다르, 바비, 플로, 미첼은 다른 해칠링들과 함께 이어리의 빈터에 모여 세일러 교관을 기다렸다. 친숙한 라이더들을 둘러보면서 스캔다르는 다음 날 있을 훈련 경기를 생각했다. 그들은 아일랜드 사람들 앞에서, 그리고 그들의 가족 앞에서 각축을 벌이고 이어리에 남기 위해 달릴 것이다. 오늘 모인 그들은 다 같은 해칠링이었다. 그러나 내일은 경쟁자가 될 것이다.

공기 훈련 교관이 회색 유니콘 노스브리즈나이트메어를 타고 나타나 해칠링들에게 자신을 따라오라고 우아하게 손짓을 하며 나무들 사이로 앞장을 섰다.

"우리 어디 가는 거야?" 바비는 잔가지를 쿵쿵 밟으며 불평했다. "난 작전 점검을 해야 하는데. 이어리 투어는 다음에 하면 안 되나? 그러니까, 우리 인생에서 제일 중요한 경기가 끝난 다음에."

"나도 절대 동감이야." 미첼이 말했고 스캔다르는 나무뿌리에 걸려 넘어질 뻔했다. 바비와 미첼이 이렇게 뜻이 잘 맞는 때는 앰버가 남을 칭찬할 때만큼 드물었으므로.

"노매드 나무로 가는 게 아니었으면 좋겠는데." 스캔다르가 플로에게 중얼거렸다. 내일 이어리에서 쫓겨날 확률이 아주 높다는 사실만큼은 굳이 상기하고 싶지 않았다.

"그 길은 아닌 것 같아." 플로가 근처의 벽을 바라보면서 말했다. "노매드 나무는 물의 구역에 있는데 여기는 공기의 구역 쪽이야. 식물들을 봐." 플로의 말이 맞았다. 벽 위에 노란 미나리아재비와 해바라기가 키 크고 바스락거리는 풀, 흰 갓털을 산들바람에 날려 보내는 민들레와 함께 피어 있었다. 스캔다르는 은빛 가면을 쓴 센티널 두 명이 유니콘을 타고 꼭대기로 향하는 모습을 보았다.

세일러 교관이 노스브리즈나이트메어를 거대한 나무 몸통 앞에 세우고 해칠링들을 안심시키듯 웃어 보였다.

"약속하는데, 오늘은 테스트가 없다. 다만, 해칠링들은 훈련 경기 전

날 이 나무를 찾아가는 전통이 있지. 승리의 나무로 알려진 이 나무의 기운을 받아 내일 경기에서 최고의 기량을 떨치기를 바라는 뜻에서 말이다. 자, 어느 콰르텟부터 나올래?"

바비가 손을 번쩍 들었다.

미첼이 한숨을 쉬었다. "공기 윌더는 못 말려."

"좋았어!" 세일러 교관이 외치자 그녀의 유니콘도 덩달아 히힝 울었다.

콰르텟이 나무 아래로 모였고 스캔다르는 그 나무에는 이어리 내의 다른 나무들과 달리 사다리가 설치되어 있지 않다는 것을 알았다. 하지만 발을 디딜 수 있게 몸통 자체에 파놓은 홈들이 나무를 나선형으로 감싸며 올라가고 있었다.

"올라가다 보면 나무에 박아 놓은 금속 명패들이 보일 거다. 퍼스트 라이더가 이어리를 창설한 이래 매년 훈련 경기 우승자의 명패를 거기에 남겨 왔지. 저 위에 올라가 원대한 꿈을 품어 보려무나. 너희의 이름이 저 중 하나가 되는 꿈을."

다른 해칠링들이 숨죽여 웅성거렸고 스캔다르는 바비와 플로의 뒤를 따라가면서 신경이 점점 날카로워졌다. 애초에 훈련 경기에서 우승하리라는 기대는 없었다. 그러나 교관의 말은 내일 오후면 이 순간이 다 끝난다는 생각을 잊는 데 더욱 도움이 되지 않았다.

스캔다르는 간간이 나무를 오르던 발길을 멈추고 단순하게 생긴 명패의 이름을 읽었다. 그러나 높이 올라갈수록 일부 명패는 렌치로 비틀어 빼 버렸다는 것을 알 수 있었다. 스캔다르는 꼭대기에 거의 다다랐을 때 잠시 발길을 멈추고 미첼을 돌아보았다.

"어떤 명패들은 나중에 없앤 것 같은데 왜 그런지 알아?" 스캔다르는 궁금증을 참지 못하고 그렇게 물었다.

미첼은 갑작스레 당황하는 것 같았다. "음, 스피릿 윌더들의 명패라서 그런 게 아닐까."

스캔다르는 눈을 깜박였다. "네 말은, 훈련 경기에서 우승을 차지했던 스피릿 윌더들이 죄다…… 이름조차 지워졌다? 그건, 그건 정말……" 스캔다르는 적당한 말을 고르기 위해 머리를 쥐어짰다. "부당해." 위버의 소행 때문에 모든 스피릿 윌더가 비난받는 현실이 부당했다. 바깥세상에는, 아일랜더와 메인랜더 중에는, 기회만 주어졌으면 해처리 문을 열었을 사람들이 있는데, 그들의 유니콘이 혼자 태어나 죽게끔 버려지는 현실이 부당했다. 스피릿 윌더들의 업적이 역사에 기록조차 되지 못하는 현실이 부당했다. 그 모든 것의 잔혹함과 공포가 갑자기 실감 났다.

"미안, 스캔다르." 미첼이 말했다.

스캔다르는 가장 가까이 있던 빈자리를 가리켰다. "여기는 누구 이름이 있었을까? 넌 알아? 네가 기억하는 스피릿 윌더 이름이 있어?" 자신과 동일한 원소를 써서 승리한 누군가를, 누구라도 기억하는 것이 의미 있을 것 같았다. 더구나 오늘처럼 훈련 경기를 하루 앞두고서는.

"내가 보기에는, 그러니까 나무에서 차지하는 위치상, 에리카 에버하트의 이름이 있었을 것 같은데?"

"에리카 에버하트가 누구야?" 가장 윗단에 서 있던 바비가 그들을 내려다보면서 큰 소리로 물었다.

"에리카 에버하트를 모르는 사람도 있니!" 스캔다르보다 위에 있던 플로가 웃으면서 대꾸했다. 그러나 바비가 무서운 표정을 짓자 플로는 얼른 설명해 주었다. "모두가 에리카를 사랑했지. 그녀는 카오스컵 역대 최연소 우승자였어. 심지어 두 번이나 우승했지. 그러고 나서 비극이 일어났어. 세 번째로 출전한 대회에서, 음, 그녀의 유니콘 블러드문스에퀴녹스(Blood-Moon's Equinox, 핏빛 달의 춘(추)분)가 살해당했어. 범인은 다른 스피릿 윌더였겠지."

"그런 게 으레 있는 일이야?" 바비가 물었다.

"그렇지 않아. 우리가 태어나기도 전의 일이지만, 우리 아빠는 에버하트가 세 번째로 출전한 카오스컵이 역대 최악의 지저분한 경기였다고 했어. 스카이배틀이 연거푸 이어졌고 그 와중에 블러드문이 죽임을 당했대."

"에리카 에버하트?" 스캔다르가 중얼거렸다.

"그래, 스캔다르, 계속 올라와!" 바비가 닦달을 했다.

스캔다르는 명패가 붙어 있었을 자리를 손가락으로 더듬어 보았다. 그러다 마침내 기억해 냈다. "맞아, 그때 봤어! 나 그 이름을 해처리에서 봤어. 산 자들의 터널에서."

미첼이 말했다. "불가능한 일이야." 플로도 말했다. "그런 일은 있을 수가 없어."

"왜?" 바비와 스캔다르가 동시에 물었다.

"에리카 에버하트는 죽었어, 스카." 플로가 차분하게 말했다. "블러드문이 살해당한 후에 더는 견디지 못하고……."

미첼은 다짜고짜 말했다. "미러클리프에서 스스로 뛰어내렸어. 슬픔이 너무 커서 살고 싶지 않았을 거야."

"그리고 산 자들의 터널에는 생존한 라이더의 이름만 뜨거든." 플로가 말했다.

"하지만 내가 봤다고! 틀림없이 그 이름이었어!"

"만약 에리카 에버하트가 살아 있다면⋯⋯." 미첼이 운을 뗐다.

"살아 있다니까!" 스캔다르가 고함을 질렀다.

저 아래서 세일러 교관의 목소리가 올라왔다. "위쪽에 무슨 일 있나? 다른 콰르텟들이 대기 중이니 빨리 차례를 넘겨줘야지!"

미첼은 꿈쩍도 하지 않았다. 그의 얼굴이 자못 심각했다. "에리카 에버하트가 살아 있다면 말인데, 그녀는 기량이 대단히 뛰어난 스피릿 윌더였어. 어쩌면 역대 최고였을지도. 그 정도 스피릿 윌더가 살아 있다면 그녀가 위버일 확률이 꽤 높지."

바비가 인상을 썼다. "아니, 그럼 사이먼은⋯⋯."

펑! 펑! 펑! 펑!

갑자기 주변이 아수라장이 됐고, 비명이 난무했다. 사방에서 색색의 연기가 피어올랐다.

콰르텟은 나무에 파인 계단의 꼭대기에서 내려와 얼른 가장 가까운 구름다리로 피했다. 스캔다르는 가장 가까이 있는 손을 붙잡았다. 미첼의 손이었다. 미첼은 바비의 손을 잡았다. 바비는 플로의 손을 잡았다.

"모두 괜찮은 거지?" 스캔다르의 목소리가 떨렸다. 연기 때문에 앞이 잘 보이지 않았지만, 가까운 플랫폼까지는 건너갈 수 있을 듯한⋯⋯.

펑! 펑! 펑! 펑! 센티널의 낙마와 동시에 터지는 조명탄 불빛이 이어리 구역 위의 하늘을 가득 메웠다. 입구 나무의 잎사귀처럼 모든 색이 뒤섞여 있었다.

"무슨 일이지?" 플로가 비명을 질렀다.

"나도 몰라!" 스캔다르가 외쳤다. 다른 라이더들도 통로에서 서로 이름을 외치며 찾고 있었다.

"이어리를 지키는 센티널들이 죽었어." 미첼이 연기 때문에 기침을 하면서 말했다. "그건 확실해. 하지만 이번 일에는 위버만 있는 게 아닐 거야. 전부 다 다른 방향에서 조명탄이 터졌어. 그것도 거의 동시에."

스캔다르가 헐떡이면서 물었다. "위버가 군대를 끌고 왔다는 거야?"

바로 그때 오설리번 교관의 우렁찬 목소리가 폭발음을 뚫고 그들에게까지 다다랐다. "교관들! 전원 마구간을 사수하라!"

"팔콘에게 가야겠어! 위버의 군단이 내 유니콘을 데려갈지도 몰라, 여기 이러고 있을 수 없어!" 바비가 외쳤다.

스캔다르는 숨이 멎는 것 같았다. 스카운드럴. 그들은 다 같이 가장 가까운 사다리로 몸을 던지다시피 내려와 마구간 벽 서문으로 달려갔다. 그러나 그들의 앞을 가로막는 유니콘이 있었다.

"여기서 뭐 하는 거냐?" 오설리번 교관이 셀레스티얼시버드에 올라타 있었다. "너희들의 나무 집으로 돌아가라. 이어리는 안전하다."

"그렇게 안전한데 왜 교관님들이 마구간을 지키고 서 있나요?" 바비가 다소 버릇없이 대꾸했다.

"네가 날 심문할 처지는 아니지, 로버타. 위협이 지나갈 때까지 조심하는 것뿐이다. 이어리의 센티널들은 이미 대체되었어."

"위협은 지나가지 않을거예요!" 스캔다르는 교관이 안심시키려고 하는 말을 참지 못하고 말했다. "위버가 잡히지 않는 한, 위협은 지나가지 않을 거예요. 모르시겠어요?"

오설리번 교관의 새파란 눈동자가 위태롭게 돌아갔다. "스캔다르, 너는 해칠링이야. 네가 지금 할 수 있는 최선의 행동은 나무 집으로 돌아가 잠이나 청하는 거야. 훈련 경기가 내일이다."

"에리카 에버하트." 미첼이 필사적으로 말해 보았다. "우리는 에리카 에버하트가 위버일지도 모른다고 생각해요."

"무슨 소리를 하고 있는 거냐?" 오설리번 교관이 쏘아붙였다. "에리카 에버하트는 오래전에 죽었어. 참는 데도 정도가 있다. 여기서 바로 사라지지 않으면 지금 당장 너희 모두를 노매드로 선언하겠다."

———————

"너희는 이게 무슨 의미인지 알지." 스캔다르는 친구들과 함께 나무 집으로 돌아오자마자 말했다. 세 친구는 빈백에 풀썩 쓰러졌지만 그는 잠시도 가만히 있을 수 없었다.

"우리가 짐작했던 대로야." 미첼이 자기 뒤의 책장 아래칸에서 책을 꺼내면서 말했다. "위버는 군대를 만들고 있고 이제 그 군사들이 센티널을 공격하고 있지."

"그런데 사이먼은 왜 이어리를 공격하고 그냥 떠났을까?" 바비가 물었다.

"로버타, 사이먼 타령 좀 그만해!" 미첼이 소리를 질렀다.

"그건 위버의 계획이 아니었다고 생각해. 위버는 우리의 유니콘을 탐냈을 거야. 그래서 교관님들이 마구간을 지키고 있었던 것 아닐까?" 플로가 몸을 부르르 떨면서 말했다.

"우리 유니콘으로 뭘 하려고? 죽이려고? 연을 엮으려고?" 바비의 팔에서도 깃털이 죄다 일어서 있었다.

"증거가 필요해." 미첼이 책 더미 사이에서 말했다. "에리카 에버하트가 살아 있다는 증거. 그다음에는 아스펜을 찾아갈 수 있겠지. 사령관은 심증 말고 물증을 원할 거야. 그녀는 스피릿 월더들이 사이먼 페어팩스에 대해 하는 말도 믿지 않았잖아."

"하지만 스캔다르는 조심해야 하지 않을까? 스캔다르 본인이 스피릿 윌더로 밝혀지면……." 플로가 물었다.

"명패마저 뽑혀 나간 저 라이더들처럼 스캔다르도 제명되겠지." 바비가 침울한 목소리로 말했다.

"아직 스캔다르는 아무것도 할 필요 없어. 일단은 에버하트가 위버가 맞는지 그것부터 알아야 해."

"논리적인 척 하고 싶지 않지만, 우리가 에리카 에버하트를 어떻게 찾아? 그 여자가 살아 있으면서 지금까지 정체를 들키지 않았다면 그야말로 숨바꼭질의 여왕일 텐데." 바비가 말했다.

"그리고 훈련 경기가 바로 내일이야." 플로도 초조하게 말했다. "적어도 그 후까지는 기다려야……."

"일단 계획을 제대로 세우고 나서 움직여야 한다고 봐."

스캔다르는 친구들이 하는 말을 들으면서 화가 치밀어 올랐다. 위버가 케나를 꾀어낼까? 야생 유니콘 군단이 스카운드럴을 훔쳐 갈까? 그 모든 걱정이 갑자기 수면 위로 떠올랐다. "정신들 차려! 우리가 지금 뭔가를 하지 않으면 위버는 계속 센티널을 죽이고 사람들을 데려가고 군대를 건설할 거야. 아, 그다음에는 야생 유니콘 군단이 무방비 상태의 메인랜드로 날아갈 수 있다는 얘기를 반드시 해야겠지! 위버가 우리 가족, 바비의 가족, 메인랜드 사람들 모두를 야생 유니콘과 연으로 엮을 수 있다고! 자기에게 방해가 되는 사람은 누구든 죽일 수 있고! 우린 시간을 끌 수 없어! 다른 누군가가 무슨 일을 하기만 기다리고 있을 수 없다고!"

"위버를 네가 책임질 필요는 없어, 스카. 네 잘못이 아니야!" 플로가 부드럽게 말했다.

"그렇지 않아!" 스캔다르는 플로가 놀라는 것도 개의치 않고 소리를 지르고 있었다. "나의 원소 조직 전체가 감옥에 있든가 죽었든가 둘 중 하나라서 그래. 오직 나만이 도울 수 있어. 나만이 연을 눈으로 보고 위버가 무슨 수작을 부렸는지 알아내거나 도로 뒤집거나 할 수 있을지 몰라! 미첼 말이 맞아. 에리카 에버하트가 위버라면 먼저 증거를 확보해야 아스펜이 우리 말을 믿을 거야. 그리고 훈련 경기가 끝날 때까지 기다릴 순 없어. 지금 그 증거가 필요해." 스캔다르는 숨도 거의 쉬지 않고 말했다. 자기가 용감하게 말했는지, 오만하게 말했는지, 그냥 바보 같은 말을 했는지 알지 못했다. 그는 더는 그런 것을 신경 쓰지 않았다.

"플레이밍 파이어볼! 꼭 그렇게 크게 말해야 해? 알아들었어." 미첼이 허공에 손을 번쩍 들었다.

플로가 갑자기 빈백에서 벌떡 일어났다. "나도 내가 지금 이런 말을 하는 게 믿어지지 않는데, 에리카가 살았는지 죽었는지 확인할 방법이 있을 것 같아."

"무슨 방법?" 스캔다르가 물었지만 플로는 미첼을 바라보고 있었다.

그녀가 침을 삼켰다. "묘지."

"그래!" 미첼도 벌떡 일어나면서 외쳤다. "블러드문스에퀴녹스!"

"아일랜더들끼리만 알지 말고 제발 누구 한 명은 자초지종을 설명해 주지 그래? 너희가 이럴 때마다 정이 뚝 떨어지거든!" 바비가 으르렁댔다.

"우리는 에리카 에버하트의 유니콘이 어디에 묻혔는지 알아." 플로가 눈을 빛내면서 말했다. "에리카를 찾으려고 한다면 거기에 분명히 단서가 있을 거야."

"묘지에?" 스캔다르는 잠시 짜증을 내는 것도 잊었다. "묘비명이라 든가 뭐 그런 걸 보면 될까?"

하지만 플로는 벌써 도리질을 하고 있었다. "특별한 종류의 묘지야, 보면 알 거야."

19장

묘지

해지기 전 콰르텟이 몰래 묘지로 출발할 때까지도 이어리는 완전히 아수라장이었다. 스카운드럴, 팔콘, 레드, 블레이드는 잠깐의 비행을 거쳐 어느 숲 기슭에 내렸다. 콰르텟은 숲으로 들어갔다. 블레이드가 앞장을 섰다. 플로가 나서지 않을 때조차도 블레이드는 리더 노릇을 하는 걸 좋아했다.

"내년에는 이렇게 우여곡절이 많지 않겠지? 부디 제발!" 바비가 사방으로 몸짓을 했다. 팔콘의 날개가 라이더의 좌절감을 반영하듯 지직지직 전류를 흘려보냈다.

"난 네가 극적인 사건을 좋아하는 줄 알았는데? 내가 있어서 심심할 겨를이 없지 않았어?" 스캔다르는 농담을 했지만 실은 그도 신경이 곤두서다 못해 속이 뒤틀렸다. 그는 묘지가 뭔가를, 뭐라도 알려 주기를 간절히 바랐다. 이어리의 센티널들이 공격당한 일은 정말로 큰 충격이었다. 위버는 항상 그보다 두 발짝은 앞서 있는 것 같았다.

"심심하고 말고를 떠나, 야생 유니콘 군단에게 당하고 싶진 않다." 미첼은 퉁명스럽게 말하고는 다시 지도를 들여다보았다.

잠시 후, 나무들이 듬성듬성해지기 시작했고 그들은 소박한 나무 문에 다다랐다.

"여기다." 미첼과 플로가 동시에 속삭였다.

바비가 걸쇠를 열려고 유니콘에서 내렸다. 레드나이츠딜라이트가 자기 뒤로 바비가 지나갈 때 방귀를 뀌고는 뒷발굽으로 불을 붙여 빛을 밝혀 주었다.

바비가 기침을 했다. "이 유니콘은 확실히 문제가 있어. 여긴 묘지야! 좀 경건하게 굴어 봐."

레드가 바비에게 트림을 하자 연기 거품이 공중에서 터졌다.

미첼은 그저 어깨만 으쓱했다. 레드의 습관을 고쳐 보겠다는 생각은 이미 포기한 지 오래였다.

스캔다르는 묘지 입구가 그다지 인상적이지 않아서 조금 실망했다. 스캔다르의 엄마가 묻혀 있는 메인랜드의 묘지 입구에는 정교하게 세공된 연철 문이 있었다. 누나가 그 철문 창살에 새겨진 장미와 새 들을 보여 주었던 기억은 스캔다르의 가장 오래된 기억 중 하나였다.

하지만 이곳에는 무덤이라고는 없고 온통 나무뿐이었다. 수백 그루, 아니 수천 그루 나무가 고르게 간격을 두고 서 있었다. 적어도 스캔다르가 보기에는 다 나무들뿐이었다.

어떤 나무는 몸통에 나무보다는 연못에서 자랄 것 같은 조류(藻類)로 덮여 있었고 나뭇잎 대신 해초와 말미잘 같은 분홍색과 주황색 꽃이 바람에 으스스하게 흔들리고 있었다.

또 어떤 나무에는 불 같은 빨간색, 주황색 잎사귀가 달려 있었는데

가지들이 위로 뻗어 있어서 마치 나무 전체가 불타오르는 것처럼 보였다. 스캔다르는 스카운드럴을 몰고 그 앞을 지나면서 틀림없는 연기 냄새를 맡았다. 어떤 나무는 이웃한 다른 나무들보다 쉽게 바람에 흔들리는 금빛 잎사귀를 달고 있었다. 그 나무를 건드리면 전기가 이는 것처럼 탁탁거리고 나뭇가지 아래 그림자가 회전했다. 그런가 하면 뿌리가 유독 커서 땅 밖으로까지 튀어나와 있는 나무들도 있었는데, 원래 흙 속에서 사는 벌레, 들쥐, 토끼 따위가 그 나무의 가지에서 살고 있었다. 스캔다르는 심지어 나무 몸통의 구멍에서 두더지가 고개를 내미는 것도 보았다.

블레이드와 스카운드럴은 매우 잠잠했다. 스캔다르는 그들이 여기가 묘지인 줄 아는 것 같다고 생각했다. 그는 플로에게 물었다. "원소 나무들 맞지? 이어리의 벽처럼 말이야."

플로가 고개를 끄덕거렸다. "유니콘이 죽으면 여기에 묻어."

"원소 나무 아래?" 스캔다르가 자기 짐작을 말해 보았으나 플로는 고개를 저었다.

"아냐, 그런 건 아니야. 유니콘이 묻히면 아일랜드의 땅이 뭔가를 내어 준다고 할까. 그 유니콘의 원소를 나타내는 나무가 태어나. 유니콘이 안식을 취하는 곳에서 한 그루 나무가 자라는 거야." 그녀는 미소를 지었다. "아름답지 않니?"

"라이더들도 여기 묻히는 거야?"

"물론이지. 유니콘과 라이더가 묻힌 곳에서 나무가 자라."

"기쁜 얘기네." 스캔다르는 죽음을 이야기하는 와중에도 안도감을 느꼈다. "스카운드럴을 혼자 두는 건 싫어. 나도 내 유니콘과 다른 곳에 묻히고 싶지 않아."

"왜 나무에 낙서를 하도록 놔 뒀지? 존중이라는 걸 모르나?" 바비가 그들 뒤에서 말했다.

미첼이 한숨을 쉬었다. "너는 늘 다른 사람들이 나쁜 일만 한다고 생각하지?"

"남 얘기 하고 있네. 네가 스캔다르와 스카운드럴을 처음 만났을 때 뭐라고 했는지 기억은 해? 내가 정확하게 읊어 주지. '저 유니콘은 위험해. 스캔다르라는 이 괴상한 녀석도 마찬가지고.'"

미첼은 바비를 빤히 보았다. "어떻게 그런 것까지 기억해?"

"난 모든 것을 기억해."

"어쨌든," 플로는 화제를 다른 데로 돌리려 했다. "그건 전통이야, 바비. 유니콘과 라이더가 죽으면 유족이나 사랑하는 이 들이 이곳에서 자라는 나무의 껍질에 이름을 새기는 것이 아일랜드의 관습이지. 보통은 1주기에 그렇게 해. 살아 있는 사람들이 그들이 마지막 안식처에 있는 모습을 본다는 데 의미가 있는 거야."

"유니콘이 먼저 살해당하면 어떻게 돼? 조비와 윈터스팬텀의 경우는 그랬잖아. 에리카와 블러드문스에퀴녹스도 그렇고." 스캔다르가 물었다.

"그게," 플로가 입술을 깨물었다. "라이더가 자기 이름을 가족과 친구 들이 지켜보는 가운데 나무껍질에 새긴다고 들었어. 블러드문도 그런 경우였기를 바랄 뿐이야. 가능성은 희박하지만 희망을 가져 보는 거지." 플로가 미첼을 바라보았다. "에리카가 살아 있다면 뭔가 단서를, 메시지 같은 것을 남겼을지도 몰라."

바비와 스캔다르는 조용히 나무들 앞으로 지나가면서 껍질에 새겨진 것들을 살펴보았다. 스캔다르는 거기에 새겨진 내용이 비슷비슷하다는 것을 알았다. 맨 위에는 으레 유니콘과 라이더의 이름이 새겨져 있었고, 그다음으로는 그들이 이룩한 업적과 그들이 사랑하는 이들의 이름이 새겨져 있었다. 저마다 적당한 자리에 알아서 글자를 새겨 넣은 듯 서체가 제각각이었다. 스캔다르는 그 아이디어가 마음에 들었다. 생존한 라이더의 이름이 산 자들의 터널에서 사라지면 유족들이 나무껍질에 다시 그 이름을 새긴다고 했다.

"블러드문스에퀴녹스를 어떻게 찾아야 할까?" 바비가 유니콘을 타고 묘지 안으로 좀 더 깊이 들어가면서 물었다.

"사망 연도순으로 나무들이 정렬되어 있어." 미첼이 지도를 다시 확인하면서 무뚝뚝하게 말했다. "블러드문의 나무는 분명히……. 아." 그가 줄을 따라가던 발걸음을 멈추었다. "이거다!"

미첼이 가리킬 필요도 없이 스캔다르도 바로 알았다. 그것은 묘지에서 처음으로 본 스피릿의 나무였고 그 나무가 원소에 충실하다는 것은 의심할 바 없었다. 가지, 잎, 뿌리, 심지어 나무 몸통까지도 하얀색으로 환하게 빛났고 뼈처럼 매끈했다. 스캔다르는 그 나무에 끌려가는 느낌을 받았다. 스카운드럴과의 연과도 비슷한 느낌이었다. 그 나무 곁으로 가고 싶었다. 그 나무가 집처럼 느껴졌다.

"스피릿의 나무는 처음 봐." 플로가 놀라워했다.

스캔다르가 내리자 스카운드럴은 즉시 고개를 숙이고 우적우적 풀을 뜯었다. 유니콘은 날개를 접고 있었고 검은 뿔은 햇살에 반짝거렸다. 스캔다르는 다른 친구들도 유니콘에서 내려와 자기 뒤로 달려오는 것을 어렴풋이 느꼈지만, 그들을 기다렸다가 나무에 새겨진 글을 읽기에는 마음이 너무 급했다.

블러드문스에퀴녹스
-배틀에서 사망-
2006년 6월, 카오스컵

2005년도 카오스컵 우승

2004년도 카오스컵 우승

에리카 에버하트
-사망-
2006년 8월, 미러클리프

2005년도 카오스컵 우승

2004년도 카오스컵 우승

스캔다르가 두 팔을 만세라도 하듯 높이 들었다. "끝났네, 그럼! 에리카 에버하트는 죽었어. 산 자들의 터널이 잘못되었나 봐."

"스캔다르……."

"이제 우리는 뭘 하지? 또다시 막다른 길에 들어왔네. 정말 대단해……."

"스캔다르!" 미첼이 소리를 지르자 하얀 나무의 가지에 앉아 있던 새들이 후다닥 날아갔다.

"왜?" 스캔다르도 질세라 소리를 질렀다. 도저히 실망감을 참을 수 없을 것 같았다.

"네 이름이 나무에 있어."

"뭐?"

"네 이름이 나무에 있다고."

"뭐?"

"네. 이름. 이. 여기. 스피릿. 나무에. 있다고." 미첼이 나무껍질 아래쪽을 가리키면서 느릿느릿 힘주어 말했다.

스캔다르는 무릎을 꿇고 자세히 들여다보았다. 미첼의 말대로였다.

스캔다르

자신의 이름이 거기 있다는 것만으로도 충분히 기이했지만, 스캔다르는 부들부들 떨리는 손가락으로 그 아래 두 개의 이름까지 더듬어 내려갔다.

베티

케나

"네 누나 이름이 케나 아니었어?" 플로가 다정하게 물었다.

스캔다르는 고개를 끄덕였지만 영문을 알 수 없었다. 아무것도 이해가 되지 않았다. 아일랜드에 사는 누군가가 스캔다르의 이름을 이 나무에 새겼을 가능성이야 미약하게 있다지만, 무슨 이유로? 장난 삼아? 하지만 케나의 이름을 아는 이들은 스캔다르의 콰르텟 친구들뿐이었다. 게다가 아빠는? 아빠가 아일랜드에서 큰 소리로 자기 이름을 발설한 적이나 있을까. 게다가 다들 아빠를 로버트라고 불렀다. 아빠를 버티라고 부른 사람은 엄마뿐이었는데…….

스캔다르는 손을 뻗어 그 하얀 나무를 짚고 섰다.

미첼의 목소리가 아득하게 들렸다. "스캔다르의 가족이 이 나무에 그들의 이름을 새겼을 수는 없어. 그들은 메인랜더잖아? 그리고 스캔다르는 2009년생이야. 그런데 에버하트는 2006년에 사망했다고 되어 있으니까 그녀도 케나 스캔다르의 이름을 새겼을 수가 없어. 에리카 에버하트가 미러클리프에서 스스로 몸을 던지지 않았다면 모를까. 만약 그런 경우라면 그녀는……."

"미첼, 문제 풀이는 잠시라도 멈춰 줄 수 없니?" 바비가 쏘아붙였다. "이건 단순히 에버하트가 살아 있다는 의미가 아니야. 스캔다르, 이게 에리카가 너의 가족 중에 있다는 뜻일까? 그 여자, 혹시 너의 엄마는 아닐까?"

"그럴 리 없어. 우리 엄마 이름은……." 스캔다르가 주저했다. "혹시……."

"혹시 뭐?" 플로가 속삭였다.

"에리카 에버하트가 미러클리프에서 뛰어내리는 걸 목격한 사람이 있어? 자기가 죽은 것처럼 위장했을 수도 있잖아." 바비가 숨죽여 말했다.

"그리고 메인랜드에서도 한 번 더." 미첼의 음성은 흔들림이 없었다.

스캔다르는 도리질을 하고 있었다. "우리 엄마는 나를 낳고 얼마 안 되어 돌아가셨어. 하지만 이걸 엄마가 새겨 넣었고 산 자들의 터널이 거짓말을 한 게 아니라면 엄마는……."

스캔다르는 나무에 새겨진 케나의 이름을 바라보았다. 그러고는 문득 생각난 것이 있어 엄마의 스카프 자락을 움켜쥐었다. 어떻게 이걸 잊고 있었을까? 케나가 손수 바느질해 놓은 이름이 그의 눈앞에서 빙그르르 돌았다. 스캔다르는 한 번도 누나의 미들네임을 궁금해했던 적이 없었다. 하지만 그 무엇보다 분명한 것이 눈앞에 있었다. 케나 E. 스미스. E는 에리카의 E였다.

엄마는 자신의 이름을 케나에게 안전하게 숨겼다. 결국, 엄마의 진짜 이름은 로즈메리가 아니었던 것이다.

스캔다르의 가슴속에서 스피릿의 나무가 더 바짝 끌어당기는 느낌이 났다. 그러자 마치 세상의 소리가 확 줄어든 것 같았다. 새, 나뭇잎을 스치는 바람, 유니콘들마저 숨을 참는 듯 사방이 고용했다.

"엄마는 메인랜드에서 죽지 않았던 거야." 스캔다르가 목이 쉰 듯 간신히 말했다. "그 말은, 에리카 에버하트는 자신의 죽음을 두 번이나 위장했다는 뜻이야. 한 번은 아일랜드에서, 그러니까 미러클리프에서 뛰어내린 척했고, 그다음에는 메인랜드에서, 내가 태어나고 얼마 지나지 않아서. 그렇다면 에리카 에버하트는 위버가 아니야……. 그녀는 우리 엄마야."

"너 괜찮아?" 그렇게 묻는 플로의 손이 스캔다르의 어깨 위에서 주춤거렸다.

"당연히 괜찮지 않지!" 바비가 폭발했다. "얘는 이제 막 엄마가 살아 있다는 걸 알았는데 그 엄마가 심지어 아일랜더래. 하룻밤 만에 알게 된 사실치고는 너무 버겁잖아!"

"그냥 너희들 전부……." 스캔다르는 침착한 태도를 잃지 않으려고 애썼다. "잠시 나와 스카운드럴만 있게 해 줄래? 그저…… 1분이면 돼."

그들이 자리를 비켜 주었다. 어디로 갔는지는 스캔다르가 신경 쓸 일도 아니었다. 뜨거운 눈물이 스캔다르의 뺨을 타고 흘렀다. 그의 몸이 참을 수 없이 떨리기 시작했다. 스카운드럴스럭이 스캔다르의 어깨에 머리를 기대고 조용히 달각거리는 소리를 냈고, 스캔다르는 손을 유니콘의 부드러운 콧등에 얹었다. 스피릿 원소로 인한 기 싸움이 언제 있었나 싶게, 연으로 전해지는 스카운드럴의 애정이 물결처럼 밀려와 스캔다르가 스스로 찾을 수 없었던 온기로 심장을 채워 주었다.

마음이 대책 없이 뒤죽박죽이었다. 기쁜 건지, 슬픈 건지, 그냥 혼란스러운 건지 스캔다르는 알 수 없었다. 그는 답을 찾으러 묘지에 왔는데 질문만 잔뜩 늘어 버렸다. 에리카가 진짜 그의 엄마일까? 그렇다면 엄마는 왜 케나와 스캔다르를 버렸을까? 처음에 아일랜드를 떠나야 했던 이유는 무엇이었을까? 그래서 애거서가 그의 엄마를 안다고 했나? 둘 다 스피릿 윌더였으니까? 에리카 에버하트는 사령관이었다! 아빠도 이런 사실을 다 알았을까? 스캔다르는 엄마가 카오스컵을 구경하는 걸 좋아했다고 허구한 날 회상하던 아빠를 떠올리고는 한여름인데도 소름이 돋는 것을 느꼈다. 엄마가 본 건 메인랜드에 처음으로 TV 중계된 경기밖에 없었음에도 불구하고. 아마 그래서였을까? 엄마는 유니콘들을 다시 보았기 때문에 케나를 떠나고 스캔다르를 떠나게 됐을까?

스캔다르는 뺨을 세게 비벼 눈물을 닦았다. 스카운드럴이 콧소리를 내면서 몸을 일으켰다. 스캔다르는 울음을 삼켰다. 흐느껴 울고 있을 시간이 없었다. 엄마를 찾아야 했다. 그것만이 중요했다. 엄마도 그를 보면 좋아하겠지? 아들이 라이더가 된 것을 자랑스러워하겠지? 스캔다르의 가슴에 희망이 다시 피어나기 시작했다. 내일이 훈련 경기이든 아니든, 노매드가 되든 말든, 그게 뭐가 중요할까? 위버를 저지하고 말고가 왜 중요할까? 그딴 건 다른 사람들이 신경 쓸 수도 있었다. 아빠는 다시 행복해질 것이다. 어쩌면 케나도 아일랜드에 와서 살 수 있으려나? 그들의 엄마는 살아 있었다. 엄마는 아일랜드가 낳은 최고의 라이더 중 하나이자 스캔다르와 같은 라이더였다. 엄마도 스피릿 윌더였다. 스캔다르는 이제 혼자가 아니었고, 오로지 엄마를 찾아야겠다는 생각뿐이었다.

플로와 바비가 돌아왔을 때 스캔다르는 스피릿 윌더 감옥에 다시 가 봐야겠다는 결심이 서 있었다. 애거서는 이제 거기 없겠지만 다른 스피릿 윌더들은 에리카 에버하트가 어디 숨어 있는지 알지도 몰랐다. 이번에는 스캔다르도 자기 정체를 밝힐 작정이었다. 자신이 에리카의 아들이라고 말할 것이다.

바비가 헛기침 소리를 내자 팔콘이 스카운드럴에게 다가갔다. "으흠, 미첼은 어떻게 된 거야? 걔 좀 이상해. 그러니까, 평소에도 이상하지만 오늘은 더 그래."

미첼은 불의 나무 그늘에 앉아 있었고 레드가 주인을 보호하듯 그 옆에 서 있었다. 레드의 털가죽 색깔과 잎사귀들의 색깔이 한데 어우러졌다. 스캔다르가 스카운드럴을 몰고 미첼에게 다가갔다. 미첼의 안경 너머 짙은 갈색 눈은 세게 문지르고 비빈 흔적이 역력했고 검은 티셔츠는 구겨져 있었으며 머리카락도 이상한 각도로 마구 뻗쳐 있었다.

"미첼, 왜 그래?" 플로가 부드럽게 물어보았다. 그녀는 블레이드에서 내려 미첼 옆에 무릎을 꿇었다. 하지만 미첼은 퉁퉁 부은 눈으로 스캔다르만 빤히 쳐다보았다. 스캔다르는 친구를 내려다보면서 가슴이 철렁했다.

"말해 봐," 스캔다르는 거의 화를 내고 있었다. 미첼이 지금 난리를 피워도 될 만한 시간이 없었다. 스캔다르는 당장 감옥에 다시 잠입해야 했다. 오늘 밤 당장.

미첼이 침을 삼키고 일어나 나무 그늘의 안과 밖을 왔다 갔다 하면서 단조로운 목소리로 말했다. "묘지 안에 있는 다른 유니콘 나무들을 좀 둘러봤어. 어쩌다 보니 폴른 24가 묻힌 수풀에 들어가게 됐지." 그가 자기 뒤쪽을 막연하게 가리켰다.

"위버에게 살해당한 24마리? 전부 같은 날 죽었지?" 스캔다르는 이 얘기가 왜 나오는지, 미첼이 왜 이리 별나게 구는지 알 수가 없었다.

"맞아, 2007년도 카오스컵 예선전 날." 미첼은 숨도 제대로 쉬지 못했다. "유니콘들의 사망일이 전부 일치하고, 라이더들은 유니콘과 함께 묻히지 않았다는 건 내 눈으로 봐서 알고 있었어. 그런데 그것 말고도 눈치챈 것이 있어. 전에는 미처 깨닫지 못했던 것."

"그게 뭔데?" 스캔다르가 초조하게 물었다.

"그 유니콘들은 2007년에 각기 다른 예선전 경기를 치르다가 살해당했어. 그렇지만 2006년 카오스컵 본선에서 다 함께 경쟁했던 사이지. 나무들에도 그렇게 새겨져 있어. 모르겠어? 2006년 카오스컵은 블러드문스에퀴녹스가 살해당했던 경기야. 폴른 24는 전부 블러드문의 죽음을 목격했어. 블러드문이 그 경기의 스물다섯 번째 유니콘이었어. 에리카가 스물다섯 번째 라이더였고."

플로도 아직 영문을 모르는 듯했다. "난 왜……"

"미첼! 그냥 본론만 말해, 팔콘으로 밟아 버리기 전에!" 바비가 폭발했다.

"너희는 위버가 같은 해 카오스컵에 출전한 유니콘들만 골라서 죽였다는 게 이상하지 않아?" 미첼의 손이 떨리고 잇었다.

"우연일지도?" 플로가 말해 보았다.

"난 우연을 믿지 않아." 미첼이 그렇게 말하니 그래도 평소와 비슷해 보였다. "위버는 전년도 카오스컵에 진출했던 특정 유니콘들만 노렸어. 라이더들은 연을 잃은 고통으로 몸부림치며 살게 됐고."

"무슨 말을 하는 거야?" 스캔다르가 천천히 물었다.

"폴른 24는 무작위로 희생당한 게 아니라는 거야. 그리고," 미첼이 침을 삼켰다. "블러드문스에퀴녹스가 죽었기 때문에 복수를 당한 거야. 에리카 에버하트는 자기가 겪은 아픔을 그 라이더들도 똑같이 겪게 하고 싶었던 거야."

플로는 공기 원소에 감전당한 것 같은 표정이었다. "다들 에리카 에버하트는 폴른 24 사건이 일어나기 몇 달 전에 죽었다고 생각했으니 의심조차 하지 않았겠지!"

"바로 그거야." 미첼이 우울하게 대꾸하면서 한 손으로 머리를 쓸어 넘겼다. "감옥에 갇힌 스피릿 윌더들조차도 그녀는 죽었다고 생각하지. 그래서 그들은 사이먼 페어팩스를 의심하는 거야. 잡히지 않은 스피릿 윌더가 사이먼 하나뿐이라고 알고 있으니까."

"하지만 에버하트가 폴른 24를 죽였다는 얘기는, 그 여자가 바로……," 바비가 눈살을 찌푸렸다. "너 지금 그 여자가 진짜……,"

"위버라고." 미첼이 바비의 말을 대신 마무리했다.

스캔다르는 속에서 분노가 불같이 확 일어났다. 마치 괴물이 뜨거운 용암이 가득한 손으로 그의 갈비뼈를 잡고 뒤흔드는 것 같았다. 스카운드럴이 낌새가 이상한 것을 알고 깨액 울었고 스캔다르는 유니콘의 등에서 내려왔다. "너희는 전부 미쳤어! 에리카가 위버일 리 없어! 그 사람은 사악하고 소름 끼치는 위버가 아니라고. 에리카는 우리 엄마야!"

"스카……," 플로가 그의 팔을 잡으려 했지만 스캔다르는 거칠게 뿌리치며 물러났다.

"너 참 대단한 추리를 했구나." 스캔다르는 미첼에게 침을 뱉었다. "그래서 겨우 내린 결론이 에리카가 위버라는 거야? 위버가 '실력 있는' 유니콘들을 전부 제거하고 싶었을 수도 있잖아? 폴른 24가 전년도 카오스컵 본선에 진출했다는 이유로 노렸을 수도 있잖아? 그런 생각도 해 봤어?"

"내 말이 전적으로 옳다는 건 아니야." 미첼이 황급히 말했다. "하지만 우리가 진짜 매달려야 할 문제는, 스캔다르, 왜 너희 엄마가 자기가 죽은 걸로 위장을 했냐는 거지."

"그것도 두 번이나." 바비가 맞장구를 쳤다. "너무너무 수상하잖아."

스캔다르가 바비에게로 고개를 돌렸다. "너는 몇 달 내내 위버를 '사이먼'이라고 불렀어. 왜 갑자기 미첼 편이 됐지?"

바비가 두 손바닥을 들면서 말했다. "와우, 스캔다르, 너!"

"넌 지금 논리적으로 생각하지 못해." 미첼이 중얼거렸다.

"당연히 못하지!"

"우리가 이 묘지를 찾은 유일한 목적은 에리카 에버하트의 생존 여부를 확인하는 거였어. 그녀가 살아 있다면 위버일 확률이 매우 높다는 데 너도 동의했던 거야!"

스캔다르가 성난 눈으로 미첼을 바라보았다. "우리 엄마를 다 욕했으면 이제 날 감옥으로 데려가 줬으면 해. 스피릿 윌더들은 에리카 에버하트를 알지 않겠어? 내가 엄마를 찾을 단서라도 주지 않겠어? 일단 엄마를 찾으면 완벽한 해명을 들을 수 있다고 확신해." 스캔다르는 거의 숨도 쉬지 않았고, 그의 목소리가 주변의 나무들에 부딪쳐 메아리쳤다.

"난 네가 에버하트를 찾으러 갔다가 결국 위버와 마주하는 걸 원치 않아!" 미첼은 쉰 목소리로 말했다. "너무 위험해. 우리가 충분히……."

"우리 엄마는 위버가 아니야!"

"내 말 좀 끝까지 들어." 미첼의 목소리는 슬프지만 단호했다. "우리가 사이먼 페어팩스를 위버로 의심했던 이유는 단지 그가 감옥에 갇히지 않은 스피릿 윌더였기 때문이야. 왜 에리카 에버하트만 특별 취급을 해야 하지?"

"우리는 앰버가 자기 아빠가 죽었다고 거짓말을 했기 때문에 페어팩스를 의심했던 거야! 스피릿 윌더들도 그렇게 말했고!"

"에리카 에버하트도 자기가 죽었다고 거짓말을 했어, 스캔다르! 바비의 말마따나, 자기 죽음을 위장한 게 너무 수상하잖아! 한 번도 아니고 두 번이야!" 미첼은 스캔다르와 말이 통하지 않는 좌절감에 눈물을 흘렸다.

스캔다르는 믿을 수 없다는 표정으로 미첼을 바라보았다. "스피릿 윌더가 다 나쁜 사람은 아니야, 미첼, 기억하지? 아니면, 내 이름도 이제 용의자 명단에 올릴 거야? 우리 엄마 얘기를 하고 있는 거야. 우리 엄마 말이야! 내가 평생 죽은 줄로만 알았던 엄마가 살아 있다고! 그런데 지금 네가 우리 엄마를 대량 학살자로 몰아세우는 말을 내가 가만히 받아들일 것 같아?"

"에리카 에버하트가 너희 엄마라고 해도 그녀가 위버일 확률이 매우 높아. 내가 하고 싶은 말은……."

스캔다르는 스카운드럴을 향하여 휘청거리며 돌아갔다. "훈련 경기가 내일이야. 이럴 시간이 없지. 플로? 바비? 가자. 오늘 밤에 감옥에 들어갈 방법이 분명히 있을 거야. 미첼은 이제 이 일에 예전처럼 관여

하지 않을 거야!"

미첼은 스캔다르가 때리기라도 한 것처럼 움찔했다. 하지만 스캔다르는 죄책감조차 느끼지 않았다. 하얗게 타오르는 분노 외에는 아무것도 느껴지지 않았다. 그에게 엄마가 있고 그 엄마가 여태까지 살아 있다는 사실을 미첼이 어떻게 망치려 들 수 있을까, 스캔다르는 머리가 지끈거렸다.

"스카, 나도 이 일에는 확신이 없어." 스캔다르가 스카운드럴의 등으로 다리를 올릴 때 플로가 말했다. "수감자들은 에리카가 살아 있다는 것도 몰라. 그들이 도움이 될 것 같지 않아. 난 그저……. 미첼의 말이 맞으면 어떡할 거야? 에리카가 네 엄마라고 해서 그녀가 절대로 위버가 아니라고 볼 수는 없어."

"좋아!" 스캔다르가 고함을 질렀다. "너도 쟤한테 가! 내가 신경이나 쓸 것 같아? 가자, 스카운드럴!"

스캔다르가 발로 스카운드럴의 옆구리를 눌렀다. 스카운드럴도 자기 라이더 못지않게 미첼과 다른 라이더들을 떠나고 싶었던 듯했다.

"스캔다르, 기다려!" 콰르텟 친구들이 그를 불렀지만 그런 말을 듣기에는 스캔다르의 분노가 너무 컸다. 스카운드럴은 몇 발짝 만에 날개를 펴고 날아올랐다. 묘지의 원소 나무들의 색깔들이 저 아래서 흐릿해졌다. 공중에서 스캔다르가 좌절을 못 이겨 고함을 지르자 스카운드럴도 함께 포효했다. 그들은 석양을 배경으로 이어리를 향하여 점점 더 빨리 날아갔다.

케나는 내일 이곳 아일랜드에서 훈련 경기를 관람할 것이다. 만약 오늘밤 —— 충분히 어두워진 후에 —— 스캔다르가 감옥에 간다면 내일 경기가 끝난 후 케나와 함께 엄마를 찾으러 갈 수 있을지도 모른다. 엄마에게 스카프를 돌려 주고 그와 케나가 지금까지 잘 간직해 왔다고 말할 수 있을지도 모른다. 아일랜드에서 만들어진 그 스카프를.

스캔다르가 이어리의 입구 나무 밖에서 내리자, 공중에서 다른 유니콘의 날갯짓 소리가 들렸다. 이어서 누군가가 발소리를 내면서 그의 뒤로 다가왔다. 스캔다르는 고개를 돌렸다.

"바비?"

바비가 미끄러지듯 다가오던 걸음을 멈추었다. "감옥에 가고 싶다면 나도 같이 가. 널 위해서가 아니야, 알지? 난 모험을 좋아하잖아." 그녀가 숨을 헐떡거리면서 말했다. "하지만 내가 내일 훈련 경기에서 우승하기 전까진 안 돼, 어때? 거래 성립?"

"에리카는 아니야, 바비. 우리 엄마는 위버가 아니야. 아니라고. 아니란 말이야! 우리 엄마는 아니야!" 스캔다르가 자기 앞의 물의 벽에서 해초를 한 움큼 쥐어뜯으면서 이어리의 나무들 꼭대기를 향하여 연거푸 고함을 질렀다. 그의 목소리가 갈라지고 있었고 심장도 찢어지는 것 같았다. 그의 친구 미첼이 잘못된 생각으로 모든 것을 망치려 하고 있었기 때문이다. 스캔다르는 그저 엄마를 되찾고 싶었다. 이제 다시는 엄마를 잃지 않을 것이다.

그때 바비의 팔이 그를 감싸 안았다. 바비에게서 공기 마법 특유의 톡 쏘는 감귤향과 신선한 빵 냄새가 났다. 바비는 흐느낌에 들썩거리는 스캔다르의 몸을 더 꼭 안아 주었다. 엄마의 옛날 물건 상자 속에 감춰 왔던 감정이 한꺼번에 쏟아져 나온 것 같았다. 좌절, 희망, 두려움의 파도가 마게이트 해변의 파도처럼 그를 휩쓸고 지나갔다. 그러는 동안 상처, 사랑, 분노가 늘 필요로 하던 자리를 비로소 차지했다.

20장

훈련 경기

스캔다르는 라이더들이 마구간 빗장을 미는 소리, 유니콘들이 반갑다고 히힝거리는 소리에 혼미한 상태로 깨어났다. 유니콘의 거대한 침방울이 그의 뺨에 튀었다. 스캔다르는 스카운드럴이 그의 머리카락을 한 움큼 물어뜯고 있다는 것을 어렴풋이 알았다. 다행히도 그 머리카락이 아직 스캔다르의 머리에 붙어 있기는 했다. 그는 운동화를 한 짝만 신고 있었다. 다른 한 짝은 스카운드럴이 간밤에 기어이 찢어발긴 것이었다. 결국은 녀석이 이겼다.

"너 거기서 뭐 해?" 제이미의 목소리가 들렸다.

갑옷 제조공이 들어와 쾅 소리 나게 문을 닫자 스캔다르가 움찔했다. 밤새 우느라 잠을 설쳤더니 머리 전체가 지끈거렸다. 바비가 그를 스카운드럴의 마구간으로 데려왔었다. 스캔다르는 기억도 나지 않았다. 그게 몇 시쯤이었더라? 그러고서 그는 빗장을 열었다. 엄마. 엄마를 찾아야 했다.

하지만 제이미가 스카운드럴의 갑옷을 들고 스캔다르의 앞에 서 있었다.

"어딜 가려고? 이거 입히는 거 좀 도와줄래?" 제이미가 말했다.

스캔다르가 눈을 비볐다. "그럴 수 없어, 제이미. 나 어딜 좀 가야 해."

제이미가 눈썹을 치켜올렸다. "훈련 경기 안 하고 어딜 간다는 거야?"

훈련 경기. 스캔다르는 까맣게 잊고 있었다.

"아, 아니야, 그럼 아니고말고……." 스캔다르가 횡설수설했다.

제이미가 그의 어깨를 잡고 흔들었다. "정신 차려, 스캔다르! 이 경기에는 네 앞날만 걸려 있는 게 아니야. 네가 노매드 선언을 당하면 난 누구를 위해서도 갑옷을 지어 줄 수 없단 말이야. 나는 평생 찌그러진 냄비나 고치면서 살고 싶지 않아. 날 실망시키지 마. 스카운드럴을 실망시키지 마. 너 자신을 실망시키지 마." 제이미는 심각하게 인상을 찡그리고 있었다.

새로운 계획이 스캔다르의 머릿속에서 떠올랐다. 훈련 경기에는 참가할 것이다. 바비가 어쨌든 훈련 경기만 끝내면 도와주겠다고 했다. 스캔다르는 아마 패배하겠지만, 케나와 아빠가 경기를 보러 오는 이상 최선을 다해야 했다. 그다음에 함께 엄마를 찾으러 가면 된다. 엄마를 찾을 수만 있다면 스캔다르는 노매드가 되어도 상관없었다. 그는 제이미를 보고 고개를 끄덕였다.

"잘됐군." 제이미는 그러고서 물 한 양동이를 스캔다르의 머리에 확 부었다.

제이미는 스카운드럴과 나란히 경기 트랙을 따라 걸었다. 훈련 경기는 카오스컵을 5킬로미터로 단축해 놓은 형태였다. 스캔다르는 비행으로 스카운드럴의 체력을 소모시키기보다는 코스를 따라 걷게 했다. 그는 긴장을 다스리기 위해 몸을 앞으로 기울이고 스카운드럴의 하얀 무늬가 잘 가려져 있는지, 자신의 변이가 파란색 재킷 소매 속에 잘 감춰져 있는지 확인했다. 라이더들은 자기 연합 원소 색상의 재킷을 입고 훈련 경기에 나와야 했다. 스캔다르는 경기를 보려고 나타난 수백 명 아일랜더들의 얼굴을 보지 않으려고 했다. 메인랜더 가족들이 헬리콥터를 타고 왔는지만 궁금했다. 케나와 아빠가 관중석에 벌써 앉았으려나? 그의 속이 철렁 내려앉는 느낌이 들었다. 누나와 아빠는 아직 모른다. 엄마가 살아 있다는 것을 모른다.

"여기 네 투구." 제이미가 스타트바에 거의 다 가서 말했다. "이 스카프는 불이 붙을 수 있는 소재이니까 혹시 네가 화상을 입더라도 내 갑옷 때문은 아니야. 적어도 거치적거리게는 하지 마!"

스캔다르가 스카프 자락을 얼른 흉갑 속으로 밀어넣었다.

"그리고, 부담 주고 싶진 않은데 내가 갑옷 제조공 일을 잘하고 있다는 걸 나의 음유시인 부모님께 보여 드리고 싶어. 지금도 나보고 나중 일을 생각해서 노래를 배우라고 성화란 말이야. 알았지?"

스캔다르가 인상을 찡그렸다. "알았어."

제이미가 손으로 눈 위에 그늘을 만들고는 스캔다르를 쳐다보았다. "우리가 서로를 아주 잘 아는 건 아니지. 그리고 오늘 네가 왜 그러는지는 모르지만, 그건 나중에 해도 돼. 지금부터 네 인생에서 30분 동안은, 그게 뭐가 됐든 나중에 해도 돼. 알았지? 넌 배짱이 있어. 기억해? 그게 내가 널 선택한 이유지! 넌 잘할 거야. 내가 만든 갑옷과 너를 믿는다." 제이미가 저만치 뛰어가는 동안 스캔다르는 저 갑옷 제조공이 자기가 스피릿 윌더의 갑옷을 지어 줬다는 사실을 알면 뭐라고 할까 생각했다.

스캔다르는 출발 지점으로 다가가면서 스카운드럴의 초조한 흥분과 함께 연이 활발해지는 것을 느꼈다. 스카운드럴은 경기 트랙, 바람에 흔들리는 힐러들의 천막, 그리고 밧줄을 쳐 놓은 구역 양쪽으로 운집해 있는 인파를 두리번거리면서 연신 불똥을 튀기고 뿔을 허공에 휘둘렀다.

스캔다르는 다른 해칠링들이 유니콘을 스타트바로 몰아가는 동안 긴장을 풀려고 애썼다. 교관들은 경기 방식에 대해서 천 번도 더 말했다. 방향 전환은 없고 경기장까지 직선 코스다. 스카이배틀에서는 어떤 원소 조합을 구사하든 상관없다. 추락은 자동 탈락이다. 결승선은 반드시 땅을 밟고 달려서 통과해야 한다. 스캔다르는 스카운드럴이 그 유명한 경기장에 날아서 들어가는 상상을 할 때마다 온몸이 찌릿찌릿했다. 어쩌면 스카운드럴이 분발을 해서 최하위 5명에 드는 것은 면하게 될까? 케나와 아빠가 지켜볼 텐데! 어쩌면 엄마도 몰래 보면서 자랑스러워하지는 않을까? 그런 생각을 하자 제이미가 흉갑을 너무 꽉 조이기라도 한 것처럼 스캔다르는 숨이 잘 쉬어지지 않았다.

스캔다르는 스카운드럴을 몰고 마흔한 명의 해칠링 무리에 합류했다. 그곳은 이미 전쟁터였다. 불똥이 튀는 날개와 분수처럼 흘러내리는 불의 갈기, 꼬리가 서로 다닥다닥 붙어 있었고 발굽은 그들이 딛고 선 땅에 수시로 폭발을 일으키고 흙을 뒤엎었다. 훈련 시간에는, 심지어 연습 경기를 뛸 때조차도, 이런 적이 한 번도 없었다. 유니콘들은 오늘이 여느 날과 다르다는 것을 알고 있었다. 땀과 마법의 냄새가 공기 중에 떠돌았다.

올드스타라이트가 갑자기 스타트바에서 그들의 앞을 가로막고는 스카운드럴의 낯짝에 얼음 결정을 뿜었다. 스카운드럴이 발굽으로 땅을 짚자 스캔다르의 다리 보호대 밑에서 전기가 찌르르 올랐다.

"미안!" 마리암이 외치자 올드스타라이트가 눈에서 연기를 뿜으면서 다시 돌아섰다.

스캔다르의 시야 한쪽으로 뒷발로 서서 불꽃을 하늘에 뿜어내는 레드나이츠딜라이트의 모습이 보였다. 미첼은 이를 악물고 레드의 갈기를 부여잡고 있었다. 스캔다르는 새삼 분노가 치밀면서 고소하다, 라는 생각이 들었다.

드디어 스타트바에 자리가 났다. 스캔다르는 스카운드럴을 실버블레이드와 퀸즈프라이스 사이로 들여보내려 했지만 유니콘은 자꾸 다른 유니콘들을 멀리하고 뒤로 빠졌다. 스캔다르는 스카운드럴을 나무랄 수 없었다. 어차피 난장판이었다.

"괜찮아?" 플로가 스캔다르에게 큰 소리로 물었다. 블레이드의 은빛 등에서 연기가 자욱하게 피어오르고 있었다.

스캔다르는 대꾸도 하지 않았다. 플로는 미첼 편이었으니까.

퀸즈프라이스가 스카운드럴 옆에서 앞발을 들자 스카운드럴도 질세라 공격적으로 머리를 내밀었다.

"유니콘 좀 잘 봐!" 개브리얼이 프라이스가 스카운드럴의 뿔에 찔리지 않게 재빨리 돌려세우면서 외쳤다.

"여기서 보니 좋네!" 바비가 투구 사이로 그렇게 외치고는 프라이스가 서 있던 자리에 냉큼 팔콘을 세웠다. 팔콘은 다른 유니콘들에 비해 섬뜩하리만치 차분했다.

유니콘들의 포효와 괴성이 더 크게 울려 퍼졌다. 마법이 짙은 공기는 숨 쉬기조차 힘들었다. 스캔다르는 속이 울렁거렸고 고삐를 쥔 손이 덜덜 떨렸다. 그를 태운 스카운드럴은 양쪽 다리에 몸무게를 번갈아 실으며 사납게 들썩거리고 있었다. 날개 끝에서 불이 일어났다가 사그라들기를 거듭했다. 둘의 감정이 소용돌이쳤다. 두려움과 흥분과 분노와 불안까지. 스캔다르는 자기가 느끼는 것이 유니콘의 감정인지 자신의 감정인지 구분할 수 없었다. 그의 양옆으로는 바비와 플로가 철갑으로 보호한 무릎들이 서로 스칠 만큼 바짝 붙어 있었다.

"10초 남았습니다!" 주최 측의 목소리가 스피커로 흘러나왔다.

스캔다르가 경기 전략을 필사적으로 떠올리고 있을 때, 호루라기가 울렸다. 스타트바가 삐걱거리더니 쾅 소리와 함께 위로 올라갔다. 스캔다르는 자기 유니콘이 그렇게 빠른 건 처음 느껴 봤다. 스카운드럴은 단 세 발짝 만에 날개를 좍 펴고 날아올랐다. 스캔다르는 고삐를 꽉 쥔 주먹을 유니콘의 검은 갈기 속에 묻었다.

그들은 공중에 떠 있는 1킬로미터 지점 표시를 향하여 코스를 따라 날아가고 있었다. 스카운드럴은 중간 그룹에 있었다. 선두 그룹에서는 플로와 블레이드가 메이블, 시본러먼트(Seaborne Lament, 바다의 슬픈 노래)와 각축을 벌이고 있었다. 바비와 팔콘은 그 뒤를 바짝 추격하고 있었다. 로런스와 포이즌치프가 빙글빙글 돌면서 떨어져 내리는 모습이 스캔다르의 눈에 들어왔다. 레드가 그들 바로 위에서 솟아올랐고 미첼의 손바닥이 붉은빛을 발했다. 그때 스캔다르 뒤에서 폭발음과 날카로운 괴성이 일어나더니 —— 라이더가 지른 소리인지 유니콘의 울음소리인지는 몰라도 —— 번쩍하고 섬광이 일어났다. 스카운드럴의 오른쪽에서 더스크시커가 손바닥을 파란색으로 빛내는 앨러스테어를 태우고 확 앞으로 치고 나왔다.

스캔다르의 손바닥도 초록색으로 빛나기는 했지만 스피릿 원소를 제어하는 데 힘이 너무 많이 들다 보니 샌드 실드가 아주 느리게 올라왔다. 앨러스테어가 옆에서 스캔다르의 어깨를 물줄기로 적중시켰다. 스카운드럴의 속도가 떨어지면서 더스크시커에게 뒤처지자 더스크시커가 본격적으로 날개로 거품을 일으켰고, 거센 파도를 만들어 스카운드럴을 더욱더 뒤로 밀어냈다. 스캔다르는 시커의 공격을 피하기 위해 스카운드럴의 비행 고도를 더 높이는 수밖에 없었다. 물 마법 특유의 짠내에 스캔다르는 코가 막히는 것 같았다. 스카운드럴이 앞서가는 시커를 내려다보며 꽥 소리를 질렀다. 스카운드럴은 허용해서는 안 될 격차를 허용했다는 것을 알고 어떻게든 스피릿 원소를 써서 만회하려고 했다. 유니콘이 스피릿 원소를 소환하려고 애쓰자 스캔다르는 자기 손바닥에서 맥박이 고동치는 것을 느낄 수 있었다.

"안 돼!" 스캔다르가 호통을 치자 스카운드럴도 질세라 포효했다. 스카운드럴이 발굽을 스피릿 원소의 하얀색으로 빛내면서 앞발을 허공에 번쩍 들고는 갑자기 비행을 멈추었다. 유니콘 여러 마리가 그들을 추월했다.

"제발, 스카운드럴, 이러지 마! 이렇게 사람들이 지켜보는 데서는 안 돼! 이러면 우리가 죽어!" 하지만 스카운드럴의 분노는 연을 떨리게 하는 것을 넘어 스캔다르의 심장까지 뒤흔들었다. 유니콘은 이 경주에서 이길 생각에 몰두한 나머지 자기 라이더가 무엇을 원하는지 더는 신경 쓰지 않았다.

"어머, 끝내주게 재미있겠는걸!" 윌윈드시프가 공중에서 스카운드럴을 향해 방향을 틀었다. 앰버가 정신 나간 사람처럼 이를 씩 드러내고 웃자, 이마의 별에 전기가 지직지직 올랐다. 이윽고 앰버의 손바닥에서 토네이도가 솟아나 스캔다르에게 정통으로 날아왔다.

스캔다르는 뭔가 다른, 합법적인 원소를 소환하려 했지만 그때마다 스카운드럴에게 차단당했다. 공격을 피하기 위해 스카운드럴의 비행 고도를 낮추려 했지만 유니콘은 그의 말을 안 듣고 고개를 좌우로 흔들면서 울부짖고 날뛰었다. 스캔다르는 유니콘의 등에서 떨어지지 않기 위해 토네이도를 정면으로 맞을 각오를 하고 스카운드럴이 마구 흔드는 목을 껴안는 수밖에 없었다.

그때 어디선가 레드나이츠딜라이트가 나타났다. 미첼과 레드는 분명 그들보다 훨씬 앞서 있었는데 무슨 이유에서인지 스카운드럴에게로 되돌아온 것이었다.

"앰버!" 미첼이 호령하자 앰버가 시프의 등에서 홱 돌아보았다. 그녀는 레드가 어느새 자기 뒤에 와 있는 것을 미처 몰랐다.

"나랑 진짜 싸우고 싶어, 꼬맹이 미치?" 앰버가 비웃으면서 공격을 하려고 손바닥을 들었다.

하지만 미첼이 더 빨랐다. 미첼은 손바닥으로 시프의 옆구리에 불을 쏘았고 레드도 동시에 파이어볼을 발사했다. 불 마법의 매캐한 냄새가 사방에 진동했다. 물은 앰버가 가장 약한 원소였고 그녀에게는 실드를 소환할 틈도 없었다. 시프는 화염을 피하느라 아래로 내려가면서 속도를 떨어뜨렸다.

앰버의 토네이도는 깃털 하나 차이로 스카운드럴의 왼쪽 발굽 옆을 지나갔고 그다음에는 앰버가 제어력을 잃는 바람에 반대 방향으로 날아가 버렸다. 미첼은 눈 깜짝할 사이에 흙 원소로 마법을 전환해서는 아래쪽으로 돌들을 우르르 쏘아 댔다. 그 돌들이 토네이도의 끝자락을 타고 시프에게 날아갔다. 앰버의 눈이 충격으로 휘둥그레졌다. 자기가 소환한 마법이 자기에게 돌아올 줄이야. 들쭉날쭉한 돌들이 윌윈드시프를 땅바닥까지 쫓아 버렸다.

"이건, 음, 그동안의 앙갚음이다!" 미첼이 아래를 내려다보면서 고함을 질렀다.

"너 뭐 하는 거야?" 스캔다르가 미첼에게 물었다. 레드가 스카운드럴 옆에서 날개를 퍼덕대고 있었다. 주위는 여기저기 스카이배틀이 한창이었고 마법과 잔해가 획획 스치고 지나갔다.

미첼의 얼굴은 재와 먼지 범벅이었다. "네가 노매드 선언을 당하면 안 되니까!"

"넌 앞서가고 있었잖아!" 스캔다르는 믿을 수가 없었다. 그는 미첼이 아빠에게 얼마나 잘 보이고 싶어 하는지 잘 알고 있었다. "나 때문에 네가 처지잖아. 나 신경 쓰지 말고 가!"

"그건 애초에 불가능해." 미첼이 스캔다르가 쥐고 있던 스카운드럴의 고삐를 잡아당겨서는 검은 유니콘의 뿔 위로 날아올랐다. 스카운드럴은 당황해서는 깨액 울고 맹렬하게 날갯짓을 했다. "난 널 챙기고, 넌 날 챙겨야지. 잊었어? 게다가 스카운드럴을 못 보게 되면 레드가 날 용서하지 않을걸?"

언제나 계획을 준수하고, 규칙을 좋아하며, 매사를 순서대로 처리하기 좋아하는 미첼이 이렇게 나오다니. 스캔다르는 미첼이 얼마나 큰 각오를 하고 왔던 길을 되돌아 자신에게 왔는지 상상조차 할 수 없었다.

"내가 너희 둘 다 잡았다." 미첼이 스캔다르의 고삐를 쥔 채 말했다. "아무 마법도 시도하지 마. 내가 지켜 줄게. 최대한 속도를 내서 레드를 따라오기만 해!"

레드가 친구에게 다급하게 깩깩대자 스카운드럴도 질세라 울어 댔다. 스캔다르는 유니콘들이 무슨 얘기를 주고받는지 몰랐지만 어쨌든 스카운드럴은 빠르게 전진하기 시작했다. 그들은 잭이 날려 보낸 바위를 피했고, 니암의 불 블라스트의 가장자리를 돌아서 갔고, 허공에 넝쿨처럼 뻗어져 나가는 전류 위로 날아서 앞으로 쭉쭉 치고 나갔다. 레드와 스카운드럴은 마지막 1킬로미터를 표시하는 부표를 지나면서 함께 포효했다. 그들의 시야에 결승선이 들어왔다.

미첼이 화염의 공을 코비와 아이스프린스에게 쏘아 대는 동안 유니콘 한 마리의 그림자가 그들의 머리 위 하늘을 가렸다.

"미첼!" 스캔다르가 유니콘들의 날갯짓 소리에 묻힐세라 큰 소리로 외쳤다.

"지금 좀 바빠!" 미첼이 외치면서 마지막 일격을 아이스프린스에게 날렸다. 코비의 물 실드가 반짝하고 흔들리더니 하늘로 휙 올라가면서 레드와 스카운드럴에게 길을 터 주었다. "이 일부터 치르고 나서 변이를 하면 좋겠다! 그런데 너, 무슨 말을 하려고 했……." 미첼은 질문을 끝맺지 못했다. 세상에서 가장 강한 유니콘이 경기장으로 급강하하는 모습을 그도 보았으니까.

뉴에이지프로스트.

"어디 갔는지 안 보여!" 스캔다르가 겁에 질려 외쳤다. 연기와 잔해가 어찌나 자욱한지 그 회색 유니콘은 스캔다르의 시야에서 완전히 사라져 있었다.

해칠링들이 하나둘 결승선을 통과하자 환호성이 일어났다.

"우리도 착륙해야 해!" 경기장이 시야에 들어오자 미첼이 외쳤다. 스카운드럴과 레드는 뿔로 땅을 겨누고 경기장 위 하늘만 쳐다보는 얼굴들을 향하여 하강했다. 결승선 몇 미터 앞에서 발굽이 땅에 닿는 순간 스카운드럴이 쿵 소리를 냈다. 미첼은 스카운드럴의 고삐를 잽싸게 스캔다르에게 던졌고 두 소년은 있는 힘껏 유니콘을 몰아 트랙의 마지막

코스를 내달렸다. 미첼과 스캔다르가 아치 아래로 통과하는 순간 군중에서 함성이 일어났다. 스캔다르는 자기가 최하위 5명에 들었는지 그렇지 않은지도 몰랐다. 비명을 지르는 사람은 아무도 없었다. 공포의 흔적은 찾아볼 수 없었다. 분명히 뉴에이지프로스트를 본 것 같은데, 그의 상상이었을까?

그때 스캔다르는 플로를 보았다.

스캔다르는 스카운드럴에서 내려 투구를 내던지고 결승선을 넘어 플로를 향해 달려갔다. 플로는 아무것도 모르고 환호하는 군중들에게 뭔가를 말하려고 소리 지르고 있었다. 스캔다르는 전에도 이 순간을 겪어 본 기분이 들었다. 마게이트에서, 카오스컵 중계를 보던 날, 아빠는 "뭔가 잘못됐어."라고 했고, 연기와 어둠이 걷히면서…… 이제 그 무엇도 예전과 같을 수는 없다는 느낌이 들었다.

플로가 흐느끼는 소리를 듣는 순간, 시간이 흐르고, 느려지고, 멈춰버렸다. "위버!" 플로의 뺨에 눈물이 비 오듯 흘렀다. "위버가 실버블레이드를 데려갔어!"

스캔다르는 플로 옆으로 허리를 숙였다. 단층선을 걷던 그때처럼, 플로가 쇼를 하는 거라면 좋겠다고 생각했다. 하지만 플로의 눈에 어린 공포를 보지 않을 수가 없었다. 이어리가 공격당한 이유는 이제 명백했다. 위버는 아무 유니콘이나 데려갈 작정이 아니었다. 위버가 원한 것은 실버였다.

바비와 미첼도 투구를 벗어 던지고 그들에게 달려왔다. 그들은 언제 다툰 적이 있냐는 듯 한데 모여 머리를 맞댔다. 미첼은 일이 그렇게 됐다면 교관들, 센티널, 필요하다면 그의 아빠에게도 도움을 청할 작정으로 계획을 속닥거렸다. 그러나 스캔다르는 그럴 때가 아니라는 것을 알았다. 블레이드를 찾는 가장 빠른 방법은 스피릿 원소를 쓰는 것이었다. 그러려면 더는 아무도 연루시키지 않아야 했다.

스캔다르는 스카운드럴에 올라탔고 플로가 황급히 그의 앞에 탔다. 주머니에 찔러 넣은 손에서 스피릿 원소가 온 힘을 다해 빛을 발하자 플로의 심장에서 서치라이트처럼 뻗어져 나가는 흙 원소 특유의 어두운 초록색 연이 보였다. 군중은 여전히 환호하고 있었고, 지친 유니콘들은 경기장을 서성였으며, 힐러들은 부상자를 치료하려고 대기 중이었고, 라이더들은 서로 포옹을 나누느라 정신이 없었다. 그래서 콰르텟은 남들의 이목을 끌지 않고 라이더들의 구역을 벗어날 수 있었다.

그들은 누가 쳐다볼까 봐 비행은 시도하지 못하고 포포인트 외곽을 질주했다. 유니콘들의 우레와 같은 발굽 소리가 거리를 지나고, 길을 따라가고, 숲을 가로질러 마침내 황무지의 경계에 이르렀다. 스캔다르의 팔은 플로의 허리를 단단히 감싸고 있었다. 스카운드럴이 천둥처럼 질주하는 동안 스캔다르 팔의 변이에 플로의 사슬 갑옷이 차갑게 닿았다. 그들은 위버가 실버 유니콘과 연을 맺는다는 것이 어떤 의미인지 말하지 않았다. 말할 필요도 없었다.

스캔다르는 플로의 연을 따라가는 데 집중하느라 황무지가 얼마나 딴판인 곳인지 거의 인식하지도 못했다. 포포인트와 이어리는 초목이 무성하고 건강한 땅이었으나, 황무지는 황량하고 적막했다. 이파리 하나 없는 나무들이 군데군데 모여 있긴 했으나 땅은 원소 마법에 그을려 있었다. 땅은 다 갈라지고 흙먼지로 뒤덮여 있어서 풀잎 하나 보기 힘들었다. 스캔다르는 공룡의 멸종을 묘사한 그림들을 떠올렸다. 어쩌면 야생 유니콘 중에는 공룡과 같은 시대를 살았던 놈들도 있을 터였다.

"얼마나 더 가야 해?" 바비의 목소리가 숨이 찬 것처럼 들렸다. 스캔다르는 처음에는 바비가 추워서 떠는가 보다 했다. 바람이 어찌나 매서운지 바비의 팔에 돋은 깃털도 막아 주지 못했다. 하지만 스캔다르가 슬쩍 곁눈질로 바비를 보았더니, 바비는 한 손을 자기 가슴에 올려놓고 팔콘의 등에 거의 업혀 있었다. 기를 쓰고 공기를 들이마시느라 바비의 목이 오르락내리락했다.

스캔다르가 팔콘의 고삐 한쪽을 잡고 속도를 늦춰 주었다.

"왜 멈추는 거야?" 플로가 물었다.

"무슨 일이야?" 미첼이 외치면서 고삐를 잡아당기자 레드가 코를 히힝거렸다.

스캔다르는 그들을 아랑곳하지 않고 스카운드럴에게 팔콘과 보조를 맞추어 날갯짓을 하게 했다. "숨을 쉬어, 바비. 연을 통해서 숨을 쉬어봐. 팔콘에게 집중해. 연에 집중해."

적막한 황무지에 바비의 쌕쌕거리는 숨소리가 울려 퍼졌다. 팔콘이 자기 라이더에게서 눈을 떼지 않고 그녀를 달래듯 나지막하게 으르렁대는 소리로 보조를 맞추었다.

"우리는 네가 필요해, 바비. 넌 할 수 있어." 스캔다르가 바비를 격려했다. 한마디 한마디가 다 진심이었다. 실버블레이드를 되찾을 가망이 실낱만큼이라도 있다면 그들은 힘을 합쳐 싸워야 했다.

"왜 그래? 바비는……."

스캔다르가 플로에게 도리질을 했다. 미첼도 이번만큼은 잠잠했다.

호흡이 휘파람 소리 비슷하게 바뀌면서 바비는 몸을 겨우 일으켰다. 그녀가 숨을 길게 빨아들이는 동안 머리카락이 땀범벅이 된 얼굴에 달라붙었다.

"괜찮아? 계속 갈 수 있겠어?" 스캔다르가 물었다.

바비가 약간 떨면서 고개를 끄덕였다. "야생 유니콘도 날 가로막진 못할 거야."

바로 그때 날카로운 울음소리가 평원을 가로질렀다.

"블레이드다!" 플로가 외쳤다. "가자!"

스카운드럴, 팔콘, 레드도 블레이드의 울음소리를 알아들은 듯 제각 기 울음으로 화답했다.

울음소리가 나는 곳은 그들 앞의 작은 언덕 위였다. 언덕은 풀 한 포 기 없이 흙먼지만 덮여 있었고 꼭대기에만 앙상한 나무 몇 그루가 자라 고 있었다. 플로의 연은 분명히 그곳으로 이어져 있었다.

"스캔다르? 저기 맞아? 이제 계획이 뭐야? 우리가 어떻게……."

"미첼, 시간이 없어!" 바비가 약간 쉰 목소리로 쏘아붙였다. "무조건 가는 거야. 블레이드를 찾아야지. 그리고 떠나야지. 그것뿐이야. 이게 계획이라고!"

스캔다르는 바비에게 동의할 수밖에 없었다. 그도 뭔가 계획이 있기 를 바랐지만 죽었다 깨어나도 뾰족이 생각나는 바가 없었다. 머릿속에 서 온갖 생각이 들끓고 있었다. 위버와의 대면. 실버를 끌고 메인랜드 를 공격하는 위버. 비명을 지르는 케나. 도망치는 아빠. 에리카 에버하 트. 만약 그게 정말이라면? 스캔다르는 무엇이 가장 두려운 것인지 알 수 없었다.

유니콘의 울음소리가 다시 한 번 황무지에 메아리쳤다.

"가자!" 플로가 외쳤다. 스카운드럴이 플로의 절박함을 알아차린 듯 언덕 위로 달려가기 시작했다. 레드와 팔콘도 나무들을 헤치며 스카운 드럴의 뒤를 따랐다.

스캔다르의 눈에 맨 처음 들어온 것은 실버블레이드, 그리고 유니콘의 가슴과 플로의 가슴속으로 이어진 초록빛 연이었다. 실버는 원래 어디서나 눈에 띄었지만 이 무채색의 관목 숲에서는 더욱더 두드러져 보였다. 굵직한 넝쿨이 실버의 배와 목과 머리까지 휘감아 두 나무 사이에 단단히 고정해 놓고 있었다. 평소 예민하게 날뛰던 실버였건만 지금은 무감각하고 졸려 보였다. 이미 너무 늦은 걸까?

그때 블레이드의 검은 눈이 플로에게 향했고 그때부터 유니콘은 괴성을 지르며 넝쿨에서 풀려나려고 미친 듯이 날뛰기 시작했다. 플로가 스카운드럴의 등에서 뛰어내려서는 은빛 섞인 검은 머리를 휘날리며 자기 유니콘에게 달려갔다. 그러나 플로가 블레이드에게 닿기 전에, 블레이드에게 손을 뻗기도 전에, 나무들이 야생 유니콘들과 함께 살아 움직이기 시작했다. 야생 유니콘들은 라이더를 태운 상태였다.

낯선 라이더 하나가 유니콘에서 내려 플로의 허리를 잡고 끌고 가려는 순간, 스캔다르와 미첼과 바비는 일제히 외쳤다. "플로!"

스캔다르는 플로를 구하고 싶은 마음에 필사적이었지만 옛날에 학교에서 할 말이 없을 때 그랬던 것처럼 머릿속이 하얘졌다. 그는 눈을 끔벅거리면서 주위의 나무들을 두리번거렸다. 그는 스카운드럴을 진정시키기 위해 목을 쓰다듬으면서 어떻게든 생각을 하려고 했다. 그러나 야생 유니콘들이 썩은 살 냄새를 역하게 풍기면서 점점 가까이 다가오고 있었다.

미첼이 라이더들의 얼굴을 훑었다. 사촌의 얼굴을 찾는 게 틀림없었다. 스캔다르도 라이더들의 얼굴을 살피다가, 이목구비를 가로지르는 띠 모양의 하얀 칠에도 불구하고 그중 한 명의 얼굴을 알아보았다.

"조비! 저예요, 워셤 교관님!" 썩어 가는 짐승들이 나무들 사이의 틈새를 막아설 때 스캔다르가 외쳤다. 조비의 머리카락이 포니테일에서 빠져나와 얼굴 주위로 길게 드리워져 있었다. 전단지에서 보았던 상징 — 갈라진 해처리 문 — 이 그의 재킷 소매에 새겨져 있었다. 그의 눈동자가 빠르게 스캔다르에게로 향했지만, 얼굴의 하얀 칠과 대조되는 새파란 눈에 더는 따뜻함이 없었다.

"어떻게 이럴 수가 있어?" 플로가 외쳤다. 야생 유니콘 라이더 두 명이 그녀의 팔을 잡아끌고 입을 막으려고 실랑이를 하고 있었다. "유니콘을 잃는다는 게 어떤 건지 알면서 위버가 블레이드를 데려가게 할 수 있어? 어떻게 그런 고통을 다른 사람에게 줄 수 있지? 나한테 왜!" 플로는 마지막 말은 입 밖으로 내기도 힘겨운 듯했다.

"난 이제 괴롭지 않아. 나에게도 유니콘이 있으니까." 조비가 전혀 그답지 않은 냉랭한 어조로 대꾸했다. "새로운 연. 더 강력한 협력 관계가 생겼어." 그가 타고 있던 유니콘이 히힝 울자 콧구멍에서 녹색 점액이 튀었다. 스캔다르는 그 야생 유니콘의 옆구리에 드러난 갈비뼈와 피투성이 피부에 들끓는 구더기를 보았다.

"제발 우리를 좀 도와주세요! 실버가 위버 손에 들어가면 아일랜더, 메인랜더 가릴 것 없이 우리 중 누구에게도 가망이 없어요!" 스캔다르가 애원했다.

그러나 조비는 듣고 있는 것 같지 않았다. 그는 자기가 타고 있는 야생 유니콘이 세상에서 가장 소중한 존재라도 되는 양 사랑스럽게 내려다보고 있었다. 스캔다르는 조비가 절대 그들을 돕지 않으리라는 것을 확실히 깨달았다. 그들은 각자 자신의 유니콘을 타고 있었다.

스캔다르는 완전히 공황에 빠진 나머지 야생 유니콘 무리에 뉴에이지프로스트가 합류한 것도 깨닫지 못했다.

"잘 왔다, 스피릿 월더여." 쉰 목소리가 들렸다.

시커먼 색으로 온몸을 에워싼 위버가 뼈가 앙상한 손가락을 들어 스캔다르의 심장을 똑바로 가리켰다.

21장

위버

"당신이 어떻게?" 스캔다르의 물음은 놀랍도록 침착했다.

"너의 연이, 네 정체를 알려 주지." 머리 꼭대기에서 턱 끝까지 하얀 칠을 한, 사람을 불안하게 하는 그 얼굴에서 그 말이 흘러나올 때, 위버의 목소리는 마치 낙엽을 밟는 소리처럼 툭툭 부러졌다. "과연, 이어리 출신 군사가 말한 대로군." 위버가 기다란 팔로 조비를 가리켰다. "네가 친구를 도우러 올 거라고 하더구나. 덕분에 내가 오늘 실버 유니콘과 스피릿 유니콘 둘 다를 얻겠군." 그들을 둘러싼 라이더들이 조용히 낄낄거렸다.

스캔다르는 그 소리를 듣고 위버에게서 시선을 돌렸다. 조비를 다시 쳐다볼 수는 없었기에 하얀 칠을 한 나머지 얼굴들을 살펴보았다. 그들 중에서 누가 제이미의 친구 클레어이고, 누가 미첼의 사촌 앨피일지, 누가 힐러이고 누가 선술집 주인이며 누가 상점 주인일지 궁금했다.

"나의 군사들 가운데서 아는 얼굴을 찾고 있나? 약해 빠진 인간들이 얼마나 많은지 창피할 지경이야. 연을 엮는 과정을 버티고 살아남는 자가 너무 적어. 두 영혼을 엮을 때는 늘 위험이 따르지." 위버의 한숨 소리는 목소리보다 더 불안했다. 마치 죽어 가는 자의 목에서 나는 소리 같았다. 저 하얀 칠 뒤에 앰버의 아빠 사이먼 페어팩스가 있을까?

"성공에 성공을 거듭하고 있긴 해. 너에게 보여 주마." 위버가 나무들을 향해 몸짓을 하자 바스락거리는 소리가 나는가 싶더니 더 많은 야생 유니콘들이 합류했다. 얼굴에 하얀 띠를 그린 라이더들이 그 유니콘들에 올라타 있었다. 야생 유니콘들에게서 썩은 생선, 곰팡이 핀 빵, 죽음의 냄새가 진동을 했다. 그것들이 숨을 쉴 때마다 폐에 물, 혹은 피가 찬 것처럼 꾸르륵꾸르륵 소리가 났다.

"콰르텟을 다 끌고 오다니 네게 고마워해야겠구나, 스피릿 윌더여. 공기 윌더가 하나," 이 말에 바비가 나지막하게 으르렁거렸는데 꼭 팔콘이 내는 소리 같았다. "불 윌더도 하나 있고, 실버블레이드에 뉴에이지프로스트까지, 원소 한 세트를 완벽하게 갖추게 됐군."

"그들에게서 물러나, 에리카!" 미첼은 떨리는 목소리로 기어이 그 말을 뱉었다.

스캔다르는 미첼의 입을 막고 싶었다. 이 사람은 스캔다르의 엄마가 아니다. 이 사람은……

위버는 긴 목을 동그랗게 굽히면서 하얀 칠 덮인 눈꺼풀을 미첼을 향해 두 번 깜박거렸다. "아무도 날 그 이름으로 부르지 않은 지 아주 오래됐지."

아냐, 제발 아니기를. 제발 이게 진실이라고 하지 마.

스캔다르는 그 말이 들리지 않기를 무엇보다 간절히 바랐다. 자신의 엄마는 친절한 사람, 자랑스러워할 만한 사람이라고 예전처럼 믿을 수 있기를 바랐다. 목에 두른 스카프가 — 엄마를 찾으면 돌려 주려고 했던 — 갑자기 숨통을 조이는 것처럼 느껴졌다.

신발 상자 안의 물건들이 뇌리를 스쳤다. 아빠가 사랑했던 여자가 — 책갈피, 머리핀, 원예용품점 열쇠고리를 남긴 여자가 — 어떻게 이 도둑, 이 살인자일 수가 있나? 에리카 에버하트는 메인랜드로 가기 전에 유니콘을 스물네 마리나 죽였다. 스캔다르의 온몸이 떨렸다. 사랑하는 엄마의 얼굴이 유니콘 위에서 연기처럼 스러지고 에리카 에버하트, 다름 아닌 위버로 바뀌는 동안 스캔다르의 심장이 산산이 부서지지 않게 막아 준 것은 단 하나, 스카운드럴이 단단히 붙잡고 있는 그들의 연이었다.

미첼이 다시 입을 열었다. "플로와 블레이드를 놔 줘. 그러지 않으면 당신의 정체를 모두에게 말할 거야. 그냥 우리를 보내 줘. 그럼 우리도 당신을 귀찮게 하지 않을 테니까."

위버의 쉰 웃음소리가 이 뻔한 거짓말을 꿰뚫었다. "너희를 보내 줄 것 같아? 네가 날 위협하고서도 그런 걸 바라? 네가 내 본명을 아는데? 너희의 유니콘은 나와 영혼을 엮게 되겠지만 너희 넷은 결코 살아서 그런 얘기를 떠들고 다닐 수 없을 거다." 하얀 칠을 한 위버의 입이 쩍 갈라지면서 미소로 비틀렸다.

"절망에 빠진 영혼들을 얼마나 더 많이 야생 유니콘과 이어 줄 수 있을지 생각해 봐. 유니콘과 이어지고 싶어 하는 사람은 많지만 해처리 문은 잔인하게도 그들에게 결코 열리지 않아. 여기 있는 군사들은 모두 자원해서 내게 왔다. 내가 납치한 게 아니야. 기꺼이 자기 뜻으로 온 거다. 이제 실버 유니콘의 힘까지 더해졌으니 나의 충성스러운 군대는 내가 바라던 것 이상으로 강성해질 테지."

위버의 군사들이 그 말에 환호했다. 스캔다르는 그들의 공허한 눈과 표정 없는 얼굴을 보면서 이제 그들에게 위버의 편에서 싸우는 것 외에 선택의 여지가 있는지 궁금했다.

"좋아, 좋아." 위버가 씩씩거리며 말했다. "우리는 센티넬을 하나씩 쓰러뜨릴 거야. 아일랜드의 방어는 허술하기 짝이 없지. 지난 몇 달간 시험해 봤어. 메인랜드는 내 것이다. 아일랜드도 마찬가지고. 아무도 날 막을 수 없어."

"제발." 스캔다르의 말은 거의 속삭임에 가까웠다. "이건 당신답지 않아요. 이럴 순 없어요." 감정이 거센 파도처럼 밀려왔지만 스캔다르는 오직 하나만을, 빛나는 희망의 등불 하나만을 생각했다. 에리카는 메인랜드를 떠난 후 블러드문의 나무에 스캔다르의 이름을 새겨 넣었다. 거기에는 분명히 의미가 있을 것이다. 엄마는 단지 아들을 아직 알아보지 못한 것이다. 그건 괜찮았다. 괜찮고말고. 엄마가 마지막으로 보았던 스캔다르의 모습은 아기였다. 그런데 그가 아들임을 밝히면, 정말로 설득을 할 수 있을까? 엄마에게 위버가 될 필요가 없다고 납득시킬 수 있을까? 엄마는 그냥 에리카 에버하트로 살아도 된다고, 그냥 그의 엄마로 살아도 된다고.

스캔다르는 거의 무의식적으로 스카운드럴을 뉴에이지프로스트 앞으로 몰았다. 스카운드럴은 이를 드러내며 씩씩거렸고, 거대한 회색 유니콘의 그림자 안에서 덩치가 작아 보일까 봐 날개를 펼치고 위협에 맞섰다.

"당신은 이 일을 그만둬야 해요." 스캔다르는 목이 메어 말이 잘 나오지 않았다. 그는 애원했다. "제발, 절 보세요. 제가 누구인지 모르겠어요? 절 못 알아보겠어요?"

"너는 해처리에서 갓 나온 스피릿 윌더지. 나한테 넌 필요 없어."

스캔다르는 야생 유니콘들이 한 발 두 발 다가오는 것을 느꼈다. 단단한 땅에 오래되고 뼈가 상한 무릎, 썩어 가는 발굽을 구르면서.

"조비가 제 이름을 말하지 않았죠?" 스캔다르는 옛 교관을 흘끗 보았다. "제 이름 따위 중요하다고 생각하지 않았을 거예요. 그는 몰랐으니까."

"네 이름이 나에게 중요할까? 잠시 후면 넌 죽은 목숨이고 네 이름 따위는 아무 쓸모없어."

스캔다르는 절망의 눈물이 뺨을 타고 흘러내리는 것을 느꼈다. 그는 눈물을 거두지 않았다. 자신이 정체를 밝히면 엄마가 과연 이 모든 일을 그만둘까? 엄마 마음의 빈자리가 그녀가 그에게 남기고 간 빈자리만큼 크다면 분명히 상황은 바뀔 것이다.

스캔다르는 숨을 크게 들이마셨다. 이제 일 년이 다 되어가는 카오스컵 중계날에 아빠에게 들은 얘기가 있었다. 한 아기에게 했던 약속, 손바닥에 더없이 애틋한 손길로 봉인한 약속.

"저예요, 엄마." 스캔다르의 목소리가 떨렸다. 그는 스카운드럴을 가리켰다. "봐요, 엄마는 저에게 유니콘을 약속했었죠. 얘가 그 유니콘이에요. 저는 라이더가 됐어요. 엄마가 원하던 대로요."

위버가 눈을 깜박였다. 눈꺼풀의 하얀 칠 때문에 그 동작이 유독 커 보였다.

스캔다르는 눈물이 앞을 가려 말을 하기도 힘들었지만 이 말을 기어이 뱉고 말았다. "제 이름은 스캔다르 스미스예요." 그는 목에서 검은 스카프를 풀어 스카운드럴의 날개 위로 내밀었다. "제가 바로……."

"내 아들이구나." 에리카 에버하트가 말했다. 그녀의 공허한 눈이 비로소 알았다는 듯 번득였다.

주위는 고요했다. 유니콘들조차 꼼짝하지 않았다.

"정말로 13년이나 됐나? 어떻게…… 네가 어떻게……. 아아아." 그녀는 하품하듯 입을 벌리고 알았다는 시늉을 했다. "애. 거. 서." 에리카는 집행인의 이름을 한 음절 한 음절 즐거운 듯, 음미하듯, 발음했다. "내 동생." 그녀는 손을 뻗어 스캔다르의 손에서 스카프를 잽싸게 낚아챘다. "진작 생각했어야 했는데. 내가 해처리에 들어가기 직전에 애거서가 이 스카프를 나한테 줬지."

스캔다르는 소리 없이 눈물을 흘리며 눈을 깜박거렸다. "동생? 애거서가 엄마의 동생이라고요? 집행인이?" 문득 아빠가 애거서를 알아보기라도 한 듯 왠지 낯이 익다고 했던 말이 기억났다. 애거서가 스캔다르에게 뭐라고 했던가. '위버를 죽이진 마, 제발.'

"엄마의 동생, 그러니까 내 이모가 나를 아일랜드로 데려왔다고요?"

"나를 메인랜드에 데려다준 사람도 애거서였지." 에리카는 스카프를 자신의 긴 목에 부드럽게 감으면서 먼 곳을 바라보듯 아련한 표정을 지었다. "블러드문의 일이 있고 나서…… 폴른 24 이후…… 난 숨어야 했어. 도망쳐야 했지. 메인랜드에서 내가 한없이 약해져 있을 때, 애거서에게 편지를 썼어. 내 아이들이 꼭 라이더가 되게 해 달라는 부탁을 담아서. 진작 알았어야 했는데. 애거서 에버하트는 늘 약속을 지키지. 애거서를 막았어야 했는데. 애거서가 케나도 데리고 왔니?" 에리카는 자기 딸이 그 자리에 와 있기라도 하듯 스캔다르의 어깨 너머를 바라보았다.

그녀의 태도는 스캔다르의 성질을 건드렸다. 아들을 만나서 기쁘긴

한 건가? 에리카는 스캔다르보다 스카프를 더 반가워하는 듯 보였고, 아들이 자기 앞에 서 있다는 사실보다 케나가 어디 있는지에 더 마음을 쓰는 듯했다. 스캔다르의 입에서 질문들이 쏟아졌다. "왜 엄마 스스로 우리에게 돌아오지 않았어요? 왜 엄마가 아니라 애거서 왔죠? 아빠는 어떡하라고요. 엄마는 우릴 버렸어요. 날 버렸어요! 도대체 왜? 왜 그랬어요?" 마지막 말에서는 그의 목소리가 갈라지고 있었다.

"아일랜드가 날 부르고 있었으니까. 해야 할 일이 있었으니까. 실행에 옮겨야 할 계획이 있었으니까." 에리카가 자신의 군사들을 가리켰다.

"뭐라고요? 그래서, 그게 나보다 중요했다는 거예요? 누나보다? 아빠보다?"

"넌 아직 어려서 이해하지 못해. 하지만 이해할 날이 오겠지."

스캔다르가 고개를 거칠게 저었다. 이제 너무 화가 나서 뉴에이지프로스트를 탄 라이더에 대한 무서움마저 완전히 잊었다. 이날 이때껏 엄마를 그리워하면서 살았고 어린 시절 내내 엄마가 살아 있으면 얼마나 좋을까 생각했다. 이제 엄마가 눈앞에 있는데 그 엄마는 아들이 안중에 없는 모양이었다. 엄마는 미안해하는 것 같지도 않았다.

"누나가 여기 없는 건 엄마 때문이에요." 스캔다르는 에리카의 반응을 이끌어 내려고 그렇게 말했다. "스피릿 윌더들에게는 해처리 문에 도전할 기회조차 없어요. 나는 누나도 나와 같은 스피릿 윌더라고 생각해요. 누나는 엄마 때문에 운명의 유니콘을 부화시키지 못했어요. 제자리로 돌아오지 못했다고요!"

"내 아들," 에리카 에버하트가 두 팔을 활짝 벌렸다. "운명의 유니콘이라고 했니? 하지만 라이더가 되고 말고는 운명과 상관없어. 나의 군사들을 보렴. 나는 그들에게 유니콘을 주었어. 그들이 고집스럽고 오래된 문을 열어서가 아니라, 그들이 원했기 때문에 준 거야. 우리가 메인랜드로 가거든, 그때 네 누나에게도 마음에 드는 야생 유니콘을 고르라고 해서 연을 맺어 주면 돼. 페어팩스도 새 유니콘을 골라서 그렇게 했어. 그렇지?"

에리카가 야생 유니콘 라이더 중 한 명에게 고개를 끄덕여 보였다. 사이먼 페어팩스의 눈은 앰버와 똑같았다.

"너는 내 혈육, 내 가족, 내 아들이다. 나에게 오렴, 스캔다르. 우리가 함께 세상 모두에게 유니콘을 약속할 수 있어. 운명 따위 엿 먹으라고 해."

찰나의 순간이지만 스캔다르도 그걸 생각해 보았다. 그 생각은 제법 근사했다. 엄마와 같은 소속이 되고, 케나에게 그렇게 갖고 싶어 하던 유니콘을 선사하고, 마침내 자기가 어떤 사람인지를 깨닫고, 드디어 잃어버린 심장의 퍼즐 조각을 맞추고, 온 가족이 힘을 합쳐 다시 오롯한 하나가 되는 것.

"나에게 오렴." 에리카가 재차 권했다. "너는 내 아들로서 내게 충성을 다하고 나의 군대를 세우는 일을 돕게 될 거야. 내 곁에서 죽음의 원소를 쓰게 될 거야. 우리가 메인랜더들을 야생 유니콘들과 엮어 주자꾸나. 네 누나도, 네 아빠도. 아무도 우릴 막을 수 없을 거다. 따돌림 받던 이들이 만든 군대가 우리 명령을 받들 거야. 우리가 이어리와 아일랜드와 메인랜드를 지배할 거야. 우리는 함께 더 강해질 수 있어. 내 눈에는 이미 그 광경이 보이는구나."

하지만 스캔다르에게는 다른 것이 보였다. 그는 쑥대밭이 된 아일랜드, 컴컴하고 텅 빈 해처리, 두 동강 난 거대한 문을 보았다. 인간의 얼굴에 깊게 새겨진 야생 유니콘의 고통을, 죽을 수밖에 없는 생과 결코 죽지 않는 생이 엮여 만들어지는 지극한 부조화를 보았다. 죽음과 파괴에 둘러싸인 아빠와 케나를 보았다. 그러다 세상의 모든 힘을 쥔 자신을 보자, 스캔다르는 오싹해졌다. 스캔다르가 꿈꾸던, 아일랜드에서 함께 사는 가족의 빛나는 이미지가 산산이 부서졌다.

진실은 모조리 드러났고 스캔다르는 마치 마음 깊은 곳에서 이 진실을 이미 알고 있었던 것만 같았다. 그는 평생 그가 누구인지 말해 줄 엄마가 있었으면 좋겠다고 생각했다. 그러나 엄마가 그에게 선택을 요구하는 지금, 그는 엄마가 말해 주지 않아도 괜찮았다. 스캔다르는 자신이 어떤 사람인지 정확히 알고 있었다. 그는 용기 있는 사람이었다. 충직한 사람이었다. 친절한 사람이었다. 남들에게 상처를 주고 싶지 않은 사람이었다. 때때로 겁을 먹지만 그로 인해 한층 더 용감해지는 사람이었다. 그는 스피릿 윌더였지만, 아빠와 누나를 사랑하는 마게이트의 소년 스캔다르 스미스이기도 했다. 가끔은 아빠를 사랑하기가 힘들었지만 어쨌든 그랬다. 애거서가 그를 데려온 의도가 선한지 악한지 알 필요는 없었다. 스캔다르가 선을 택하면 되니까. 그는 좋은 사람이었다. 그는 절대로 위버의 편에 서지 않을 것이었다. 설령 위버가 그의 엄마일지라도.

위버는 뉴에이지프로스트를 스카운드럴에게 좀 더 접근시켰다. 스캔다르는 검은 수의에 휘감긴 위버의 몸뚱이가 마치 증기처럼 스르르 움직이는 것이 도무지 사람 같지 않게 느껴졌다. 위버의 허기에 찬 검은 눈이 그를 넋 놓고 바라보고 있었다. 스캔다르는 아일랜드에 온 첫날 마주쳤던 야생 유니콘을 떠올렸다. 그 눈은 잃어버린 무엇인가를 그에게서 찾는 것처럼 몹시 슬퍼 보였다.

"블러드문스에퀴녹스의 죽음은 유감이에요, 정말 안타깝게 생각해요." 스캔다르의 목소리는 애틋했다. "얼마나 괴로울지 상상하지 못하겠어요. 하지만 그건 사고였잖아요! 그 비극을 이유로 아일랜드를 벌하다니요!"

"블러드문의 죽음은 사고가 아니었어."

"블러드문을 대신할 수 있는 건 없어요. 연을 맺은 유니콘을 훔치고 또 훔쳐도 안 돼요. 라이더가 되기를 간절히 바라는 자와 야생 유니콘을 아무리 많이 엮어 줘도 소용없어요. 당신의 힘이 아무리 크다고 해도요. 에리카, 블러드문은 돌아오지 못해요. 당신은 그렇게 할 수 없어요. 그 유니콘도 당신이 이렇게 살기를 원하지는 않을 거예요. 블러드문이 얼마나 실망했을까요. 저도 이렇게 실망했는데."

"자기가 무슨 말을 하는지도 모르는 주제에." 위버가 씩씩댔다. "이어리, 위원회, 실버 서클의 사상을 단단히 주입받았구나. 그들이 얼마나 잽싸게 내 동생을 집행인으로 불러들이고 스피릿 윌더들을 공격했는지를 봐. 그들이 우리 모두를, 유니콘을 가질 *자격이 없다*고 생각하는 다른 이들을 해처리 밖으로 얼마나 빨리 몰아냈는지를 봐. 그들은 우리를 해처리에 얼씬도하지 못하게 했어. 완벽한 연을 갖지 못한 우리 모두를. 나의 군사들이야말로 연이 완벽할 필요가 없다는 증거다."

"당신의 군사는 당신이 시키는 일만 하죠." 스캔다르는 조비의 얼굴을 들여다본 순간 그렇게 짐작했다. 조비는 올바른 일을 하는 것보다 유니콘이 더 간절하긴 해도, 실버블레이드를 위버에게 넘겨줄 사람은 결코 아니었다. 뭔가 다른 수작을 쓴 것이 분명했다. "저들을 야생 유니콘과 엮으면서 당신에게도 묶어 놓았죠? 당신의 바람이 곧 저들의 바람이겠죠. 당신이 시키면 무조건 따르겠죠."

"저들은 지금 행복해. 내가 약속한 대로 유니콘을 갖게 됐으니까. 나는 여기서 저들을 이끌고 스피릿 원소를 떳떳하게 사용하고 있어. 너도 그걸 원하잖아, 스캔다르? 자유를 원하잖아?"

스캔다르가 고개를 저었다. "당신은 자유롭지 않아요! 힘과 복수 말고는 안중에도 없으면서! 당신은 더 중요한 게 있다는 걸 잊었어요. 난 절대 당신 편에 서지 않아요."

위버의 눈에서 빛이 꺼졌다. 그녀의 변화는 미묘하고 급작스러우면서, 치명적이었다. 스캔다르는 자기 정체를 밝힌 후 처음으로 위버가 정말로 무서워졌다.

"실수하는 거다." 위버가 침을 뱉었다. "힘보다 중요한 건 없어. 아무 것도! 하지만 너를 이해시키겠다고 시간을 허비할 순 없지. 넌 아직 내 옆에 설 자격이 없다!"

"당신 옆에 설 일은 절대 없어요!" 스캔다르는 반쯤 흐느끼면서 소리쳤다.

위버가 기다란 손가락을 들고 소리 질렀다. "유니콘들을 생포해! 유니콘들은 죽이면 안 돼!"

아수라장이 벌어졌다. 하얀 띠를 칠한 라이더들이 스카운드럴, 팔콘, 레드를 둘러싸고 다가오기 시작했다. 바비가 분노에 차서 고함을 치자 번개가 실버블레이드 가까이 있던 나무에 떨어졌다. 나무가 폭발하듯 부서져 사방으로 날아갔다. 미첼은 위버와 뉴에이지프로스트에게 파이어볼을 날렸지만 그들은 보호벽처럼 버티고 선 야생 유니콘들 너머로 피했다. 플로가 자기를 붙잡은 군사의 손에서 간신히 벗어나 블레이드의 등으로 뛰어오를 때 스캔다르는 은빛과 검은빛 섬광을 보았다. 플로가 손바닥에서 붉은빛을 뿜어 실버를 옭아맨 넝쿨을 태워 버리자 실버 유니콘은 기쁨으로 포효했다.

"우리 아직 포위되어 있어." 야생 유니콘들이 으르렁대는 와중에 바비가 큰 소리로 외쳤다. 그사이에 실버가 앙상한 숲 한가운데 몰려 있던 팔콘, 레드, 스카운드럴에게 합류했다.

"저들은 공격하지 못해. 아직은 우릴 죽이면 안 되거든. 위버가 우리의 유니콘을 원하는 이상은 말이야." 미첼이 말했다. 하지만 스캔다르는 듣고 있지 않았다. 스캔다르의 손바닥에서 스피릿 원소가 하얗게 빛나고 있었고 그는 야생 유니콘과 라이더들을 이번에야말로 제대로 보고 있었다. 그들을 연결하고 있는 하얀 끈이 보였다. 하지만 그것은 스캔다르의 친구들이 각자의 유니콘과 맺은 연과는 달랐다. 그끈은 이음매 없이 매끈하지도, 고르지도 않았다. 풀려면 풀 수 있을 것처럼 보였다.

애거서의 말대로였다. 스피릿 윌더만이 위버의 계획을 저지할 수 있었다.

눈물이 여전히 뺨을 타고 흐르고 있었지만 스캔다르는 왠지 머리가 맑아졌다. 그는 친구들을 보호해야 했다. 그의 유니콘을 지켜야 했다.

스캔다르가 콰르텟 친구들에게 외쳤다. "야생 유니콘들에게 원소 마법을 날려 줄 수 있겠어? 공격할 필요는 없어. 주의를 분산시키기만 해. 그러면 스카운드럴과 내가 뭔가를 할 수 있을 것 같아."

친구들이 스캔다르에게 고개를 끄덕이고 나서 다시 서로를 보고 고갯짓을 했다. 그들의 손바닥이 불, 공기, 흙 마법으로 빛을 발했다. 원소 공격이 야생 유니콘들의 블라스트와 뒤섞였고 금세 지독한 악취가 공기 중에 퍼졌다.

"준비됐어?" 스캔다르는 손바닥을 하얗게 빛내면서 자기 유니콘에게 속삭였다. 스캔다르 자신의 원소 냄새, 계피향과 가죽 냄새, 그러면서도 식초처럼 코를 찌르는 그 냄새가 밀려왔다. 스캔다르는 손을 뻗어 하얀 광선의 넝쿨손으로 가장 가까이 있던 야생 유니콘과 라이더 사이의 빛나는 끈을 조심스럽게 겨냥했다. 하얀 광선이 불안정한 연을 감싸자 스캔다르의 손가락이 보이지 않는 악기를 연주하듯 춤을 추었다. 연이 걸려들었고 스캔다르는 마치 그림을 그리듯 손목을 이리저리 움직였다. 스카운드럴은 그가 가짜 연을 당기고 풀어 헤치는 동안 꿈쩍도 않고 자신의 라이더와 함께 집중하고 있었다. 스캔다르가 유니콘과 그렇게 연결된 느낌을 받은 것은 처음이었다. 그들은 가장 가까웠고, 그들의 마법은 완벽하게 조화를 이루었다.

연을 푸는 것은 편하고 자연스러웠다. 스캔다르는 스카운드럴도 그렇게 이해하고 있음을 느낄 수 있었다. 맺어져서는 안 될 것이 맺어졌음을 연 자체가 아는 것처럼 어떤 저항도 없었다. 야생 유니콘이 하나둘 잠잠해지더니 땅에 픽 주저앉았다. 야생 유니콘의 라이더들은 길고 발작과도 같은 잠에서 깨어난 듯 퍼뜩 놀라며 눈을 끔벅거렸다.

"너희들 왜 이래?" 위버가 주위에서 하나둘 주저앉는 야생 유니콘들을 보고 외쳤다. "일어나, 명령이다!" 그러다 그녀의 시선이 스캔다르에게 머물렀다. 스캔다르가 마지막으로 조비와 야생 유니콘의 연까지 막 풀어낸 순간이었다. 조비와 야생 유니콘은 둘 다 땅으로 쓰러졌다. 살아 있었지만 움직임은 없었다.

"스피릿 윌더!" 위버가 부르짖으면서 다 자란 힘센 유니콘 뉴에이지 프로스트를 몰아 스카운드럴에게로 달려왔다.

스캔다르는 얼어붙었다. 이걸 피할 수 있는 길은 없겠다는 생각만 들었다. 위버가 스카운드럴에게 달려들고 있었다. 위버가 그와 스카운드럴의 연을 망가뜨릴 것이다. 그의 엄마라는 사람이 세상에서 가장 끔찍한 일을 그들에게 저지를 것이다. 스캔다르는 너무 느렸고 위버는 너무 빨랐다.

하지만 그때 실버블레이드가 스카운드럴과 뉴에이지프로스트 사이를 가로막았다. 실버가 허공을 때리는 발굽에서 화염 돌멩이들이 튀어나와 프로스트를 향해 날아갔다.

"감히 실버를 가져가려고 하다니!" 플로는 어떻게 봐도 용맹한 카오스컵 라이더의 모습이었다. 그녀의 목소리에 깃든 권위가 이어리의 종처럼 낭랑하게 울렸다.

위버는 돌이 자기 뺨 옆으로 지나가자 놀라서 자세를 숙여 유니콘의 목에 기댔다.

실버블레이드의 눈동자가 붉게 타오르고 입은 하늘에 불을 뿜었다. 스캔다르는 처음으로 실버의 힘을 실감했다. 실버블레이드는 힘과 위엄의 무시무시한 조합이었다. 플로가 다시 한 번 분노의 고함을 내지르자 그녀의 손바닥이 초록빛을 환하게 내뿜으면서 프로스트와 그의 콰르텟 사이에 두툼한 글라스 실드를 소환했다.

"스카!" 플로가 힘을 쏟느라 팔을 부들부들 떨면서 외쳤다. "얼른! 내가 얼마나 버틸 수 있을지 모르겠지만 위버의 연을 깨야지? 할 수 있겠어?"

"그냥 와!" 스캔다르가 플로에게 외쳤다. 위버는 실드에 화염을 던지고 있었다. "너무 위험해! 위버가 블레이드를 공격하면 어떡해?"

"심각해, 플로! 간을 배 밖으로 내놓을 때가 아니야!" 바비도 고함을 질렀다.

"블레이드는 실버야, 잊었어?" 플로가 손바닥으로 흙 마법을 맹렬히 부리면서 대꾸했다. "위버의 스피릿 원소도 실버를 죽이진 못해."

"알아! 하지만 위버는 다른 원소를 써서 널 죽일 수 있어!" 스캔다르가 외쳤다.

쩌어억. 플로의 글라스 실드 표면에 금이 가기 시작했다.

"재촉하고 싶진 않은데……." 미첼의 목소리가 떨렸다. "저 실드가 영원히 가지는 못할 테니……."

"빨리 해, 스캔다르!" 바비가 고삐를 무릎까지 잡아당겼다.

스캔다르는 바로 행동에 돌입했다. 그는 스피릿 원소를 실드의 틈새 사이로 뻗어 위버와 뉴에이지프로스트 사이의 연을 감지했다. 처음에는 그것이 보이지도 않았다. 파랗게 빛나는 또 다른 연 주위에 느슨하고 가느다랗게 엮인 그 연은 얼핏 쉽게 풀 수 있을 듯 보였다.

"아야!" 스캔다르의 심장이 고통스럽게 조여들었다. 자신과 스카운드럴의 연은 보이지 않았지만 위버가 그들을 갈라놓으려 하는 것은 느낄 수 있었다. 스카운드럴이 당황해서 경계심을 곤두세우며 깩깩 울었다.

그때, 스카운드럴이 천천히 앞발을 높이 들어 올리고는 뉴에이지프로스트를 향해 발길질을 했다. 검은 유니콘은 스캔다르가 그때까지 한 번도 들어보지 못한 — 마치 야생 유니콘의 울음 같은 — 소리를 냈다. 그리고 플로의 갈라진 실드 사이로, 온통 검은색으로 휘감은 에리카 에버하트의 뒤쪽에서, 땅에 쓰러져 있던 야생 유니콘들이 스르르 일어나는 것이 보였다.

위버는 뭔가가 잘못되어 간다고 느꼈는지 뒤를 돌아보았다. 스캔다르의 연을 공격하던 그녀의 스피릿 마법에서 힘이 빠졌다. 이제 야생 유니콘들은 뉴에이지프로스트를 에워싸고 독수리처럼 빙빙 돌고 있었다. 그들의 입에서 더러운 진액이 질질 흘렀고 투명한 뿔은 어슴푸레한 빛에 간간이 번득였다.

"당신은 이제 저들을 조종할 수 없어!" 스캔다르가 실드의 갈라진 틈을 향해 외쳤다. "저들이 당신의 군사라고 생각했겠지, 하지만 아니야! 야생 유니콘들은 태어날 때부터 아무 데도 매이지 않아. 우리 중 누구보다도 자유롭다고!"

야생 유니콘들이 점점 다가오자 위버가 으르렁거렸다.

"당신은 저들의 머리 위에서 놀려고 했어." 스캔다르는 야생 유니콘들과 왠지 마음이 통하는 기분이 들었다. 그들이 위버 때문에 얼마나 고통을 받았는지 알 것 같았다. "저들과 운명으로 연결되지도 않은 라이더들을 억지로 짝지으려고 했지. 그런 건 먹히지 않았어. 야생 유니콘들은 죽지 않아. 우리는 어느 한순간 죽지만 저들은 영원한 죽음을 살지. 저들도 마음으로는 진실을 알아. 저들은 결코 당신 것이 아니었다고!"

야생 유니콘들이 일제히 울부짖었다. 위버가 물 마법으로 방어를 하느라 손바닥에서 파란빛을 뿜었다. 하지만 스캔다르는 위버가 지금까지 괴롭힌 야생 유니콘들에게 또다시 해를 입히는 것을 두고 볼 수 없었다.

"실드를 치워!" 스캔다르가 플로에게 외치자 글라스 실드가 산산이 부서졌다. 스캔다르는 손바닥의 하얀빛을 위버의 심장을 향해 정통으로 쏘았다. 빛의 터널이 위버와 뉴에이지프로스트의 연을 스피릿 마법의 눈부신 보호막 안에 가두고는 가늘게 쪼개었다. 그러나 스캔다르는 그 연을 완전히 부술 만큼 강하지 않았다.

바비가 먼저 반응했다. 노란빛 공기 마법이 스피릿 원소의 하얀빛에 합류했다. 그다음에는 플로의 초록빛이 가세했고, 미첼의 붉은빛이 다른 세 줄기 빛에 더해졌다. 색깔을 띤 빛들이 빙그르르 돌면서 스캔다르의 하얀빛과 하나가 되었다. 스캔다르는 위버의 연에서 힘이 빠지는 것을 느낄 수 있었다.

"도와줘!" 스캔다르가 야생 유니콘들에게 외쳤다. 그는 야생 유니콘들이 알아들었으면 하는 무모한 희망을 품었다. 야생 유니콘들이 정말로 기대에 부응해, 그와 친구들이 여기서 무사히 빠져나갈 수 있기를 바랐다. 그와 스카운드럴의 연이 살아남기를 바랐다. 그리고 스캔다르는 마음 깊은 곳으로는 어쩌면, 어쩌면 그가 위버를 물리칠 수 있고, 엄마가 제자리로 돌아올 수도 있다는 희망을 품었다.

땅이 흔들리고 공기는 날것의 마법으로 가득 찼다. 연을 맺은 유니콘의 단련된 원소 마법도, 야생 유니콘이 으레 날리는 초점이 맞지 않는 바람도 아니었다. 다섯 원소가 원초적 힘의 맥동 속에서 하나가 되어, 스캔다르가 한 번도 본 적 없는 색과 냄새와 모양으로 폭발했다. 인간이 상상할 수 있는 것보다 더 오래 존재해 온 마법이었다. 야생 유니콘들이 한 몸처럼 일제히 으르렁거렸고 그들의 마법이 위버를 향한 콰르텟의 공격에 연결되었다.

위버와 뉴에이지프로스트의 연이 딱 하고 끊어졌다. 회색 유니콘이 분노하며 뒷발로 일어나 위버를 자기 등에서 떨어뜨렸다. 야생 유니콘들이 잊으려야 잊을 수 없는 이상한 소리로 서로를 부르기 시작했고 팔콘, 레드, 스카운드럴, 블레이드가 거기에 합류했다.

야생 유니콘 한 마리가 스캔다르와 스카운드럴에게 다가왔다. 그 유니콘은 언덕 위의 야생 유니콘 중에서 가장 몸집이 컸고, 부패한 피부와 뼈대를 보건대 나이도 가장 많아 보였다. 스캔다르는 그 유니콘이 얼마나 오래 살아왔는지, 얼마나 오래 죽어 왔는지 궁금했다. 유니콘이 움푹 들어간 눈으로 스캔다르를 뚫어져라 바라보면서 낮게 으르렁거리는 소리를 냈다.

"고마워." 스캔다르가 속삭이자 야생 유니콘은 돌아서서 자기 무리를 이끌고 땅바닥에 쓰러진 위버를 지나쳐 가 버렸다. 야생 유니콘들은 이제 나무와 수풀에 숨어 있던 라이더들에게서 멀어져 저 아래 황무지의 야생 유니콘들에게로 돌아가기 위해 언덕을 내려갔다.

위버가 꿈틀거리더니 옆으로 굴러갔다. 그녀의 어깨에서 수의가 떨어져 내려가 있었고 얼굴의 하얀 띠도 반쯤 사라지고 없었다. 검은 스카프가 죽은 뱀처럼 그 근처에 놓여 있었다. 그녀는 쪼그라들고 기진맥진한 듯 보였다. 그럼에도, 그 모든 것 아래서 스캔다르는 한때 케나와 닮았을지도 모르는 한 얼굴을 보았다.

스캔다르는 망설이면서 한 발짝 다가갔다. 부디 그녀의 눈에서 뭔가 다른 것이 보이기를 바랐다. 카오스컵에서 두 번 우승한 사람. 사령관. 엄마. "어, 엄마?"

여러 가지 일이 한꺼번에 일어났다. 도와 달라는 사람들의 아우성이 울려 퍼졌고, 위버는 검은 스카프를 쥐고 날카로운 고음으로 휘파람을 불었다. 유니콘을 탄 센티널들이 나무들 사이로 몰려왔다. 아스펜 맥그래스가 붉은 머리를 얼굴에 휘날리면서 그중 한 센티널의 뒤에 앉아 있었다.

스캔다르가 너무 당황해서 반응할 겨를도 없이, 전에 못 본 야생 유니콘 한 마리가 숲에서 달려왔고 위버는 냉큼 그 위에 올라탔다. 둘은 빛의 가닥으로 심장이 연결돼 있었다. 스캔다르는 그 연이 얼마나 단단한지 가늠하려 했지만 둘 사이에 뻗어 있는 그 연을 어느 하나의 색으로 파악할 수가 없었다. 위버는 여러 유니콘들과 이어져 있었다. 뉴에이지프로스트조차도 소모품에 불과했다.

"저기!" 아스펜이 위버가 나무들 사이를 뚫고 나가는 것을 보고 외쳤다. "저들을 쫓아! 저게 위버다!"

"위버가 도망간다!" 플로가 비명을 질렀다.

스캔다르는 말이 없었다. 아무 말도 할 수 없었다. 눈물도 나지 않았다. 분노, 실망, 상처는 모두 사라졌다. 위버가 달아나는 것을 지켜보는 지금은, 그저 슬프기만 했다.

일부 센티널은 사령관을 계속 호위했고 다른 센티널들은 황무지로 위버를 쫓아갔다. 그러나 스캔다르는 그들이 위버를 잡지 못하리라 예감했다. 이번에는 안 될 것이다.

"너희 중에서 누가 말을 좀 해 줄 수⋯⋯." 아스펜 맥그래스가 말을 하다가 멈추었다. 뉴에이지프로스트가 그녀를 향해 총총 걸어왔다. 아스펜은 땅바닥에 주저앉아 프로스트의 한쪽 다리를 부여안았다.

"이럴 수가. 정말 너로구나. 난⋯⋯." 아스펜의 목소리가 흐느낌으로 떨렸다. 그녀가 손바닥을 뒤집었다. 손바닥을 문질렀다. 주먹을 쥐었다가 다시 손을 펼쳤다. 깊은 주름이 그녀의 이마에 잡혔다. "이해가 안돼. 뉴에이지프로스트가 여기 있는데, 내 마법이 사라지다니. 봐, 물원소조차도 연으로 소환할 수가 없어." 아스펜은 스캔다르에게 말한 것이 아니었지만 스캔다르는 어쨌든 자신이 답을 안다고 생각했기에 입을 열었다.

"위버는 뉴에이지프로스트와 연을 맺고 있었어요. 단지⋯⋯." 스캔다르는 말을 하면서 생각을 정리하고 있었다. "당신과 뉴에이지프로스트의 연 위에다가 자기 연을 엮은 데 불과했지만요. 그래도 사령관님의 마법에 영향을 미치긴 했을 거예요."

"하지만 프로스트는 이제 더는 위버와 연결되어 있지 않지?"

"네." 스캔다르가 고개를 끄덕였다. "제가, 우리 모두가⋯⋯." 스캔다르는 친구들을 가리켰다. "어떤 식으로든 그 연을 깨뜨리긴 했어요."

아스펜은 여전히 인상을 찌푸린 채 그들을 한 명씩 바라보았다. "이해가 안 가. 나는 여전히 연을 느낄 수 있어. 단지⋯⋯ 이걸 봐." 그녀가 다시 손바닥을 보여 주었다. "아무것도 아니다." 그녀가 얼음으로 변이 된 어깨 한쪽을 어루만지면서 한숨을 쉬었다. 마치 그 몸짓이 그녀를 자기 유니콘에게 더 가까이 다가가게 해 주는 것처럼. "우리는 함께야. 그게 가장 중요해. 뉴에이지프로스트가 살아 있으니 됐어." 아스펜이 코를 쿵 들이마셨다. "비록 우리의 연은 그렇지 못해도 말이야."

스캔다르는 그가 해야 할 일을 알았다. 아스펜과 뉴에이지프로스트를 그 상태로 두고 갈 순 없었다. 자기가 도울 수 없다면 모를까, 스캔다르는 아스펜이 빈터에 나타났을 때부터 자신이 할 수 있는 것에 대해 알았다. 심장과 심장을 연결하는 그들의 연은 그대로 있었다. 너덜너덜해지고 약해진 듯 보이긴 했지만 여전히 그 자리에 있었다. 그들을 도와야 했다. 그로 인해 스캔다르가 모든 것을 잃을지라도.

"제가 손볼 수 있을 것 같아요." 스캔다르는 아주 차분하게 말했다. 미첼이 숨을 헉 들이마시고 플로가 손을 자기 입으로 가져가는 것이 보였다. 그들은 스캔다르가 무엇을 하려는지 알고 있었다. 무슨 위험을 무릅쓰려는지 알고 있었다.

"네가 어떻게?" 아스펜의 음성이 이제 화난 것처럼 들렸다. "네가 뭔데, 해칠링? 넌 당연히 할 수 없어. 너희가 위버의 연을 깨뜨렸다는 말은 사실이 아니야. 연을 볼 수 있는 건⋯⋯."

"스피릿 윌더죠." 스캔다르가 그녀의 말을 받았다. 그러고는 파란 재킷 소매를 걷어 그의 변이를 드러냈다.

아스펜이 흠칫 놀라면서 뉴에이지프로스트에게 더 바짝 붙었다. 센 티널들이 긴장하면서 공격 태세를 취했다. "어떻게? 네가? 어떻게 해 처리에 들어왔지?"

"그건 중요하지 않아요." 스캔다르가 단호하게 말했다. "우리가 여기 있고 당신을 도울 수 있어요. 중요한 건 그것뿐이죠."

"왜 이렇게 위험한 짓을? 왜 나를 돕는 거야?" 아스펜이 믿을 수 없 다는 듯이 물었다.

"맞아, 왜 이래?" 바비가 숨죽여 구시렁거렸다.

"저는 위버가 아니니까요." 스캔다르는 아스펜에게 서글픈 미소를 지 었다. "스피릿 윌더들에 대해서는 당신들이 실수한 거예요. 당신들은 우리가 모두 위버와 마찬가지라고 생각했지만 우린 그렇지 않아요. 제 가 당신을 돕고 싶은 이유는 그게 옳은 일이라고 생각하기 때문이에 요. 당신과 뉴에이지프로스트는 함께여야 해요."

"분명히 대가로 원하는 게 있겠지." 아스펜은 팔짱을 끼고 빠르게 스 카운드럴에게 다가갔다.

스캔다르는 망설였다. 그가 원하는 것을 걸고 흥정할 수 있다고는 생 각하지 못했기 때문이다.

"음," 스캔다르는 천천히 생각을 모으면서 말했다. "일단, 스피릿 윌 더들을 풀어 주세요."

"내가 할 수 있는 일이 아니야."

"할 수 있어요. 위버가 누구인지 우리가 이제 아니까 그들을 풀어 줄 수 있어요."

아스펜이 눈살을 찌푸렸다. "누군데?"

"에리카 에버하트."

"그녀는 죽었어."

"죽지 않았어요, 우리가 증명할 수 있어요."

"실버 서클과 그들의 협박에 몰린 집행인 때문에 스피릿 유니콘들은 다 죽었지만," 스캔다르는 혐오감을 숨기지도 않고 말했다. "그 라이더들에게 자유를 줄 순 있겠죠. 최소한 그건 할 수 있잖아요. 사이먼 페어팩스는 체포해야겠지만요. 그 사람은 저기 있어요. 그는 오랫동안 위버를 도왔어요." 스캔다르가 아직도 바닥에 의식을 잃고 쓰러져 있는 사이먼 페어팩스를 가리켰다.

"집행인은 풀어 줄 수 없다." 아스펜이 경고했다. "실버 서클이 결코 동의하지 않을 거야. 말하자면 너무 길다. 게다가 그 여자의 스피릿 유니콘은 아직 살아 있어."

스캔다르는 잠시 사이를 두었다가 고개를 끄덕거렸다. 애거서를 어떻게 생각해야 할지 아직 확신이 없었지만 애거서 때문에 다른 스피릿 윌더들의 자유를 위태롭게 할 순 없었다.

"또 할 말은?" 아스펜이 이마에 주름을 더 깊이 잡으면서 물었다.

"이제부터는 스피릿 윌더도 해처리에 받아 주세요."

"그건 절대 안 돼."

스캔다르는 기대가 크긴 했지만 말해 볼 만한 일이었다고 생각했다. 그는 다른 것을 요구하기로 했다. "제가 스피릿 윌더로서 훈련받을 수 있게 해 주세요. 공개적으로요. 제가 훈련을 마칠 때까지 누구에게도 해를 끼치지 않는다면 그때는 스피릿 윌더들에게 해처리 문에 도전할 기회를 주세요. 스피릿이 이어리로 돌아오게 해 주세요."

아스펜이 한숨을 쉬었다. "이론상으로는 동의할 수 있다만 나의 사령관 임기는 이미 끝나 가고 있어. 어떻게 내가 다른 사람들을 설득할 수 있을 거라 기대하지?"

"아일랜드의 법으로 정하세요. 아직 시간이 있잖아요. 카오스컵이 당장 다음주에 열리는 것도 아니고요. 그리고 누가 알아요, 당신이 또 다시 카오스컵 우승을 거머쥘지."

스캔다르는 아스펜이 침을 삼키는 것을 보았다. 아스펜이 그런 결정을 내리면 얼마나 원성을 듣게 될지 빤히 보였다. 그래도 상관없었다. 스캔다르는 스피릿 원소로 훈련을 받고 싶었다.

"그럼, 동의하는 거죠? 스피릿 윌더들을 석방한다. 제가 스피릿 원소도 다른 네 원소와 마찬가지로 훈련에 사용하는 것을 허락한다."

아스펜이 마지못해 고개를 끄덕였다. "네가 우리의 연을 고쳐 놓을 수 있다면 말이지. 네가 해내지 못하면 어차피 거래는 없어."

사령관이 뉴에이지프로스트의 등에 올라탔고 스캔다르는 스피릿 원소를 숨 쉬기보다 더 쉽게 소환했다. 온 신경을 인간과 유니콘 사이의 연을 잇는 데에만 집중했다. 연은 손상되고 위축되었을지언정 기본적으로는 살아 있었다. 스캔다르의 빛나는 스피릿 마법이 춤을 추면서 탁한 파란색의 연을 처음부터 끝까지 따라가 새로운 기운을 불어넣었다. 하얀빛이 점점 더 환해지더니 언덕 전체가 하얗게 빛났다. 그 빛은 아마 이어리에서도 색채가 없는 황무지를 밝히기 위해 태어난 별처럼 보였을 것이다.

아스펜은 그녀와 유니콘의 연이 다시 파란색으로 환하게 빛나고 물 원소의 빛이 자기 손바닥을 채우자 흐르는 눈물을 주체하지 못했다. 스캔다르는 그녀가 어떤 기분일지 상상했다. 새롭게 맺은 연으로 심장을 감싸고 해처리로 돌아온 기분 아닐까.

스캔다르는 위버와 달리 속임수가 필요하지 않았다. 연을 복구하기 위해 영혼들을 엮을 필요조차 없었다.

운명으로 맺어진 두 영혼은 결코 진정으로 헤어질 수 없기에.

22장

집

스캔다르, 바비, 플로, 미첼은 이어리까지 센티널의 호위를 받으라는 아스펜의 제의를 거절했다. 그 대신 나무로 뒤덮인 언덕에서 각자의 유니콘을 타고 날아올랐다. 황무지의 마르고 갈라진 땅을 뒤로하고 다시 초록색이 무성한 땅으로 돌아오자 안도감이 밀려왔다.

그들은 이어리 복귀를 조금 미루기 위해 포포인트에 내렸다. 이 모든 일을 겪고 나자 스캔다르는 아빠와 케나가 사무치게 보고 싶었지만 위버의 숲에서 무슨 일이 일어났는지, 무슨 일이 일어날 뻔했는지 — 적어도 잠시는 — 말하지 않는 편이 나았다. 그들 모두는 해명해야 할 것이 있음을 알고 있었다. 머지않아, 일단 아스펜이 — 그녀가 말한 대로 — 스피릿 월더 관련 소식을 어떻게 전달할지 생각을 정하고 나면 말이다.

그들이 인파가 다 떠난 경기장에 돌아왔을 때 훈련 경기의 흔적이라고는 모래에 찍힌 발굽 자취와 분필로 결과가 적힌 흑판뿐이었다. 스캔다르는 자기가 노매드로 선언당하고 말고를 생각조차 하지 않고 있었다. 엄마가 살아 있고, 실버블레이드가 납치당하고, 위버를 물리치고…… 엄청난 일에 휘말리고 보니 그런 건 중요하지 않았다.

하지만 지금은 흑판을 쳐다보고 싶지 않았다. 노매드가 되는 것, 그의 핀이 쪼개어지는 것, 무엇보다 콰르텟을 떠나는 것이 싫었다. 스캔다르는 친구들의 얼굴을 보았다. 친구들은 유니콘 등에 앉아 늦은 오후의 햇살 속에서 흑판을 쳐다보고 있었다. 플로는 결과를 보고 싶지 않은 마음도 있는지 눈을 반만 뜨고 있었다. 바비의 입가에 미소가 걸려 있었다. 미첼은 모든 이름과 순위를 기억에 저장하고 있는지 눈동자가 좌우로 계속 왔다 갔다 했다.

스캔다르는 뜨거운 애정이 치솟는 걸 느꼈지만, 금세 두려움에 사로잡혔다. 두 감정이 그의 가슴속에서 다투었다. 그가 이어리를 떠나야 한다면 늘 이렇게 지낼 순 없을 것이다. 그들은 스캔다르가 처음으로 사귄 친구들, 유일한 친구들이었다. 그들은 그가 없어도 잘 지낼 것이다. 내년이면 무기 소환법을 배우고, 아지트 얘기도 나누고, 서로의 안장을 비교하고, 레드가 어색한 순간에 방귀를 뽕뽕대면 함께 낄낄대고, 바비의 긴급 샌드위치를 거부하고, 그 샌드위치 빵이 도대체 어디서 났을까에 대해서 가설을 주고받을 것이다.

어떤 날 그들은 아주 힘들 것이고 때로는 스카이배틀에서 질 것이다. 또 어떤 날은 기쁨에 겨워 자기 유니콘의 목을 끌어안을 것이다. 해칠링 학년을 수료하지도 못한 외로운 스피릿 윌더, 그들에게 골칫거리만 안겨 줬던 그 스피릿 윌더에 대해서는 까맣게 잊을지도 모른다. 스캔다르는 스카운드럴의 걱정이 요동치는 것을 느꼈다. 이제 감정은 그들 사이에서 너무도 편하게 흘렀다. 마치 연을 통해서 늘 대화를 주고

받는 것처럼.

하지만 그렇다고 늘 도움이 되진 않았다. 이번만은 아니었다. 스캔다르는 고개를 들지도 못하고 스카운드럴의 갈기만 내려다보았다. 아직 마음의 준비가 안 됐다. 그 모든 일을 겪고 난 후가 아닌가. 언덕에서의 일이 떠올랐다. 유니콘을 몰고 스캔다르에게 달려오던 위버. 그의 연을 망가뜨리려고 했던 에리카 에버하트. 땅바닥에 뒹구는 엄마의 스카프. 스캔다르는 더는 참을 수 없었다.

"괜찮아, 스카, 봐도 돼. 괜찮다니까."

스캔다르는 플로를 믿었다. 그래서 결과를 확인했다.

로버타 브루나와 팔콘스래스라는 이름이 맨 위, 1위 자리에 있었다. 플로런스 세코니와 실버블레이드는 5위였다. 위버가 급습하기 직전에 결승선을 통과했던 모양이다! 미첼 핸더슨과 레드나이츠딜라이트는 12위였다. 스캔다르 스미스와 스카운드럴스럭은 안전하게 13위에 올라 있었다. 스캔다르는 안도감이 폭발한 나머지 그날 오후 두 번째로 눈물을 쏟았다.

바비가 투덜거렸다. "내가 바비라고 불러 달라고 분명히 말했는데. 언제까지 로버타라고 할 거야, 진짜!"

미첼이 팔꿈치로 스캔다르를 툭 쳤다. "나란히 들어왔어, 봐!"

스캔다르가 눈물을 훔쳤다. "넌 더 높은 순위로 들어왔어야 해. 네가 나를 질질 끌고 와 준 거잖아. 나는 어제 너하고 플로에게 못되게 굴었는데. 고마워, 아무튼 고마워." 스캔다르는 눈물을 미처 거두지 못하고 환하게 미소 지었다.

미첼이 살짝 얼굴을 붉혔다. "친구 됐다 뭐 해?"

"음, 나도 얘 친구이지만 우승 포기로 우정을 증명하진 않았어." 바비가 놀리듯 말했다.

미쳴이 웃음을 터뜨렸다. "네가 진짜로 우승해 버릴 줄은 몰랐어. 자기가 우승할 거라고 일 년 내내 말하고 다녔는데, 진짜로 해내다니."

"넌 진짜 물건이야, 바비." 플로가 웃으면서 말했다.

"물건이지." 미쳴이 중얼거렸다.

그러나 바비는 아무 말도 하지 않았다. 그녀는 미쳴을 빤히 보고만 있었다.

미쳴이 인상을 썼다. "뭐야?"

"너도 네 머리에 불난 거 알 텐데?" 바비가 퉁명스럽게 말했다.

"오늘 하루만 휴전하면 안 돼?" 미쳴이 힘없이 말했다. "넌 훈련 경기에서 우승했고 우리는 위버를 물리쳤지. 솔직히 여기서 뭘 더 바라?"

플로도 미쳴의 머리를 보았다. "아니, 네 머리가 불타오르는 게 맞아! 변이가 일어난 거야, 미쳴!"

전부 검은색이었던 미쳴의 머리카락이 이제 한 가닥 걸러 하나씩 불타는 것처럼 보였다.

"이건 진짜……." 스캔다르가 입을 열었다.

"되게…… 쩐다?" 바비가 믿을 수 없다는 듯이 목소리를 높였다.

"내가 쩐다고? 바비 브루나가 지금 나보고 멋있다고 하는 거야?" 미쳴이 외쳤다.

"아우, 하지 마." 바비는 미쳴이 자기를 가리키자 질색을 했다.

"들었어, 스캔다르? 나보고 멋있대. 내가 쩐대. 나도 드디어 변이를 일으켰어, 굉장한 변이를!"

"쟤 계속 저 얘기만 하겠지?" 바비가 스캔다르에게 투덜거렸다. 스캔다르는 머리를 절레절레 흔들면서 웃었고 레드는 이게 다 무슨 소동이

나는 듯 자기 라이더를 쳐다보았다.

"그리고 말인데," 미첼이 숨도 안 쉬고 말했다. "나 뭐 하나 말해도 돼?"

"안 돼." 바비가 말했다.

미첼은 바비를 무시했다. "스캔다르에 대해서는 사실 내 말이 처음부터 옳았다고 봐야 하지 않아?"

"무슨 뜻이야?" 플로가 블레이드의 목을 토닥이면서 물었다. 플로와 실버는 그 어느 때보다 가까워 보였다. 플로가 콰르텟과 위버 사이로 뛰어들던 장면이 스캔다르의 뇌리를 스쳤다. 스캔다르는 그렇게 용감한 행동을 본 적이 없었다.

"음, 나는 스캔다르가 법에 어긋난 위험 인물이고 우리를 잠자는 틈에 죽일지도 모른다고 했잖아. 그런데 실제로 얘는 위버의 친아들로 밝혀졌어. 얘를 아일랜드에 데려온 사람은 위버의 여동생이고!"

"미첼! 너 지금 이 순간에 '내가 진작 말했지'라는 식으로 말하고 싶니?" 플로가 소리를 질렀다.

바비가 고개를 저었다. "너무 일러. 그런 말 하긴 너무너무 이르다고."

그러나 스캔다르는 마음 쓰지 않았다. 정말로 괜찮았다. 그는 스카프와 함께 황무지에 남겨 둔 로즈메리 스미스를 생각하며, 울고 분노하고 슬퍼할 날들이 오리라는 것을 알았다. 하지만 검은 유니콘을 타고 친구들과 함께 아일랜드의 햇살 아래를 달리는 지금은, 자신이 원하는 엄마를 찾지 못했어도 견딜 수 있었다. 이제 막 자기 자신을 찾았다고 생각했기 때문이다.

잠시 후, 스캔다르는 이어리 밖 어느 훈련 구역의 하얀 천막 앞에 서

있었다. 스카운드럴은 근처 나무에 매인 채 레드와 함께 죽은 토끼를 나눠 먹고 있었고 해칠링 가족들은 천막 안에서 잔을 부딪치며 웃고 떠들고 있었다.

스캔다르는 케나와 아빠를 만난다는 흥분을 가눌 수 없었다. 하지만 긴장도 됐다. 그들에게 에리카 에버하트에 대해서 어떻게 말해야 할지 몰랐다. 라이더 연락 사무소에서 편지를 검사할지도 모른다고 생각했기 때문에 케나에게 보내는 편지에 위버나 스피릿 원소를 언급한 적은 한 번도 없었다.

만약 스캔다르가 집에 남고 케나가 아일랜드에 왔다고 입장을 바꿔 본다면, 스캔다르는 엄마가 그동안 살아 있었다는 사실을 알고 싶을까? 엄마가 악당으로 변해 버렸어도 그럴까? 아빠는 또 어떻게 하지?

스캔다르가 용기를 내어 자세를 낮추고 천막으로 들어가려 할 때, 바비가 그에게 다가와 말했다. "기다려 줘서 고맙다, 스피릿 보이!"

"미안." 스캔다르가 중얼거렸다.

"기분 안 좋아?" 바비가 조바심을 내며 물었다.

"그냥 좀 긴장돼." 스캔다르는 케나의 갈색 머리나 아빠의 얼굴이 보이는지 입구 안쪽을 들여다보았다.

"아빠랑 누나를 보는 게?"

"응."

"말을 할 건지 말 건지는 정했어?"

"아니."

바비는 스캔다르를 바라보면서 자기 팔의 깃털을 어루만졌다. "그럼, 일단 부딪쳐 보는 게 좋아." 바비는 인정사정없이 스캔다르를 천막 안으로 밀었다.

"축하한다, 스캔다르. 13위면 아주 좋은 성적이야." 오설리번 교관이 주저하며 한 발짝을 내딛는 스캔다르에게 말했다. "일 년 내내 물 윌더인 척했다는 점을 감안하면 더욱더 그렇지." 그녀의 은회색 눈썹이 아치를 그리고 있었다.

스캔다르가 당황해서 주위를 두리번거렸다. "어떻게 아세요? 다들 아는 거예요?"

"아직 다 아는 건 아니야. 아스펜이 교관들에게만 말했어." 오설리번 교관이 보기 드물게 스캔다르에게 미소를 지어 주었다. "그리고 도리언 매닝이 알지. 실버 서클의 수장이 적대적으로 나오지는 않을지 걱정이다. 그는 네가 스피릿 윌더로서 훈련하는 걸 아주 못마땅해하거든. 매닝이 약이 바짝 올랐다고 말하는 사람들도 있는 것 같아. 그러니까 매닝을 볼 때는 꼭 이걸 멋지고 눈에 띄게 착용하도록."

교관은 워크 후에 그랬던 것처럼 스캔다르의 손바닥에 차가운 금속 물건을 떨어뜨렸다.

네 개의 금빛 원이 얽혀 있는 핀이었다.

"이건?" 스캔다르가 속삭였다.

"스피릿 윌더 핀이다." 오설리번 교관이 그를 보고 씩 웃었다. "너는 명예 물 윌더이기도 하지만 말이야."

"누가 그래요?"

"내가." 믿을 수 없게도 교관은 윙크까지 했다. "스피릿 윌더들의 피에는 늘 용기와 무모함이 함께 흐르지. 네가 위버를 상대하면서 보여 준 용맹함도 그래. 그래서 물 윌더들의 아지트 웰에는 늘 네 자리가 있을 거야."

스캔다르의 손이 옷깃의 물의 핀으로 향했다.

"아마 둘 다 착용해도 되지 않을까? 한쪽 깃에 하나씩? 그러면 도리언은 완전 짜증이 나겠지." 오설리번이 신난다는 듯이 말하고는 자리를 떴다.

"스캔다르! 아빠! 아빠, 저기요! 스캔다르가 왔어요!" 케나가 인파를 헤치며 달려오느라 음료 쟁반 하나를 엎을 뻔했고 아빠는 바로 그 뒤를 따라 달려왔다.

케나가 동생을 두 팔로 끌어안고 눈물을 터뜨렸다. 그러고는 스캔다르가 무슨 일인지 깨닫기도 전에 아빠가 그들 둘을 덥석 껴안았고, 셋은 함께 눈물을 흘렸다. 한 해의 스트레스 — 스피릿 윌더라는 자신의 정체, 그와 스카운드럴의 생사에 대한 두려움, 조비의 배신, 훈련 경기, 위버와의 대결, 위버가 그의 엄마라는 진실 — 가 봇물 터지듯 터졌다. 말이 아니라 온몸이 들썩거리는 비통한 흐느낌으로.

"애야, 아들, 애야." 아빠는 얼굴을 보려고 아들의 고개를 살짝 뒤로 밀었다. 아빠가 스캔다르의 눈물을 닦았다. 스캔다르의 기억에 그런 행동은 케나의 행동으로만 남아 있었다. "울 필요 없어, 그렇지? 열세 번째로 들어왔잖아! 우리가 다 봤어. 너 정말 잘하더라! 너하고 그 붉은 유니콘이 팀을 이루어서……."

그리고 나서 아빠는 훈련 경기 분석 이야기에 빠졌다. 마게이트의 아파트 거실에서 카오스컵 중계를 보던 때로 잠시 돌아간 것 같았다. 일 년 중 하루뿐이지만 아빠가 정신을 차리고 뭔가에 몰두하던 그때로.

아빠가 이야기하는 동안 케나가 스캔다르의 눈치를 보면서 손을 잡고 곁눈질로 씩 웃었다. 아빠는 자기 할 말을 다 하고는 음료수를 한 잔 더 가지러 가야겠다며 스캔다르와 케나 옆을 떠났다.

"집은 좀 어때? 아빠랑 잘 지내?" 스캔다르는 기회를 놓칠세라 얼른 물었다.

"그게, 네가 라이더가 돼서 들어오는 수입이 정말 도움이 돼. 그리고 아빠가 직장을 구했어!"

"뭐?"

"놀랍지! 그래서 모든 게 잘되고 있어. 선셋하이츠에서 이사를 갈 생각도 하고 있어. 아마 해변이 보이거나 뭐 그런 작은 주택을 빌려서 살게 될 거야."

"와우, 그거……"

"됐고, 넌 스카운드럴스럭 얘기나 해 봐. 전부 다 얘기해 줘. 내가 만나 봐도 돼? 우리도 마구간을 볼 수 있을까? 네가 마법 쓰는 거 볼 수 있어? 니나 카자마를 소개해 주면 안 돼? 그 언니가 메인랜드 출신인데 카오스컵 본선에 진출하는 거 대단하지 않아?" 질문이 넘쳐 나는 케나를 보자 스캔다르는 케나가 정말 아빠와 잘 지내고 있는 게 맞는지 의문이 들었지만 더 묻지 않았다.

스캔다르는 천막 안을 둘러보고는 훈련 경기를 통과하지 못한 라이더들의 얼굴이 보이지 않는다는 것을 알아차렸다. 다른 훈련 그룹이었던 네 명은 어차피 잘 알지 못하던 사이였지만 로런스의 얼굴이 보이지 않으니 기분이 이상했다.

로런스와 포이즌치프가 — 앨버트와 이글스던이 그랬던 것처럼 — 노매드로 선언되어 다시는 이어리로 돌아올 수 없다니 믿기지 않았다. 스캔다르는 미쳴이 자기 순위를 희생하지 않았더라면 그와 스카운드럴도 그렇게 될 수 있었다는 생각을 하지 않으려고 애썼다.

그 후 몇 시간은 스캔다르가 가족과 함께 보낸 최고의 시간이었다. 대화가 마르지 않았다. 스캔다르는 바비의 부모님, 플로네 가족 모두를—— 쌍둥이 오빠 엡까지—— 만났다. 스캔다르가 아빠에게 플로, 미첼, 바비를 소개했더니 아빠는 그들 모두에게 훈련 경기에서 몇 위로 들어왔는지를 물어봤고 마치 그들이 같은 경기를 뛰지 않은 양 스캔다르가 13위로 들어왔다는 말을 몇 번이나 반복했다.

콰르텟이 케이크를 좀 더 가지러 갈 때 미첼이 한숨을 쉬었다. "우리 아빠도 너희 아빠처럼 아들을 자랑스러워하면 좋겠다. 우리 아빠는 12위가 높은 순위라 생각 안 해. 아빠는 훈련 경기 때 8위였다나. 핸더슨 집안 사람이면 그것보다는 더 잘해야 하나 봐." 그가 고개를 숙였다.

"난 네가 아빠의 싫은 소리를 무시할 때가 된 거 같아." 플로가 음료를 한 잔 더 들면서 말했다. "네가 위버에 맞섰던 경험이 라이더로서는 열 배쯤 더 성장이 되는 일이거든? 그러니까 아빠는…… 그분은…… 그냥 닥치시라고 해!"

바비는 케이크가 목에 걸릴 뻔했고 미첼은 너무 놀랐지만 그 말을 듣고 나서는 기운이 난 듯 보였다.

스캔다르는 너무 즐거운 나머지 케나에게 스카운드럴스럭을 보여 주러 밖으로 나오기 전까지는 에리카 에버하트의 일도 까맣게 잊었다.

스카운드럴은 케나에게는 다른 사람을 대할 때보다 훨씬 순하게 굴었다. 검은 유니콘은 케나가 목을 쓰다듬거나 갈기를 땋거나 날개 한 쪽을 손으로 쓸기까지 했는데도 가만히 있었다.

"타 보고 싶어?" 잠시 후 스캔다르가 망설이면서 물었다.

케나의 얼굴이 환해졌다. "내가 타고 날 수 있을까?"

스캔다르가 웃었다. 하여간 누나는 제일 위험한 일을 부탁하지. 가능한지는 확실하지 않았으나 스캔다르는 누나에게 안 된다고 말할 수 없었다. 그리고 왠지 스카운드럴이 케나에게 마음을 써 줄 것 같았다.

스캔다르가 누나와 함께 유니콘의 등에 올라타자 스카운드럴이 코에서 불똥을 뿜었다. 케나는 앞에 타겠다고 고집을 부렸다. "그래야 네가 없는 것 같은 기분이 들잖아."

"좋아!" 스캔다르가 말하고 두 팔로 누나를 안전하게 감싸 안았다. 스카운드럴이 날아오르기 위해 날개를 퍼덕이며 천막에서 멀찍이 이동하기 시작했다.

검은 유니콘의 발굽이 단단한 땅을 박차고 오를 때 케나는 함성을 지르며 환호했다. 스캔다르는 누나와 함께 철갑을 두른 이어리의 나무들 위로 날아오르면서 어찌나 많이 웃었는지 뺨이 아팠다. 케나가 해처리 시험에서 떨어지기 전이 생각났다. 싸움에 굶주린 유니콘을 타고서 나란히 날아오르기만을 꿈꾸며 살던 그때가.

바람이 씩씩거렸지만 스캔다르는 연이 어떤 것인지 설명해 주려고 했다. 떨어져 있을 때도 스캔다르가 스카운드럴의 존재를 얼마든지 느낄 수 있고, 서로의 감정을 이해하고 소통할 수 있으며, 슬플 때는 서로의 기운을 북돋아 줄 수 있는 그런 관계라고. 그러나 케나는 그런 말을 듣기에는 너무 정신이 없었다. 케나는 갈기 속에 묻은 두 손을 깍지 끼고 유니콘의 등에 납작하게 엎드린 채 유니콘이 날갯짓을 할 때마다 균형을 유지하는 것만으로도 바빴다. 스캔다르는 목에 뭐가 걸린 것 같았다. 누나는 타고난 라이더였다.

스카운드럴이 착륙을 하고 케나가 유니콘 등에서 내릴 때 그녀의 눈에서 반짝이는 눈물을 보고 스캔다르는 충격을 받았다.

"정말 방법이 없을까?" 케나는 목소리가 잘 안 나오는 듯했다. "해처리에 나를 위한 유니콘도 있을 수는 없을까? 기다려 볼까? 어쩌면 그들이 잘못 알았는지도 몰라. 나도 그 문에 도전했어야 하는 사람 아닐까? 너는 아예 시험도 치르지 않았는데! 네가 편지에서 다 말하지 않았다는 거 알아. 하지만 여기는 우리 말을 듣는 사람이 없어. 뭔가 비밀이 있는 거지? 틀림없이 더 할 말이 있을 거야."

그때 스캔다르는 누나를 끌어안고 다 말해 버리고 싶었다. 그들의 엄마에 대해서, 스피릿 원소에 대해서. 그러나 진실을 알면 더 힘들어지지 않을까? 케나가 라이더가 될 운명이었다는 보장은 없었다. 그러나 이 얘기를 들으면 분명히 속았다는 기분이, 어차피 가질 수 없었던 미래를 놓쳤다는 기분이 더 커질 것이다. 스캔다르는 누나에게 그럴 수 없었다.

그래서 스캔다르는 대신 이렇게 말했다. "미안, 켄. 그런 건 없어. 설령 누나에게 운명의 유니콘이 있었다 해도 그 유니콘은 지금쯤 야생이 되었을 거야. 스카운드럴과는 완전히 딴판일 거야. 가까이 갈 생각도 하면 안 돼."

"그럴 순 없어." 케나가 이번만은 참지도 않고 짠하게 흐느꼈다. "야생이든 뭐든 상관 안 해." 그녀가 좀 더 차분하게 덧붙였다. "내 유니콘이기만 하면 난 괜찮아."

"내 말 들어……" 스캔다르는 누나를 자기 쪽으로 끌어당겨 안아 주었다. "정말로 안 되는 일이야."

오후의 나머지 시간은 너무 빨리 흘러갔다. 그냥 순식간에 미러클리프에서 메인랜드행 헬리콥터를 기다리는 아빠와 누나를 끌어안고 서 있게 된 것만 같았다. 스캔다르는 가족의 기운을 들이마셨고 지금이 기회라는 것을 알았다. 그가 마음을 바꾸고 가족에게 말을 한다면 지금이 한 해의 마지막 기회였다.

"네가 너무 자랑스럽구나, 스캔다르." 아빠가 이동하면서 말했다. "스카운드럴스럭하고 열심히 훈련 잘해라. 언젠가는 네가 우승을 할지도 모르지! 내가 항상 너한테는 뭔가가 있다고 했잖아!" 아빠가 손을 흔들고는 헬리콥터 안으로 사라졌다. 스캔다르는 자신이 그들에게 에리카 에버하트에 대해 말할 수 없다는 걸 알았다. 그들의 삶을 뒤집어엎을 수는 없었다. 혼자만 알고 있어야 할 비밀이었다. 지금으로서는.

"그것 봐, 아빠 훨씬 나아졌지?" 케나의 눈이 눈물로 빛나고 있었다. "우린 잘 지내고 있어. 우리 걱정은 안 해도 돼."

"나도 같이 가고 싶어." 스캔다르는 여전히 케나의 손을 잡고 있었다.

케나가 서글프게 도리질을 했다. "아니, 그렇지 않아. 여기가 네 집이야, 스카. 실은 너도 항상 알고 있었어, 맞지?"

누나의 집이기도 해. 스캔다르는 말하고 싶었다. 여기가 우리의 집이야.

하지만 그러지 않았다. 그냥 이 말만 했다. "사랑해, 켄."

"나도 사랑해, 스카."

케나가 동생의 손을 놓고 헬리콥터 계단으로 뛰어갔다. 프로펠러가 점점 더 세게 돌아갔고, 그녀의 얼굴이 바람에 나부끼는 갈색 머리카락에 가려지더니 어느새 시야에서 사라졌다.

스캔다르는 절벽 위를 힘껏 내달렸다. 헬리콥터가 일으키는 바람에 흙 먼지와 나뭇가지 조각들이 그의 코, 머리카락, 눈으로 마구 휘날렸다.

스캔다르는 자신이 어디로 가는지도 몰랐다. 그때였다. "아야!"

"바비?"

"스캔다르?"

헬리콥터가 그들의 머리 위로 높이 솟아올라 바다로 향할 때 비로소 먼지가 걷혔다. 스캔다르는 한쪽 엉덩이에 손을 짚고 바비와 나란히 서서 텅 빈 하늘을 쳐다보고 있었다.

스캔다르의 얼굴에 그의 감정이 고스란히 비쳤던 모양이다. 바비가 한쪽 팔을 그의 어깨에 척 두른 걸 보면 말이다. "갈 준비 됐어?"

스캔다르는 자신의 목소리를 믿을 수 없었다. 그래서 말없이 고개만 끄덕였다. 바비는 피에 굶주린 유니콘들의 울음소리를 향하여 앞장서서 걸어갔다.